NIKOLA HOTEL

It was Always Love

ROMAN

5. Auflage Januar 2023

Originalausgabe
Veröffentlicht im Rowohlt Taschenbuch Verlag,
Hamburg, Oktober 2020
Copyright © 2020 by Rowohlt Verlag GmbH, Hamburg
Sämtliche Handletterings Copyright © Carolin Magunia
Covergestaltung ZERO Werbeagentur München
Coverabbildung Shutterstock; Handlettering Carolin Magunia
Satz aus der Thesis Antiqua bei hanseatenSatz-bremen, Bremen
Druck und Bindung CPI books GmbH, Leck
ISBN 978-3-499-00315-8

Die Rowohlt Verlage haben sich zu einer nachhaltigen Buchproduktion verpflichtet. Gemeinsam mit unseren Partnern und Lieferanten setzen wir uns für eine klimaneutrale Buchproduktion ein, die den Erwerb von Klimazertifikaten zur Kompensation des CO_2-Ausstoßes einschließt.
www.klimaneutralerverlag.de

Für Marah

But how am I supposed to love you
When I don't love who I am
And how can I give you all of me
When I'm only half a man

DEAN LEWIS

Playlist

Teeth – 5 Seconds of Summer
Old Town Road – Lil Nas X, Billy Ray Cyrus
The Night We Met – Lord Huron, Phoebe Bridgers
Drink – Jamie Cullum
Bad Liar – Imagine Dragons
Nice To Meet Ya – Niall Horan
SLAVES OF FEAR – HEALTH
Crush – Cigarettes After Sex
What If – Rhys Lewis
bury a friend – Billie Eilish
Nothing's Gonna Hurt You Baby – Cigarettes After Sex
Die A Little – YUNGBLUD
No Shame – 5 Seconds of Summer
Apocalypse – Cigarettes After Sex
Half A Man – Dean Lewis
Blood // Water – grandson
i love you – Billie Eilish
Easier – 5 Seconds of Summer
Cry – Cigarettes After Sex
Don't Let Me Go – Cigarettes After Sex
Sanctify – Years & Years
She's Always A Woman – Billy Joel

Kapitel 1

Mit einem mulmigen Gefühl starre ich auf das Formular. Ich balanciere das Klemmbrett jetzt schon seit zehn Minuten auf den Knien und habe noch nicht mehr eingetragen als meinen Namen, und selbst der ist nicht korrekt.

Natascha Romanoff. Ich hoffe, der Arzt bemerkt es nicht, und wenn doch, dann hat er hoffentlich Sinn für Humor.

Der Kugelschreiber tippt gegen meine Unterlippe, während ich darüber nachdenke, ob ich diese Untersuchung wirklich will. Will ich wissen, was passiert ist? Ich könnte jetzt aufstehen und gehen. Bisher habe ich nur mit der Sprechstundenhilfe gesprochen, und sie hat mir, das Telefon unter dem Kinn festgeklemmt, nur genervt zugenickt und das Formular über die Theke geschoben. Wenn ich jetzt gehe, könnte ich immer noch so tun, als wäre gar nichts geschehen, als hätte es diese Nacht nicht gegeben. Ich kann mich sowieso an nichts erinnern.

Aber ... das Foto.

Dieses eine Foto auf meinem Smartphone sorgt dafür, dass mein Puls in die Höhe schnellt und ich keine Luft bekomme, wenn ich nur daran denke. Auch wenn Instagram es inzwischen entfernt hat – ich kann es nicht einfach aus meinem Album löschen und so tun, als hätte es nie existiert. Es dauert sowieso keine Viertelstunde, bis die nächste Nachricht auf meinem Handy eintrifft und mich wieder daran erinnert – was der Grund ist, warum ich alle Benachrichtigungen ausgestellt habe. Mit schweißnassen Fingern ziehe ich nun das Gerät aus der Tasche und entsperre den Bildschirm. Ich reibe mir die Handflächen am Stoff meiner Jeans trocken, bevor ich meinen Daumen über dem Instagram-Logo schweben lasse. Nein, ich will nicht sehen, wie viele Privatnachrichten ich von irgendwelchen Arschlöchern bekommen habe, die sich hinter einem Pseudonym verstecken. Und ich will auch nicht sehen, wie oft sie versucht haben, mich zu markieren. Beim letzten Nachsehen waren es mehr als fünfzig Anfragen. Ich lösche die App, ohne sie noch einmal zu öffnen, und rufe den Internetbrowser auf.

> Hallo aubree.speaks.softly, wir bedauern, dass du dein Konto löschen möchtest. Wenn du eine Pause einlegen möchtest, kannst du stattdessen dein Instagram-Konto jederzeit vorübergehend deaktivieren.

Vorübergehend. Mein Magen zieht sich zusammen, weil sich das hier nicht nach einer vorübergehenden Sache anfühlt. Nichts geht vorüber.

> Warum möchtest du dein Konto löschen?
> ☐ Datenschutzbedenken
> ☐ Anfängliche Schwierigkeiten
> ☐ Möchte etwas löschen
> ☐ Zu beschäftigt / zu viel Ablenkung
> ☐ Zu viele Werbeanzeigen
> ☐ Zweites Konto erstellt
> ☐ Ich finde keine Personen, denen ich folgen kann

Instagram bietet mir nur diese Auswahlmöglichkeiten an. Diejenige, die auf mich zutrifft, ist nicht dabei: weil ich nicht mehr existieren will. Nicht auf Instagram und auch nicht am Brooklyn-College. Ich wünschte, ich könnte meine Identität genauso leicht löschen wie mein Instagram-Konto.

Ich atme tief ein, setze mein Häkchen bei «ein anderer Grund» und gebe mein Passwort ein, bevor ich das Gerät wieder wegstecke. Dennoch spüre ich keine Erleichterung. Ich weiß, dass sich nichts ändert, nur weil ich nicht mehr erreichbar bin. Sie werden trotzdem über mich reden. Ich bin trotzdem vom College geflogen. Meine Mom wird es trotzdem erfahren.

Der Kuli zittert zwischen meinen Fingern. Ich setze ihn erneut auf dem Papier an und kreuze bei allen Krankheiten nein an, auch wenn ich mir nicht sicher sein kann. Die Felder mit den Kontaktdaten lasse ich bis auf eine fiktive E-Mail-Adresse frei und stehe auf. Als ich an die Theke trete, sieht die Frau dahinter nicht einmal auf.

«Liegt eine Schwangerschaft vor?»

«Nein», krächze ich. Oh Gott, das wäre ... Oh Gott, bitte nicht!

«Dann nehmen Sie noch einen Augenblick Platz, Sie werden aufgerufen.»

Ich setze mich wieder auf den Metallstuhl im Wartezimmer. Ich könnte immer noch gehen. Wenn der Arzt mich nicht in den nächsten siebzehn Minuten aufruft, dann nehme ich das als Zeichen und verschwinde. Siebzehn ist die Seite in meinem Bullet Journal, die ich zuletzt bemalt habe. Siebzehn ist eine gute Zahl.

Aber das Wartezimmer ist so gut wie leer. Deshalb dauert es auch nur vierzehn Minuten, bis ich aufgerufen werde, und ich schlucke, weil es jetzt kein Zurück mehr gibt. Die Praxis ist klein und nicht besonders modern ausgestattet, was daran liegen muss, dass der Arzt noch jung ist und erst einmal andere Sorgen hat als neue Möbel. Im Internet habe ich eine Bewertung über ihn gelesen, die mich glauben lässt, dass er genau der richtige Arzt für mich ist. Ich lese immer nur die negativen, um sicherzugehen. Dr. Ward hat eine Frau ewig im Wartezimmer sitzen lassen, weil eine junge Latina mit unklaren Unterbauchbeschwerden in seine Praxis gekommen ist. Er hat sie vorgezogen, obwohl sie nicht krankenversichert war. Die wartende Frau hat seine Praxis deshalb mit einem Stern bewertet. Da war mir klar, dass ich zu ihm gehen würde.

Außerdem liegt seine Praxis in Hartford, auf halber Strecke zwischen New York und Hanover, wo Ivy inzwischen in Dartmouth studiert. Ich konnte nicht in Brooklyn bleiben, deshalb bin ich jetzt auf dem Weg zu ihr. Hier in Hartford zum Arzt zu gehen hat den Vorteil, dass ich weder ihm noch seinen Angestellten jemals wieder über den Weg laufen werde.

«Ms. ... Romanoff?»

Mit wackeligen Beinen richte ich mich auf und folge dem Arzt, der eine Tür für mich aufhält. «Setzen Sie sich.» Er deutet auf einen filzbezogenen Stuhl, der schon bessere Zeiten gesehen hat. Dr. Ward hat seinen Abschluss erst vor vier Jahren an der Tufts in Boston gemacht, das sehe ich an seinem Diplom, welches schief an der Wand hängt. Ich schiebe meine Hände zwischen die Oberschenkel und presse die Knie zusammen.

«Bevor ich Sie frage, warum Sie gekommen sind, muss ich noch eine Sache klären. Sie haben *Selbstzahler* auf dem Formular angekreuzt.» Er sieht auf mein Anmeldeformular hinab und runzelt die Stirn. «Wir haben hier besondere Sprechzeiten für Frauen, die nicht über ihren Arbeitgeber krankenversichert sind. Jeden Donnerstag ab ein Uhr mittags bis in die Abendstunden. Es gibt einen Verein, der uns finanziell unterstützt. Wenn es also kein Notfall ist ... Ich könnte Sie am Donnerstag über die Leute vom Verein abrechnen.» Er hebt den Blick und lächelt mich aufmunternd an.

«Danke, aber ich möchte selbst bezahlen. Ich habe das Geld. Hier», füge ich hinzu und klopfe mit der Hand auf meine schlichte Tote Bag, deren Stoffhenkel ich über die Stuhllehne gehängt habe.

«Der Verein ist vertrauenswürdig. Sie nehmen keine Personalien auf, wenn das das Problem sein sollte ...» Seine wachen Augen huschen über das Formular. «... Natascha.» Ich kann sehen, wie es hinter seiner Stirn arbeitet und dann, wie es um seinen Mundwinkel zuckt. «Black Widow, die sowjetische Agentin aus den Marvel-Comics, richtig?»

Ich hätte mir denken können, dass er zu jung ist, um damit durchzukommen. Wenigstens ist er nicht sauer. «Ich möchte selbst bezahlen», wiederhole ich schnell. «Sie müssen doch trotzdem nicht wissen, wie ich heiße, oder?» Ich rutsche auf dem Stuhl hin und her. Dr. Ward sieht nett aus. Sein mittelbraunes Haar hat er heute Morgen sicher ordentlich gekämmt, jetzt ist es jedoch zerzaust und fällt ihm ins Gesicht, das vor Sommersprossen nur so wimmelt.

«Worum geht es denn? Was haben Sie für Beschwerden?» Er lenkt den Blick zurück auf die Akte mit meinen spärlichen Angaben und hält den Stift darüber in der Schwebe. Ich bin zwar froh, nicht in sein Gesicht sehen zu müssen, aber einfacher macht es die Sache nicht.

«Also, vor ein paar Tagen ... ich ... also da hat mir eigentlich alles weh getan.» Und mit alles meine ich wirklich *alles*. Ich bin aufgewacht und hatte das Gefühl, in der Nacht überfahren worden zu sein. Jeder einzelne Knochen in meinem Körper musste sich scheinbar erst wieder an die richtige Stelle schieben. Und mir war so schlecht, dass ich mich mehrmals übergeben musste. Ich hatte Muskelkrämpfe, und vor Schwindel konnte ich kaum zwei Schritte gehen. Es hat Stunden gedauert, bis ich wenigstens ein paar Schlucke Tee drin behalten konnte. «Können Sie mich bitte untersuchen?»

Er kritzelt etwas in die Akte. «Was ist denn passiert?»

Ich hole tief Luft. «Das weiß ich nicht.» Oh Mann, das klingt so erbärmlich. «Ich weiß nicht, was passiert ist, weil ... Ich kann mich an nichts erinnern.» Das ist das Schlimmste. Ich habe keine Ahnung, was in der Nacht passiert ist. Ich weiß nur noch, dass ich mit Ginnifer und ein paar Kommilitonen zu dieser Party gegangen bin. Die Erinnerung an die Vorfreude ist noch da. Ich weiß noch, wie wir uns bei ihr im Zimmer zurechtgemacht haben. Wir haben laut zu *Teeth* von 5 Seconds of Summer gegrölt und einem Senior zwei Flaschen Bier abgeschwatzt. Auf dem Weg zur Party habe ich meiner besten Freundin Ivy noch eine Nachricht aufgesprochen. Danach weiß ich nichts mehr.

Aber ein Bild sagt sowieso mehr als tausend Worte. Ich hole mein Smartphone heraus und öffne den Ordner mit den Fotos. Als ich das leicht verschwommene Bild anklicke, wende ich den Blick ab, weil ich es nicht noch einmal sehen will, dann lege ich das Handy auf den Tisch und schiebe es zu Dr. Ward hinüber. «Das ist auf Instagram aufgetaucht.»

Der Arzt nimmt es auf. «Okay», sagt er gedehnt. «Ich glaube, ich verstehe.» Er schiebt das Gerät zu mir zurück. «Und Sie können sich nicht daran erinnern, wie dieses Foto entstanden ist?»

Ich schüttele den Kopf. In seinem Gesicht kann ich nicht lesen, ob ihn das schockiert. Was muss er jetzt von mir denken? Nervös zähle ich sechs Sommersprossen allein über seiner linken Augenbraue und beiße mir auf die Lippe.

«Haben Sie Drogen konsumiert?»

Über der anderen Braue sind es bloß fünf. Okay, jetzt kann ich mir ungefähr vorstellen, was er von mir denkt.

«Nein, noch nie. Zumindest weiß ich nichts davon.» Und ich weiß auch nicht, wer die andere Person auf dem Foto ist. Man kann auch nicht wirklich viel von ihm erkennen. Nur die Hände auf meinem nackten Oberkörper. Es sind Männerhände. Mein Magen revoltiert, deshalb stecke ich das Smartphone hastig zurück in meine Tasche.

«Haben Sie die Polizei informiert?»

Ich schüttle langsam den Kopf.

«Ich würde Ihnen dringend empfehlen, den Vorfall zu melden. Nur so kann die Polizei ermitteln. Wenn Sie keinerlei Erinnerung daran haben, ist wahrscheinlich mehr im Spiel gewesen als Alkohol.»

Das, was er da andeutet, ist mir nach dem ersten Blick auf das Foto schon klar gewesen, aber das kann ich auf keinen Fall melden. Wegen meiner Mom. «Ich möchte das alles einfach nur vergessen.»

«Das kann ich gut verstehen. Aber Sie sollten das für sich tun. Auch wenn Sie damit vielleicht nicht verhindern können, dass dieses Bild weiterverbreitet wird, ist eine Anzeige die Voraussetzung für eine Bestrafung des Täters.»

«Ich denke darüber nach.» *Nicht.* In Gedanken füge ich das noch hinzu. Ich will nie wieder darüber nachdenken.

«Hatten Sie Blutungen?», fragt er. «Haben Sie sich selbst untersucht, nachdem es passiert ist?»

«Ich ... ich wusste ja nicht ... Erst gestern, als mich jemand auf das Foto angesprochen und es dann an mich weitergeleitet hat, wurde mir klar, dass sich an dem Abend mehr abgespielt haben muss, als ich dachte. Ich hatte keine Blutungen, aber ich habe ... mich gewaschen und dabei ... ich weiß auch nicht ...»

«Sie trauen Ihrem eigenen Körpergefühl nicht mehr», beendet Dr. Ward meinen Satz. «Ich verstehe.» Er steht auf. «Dann gehen wir nach nebenan in den Behandlungsraum, damit ich Sie untersuchen kann.» Er öffnet eine Tür zu einem Nebenraum und lässt mir den Vortritt. Hinter einem Paravent ziehe ich meine Jeans und den Slip aus. Ich zerre mein Oversized-Shirt so weit es geht nach unten und klettere dann auf den Behandlungsstuhl. Dr. Ward zieht Handschuhe über und klappert mit einem metallenen Untersuchungsinstrument, das ich nicht sehen kann. «Nicht erschrecken, es wird jetzt kurz kalt.»

Ich nicke und richte den Blick nach oben. Jemand hat zur Ablenkung ein Poster an die Decke geklebt, das man zwangsläufig ansehen muss, wenn man hier liegt. Darauf ist eine Treppe abgebildet, eine optische Täuschung, weil man das Gefühl hat, dass sie sich bewegt. Lenkt es mich ab? Kein bisschen.

Ich bin dem Arzt dankbar, dass er kein großes Drama macht. Wenn er jetzt übertrieben vorsichtig wäre und mich wie ein rohes Ei behandelte, würde ich zusammenbrechen. Aber alles an mir ist verkrampft. Ich muss versuchen, mich zu entspannen, weil es sonst unangenehm wird, das weiß ich, aber ich zucke dennoch zusammen, als er mich zwischen den Beinen berührt. Es drückt, etwas kratzt, und ich sehe, wie er ein Wattestäbchen ablegt.

Er zieht das Instrument heraus. «Ist gleich geschafft, Natascha.»

«Aubree», sage ich und blinzle eine Träne weg. «Ich heiße Aubree.»

«Okay, Aubree. Ich taste Sie nur noch kurz ab.» Er drückt von oben auf meine Bauchdecke, und dann ist es nach wenigen Sekunden vorbei. Nachdem er die Handschuhe abgezogen hat, nickt er mir aufmunternd zu. «Sie hatten wahrscheinlich keinen Geschlechtsverkehr.» Er fährt mit dem Hocker zurück. «Ihr Jungfernhäutchen ist noch intakt. Es ist zwar möglich, dass es trotz Penetration nicht reißt, aber bei Ihnen gehe ich nicht davon aus.»

Ich stoße hart die Luft aus, die ich in den letzten Sekunden angehalten habe, und richte mich auf. «Ich war mir nicht sicher, ob es sich noch genauso anfühlt wie vorher. Ich hatte einfach überall ... Mir hat alles weh getan, deshalb ...» Vor Erleichterung und Dankbarkeit könnte ich heulen. Aber ich heule nicht, ich schlucke alles herunter und starre auf einen Punkt an der Wand, wo seltsame rote Linien über die Tapete laufen, als hätte ein Kind sich dort mit Wachsmalkreide ausgetobt.

«Es ist gut, dass Sie hergekommen sind.» Er dreht sich von mir weg, untersucht den Abstrich mit einem kurzen Blick durch ein Mikroskop, bevor er seine Ergebnisse in die Akte einträgt. «Zur Sicherheit nehmen wir trotzdem Blut ab, um Geschlechtskrankheiten auszuschließen, und ich lasse Ihnen von meiner Kollegin noch einen Becher geben und würde Sie bitten, eine Urinprobe und eine Haarprobe abzugeben. Mit etwas Glück können wir noch nachweisen, welches Mittel man Ihnen verabreicht hat.»

«Sie denken also auch, dass man mir irgendwelche Drogen gegeben hat.»

«Diese Art Blackout bekommt man nicht allein von einem Alkoholrausch. Das erreicht man nur mit einem Betäubungsmittel. Benzodiazepine, Barbiturate, Liquid Ecstasy oder andere Mittel. Und es ist wichtig, das zu dokumentieren, falls Sie sich das mit der Anzeige doch noch überlegen. Dann würden auch die Kosten für die Tests übernommen. Die Polizei braucht objektive Beweismittel. Das Foto allein reicht nicht aus, weil es auch mit Ihrer Einwilligung entstanden sein könnte.»

Mit meiner Einwilligung, klar. Ich presse die Lippen zusammen, rutsche vom Behandlungsstuhl herunter und husche hinter den Paravent, um mich wieder anzuziehen. Es tut gut, den Stoff wieder über meinen Körper zu streifen, und ich fühle mich danach gleich weniger unsicher.

«Kann man Sie über diesen Mail-Account erreichen, oder ist das eine Fake-Adresse?»

Mein Gesicht wird heiß, und ich bin froh, dass er mich hinter dem Wandschirm nicht sehen kann. «Ich ... habe sie mir ausgedacht.»

«Dann tun Sie mir einen Gefallen und geben Sie uns eine

richtige Adresse. Ich schicke Ihnen dann das Ergebnis der Tests in den nächsten Tagen per Mail zu.»

«Okay.»

Ich trete hinter dem Paravent hervor und korrigiere meine Daten auf dem Anmeldeformular in der Patientenakte, bevor ich mir von ihm Blut abnehmen lasse.

Als der Arzt mir zum Abschied die Hand hinstreckt, sieht er mich eindringlich an. «Lassen Sie sich niemals einreden, dass etwas von dem, was passiert ist, Ihre Schuld ist, Aubree. K.-o.-Tropfen werden immer unbemerkt verabreicht, um jemanden wehrlos zu machen. Das ist ein Verbrechen. Haben Sie mich verstanden? Sie können nichts dafür, also fühlen Sie sich bitte nicht schuldig.»

Ich nicke und fühle mich schuldig. Hätte ich dort nichts getrunken, dann hätte man mir auch nichts von diesem Zeug unterjubeln können. Wäre ich nicht auf diese Party gegangen, wäre ich nicht so vertrauensselig gewesen ...

«Es ist ganz egal, was bei diesem Test rauskommt. Selbst wenn es nur der Alkohol gewesen wäre: Sie haben zu nichts ja gesagt. Nur weil Sie sich nicht wehren konnten, haben Sie das nicht erlaubt. Schweigen ist keine Zustimmung, Aubree. Niemals.»

«Ja.»

«Wenn irgendwas sein sollte, kommen Sie jederzeit wieder.»

«Danke, Dr. Ward.» Ich bin erleichtert, als er mit seiner Rede endlich fertig ist und ich das Untersuchungszimmer verlassen kann.

Die Sprechstundenhilfe wirft einen Blick auf die Unterlagen, die ihr der Arzt hingelegt hat, bevor er den nächsten Patienten aufgerufen hat, dann öffnet sie eine Maske auf ihrem Bildschirm und tippt in ihre Tastatur. Als ich zu ihr an die Theke trete, beschriftet sie zwei Plastikbecher und reicht mir einen davon. «Ein, zwei Haare reichen.» Sie beugt sich mit einer Pinzette über den

Tresen, und im nächsten Moment ziept es an meinem Kopf. «Die Toilette finden Sie rechts neben dem Behandlungsraum. Stellen Sie den Becher nachher einfach auf den kleinen Tisch im Flur.»

«Danke.»

Nachdem ich vom Klo zurückgekommen bin, bezahle ich bei ihr meine Behandlung und die Tests.

Sponsored by Mom.

Auch wenn meine Mom das nicht weiß und denken wird, dass ich mit dem Geld Bücher für meine Kurse kaufe. Aber die werde ich jetzt nicht mehr brauchen. Weil ich nichts mehr brauche, was mit New York zu tun hat.

Es beschert mir ein schlechtes Gewissen und lässt das Blut in meinen Kopf schießen. Ich muss meine Mom anlügen, damit sie sich keine Vorwürfe macht. Sie fühlt sich seit Jahren schuldig, weil sie zu wenig Zeit für mich hat und denkt, dass ihr Promistatus mir Schwierigkeiten bereitet. Ich kann ihr unmöglich sagen, wie richtig sie mit dieser Vermutung liegt. Aber ich schäme mich nicht nur dafür, sie anzulügen, sondern auch, weil ich Grund dazu habe. Weil ich in diesem Zustand gewesen bin und Gott weiß wie viele Menschen nun dieses Foto gesehen haben. Ich schäme mich, weil ich nicht weiß, was die Hände auf diesem Bild mit mir gemacht haben und wo sie mich überall angefasst haben. Ich schäme mich, weil ich mich nicht gewehrt habe. Aber das ist etwas, was ich mit mir allein ausmachen muss, und es ist ganz egal, ob Dr. Ward oder irgendjemand anderes mich dafür verurteilt oder nicht. Ich verurteile mich selbst.

Ich trete nach draußen, wo mir ein frischer Herbstwind ins Gesicht bläst, und schließe die Tür des alten Ford auf, den ich für fünfhundert Dollar gekauft habe und der seine Aufgabe erfüllt haben wird, sobald ich in Hanover ankomme. Die Tür ist so rostig, dass man sie nur mit Gewalt aufbekommt. Die Mühe, ihn abzuschließen, hätte ich mir gar nicht machen müssen.

Niemand wäre so verrückt, diese Karre zu klauen. Allein schon, weil der Innenraum riecht, als wäre auf dem Rücksitz mindestens ein Nagetier verwest.

Meinen Stoffbeutel werfe ich zum Rucksack auf den Beifahrersitz und schließe den Gurt, obwohl der sowieso spätestens nach fünf Minuten wieder aufspringt, weil der Verschluss total ausgeleiert ist. Die Heizung funktioniert auch nicht mehr, was heute Morgen bei nur sechs Grad schmerzhaft deutlich wurde. Ich rufe das Navi auf meinem Smartphone auf, klemme es in die Plastik-Halterung und drehe das Radio auf. Doch der Billy-Ray-Cyrus-Song, der aus der Box kommt, ruft mir in Erinnerung, dass der Knopf für die Sendereinstellung nicht mehr funktioniert, weshalb ich die letzten zwei Stunden ausschließlich Countrymusic hören musste, und ich hasse Country. Ich stehe auf Jazz und Blues, von mir aus auch stinknormale Popmusik. Ich schalte das Radio wieder aus, lehne mich zurück und presse die Hände vors Gesicht.

Ich bin immer noch Jungfrau, und auch wenn ich darüber unendlich erleichtert sein müsste, ändert es nichts an dem Ekel, den ich empfinde. Vor diesen Händen auf dem Foto. Vor dem Gefühl fremder Finger auf meinem Körper, das wie ein Phantomschmerz ist. Mit einem Schaudern richte ich mich auf und ziehe mein Bullet-Journal aus dem Handschuhfach heraus. Auf Seite 17 ist meine To-do-Liste für den heutigen Tag, und ich hatte mir vier Punkte aufgeschrieben, von denen ich den ersten nun abhaken kann.

- ☐ Von einem Arzt untersuchen lassen
- ☐ Ivys Zimmerschlüssel abholen
- ☐ Mom anrufen und ihr beichten, dass ich vom College geflogen bin
- ☐ Nicht durchdrehen!

- [ ] Von einem Arzt untersuchen lassen
- [ ] Ivys Zimmerschlüssel abholen
- [ ] Mom anrufen und ihr beichten, dass ich vom College geflogen bin
- [ ] NICHT DURCHDREHEN!

Mein Herz rast. Die beiden letzten Punkte muss ich auf einen anderen Tag verschieben, denn ich spüre, wie meine Hände anfangen zu zittern, jetzt wo ich das Schlimmste überstanden habe. Ich stöpsle meinen schwarzen Stift auf, streiche Punkt drei und vier mit langen Strichen durch und betrachte das Lettering, das ich heute Morgen auf die vorherige Seite gemalt habe:
I'm going to deal with this problem by yelling.
Und genau das ist es, was ich gleich tun werde. Ich starte den Motor und fahre los. Doch erst als ich auf dem Highway bin und der Tacho über 40 Meilen anzeigt, schreie ich die Windschutzscheibe an. So lange und so laut, bis ich keinen Gedanken mehr in meinem Kopf hören kann.

I'M GOING *to deal* WITH THIS *Problem* BY Yelling.

Kapitel 2

Kings Hall, das Studentenwohnheim, in dem Ivy eine kleine Wohnung hat, liegt auf halber Strecke zwischen dem College-Park und dem Friedhof. Den Wagen habe ich unter einer großen Kastanie auf einem öffentlichen Parkplatz abgestellt, wo er innerhalb einer Woche vom Herbstlaub bedeckt sein dürfte und wo er von mir aus verrotten kann. Ich will nie wieder in dieses Auto steigen. Ich will nie wieder irgendwohin. Wenn ich in Ivys Apartment bin, werde ich mir die Decke über den Kopf ziehen und so lange schlafen, bis meine Fußnägel mindestens einen Zentimeter gewachsen sind.

Meinen Rucksack habe ich mir auf den Rücken geworfen, ein Stoffbeutel baumelt an meinem Handgelenk, und den großen Karton mit meinem Mikrophon und dem restlichen Technik-Equipment stütze ich auf meiner Hüfte ab, während ich im Halbdunkeln versuche, die Klingelschilder zu entziffern. Noch bevor ich den Namen von Ivys Bruder finden kann, geht das Licht im Hausflur an, und die Tür wird nach innen aufgezogen.

«Danke.» Ich schiebe mich an einem langhaarigen Typen und seiner Freundin vorbei, die mir netterweise die Haustür aufhalten, und gehe zielstrebig zum Aufzug. Mit dem Ellbogen drücke ich auf den Knopf.

Ivys Apartment liegt in der zweiten Etage, aber sie ist vor zwei Tagen nach Hause zu ihrem Stiefvater gefahren, weil der nach einer Operation gerade erst aus der dreimonatigen Reha entlassen worden ist. Obwohl die Herbstkurse bereits angefangen haben, hat sie es nicht über sich gebracht hierzubleiben. Doch ihr Stiefbruder Noah bewohnt ein kleines Zimmer im vierten Stock, und von ihm bekomme ich den Schlüssel.

«Hey, bist du neu hier? Gehörst du zu den Twenty-threes?» Der Typ, der mich reingelassen hat, steht immer noch in der Tür und mustert mich. Seine Freundin kramt in ihrer Handtasche und zieht einen Autoschlüssel heraus. Sie trägt eine dunkel umrandete Brille, dazu auffallend türkisfarbene Ohrringe und einen rot geblümten Rock.

Was auch immer er mit Twenty-threes meint. «Ja, ich bin neu.» Wenn nur der Aufzug schneller kommen würde. Ich wünschte, ich hätte meine Sonnenbrille eben aus dem Rucksack geholt, um mich dahinter zu verstecken, auch wenn es um diese Uhrzeit wahrscheinlich seltsam aussähe. Die Angst, dass jemand mich erkennt, schwingt immer mit, egal, wohin ich gehe. Im Brooklyn College wusste jeder, dass ich die Tochter der Schauspielerin Bridget Sturgess bin. Das letzte Jahr hat mich das nicht gestört, aber nun ist durch dieses Foto alles anders. Weil meine Mom davon erfahren könnte. Weil dieses Foto sie zerstören würde.

«Wie kann es sein, dass du ein Zimmer bekommen hast? Das Kings ist nur für höhere Semester, und ich warte seit mehr als elf Monaten darauf, hier eins zu kriegen.»

«Ist doch egal, Ken. Komm, wir sind schon spät dran.» Seine Begleiterin zieht ihn am Ärmel.

«Ich besuche nur eine Freundin», sage ich und drücke noch einmal auf den Knopf, als würde das den Aufzug beschleunigen.

«Und dafür hast du so viel Zeug dabei?» Er checkt mein Gepäck ab. «Verdammt, ich wusste, dass man hier nur verarscht wird. Ich stehe fast jede Woche bei denen auf der Matte, und immer haben sie eine andere Ausrede. Mir reicht's.»

Wieso muss ausgerechnet ich an jemanden geraten, der meint, sich bei mir über sein Schicksal beschweren zu müssen?

Ich habe mit mir selbst genug zu tun. «Ich will nicht einziehen, okay?», versuche ich ihn zu beschwichtigen. «Meine Freundin wohnt hier. Kannst du gerne überprüfen.»

«Wer soll das sein?»

«Ivy Blakely. Aus dem zweiten Stock.» Der Aufzug hängt offenbar in einer höheren Etage fest, und ich überlege, ob ich es schaffe, meinen Kram zu Fuß bis nach oben zu schleppen, um schneller hier wegzukommen. Unschlüssig schaue ich zum Treppenhaus. Im Notfall lasse ich den Karton erst mal hier stehen.

Das Mädchen nickt. «Ich kenne Ivy. Sie ist aber vorgestern nach Hause gefahren.»

«Ich weiß. Aber ich darf trotzdem hier wohnen. Den Schlüssel bekomme ich von ihrem Stiefbruder.» Genau genommen weiß Ivy noch gar nicht, wie lange ich wirklich hierbleiben will. Ich weiß es ja selbst noch nicht. Ich habe ihr nur gesagt, dass ich dringend für ein paar Tage rausmuss, weil mir in New York alles auf den Kopf fällt, und nicht, dass ich meinen gesamten Besitz in den Kofferraum meiner neuen Schrottkarre geräumt habe, weil ich nie wieder in dieses Zimmer zurückwill. Ich wollte sie am Telefon nicht verrückt machen. Da sie sich zurzeit ziemlich Sorgen um ihren Stiefvater macht, hat sie zum Glück nicht weiter nachgehakt.

«Okay.» Der Typ gibt ein Seufzen von sich. «Sorry, dass ich dich so angeblafft habe. Vor ein paar Tagen ist Kaia aus dem vierten Stock ausgezogen, und angeblich kann das Zimmer noch nicht vermietet werden, weil es erst renoviert werden muss. Ich wollte einfach auf Nummer sicher gehen.»

«Klar, kann ich verstehen.» Ich drehe mich zum Fahrstuhl um und höre erleichtert, dass sich das Brummen nähert. Aber der Typ ist noch nicht fertig.

«Ich wohne jetzt seit zwei Jahren im Oak Park House, und es

ist das letzte Loch. Die Heizkörper klingen in der Nacht wie das Tor zur Hölle, und auf meinen Fußboden haben sich definitiv schon Generationen von Menschen übergeben. Wir haben Gemeinschaftsduschen, und ich muss mir mein Klo mit fünfzehn anderen Leuten teilen.»

Obwohl mir gar nicht danach zumute ist, spüre ich ein Lächeln auf meinen Lippen, das sich ungewohnt anfühlt. «Das tut mir echt leid für dich.»

«Los, Ken, lass uns endlich fahren. Ich habe Maeve versprochen, dass wir um halb neun da sind und ihr beim Aufbau helfen.»

«Sekunde noch.» Er lässt die Haustür los, und sie fällt ins Schloss. «Ich bin Ken Walker. Also eigentlich Kennesaw. Und das ist Jenna Colegrove. Wir sind Mitglieder der NAD.» Seine Hand streckt sich mir entgegen, und ich spanne mich an, aber weil ich beide Hände voll habe, lässt er sie gleich wieder sinken.

«F...freut mich, Kennesaw.» Mein Tonfall klingt viel zu nervös, das merke ich selber. Wenn ich das nicht in den Griff bekomme, kann ich mir gleich das Wort *Opfer* auf die Stirn tätowieren lassen. «Ich bin ... Aubree.» Ich lasse den Karton zu Boden gleiten und schiebe ihn mit dem Fuß zur Seite.

«Du hast keine Ahnung, wer die NAD sind, oder?»

Wenn er denkt, mein seltsames Verhalten käme daher, werde ich ihm nicht widersprechen. «Nicht wirklich.»

Er stöhnt. «Schon wieder jemand, der noch nie von uns gehört hat. Das kotzt mich mittlerweile echt an.»

«Krieg dich wieder ein.» Jennas Brille ist auf der Nase nach unten gerutscht, jetzt schiebt sie sie mit zwei Fingern wieder nach oben. «Wenn sie erst mal ein paar Wochen hier ist, wird sie das schon mitkriegen.»

«Ich find's trotzdem scheiße.» Sein Blick schwenkt zurück zu mir. «*Native Americans of Dartmouth*. Das ist eine Studentengruppe für alle, die an der Native Community interessiert sind.

Wir organisieren Diskussionsforen, Partys und Vorträge. Wenn du Lust hast, kannst du gerne mal dazustoßen.»

«Klar.» Ganz sicher nicht. Es liegt nicht am Thema, aber Veranstaltungen mit mehr als vier Menschen sind einfach nicht mehr mein Ding. Nicht nach dieser Nacht. Womöglich wird dabei auch noch gefilmt oder fotografiert. Nein danke.

Jetzt grinst Kennesaw, und plötzlich bemerke ich, was für unglaublich schöne Zähne er hat und dass er für einen Mann fast zu hübsch ist. Er hat extrem glattes Haar, das ihm bis über die Brust fällt, und sein Gesicht gehört eigentlich in Marmor gemeißelt. «Würde mich echt freuen, wenn du mal mitkommst.»

«Also mich *hat* es gefreut, Aubree», fährt Jenna dazwischen. «Aber wir müssen jetzt wirklich los. Vielleicht sehen wir uns ja mal. Ich habe auch ein Apartment auf der Zwei, genau wie Ivy.»

Ich nicke, ziehe die Aufzugtür auf und schiebe meinen Umzugskarton mit dem Fuß voran in die enge Kabine.

Kennesaw hebt eine Hand. «Und falls du was hörst von Kaias Zimmer, sagst du mir Bescheid, okay? Oak Park House», erinnert er mich. «Ich wohne im Erdgeschoss mit dem Fenster zum Straßenlärm. Frag einfach nach dem miesesten Dorm des ganzen Campus.»

«Mach ich.» Schnell nicke ich den beiden noch einmal zu, bevor ich in den Aufzug steige und die Vier drücke. Als sich die Tür geschlossen hat und der Aufzug hochfährt, lehne ich mich erleichtert mit dem Kopf an die Rückwand. Die beiden scheinen wirklich nett zu sein. Aber Tatsache ist, dass mich jedes Gespräch unendlich anstrengt. Ich habe Angst, etwas Falsches zu sagen, mich irgendwie zu entlarven. Niemand hier kennt mich, und das soll auch so bleiben. Ich werde mich auf keinen Fall mehr mit meinem Nachnamen vorstellen. Jedenfalls nicht mit dem, der jeden Tag auf Millionen Bildschirmen im Abspann einer Netflix-Serie zu sehen ist.

Da der Aufzug zu eng ist, um sich darin zu bücken, schiebe ich den Karton auf demselben Weg hinaus, wie er hineingekommen ist. Der Flur ist dunkel und ohne Fenster, deshalb taste ich mit der flachen Hand über die Stelle der Wand, wo ich den Lichtschalter vermute, bis ich ihn endlich finde und gelbe Lampen die Wände erhellen. Ivy hat mir genau beschrieben, wo das Zimmer ihres Stiefbruders liegt, deshalb gehe ich zielstrebig den Flur runter bis zur vorletzten Tür auf der linken Seite. Er hat kein Namensschild angebracht, aber an der Wand lehnen völlig verdreckte Stiefel, die aussehen, als hätte er damit einen Stall ausgemistet. Im Schaft steht mit schwarzem Filzstift sein Name.

Ich beiße mir auf die Unterlippe. Seit Ivy wieder Kontakt zu ihrer Familie hat, habe ich mir sein Profil auf Instagram ein paarmal angesehen, deshalb werde ich ihn wohl wiedererkennen. Aber das, was Ivy mir über ihren zweiten Stiefbruder erzählt hat, ist nicht unbedingt vertrauenerweckend. Er veröffentlicht ziemlich viele Fotos, schlägt regelmäßig über die Stränge und ist überall tätowiert. Unwillkürlich fasse ich mir an den Bauch. Ich brauche diesen verdammten Schlüssel. Warum habe ich Ivy nicht gesagt, was wirklich los ist? Dann hätte sie ihn einfach unter die Fußmatte gelegt, und ich müsste mich nicht mit ihrem Bruder auseinandersetzen. Aber das stimmt nicht. Wenn ich Ivy die Wahrheit gesagt hätte, dann wäre sie sofort zu mir gefahren und hätte ihren Stiefvater im Stich lassen müssen. Und ich weiß, wie viel ihr an ihm liegt und dass ihre Beziehung zu ihm immer noch zerbrechlich ist.

Okay, Noah Blakely. Ich hoffe, du bist nicht ganz so anstrengend, wie du in Social-Media auf mich wirkst. Sei bitte nett zu mir, denn alles andere kann ich heute nicht mehr ertragen.

Ich drücke auf die Klingel. Und warte. Hinter der Tür tut sich nichts, deshalb klingele ich noch ein zweites Mal. Und warte wieder. Als ich nach zwei Minuten immer noch nichts höre, hämmere ich gegen das Türblatt und klingele Sturm. Verdammt. Dieser Kerl ist gar nicht zu Hause! Da fahre ich den halben Tag von New York bis nach New Hampshire, will mir nur einen Schlüssel abholen, und dieser Idiot geht einfach aus? Er wusste doch von Ivy, dass ich komme.

Vor Wut und Enttäuschung schießen mir Tränen in die Augen. Nein, ich werde jetzt nicht zusammenbrechen. Aber ich brauche eine Pause. Etwas Zeit für mich allein nur mit einer warmen Decke und Dunkelheit. Tja, die Dunkelheit bekomme ich sofort, denn in der nächsten Sekunde geht die Flurbeleuchtung aus. Ich drücke auf den Lichtschalter unterhalb der Klingel und ziehe mein Handy heraus. Langsam lasse ich mich auf den Boden sinken und lehne mich gegen den Umzugskarton. Mir werden mehrere Anrufe in Abwesenheit angezeigt, als ich den Bildschirm entsperre. Einer von Taylor, mit dem ich in New York mehrere Kurse belegt hatte, und auch welche von meiner Mom. Und kaum scrolle ich meine Favoriten nach Ivy durch, klingelt es auch schon. Ich kann meine Mom nicht wegdrücken, denn dann würde sie sich sofort verrückt machen, deshalb stelle ich das Klingeln nur auf stumm und warte, bis sie aufgibt und ihr Foto erlischt. Dann schicke ich eine Nachricht an Ivy.

Aubree: Ich stehe vor Noahs Apartment, aber er macht nicht auf. Weiß er, wann ich kommen wollte?

Die Häkchen daneben färben sich schon nach wenigen Sekunden blau.

Ivy: Habe ihm geschrieben, dass du zwischen 6 und 8 da bist. Ich kläre das, melde mich gleich wieder.

Mein Blick verharrt auf ihrer Antwort, da kündigt mir ein einzelner Ton eine neue Nachricht von einem unbekannten Teilnehmer an. Weil ich die Benachrichtigungen abgestellt habe, schiebt sich nicht sofort ein dunkelgraues Banner von oben in meinen Bildschirm. Aber es ist wie ein Sog. Wie ferngesteuert tippe ich auf die blaue Eins des neuen Chats, um die Nachricht anzusehen, obwohl ich genau weiß, dass ich das nicht tun sollte.

Unbekannt: Slut!

Ich zucke zusammen und schiebe reflexartig die Nachricht weg, bevor ich den Absender blockiere. Irgendwo habe ich mal gelesen, dass die Inuit hundert Wörter für Schnee verwenden, doch das ist nichts im Vergleich zur Menge an sexuell abfälligen Schimpfwörtern, die es für Frauen gibt. Schlampe ist davon das, was ich im Augenblick am meisten zu hören bekomme, und es tut jedes Mal weh. Ich weiß, dass ich das nicht an mich heranlassen sollte. Ich weiß, dass es nicht stimmt. Aber dennoch zieht sich alles in mir zusammen. Warum tun Menschen das? Warum wollen sie einen unbedingt wissen lassen, dass man für sie der letzte Dreck ist? Keiner von denen hat eine Ahnung, was passiert ist. Ich weiß es ja nicht mal selbst.

Zum hundertsten Mal verfluche ich WhatsApp dafür, dass es keine Möglichkeit gibt, unbekannte Nummern grundsätzlich zu blockieren. Ich zucke wieder zusammen, als das Handy summt, aber es ist nur Ivy, die mir schreibt, dass sie Noah erreicht hat und er in einer halben Stunde da sein wird. Erleichtert lehne ich mich zurück und schließe für einen Moment die Augen. Ich blende alles aus, was in den letzten Tagen passiert ist, und konzentriere mich nur darauf, zu atmen. Doch Noah kommt auch nach einer halben Stunde nicht. Irgendwann gebe ich es auf, die Uhr auf meinem Smartphone zu kontrollieren, und als das Flurlicht zum hundertsten Mal ausgeht, schalte ich es nicht wieder ein.

«Hey.» An meiner Schulter spüre ich eine fremde Hand und schrecke ruckartig hoch. Es ist stockdunkel, und ich weiß nicht, wo ich bin. Mir ist kalt, mein Hintern schmerzt vom harten Boden, und mein Kreuz ist völlig verspannt. Aber diese Hand ... Sofort blitzt das Foto in mir auf, und ich stoße einen angstverzerrten Schrei aus. Ich schlage die Hand beiseite und will in Panik davon wegkriechen, aber mein Karton versperrt mir den Weg, und so trete ich hilflos nach vorne aus, erwische irgendjemanden am Bein und registriere, dass ich die Stimme, die daraufhin einen Fluch ausstößt, nicht kenne.

«Fuck! Bist du bescheuert? Ich wollte dich nur wecken.»

Keuchend hole ich Luft, was mir noch nie so schwergefallen ist wie in diesem Moment. Es fühlt sich an, als würde mein Brustkorb so sehr zusammengedrückt, dass nichts mehr hineinpasst. *Fass mich nicht an!*, will ich hinausschreien, aber meine Stimme wird genauso zusammengepresst. Nur ein ersticktes Wimmern entweicht mir.

Der Fremde hört auf zu fluchen und drückt auf den Lichtschalter. «Sorry. Ich wollte dich nicht erschrecken. Das Licht ist gerade ausgegangen, als ich die Hand ausgestreckt habe.» Er verschränkt die Arme vor der Brust und geht einen Schritt zurück. «Schlechtes Timing.»

«B...beschissenes Timing.» Ich zittere am ganzen Körper und kann mich nur mühsam dazu bringen, mich aufzurichten. Die Hand, die sich mir entgegenstreckt, ignoriere ich und drücke mich an der Wand nach oben. Ich kann nicht fassen, dass ich tatsächlich eingeschlafen bin. Wie konnte ich so dumm sein? In diesem Hausflur hätte sonst wer vorbeikommen können.

Aber es ist nur Noah. Er sieht im Grunde genauso aus wie in seinem Instagram-Account. Jung und irgendwie ... na ja, tätowiert. Er trägt abgewetzte Jeans und ein schlichtes graues Sweatshirt. Jetzt gerade schiebt er seine Hand in die Hosentasche, und damit verschwindet ein Teil der Schriftzeichen, die sich vom rechten Ärmel nach unten bis über sein Handgelenk erstrecken. Er zieht etwas heraus, und ich folge der Bewegung. Ich weiß nicht, warum. Es ist ja nicht so, als würde ich erwarten, dass gleich eine Waffe zum Vorschein kommt, aber ich will einfach nicht wieder überrascht werden.

Er bemerkt meinen Blick. «Nur mein Zimmerschlüssel, okay? Ich habe nicht vor, dich vor meiner Tür zu zerstückeln. Meine Nachbarn reagieren bei Blutflecken im Flur irgendwie empfindlich.» Mit einem Grinsen schließt er auf und tritt an mir vorbei in sein Zimmer.

Ich bin immer noch damit beschäftigt, meinen Atem wieder unter Kontrolle zu bekommen. Mir ist schwindelig. Meine Sinne sind völlig überreizt, was daran liegen könnte, dass mein gewohntes Leben sich in den letzten zwei Tagen vollkommen aufgelöst hat.

Ich reibe mir über die Stirn. Okay, was jetzt? Der Schlüssel! «Kannst du mir Ivys Schlüssel geben? Ich bin echt müde und warte schon seit Stunden.» Glaube ich. Keine Ahnung, wie lange ich geschlafen habe, aber meinen Rückenschmerzen nach muss ich ziemlich lang in dieser unbequemen Position gesessen haben.

«Sorry, ich hatte noch was zu erledigen.»

«Klar, kein Problem. Ich warte gerne in fremden Hausfluren. Ist ja nicht so, als hätte ich mich angekündigt oder so.»

Noah streift seine Schuhe ab und wirft mir einen genervten

Blick über die Schulter zu. «Komm rein. Ich habe keinen Bock darauf, dass die Nachbarn sich über den Krach beschweren.»

Mein Blick fällt an ihm vorbei auf einen einzelnen Raum, in den nicht viel mehr als ein Schrank und ein für das Zimmer eindeutig zu großes Bett passt. Meine Füße bewegen sich keinen Zentimeter. Ich starre auf den Rücken vor mir und die locker sitzenden Jeans, aus deren rechter Hosentasche der Rand eines Smartphones herausguckt. Er ist ziemlich durchtrainiert und nicht gerade schmächtig. Auf keinen Fall gehe ich zu einem wildfremden Typen ins Zimmer, da kann er hundertmal Ivys Stiefbruder sein. «Gib mir einfach den Schlüssel, dann bin ich weg.»

Er dreht sich um und schaut mich prüfend an. Sein Blick geht von meinen Sneakers über die enge Jeans nach oben, bleibt kurz an meinen verkrampften Händen hängen, die ich an den Seiten zusammenballe, und landet in meinem Gesicht. Ich presse die Lippen zusammen.

«Vielleicht sollten wir noch mal von vorne anfangen.» Er runzelt die Stirn und legt den Kopf schief. «Tut mir leid, dass du so lange warten musstest. Ich wusste, dass du kommst, aber manchmal passiert einfach irgendein Scheiß, den man nicht planen kann. Also: Ich bin Noah, zwanzig Jahre. Erstes Semester und im Reiterteam von Dartmouth.»

Ich habe nicht vor, darauf zu antworten, schon gar nicht ehrlich, und will noch mal nach dem Schlüssel fragen, aber etwas in Noahs Blick lässt mich zögern. Vielleicht ist es, weil seine Augen im Flurlicht grün schimmern. Die Farbe erinnert mich an Schilf, und ich mag sie seltsamerweise. Vielleicht liegt es auch an seiner Stimme. Sein Tonfall ist weich, aber vor allem spricht er mit einem melodischen Rhythmus. Vielleicht ist es auch nur, weil ich so verdammt müde bin.

«Aubree, neunzehn Jahre. Gerade von der Uni geflogen und

im Augenblick quasi obdachlos.» Kaum haben die Worte meinen Mund verlassen, würde ich mir am liebsten vor die Stirn schlagen. Das wollte ich so definitiv nicht sagen. Außerdem stimmt es nicht mal. Ich bin nicht obdachlos, ich will einfach nur nie wieder mein altes Zimmer in New York betreten.

Noah lässt sich nicht anmerken, ob er meine Zusammenfassung genauso erbärmlich findet wie ich. Er zeigt mit dem Daumen auf sich. «Ich habe mein Studium abgebrochen, ein Apartment in Brand gesetzt und mein letztes Auto zu Schrott gefahren.»

Okay, das ist ... wow. Mal sehen, ob ich das an Dämlichkeit noch toppen kann. «Ich habe meine Mom angelogen, mir ein schrottreifes Auto gekauft und einen Job abgelehnt, für den ich ausnahmsweise mal gut bezahlt worden wäre.»

«Was war das für ein Job?»

Ich bin mir nicht sicher, ob er das wirklich hören will. «Ich sollte Anime-Pornos synchronisieren.»

«Okay», sagt er. «Das ist ... interessant.» Jetzt grinst er, und ich kann nichts dagegen tun, dass sich meine Gesichtsmuskeln auch nach oben bewegen. Er streckt die Hand aus, und ich starre so lange darauf, dass er sie eigentlich wieder wegziehen müsste. Ivys Bruder, sage ich mir. Er ist Ivys Stiefbruder. Und da Ivy wie eine Schwester für mich ist, muss ich vor ihm wirklich keine Angst haben. Schließlich lege ich meine Hand in seine. Er hält sie fest, sanft und ohne Druck, so als wäre er extra vorsichtig, weil er mich nicht verschrecken will. Oder er hat Angst, dass ich wieder nach ihm treten könnte. Würde mich nicht wundern, nachdem ich mich gerade als obdachloser Loser vorgestellt habe.

Mein Daumen berührt die Stelle an seiner Hand, wo Daumen und Zeigefinger sich treffen und eine tätowierte Zeile mit dem Wort «always» endet. Ich schlucke und ziehe meine Hand zurück.

«Hallo, Aubree.»

Diese Stimme. Oh mein Gott, er spricht so, wie Jamie Cullum singt. Mit dieser leichten Vibration, wie sie nicht alle Männer hinkriegen. Oft genug habe ich im Tonstudio meine Kollegen dabei beobachtet, wie sie versuchen, ihre Stimme intim und sexy klingen zu lassen. Manche stellen sich dafür etwas zu Essen vor und brummen leise mehrmals hintereinander «Mmh, ist das lecker». Noah hat sich gerade genau so angehört, und das sorgt dafür, dass es in meinem Magen kribbelt.

Hallo. Nur dieses eine Wort, und ich weiß, dass ich ein Problem habe. Ein Mammut-Problem. Wenn das hier eine Graphic Novel wäre, würde in der Gedankenblase über meinem Kopf jetzt genau das hier stehen:

Damn. You had me at hello.

Kapitel 3

Noah hat widerstandslos den Schlüssel rausgerückt, als ich ihn nach seinem Jamie-Cullum-Hallo darum gebeten habe. Ich bin in Ivys Apartment gestolpert, das im Gegensatz zu Noahs aus zwei Zimmern plus Küche besteht, habe meinen Karton, meinen Rucksack und den Stoffbeutel an der Tür stehenlassen und nur mein Bullet Journal und meine Stifte mit zum Bett genommen, um ein Bild zu skizzieren und den *Hallo*-Satz darüber zu lettern. Mit einem Hintergrund aus tausend Sternen.

Ivy hat mich noch angerufen, aber ich war zu müde, um mit ihr zu sprechen. Nur ein knappes «Danke, habe den Schlüssel, ich melde mich morgen», habe ich in unseren Chat getippt.

Acht Stunden habe ich geschlafen wie eine Tote, und jetzt sehe ich, dass sie mir in der Nacht noch eine Sprachnachricht geschickt hat. Ich nehme das Handy mit in die kleine Küche und spiele die Nachricht ab, während ich im Schrank nach Kaffeepulver suche.

«Hey, ich hoffe, bei dir ist alles okay. Du warst bei unserem letzten Telefonat so kurz angebunden, und ich mache mir inzwischen echt Sorgen. Ich habe gesehen, dass du deinen Instagram-Account gelöscht hast, und das machst du doch nicht ohne Grund. Was ist passiert? Warum wolltest du aus New York weg? Soll ich kommen? Ich bin noch bei meinem Stiefvater, aber ihm geht es nicht so schlecht, dass ich ihn nicht für ein paar Stunden allein lassen könnte. Ruf mich bitte an.»

Die Kaffeedose noch in der Hand, stehe ich da und starre mein Handy an. Ich würde so gerne mit Ivy reden, aber ... ich kann nicht. Wann immer ich über all das nachdenke, blockiert etwas in mir. Mir hat jemand K.-o.-Tropfen verabreicht. Irgendein Arschloch hat mich betäubt und dann wer weiß was mit mir gemacht. Und jetzt kursiert ein Bild, das mich für meine Kommilitonen als Schlampe abstempelt und wegen dem Dekan Strout mich von der Uni geschmissen hat. Was wirklich passiert ist, spielte für ihn überhaupt keine Rolle. Er hat mir nicht mal zugehört. Das Einzige, was für ihn zählt, ist, dass er mich ein zweites Mal wegen ungebührlichen Verhaltens abgemahnt hat – das erste Mal war, als ich hinter der Sporthalle für diesen beschissenen Anime-Porno geübt habe, den ich dann doch abgelehnt habe. Es ist so verdammt unfair, und ich fühle mich einfach nur hilflos.

Das ist das eigentlich Schlimme, und ich weiß nicht, wie ich damit umgehen soll. Ich weiß nur, dass ich nicht das Opfer sein will. Nur ist in mir momentan kaum Platz für irgendetwas außer diesem Gefühl, hilflos und ausgeliefert zu sein, und es ist egal, wie oft ich mich dusche, mir die Haut abschrubbe und das Wasser über den Kopf laufen lasse, es ändert nichts daran, wie ich mich fühle. Weil es immer noch dieses Foto gibt und jeder es sehen kann. Ich bin immer noch Aubree, und Aubree wurde von einem Fremden angefasst.

Ich will Ivy anrufen, aber jetzt wird mir schlecht.

Hastig stelle ich den Kaffee auf den Tisch und laufe ins Bad. Auf den Knien hocke ich vor der Toilette, aber die Übelkeit wird weder schlimmer noch besser. Sie bleibt einfach da. Ich wünschte, ich könnte mich wenigstens übergeben, weil diese Situation einfach nur zum Kotzen ist, doch es kommt nichts raus. Mit Tränen der Wut in den Augen knalle ich schließlich den Klodeckel zu und drehe den Wasserhahn am Waschbecken auf. Das Wasser ist eiskalt, und ich schütte es mir mit beiden Händen ins Gesicht, bis der Rand meines Shirts völlig durchnässt ist.

Im Spiegel sehe ich meine weit aufgerissenen Augen und das braune Haar. Es reicht mir knapp über die Schultern. Das Haar, das er angefasst hat. Das Haar, mit dem man wahrscheinlich nachweisen kann, dass Drogen in meinem Körper waren. Sehe ich noch aus wie ein normales Mädchen? Oder wie ein Mädchen, dem man K.-o.-Tropfen verabreichen und das man begrabschen kann, wenn man Bock darauf hat? Ich weiß es nicht.

Ich atme tief ein und aus, so lange, bis das Beben in mir sich langsam beruhigt und ich wieder klarer denken kann. Ich will nicht mehr so aussehen wie ich. Und vor allem will ich verhindern, dass mich hier irgendwer mit meiner Mutter in Verbindung bringt. Und das schaffe ich nur, wenn ich auch keine Ähnlichkeit mehr mit der alten Aubree habe.

Ich laufe zu Ivys Schreibtisch und suche die Schubladen vergebens nach einer Schere ab. Auch in der Küche finde ich keine. Wieder zurück im Bad, reiße ich den Spiegelschrank auf, doch alles, was mir dort in die Finger kommt, ist eine winzige Nagelschere. Wenn ich es damit versuche, werde ich wahrscheinlich noch bis übermorgen an meiner Frisur sitzen und hinterher aussehen wie Edward mit den Scherenhänden. Vor Verzweiflung könnte ich schreien. Ich brauche etwas, irgendwas! Wenn ich hier nichts finde, werde ich gleich zum nächsten Laden laufen und mir Blondiercreme kaufen. Aber das würde nichts ändern, oder? Die Drogen, oder was auch immer man mir gegeben hat, sind dann immer noch in meinem Haar.

Ich gehe in die Knie und öffne den Schrank unter dem Waschbecken, schiebe Klopapierrollen und Flaschen mit Putzmittel beiseite. Meine Finger stoßen ganz hinten auf ein Kabel. Ich zerre daran, aber es klemmt, da muss etwas hinter den Schrank gerutscht sein. Ich schiebe die Putzsachen zur Seite und ziehe den Schrank ein Stück vor, dann zerre ich noch mal an dem Kabel. Eine Sekunde später halte ich einen Langhaarschneider in der Hand. Er sieht uralt aus und ist völlig verstaubt. Das Überbleibsel eines früheren Bewohners. Ich richte mich auf.

Mein Blick geht zwischen meinem Spiegelbild und der Maschine hin und her. Soll ich es wirklich tun? Ich will es, und ... ich will es auch wieder nicht. Wenn ich mir die Haare abrasiere, dann ... können das alle sehen. Aber wenn ich es lasse, dann muss ich immer daran denken, dass das Betäubungsmittel noch in ihnen ist.

Ich weiß nicht, wie viel Zeit vergangen ist, als es in meine Grübelei hinein plötzlich an der Haustür klingelt. Mein Herz setzt einen Schlag aus, nur um sofort wieder loszugaloppieren. Unschlüssig starre ich auf die Maschine und dann erneut zur Tür. Wer auch immer das ist, ich werde garantiert nicht aufmachen. Ich will niemanden sehen. Es klingelt noch einmal, und ich sage laut nein zu meinem Spiegelbild. Nein, ich werde nicht aufmachen. Nein, ich bin nicht diese Aubree, nicht diese Opfer-Aubree. Ich will das zurücklassen. Ich will neu anfangen. Und ich will keine Drogen in meinem Haar haben. Direkt nach dem Aufwachen hatte ich neben einer neuen Nachricht von Taylor schon wieder zwei von unbekannten Nummern, die mich beschimpft haben. Ich werde mir eine neue Handynummer besorgen und nie wieder an New York denken.

Mit zitternden Fingern stöpsele ich den Netzstecker ein. Das Brummen des Gerätes hat eine beruhigende, geradezu hypnotische Wirkung. Nur unterbrochen vom sich wiederholenden Klingeln. Da ist jemand verflucht hartnäckig. Aber Ivy ist nicht hier, und die einzigen Menschen, die wissen, dass ich da bin, sind sie und Noah. Okay, und dieser überdrehte Kennesaw mit seiner Freundin Jenna, aber die werden wohl kaum um halb neun nach mir suchen, um mich zu einer Veranstaltung ihrer NAD-Gruppe einzuladen.

Ich setze die Maschine an meiner Stirn an. Tränen treten mir in die Augen, und ich kneife sie fest zusammen, während ich den Aufsatz gegen meine Kopfhaut drücke und nach hinten gleiten lasse. Die Maschine gibt seltsame Geräusche von sich, als wäre sie jetzt schon überfordert. Blind taste ich mit der anderen Hand an die Stelle und fühle kurze Stoppeln. Es funktioniert also. Mit wild pochendem Herzen öffne ich die Augen und starre auf mein Spiegelbild. Und ich ... sehe erbärmlich aus. Wie ein umgedrehter Irokese, an den Seiten lang und in der Mitte kahl. Dann sollte ich womöglich doch zu den NAD gehen, überlege ich und spüre, wie ein hysterisches Lachen in mir hochsteigt. Oh Gott, das ist so was von überhaupt nicht lustig.

Ich will die Maschine gerade ein zweites Mal ansetzen, als die Person draußen anfängt, auf die Tür einzuschlagen. Was zum ...? Das hört sich ziemlich brutal an, und ich schlucke. Was ist denn verdammt noch mal so dringend? Ich ziehe den Stecker aus der Wand und stoße die Badezimmertür auf, als im selben Moment ein splitterndes Geräusch ertönt und jemand durch die Tür bricht.

Oh Gott! Das ist ein Albtraum, das kann nur ein Albtraum sein. In Wirklichkeit stolpert nicht gerade Ivys Stiefbruder Noah durch die kaputte Tür in diese Wohnung und starrt mich mit einem schockierten Gesichtsausdruck an. In der Realität stehe ich auch nicht mit einem Langhaarschneider vor ihm, als würde ich ein Laserschwert halten, und habe dabei eine Frisur wie ein Zombie.

«Fuck», stößt Noah hervor. Und dieses eine Wort vermittelt mir mehr als deutlich, dass das hier doch real ist.

«Fuck», sagt er noch einmal. Dann dreht er sich um und geht entspannt auf den Flur hinaus, als hätte er nicht gerade die Tür eingetreten. Er bückt sich, um eine Papiertüte und einen Karton aufzuheben. Ich stehe da wie festgewachsen, als Noah wieder reinkommt und der Tür einen Tritt gibt, die daraufhin zu- und direkt wieder aufschwingt.

«Du hast die Tür eingetreten.» Ich bin immer noch fassungslos.

«Du hast nicht aufgemacht.»

Das kann doch nur ein Scherz sein. Das muss ein Scherz sein.

«Ich war im Bad beschäftigt.» Mein Herz rast so sehr, dass mir das Blut in den Ohren rauscht. «Wer zum Teufel bricht denn gleich die Tür auf, nur weil er mal ein paar Minuten ignoriert wird?»

Er zuckt mit den Schultern.

«Ich ... ich ...» Ich kann nicht glauben, dass ich dieses Gespräch mit Ivys Stiefbruder führe. Er gehört zu ihrer Familie, aber ... Himmel, wenn er so gewalttätig ist, dass er mal eben eine Tür aufbricht, ist ihm alles zuzutrauen, oder?

Noah klemmt sich den Karton unter den Arm und kratzt sich mit der freien Hand am Hinterkopf. «Ivy hat mich angerufen, als ich gerade Frühstück holen war, und mir gesagt, dass ich ein Auge auf dich haben soll, bis sie hier ist. Sie macht sich echt Sorgen um dich.» Er wirft einen Blick auf sein Handgelenk, aber da ist keine Uhr. «Sie ist in einer knappen Stunde hier.»

«Und deshalb trittst du die Tür ein?» Hätte ich Ivy doch bloß sofort angerufen und sie beschwichtigt. Jetzt lässt sie wegen mir ihren Stiefvater allein. Scheiße. Meine Finger umkrampfen die Maschine, und unwillkürlich sehe ich mich nach einem Fluchtweg um. Warum hat er das getan?

«Ich habe geklingelt. Ivy meinte, dass es dir wahrscheinlich ziemlich beschissen geht. Außerdem warst du gestern Abend schon so seltsam. Und dann kommen Geräusche aus dem Zimmer, die sich anhören, als würdest du dir ... keine Ahnung, gerade irgendwelche Gliedmaßen abtrennen.»

Okay, falls er wirklich vorhätte, mir irgendwie weh zu tun, dann hätte er das inzwischen längst getan. Und er würde sich mit Sicherheit nicht stellvertretend für Ivy Sorgen um mich machen. «Ich wollte mir nur die Haare schneiden.»

«Das sehe ich.» Er mustert nicht meine Frisur, sondern sieht mir geradewegs in die Augen. Das Grün in seinen kommt mir noch intensiver vor als gestern Abend. «Du hast ...», eine Hand schwebt über seinem Kopf und macht mit den Fingern seltsam kreisende Bewegungen, «... echt Mut zur Hässlichkeit.»

Ich blinzle gegen die Tränen an. Verdammt. Ich darf nicht heulen. Wenn ich einmal anfange, werde ich nie wieder aufhören.

«Sorry!» Er sieht ehrlich zerknirscht aus. «Scheiße, tut mir leid! Wirklich, Aubree. Lass ... lass es mich anders formulieren: Du hast einfach Sinn für Humor?» Er lässt es wie eine Frage klingen. Dann holt er tief Luft und fragt: «Was wird das, wenn's fertig ist? Denkst du, du kommst in deinem Leben besser klar, wenn du aussiehst wie ...» Er wirkt etwas hilflos. «Wie ein ... Junge?»

Ich blinzle noch heftiger, um meine Gefühle wieder unter Kontrolle zu bekommen. Ja, genau das ist es. Ich denke, ich komme viel besser klar, wenn ich nicht als Mädchen angeschaut werde. Nicht als Opfer-Aubree.

Er wartet meine Antwort nicht ab. «Kann ich näher kommen, oder streckst du mich dann mit einem Ninja-Schlag nieder, weil ich gerade wie das letzte unsensible Arschloch reagiert habe?»

Ich stocke. Am liebsten wäre es mir, er würde sofort verschwinden und mich mit meinem Elend und der verdammten Haarschneidemaschine allein lassen. Doch dann muss ich gegen meinen Willen lächeln. «Arschlöcher sind draußen eindeutig sicherer.»

«Tja», sagt er. «Ich habe Ivy aber versprochen, dich nicht aus den Augen zu lassen. Und ich habe Donuts mitgebracht. Und Rice Krispies, falls dir das zum Frühstück lieber ist.» Er hält die Tüte hoch und zeigt mir dann den Karton mit dem unverkennbaren Logo, den er unterm Arm getragen hat.

Ich mag Rice Krispies nicht besonders, aber ich mag Donuts. Sehr sogar. Und erst jetzt merke ich, dass in meinem Magen gähnende Leere herrscht und ich tatsächlich Hunger habe. Wahrscheinlich bin ich unterzuckert. Wahrscheinlich bin ich deswegen auf diese blöde Idee gekommen. Wahrscheinlich hätte ich meine Haare in Ruhe gelassen, wenn Noah mit seinen Donuts ein paar Minuten früher an meine Tür geklopft und irgendwelche Scherze gemacht hätte. Wahrscheinlich? Nein, bestimmt! Ich fühle mich hundeelend. «Ich weiß nicht, was ich jetzt machen soll», sage ich ehrlich und drehe den Langhaarschneider unschlüssig in der Hand. «Das war wohl ein Fehler, oder?»

«Jep.» Er nickt, dann stellt er das Essen auf dem Tisch im Wohnzimmer ab. «Bestimmt fühlst du dich jetzt mies. Ich kenne das. Passiert mir ständig. Aber so kann es jedenfalls nicht bleiben. Mit den Haaren kannst du höchstens an Halloween rausgehen.»

«Danke für die aufmunternden Worte.»

«Versteh mich nicht falsch. Es gibt echt Schlimmeres. Zum Beispiel Menschen, die richtige Wichser sind. Die müssen sich eine Tüte über ihren Charakter ziehen. Du hingegen ...» Er zuckt wieder mit den Schultern.

Soll mich das jetzt wirklich aufbauen? «Wenn ich irgendwann in meinem Leben mal vorhaben sollte, von einer Brücke zu springen, und mir der letzte Anstoß fehlt, weiß ich jetzt jedenfalls, wen ich anrufe. Vielen Dank.»

«Bring es einfach zu Ende, okay?» Er geht an mir vorbei und zieht die Badezimmertür weit auf. «Manchmal kann man nichts anderes machen als weiter. Also los, es kann nur besser werden.»

«Ist das dein Ernst?»

«Klar. Was willst du sonst machen? Dir die Haare von der Seite rüberkämmen? Wie bescheuert sähe das denn aus?»

Da hat er allerdings recht. Ich marschiere an ihm vorbei ins Bad. Dann werfe ich die Tür zu.

«Ich koche Kaffee», kommt es dumpf durch die Tür.

Ich stütze mich am Waschbecken ab und atme langsam ein und aus, um mich zu beruhigen. Mir bleibt nicht wirklich eine Alternative, als die Sache jetzt durchzuziehen. Er hat recht: So kann ich auf keinen Fall rausgehen. Hätte ich die Maschine an der Seite angesetzt, dann könnte man eventuell einen Undercut daraus machen, aber so? Ich zähle von drei runter, stecke das Gerät wieder ein und schalte es an.

Zieh es einfach durch, Aubree!

Dann fange ich ohne weitere Überlegung an, die nächste Bahn auf meinem Kopf abzurasieren, auch wenn ich dabei am liebsten heulen würde. Es geht nicht leicht, weil die langen Haare sich im Aufsatz verheddern und die Maschine empört brummt. Mehrmals muss ich über dieselbe Stelle fahren, um alles wegzuschneiden, und am Hinterkopf komme ich so schlecht dran, dass es verheerend aussehen muss. Minutenlang bearbeite ich meinen Kopf, bis ich mir eingestehen muss, dass ich es alleine nicht wirklich sauber hinbekomme. Mit den übriggebliebenen Haarsträhnen sehe ich noch mehr wie ein Zombie aus als vorher.

Ich wünschte, Ivy wäre schon hier. Auch wenn ich wegen ihres Stiefvaters ein schlechtes Gewissen habe, bin ich nun doch froh, dass sie gleich kommt.

Dann höre ich, wie Noah in der Küche hantiert und schließlich seine Schritte, die unschlüssig vor der Badezimmertür enden. «Alles klar bei dir?»

«Ja», sage ich. «Ich denke schon. Aber, Noah, ich ...»

Oh Gott, ich kann ihn das nicht fragen! Wir kennen uns schließlich gar nicht. Mehrere Atemzüge vergehen, in denen ich meine Möglichkeiten durchgehe. Ich müsste einfach nur auf Ivy warten. Oder ... oh verdammt! «Ich ... ich brauche Hilfe.»

«Von mir?» Er klingt entgeistert.

«Nein», gebe ich augenrollend zurück. «Von dem anderen Noah.»

Er zieht die Tür auf und lugt so vorsichtig um sie herum, dass ich lachen würde, wenn die Situation nicht so furchtbar wäre. «Ich komme nicht überall dran, und mir werden langsam die Arme lahm. Die Maschine ist ziemlich stumpf und wahrscheinlich schon ewig nicht geölt worden, und ich ...» Ich sterbe gleich vor Scham, wenn er mich weiter so ansieht. «Kannst du es vielleicht mal versuchen?»

«Ich soll dir den Kopf rasieren?»

Das ist die Gegenfrage des Grauens. Ganz ehrlich, nie in meinem Leben hätte ich gedacht, dass mich jemand mal so etwas fragt. Es fällt mir schon schwer genug, ihn darum zu bitten, da könnte er netterweise so tun, als wäre das alles nicht so dramatisch. Es ist schließlich mein Kopf, er muss ja nicht so rumlaufen.

«Verdammt, so was hat noch nie eine Frau von mir verlangt. Also nicht am Kopf. Das ist irgendwie ... fuck.»

Lalalalala, ich will gar nicht wissen, worum ihn seine Freundinnen schon gebeten haben. Mit einem unterdrückten Stöhnen lege ich ihm den Langhaarschneider in die Hand und ziehe einen kleinen Hocker heran, nachdem ich die Kiste, die darauf stand, auf dem Boden abgestellt habe. Wenn ich sitze, dürfte ihm das die Arbeit erleichtern.

Er stößt einen Seufzer aus und sagt: «Okay, ich krieg das hin.» Dann schaltet er das Gerät ein und stellt sich hinter mich.

Obwohl ich darauf warte, obwohl ich ihn um genau das hier gebeten habe, zucke ich zusammen, als ich merke, wie Noah sich bewegt. Er ist Ivys Stiefbruder, sage ich mir immer wieder. Er ist nett, vielleicht ein bisschen verrückt, aber er ist harmlos. Vor ihm brauche ich wirklich keine Angst zu haben. Er hat sich

Sorgen gemacht und will mir helfen. Außerdem weiß er, dass Ivy gleich herkommt. Wir werden nicht lange allein sein. Wenn er mich anfasst, dann ist das völlig anders als die Hände von diesem Foto, die mich betatscht haben. Diese Hände, die ... die ...

Und dann berühren seine Fingerspitzen mich am Hinterkopf. Bevor ich auch nur darüber nachgedacht habe, springe ich auf und fahre herum. Die Hände abwehrend erhoben, weiche ich zurück und presse mich mit dem Rücken gegen die kalten Fliesen an der Wand. «Es tut mir leid, ich ... ich glaube, ich kann das doch nicht.»

Noah bleibt einfach stehen und betrachtet mich nachdenklich. Seine Augenbrauen ziehen sich zusammen. Das Gerät brummt, und ich wünschte, er würde es abstellen.

«Danke, dass du es versucht hast», schiebe ich noch schnell hinterher.

Aber Noah macht keine Anstalten, die Maschine wegzulegen. Er runzelt die Stirn und dreht dann beschwichtigend eine Handfläche nach außen. «Vielleicht mache ich einfach die Tür auf, was meinst du? Ist verdammt stickig hier drin.» Er zieht die Badezimmertür vollständig auf, und sofort merke ich, dass ich leichter atmen kann. Es ist verrückt, weil er eigentlich nicht wissen kann, dass ich Angst vor dieser Enge habe, und dennoch bietet er mir einen Fluchtweg an.

«Am besten setzt du dich anders herum, dann kannst du nach draußen gucken.» Er schiebt sich zur Seite, damit ich in dem engen Badezimmer an ihm vorbeigehen kann, ohne dass wir uns berühren. Oh mein Gott, ist es so offensichtlich, wie gestört ich bin? Okay, dumme Frage. Ich habe mir grad die Haare abrasiert, also ja.

Ich kaue auf meiner Unterlippe, dann straffe ich die Schultern und setze mich wieder auf den Hocker. Mein Körper ist so angespannt, als wollte Noah mich mit einem Samuraischwert frisieren. All meine Sinne sind voll auf ihn konzentriert. Ich höre, wie er sich langsam nähert, spüre, wie ein Knie kurz gegen meinen Rücken stößt und er es sofort wieder wegzieht und eine Entschuldigung murmelt. Wie sich dann der Kunststoff des Schneideaufsatzes an meinen Kopf drückt, ohne dass er mich anfasst. Ich mache mich ganz steif, als die Maschine über meine Kopfhaut fährt. Es surrt nur leise, weil der größte Teil der Haare ja schon weg ist. Mit den Händen stütze ich mich rechts und links auf dem Hocker ab. So könnte ich mich schnell abstoßen und weglaufen, wenn es sein muss. Aber es muss nicht sein. Noah macht keine hektischen Bewegungen, was mich beruhigt. Gemächlich und mit leichtem Druck arbeitet er sich von allen Seiten vor. Als er in meinem Nacken ankommt, bittet er mich, den Kopf nach vorn zu legen, und ich starre runter auf meine Knie.

«Ich muss mal kurz von vorne dran, sonst kann ich das nicht richtig sehen. Ist das okay für dich?»

Nein. «Ja.»

Seine Jeans streift meinen rechten Oberarm, als er sich an mir vorbeidrängt. Dann steht er vor mir, und das ist verdammt noch mal überhaupt nicht okay für mich. Er steht genau zwischen mir und der Tür. Ich konzentriere mich darauf, langsam und tief zu atmen, um nicht panisch zu werden, aber Noahs Bauch ist direkt vor meinem Gesicht. Sein Bauch und sein Schritt. Ich zähle die Knöpfe an seiner Jeans, es sind vier. «Ich muss die Haare hinter deinem Ohr noch erwischen», erklärt er. «Ich drücke es ein Stück zur Seite, okay?»

Ich schlucke. «Okay», stoße ich erstickt hervor.

Noah hebt langsam seinen linken Arm, er legt zwei Finger an meinen Kopf, um ihn zur Seite zu neigen, dann biegt er sanft mein Ohr um.

Meine Finger verkrampfen sich um den Plastiksitz, und ich

halte den Atem an, weil er mehrere Anläufe braucht, um alle Haare zu erwischen.

Jedes Mal, wenn er den Arm hebt, um die Maschine zu bewegen, rutscht sein T-Shirt hoch, und ich sehe die nackte Haut über seinem Hosenbund. Nackte, tätowierte Haut. Ich versuche die Schrift zu entziffern, aber sie ist teilweise so schnörkelig geschrieben, dass es mir schwerfällt, mehr als ein paar Wörter zu erkennen.

... *my misspoken words*, lese ich und überlege krampfhaft, ob es eine Stelle aus einem Lied von BANKS sein könnte. Ich würde gerne den Rest davon lesen, nur um zu wissen, ob ich richtigliege, aber mehr bekomme ich nicht zu sehen. Als Noah meinen Kopf zur anderen Seite kippt, ist sein Unterarm genau vor meinen Augen, aber nur so kurz, dass ich nicht mehr als einen vagen Eindruck von den Bäumen bekomme, die darauf abgebildet sind, und den Adern, die grünlich durch seine Haut schimmern.

«Ich denke, das war's», sagt er schließlich und stellt die Maschine aus. «Guck am besten mal selbst im Spiegel.» Er tritt von mir zurück, und ich richte mich auf.

Es ist seltsam, mich so zu sehen. Aber Noah war gründlich, deshalb sieht es gar nicht mehr so schlimm aus. Ich habe eine runde Kopfform und volle Lippen. Falls ich ernsthaft gedacht habe, durch den Buzz Cut wie ein Junge auszusehen, ist das gründlich danebengegangen. Ich sehe kein bisschen jungenhaft aus, und meine dunklen Augen wirken übergroß in meinem Gesicht. Da ist nichts mehr, das von ihnen ablenken könnte.

«Dein ganzes Gesicht besteht nur aus Augen», sagt Noah im selben Moment. Er steht seitlich hinter mir, sodass ich ihn im Spiegel sehen kann. Sein Mund lächelt nicht, aber da ist etwas Weiches in seinem Ausdruck.

«Es ist okay, oder?», frage ich ihn.

«Ja, es ist okay.» Sein Blick fährt über mein Gesicht und dann über meinen Hinterkopf. «Du hast da ein Muttermal.»

Unwillkürlich fasse ich mir an die Wange. «Ja, ich weiß. Es ist nicht zu übersehen.»

«Ich meine an deinem Hinterkopf. Das kannst du im Spiegel nicht sehen. Hier.» Seine Fingerspitze tippt auf eine Stelle weit hinter meinem rechten Ohr, nur um sich schnell wieder zurückzuziehen. «Sorry. Vielleicht gehst du dich erst mal duschen, damit du die ganzen Haare loswirst. Sie kleben alle an deinem T-Shirt. Vor allem am Kragen, wo es nass geworden ist.»

«Danke.» Ich lächle ihn im Spiegel an. «Du hast mich gerettet.»

Noah will etwas Nettes sagen, das erkenne ich daran, wie seine Mundwinkel sich nach oben ziehen. Doch dann verdunkelt sich plötzlich sein Blick, und seine Lippen werden schmal. «Kein Ding. Wenn du mal wieder jemanden brauchst, der dich bei dummen Ideen unterstützt oder eine Tür für dich eintritt und damit deine Wohnung ruiniert ...» Er lässt den Satz unbeendet und verlässt das Badezimmer.

Ich weiß nicht, warum er plötzlich so abweisend reagiert. Vielleicht war das alles einfach ein bisschen zu viel. Mit mir am Rande des Nervenzusammenbruchs zu balancieren bringt mit Sicherheit nicht besonders viel Spaß. Es tut mir leid, dass Ivy ihn auf mich angesetzt hat und dass er sich verpflichtet gefühlt hat, nach mir zu sehen. Wenn er nach dem Duschen noch da ist, werde ich ihm sagen, dass er sich um mich keine Gedanken mehr machen muss.

Erleichtert, weil ich nun doch ohne Tüte über dem Kopf nach draußen gehen kann, schließe ich die Badezimmertür zweimal ab, fege die Haare auf einem Kehrblech zusammen und lasse sie in den Mülleimer rutschen. Vorsichtig schlüpfe ich aus meinen Klamotten, steige in die enge Kabine und drehe den Hahn voll auf. Das Wasser wird schnell warm. Ich spüle mir die Haare ab, die wirklich überall kleben, und sehe schließlich zu, wie die letzten im Ausguss verschwinden – und damit auch die Drogen, die sich darin abgelagert haben – und zum ersten Mal seit Tagen habe ich das Gefühl, wirklich sauber zu sein.

Kapitel 4

Ivys Stimme dringt durch die Küchentür, als ich aus dem Badezimmer komme. Mit dem Handtuch um den Körper geschlungen haste ich in den Flur, um frische Klamotten aus meinem Rucksack zu holen, die ich zurück im Bad schnell überstreife.

«Hey», sage ich, als ich kurz darauf in die Küche gehe. Wahrscheinlich hat Noah Ivy längst vorgewarnt, und sie wird nicht gleich in Ohnmacht fallen, wenn sie meine neue Frisur sieht. «Du hättest wirklich nicht so schnell herkommen müssen. Ist mit deinem Stiefvater alles in Ordnung? Tut mir leid, dass ich nicht zurückgerufen habe.»

Ivy erstarrt.

«Heilige Scheiße!», entfährt es ihr.

Okay, Noah hat sie *nicht* vorgewarnt. Mit dem Rücken lehnt er an der Küchentheke und stützt sich darauf mit den Händen ab. Als er Ivys entgeisterten Gesichtsausdruck sieht, zuckt es um seinen Mund. Ich wette, er hat es ihr mit Absicht nicht gesagt.

«Was ... oh Gott, warum hast du das gemacht?» Ivy umarmt mich. Ihre Arme fühlen sich wie zu Hause an, aber dennoch versteife ich mich, weil ich jetzt nicht emotional werden will, gerade, wo ich das Gefühl habe, mich zu fangen, wieder mit geradem Rücken stehen zu können.

«Ich ... ich habe ...»

«Aubree hat eine Wette gegen mich verloren.» Noah sieht mir nicht in die Augen, stattdessen hebt er seine Kaffeetasse an den Mund und vertieft sich ganz darin.

Ich starre ihn wahrscheinlich ziemlich dämlich an, weil ich nicht kapiere, warum er das sagt. Er weiß doch gar nicht, was passiert ist und warum ich das getan habe. Ich schätze, er will mir helfen, das Gespräch über meine Beweggründe abzublocken. Aber vielleicht interpretiere ich auch einfach zu viel hinein, und er will bloß seine Stiefschwester ärgern.

«Du hast gerade mal eine Stunde mit meiner besten Freundin verbracht und sie in dieser Zeit dazu getrieben, sich die Haare abzurasieren?»

«Noah hat gar nichts ...»

«Ich habe ein echtes Talent dafür, mein eigenes Leben und auch das anderer Leute zu zerstören», unterbricht er meinen Einwand. Sein Grinsen ist eine undefinierbare Mischung aus Provokation und Schmerz. «Das solltest du inzwischen wissen. Gib mir fünf Minuten und ...» Er hebt eine Faust und spreizt die Finger zu einer Explosion.

Ivy beißt die Zähne zusammen. Aus irgendeinem Grund habe ich das Gefühl, dass sie wirklich wütend auf ihn ist, und das kann eigentlich nichts mit mir zu tun haben. Der Blick, mit dem sie ihn ansieht, verrät, dass da noch etwas anderes zwischen ihnen vorgefallen ist. Etwas, das sie mir noch nicht erzählt hat und das die beiden garantiert noch nicht geklärt haben.

«Das war echt kindisch», sagt sie. Nur um im nächsten Moment zu fragen: «Worum ging es in der Wette?»

Shit. Mir fällt nichts ein, und Ivys Blick geht mit erhobenen Augenbrauen zwischen Noah und mir hin und her. Um was? Um was, verdammt?

«Um die NBA», kommt es von Noah wie aus der Pistole geschossen. «Wir haben uns über die Top-Scorer unterhalten, und Aubree hat behauptet, Dirk Nowitzki wäre aus Polen. Aber er ist Deutscher.»

Ivys Augen weiten sich. «Du hast dir wegen Dirk Nowitzki die Haare abrasiert?»

Mir wird heiß. Obwohl die Frage an mich geht, stößt Noah ein gleichgültiges «Na und?» aus. «Das war der Einsatz. Ich bin froh, dass ich gewonnen habe. Bei mir würde das echt scheiße aussehen. Ich habe hier eine Narbe», er fasst sich an den Hinterkopf, «die ich dann jedem erklären müsste.»

Ivy bläst sich den Pony aus der Stirn, dann dreht sie sich zu mir um und hebt unschlüssig die Hände. «Das ist so ... wow. Darf ich deinen Kopf anfassen? Es sieht echt krass aus.» Als ich nicke, legt sie beide Hände auf meine Stirn und streicht darüber bis in meinen Nacken, dann beugt sie sich vor und drückt mir einen Kuss auf meine Schläfe. «Also wenn es jemandem steht, dann dir. Du siehst sowieso immer aus wie ein Promi, der sich hinter seiner Sonnenbrille versteckt, um nur kurz einen Kaffee bei Starbucks zu holen. Und jetzt hast du eben eine Rolle bekommen wie Natalie Portman in *V for Vendetta*.»

Obwohl sie einen Scherz macht, merke ich, wie angespannt sie ist. Ihr ist anzusehen, dass ihr noch eine Million Fragen auf der Zunge liegen, und so leicht wird sie sich nicht zufriedengeben. Ich schlucke, nicht nur deswegen, sondern auch weil der Vergleich mit Natalie Portman genau das ist, was ich vermeiden will. Auf keinen Fall soll mich jemand mit meiner Mom und ihrem Filmbusiness in Verbindung bringen.

«Fuck», sagt Noah. «Wir hätten Vorher-Nachher-Fotos machen sollen. Das wäre eine megacoole Story geworden.» Er holt sein Handy heraus und scrollt darauf herum, bevor er uns wieder ansieht und das Smartphone hochhält. «Lächeln!»

«Nein», rufe ich panisch aus, hebe reflexartig beide Arme vor mein Gesicht und drehe mich weg.

Ivy sagt schnell: «Auf keinen Fall! Das kannst du so was von vergessen.» Sie schiebt sich vor mich, um mich abzuschirmen.

«Okay, bleibt locker. Ich habe kein Foto gemacht.»

Ich halte immer noch beide Hände oben und kann mein Zittern nur mühsam unterdrücken. Erst als ich um Ivy herumgucke und sehe, wie Noah sein Handy sinken lässt, traue ich mich, meine Hände runterzunehmen, und schlinge mir die Arme um den Oberkörper. Plötzlich ist mir eiskalt.

Noah betrachtet mich aufmerksam. «Ist eh nur halb so spannend ohne das Vorher-Bild», murmelt er. Er stößt sich seufzend vom Schrank ab und schiebt das Telefon zurück in seine Hosentasche. «Ich schau mir mal die Tür an und gucke, was da noch zu retten ist.» Er drängt sich vorsichtig an mir vorbei und verlässt die Küche.

Ivy gießt Kaffee in zwei Tassen und reicht mir eine davon. «Ich liebe Noah wirklich, aber er ist so ein Idiot, ich hätte mir denken können, dass er es verbockt. Ich meine, er hat die verdammte Tür eingetreten!» Sie schüttelt den Kopf.

In Ivys winziger Küche ist kein Platz für einen Tisch, aber jetzt, da ihr Bruder rausgegangen ist, kommt mir der Raum gleich viel größer vor. «Er wollte mir nur helfen. Ich weiß nicht, was du ihm erzählt hast, aber er hat wohl Angst gehabt, ich könnte mir etwas antun. Oder er hatte Angst, du könntest *ihm* etwas antun, wenn er nicht auf mich aufpasst.» Mein Lächeln gerät zu einer Grimasse.

«Da liegt er gar nicht so falsch.» Ihr Ausdruck wird ernst. «Und jetzt sag mir, was los ist. Nie im Leben hast du mit Noah gewettet. Du hast Nowitzki schon selbst *Dunking Deutschman* genannt, ich weiß genau, dass Noah gelogen hat.» Sie stellt ihre Tasse ab, und ihr Gesicht verzieht sich vor Mitleid. «Ich konnte Ginnifer nicht erreichen, aber ich habe heute Morgen mit Taylor telefoniert. Er hat gesagt, dass Strout dich rausgeworfen hat. Ist das wahr?»

Sofort schießen mir die Tränen in die Augen. Noch bevor ich etwas sagen kann, gibt Ivy einen gequälten Laut von sich und schließt ihre Arme um meinen Oberkörper. Sie hält mich fest, während ich an ihrer Schulter losheule und nur hoffe, dass Noah nicht zurückkommt und das mitbekommt.

«Er hat mich das zweite Mal abgemahnt», sage ich unter Schluchzern. «Jetzt bin ich raus.»

«Aber wieso? Ich verstehe das nicht. Taylor hat behauptet, er wüsste nicht, was vorgefallen ist, aber er war am Telefon so seltsam. Was ist denn passiert?» Langsam streicht sie mir über den Rücken. Aber das beruhigt mich kein bisschen, es sorgt nur dafür, dass ich mich noch schlechter fühle, weil ich ihr das mit den K.-o.-Tropfen nicht sagen kann, nicht sagen will. Weil ich mich so schuldig fühle und gleichzeitig noch einmal mehr wie ein hilfloses Opfer.

Aber Ivy ist meine beste Freundin, wir hatten noch nie Geheimnisse voreinander. Keine wichtigen jedenfalls. Außerdem würde ich ihr mein Leben anvertrauen. In den letzten Jahren haben wir so viel miteinander geteilt, dass wir uns näher stehen als Schwestern. Mit meiner kleinen Schwester May werde ich nie diese Gespräche führen können, allein schon wegen des Altersunterschieds. Und ich liebe Ivy.

Ich versuche mich zu sammeln. Konzentriere mich ganz auf ihre vertraute Stimme und die Bewegung ihrer Hand, die Kreise auf meinem Rücken zieht, und dann räuspere ich mich. «Vor ein paar Tagen ... auf dieser Party ist etwas passiert, Ivy.» Ich merke, wie sie sich versteift. Vermutlich ist ihre Angst vor dem, was ich sagen könnte, genauso groß wie meine Angst, es auszusprechen. «Jemand hat ein Foto von mir gemacht.»

«Was für ein Foto?» Sie presst die Frage mühsam heraus. «Oh Gott, Aubree, bitte sag mir, dass es nicht das ist, was ich denke. Hat jemand ... oh Gott, hat dir jemand weh getan?»

«Nein», sage ich schnell, wahrscheinlich zu schnell. «Niemand hat mir weh getan. Mit mir ist eigentlich alles okay.» Wieso sage ich das? Nichts ist okay mit mir! «Jemand hat ... ich habe ...» Verdammt, warum ist das so schwer? «Es existiert ein Foto von mir, auf dem ich halb nackt bin. Es wurde auf Instagram hochgeladen.»

Mehrere Sekunden kann ich Ivy nur atmen hören.

«Nein.» Sie presst ihr Gesicht an meinen Hals und sagt es erneut. «Nein.» Es kostet sie sichtlich Mühe, ihre Gefühle zurückzuhalten. «Und du behauptest, es wäre alles okay? Du würdest doch niemals ...» Sie hebt den Kopf und schaut mir direkt in die Augen. «Wer hat dir das angetan? Wie ist das passiert? Ich dachte, du bist mit Ginnifer auf dieser Party gewesen.»

«Ja, das war ich auch.» Meine Gedanken rasen. Wenn ich Ivy sage, dass man mich mit K.-o.-Tropfen gefügig gemacht hat, wird sie völlig geschockt sein. Und sie wird die Sache garantiert nicht auf sich beruhen lassen, weil ich das im umgekehrten Fall auch nicht tun würde. Ich würde sie auch mit allem, was mir möglich ist, verteidigen und versuchen, sie zu beschützen. Ich würde alles daransetzen, dass dieses Arschloch bestraft wird und vor allem, dass er so was nie wieder tun kann. Aber wenn sie mich dazu bringt, zur Polizei zu gehen, dann erfährt es auch meine Mom und irgendwann auch die Presse. Ich kann mir schon vorstellen, was die Medien daraus machen. Jeder würde mich nur noch als Opfer sehen. Bisher bin ich einfach eine Schlampe und das auch nur im Umfeld des Colleges. Doch sobald das alles rauskommt, wird meine Mom sich Vorwürfe machen, dass sie mich nicht genug geschützt hat und dass ihr Job mich erst so angreifbar macht. Sie hat immer alles darangesetzt, dass wir normal aufwachsen. Es gab nie großen Luxus in unserem Haus, ich musste mir mein Geld selbst erarbeiten, und Mom hat May und mich auch nie öffentlich gezeigt. Gegen jedes Foto, das irgendein Paparazzo von uns geschossen hat, ist sie mit einer gerichtlichen Verfügung vorgegangen, bis die Medien es gelernt und akzeptiert hatten. Aber dieses Bild ... es wird alles verändern.

Sie werden unsere Familie auseinandernehmen. Es könnte meiner Mom schaden. Es könnte May schaden. Man würde sie in der Schule darauf ansprechen, sie vielleicht deswegen mobben. Es würde alles schlimmer machen, selbst wenn jeder wüsste, dass ich das Opfer bin.

Die Art und Weise, wie Frauen verurteilt werden, ändert sich nicht, wenn man das Opfer ist. Jedes Detail würde analysiert werden. Was ich getragen habe, wie ich getanzt habe, mit wie vielen Männern ich vorher zusammen war. Am Ende werden sie sagen, dass ich selbst schuld bin, weil ich einen kurzen Rock anhatte, dass ich damit hätte rechnen müssen, weil ich aufreizend getanzt habe und weil diese Art von Verbindungspartys doch dafür bekannt sind. Ich werde immer noch schuld sein. Nur, dass ich dann zusätzlich noch ein Opfer bin. Aber ich will kein Opfer sein, und Ivy soll mich auch nicht so sehen. Ich will kein Mitleid, sondern einfach nur nach vorne schauen. Wie Noah schon gesagt hat:

Manchmal kann man nichts machen, außer weiter.

Und diesen Satz von ihm werde ich gleich noch in mein Journal malen, damit ich ihn nie wieder vergesse.

«Ich hatte auf der Party wohl zu viel getrunken und Ginnifer dann aus den Augen verloren. Und auch die Kontrolle. Ich habe einfach die Kontrolle verloren.» Ich sehe Ivy nicht in die Augen. Meine Stimme klingt zu monoton. Es ist die Stimme, die ich beim Synchronsprechen benutze, um eine Lüge anzudeuten. Dabei ist ein Teil davon nicht mal gelogen. Ich habe die Kontrolle über mein Leben verloren. Dennoch schwingt so viel Falsches in diesen Worten mit. Ob man mir wirklich K.-o.-Tropfen gegeben hat, weiß ich nicht sicher, bisher ist es nur eine Vermutung. Aber selbst wenn ich nur zu viel getrunken hätte, wäre das kein einvernehmliches Erlebnis zwischen zwei erwachsenen Menschen gewesen. Allein bei der Vorstellung wird mir schlecht, und ich

MANCHMAL *kann* MAN NICHTS *machen* AUSSER *weiter*

schiebe die Tüte mit den Donuts, die auf der Theke liegt, von mir weg.

«Aber das ist ein Verbrechen, Aubree! Wer auch immer dieses Foto von dir gemacht hat, der hat gegen das Gesetz verstoßen. Alkohol hin oder her. Du hast dich doch nicht selbst fotografiert und es hochgeladen.»

«Aber ich weiß nicht, wer mich ausgezogen hat oder wer das Foto gemacht hat. Ich weiß nicht, wer das war, okay?» Vor Wut über diese Situation und meine Hilflosigkeit treten mir erneut die Tränen in die Augen, und Ivy bemerkt es sofort, presst die Lippen zusammen und hält mich für eine Weile wortlos fest.

«Es tut mir so leid, Aubree. Es tut mir so unendlich leid. Ich wünschte, ich wäre bei dir gewesen. Was willst du jetzt tun?»

«Am liebsten will ich nie wieder dorthin zurück.» Das ist mein voller Ernst. Am liebsten möchte ich hier bei ihr bleiben und alles andere verdrängen. Es so lange verdrängen, bis es nicht mehr weh tut. Aber das funktioniert nicht.

«Haben wir eine Chance herauszufinden, wer das Foto hochgeladen hat? Das muss doch technisch möglich sein. Was hat deine Mom gesagt?»

Ich drehe meinen Kopf zur Seite und weiche ihrem Blick aus. «Ich habe noch nicht mit ihr gesprochen. Bitte sag ihr nichts davon. Sie wird sich bestimmt Vorwürfe machen.»

«Aber sie hat ganz sicher einen Anwalt, der uns raten kann, was zu tun ist. Du solltest wirklich mit ihr reden. Ich kann verstehen, dass dir das schwerfällt. Wir könnten gemeinsam mit ihr sprechen, wenn du willst. Das ist alles so ekelhaft. Aber deine Mom kann bestimmt dafür sorgen, dass dieses Foto für immer verschwindet.»

«Es wurde bereits gelöscht.»

«Aber irgendjemand hat das bestimmt gescreenshottet. Wir

müssen verhindern, dass es noch mal irgendwo auftaucht. Und dieser Arsch muss zur Rechenschaft gezogen werden.»

«Du hast recht, aber ... Wegen meiner Mom ... ich muss darüber nachdenken. Ich kann das noch nicht, Ivy. Ich brauche eine Pause. Bitte, ich will nicht weiter darüber reden.»

Für einen Moment sieht sie aus, als würde sie mir widersprechen. Sie öffnet den Mund und schließt ihn wieder. Dann sagt sie «Okay» und atmet geräuschvoll aus. «Aber was hast du jetzt vor? Willst du nicht versuchen, etwas gegen diese Abmahnung zu unternehmen? Strout kann dich doch nicht einfach so rauswerfen. Du hast nichts falsch gemacht.»

«Leider kann er das doch. Denn das war ja nicht mein einziges angebliches Vergehen.» Ich erinnere sie an das Fiasko mit dem Anime-Porno und ziehe eine Grimasse. «Ist es okay, wenn ich dir hier eine Zeitlang auf die Nerven falle?»

«Du fällst mir nicht auf die Nerven.» Sie wirft mir einen beinahe bösen Blick zu. «Ich bin froh, wenn du bei mir bist.»

«Aber wenn Asher dich besucht ...»

«Macht das auch keinen Unterschied», unterbricht sie mich. «Außerdem ist Asher sowieso die meiste Zeit in Manchester oder auf der Insel. Jetzt wo sein Vater aus der Reha zurück ist, fährt er möglichst oft nach Hause.»

«Wie geht es deinem Stiefvater denn?» Ich weiß, dass Ivys Familie ein Anwesen auf einer Privatinsel in Portsmouth hat und ihr Stiefvater erst vor wenigen Wochen operiert worden ist, weil er einen Gehirntumor hatte. Und dass es in der Familie immer noch Schwierigkeiten gibt. Ivys Mutter war früher mit Ashers Vater verheiratet, und es war ein ziemlicher Schock für Richard Blakely, als er erfahren hat, dass sein ältester Sohn sich in seine Stieftochter verliebt hat. Und zu Noah hatte er wohl schon seit Jahren ein schwieriges Verhältnis. «Habt ihr immer noch vor, diese Familientherapie zu machen?»

«Ja, aber erst, wenn er wieder fit ist. Im Augenblick kämpft Dad noch ziemlich mit seinem Alltag. Er verliert manchmal die Orientierung und hat Erinnerungslücken. Er braucht einfach noch etwas Zeit.»

«Das tut mir leid.»

«Seine behandelnde Ärztin hat gesagt, dass sich das bessern wird. Er ist manchmal ungeduldig, aber hauptsächlich mit sich selbst. Ich glaube auch, dass diese Familientherapie wichtig für ihn ist. Nur Noah stellt sich total quer. Nachdem er sich an der Uni eingeschrieben hat, war ich mir sicher, dass sich ihr Verhältnis entspannt. Aber anstatt auf seinen Vater zuzugehen, blockt Noah alles total ab. Ich weiß nicht, was zwischen den beiden vorgefallen ist, aber ihm scheint inzwischen so ziemlich scheißegal zu sein, was mit seinem Dad ist.»

«Bist du deshalb so sauer auf ihn?»

«Ich bin nicht sauer auf ihn.»

Jetzt muss ich lächeln. «Dann hoffe ich nur, du bist niemals so nicht-sauer auf mich wie jetzt auf ihn.»

Ivy versteckt ihr Grinsen hinter ihrer Tasse, doch es verschwindet zu schnell wieder. «Du bleibst auf jeden Fall hier. Ich werde einkaufen, den Kühlschrank füllen, dann musst du gar nicht raus, wenn du nicht willst, und wir können nachher zusammen *The Age of Adaline* gucken. Das Sofa im Wohnzimmer ist leider noch von meinem Vormieter und höllisch unbequem, aber wir besorgen dir ein neues Bett.»

«Ich brauche kein neues Bett. Ein altes, höllisch unbequemes Sofa ist genau das, was mir jetzt am liebsten ist. Und ich will nicht, dass du wegen mir deinen Stiefvater im Stich lässt.»

«Ich werde dich jetzt nicht hier allein lassen.»

Ich drücke sie an mich. «Danke. Aber ich bin wirklich froh, wenn ich ein paar Tage allein sein kann. Ehrlich. Dann habe ich Zeit, über alles nachzudenken.»

Sie sieht nicht begeistert aus, kann aber nichts mehr dazu sagen, weil ihr Stiefbruder wieder hereinkommt. Für eine Sekunde scannt er unsicher mein Gesicht ab, dann quetscht er sich an uns vorbei. «Diese verfickte Tür.» Zielstrebig greift er nach der Donuttüte. «Ich hoffe, ihr habt mir was übrig gelassen.»

«Was ist mit der Tür?», fragt Ivy. «Kann man sie nicht reparieren?»

«Wir müssen das der Verwaltung melden. Das Schloss ist der letzte Dreck, da ist nichts mehr zu machen.» Er lehnt sich wieder gegen die Arbeitsfläche. «Ich hatte noch einen alten Riegel, den habe ich jetzt provisorisch drangeschraubt, aber man kann die Tür damit nur noch von innen verschließen.» Er richtet sich auf. Mit einer Geste fordert er uns auf, ihm zu folgen, und beißt im Gehen in seinen Donut.

«Shit», sagt Ivy, als wir uns das Provisorium ansehen. «Aubree kann doch nicht nur mit diesem winzigen Riegel an der Tür hier schlafen.»

«Das ist Eisen. Den kriegt niemand durch, da müsste man schon zufällig mit einer Metallsäge vorbeikommen.» Er stopft sich den letzten Bissen seines Donuts in den Mund und wischt die Finger an seinen Jeans ab.

Mir wird ganz mulmig, als ich das Schloss betrachte. Okay, Noah hat es hingekriegt, dass man die Tür mit einem kleinen Vorhängeschloss zusperren kann, aber das sieht alles andere als vertrauenerweckend aus. Und was mache ich, wenn ich die Wohnung mal verlassen muss? Meine Finger drücken gegen das Türblatt. Das Schloss hält zwar, aber mit etwas Druck entsteht ein Spalt zwischen Tür und Rahmen, durch den man ein Werkzeug quetschen könnte, wenn man es drauf anlegt. «Reicht da nicht ein Bolzenschneider, um das Schloss durchzukneifen?», frage ich.

Noah fasst sich nachdenklich an den Hinterkopf und schiebt

dann beide Hände in die Hosentaschen. «Wer sollte hier reinwollen? Das ist Kings Hall und nicht eines von den runtergekommenen Wohnheimen. Außerdem ist es jetzt sicherer als vorher. Man kann die Tür nämlich nicht mehr so einfach eintreten.»

Ivy rüttelt testweise an der Tür. «Also ich würde in der Nacht kein Auge zumachen nur mit diesem Ding. Mag ja sein, dass es sicherer ist als das alte Schloss, aber man kann reingucken. Aubree, willst du wirklich hier schlafen? Du kannst ja nicht mal dein Zeug hierlassen, wenn du die Wohnung verlässt. Du könntest auch mit mir auf die Insel kommen. Das wäre doch das Beste. Mein Stiefvater hat ganz bestimmt nichts dagegen.»

Und einem fremden kranken Mann auf der Tasche liegen? Unschlüssig runzle ich die Stirn.

«Ich besorge einen zweiten Riegel», sagt Noah schnell. «Einen für außen.»

Ich weiß nicht, ob mich das erleichtert. Es tut mir leid, dass Noah wegen mir jetzt so einen Ärger hat. Er hat sich nur Sorgen gemacht und muss sich deswegen jetzt um diese dämliche Tür kümmern. Vielleicht hat er überreagiert, aber dass ich ihn vorher einfach ignoriert habe, war auch keine Glanzleistung. Ich räuspere mich.

«Das wird schon irgendwie gehen. Ist ja nicht für lang, oder?» Mein Lachen klingt hohl und unsicher. Wieder eine Lüge, die ich nicht verbergen kann. Die Vorstellung, hier mit nicht mehr als einem winzigen Vorhängeschloss zu schlafen, schnürt mir jetzt schon die Kehle zu, aber ich verdränge jeden weiteren Gedanken daran. Niemand weiß, dass ich hier bin. Niemand wird mich unangemeldet besuchen oder versuchen, hier gewaltsam einzudringen. Das ist absolut unwahrscheinlich. Niemand wird mich je wieder anfassen, wenn ich es nicht will. Niemand ...

Okay, ich kann die Gedanken *nicht* verdrängen.

Ich schlucke die aufkommende Panik herunter. Nur ein paar Nächte, rede ich mir ein. Nur, bis die Verwaltung jemanden schickt, der das Schloss repariert. Ich werde es überleben. Ich muss. Unauffällig reibe ich mir über die Oberarme, um mich zu wärmen, und fange Noahs Blick auf, der mich wohl schon eine ganze Weile beobachtet.

«Fuck», sagt er und kaut sichtbar an einem Gedanken herum. «Ach, scheiß drauf. Wir tauschen. Du schläfst in meinem Zimmer, so lange, bis das neue Schloss eingebaut ist.»

Kapitel 5

«Bist du sicher, dass das für dich kein Problem ist?» Noahs Zimmertür steht sperrangelweit auf. Mit keinem Wort habe ich angedeutet, dass es mir unangenehm wäre, mit ihm allein zu sein, aber er hat ganz selbstverständlich die Tür aufgelassen und hält mindestens einen Meter Abstand zwischen uns.

«Nein», sagt Noah und sorgt dafür, dass mein Kopf ruckartig zu ihm herumfährt.

«Also ist es doch ein Problem?» Verdammt, ich wusste es. Ich mache ihm nur Ärger, und dabei wollte ich einfach meine Ruhe haben und schlafen. Und vergessen. Und nicht zusammenbrechen.

Er lässt den Stapel Bücher, den er gerade aus dem Regal geholt hat, in einen Wäschekorb fallen und dreht sich zu mir um. «Mit dir gibt es eine Menge *fucking* Probleme. Aber das Zimmer ist keines davon.» Er geht weiter zu seinem Kleiderschrank und fischt Jeans und ein paar T-Shirts heraus. Unterwäsche fliegt in seinen Korb. Socken, mehrere Kabel.

Wir haben den Vormittag gemeinsam mit Ivy verbracht, und sie hat die Hausverwaltung angerufen, aber noch keinen Termin genannt bekommen. Es war ihr nicht recht, mich allein zu lassen, aber ich konnte sie davon überzeugen, dass ich mit ihrem Bruder schon klarkomme und wirklich froh sein werde, ein paar Tage mit niemandem reden zu müssen. Und kaum dass sie wieder auf die Insel gefahren ist, zieht Noah die Sache in Rekordtempo durch. Ich habe mehrmals beteuert, dass es mir nichts ausmacht, mit einem kaputten Türschloss zu schlafen –

genauer gesagt habe ich mehrmals gelogen –, aber er diskutiert nicht mit mir.

«Ich werde nichts anfassen, keine Sorge», sage ich. «Ich werde nicht mal deinen Schreibtisch benutzen.»

«Vergiss das Bett nicht. Ich erwarte, dass du mindestens einen Meter über der Matratze schwebst.» Er fährt sich durch die Haare. «Was soll das, Aubree? Es ist nur ein Zimmer, also mach da keine große Sache draus. Mein Bett ist übrigens megabequem. Das alte habe ich rausgeschmissen, weil ich keinen Bock darauf hatte, auf einer Matratze zu liegen, auf der wahrscheinlich schon Hunderte ...» Er stockt und murmelt leise etwas, das ich nicht verstehe. Dann redet er in normaler Lautstärke weiter. «Mein Bett ist auf jeden Fall das Beste, was dir passieren kann. Du wirst nie wieder woanders schlafen wollen.»

«Bestimmt.» Ich drehe den Kopf zur Wand, weil meine Wangen sich mit einem Mal heiß anfühlen. Dass ich keine Haare mehr habe, die ich wie einen Vorhang vor mein Gesicht fallen lassen kann, fällt mir jetzt erst auf. Das ist verdammt unpraktisch. «Was ist das?» Ich halte ein undefinierbares blaues Ding hoch, das neben Noahs Kopfkissen gelegen hat und vermutlich mal ziemlich viel Fell gehabt haben muss. Es ist weich und knubbelig, hat baumelnde Gliedmaßen und zwei Augen.

«Grover. Ich wusste gar nicht, dass ich den noch habe.»

Klar, deshalb liegt er auch in seinem Bett. «Willst du ihn mitnehmen?»

«Sehe ich so aus, als würde ich ein Kuscheltier zum Schlafen brauchen?» Auf Noahs Stirn haben sich Linien gebildet, und seine Augen wirken mit einem Mal dunkler als ein Moor. Er hält in der einen Hand sein Handy, in der anderen einen PlayStation-Controller. Seine Arme sind angespannt, die dunklen Schriftzüge treten darauf deutlich hervor, und unter seinem engen Shirt kann ich beinahe jede Wölbung erkennen, die seine

Muskeln bilden. Ich schlucke. Nein, verdammt, er sieht kein bisschen so aus, als würde er einen Grover brauchen.

Wahrscheinlich wird er mich nach meiner nächsten Frage für völlig verrückt halten. Obwohl er das vermutlich eh schon tut. «Kann ich ihn dann haben?» Meine Arme schlingen sich automatisch um den schlaksigen Körper und drücken ihn an meinen Bauch. Auch wenn das Fell abgewetzt ist, fühlt Grover sich himmlisch an. Nach Kindheit. Nach Unschuld. Nach meiner Schwester May. May besitzt zwar keinen Grover, aber sie hatte früher ein anderes Kuscheltier aus der Sesamstraße. Tagelang hat sie geweint, nachdem Mom es weggeworfen hat, weil es sich irgendwann nicht mehr flicken ließ und sein Füllmaterial im ganzen Haus verteilte. Auch das neue Tier, das Mom gekauft hatte, konnte meine Schwester nicht darüber hinwegtrösten, und Mom hat es ewig bereut.

«Ich hab ihn wahrscheinlich vor zwei Jahren das letzte Mal gewaschen. Wenn dich das nicht stört ...» Er grinst.

«Ist mir egal.» Und das ist es wirklich. Im Augenblick kann ich mir nichts Schöneres vorstellen, als mit einem völlig abgewetzten Kuscheltier zusammen im Bett zu liegen.

«Was ist eigentlich in der Kiste?» Noah nickt zu dem Karton, in dem ich meinen Technikkram transportiert habe, und ich lege Grover aufs Bett zurück.

«Mein Mikrophon, Verstärker und alles, was ich für meine Arbeit gebraucht habe. Brauche», verbessere ich mich. Ich klappe die vier Papplaschen auf und lasse Noah einen Blick reinwerfen. «Ich muss manchmal Demos an Kunden schicken, und damit kann ich sie unabhängig von einem Studio aufnehmen.»

Zielstrebig zieht er die Plastikbox mit dem Mikrophon heraus und klappt sie auf.

«Es ist vielleicht nicht das beste, aber für meine Zwecke perfekt geeignet.» Noah holt das Mikrophon aus dem Koffer und wiegt es in der Hand, und ich rede schnell weiter. «Es ist nicht so hell abgestimmt, und ich mag seinen warmen Klang. Es rauscht kaum, ist weich mit seidigen Höhen und hat überhaupt nichts Schrilles oder Klirrendes, das ist mir sehr wichtig.» Deshalb lautete mein Instagram-Name auch *aubree.speaks.softly*, aber das kann ich Noah natürlich nicht erzählen.

«Also hast du wirklich Filme synchronisiert?»

«Hauptsächlich Low-Budget-Serien und Animationsserien für Kinder.» Ich weiß genau, woran er jetzt denkt, weil sich ein Grinsen auf seinem Gesicht ausbreitet. «Wehe, du ziehst dir jetzt irgendwelche Anime-Pornos rein, nur um meine Stimme zu finden. Ich habe den Auftrag abgelehnt, da gibt es nichts zu finden.»

Sein Grinsen wird noch etwas breiter. «Für mich hört sich dieser vehemente Protest danach an, als würde es da eindeutig etwas zu finden geben.»

Ich verdrehe die Augen. «Das ist keine Ich-war-jung-und-brauchte-das-Geld-Situation. Diese Filme bestehen nur aus Rumgestöhne und Angstschreien. Sie sind frauenverachtend. Und schrecklich. Deshalb habe ich den Job abgelehnt. Dir entgeht echt nichts, wenn du dir so was nie anschaust.»

«Zu spät», sagt er und verzieht leicht den Mund.

«Oh, okay.» Meine Stimme wird heiser. Kein Typ sollte sich so was ansehen und dann sein Frauenbild an solchen Videos orientieren. Und auch kein Mädchen. Wenn ich mir vorstelle, meine kleine Schwester May würde irgendwann im Netz auf so was stoßen ... Mir läuft ein Schauer über den Rücken.

Noah fährt sich hastig durchs Haar. «Also nur, damit wir das Thema abhaken können: Es ist schon länger her, und ich fand sie auch scheiße. Weil Sex zwischen zwei Menschen immer auf Augenhöhe ... Fuck, also ich meine nicht wortwörtlich Augenhöhe, weil man sonst ... Ach, scheiße, vergiss einfach, was ich gerade gesagt habe. Diese Gewaltphantasien machen mich echt nicht an. Ich versteh nicht, was daran geil sein soll, wenn eine Frau ... also ...» Noah sieht für einen Moment zur Decke und pustet demonstrativ den Atem aus, dann legt er das Mikrophon zurück in die Plastikbox. «Also abgesehen von den Animes, hört sich das so an, als würde dir dein Job Spaß machen.»

Ich nicke. «Ich mag es, meine Stimme als Werkzeug zu benutzen. Klingt wahrscheinlich seltsam für dich.»

«Überhaupt nicht.» Er schiebt die Box vorsichtig zurück in den Karton. «Wie bist du dazu gekommen?»

«Durch meine ...» Ich stocke, weil mir bewusst wird, dass ich ihm gerade von meiner Mom erzählen wollte. Was ich auf keinen Fall tun darf. Ivy wird ihrem Stiefbruder nichts von ihr erzählt haben, weil sie weiß, dass ich nicht mag, wenn Leute über meine berühmte Mutter Bescheid wissen. Ihr Stiefvater kennt meine Mutter allerdings auch, deshalb kann ich nur hoffen, dass Bridget Sturgess niemals ein Thema bei ihnen am Abendbrottisch gewesen ist.

«Durch einen Zufall», verbessere ich mich. «Ein Bekannter von einem Bekannten von einem Bekannten hat damals für ein Tonstudio in Brooklyn gearbeitet. Sie haben hauptsächlich Songs bearbeitet oder Voiceover für Fitness-Videos gemacht, aber irgendwann suchten sie Leute für ein Kinder-Hörspiel. Damit habe ich angefangen. Die meiste Zeit habe ich kleine Jungs gesprochen.» Ich merke, wie ich schon wieder rot werde, und ich habe ohne Haare keine Möglichkeit, das vor Noah zu verstecken. Grover liegt auf dem Bett, ich kann also nicht mal meine Finger in sein Fell graben, deshalb knete ich sie unschlüssig.

Noah grinst, und ich weiß genau, dass er gedanklich eine Parallele zu meiner neuen Frisur zieht. Seine schilfgrünen Augen sehen mich viel zu intensiv an. «Was meinst du», sein Arm macht eine ausladende Bewegung durch den Raum, «kannst du hier arbeiten?»

«Theoretisch ja.» Ich seufze. «Aber es gibt momentan kaum Jobangebote. Die meisten ausländischen Serien werden im Original mit Untertitel gezeigt. Aus finanzieller Sicht hätte ich die Animes also nicht ablehnen sollen. Aber egal. Vielleicht schaffe ich es, mehr im Hörbuchbereich zu arbeiten. Die Aufnahmen kann ich wahrscheinlich überall machen, sie werden dann im Studio nachbearbeitet. Oder ich mache einfach mehr Werbung.»

In den Semesterferien habe ich auch Takes für ein Computerspiel eingesprochen, das gerade erst auf den Markt gekommen ist. *Ashes of Fear*, ein Fantasy-Game mit Dämonen und Hexen. Es ist auch für die PlayStation erhältlich, aber das kann ich Noah nicht erzählen, weil er es dann ganz sicher recherchieren würde, und dann ... Er könnte das mit meiner Mom herausfinden. Ivy hat mir erzählt, dass er *FIFA* spielt und auch andere Games wie *Battlefield* oder *Call of Duty*. Das klingt nicht danach, als würde er Fantasy mögen, deshalb wird er mich hoffentlich auch nicht durch Zufall entdecken. Trotzdem frage ich mich, warum ich ihm gern von dem Spiel erzählen würde. Nur um ihn zu beeindrucken? Es kann mir doch ganz egal sein, was er von mir hält.

Mein Handy klingelt, und als ich es aus der Tasche ziehe, schaut mich das Gesicht meiner Mom an. Oh nein. Ich kann sie unmöglich noch länger hinhalten. Unschlüssig blicke ich zu Noah und dann wieder auf mein Handy.

Er nimmt seinen Wäschekorb hoch. «Ich bring das schon mal runter in Ivys Apartment.» Dann lässt er mich allein, und ich hole tief Luft, bevor ich den Anruf annehme.

«Hi, Mom.»

«Aubree.» Sie klingt, als habe sie nicht damit gerechnet, dass ich wirklich rangehe. Ihr Atem geht schnell, als würde sie gerade irgendwohin hasten. «Ich habe es gestern schon mal versucht.

Hast du nicht gesehen, dass ich dich angerufen habe? Wo bist du?»

Ich setze mich auf die Bettkante und ziehe Noahs Kuscheltier auf meinen Schoß. «Bei Ivy», flüstere ich, was so natürlich nicht stimmt. Meine Finger spielen mit Grovers Knubbelnase und dann mit einem der schlaksigen Arme. «Wie geht es dir? Und May? Ich vermisse euch ...»

«Ich vermisse dich auch. Wieso bist du nicht am College?» Ihre Absätze klappern laut über das Pflaster. Wahrscheinlich ist sie auf dem Weg zu einem Pressetermin. Ich weiß, dass sie zurzeit Drehpause hat und das Team seit heute die neue Staffel promotet, die in zwei Wochen startet. Das bedeutet, dass sie sich im Minutentakt auf wechselnde Gesprächspartner einstellen muss und am Ende eines Tages nur noch gestresst ist. Ich kann also froh sein, wenn sie gerade vom Mittagsessen kommt und Kohlenhydrate gegessen hat.

«Weil ich ... zurzeit keine Vorlesungen habe.»

«Was heißt das?» Im Hintergrund höre ich, wie sie ein Gebäude betritt und der Straßenlärm gegen laute Stimmen und Aufzuggeräusche getauscht wird. «Es ist doch mitten im Semester. Kannst du da einfach so weg? Hallo, Shoshana!» Ihre Stimme entfernt sich kurz vom Handy, nur um gleich darauf wieder lauter zu werden. «Ich habe mir schon Sorgen gemacht, weil du seit zwei Tagen nicht ans Telefon gehst.»

Ich fange an, Grovers Arm eng um meinen Zeigefinger zu wickeln, weil ich jetzt wohl oder übel Punkt drei auf meiner To-do-Liste erledigen muss. Aber ich kann es nicht. Ich kann ihr nicht sagen, dass ich vom College geflogen bin. «Ich habe gerade ... etwas Leerlauf. Ein Dozent ist krank, und es wurden ein paar Kurse verschoben. Deshalb habe ich ein paar Tage frei.»

«Oh, wie nett. Dann bestell Ivy ganz liebe Grüße von mir. Ich wollte sie eigentlich fragen, ob sie an Thanksgiving wieder zu uns kommt, sie aber nicht in Verlegenheit bringen, wenn sie dieses Jahr lieber mit ihrer Familie feiern will. Vielleicht fragst du sie besser.»

Ihr Tonfall sorgt dafür, dass ich zusammenschrumpfe. Meine Mutter ist eigentlich nicht der hausfrauliche Typ, aber Traditionen so wie Feiertage sind ihr wichtig. Auch wenn sie von uns erwartet, dass wir uns selbst durchbeißen und uns nicht auf ihrem Erfolg ausruhen, tut sie doch alles, damit wir uns wie eine normale Familie fühlen. Auch wenn sie deswegen gestresst ist. Das ist sie, seit ich mich erinnern kann, und fast ebenso lange vermittelt sie mir das Gefühl, dass sie sich für ihre Töchter ein Bein ausreißen muss.

«Klar, ich frag sie.» Unwillkürlich fährt meine Hand an meinen Kopf, um Haarsträhnen hinter mein Ohr zu schieben. Aber da sind keine Haarsträhnen mehr.

«Wie geht es Ivys Dad?»

Ich lasse Grovers Arm los, und sofort wickelt er sich von meinem Finger ab. «Schon besser. Er ist wieder zu Hause.» Ich würde am liebsten auflegen. So zu tun, als wäre alles in Ordnung, kostet mich Kraft, die ich gerade nicht habe, und ich habe nicht gelogen, als ich zu Ivy gesagt habe, dass ich allein sein will.

«Das sind gute Neuigkeiten. Sie soll ihm schöne Grüße ausrichten.» Die Hintergrundgeräusche ändern sich, die Schritte meiner Mutter werden jetzt durch einen Teppich verschluckt. «Aubree, du kommst doch zurecht, oder? Ich weiß, dass ich gerade zu wenig Zeit für dich und May habe. Aber die Promotour ... das ist eine absolute Ausnahmesituation für mich.» Sie gibt ein Stöhnen von sich.

«Ja, ich weiß, Mom.»

Noah kommt in diesem Moment wieder ins Zimmer. Er senkt den Kopf und geht eilig an mir vorbei zu seinem Schreibtisch. Mir ist klar, dass er mich nicht belauschen will, aber er kann kaum die ganze Zeit draußen warten. Ich überlege kurz, selbst auf den Flur zu gehen, aber wer weiß, wer dort zuhört, also senke ich schnell die Stimme. «Mach dir keine Sorgen, es ist alles in bester Ordnung.»

Erleichtert stößt sie den Atem aus. «Ich weiß ja, dass ich mich auf dich verlassen kann. Und May ist im Internat gut aufgehoben ...» Im selben Atemzug begrüßt sie mehrere Leute, küsst jemanden, und es raschelt, als sie eine andere Person umarmt.

«Ich glaube, wir sollten lieber auflegen, Mom.»

Sie scheint mich gar nicht zu hören.

«Hi, Margeret, schön dich zu sehen. Fatima, oh mein Gott, ich wusste gar nicht, dass du schon so weit bist. Wann kommt das Baby?» Wieder schmatzt es an meinem Ohr. Ich ziehe eine Grimasse und fange Noahs Blick auf. Er hat frische Bettwäsche aus dem Schrank geholt und legt sie neben mich auf die Decke.

«Ich muss jetzt auflegen», sagt sie nun. «Heute stehen sechsunddreißig Kurzinterviews an. Sobald ich mit meinem Agenten gesprochen habe und weiß, wann diese Tour hier ein Ende hat, melde ich mich bei dir.»

«Gib May einen Kuss von mir, wenn du sie am Wochenende siehst.»

«Das mach ich, Aubree.» Sie legt ohne ein weiteres Wort auf.

Ich habe ihr nicht die Wahrheit gesagt. Nichts von Dekan Strout, nichts von den Drogen und nichts von dem Foto. Und wenn sie es durch Zufall von jemand anderem erfährt, werde ich mir das nie verzeihen.

Das Handy rutscht mir aus der Hand. Ich starre auf meine Knie und atme tief durch. Einatmen. Ausatmen. Einatmen. Ausatmen. Einatmen ...

«Ich brauche ihn zwar nicht mehr, aber du könntest ihn trotzdem am Leben lassen, okay?» Noah hat eine Augenbraue angehoben und beobachtet mich.

Erst jetzt merke ich, dass ich Grover völlig verdreht und dabei fast stranguliert habe. «Oh, sorry, Grover.» Schnell entwirre ich seine Gliedmaßen und lege ihn vorsichtig auf dem Bett ab.

«Wenn ich ihn früher so malträtiert habe, dann weil gerade irgendwas total beschissen lief.» Er mustert mich immer noch mit einem ganz seltsamen Ausdruck in den Augen, und ich versuche zu lächeln, was mir aber nicht gelingt.

«Deshalb ist er also so kahl», sage ich.

Statt einer Antwort zieht Noah nur eine Schulter hoch. Dann deutet er mit dem Kinn auf sein Bett. «Ich muss noch die Wäsche wechseln.»

Ruckartig stehe ich auf. «Ich kann das machen», biete ich an. Er muss wirklich nicht für mich das Bett neu beziehen. Es ist mir auch so schon unangenehm genug, dass ich ihn aus seinem Zimmer vertreibe.

«Ich mache meinen Kram lieber selbst.» Er drängt mich zur Seite, dabei stößt seine Hüfte gegen meine Seite, und sofort weiche ich vor ihm zurück. Noah tut so, als würde er meine seltsame Reaktion nicht bemerken, und zieht Wolldecke und Oberlaken unter der Matratze hervor. Er wirft das Zeug auf einem Haufen auf den Boden, bevor er das neue Laken über der Matratze ausbreitet. Ich helfe ihm, es darunter festzustecken. Durch das riesige Bett wirkt das Zimmer geradezu winzig. Wahrscheinlich wird Noah mich heute Nacht verfluchen, wenn er von Ivys harter, schmaler Matratze runterfällt.

Als das Bett frisch bezogen ist, verschwindet Noah ins Bad, um seine Toilettenartikel zusammenzusuchen, und ich schiebe meinen Karton unter den Schreibtisch, damit er nicht im Weg steht. Ich will mich so wenig breitmachen wie möglich und hoffe, dass die Tür zu Ivys Apartment schnell repariert wird, damit Noah sein Zimmer wieder für sich haben kann. Meinen Rucksack lege ich aufs Bett und ziehe meinen Laptop und das

Bullet Journal heraus. Ich checke meine E-Mails, um zu sehen, ob über die Sprecherkartei, in der ich registriert bin, ein neuer Auftrag reingekommen ist, aber das einzige Angebot ist ein Werbespot für eine Packung Frühstückscerealien. Das *full buyout* mit allen Nutzungsrechten für ein Jahr würde mir eine Gage von fünfhundert Dollar einbringen. Aber dafür müsste ich in ein bestimmtes Studio in New York fahren und deshalb noch die Anreisekosten von mindestens hundertfünfzig abziehen. Ich schreibe an die Agentur zurück, dass ich Interesse habe, wenn der Auftraggeber mir die Reise bezahlt, habe aber keine große Hoffnung, dass das passiert. Wahrscheinlicher ist, dass sie einfach eine andere junge Stimme auswählen, die direkt vor Ort ist.

Als Noah aus dem Bad kommt, hält er mir seinen Zimmerschlüssel hin. «Ich habe nur den einen.» Er sieht aus, als warte er auf eine Reaktion von mir. «Nur damit du weißt, dass ich nicht einfach hier reinkommen kann oder so.»

«Danke.» Der Schlüssel fühlt sich warm an, als hätte Noah ihn schon länger in der Hand gehalten.

«Ivy hat mir eben geschrieben, dass sie eine Antwort von der Verwaltung bekommen hat. Sie schicken Montag einen Handwerker vorbei.»

Das ist erst in vier Tagen. «Das ... hätte schneller gehen können, oder?»

«Nicht den nächsten Montag», sagt Noah. «Darauf die Woche.»

«Oh.» Was für ein Mist. Elf Tage. So lange kann ich Noah doch nicht sein Zimmer wegnehmen. «Es macht mir wirklich nichts aus ...»

«Wir sehen uns.» Er hebt eine Hand und schnappt sich im Rausgehen noch ein paar Sachen. Dann fällt die Tür zu, und ich bin in seinem Zimmer allein.

Ich starre auf das Bett und dann auf das Regal, in dem eine große Lücke klafft, wo Noah die Bücher rausgezogen hat. Sein

Zimmer ist zweckmäßig und hell eingerichtet, aber eher unordentlich. Auf dem verstaubten Schreibtisch liegen noch ein paar Bücher, jede Menge loser Blätter und ein Kabel, wo Noah seinen Laptop abgezogen hat. Auch der Mülleimer quillt über von Papieren, Chipstüten und leeren Coladosen. Noah besitzt ziemlich viel Lichttechnik, fällt mir auf. In der linken Ecke neben dem Schreibtisch stehen zwei Softboxen, mit denen man ein Motiv ausleuchten kann, und eine zusätzliche Ringleuchte mit einer Halterung fürs Smartphone. Alles Zeug, das er wahrscheinlich für seinen Instagram-Account benötigt.

Ich will nicht neugierig sein, deshalb ziehe ich mein Smartphone aus der Tasche, um mich abzulenken. Aber da sind nur drei neue WhatsApp-Nachrichten. Ich weiß, dass ich sie mir nicht ansehen sollte. Es ist ein Fehler, und ich werde mich damit nur selbst quälen. Dennoch kann ich nicht anders.

Die erste ist von Taylor, der nur fragen will, wie es mir geht. Aber die nächste ist wieder von einer unbekannten Nummer, und die Mitteilung ist nur unwesentlich kreativer als die letzten, die ich erhalten habe. Der Absender beschimpft mich, bietet mir aber gleichzeitig an, mich mal so richtig durchzuvögeln.

Ich schmecke Galle auf meiner Zunge. Mit bebenden Fingern blockiere ich den Absender und lösche schnell den Chat. Die letzte Nachricht ist von meiner Mom, und sie ist fast noch schlimmer für mich.

Mom: Es war schön, deine Stimme zu hören, Liebling. Verzeih mir, dass ich im Augenblick so wenig für dich und deine Schwester da sein kann. Aber ich bin so froh, dass ich mir um dich keine Sorgen machen muss. Du weißt gar nicht, was das für eine Erleichterung ist. Hab dich lieb. Mom

Kapitel 6

Noah hat absolut recht gehabt. Dieses Bett ist das Beste, was mir passieren konnte. Dieses Bett und Grover, den ich in der Nacht fest umschlungen hatte und der von mir durchweicht wurde. Ich habe die halbe Nacht geheult und dann einen saublöden Fehler gemacht. Mit voller Wucht habe ich mein Smartphone gegen die Wand geworfen. Das war absolut unnötig und total dämlich, denn ich hätte auch einfach nur die SIM-Karte wegwerfen können, um diesen Nachrichten zu entgehen.

Als mir das bewusst wurde, war ich nur noch wütender auf mich selbst, habe nach einem harten Gegenstand gesucht und in Noahs Regal einen Pokal gefunden. Darunter ist eine Art Marmorsockel geschraubt, der massiv und ziemlich schwer ist. Damit habe ich mein Telefon dann endgültig zertrümmert. Irgendwann hat von unten jemand wegen des Lärms gegen die Decke gehämmert, und ich bin erschöpft aufs Bett gefallen und endlich eingeschlafen. Blöderweise brauche ich nun nicht nur einen neuen Kartenvertrag, sondern gleich auch noch ein neues Gerät.

Seufzend rolle ich mich auf die Seite und strample das dünne Laken von mir weg. In der Nacht habe ich unglaublich geschwitzt. Wenn ich weine, schwitze ich immer wie verrückt. Und jetzt klebt das weiße Shirt, das ich zum Schlafen angezogen hatte, am Halsausschnitt und fühlt sich klamm an. Mit einer Hand streiche ich mir über den Nacken und dann zu meinem Hinterkopf. Oh mein Gott! Der Schock kommt sofort und unmittelbar, als ich die kurzen Stoppeln berühre. Ich hatte es vergessen. Für einen Moment hatte ich tatsächlich völlig vergessen, was ich gestern mit meinen Haaren angestellt habe, und direkt bildet sich eine Gänsehaut auf meinen Armen. Schnell ziehe ich meine Hand weg. Vielleicht sollte ich Noahs Spiegel im Badezimmer mit einem Handtuch verhängen. Ich glaube, ich kriege einen Herzanfall, wenn ich mich jetzt so sehe.

Als hätte ich nicht genug Probleme, denke ich jetzt auch noch an die achthundert Dollar auf meinem Konto. Das ist alles, was ich habe, und damit werde ich eine ganze Weile auskommen müssen. Im Augenblick sieht es nicht so aus, als bekäme ich bald neue Aufträge. Wenn überhaupt, kann ich mir also nur ein *gebrauchtes* neues Smartphone leisten. Vielleicht hätte ich doch besser bis Donnerstag warten und Dr. Wards Angebot annehmen sollen. Aber nun ist es zu spät. Im Grunde hätte ich mir den Drogentest auch sparen können. Würde der Nachweis von einem Betäubungsmittel irgendwas an meiner Situation ändern? Nein. Ich bin immer noch vom College geflogen und habe meine Mutter angelogen. Ob nun K.-o.-Tropfen daran schuld sind oder nicht, spielt eigentlich keine Rolle.

Ein Klopfen an der Tür reißt mich aus meinen Gedanken.

Noah?

Vielleicht braucht er etwas aus seinem Zimmer, schießt es mir durch den Kopf.

Oh verdammt, ich bin noch nicht einmal angezogen. «Moment!», rufe ich panisch und springe aus dem Bett. Fahrig renne ich durch das Zimmer, aber das Klopfen steigert sich zu einem steten Hämmern, das die Tür vibrieren lässt. «Ich komme ja schon.» Oh Gott, er wird doch nicht schon wieder durchdrehen und die Tür eintreten, oder? Ich reiße meine Jeans vom Stuhl, aber das nächste Rumsen gegen die Tür lässt mich so sehr zusammenzucken, dass ich sie gleich wieder fallen lasse. «Hör auf damit!» Ich hechte zur Tür, bevor sie nachgibt, und drehe den Schlüssel um. Im selben Moment, in dem die Tür nach innen gedrückt wird, erkenne ich meinen Fehler. Dunkelbraune Lederjacke, Sonnenbrille und ein mehr als breites Grinsen in einem olivbraunen Gesicht.

Das ist nicht Noah.

Ich stoße ein überraschtes Keuchen aus und will die Tür wieder zuschlagen, doch da ist ein Widerstand. Ein Schuh, der zwischen Tür und Rahmen eingeklemmt ist, und mich daran hindert, die Tür wieder zuzudrücken.

«Vergiss es, Junge.»

«Hau ab!» Mit aller Kraft drücke ich gegen die Tür, merke aber gleich, dass ich gegen die Kraft des Fremden nichts ausrichten kann. Zentimeter für Zentimeter öffnet sich die Tür, egal wie sehr ich mich dagegenstemme. Er ist einfach zu stark. Er schiebt mich nach hinten, als wäre ich ein Kleinkind, und vor Wut und Angst schießen mir die Tränen in die Augen. Ich lasse los, und mit einem Satz bin ich am Schreibtisch und reiße Noahs Pokal an mich. Mit meiner stärksten Ego-Shooter-Stimme drohe ich: «Wenn du auch nur einen Schritt näher kommst, schlage ich dir den Schädel ein!»

Belustigt schiebt der Typ seine Sonnenbrille nach unten. Er ist jünger, als ich dachte, aber definitiv ein paar Jahre älter als Noah. An seinem Hals ziehen sich schwarze tätowierte Sterne nach oben bis unter sein linkes Ohr. «Okay, mein Fehler. Du bist wohl doch kein Junge. Aber das ist noch lange kein Grund, so feindselig zu sein, Bitsy.»

Ich zittere am ganzen Körper und umklammere den Pokal. Bereit, das Teil jede Sekunde in dieses breit grinsende Gesicht zu werfen. «Was willst du?»

«Noah weiß, dass ich heute komme. Ich bin Joaquin.» Er spricht seinen Namen Wa-Keen aus.

«Noah ist nicht da.»

«Wo ist der Penner, versteckt er sich auf dem Klo?» Er macht einen Schritt nach vorne, um nachzusehen, aber ich stelle mich ihm in den Weg.

«Stopp!» Ich kann das. Einfach klare Ansagen machen. «Ich sage es dir noch einmal: Noah ist nicht hier, also verschwinde. Wenn du irgendwas von ihm willst, rufe ihn verdammt noch mal auf seinem Handy an, wie das jeder normale Mensch tun würde. Ich will, dass du jetzt gehst.»

«Wird sicherlich nicht lang dauern, bis er wiederkommt. Ich warte einfach auf ihn.»

«Nein, das wirst du garantiert nicht.»

«Übertreibst du jetzt nicht ein bisschen? Ich tu dir schon nichts, Bitsy. Das ist schließlich sein Zimmer. Ich setze mich einfach hier hin und warte auf meinen Kumpel.»

Ich übertreibe??? «Du bist gerade hier eingebrochen, Arschloch!» Ich bin unglaublich wütend. Und verzweifelt. Und ich habe Angst. Der Typ hat einen Nacken, breiter als mein Oberschenkel. Er sieht aus wie ein Bison.

«Du hast mir die Tür aufgemacht», sagt er ungerührt.

Mein Blut pocht so schnell in meinem Hals, dass ich kaum Luft bekomme und nur mit Mühe sprechen kann. «Ich habe dich nicht reingebeten, also verschwinde. Ich habe nein gesagt, okay? Nein!» Mir schießen Tränen in die Augen. In meinem Kopf explodieren auf einmal tausend Bilder. Das Bier, die Party, der Moment, in dem ich aufgewacht bin und nicht wusste, was passiert ist. Die Übelkeit, der Schwindel. Dann das Foto, das plötzlich überall aufgetaucht ist, meine Nacktheit, der Ekel vor diesen Händen, vor mir selbst. Meine Schuld, meine Schuld, meine Schuld. «Nein!», schreie ich ihn aus voller Kehle an. «Nein!»

Der Kerl weicht vor mir zurück, aber ich schreie immer lauter. «Nur weil das Noahs Zimmer ist, hast du nicht das Recht, hier einfach reinzukommen. Ich will nicht, das du hier bist. Ich will allein sein. Ich will nicht, dass mich jemand anfasst, ist das klar?! Ich habe nein gesagt!» Laute Schluchzer dringen aus meinem Mund, und sie klingen so verzweifelt, dass ich mich selbst davor erschrecke.

«Werd nicht gleich hysterisch, okay? Ich geh ja schon, wenn das für dich so ein Drama ist.»

Drohend gehe ich auf ihn zu. «Ich bin nicht hysterisch! Ich entscheide, was ich will! Und ich will! Das! Nicht! Ich will, dass du verschwindest!»

Er macht mehrere Schritte zurück.

«RAUS!», schleudere ich ihm entgegen. Und als er endlich draußen ist, werfe ich die Tür zu. Nur mit Mühe schaffe ich es, den Schlüssel zweimal umzudrehen, bevor ich schluchzend und völlig am Ende dagegensacke.

«Aubree?»

«Ja?» Ich zittere immer noch am ganzen Körper, als Noahs Stimme irgendwann durch die Tür dringt.

«Ich bin's, Noah.»

Als ob ich das nicht wüsste, seine Stimme fährt mir schließlich sofort in die Eingeweide – Jamie Cullum lässt grüßen.

Ich habe mich in das dünne Laken eingewickelt und lehne immer noch an der Tür, als könnte ich sie so bewachen.

«Mach die Tür auf.» Er sagt es sanft, fast murmelnd.

Ich hasse es, dass ich bei diesem Tonfall sofort ja sagen möchte. «Nein», kommt es deshalb wie ein Peitschenknall aus mir heraus.

«Okay.» Noah seufzt. «Es ist nur so, dass ich ganz dringend meinen Helm brauche. Er ist im Schrank, rechte Tür.»

Es dauert eine ganze Weile, bis die Worte in meinem Gehirn einen Sinn ergeben. Ich räuspere mich. «Was für einen Helm?»

«Meinen Reithelm. Ich hab ihn vergessen, und mein Training fängt in einer halben Stunde an. Er ist schwarz und hat einen Kinngurt. Du kannst ihn nicht übersehen.»

«Okay, warte.» Ich rappele mich auf, wickele das Laken enger um mich und halte es fest, weil es herunterzurutschen droht. Barfuß tapse ich zu Noahs Kleiderschrank und ziehe die rechte Tür auf. Meine Kehle ist ganz trocken, und durch das Schreien bin ich jetzt heiser. Der letzte Regisseur, mit dem ich gearbeitet habe, hätte meinen Schrei eben ganz sicher Intensitätsstufe drei zugeordnet. So schreit man nur, wenn neben der Figur, die man synchronisiert, gerade eine Bombe einschlägt. So schreit man nur einmal.

Ich stöhne auf. Helm, Helm, wo ist der Helm?

Mit fahrigen Händen schiebe einen Stapel Pullover beiseite und werfe einen Blick dahinter. Kein Helm. Ich bücke mich und hebe ein paar Jeans an. Da sind Sportklamotten und so was wie eine Weste. Alles sauber, aber nicht sehr ordentlich gefaltet. Erst im vorletzten Fach finde ich ganz hinten einen harten, mit schwarzem Samt bezogenen Helm. «Ich habe ihn, Moment», krächze ich. Mit wackeligen Knien stolpere ich zurück zur Tür und lege die Hand an den Schlüssel. Einatmen. Ausatmen.

Ich drehe den Schlüssel um, einmal, zweimal. Dann drücke ich die Klinke nach unten und schiebe die Tür nur so weit auf, dass ich den Helm hindurchquetschen kann. Ich schaue nicht auf. Das Gewicht in meiner Hand verschwindet, und ich schlage die Tür zu. Ratsch, ratsch, verriegelt. Erschöpft lehne ich meine Stirn gegen das Holz und warte, lausche auf die Schritte, die sich jetzt entfernen sollten, es aber nicht tun.

«Du bist noch da», flüstere ich so leise, dass er das eigentlich nicht hören kann.

«Jep.»

«Warum?»

Er seufzt leise. «Ich möchte mit dir darüber reden, was da eben passiert ist.»

«Es ist nichts passiert. Mir geht es gut. Du musst dir keine Sorgen machen.» *Das hast du sowieso schon zu viel getan.*

«Verdammt, Joaquin sagt, du hattest so was wie einen Nervenzusammenbruch.»

«Tut mir leid, dass ich dich da schon wieder reinziehe. Es ist echt alles in Ordnung. Ich ... dein Kumpel war nur ein totaler Arsch.»

«Das habe ich ihm auch schon klargemacht, glaub mir. Es tut ihm leid. Ich soll dir ausrichten, er hat in seinem ganzen Leben noch nie solche Angst vor einer Frau gehabt.»

«Das hat er nicht gesagt.»

«Doch, hat er. Quin will dich in seinem Ring haben.» An Noahs Stimme kann ich hören, dass er nun grinst.

«Was meint er damit?»

«Dass du zu ihm in den Boxclub kommen sollst.»

Sehr witzig. «Sag ihm einen schönen Gruß, das kann er vergessen.»

«Tja», sagt Noah. «Er meint, du wärst ein Tier, hättest aber nur Pudding in den Armen, und daran solltest du dringend was ändern. Ich denke, er liegt da falsch. Du hast gar keinen Pudding in den Armen.»

«Ach nein?»

«Nope. Es ist noch schlimmer. Du hast Arme wie Grover.» Jetzt lacht er leise.

«Ihr könnt mich beide mal.»

«Ist angekommen.» Noah seufzt. «Lass mich rein, Aubree. Es ist total scheiße, durch die Tür mit dir zu reden.»

«Dann geh doch. Du musst sowieso zu deinem Training.»

«Nein, muss ich nicht.»

«Dafür brauchst du doch den verdammten Helm, oder nicht?»

«Ich hab gelogen. Kann ich gut, hast du doch gestern Morgen bei Ivy gemerkt.»

Nur dass Ivy ihm kein Wort geglaubt hat.

Noah redet schon weiter. «Ich meine, hast du dir den verfickten Helm mal angeguckt? Er hat verdammt noch mal einen Samtbezug. Sehe ich aus, als ob ich so einen tragen würde? Den hat mein Dad gekauft, der ist nur was für Pussys.»

«Was für einen benutzt du denn sonst?»

«Ich hab einen khakifarbenen. Vollplastik und superunbequem. Dafür sieht er männlich aus. Mit dem habe ich mich schon mehrmals hingelatzt, und mein Schädel ist immer noch ganz.»

Ich muss lächeln, ich kann nichts dagegen tun. Meine Finger liegen auf dem Schlüssel, und dann, ohne weiter zu überlegen, schließe ich die Tür wieder auf. «Du solltest vielleicht mal deine Vorurteile überdenken», sage ich. «Denn für mich hört sich das so an, als wäre dein Hirn in diesem Männerhelm schon ganz schön in Mitleidenschaft gezogen worden.»

Noah kommt rein und legt den Helm auf seinem Schreibtisch ab, bevor er sich zu mir umdreht. Er trägt wieder abgewetzte Jeans und das typische schlichte graue Shirt. Diesmal mit dem grünen Dartmouth-Equestrian-Aufdruck. Ich mag Grau. Außerdem finde ich, dass es gut zu seinen grünen Augen passt. Aber ich hasse es, dass er mich mit diesen grünen Augen so anguckt, als würde er sich Sorgen machen. Wir kennen uns doch gar nicht. Er sollte sich um seinen eigenen Kram kümmern und nicht um mich.

«Tut mir echt leid, dass ich deinen Kumpel ... Joaquin», verbessere ich mich, «so angeschrien habe. Aber ich hatte Angst vor ihm.»

«Kann ich voll verstehen. Mir macht er auch manchmal Angst.» Er lässt das Lächeln nur halb zu, bevor es wieder verschwindet. «Ich schätze, er hat dich echt umgehauen. Soll ich lieber Ivy anrufen?»

Ich schüttele hastig den Kopf. «Auf keinen Fall. Sie will bei eurem Dad bleiben. Das ist ihr wirklich wichtig, und ich glaube, dein Dad braucht sie auch. Ich komm schon klar, ehrlich.» Aber das stimmt nicht. Ich zittere immer noch am ganzen Körper, und Noah sieht es garantiert.

«Was würde Ivy denn tun, wenn sie jetzt hier wäre? Ich meine, habt ihr irgendein Frauenfreundschafts-Ding, was in solchen Fällen hilft? Muss ich mit dir jetzt *Titanic* gucken?»

Oh Gott, diese Stimme! Ich schlucke hart, dann weiche ich seinem Blick aus, weil die Vorstellung, mich mit Noah und einem riesigen Eisbecher auf die Couch zu kuscheln und anstatt *Titanic The Age of Adaline* zu gucken, einfach lächerlich ist. Aber das würde mir garantiert helfen.

«Ich könnte dir Schokolade besorgen, wenn du willst. Wirkt sogar gegen Dementoren.» Um Noahs Augen bilden sich Fältchen, und ich muss sein Lächeln einfach erwidern.

Na gut, wenn er es unbedingt hören will. «Ivy würde mich einfach in den Arm nehmen.»

Das Grinsen verschwindet, dann nickt Noah. «Okay. Das krieg ich hin. Stell dir einfach vor, ich wäre Ivy.»

Im ersten Moment stockt mir der Atem. Ich soll was? Ihn umarmen? Ist er jetzt völlig durchgeknallt? «Das funktioniert nicht, Noah.»

«Kommt auf einen Versuch an, oder? Du kannst jetzt in diesem Zimmer hocken bleiben, die Jalousien zuziehen und, keine Ahnung, schlafen, heulen, was auch immer. Oder du kommst näher und legst deine dünnen Grover-Arme um mich. Ich würde das ja von mir aus tun, aber ich bin nicht so wirklich scharf drauf, von dir einen Tritt in die Eier zu kriegen, also überleg es dir.»

«Das würde ich nicht machen», platzt es aus mir heraus.

«Fuck, Aubree, so schlimm ist das auch wieder nicht. Du bist die Freundin meiner kleinen Schwester, oder nicht?»

Ich schüttele den Kopf. «Ich meinte eigentlich, ich würde dich nicht treten.»

«Oh, okay, verstehe.» Seine Lippen ziehen sich nach oben. Er setzt sich halb auf seinen Schreibtisch und stützt sich mit den Händen auf der Platte ab. «Ich warte.»

Oh Mann. Darauf kann er lange warten. «Du bist total bescheuert.»

«Ich weiß. Kommst du?»

Unschlüssig hebe ich die Arme und lasse sie sofort wieder fallen. Noah ist völlig verrückt. Aber wenn es so abwegig ist, wieso pocht mir dann das Herz bis in den Hals? So hart, dass ich Atemnot bekomme?

Noah steht ganz lässig da, grinst mich an und wartet darauf, dass ich zu ihm komme und meine Arme um ihn lege. Aber warum? Weil ich gerade einen Nervenzusammenbruch hatte und er mich trösten will? In meinem ganzen Leben habe ich noch nie etwas so Durchgeknalltes erlebt.

«Hilft es dir, wenn ich die Augen zumache?» Er grinst noch breiter.

«Keine Ahnung, probier's aus», knurre ich. Ich weiß nicht, was das soll. Vielleicht sollte ich, wenn er die Augen wirklich zumacht, einfach meine Klamotten schnappen und verschwinden. Mit ein bisschen Glück springt meine Schrottkarre sogar noch einmal an, es sind auch locker noch zwei Gallonen im Tank.

Noah macht die Augen zu. «Okay, das ist Level 1.»

Er hat wirklich die Augen zu, ich kann es nicht fassen. Ich könnte ihm jetzt in die Eier treten *und* abhauen. Oder ihn umarmen, was einfach nur verrückt wäre. Verrückt, verrückt, verrückt.

«Und was ist Level 2?» Mein Herz galoppiert wieder los, als wäre ich auf der Flucht. Man kann es an der Atemlosigkeit in meiner Stimme hören.

Normalerweise, wenn ich in ein Tonstudio komme, um Takes aufzunehmen, begrüßt mich der Regisseur und sagt locker: «Da steht dein Kaffee, hier ist dein Text, sprich bitte in dieses Mikro.» Aber bei den Aufnahmen zu *Ashes of Fear* war das ganz anders. Es war die erste Ensemble-Session für mich und überhaupt mein größtes Projekt bisher. Teilweise haben wir mit bis zu zehn Sprechern im Studio gearbeitet. Weil wir größtenteils Kampfszenen synchronisiert haben und völlig außer Atem sein mussten, hat der Regisseur von uns verlangt, erst einmal ein paar Liegestütze zu machen, damit wir gleich mit körperlicher Anspannung in die Szene reingehen. Die Aufnahmen waren besser als jeder Fitnessstudiobesuch. Und wenn man beim Sprechen Kugelhanteln mit sich rumschleppt, hört man sich zwangsläufig außer Atem an. Und jetzt, wo ich Noah nach Level 2 gefragt habe, habe ich mich genauso angehört, als hätte ich gerade ziemlich schwere Kugelhanteln getragen.

«Bei Level 2 lege ich meine Hände auf den Rücken.»

Oh Gott. Ist er immer so? Ist er bei Ivy auch so?

Noah legt wirklich seine Hände auf den Rücken. Er hat die Augen geschlossen, und seine Arme hinter seinem Körper verschränkt, was ihn ein bisschen hilflos aussehen lässt. Und dämlich. Aber irgendwie auch süß. Jetzt will ich wissen, was Level 3 ist, verdammt. Darf ich ihn dann etwa festbinden?

«Du kannst mich festbinden. Aber nur, wenn du irgendwas Weiches dafür nimmst. Ich hasse diese kratzigen Seile aus dem Baumarkt. Du hast nicht zufällig ein paar von diesen Puschelhandschellen dabei?»

Heilige Mutter Gottes. Er hat meine Gedanken gelesen.

Ich kann nicht mal darauf antworten, weil ich einen Kloß im Hals habe, der größer ist als ein Basketball. Meine Füße bewegen sich langsam vorwärts. Erst einen Schritt, dann zwei Schritte, drei, vier, fünf, sechs. Bis ich direkt vor Noah stehe.

«Du stehst jetzt vor mir, oder?», fragt er.

«Ja», krächze ich. «Hast du keine Angst, ich könnte dir was antun?»

«Doch. Aber ich glaube, weil du so mickrig bist, kann ich es riskieren.»

«Okay.» Das ist einfach nur *strange*. «Okay, okay.» Ich strecke meine Arme aus, merke aber erstens, dass ich noch zu weit weg bin, um Noah umarmen zu können, und zweitens, dass das Laken beginnt zu rutschen, wenn ich es loslasse. Ich gehe noch einen Schritt nach vorne, bis meine nackten Zehen seine Stiefelspitzen berühren. Oh verflucht, er trägt wirklich seine Reitstiefel. Das heißt, er hat nicht gelogen, was das Training betrifft, und kommt jetzt wirklich zu spät. Mein Blick wandert von seinen Stiefeln hoch über die zerschlissenen Jeans bis zu seinem flachen Bauch, wo ich gestern erst diese Textstelle von BANKS gelesen habe und von der mir wieder eingefallen ist, wie sie vollständig lautet: *And sometimes I don't got a filter, but I'm so tired of eating all of my misspoken words.*

Ich kann die Muskeln unter seinem Shirt sehen und auch seine Brustwarzen. Entweder ihm ist kalt, oder ... ich weiß es nicht, vielleicht ist er auch nervös.

«Du heulst aber nicht, oder?», vergewissert er sich.

Ich schlucke. «Nein, ich heule nicht, keine Sorge.»

«Gut.» Er wirkt erleichtert.

«Und du blinzelst nicht», verlange ich.

«Geht klar.»

«Weil ich nämlich das blöde Laken gleich loslassen muss.»

«Fuck», sagt er. «Nein, versprochen, ich blinzle nicht.»

Wie in Zeitlupe bewege ich meine Arme nach vorne, und sofort fängt das Laken an, sich zu lösen. Ich komme mir unbeholfen und blöd vor, und garantiert würde ich das nicht tun, wenn Noah mich ansähe. Aber er guckt mich nicht an. Er hat die Augen geschlossen und die Unterlippe zwischen seine Zähne geklemmt. Mir ist schon aufgefallen, dass sie voller ist als seine Oberlippe, und ich hoffe nur, er beißt jetzt nicht deshalb darauf, weil er mich sonst auslachen würde. Wenn er lacht, dann wird etwas in mir zerbrechen, das weiß ich.

Das Laken rutscht runter bis zu meinen Füßen. Ich schließe ebenfalls die Augen und berühre mit den Fingerspitzen Noahs Seite. Und dann mache ich es kurz und schmerzlos. Meine Hände schieben sich über sein Shirt nach hinten bis zu seinem Rücken. Ich umarme ihn. Weil ich es will. Meine Beine stoßen gegen seine Knie. Meinen Kopf lehne ich gegen seine Brust, und ich kann an meiner Wange spüren, wie schnell sein Herz schlägt. Und das ist ganz und gar nicht dasselbe wie eine Ivy-Umarmung. Es ist was völlig anderes.

Noah ist unglaublich warm. Und er ist natürlich nicht so weich wie Ivy. Oder Grover. Er ist hart. Er fühlt sich tausendmal besser an als Grover. Sein Atem geht ruhig, aber sein Herzschlag rast genau wie meiner. Doch je länger ich Noah umarme, umso langsamer wird das Pochen unserer Herzen. Es tut gut, es tut einfach nur gut, ihn zu umarmen. Ich hätte das nie gedacht. Dennoch ...

«Level 2 ist scheiße», sagt er.

Damit hat er recht. Auch wenn es schön und tröstlich ist, seine Wärme zu spüren, ist es auch seltsam, jemanden zu umarmen, der die Umarmung nicht erwidert. «Wenn ... also ... Ich glaube, ich habe nichts dagegen, wenn wir zu Level 1 zurückkehren.»

Sofort spüre ich, wie Noah sich anspannt. Seine Bauchmuskeln ziehen sich zusammen, als er die Hände langsam von seinem Rücken nach vorn nimmt. Mit angehaltenem Atem warte ich darauf, dass seine Arme mich umschließen, aber er scheint unschlüssig zu sein, was er tun soll. Doch dann legt er eine Hand auf meinen Kopf und drückt ihn vorsichtig an sich. Seine Finger auf meinen kurzen Stoppeln lösen etwas in mir aus. Weil er keine Hemmungen hat, sie zu berühren. Weil ich mich damit hässlich fühle, es ihn aber offenbar nicht stört, sonst würde er mich dort nicht anfassen. Seine Hand streicht warm über meine Kopfhaut, sein Daumen über meine Schläfe, und der Kloß in meinem Hals schwillt zu etwas noch Größerem an.

«Verdammt, Aubree, du hast versprochen, nicht zu heulen.»

Kapitel 7

«T...tut mir leid», schluchze ich.

Noah lässt meinen Kopf los und schließt beide Arme um mich. Er umarmt mich, drückt meinen Oberkörper an sich und hält mich fest. Wenn ich vorher gewusst hätte, wie fest, hätte es mir wahrscheinlich Sorge bereitet, aber jetzt ist es okay. Sogar mehr als das. Eine ganze Weile stehen wir so da, dann sagt er: «Wenn ihr Frauen heult, dann immer gleich einen ganzen verfickten Ozean.»

Ich muss lachen, und mit dem Schluchzer, der mir noch im Hals steckt, wird aus dem Lachen ein seltsames Grunzen. Peinlich. Doch ich merke, wie Noah sich entspannt, schlucke die Tränen herunter, die eigentlich noch herauskommen wollen, und löse mich langsam aus seiner Umarmung. Er hat mir wirklich gutgetan, aber ich sollte seine Geduld nicht überstrapazieren. Seine Arme fallen von mir ab. Er öffnet erst die Augen, als ich das Bettlaken aufgehoben und mich wieder darin eingewickelt habe, und ich bilde mir ein, Erleichterung darin zu sehen. Kein Wunder. Wahrscheinlich ist er froh, mich gleich wieder los zu sein.

Ich hoffe nur, er macht den Moment nicht kaputt und fragt mich, ob es mir jetzt besser geht oder so. Denn wenn ich ehrlich antworte – ja, es geht mir besser, so viel besser – wird es nur noch peinlicher.

Noah blinzelt, als müsste er sich erst noch orientieren. Dann stößt er sich vom Schreibtisch ab. «Hier.» Er zieht etwas aus seiner Gesäßtasche und hält mir eine kleine Karte hin. «Die soll ich dir von Quin geben.»

Unsere Fingerspitzen berühren sich für einen Wimpernschlag, als ich die Karte entgegennehme. Sie ist aus einem schmutzig senfgelben Karton und mit dem schwarzen Logo eines Sportstudios bedruckt. Ich drehe die Karte um. Mit Kuli hat jemand etwas draufgekritzelt.

Sorry, Bitsy! Komm vorbei, und wir trainieren deine Puddingarme, damit du beim nächsten Mal die Tür wieder zubekommst.

Das ist ... nett. Ich bin überrascht. Es ist richtig nett von Quin, in Anbetracht dessen, dass ich ihn in Grund und Boden geschrien habe. «Danke», bringe ich heraus.

Dann erklingt plötzlich ein Summen. Wir starren uns an, während Niall Horan aus Noahs Hosentasche singt: *I like the way you talk, I like the things you wear. I want your number tattooed on my arm in ink, I swear ...*

Noah zieht sein Smartphone aus der Tasche und runzelt die Stirn. Er wischt über den Bildschirm. «Hi, Cinnamon.»

Cinnamon. Das klingt nach einem ziemlich vertrauten Kosenamen. Und das erklärt auch, warum ausgerechnet dieses Lied dazu erklingt. Ich schlucke und überlege, ob ich lieber ins Bad gehen und ihn bei seinem Telefonat allein lassen soll, da hält er mir sein Handy hin. «Ivy will dich sprechen.»

«Oh, okay.» Es ist total idiotisch, darüber erleichtert zu sein, dass es Ivy ist, aber ich *bin* erleichtert. Ich nehme das Smartphone ans Ohr. «Hallo, Ivy.»

«Hast du dein Handy aus? Meine WhatsApp-Nachrichten kommen gar nicht bei dir an. Ich habe auch schon ein paarmal versucht, dich anzurufen. Ist alles in Ordnung?»

«Ja, es ist alles ... bestens.» Ich weiche Noahs Blick aus. «Mein Handy ist nur kaputt. Ich habe es aus Versehen fallen lassen.»

Ganz automatisch schaue ich nun doch hoch und sehe, dass Noah eine Augenbraue anhebt. Es ist so was von offensichtlich, dass ich Ivy anlüge, und ich bekomme sofort ein heißes Gesicht. Im Gegensatz zu ihm bin ich echt schlecht im Lügen. Schnell drehe ich mich zur Seite. «Ich fahre gleich in den nächsten Secondhandladen und besorge mir ein neues.» Mit dem Fuß schabe ich unruhig über den Boden. «Ich melde mich spätestens heute Nachmittag. Ich glaube, Noah muss zum Training, deshalb ...»

«Gib ihn mir bitte noch mal.»

Ich reiche Noah ohne ein weiteres Wort sein Smartphone zurück. Während die beiden reden, verschwinde ich mit Jeans und einem frischen Shirt ins Badezimmer. Wie erwartet, ist der Anblick im Spiegel erst einmal ein Schock, obwohl ich vorher tief durchgeatmet habe. Ich putze mir die Zähne, spritze mir Wasser ins Gesicht und verteile anschließend getönte Tagescreme auf meiner Haut. Und weil ich jetzt gleich vor die Tür treten muss und mich nicht länger verstecken kann, schminke ich mir auch noch die Augen. Ich tauche einen schmalen Pinsel in das kleine Döschen von *Fat and the Moon* und ziehe einen dunklen Lidstrich, bevor ich meine Wimpern tusche. Das reicht hoffentlich, um meinen Look nach Absicht aussehen zu lassen. Dann schmiere ich mir schnell noch etwas von der selbstgemachten Deocreme unter die Achseln. Die Dose ist nur noch halb voll, ich habe die Creme zusammen mit May gemacht, als wir uns das letzte Mal gesehen haben. Sie riecht leicht nach dem Kokosöl, das wir benutzt haben, und nach Blutorange, was Mays Lieblingsduft ist.

Nachdem ich mir ein schlichtes schwarzes Shirt übergestreift habe, betrachte ich mich im Spiegel. Leider muss ich Ivy recht geben. Es fehlt nur noch die extragroße Sonnenbrille und ein Coffee-to-go-Becher, damit ich wie meine Mutter während einer

Drehpause aussehe. Am liebsten würde ich mir eine Mütze über den Kopf stülpen, um mich wenigstens ein bisschen verstecken zu können. Ich ziehe eine Grimasse und verlasse das Badezimmer.

Noah schiebt gerade das Smartphone wieder in seine Gesäßtasche. «Das ging ... schnell», sagt er, während sein Blick über mich gleitet.

Ich hebe die Schultern an. «Ist nicht so viel zu tun, ohne Haare.»

«Stimmt.» Er starrt mich so lange an, dass es mir langsam unangenehm wird.

«Habe ich was im Gesicht?»

Langsam schüttelt er den Kopf. «Nur Augen, Aubree, sonst nichts.» Er sieht mich noch einen Moment schweigend an, dann dreht er sich schließlich zu seinem Schreibtisch um und nimmt etwas, was darauf liegt, in seine Hand, bevor er es mir hinhält. «Muss von ziemlich weit oben runtergefallen sein.»

Verdammt, es ist mein kaputtes Smartphone. Ich habe vergessen, die Spuren zu beseitigen und das deformierte Teil einfach auf dem Tisch liegen lassen. «Würdest du mir glauben, wenn ich sage, dass ich aus Versehen draufgetreten bin?»

«Nope. Aber das geht mich auch nichts an.» Er legt es zurück auf den Tisch. «Du weißt, dass man alte Geräte nicht einfach wegwirft, oder? Es gibt Sammelstellen. Oder du könntest es spenden, die Rohstoffe sind ziemlich wertvoll.»

«Das ist eine gute Idee.»

«Es gibt da eine Organisation, die alte Handys sammelt.» Er schluckt. «Davon habe ich im Internet gelesen. Sie setzen sich für Opfer von häuslicher Gewalt ein.»

Wieso klingt er jetzt so, als hätte er mir mit diesem Satz eine Million Fragen gestellt? Noah sieht mich mit einem nachdenklichen Blick an.

«Keine schlechte Idee», krächze ich heiser.

«Aber das ist dein Ding», schließt er das Thema ab und strafft sich.

Aus irgendeinem Grund habe ich das Gefühl, dass er enttäuscht ist, doch ich kann mir nicht erklären, was der Grund dafür sein könnte. Hat Ivy etwas zu ihm gesagt? Habe ich irgendwas gemacht, was ihn beleidigt hat, oder ist er einfach genervt, weil er wegen mir nun zu spät zu seinem Training kommt. Oder weil ich seine Wohnung besetzt habe ...?

Shit. Natürlich ist er sauer auf mich.

«Tut mir leid, dass du wegen mir ... also die Sache mit deinem Zimmer und das andere eben. Du musst dich wirklich nicht um mich kümmern. Was auch immer Ivy gesagt hat, ich komme schon alleine klar. Wirklich. Du hast bestimmt genug um die Ohren, ohne dich auch noch um die Freundin deiner kleinen Schwester zu kümmern.»

Ich habe so schnell gesprochen, dass ich jetzt eine Pause machen muss, um Luft zu holen. Aber als ich merke, dass Noah etwas sagen will, rede ich schnell weiter. «Ich hoffe, die Sache mit der Tür lässt sich bald regeln, damit ich wieder aus deinem Zimmer und deinem Leben verschwinden kann. Es tut mir leid. Aber du hast mir wirklich geholfen. Danke, Noah. Danke für alles.» Ich halte ihm die Hand hin, was seltsam ist, denn eben haben wir uns noch umarmt. Und irgendwie klingen meine Worte nach einem Abschied. Meine Stimme ist unverbindlich und kühl, was aber nur daran liegt, dass ich Angst habe, ihm auch noch den letzten Nerv zu rauben, wenn ich schon wieder emotional werde. Ganz ehrlich, mit dieser Stimme könnte ich Werbung für ein Aktiendepot machen. Bestimmt ist er froh, wenn er mich erst einmal nicht mehr sehen muss.

«Klar», sagt er schroff und ignoriert meine ausgestreckte Hand.

«Ich bin dir wirklich dankbar.»

«Großartig.» Er dreht sich zur Tür um und spricht über die Schulter. «Dann gehe ich mal zum Training und lass dich in Ruhe. Wenn irgendwas ist ... kannst du ja Ivy anrufen. Sobald du ein neues Telefon hast.»

Nach seinem Abgang bin ich sicher, alles falsch gemacht zu haben. Nicht nur, dass ich Noah aus seinem Zimmer getrieben habe, ich habe auch noch Ivy wegen des Handys angelogen. Was muss er von mir denken, wenn ich so bescheuert bin, mein Smartphone zu zertrümmern und dann auch noch deswegen zu lügen? Dass ich eine Psychopathin bin?

Ich hole tief Luft. Das mache ich im Moment andauernd, und trotzdem werden meine Gedanken kein bisschen klarer. Vielleicht geht es mir besser, wenn ich was gegessen habe. Vielleicht auch nicht.

Ich ziehe gegen den frischen Wind eine alte Sweatshirtjacke über, schlüpfe in meine Sneakers und hole den Edelstahlbecher aus meinem Rucksack, um ihn am Waschbecken auszuspülen. Zusammen mit meinem Portemonnaie und einer großen Dose verstaue ich alles in dem schlichten Stoffbeutel und hänge ihn mir über die Schulter. Ob Noah wohl eine Mütze hat, die er mir leihen kann? Ich ärgere mich, dass ich ihn nicht danach gefragt habe, denn ich kann unmöglich in seinen Sachen rumwühlen. Doch neben der Tür entdecke ich eine Cap am Kleiderhaken. Sie ist dunkelgrün mit einem einzelnen aufgestickten D auf der Vorderseite. Unschlüssig nehme ich sie in die Hand. Ich werde sie waschen, nachdem ich sie benutzt habe, dann wird er hoffentlich nichts dagegen haben. Ich setze mir die Cap auf, ohne mich noch einmal zu vergewissern, wie es aussieht, und ziehe die Zimmertür hinter mir ins Schloss.

Die Aufzugtür schließt sich gerade, als ich darauf zugehe, und ich nehme die Treppe nach unten. Joaquin hat dummerweise recht: Nicht nur meine Arme sind aus Pudding, auch meine Beine sind total schlapp. Erst die lange Autofahrt von New York hierher, und dann habe ich auch in Noahs Zimmer stundenlang nur gegammelt. Ich hasse Jogging, aber etwas Bewegung würde mir vermutlich guttun. Gerade als ich unten ankomme, schwingt die Aufzugtür auf. Ein rot geblümter Rock fällt mir als Erstes ins Auge.

«Oh, hi. Du bist doch Ivys Freundin, oder?»

Es ist das Mädchen, das ich bei meiner Ankunft zusammen mit Kennesaw kennengelernt habe. «Hallo, Jenna.» Obwohl es keinen Grund gibt, nervös zu sein, spüre ich wieder ein unangenehmes Kribbeln in meinem Bauch.

«Aubree, richtig?» Sie bewegt ihren Kopf zur Seite, um einen Blick unter den Schirm meiner Cap zu werfen.

Ich nicke. Nur Aubree, einfach nur Aubree.

«Und, wie gefällt es dir in Kings Hall?» Sie hält die Haustür für mich auf, und gemeinsam gehen wir nach draußen in die Sonne.

«Es ist ... schön. Ich habe vom Campus aber noch nicht viel gesehen.» Sie will einfach nur nett sein und Smalltalk machen, sage ich mir, also kein Grund zur Panik. Trotzdem fasse ich mir ganz automatisch an die Cap, um mich zu vergewissern, dass sie richtig sitzt. Nicht dass ich damit irgendetwas verstecken könnte: Sie verdeckt nicht mal meinen Hinterkopf. Es ist nett von Jenna, dass sie meine neue Frisur nicht anspricht.

«Er ist auch riesig. Wenn man nicht im selben Haus wohnt oder dieselben Kurse hat, trifft man Bekannte quasi nie durch Zufall.» Jenna trägt ihr langes Haar heute zu einem dicken Zopf geflochten und streicht ihn sich über die Schulter. «Das ist auch der Grund, warum Ken hier unbedingt einziehen will, glaube ich. Wir waren mal zusammen. Ist aber schon ewig her, damals waren wir noch auf der Highschool. Damit hat er wohl noch nicht abgeschlossen.»

«Verstehe. Dann willst du gar nicht, dass er hier einzieht?»

«Ich würde ihm ein besseres Zimmer echt gönnen, aber es muss vielleicht nicht unbedingt in meinem Wohnheim sein.» Mit einem leisen Lachen nimmt sie ihre Brille ab, wühlt in ihrer Tasche nach einem Etui und tauscht sie dann gegen eine Sonnenbrille.

«In welchem Jahr bist du jetzt?»

«Viertes Semester. Geschichte und Pädagogik. Ich möchte Lehrerin werden.»

«Das ist toll.» Aber es klingt irgendwie hohl. Um der Frage nach meinem Studium zu entgehen, sage ich schnell, was mir als Erstes einfällt. «Dann kennst du dich hier gut aus, oder? Du weißt nicht zufällig, ob es hier in der Nähe einen Secondhandladen gibt? Ich brauche möglichst schnell ein neues Handy und will nicht so viel Geld ausgeben.»

«Klar. Meine Familie ist von hier, und einer meiner Onkel hat so einen Laden. Ich weiß aber nicht, ob er gerade Handys dahat.» Sie überlegt einen Moment. «Wenn du willst, rufe ich einfach mal kurz an und frage ihn. Dann fährst du nicht umsonst hin.»

«Wow, ja, das wäre total nett. Ist der Laden denn in der Nähe? Ich bin mir nicht sicher, ob mein Wagen noch anspringt.»

«Zu Fuß etwa eine halbe Stunde von hier. Ich kann dir die Adresse geben.» Sie stockt schon wieder und sieht mich nachdenklich an. «Eigentlich kannst du auch gleich mit mir fahren.»

Nein, das kann ich auf keinen Fall. Ich kann nicht einfach zu jemandem ins Auto steigen. Meine Unterlippe schmerzt, so fest beiße ich darauf.

«Ich wollte heute eh noch im Laden vorbeischauen, das kann

ich auch genauso gut jetzt machen. Wir brauchen für unser nächstes NAD-Treffen nämlich noch Material für Plakate, und mein Onkel hat ein paar Rollen Tapete übrig, die er mir kostenlos überlassen will.» Sie seufzt. «Wir bekommen leider nicht so viele Spenden wie andere Studentenvereinigungen. Ken wittert dahinter eine Verschwörung, aber ich schätze, es liegt einfach daran, dass wir nicht so viele Mitglieder haben.»

«Wie viele seid ihr denn?» Ich habe auf ihr Angebot immer noch nicht geantwortet, aber für Jenna scheint es selbstverständlich zu sein, dass ich ja sage.

«Zurzeit achtundvierzig. Wenn du mitmachen würdest, wären wir neunundvierzig.» Auf ihrem Gesicht breitet sich ein Grinsen aus. «Du könntest so was wie ein Fördermitglied sein. Wir treffen uns jeden Donnerstag im Native American House, um unsere Aktionen zu planen und vorzubereiten. Das Jahreshighlight ist unser Powwow am Muttertag, das ist immer irre schön. Beim letzten Mal bin ich beim Tanzwettbewerb sogar in die Top Ten gekommen.»

«Wow, gratuliere.»

«Danke.» Sie holt ihr Smartphone aus der Tasche. Während sie mit ihrem Onkel telefoniert, geht sie in Richtung Parkplatz, und ich folge ihr zögerlich. Ich sollte mich absetzen und zu meinem eigenen Auto gehen, sobald ich weiß, ob ihr Onkel ein Handy dahat. Aber das würde total merkwürdig wirken, oder?

«Er hat gerade zwei Handys im Laden», sagt Jenna, nachdem sie aufgelegt hat. «Und er hat versprochen, beide zurückzulegen, bis wir da sind.»

«Das ist total nett von deinem Onkel, danke!» Was für ein Glück, dass ich Jenna getroffen habe.

Sie schnaubt. «Nett ist nicht unbedingt das richtige Wort. Ich wette, er behauptet gleich, dass er fünf Kunden wegen dir wegschicken musste, und versucht, dafür zehn Dollar aufzuschlagen.» Jenna grinst, und weil sie so ehrlich ist, muss ich ebenfalls lächeln. Vielleicht kann ich doch ohne mulmiges Gefühl zu ihr ins Auto steigen.

Jenna hat einen etwas älteren Buick und öffnet die Zentralverriegelung mit einem Piepsen.

«Was dagegen, wenn wir vorher noch im Dirt Cowboy Café vorbeischauen? Ich könnte sterben für ein Sandwich und einen Kaffee, und sie haben dort 100 % Arabica-Bohnen.»

Okay, damit ist es entschieden. «Überhaupt nicht. Ich habe auch noch nicht gegessen.»

Das Café ist in der Main Street von Hanover, und nachdem Jenna geparkt hat und wir reingegangen sind, bestellt sie ein Spinat-Croissant und einen Kaffee mit aufgeschäumter Milch zum Mitnehmen.

«Ich nehme das Gleiche», sage ich und reiche der Bedienung meinen mitgebrachten Edelstahlbecher über die Theke. «Keine Serviette, keine Tüte, bitte.» Ich halte demonstrativ das Wachstuch hoch, das ich immer in meinem Beutel dabeihabe. Jenna nimmt ihren Pappbecher und die Papiertüte mit dem Croissant entgegen, und ich lasse mir das Essen auf das Tuch legen.

«Vielleicht sollte ich mir auch so einen Becher besorgen», meint sie, als wir wieder ins Auto steigen.

«Hast du eigentlich einen guten Draht zu deinem Onkel? Ich meine, seht ihr euch oft?»

«Öfter, als mir lieb ist, wenn ich ehrlich bin.» Sie beißt in ihr Croissant, und die Krümel verteilen sich überall auf ihrem Autositz. Es scheint ihr nichts auszumachen, also traue ich mich auch, von meinem Croissant abzubeißen.

«Ich helfe zweimal die Woche bei ihm aus, und er meckert ständig an mir rum. Weil ich nicht gut handeln kann», fügt sie mit düsterem Blick hinzu. «Wenn jemand versucht, einen Preisnachlass zu bekommen, gebe ich fast immer nach. Ich schaffe es nicht, mich durchzusetzen. Onkel Joseph ist da im Gegensatz zu mir knallhart.»

Dass diese Einschätzung nicht übertrieben ist, merke ich eine Viertelstunde später, als ihr Onkel die beiden Smartphones vor mir ausbreitet. «Top Zustand. Wie du sehen kannst, sind kaum Kratzer auf dem Glas.» Mit einem weichen Tuch wischt er schnell noch einmal über die Oberfläche. Jennas Onkel hat langes, komplett ergrautes Haar mit einem einzelnen geflochtenen Zopf auf Schläfenhöhe, in dem eine Feder und mehrere Perlen hängen. Wenn er den Kopf schüttelt, trifft ihn der Zopf jedes Mal ins Gesicht.

«Sie sehen wirklich gut aus», sagt Jenna.

«Können Sie die beiden mal einschalten?» Ich will ausprobieren, welches mir von der Bedienung her besser gefällt.

Jennas Onkel rümpft die Nase, als hätte ich ihn darum gebeten, sich splitternackt auszuziehen. «Die Akkus wurden gerade erst ausgetauscht, nicht nötig, das zu überprüfen.»

«Ich würde sie trotzdem gerne mal testen, wenn es Ihnen nichts ausmacht.» Okay, wahrscheinlich macht mich diese Bitte zur anspruchsvollsten Kundin für heute. Er sieht jetzt schon genervt aus.

«Mir nichts ausmacht.» Er schnaubt. «Warum sollte mir das was ausmachen?» Kopfschüttelnd drückt er auf dem ersten Gerät herum, und es ist ziemlich offensichtlich, dass er keine Ahnung hat, wo das Ding angeht.

«Du musst die beiden Tasten gleichzeitig drücken, Onkel Joseph.» Jenna rollt mit den Augen. «Rechts und links. Es dauert einen Moment, bis es angeht.»

«Das weiß ich. Ich bin nicht blöd. Warum glaubt ihr jungen Leute eigentlich immer, dass ich das nicht weiß? Wir hatten schon Handys, als ihr beide noch gar nicht geboren wart.»

«Ja», raunt Jenna mir leise zu. «Klapphandys vielleicht.»

Ich schaffe es gerade noch, ein Grinsen zu unterdrücken. Er wirft Jenna einen bösen Blick zu und stößt dann ein freudiges «Hah!» aus, als der Bildschirm aufleuchtet.

«Darf ich?» Ich warte sein Nicken ab, dann berühre ich den Bildschirm und starte den Browser. Ich tippe in die leere Zeile, und die Tastatur öffnet sich in einer mir unverständlichen Sprache. «Oh. Da ist kein Englisch eingestellt.»

«Natürlich nicht», sagt Jennas Onkel mit erhobenem Haupt. «Cherokee sein, heißt Cherokee sprechen.»

Das hört sich wie ein Zitat an, aber ich weiß nicht, von wem es stammt. «Man kann Cherokee als Sprache einstellen?» Wie cool ist das denn?

«Nur die Tastatur», grummelt Jennas Onkel.

«Aubree ist keine Cherokee», wirft Jenna ein. «Bist du doch nicht, oder? Warte, gib mir das Ding, ich ändere die Einstellung für dich.» Sie nimmt mir das Gerät aus der Hand.

Ihr Onkel verschränkt beide Arme vor der Brust und mustert mich kritisch. «Natürlich ist sie das nicht. Also, was ist jetzt? Kaufst du es oder nicht?»

Ich traue mich nicht, noch nach dem anderen Gerät zu fragen, aber deshalb lasse ich mich noch lange nicht ausnehmen. «Kommt auf den Preis an.»

Er wiegt den Kopf, der Perlenzopf schwenkt dabei hin und her, und stützt sich mit beiden Armen auf dem Verkaufstresen ab. Über seinem Bauch spannt sich eine Weste aus glattem abgewetztem Leder, an der seltsamerweise Werkzeug befestigt ist. Ein Sechskantschlüssel baumelt an einer Seite herab.

«Auf dem Schild stehen sechzig Dollar. Aber das ist ein alter Preis, die Nachfrage ist gestiegen. Eben musste ich drei Jungs wegschicken, die ein Handy kaufen wollten, und die waren aus meinem Stamm. Ich verkaufe es dir für achtzig.»

Jenna wirft mir einen vielsagenden Blick zu. Aber das Ganze

scheint ihrem Onkel ziemlich viel Spaß zu machen, und er steckt mich damit an. «Aber wenn das Schild alt ist, heißt das doch, dass die Handys schon länger hier rumliegen, oder nicht? Ich halte fünfzig Dollar für angemessen.»

Jenna zieht scharf die Luft ein und stößt mich mit ihrem Fuß an. Aber in die Augen ihres Onkels tritt ein warmer Glanz.

«Glaubst du, ich tausche jedes Mal, wenn ich ein Handy verkaufe, das Schild aus? Seit dieser *U-ka-sha-na* im Weißen Haus lebt, muss ich was auf die Seite legen. Wer weiß, was der sich noch alles einfallen lässt.»

Ich nicke verständnisvoll. «Jenna hat mir erzählt, dass die Vereinigung der Native Americans in Dartmouth kaum Spendengelder bekommt.»

«Eine Scheiße ist das.» Er schüttelt langsam den Kopf, bevor sich sein Blick wieder auf mich konzentriert. «Siebzig Dollar sind mein letztes Angebot.»

Ich schürze nachdenklich die Lippen. Wenn ich jetzt schon nachgebe, wird er vermutlich enttäuscht sein. «Wie wäre es damit: Ich gebe Ihnen fünfzig Dollar und spende noch zwanzig an die NAD.»

Jenna reißt die Augen auf. «Oh, Aubree, das musst du nicht machen.»

«Warum nicht?», kommt es prompt von ihrem Onkel. «Ihr braucht das Geld schließlich. Oder wovon willst du die Tapete bezahlen? Denkst du, ich habe was zu verschenken?»

«Aber du hast gesagt, dass sie übrig ist und dir nur Platz im Lager wegnimmt.»

«Jaaa», sagt er gedehnt. «Aber das war letzte Woche. Inzwischen habe ich wieder Platz, und die Tapete wird ja nicht schlecht.»

Jenna klappt den Mund auf und wieder zu. Sie hebt hilflos die Schultern an. «Aber es sind nur drei Rollen übrig. Damit kann man nicht mal ein Klo tapezieren!»

«Ich weiß nicht, was für Klos ihr in eurem Wohnheim habt, aber das Scheißhaus in meinem Haus ist echt winzig. Mit drei Rollen kann ich es sogar zweimal tapezieren.»

«Aber die Tapete ist rosa!»

«Rosa ist eine gute Farbe. Und nicht nur für Frauenkram. Dein Cousin Thomas trägt sogar Hemden in Rosa.»

«Ja, aber doch nur, weil er muss. Er meckert die ganze Zeit, dass seine Firma ihn zwingt, diese Hemden zu tragen. Außerdem ist er nicht mein Cousin!»

«Natürlich ist er dein Cousin.»

«Ist schon okay», sage ich schnell, bevor die beiden sich weiter in diese Diskussion reinsteigern. Ich hole einen Zwanzig-Dollar-Schein aus meinem Portemonnaie und halte ihn Jenna hin. Dann schiebe ich ihrem Onkel meine Kreditkarte über den Tresen zu. Er greift so schnell danach, dass sein Zopf nach vorne schnellt. Mit einem Grinsen schiebt er die Karte in das Lesegerät. Die Tapete lässt er sich von Jenna mit zehn Dollar bezahlen. Als wir nach draußen gehen und das Bimmeln der Türglocke hinter uns verklingt, schüttelt sie fassungslos den Kopf. «Ich wusste ja, dass er ein harter Hund ist, aber das war wirklich der Hammer. Wenn ich das meiner Mom erzähle!»

«Ich glaube, ich mag deinen Onkel.»

«Im Ernst?»

«Ja. Er ist toll. Und das Handy auch. Wenn der Akku ein paar Stunden hält, bin ich damit absolut zufrieden. Und der Deal war doch fair. Er hat genau das bekommen, was auf dem Preisschild stand.»

«Ich gebe dir die zehn Dollar gleich zurück.»

«Behalt sie, von mir aus als Fahrgeld. Ich bin echt froh, dass du mich mitgenommen hast. Danke, Jenna.»

Sie schüttelt den Kopf. «Dann stecke ich sie in unsere Kaffeekasse. Im Namen der NAD sage ich vielen Dank!»

Jenna fährt mit mir noch am nächsten Walmart vorbei, damit ich mir eine neue SIM-Karte von AT&T kaufen kann. Noch im Auto lege ich die Karte ein und lade WhatsApp herunter, um Ivy eine Nachricht zu schicken.

Neue Nummer, neuer Anfang. Hoffentlich.

Kapitel 8

Den ganzen nächsten Tag höre und sehe ich nichts von Noah. Und zum Glück brauche ich auch nicht schon wieder bei irgendwas seine Hilfe. Mit meinem Bullet Journal auf den Knien sitze ich am Nachmittag auf Noahs Bett. Ich habe mit Ivy telefoniert und sie darum gebeten, Noah meine neue Handynummer weiterzuleiten, damit er mich erreicht, falls er etwas aus seinem Zimmer braucht, wenn ich mal nicht da sein sollte. Außer Ivy, meiner Mom, meiner Agentur und Jenna habe ich noch keine weiteren Kontakte eingespeichert, nicht einmal Taylor oder Ginnifer. Das Gute ist, dass ich die Benachrichtigungen wieder aktivieren kann, jetzt, wo ich eine neue Nummer habe und niemand mir mehr widerliche Nachrichten schicken wird. Und ich merke jetzt erst, wie sehr mich diese dauernde Angst belastet hat. Auf einmal kann ich viel leichter atmen, als hätte ich alle Fenster aufgerissen und ordentlich durchgelüftet.

Meine gestrigen Ausgaben habe ich eben erst in den *budget tracker* eingetragen: das Geld für das Smartphone, die neue SIM-Karte und das Essen aus dem Café. Leider sieht die Spalte mit den Einnahmen dagegen ganz schön kahl aus. Mit einem Seufzen blättere ich zur nächsten freien Seite in meinem Journal, um eine neue Liste mit Zielen anzulegen, und male mit dem Brushpen ein verschnörkeltes *goals* darüber. Aber ohne das College sehen auch meine Ziele ziemlich kahl aus. Ich könnte versuchen, mich an einer anderen Uni zu bewerben, vielleicht sogar hier in Dartmouth, aber zuerst muss ich klären, wie ich das mit meinem Namen regle. Auf keinen Fall möchte ich mich als Aubree Sturgess registrieren lassen, weil ich nicht will, dass sich wiederholt, was in New York passiert ist. Vielleicht als Aubree Hargreaves, das ist der Mädchenname meiner Grandma. Aber kann ich das meiner Mom antun? Ich schreibe *Bewerbung fürs College vorbereiten* auf und darunter testweise *Namen ändern* und schaue mir an, wie das auf mich wirkt. Ich könnte meinen Namen ändern, ich könnte wirklich meinen Namen ändern! Das würde meinen Neuanfang so viel einfacher machen. Dafür muss ich nur einen Antrag zur Namensänderung ausfüllen und bei meinem zuständigen Zivilgericht einreichen. Falls es mit der Frühstücksflockenwerbung klappt, könnte ich das erledigen, wenn ich das nächste Mal in New York bin. Aber dann müsste ich auch mit meiner Mom reden. Ihr beichten, was passiert ist, und das bringe ich jetzt noch nicht fertig.

Aber das sind große Ziele. In meiner momentanen Lage sollte ich mir vielleicht erst einmal kleinere suchen.

Mit dem Stift tippe ich mir an die Unterlippe. Fürs Erste wäre ich schon froh, keine Panikattacke zu bekommen, wenn mich jemand unabsichtlich berührt. Ich hasse es, so eingeschüchtert zu sein, weil das nicht die Aubree ist, die ich kenne. Ich war nie ängstlich oder verschüchtert. Ich meine, ich bin in New York aufgewachsen, und auf dem Internat, das ich zu Highschool-Zeiten besucht habe, ging's manchmal auch zu wie bei *Die Tribute von Panem*. Na ja, zumindest wenn man die scharfen Waffen durch Gerüchte und Intrigen ersetzt. Wenn man das überlebt hat, ist man eigentlich fürs Leben gewappnet.

Aber seit den K.-o.-Tropfen ist mein Selbstbewusstsein wie ausgelöscht. Ich traue meinen eigenen Gefühlen nicht mehr. Vielleicht habe ich mit dem Typen, der mir das angetan hat, kurz vorher noch geflirtet. Ich könnte mit ihm gesprochen, mit ihm getanzt, vielleicht sogar gelacht haben. Wie kann man mit jemandem lachen und ihm dann Drogen in den Drink kippen? Das ist einfach nur abartig. Dank ihm bin ich nun schreckhaft, leide unter Schlafstörungen, kann mich kaum konzentrieren und bin regelrecht paranoid. So will ich nicht sein. Ich würde so gerne einfach wieder unbefangen auf andere Leute zugehen. Überhaupt mich dazu aufraffen, dieses sichere Zimmer zu verlassen. Der Besuch von Jennas Onkel war schon mal ein guter Anfang, aber es ist eben auch nicht mehr als das: ein Anfang. Ich muss etwas tun, rausgehen, mutig sein.

Ich wechsle zu einem dickeren Brushpen, male einen Rahmen mit ein paar Blumenblättern und handlettere darin den ersten Satz, der mir dazu einfällt.

Do what you are afraid to do.

Wenn ich mich überwinde und Dinge tue, die mir Angst einjagen, ohne objektiv bedrohlich zu sein, dann wird mir sicher auch bald alles andere leichter fallen. Ich habe keine Ahnung, wie ich das angehen soll, aber ich muss jetzt raus.

Ich nehme mein neues Handy heraus, um zu sehen, ob ich vielleicht eine Nachricht von Noah verpasst habe. Ich will ihm keine Umstände machen, falls er etwas aus seinem Zimmer holen will. Aber da ist nichts, deshalb starte ich WhatsApp und schreibe eine Nachricht an Ivy.

Aubree: **Hast du meine neue Nummer schon an deinen Stiefbruder weitergeleitet?**

Meine Finger spielen mit der Karte, die Noah mir von Joaquin gegeben hat und die ich gedankenlos zwischen die Seiten meines Journals gesteckt hatte. Joaquin ist vielleicht doch ganz nett, und es tut mir leid, dass unsere erste Begegnung so danebengegangen ist. Ich drehe die Karte und ratsche mit dem Zeigefinger über die Ecken, bis sie völlig ausgefranst sind. Der

Do what you are afraid to do.

Boxclub ist nicht sehr weit von hier. Ich könnte die Strecke in einer halben Stunde zu Fuß gehen. Oder ausprobieren, ob mein Schrotthaufen von einem Auto noch einen Rest Leben besitzt. Ich könnte mir den Club nur mal anschauen und bei der Gelegenheit Joaquin noch eine Chance geben. Und es wäre ein Test, wie ich mich als neue Aubree mache. Ich würde die Cap hierlassen, und … Okay, ich muss nicht gleich übertreiben. Ich werde zu Joaquin in den Boxclub gehen, aber *mit* Noahs Dartmouth-Cap.

Mein Handy piepst. Die Visitenkarte stecke ich in meine Hosentasche und aktiviere den Bildschirm.

Ivy: **Klar, direkt nachdem du mich darum gebeten hast. Warum fragst du?**

Aubree: **Ich gehe gleich raus und wollte nur sicher sein, dass er mich erreichen kann.**

Ivy: **Willst du seine Nummer haben?**

Aubree: **Ist eigentlich nicht so wichtig. Bis später.**

Ich kann mir selbst nicht erklären, warum ich abwiegele. Wahrscheinlich wäre es besser gewesen, ich hätte gar nicht erst nachgefragt. Doch bevor ich mich darüber ärgern kann, piepst mein Handy wieder, und ich sehe, dass Ivy einen Kontakt mit mir geteilt hat. Noahs Kontakt. Und als ich ihn anklicke, habe ich automatisch auch sein Foto auf dem Handy. Und es ist ein tolles Foto.

Ich bin mir nicht sicher, ob es hier in Dartmouth aufgenommen wurde. Noah trägt zwar das graue Shirt mit dem Pferdeemblem, aber er lehnt an einem rustikalen Zaun. Von hinten schiebt sich ein schwarzer Pferdekopf über seine Schulter. Das weiche Pferdemaul kitzelt ihn wahrscheinlich am Ohr, denn in Noahs Augenwinkeln zeigen sich kleine Fältchen, und seine Lippen kräuseln sich, als würde er jeden Moment in Gelächter ausbrechen.

Schilfgrün. Seine Augen sind wirklich schilfgrün.

Schnell schalte ich das Smartphone aus und werfe es aufs Bett. Ich habe sein T-Shirt vollgeheult, das ist das Einzige, woran ich denken kann. Und dass er sich besser anfühlt als Grover. Eine Million Mal besser. Aber er ist auch permanent online, wie ich von Ivy weiß. Noah hat einen Blog und einen Instagram-Account mit fast fünfzehntausend Followern. Allein bei der Vorstellung, dass er dort ein Foto von mir hochladen könnte, dreht sich mir der Magen um. Schilfgrüne Augen sind also das Letzte, was ich im Augenblick brauchen kann.

Ich straffe mich. Keine fünf Minuten später habe ich Wechselsachen rausgesucht, meine Wasserflasche aufgefüllt, alles in meinen Stoffbeutel gesteckt und mir die Schuhe zugebunden. Dann schlage ich die Zimmertür hinter mir zu und laufe durch den Flur zum Treppenhaus.

Es ist Zeit, mutig zu sein.

«Keine Angst, er beißt nicht. Tucker ist so was wie unser Maskottchen.»

Ich bücke mich runter und strecke dem kleinen weißen Terrier, der gerade seine Pfoten gegen mein Knie stemmt, die Hand hin. «Hey, Tucker. Schön dich kennenzulernen.» Er ist mit einem senfgelben Hundeshirt bekleidet, auf dem die Worte *Quin's Boxing Club* stehen. Tucker hat freche Ohren, die aussehen, als wären sie nur mit den Spitzen in braune Farbe gedippt worden. Es ist dasselbe Braun, mit dem auch seine Pfoten gefärbt sind. Ich lasse ihn an meiner Hand schnüffeln, bevor ich über seinen Kopf streichle und ihn hinter den Ohren kraule. Sofort dreht er den Kopf und schleckt über meine Handfläche.

«Du hast direkt die richtige Stelle gefunden. Er lässt sich besonders gerne hinterm Ohr und vorne an der Brust kraulen. Hier, das kannst du ihm geben, dann liebt er dich bis ans Ende seiner Tage.» Die junge Frau hinter dem Tresen schiebt mir ein kleines Stück getrocknetes Fleisch zu. «Hunde sind so einfach gestrickt. Eigentlich genau wie Männer. Gib ihnen was zu fressen, und sie lieben dich.»

«Danke.» Ich halte Tucker das Leckerchen vor die Nase, der es sofort verschlingt.

«Machst du heute den Schnupperkurs bei Tony?», fragt sie mich. «Oder bist du bei Jill, und ich habe dich nur noch nie gesehen?»

«Ich ... nein, ich wollte eigentlich zu Joaquin.» Ich halte die kleine Karte hoch, die ich von ihm habe, und trete unsicher von einem Fuß auf den anderen. «Er hat gesagt, dass ich mal vorbeikommen soll.»

«Klar», sagt sie. «Alle wollen zu Quin. Aber der macht gerade ein Einzeltraining. Wenn du willst, kannst du dich einfach dem Schnupperkurs anschließen. Vielleicht klappt es danach.» Sie wirft einen Blick auf ihre Smartwatch. «Die Stunde fängt in sechs Minuten an, und die meisten Teilnehmer waren erst einmal hier.»

«Eigentlich wollte ich ...»

«Du hast nichts zu verlieren.» Sie zuckt mit den Achseln und nimmt dann die Hände nach hinten, um ihren Pferdeschwanz festzuziehen. Sie hat unglaublich blasse Haut und sieht so zart aus wie ein koreanischer Fernsehstar und nicht wie jemand, den man in einem Boxclub vermuten würde. «Das Einzeltraining geht noch bis halb sechs. Du kannst ein andermal wiederkommen, auf Quin warten und dich dabei zu Tode langweilen, oder du machst bei Tony mit.»

«Vielleicht komme ich einfach wann anders wieder.» Die Vorstellung, mich einer Gruppe von Fremden anzuschließen, lässt mir den Schweiß ausbrechen. Aber ... ich wollte doch mutig sein und genau das tun, wovor ich Angst habe. Perfekte Gelegenheit. Also ...

«Wir haben hier vier einfache Regeln», sagt die junge Frau, auf deren Namensschild Yuna steht. «Erstens, verpasse nie einen Montag. Zweitens, lasse niemals drei Tage hintereinander ohne Training vergehen. Drittens, mach besser zwei Tage draus. Und viertens: Gib niemals auf! Also», sie grinst mich an, hebt ihren rechten Arm und lässt ihre Muskeln spielen. «Wann hast du das letzte Mal trainiert?»

Oh Gott, sie hat unglaublich definierte Oberarme. Ich wusste gar nicht, dass es so was gibt. Also bei normalen Frauen, welche, die keine Bodybuilderinnen sind. Denn Yuna sieht völlig normal aus. Fast zierlich. Und dennoch stark. Ich wäre auch gerne so stark.

«N...nie?»

«Dann ist es höchste Zeit. Du wirst uns morgen verfluchen und dir schwören, nie wieder herzukommen, aber ich wette, spätestens in einer Woche bist du wieder da, damit der Muskelkater nicht umsonst war und du das nie wieder im Leben spüren musst. Die Schmerzen sind mörderisch, ich kann mich noch gut daran erinnern.»

«Hey, solltest du mir nicht eigentlich Mut machen?»

Yuna lacht ein heiseres, fast schon schmutziges Lachen und gibt mir dann ein schmales Silikonband, das ich mir ums Handgelenk legen soll.

«Damit jeder sieht, dass ich ein absoluter Anfänger bin?»

«Exakt. Und damit Tony weiß, dass du zu seiner Gruppe gehörst.»

«Okay.» Ich atme laut aus und straffe mich, dann marschiere ich zu der Gruppe von Frauen, auf die Yuna gedeutet hat. Sie stehen vor dem Kaffeeautomaten, und einige lümmeln auf dem Sofa daneben. Unsicher bleibe ich vor ihnen stehen und spiele mit dem Henkel meines Stoffbeutels.

«Bist du zum ersten Mal hier?», fragt mich eine ältere Frau mit einem kurzen Afro, die nagelneue Sportklamotten trägt.

«Ja.» Ich halte demonstrativ meinem Arm mit dem rosafarbenen Band hoch.

«Ich war letzte Woche schon dabei, habe die Stunde aber nicht gepackt. Ich dachte, ich versuche es jetzt einfach noch mal. Es kann doch nicht sein, dass ich so schnell schlappmache und meine Freundin Nora bis zum Ende durchhält. Sie ist acht Jahre älter als ich.» Sie zeigt auf eine Frau mit grauen Schläfen, die gerade aus einer Wasserflasche trinkt und mir freundlich zuwinkt.

«Ich bin übrigens Claire.»

«Aubree.» Wir reichen uns die Hand, und mir wird direkt leichter ums Herz. Eigentlich ist die Sache doch ganz einfach. Früher hatte ich auch kein Problem damit, Leute kennenzulernen, also werde ich das auch wieder hinkriegen. Und dass hier so viele Frauen sind, macht mir Mut. Damit habe ich nicht gerechnet, denn meine Vorstellung von einem Boxclub hatte definitiv mehr mit schwitzenden Männern in Shorts zu tun.

Allerdings kapiere ich, als Tony auftaucht, ziemlich schnell, warum Claire beim letzten Mal nicht durchgehalten hat. Er ist ein Eins-neunzig-Mann mit Wangen voller Aknenarben und einem sadistischen Glitzern in den Augen. Er lässt uns eine Viertelstunde warm laufen, danach ist es mit der Schonfrist vorbei. Wir machen Übungen mit einem Ball auf dem Boden, nach denen ich mir wünsche, nie wieder aufstehen zu müssen. Anschließend sucht sich jede von uns einen eigenen Boxsack, von denen in dieser Halle mindestens vierzig herunterhängen wie Schweinehälften in einer Schlachterei. Aber anstatt dagegenzuschlagen, müssen wir uns auf die Matte legen und die Füße darunter festklemmen. Und weitere Sit-ups machen. Meine Bauchmuskeln brennen jetzt schon wie Feuer.

«Kann ich eine Pause machen?», fragt Joe, ein schlaksiger Junge mit Brille, der sich in letzter Minute unserer Frauengruppe angeschlossen hat. Sein Gesicht ist genauso schweißüberströmt wie meins. Claire neben mir nuckelt extra lange an ihrem Isodrink, um den Sit-ups für einen Moment zu entkommen; ich glaube, die Flasche ist längst leer.

Tony ignoriert Joes Frage und treibt uns weiter an, indem er die Sit-ups langsam runterzählt. Und jedes Mal, wenn man denkt, es geschafft zu haben, fängt er wieder bei zehn an. Irgendwann werfe ich Noahs Cap wütend zur Seite, weil ich es nicht mehr darunter aushalte. Claire sieht mich kurz überrascht an. Ich schätze, sie ist davon ausgegangen, dass nur mein Hinterkopf rasiert ist, aber sie kommentiert es nicht und lässt sich nicht anmerken, ob sie meine Frisur irgendwie seltsam findet.

«Okay, Leute, wer hat Bock auf Seile?», fragt Tony.

Ich hebe meine Hand, weil alles besser ist, als weiter meine Bauchmuskeln zu malträtieren, und merke zu spät, dass niemand sonst bei dieser Frage erleichtert aussieht. Shit, ich glaube, das war ein Fehler.

«Dann komm mit! Audrey war dein Name, richtig?»

«Aubree», verbessere ich müde und laufe Tony hinterher, der mich ein Stück die Halle runterführt. Er zieht ein dickes Seil aus einer Halterung an der Wand und rollt es auf dem Boden aus. Ich habe keine Ahnung, was ich damit machen soll und denke im ersten Moment an Tauziehen. Fürs Seilspringen ist es definitiv zu dick. Aber Tony schiebt das eine Ende durch zwei schwere Kugelhanteln, die am Boden liegen.

«Nimm beide Enden hoch und zieh das Seil straff. Ja, so ist's richtig. Und jetzt geh wieder einen Schritt nach vorne näher zu den Kettle Bells, dann hast du den richtigen Abstand. Als Erstes den Wechselschlag mit gestreckten Armen. Und los!»

Ich habe verdammt noch mal keine Ahnung, was ich hier tue. Oh mein Gott, das kann unmöglich richtig sein. Rechts und links reiße ich abwechselnd die Arme hoch, bis das Seil in Wellenbewegungen über den Boden schlägt.

«Gut, aber nicht so mit der Hüfte wackeln, Aubree, das soll deinen Rumpf stabilisieren. Ja, genau so. Weitermachen!»

Es ist anstrengend. Unfassbar anstrengend. Es ist einfach nur ein dickes Seil, aber schon nach wenigen Minuten fühlt es sich an, als wäre es aus Blei. Tony lässt mich alleine und zeigt den anderen aus der Gruppe andere Übungen mit dem Ball oder einem Holzbock, auf den sie hoch- und runtersteigen müssen.

«Weiter so!», ruft er uns zu und marschiert an unserer Reihe vorbei bis zu Joe. «*Keep pushin', keeeeep pushin'!* Ja, genau!»

Ich fange an, seine Stimme zu verabscheuen, dabei bin ich gerade mal eine halbe Stunde hier.

«Los, Aubree, jetzt auf die Knie runter und dabei weiterschwingen. Das Battle Rope ist wie für dich gemacht. *Keep pushin'!*»

Tony ist völlig übergeschnappt. Es fühlt sich an, als würden mir gleich die Arme abfallen. Und jetzt soll ich mich dabei auch noch hinknien? Verdammt, verdammt, verdammt. Innerlich fluche ich und gehe auf die Knie. Erst das linke, dann das rechte und dann wieder hoch, und dabei schlage ich immer weiter das Seil auf den Boden. Ich höre nur noch meinen eigenen keuchenden Atem und nehme nicht einmal mehr die laute Musik in der Halle wahr. Nur *Keep pushin'* dringt noch zu mir durch. Ich glaube, wenn ich das noch einmal höre, schlage ich mit dem Seil nach ihm. Falls Joaquin genauso ist wie Tony, kann ich null nachvollziehen, warum Noah mit ihm befreundet ist.

«Fahr zur Hölle», zische ich, als Tony das nächste Mal bei mir vorbeikommt und *Keep pushin'* bellt.

Aber dafür ernte ich nur ein Lachen. «Babe, das ist genau das, was ich von dir hören will. Und jetzt die *Shuffle Waves*. Weiterschlagen und dabei seitwärts nach rechts und links hüpfen. Und wenn ich gleich hier wieder vorbeikomme, will ich *Jumpin' Jack Waves* von dir sehen.»

«Das kannst du ... vergessen», keuche ich und schlage seitwärts hüpfend weiter meine Wellen. «Ich ... mache ... keinen ... Hampel ... mann ... für dich.»

«Oh, Babe, du wirst noch ganz andere Sachen für mich machen.» Lachend geht er davon.

Als der Kurs zwanzig Minuten später vorbei ist, breche ich kurzerhand auf der Matte zusammen und rühre keinen Finger mehr. Meine Hände fühlen sich von dem Seil wund an, und jeder Muskel in meinem Körper steht in Flammen. Ich kann mich keinen Millimeter mehr bewegen und frage mich, wie ich es jemals zurück ins Wohnheim schaffen soll. Mit geschlossenen Augen stelle ich mir eine heiße Dusche vor. Nein, lieber eine Badewanne. Und anschließend eine Massage. Eine eisgekühlte Cola wäre auch super. Im selben Moment, in dem ich gerade versuche, meine Wasserflasche per Gedankenübertragung zu mir zu bewegen, plumpst etwas auf meinen Bauch.

Ich schlage die Augen auf und entdecke zwei Boxhandschuhe in Pink.

Tony ist ein Monster.

Aber dann muss ich mich berichtigen. Als ich nach oben blinzle, schaue ich nämlich in Joaquins grinsendes Gesicht.

Kapitel 9

«Eigentlich ...» es dauert ein paar Atemzüge, bis ich den Satz weitersprechen kann, «... bin ich gekommen, weil ich dir noch eine Chance geben wollte.»

«Und jetzt willst du das nicht mehr?», fragt Quin.

«Du hast sie verspielt.» Als ich mich aufrichte, dreht sich alles um mich herum, und ich glaube, ich sehe Sterne. «Ich habe gedacht, du bist vielleicht doch ganz nett. Ich dachte, du hast mir deine Karte gegeben, damit ich mal auf eine Cola bei dir im Boxclub vorbeikomme. Aber jetzt weiß ich, was du eigentlich vorhattest.»

«Ach ja, was denn?»

«Du wolltest mich töten.» Ich lasse mich zurückfallen, während mir Joaquins Gelächter in den Ohren klingelt.

«Ich töte grundsätzlich keine Mädchen mit Puddingarmen. Also los, ich mache aus dir eine Frau mit einem echten Bizeps. Steh auf.»

«Tut mir leid, das geht nicht. Kann nie wieder aufstehen.» Selbst das Sprechen fällt mir schwer. Offenbar habe ich bei den Übungen meinen Kiefer so sehr angespannt, dass jetzt sogar meine Gesichtsmuskeln schmerzen.

Im nächsten Moment packt Quin meine Hände und reißt mich hoch. Die Boxhandschuhe fallen von meinem Bauch runter auf den Boden. Mir ist so schwindelig, dass ich gegen ihn taumle und mich an ihm festhalten muss. Aber ich bin längst über den Punkt hinaus, wo ich mir noch über fehlende Distanz Sorgen machen könnte.

«Das geht vorüber, versprochen.» Quin trägt ein Muskelshirt, und an ihm sind definitiv mehr Muskeln als Shirt. Sobald ich mein Gleichgewicht wiedergefunden habe, lasse ich ihn los und trete einen Schritt zurück.

«Schnapp dir die Handschuhe und komm mit.»

Ich bin versucht, die Boxhandschuhe aufzuheben und sie ihm an den Hinterkopf zu werfen, aber das wird er bei seinem Stiernacken wahrscheinlich nicht mal spüren, zumal die Dinger längst nicht so schwer sind, wie ich dachte. «Wieso sind die pink? Ist das hier die Anfängerfarbe? Ich finde das diskriminierend.»

«Nein, die sind einfach noch von einer Veranstaltung übrig. Wir hatten da eine Geschenkaktion. Also quatsch jetzt nicht rum, Bitsy, und komm.»

Er führt mich zu einer Stelle an der Wand hinter den Boxsäcken, holt etwas aus einem Holzregal, was aussieht wie Handschuhe, die auf der Handfläche ein tellergroßes Polster haben. Dann dreht er sich zu mir um. Alles an ihm ist ein Grinsen. Seine dunklen Augen, die breite Stirn, sogar sein Bart scheint mich auszulachen.

Meine Finger sind verschwitzt, und ich habe Mühe, in die Boxhandschuhe reinzukommen. Der Daumen ist angenäht, und am Handgelenk lassen sie sich mit einem Klettband verschließen. Nachdem ich den einen Handschuh angezogen habe, fühle ich mich wie amputiert. Ich kann unmöglich den zweiten anziehen, wenn ich nur noch eine Faust zur Verfügung habe. Quin stößt ein Seufzen aus und nimmt mir den zweiten Handschuh ab, um mir die Öffnung hinzuhalten. Als ich drin bin, wickelt er mit einer geübten Bewegung das Band um mein Handgelenk und schlüpft in seine eigenen Handschuhe.

«Schlag auf meine Pratzen.»

In meinem Gesicht muss ein großes Fragezeichen stehen,

denn er verdreht die Augen. Er hebt seine beiden Hände höher, sodass ich die gepolsterten Handflächen direkt vorm Gesicht habe. So nennt man diese Dinger also. Das Ganze kommt mir total lächerlich vor. Als wäre ich ein Kleinkind, das unbeherrscht auf etwas eindrischt. Halbherzig hebe ich meine rechte Faust und drücke sie gegen Quins Handschuh.

«Willst du mich verarschen?» Er schüttelt den Kopf, sein Grinsen ist verschwunden und hat einem entgeisterten Ausdruck Platz gemacht. «Eine Einzelstunde bei mir kostet hundertachtzig Dollar. Willst du mir jetzt beweisen, dass ich die nicht wert bin, oder was?»

Oh verdammt. Hundertachtzig Dollar, ist das sein Ernst? «Tut mir leid. Aber wenn du vorhattest, mir eine Boxstunde zu geben, hättest du mich vorher nicht durch Tony schleifen lassen dürfen. Ich habe wirklich keine Kraft mehr.» Zum Beweis lasse ich meine Arme an mir runterbaumeln.

«Bullshit», sagt er. «Du bist gerade mal aufgewärmt.»

Aufgewärmt? Ich fühle mich so schlapp wie eine Kaulquappe.

«Bitsy, du verschwendest meine Zeit. Nimm das linke Bein nach hinten, verdammt, und reiß dich zusammen! Schlag zu. Rechts!», sagt er an.

Ich beiße die Zähne zusammen und boxe, so fest ich kann, gegen den Handschuh, aber Quin stößt nur ein genervtes Stöhnen aus. «Oh Mann, da wartet noch viel Arbeit auf uns. Du bist so ein Mädchen.»

Dieser Arsch! Ich hole aus und schlage noch einmal zu. Noch ein Wort, und ich kann nicht dafür garantieren, nicht irgendwann *aus Versehen* sein Gesicht zu treffen. Nur leider wird das nicht passieren, merke ich nach dem nächsten Schlag, denn Quin hat eine unfassbar schnelle Reaktion. Er sieht schon Sekunden vorher, was ich machen werde. Na gut, wahrscheinlich eher Minuten vorher. Ich bin einfach nur lahm, und er ist eine verdammte Maschine. Um seinen Mund liegt ein Schmunzeln, und ich beiße immer fester die Zähne zusammen.

«Rechts!», bellt er. «Links! Rechts, links.» Immer im Wechsel. Er lässt mich erst gerade schlagen und dann über Kreuz. Ich stelle frustriert fest, dass mein linker Arm sogar noch schwächer ist als mein rechter. Ich habe das Gefühl, nicht mehr Kraft zu besitzen als der kleine Tucker. Okay, wahrscheinlich ist selbst Tucker fitter und stärker als ich.

Irgendwann spricht Quin seine Anweisungen nicht mehr laut aus, sondern hält mir nur noch den jeweiligen Handschuh hin. Sein Rhythmus wird schneller, und ich werde immer wütender.

Rechts, links, rechts, rechts, links.

Links, rechts, links, links, rechts.

«Komm, da geht noch mehr», treibt er mich an und erhöht das Tempo erneut. Seine Handflächen kommen mir entgegen. Mir läuft schon wieder Schweiß über die Stirn, und mein Atem pfeift. Doch ich hole weiterhin aus, weil Quin offenbar noch lange nicht mit mir fertig ist.

«Auf wen bist du eigentlich so sauer?», fragt er mich zwischen den Schlägen.

«Ich ... bin ... nicht ... sauer», keuche ich meine Antwort heraus.

«Erzähl mir keinen Scheiß. Du hast mich in Noahs Zimmer angeschrien, als hätte ich deine Katze überfahren.»

«Ich ... habe ... keine ... Katze.» Rechts, links, rechts, rechts, links. «Und wenn ... dann bin ich ... sauer ... auf mich.»

«Okay, Bitsy, das kapiere ich. Aber ich denke, du solltest lieber auf jemand anderen wütend sein. Es war scheiße von mir, dich so zu überfallen, aber was ist passiert, dass du so viel Angst vor mir hattest?»

«Das ... geht dich ... nichts an.» Meine Schläge werden langsamer, aber nicht schwächer. Mit voller Wucht treffe ich das Polster.

«Geht es um einen Typen?»

«Ja.» Meine Faust rammt hart gegen Quins Hand, und das erste Mal merke ich, dass er gegenhalten muss.

«Mach das noch mal, genau so!»

«Ja!», schreie ich und lasse meine Faust gegen seine Handfläche prallen.

«Stell dir vor, dass die Pratze das Gesicht dieses Typs ist. Schlag ihm eins in die Fresse.»

Mein Boxhandschuh knallt gegen seine Hand. Und noch einmal.

«Ist er nur ein kleines Arschloch oder ein richtiger Wichser?», fragt Quin.

«Ein richtiger Wichser», fauche ich.

«Dann schlag ihn nicht so, als hätte er bloß heimlich deine Post gelesen. Reiß ihm richtig den Arsch auf.»

Meine Fäuste fliegen nach rechts und links, und auf einmal kann ich gar nicht mehr damit aufhören. Ich habe so viel Wut in mir, und das erste Mal kann ich sie einfach rauslassen. Das Gefühl ist unfassbar befreiend. Zwar kann ich mir kein Gesicht dazu vorstellen, weil ich nicht weiß, wer der Mann ist, der mich betäubt hat, aber das ist im Moment egal. Das Einzige, was zählt, ist der Druck, den ich endlich ablassen kann.

Dieses feige Schwein!

Ich denke an seine Hände und an das Foto. Ich denke an meine Angst und die Übelkeit und daran, dass ich durch ihn meinen Collegeplatz verloren habe. Ich prügle wegen meiner Mom auf ihn ein und weil ich sie angelogen habe, wegen meiner kleinen Schwester May und meiner Haare. Ich hasse ihn für das, was er mir angetan hat. Und noch mehr hasse ich ihn für seine beschissene Feigheit. Ich hasse ihn, hasse ihn, hasse ihn!

«Wowowow!», ruft Quin aus und weicht ein Stück vor mir zurück. Das ist längst kein Sport mehr, ich bin völlig außer Kontrolle geraten. Ich setze Quin nach und dresche auf seine Hände ein.

«Stopp, Bitsy, stopp. Jetzt kannst du wieder damit aufhören. Hey, es ist alles gut, du bist hier safe. Wir trainieren nur.» Beim nächsten Schlag fängt er meine Hand umständlich mit beiden Polstern ab und legt dann die Arme um mich. Für einige Sekunden umklammert er meinen Oberkörper, und ich keuche wie ein Stier an seinen Hals, bevor ihm wohl bewusst wird, was er da tut, und er mich schnell von sich schiebt. «Sorry, ich wollte dich nicht festhalten, aber du warst gerade ganz woanders.»

«Tut ... mir ... leid.»

«Alles okay, Bitsy?»

«Ich heiße Aubree», japse ich. «Verdammt.»

«Ich wusste, du bist ein Tier. Aber lass dich nicht von deinen Gefühlen beherrschen. Du könntest jemanden verletzen.» Er stößt ein angestrengtes Lachen aus. «Was meinst du, hast du genug für heute?»

Ich nicke und versuche, meinen keuchenden Atem wieder unter Kontrolle zu kriegen. Das war ... gut. Ich fühle mich völlig ausgepowert und total fertig, aber gut. Der Schweiß läuft mir über Gesicht und Arme, meine Glieder brennen genauso stark wie meine Lungen, und heute Abend im Bett werde ich wahrscheinlich sterben vor Schmerzen, aber das ist egal. Das war's definitiv wert.

«Nicht schlecht für eine Anfängerin. Ich spendier dir einen Drink.» Er klopft mir erst auf die Schulter und rubbelt mir dann mit beiden Pratzen über den Kopf. «Gut gemacht.»

Es ist verrückt, aber Quins Worte tun mir unheimlich gut. Dieses Training und sein Lob sind das Beste, was mir in letzter Zeit passiert ist. Okay, nicht ganz. Noahs Umarmung ist nur schwer zu toppen, muss ich zugeben.

Wir gehen zu dem langen beleuchteten Tresen im Eingangsbereich, an dem Yuna gerade andere Kunden bedient. Quin verschwindet dahinter und taucht kurze Zeit später mit zwei Gläsern wieder auf. Eins davon schiebt er mir vor die Nase.

Mein Herz schlägt schneller. Im ersten Augenblick kann ich nur daran denken, dass es nicht sicher ist. Eine verschlossene Flasche wäre mir tausendmal lieber. Dann schüttele ich diesen Gedanken ab. Das hier ist ein Boxing-Studio und keine Studentenparty von irgendwelchen Football-Pennern. Das heißt aber noch lange nicht, dass ich das Zeug auch trinke. Es ist milchig-gelb und sprudelt. Was zum Teufel ist das?

«Ist nur ein Drink, der deinen Elektrolythaushalt wieder ausgleicht, nachdem du geschwitzt hast wie ein Bär.»

«Ich habe nicht geschwitzt wie ...» Ich schaue an mir runter, mein Shirt ist vor Nässe drei Nuancen dunkler als vorher. Okay, ich sehe es ein, ich habe geschwitzt wie ein Bär. «Schmeckt das denn?»

«Yuna behauptet, es wäre das Beste, was sie je in ihrem Leben getrunken hat.»

Meine Hände zittern so sehr, dass ich beide brauche, um das Glas hochzunehmen und an meine Lippen zu setzen, ohne etwas zu verschütten.

«Aber ehrlich gesagt, ich glaube, sie tickt nicht ganz sauber. Wir haben eine Kooperation mit dem Getränkehersteller. Kann den Leuten also schlecht sagen, dass das Zeug widerlich ist, oder?»

Ich habe einen Riesenschluck im Mund, als Quin mit dieser Info rausrückt, und am liebsten würde ich ihm das Gesöff ins Gesicht spucken. Es ist sauer und erinnert mich an den Reiniger, den man verwendet, um einen Wasserkocher zu entkalken. Mein Gesicht verzieht sich zu einer Grimasse, als ich es runterwürge. «Und was ist das in deinem Glas?»

«Apfelschorle.» Sein ganzes Gesicht besteht nur noch aus Zähnen, so breit grinst er mich an.

Ich klappe den Mund auf, um ihm ganz genau zu sagen, was ich von ihm halte, aber dann ... zögere ich. Immerhin habe ich das Zeug umsonst bekommen, während andere für ihren Kalkreiniger zahlen müssen. «Tu mir einen Gefallen», sage ich schließlich. «Wenn du mich das nächste Mal zu einem Drink einladen willst, erinnere mich daran, dass ich mir vorher die Speiseröhre rausoperieren lasse.»

Quin lacht so laut, dass die Leute sich zu uns umdrehen. «Du bist süß, *chica*», sagt er und prostet mir zu.

Mit Todesverachtung hebe ich das Glas noch einmal an. So schnell lasse ich mich von ihm nicht kleinkriegen. Ich habe immerhin sein Training und Tony, den Sadisten mit dem Seil, überlebt.

«Wenn du morgen ...», er schüttelt kurz den Kopf, «... wenn du in ein paar Tagen wiederkommst, sag ich Tony, er soll dir den *Russian Twist* mit dem Battle Rope zeigen.»

Ich reiße die Augen auf. Das klingt furchtbar. Nach einer Foltermethode des KGB. «Lieber nicht.»

«Ich habe jetzt gleich den nächsten Kunden, aber überleg es dir. Mit dem rosafarbenen Band kannst du den ganzen Monat kostenlos trainieren, danach sind es neunundsechzig Dollar im Monat.»

«Gibt es einen Studentenrabatt?»

«Bist du denn Studentin?»

Okay, erwischt. «Vielleicht bald.»

Er steht auf und drückt mir freundschaftlich die Schulter. «Dann werde ich drüber nachdenken.»

«Quin?»

«Ja?»

«Danke, dass du mich eingeladen hast.»

«Das war eigentlich Noahs Idee, aber ich soll es dir nicht sagen.»

Mein Mund formt sich zu einem überraschten O. Ich starre ihn an und schlucke. «Warum sagst du es mir dann?» Dieser Kerl ist unglaublich.

«Ich bin kein verdammter Priester. Wenn ich denke, dass du das wissen solltest, dann sag ich es dir halt. Falls du dich bei ihm revanchieren willst, an der Main Street, Ecke Lebanon findest du Molly's Restaurant. Noah steht auf das Essen da.» Diese Info wirft er mir einfach so vor die Füße, trinkt den letzten Rest von seiner Apfelschorle aus und geht.

Kapitel 10

Ich habe Quin lange unschlüssig hinterhergesehen, dann bin ich erst einmal duschen gegangen. Das mit dem Essen ist grundsätzlich eine gute Idee, denn nicht nur wegen des Trainings, sondern auch sonst bin ich Noah etwas schuldig. Außerdem habe ich nach dem Sport selber ziemlich Hunger. Deshalb stehe ich nun mit meiner großen Edelstahldose vor seinem Apartment, also Ivys Apartment. Ich wusste nicht, was Noah am liebsten mag, deshalb habe ich einfach das genommen, was ich am leckersten finde. Es ist heiß, es ist frittiert, und es ist scharf. Das sind für mich die drei wichtigsten Kriterien, wenn es um Essen geht.

Aber nun, wo ich vor dem kleinen Vorhängeschloss stehe, überkommen mich Zweifel, ob diese Idee so gut war. Vielleicht hat Noah schon gegessen. Außerdem ist es Samstagabend, vielleicht ist er gar nicht da. Vielleicht ist er da, hat aber Besuch. Oder er will niemanden sehen und am wenigsten mich. Ich habe ihm schließlich gestern in sein Shirt geheult.

So langsam müsste ich mal eine Entscheidung treffen, ob ich klingle oder verschwinde. Am besten, solange das Essen noch heiß ist.

Einfach das tun, wovor du Angst hast, Aubree!

Vorsichtig drücke ich gegen die Tür. Sie öffnet sich ein kleines Stück und durch die Lücke, die wegen des Vorhängeschlosses entsteht, sehe ich einen Spalt blauen Lichts. Ich höre eine dramatische Melodie, die wie das Intro eines Computerspiels klingt. Die letzten Töne verhallen gerade, die raue Stimme des

Sängers verstummt, und die Trommeln werden langsamer. Es kommt mir bekannt vor; wahrscheinlich ist es einfach eines der bekannten PlayStation Games, die jeder spielt. Ich reiße mich zusammen, drücke endlich auf die Klingel und ... nichts passiert. Déjà-vu. Aber beim ersten Mal, als ich bei Noah geklingelt habe, war er nicht da und ich war vollkommen fertig. Heute geht es mir einhundert Prozent besser. Das Training hat mich so erledigt, dass ich sicher bin, nachher ohne grübeln einschlafen zu können. Und obwohl ich körperlich geschwächt bin, fühle ich mich mental gestärkt, auch wenn sich das komisch anhört.

Statt noch mal zu klingeln, klopfe ich kräftig an die Tür, und der Sound im Wohnzimmer verstummt. Ich sehe durch den Spalt Noahs Schatten an die Tür treten, und mein Puls legt schlagartig einen Sprint ein. Der Riegel wird zur Seite geschoben.

«Hey», sage ich und halte die Dose vor mich wie einen Schild.

«Hey.»

Mir ist bisher gar nicht aufgefallen, dass Noahs Haare so lang sind, aber jetzt, wo er den Kopf senkt, fallen sie ihm bis über die Brauen. Macht er das mit Absicht, damit ich ihm nicht direkt in die Augen gucken kann? Sonst hat er die Haare immer zurückgestrichen. An seinem Kiefer bewegt sich ein Muskel, auf den ich mich konzentriere, während ich nach Worten suche. «Ich war heute Nachmittag bei Joaquin.»

Ich kann nicht erkennen, ob ihn das überrascht.

«Und? Hat es Spaß gemacht?»

«Es war ... anstrengend. Und ja, es hat total Spaß gemacht. Quin ist ein toller Typ.»

Er nickt. «Ich bin leider nur noch zweimal die Woche bei ihm. Er ist ein absolutes Arschloch im Ring, aber trotzdem ein ziemlich guter Freund.»

«Ich glaube, ich weiß, was du meinst. Aber zweimal die Woche? Verstößt das nicht gegen die Regeln des Clubs?»

Oh Mann, Aubree, bist du die Regelpolizei, oder was?

Noah nickt wieder. «Genau genommen verstoße ich damit sogar gegen Regel 1 bis 3.» Sein Mundwinkel hebt sich nach oben. «Aber mein Training mit den Pferden geht vor.» Er schiebt beide Hände in die Hosentaschen und lehnt sich in den Türrahmen. «Ich habe mir schon gedacht, dass Quin's Club was für dich ist.»

Am liebsten würde ich ihn fragen, warum, aber ich bin mir nicht sicher, ob ich die Antwort darauf hören will, deshalb verkneife ich es mir. «Ich wollte eigentlich nur danke für … also … ich …»

Er nimmt eine Hand aus der Tasche und zieht die Tür weiter auf. «Willst du reinkommen?»

Wenn ich dich nicht störe … Selbst in meinem Kopf klingt das wie eine unsichere Frage und nicht wie eine Höflichkeitsfloskel. Verdammt. Die neue alte Aubree, die sich Dingen stellt, die sie fürchtet, würde nicht so klingen. Ich räuspere mich. «Gern.»

«Ich hab eben die PlayStation angemacht, aber wenn du Lust hast, können wir auch einen Film sehen.»

«Das hört sich gut an. Ich komme gerade von Molly's und habe etwas zu essen mitgebracht.» Ich halte die Dose hoch.

«Okay, woher wusstest du, dass ich am Verhungern bin und noch viel wichtiger: Woher wusstest du, dass ich Molly's Essen liebe?»

«Joaquin hat es erwähnt.»

Er nimmt mir die Dose ab und klappt den Deckel gerade weit genug auf, um daran zu schnuppern. Ich sehe, wie sich sein Brustkorb hebt, als er tief einatmet. Will er etwa raten, was drin ist? In der nächsten Sekunde schnellt sein Kopf wieder hoch. «Du hast *Ms. J's Buffalo Wings* mitgebracht. Fuck.»

Seine Stimme pendelt irgendwo zwischen geschockt und ehrfürchtig hin und her, und ich habe keine Ahnung, wie ich das einordnen soll. Offenbar kennt er die Speisekarte aus diesem

Laden auswendig. «Ist das ein gutes Fuck oder ein schlechtes Fuck?»

Er sieht auf die Dose in seinen Händen herab und leckt sich unwillkürlich über die Lippen. «Ein verdammt gutes Fuck. Du kannst es nicht wissen, aber Chicken Wings und ich», seine Hand macht eine seltsam kreisende Bewegung, «wir haben so was wie eine intime Beziehung miteinander. Wir reden nicht darüber, aber es ist klar, dass jede Begegnung zwischen uns sehr, sehr sexy und leidenschaftlich verläuft.»

Wow. Da ist er wieder. *Der* Tonfall. Der, für den die meisten Männer erst mehrmals ein «Mmh, ist das lecker» üben müssen. Aber bei Noah passiert das ganz beiläufig. Und das verursacht mir eine Gänsehaut. Als er nun auch noch mit der Hand zärtlich über den Deckel streichelt, schlucke ich. «Oookay», sage ich gedehnt, «soll ich dich und die Chicken Wings dann lieber allein lassen?»

Er schnaubt, hält wortlos die Tür weiter auf und schließt hinter mir den Riegel mit einer Hand, bevor wir ins Wohnzimmer gehen. «Also, Film gucken oder spielen? Ich habe mir ein neues Game geholt, es geht um eine Dämonenapokalypse. Also falls du Bock auf einen Kampf gegen Hexenmeister und Dämonen hast, können wir noch mal von vorne starten und uns bei den Missionen abwechseln. Im Storymodus gibt es leider keine Multiplayer.» Er stellt das Essen auf Ivys kleinem Tisch ab und schnappt sich den Controller. «Bin sowieso erst bei der vierten Mission.»

Oh heilige Scheiße.

Vom Bildschirm flackert mir der Untertitel des Kapitels entgegen, der gerade dabei war zu verblassen, als Noah pausiert hat. *Pandemonium – Hauptstadt der Hölle.* Ich weiß sofort, welches Spiel Noah spielt, weil ich die meisten Szenen aus diesem Game genauso gut kenne wie mein eigenes Bullet Journal. Nicht nur die Szenen, ich kenne sogar jeden Satz. Vor allem jeden Satz aus der vierten Mission, die Noah als Nächstes spielen wird. Die Mission, in der eine attraktive Dämonenjägerin auftaucht, an deren Seite der Spielercharakter einen harten Kampf führen wird und die am Ende des Spiels stirbt. Mein Gesicht läuft schlagartig heiß an.

Noah lässt sich auf das Sofa fallen. «Bisher finde ich AoF nicht schlecht, vor allem die Grafik ist genial, aber es hat definitiv noch Steigerungspotenzial. AoF», wiederholt er, «das steht für ...»

«... *Ashes of Fear*», beende ich seinen Satz.

«Du kennst es? Ich hätte gedacht, du interessierst dich genauso wenig für Games wie Ivy.»

Ich zucke mit den Schultern, weil ich meiner Stimme gerade nicht traue. Das ist *mein* verdammtes Spiel. Mein Spiel, mit meiner Stimme. Oh mein Gott! Das ist einfach nur schräg.

Noah zieht die Dose mit dem Essen auf seinen Schoß und legt den Deckel auf dem Tisch ab. Seine Finger schweben über dem Berg Fleisch, dann fischt er sich den ersten Chicken Wing heraus und stößt ein Seufzen aus, bevor er mir die Dose hinhält. «Wir essen, und danach suchen wir in Ruhe einen Film aus.»

Mein Magen knurrt, und ich greife zu. «Ich glaube, ich kann mich heute sowieso auf nichts mehr konzentrieren. Ich bin vom Training so fertig; meine Muskeln zittern nur noch.» Zum Beweis hebe ich die Hand mit dem Hähnchenflügel hoch, und jep, sie zittert.

«Es wird besser, wenn du was im Bauch hast. Geht mir nach dem Training auch immer so.»

«Du kannst ruhig weiter *Ashes of Fear* spielen», höre ich mich sagen. «Ich gucke einfach zu.»

Wieso mache ich das? Wieso bitte ich ihn nicht einfach, irgendeine langweilige Netflixserie anzuschmeißen? Irgendwas zum Hirn ausschalten. Warum will ich unbedingt, dass er weiterspielt?

Weil ich wissen will, ob er meine Stimme erkennt. Und wenn ja, wie er darauf reagiert. Das war ein tolles Projekt, und ich bin echt stolz auf meine Arbeit. Aber das allein ist es nicht. Ich hoffe, dass er meine Stimme *mag*. Der Charakter, den ich spreche, hat in der vierten Mission den ersten Auftritt. Sie ist eine Asmodi, eine Halbdämonin. Sie trägt eine hautenge Lederkluft, hat langes, blondes Haar und ist kämpferisch und stark. Sie hat ganz viel, was ich nicht habe, aber es ist *meine* Stimme. Ich will unbedingt, dass sie ihm gefällt.

Obwohl meine Glieder inzwischen bleischwer sind und ich kaum noch fähig bin, auch nur einen Arm zu heben, läuft mein Kopf auf Hochtouren. Es liegt an Noah und daran, dass er kurz davor ist, mich in einem Spiel zu treffen. Das ist so strange.

«Hast du gar keinen Hunger?», fragt Noah und legt den fünften abgenagten Knochen auf dem Deckel der Dose ab. «Du isst ja gar nichts.»

«Doch», sage ich schnell und beiße ein Stück Fleisch ab. Ich bin immer noch bei meinem ersten Chicken Wing. Dabei sind sie wirklich lecker und genauso, wie ich es am liebsten mag. Knusprig, fettig, scharf gewürzt und mit einem Hauch Süße. Ich kann verstehen, dass Noah dieses Restaurant liebt. In der Zeit, in der ich einen zweiten Hühnchenknochen abnage, verputzt Noah fünf weitere. Ich sehe ihm gern beim Essen zu. Ich schätze, das ist ziemlich skurril, aber verdammt, irgendwie ist es schön zuzusehen, wie sorgfältig er auch das letzte bisschen Fleisch abknabbert und dabei genießerisch die Augen schließt. Meine Mom hat immer gesagt, sie muss wissen, wie ein Mann isst, um zu entscheiden, ob sie mit ihm zusammen sein kann. Bei Gott, ich fange langsam an, sie zu verstehen.

Um Noah nicht länger anzustarren, lasse ich den Hähnchenknochen auf den Deckel fallen und stehe auf, um mir im Bad die Hände zu waschen. Als ich zurückkomme, stehen zwei volle Wassergläser auf dem Tisch. Er kann nicht wissen, wie viel Überwindung es mich kostet, von einem anderen etwas zu trinken anzunehmen. Aber es ist Noah, und inzwischen ... Ich vertraue ihm. Ich nehme einen Schluck und bin erleichtert, dass es tatsächlich nur Leitungswasser ist. Noah ist anscheinend auch mit Essen fertig, denn kaum habe ich mich gesetzt, schnappt er sich den Controller, um das Spiel erneut zu starten. Er skipt das Intro zurück, um es mir zu zeigen, und die bekannte Melodie tönt aus den Boxen. Der Song ist von einer Rockband aus Los Angeles. Eigentlich ist ihre Musik nicht mein Fall, aber die Trommeln, die das Intro einleiten und immer drängender werden, stimmen wirklich gut auf die Atmosphäre des Spiels ein.

Ashes of fear
Since the moment of birth
We're here to burn the demons
In embers and smoke

«Willst du wirklich nicht mitspielen?» Noah wirft mir einen Blick zu. «Ist doch langweilig, wenn du nur zuguckst.»

«Ich bin echt zu müde.» Um meine Worte zu unterstreichen, schlüpfe ich aus meinen Schuhen, ziehe die Beine aufs Sofa und tue so, als würde ich es mir auf der Couch gemütlich machen. Aber in Wahrheit warte ich nur darauf, dass es endlich losgeht.

Noah startet die neue Mission und bekommt erste Anweisungen. Er soll in einer dunklen Gasse in New York einen Jäger treffen, der eine neue Art Waffe für ihn mitbringt, und hat keine Ahnung, dass es eine Frau sein wird. Also *ich*. Außerdem muss er sich vor den Hexen und Dämonen in Acht nehmen, die überall auf ihn lauern. Und mit jeder Mission, die er übersteht, steigert sich sein Wissen und ermöglicht es ihm, sie früher zu erkennen. Ich weiß, dass sich gleich ein kleines, ziemlich niedlich aussehendes Mädchen von ihm retten lassen wird und danach versucht, ihm die Kehle durchzubeißen. Ich könnte ihm einen Tipp geben, aber damit würde ich zugeben, das Spiel schon zu kennen, also presse ich die Lippen zusammen.

Noahs Smartphone liegt auf dem Tisch und leuchtet permanent auf, weil er eine Nachricht nach der anderen bekommt. An seiner Stelle würde mich das wahnsinnig machen, aber er ist offenbar daran gewöhnt. Da ich Instagram meide, habe ich mir auch seinen Account länger nicht mehr angesehen, aber vielleicht sollte ich das. Ich würde wirklich gerne wissen, was er in den letzten Tagen gepostet hat. Ob er seinen Followern erzählt hat, dass er für ein paar Tage in einem anderen Apartment wohnt? Ob er auch den Grund dafür genannt hat? Vielleicht hat er von der Freundin seiner Schwester geschrieben, wegen der er die Tür eintreten musste. Oder dass er einer Frau den Kopf rasiert hat. Bei dem Gedanken dreht sich mir der Magen um. Nein, ich will es doch nicht wissen. Ich schaue einfach wieder auf den Bildschirm.

Noahs Spielercharakter heißt Jack und hat gerade seinen monströsen SUV verlassen und ein paar Hexen mit einem Flammenwerfer umgeblasen. Nun huscht Jack geduckt durch eine Gasse, um ein heruntergekommenes Gebäude durch die Hintertür zu betreten. Im Hintergrund hört man die unabdingbaren weit entfernten Polizeisirenen und ein Hundebellen. Ich habe schon bei den Aufnahmen deshalb die Augen verdreht.

Jack hält eine Pistole in der rechten Hand, und ich wünschte, er würde die Knarre ins Halfter stecken und stattdessen das verdammte Schwert von seinem Rücken nehmen. Ich habe echt keine Ahnung von Waffen, aber eigentlich lernen die Spieler bei der ersten Mission, dass man gegen Dämonen nur mit einem Schwert aus Silber etwas ausrichten kann. Na ja, genau genommen kann man sie auch erschießen, aber dann kratzen sie ihren Kopf oder ihre Gliedmaßen einfach wieder zusammen und machen weiter, als wäre nichts gewesen.

Dieser dämliche Idiot! Das ist der erste Satz, den ich gleich sagen werde, und ich habe ihn nur zweimal gesprochen, bis ich ihn perfekt hinbekommen hatte, sodass er gleichermaßen angestrengt, genervt, aber auch einen Hauch besorgt klingt.

Na endlich, Noah schiebt die halbautomatische Pistole weg, aber was zum Teufel macht er da? Greift er ernsthaft nach dem Sturmgewehr? Denkt er, er wäre ein Navy SEAL, oder was? Er kämpft hier gegen Dämonen! Die Kugeln werden keinen dauerhaften Schaden anrichten, der Dämon wird sich kurz schütteln und ihm dann mit bloßen Händen den Kopf abreißen – Mission gescheitert. Ich unterdrücke ein Stöhnen.

«Alles okay?», fragt Noah mit einem kurzen Seitenblick.

«Ja, alles prima. Aber willst du nicht lieber das Schwert nehmen? Ich meine, das Ding da auf deinem Rücken?»

«Was?», murmelt Noah, hakt aber nicht nach, als ich nicht antworte. Er ist voll auf das Spiel konzentriert.

Jack hat Geräusche aus dem Nebenraum gehört und geht ihnen nach. Es klingt nach einem hilflosen Wimmern, und als er mit dem Fuß die Tür auftritt, das Gewehr im Anschlag, fällt sein Blick auf das Kinderbett, in dem sich ein heulendes Kleinkind an den Stäben hochzieht. Sie sieht so harmlos und verzweifelt aus. Wie soll man da ahnen, dass das kleine Mädchen ein fieser Dämon ist?

«Verdammt, ich kann es nicht ab, wenn sie Kinder in diesen Spielen einbauen», sagt Noah. «Das ist einfach nur abartig.»

Jack sichert die Tür und das Fenster, dann muss er sich das Sturmgewehr umhängen, um das Kind aus dem Bettchen zu nehmen.

Oh Gott, ich kann gar nicht hinsehen. Das Kind wird ihm weh tun, es wird ihm so was von weh tun!

Ein knacksendes Geräusch ertönt, und ich blinzele. Und dann blinzele ich gleich noch mal, während ich ungläubig auf den Bildschirm starre. Jack hat dem Kleinkind das Genick gebrochen und wirft es gerade zurück ins Bett. Fassungslos schnappe ich nach Luft. «Du ... du hast gerade das Kind getötet.»

«Ich hasse das.» Noah knirscht mit den Zähnen. «Wenn es gleich wieder aufersteht, war es ein Dämon, und wenn nicht ... na ja, dann hab ich einen Fehler gemacht.» Er wirft mir einen schnellen Seitenblick zu. «Ist nur ein Spiel, Aubree.»

«Ja, ich weiß», krächze ich. Was ich aber nicht weiß, ist, was jetzt als Nächstes kommt. In Gedanken gehe ich den gesamten Text durch, den ich sprechen musste, aber mir will verdammt noch mal nicht einfallen, was die Alternative zu der Szene mit dem Kleinkind war. Eigentlich hätte das Kind ihn anfallen müssen, damit Alisha, die Heldin mit meiner Stimme, ihm den Arsch retten kann. Auf jeden Fall steht das Kind jetzt wieder auf, sieht unglaublich süß und hilflos aus, wimmert und streckt seine speckigen Ärmchen nach Jack aus, als wollte es auf den Arm genommen werden. Dann plötzlich verändert sich das kleine Gesicht, lange Tentakel mit riesigen Reißzähnen kommen aus seinem Mund und schnappen nach Jack.

«Das ist doch krank», sagt Noah. «Genau deswegen spiele ich normalerweise keine Fantasygames.» Er zieht das Schwert von seinem Rücken und schlägt dem Dämonen-Kind damit den Kopf ab, damit es nicht wieder zurückkommt. Ich kneife die Augen zusammen, weil es ekelhaft aussieht und mir jetzt wieder bewusst wird, warum das Spiel ab achtzehn ist. Ziemlich viel schwarzes Blut und ziemlich viele andere Gewebemassen, die sich nun in einer Aschewolke auflösen.

Jack verlässt das Kinderzimmer, arbeitet sich durch den Flur und sichert die anderen Räume. Als Letztes öffnet er lautlos die Tür zu einem Arbeitszimmer, in dem er mich entdeckt. Also den Charakter, dem ich meine Stimme geliehen habe. Alisha trägt ein Pentakel um ihren Hals, eine Art Schutzamulett. Sie verstaut gerade ihr Schwert auf dem Rücken, um den Schreibtisch nach einem geheimen Dokument abzusuchen. Sie zieht ein alt aussehendes Buch zu sich heran und blättert es durch. Eine Seite reißt sie heraus, bevor sie sie zusammenfaltet und in der Gesäßtasche ihrer schwarzen Lederhose verschwinden lässt. Jack hat das alles vom Flur aus beobachtet und betritt nun das Zimmer. «Verdammte Dämonen», sagt er und hebt sein Schwert an, um es auf sie zu schleudern, weil er nicht weiß, dass sie genauso ein Jäger ist wie er. Alisha hebt eine Augenbraue an und lässt den Blick nach links gleiten. Jack sieht den Dämon zu spät, der neben der Tür auf ihn gelauert hat, und im nächsten Moment wird er von einem der vielen Tentakel erfasst und zu Boden gerissen.

«Fuck my life!», stößt Noah aus, und ich unterdrücke ein Lachen.

«Dieser dämliche Idiot!», zischt Alisha, während sie auf Jack zumarschiert, der reglos am Boden liegen geblieben ist. Sie zieht ihr Schwert, und der Dämon zerplatzt in tausend Stücke. Unsanft verpasst sie Jack eine Ohrfeige, um ihn aus der Besinnungslosigkeit zurückzuholen. «Hey, alles okay mit dir?»

Jack schlägt die Augen auf, und Noah atmet erleichtert neben mir aus.

Ich habe mich auf dem Sofa aufgesetzt und ihn beobachtet. *Dieser dämliche Idiot! Hey, alles okay mit dir?* Oh Gott, hat er denn meine Stimme nicht erkannt? Noah zeigt überhaupt keine Reaktion. Als er auf dem Sofa nach vorne rutscht, beuge ich mich auch vor und lauere auf jede Veränderung in seiner Mimik. Aber von der Seite erkenne ich nur, wie sich sein Adamsapfel bewegt, als er kurz schluckt.

«Bist du eine Asmodi?», fragt Jack und wischt sich mit dem Ärmel über das schweißnasse Gesicht.

Alishas Stimme klingt gehetzt und angespannt. «Ich bin die Frau, die dir gerade den Arsch gerettet hat.»

Meine Lippen bewegen sich lautlos mit. Okay, sie haben den Dialog so geschrieben, dass er zu unterschiedlichen Szenen passt. Wenn man einmal hinter die Kulissen geschaut hat, ist das etwas seltsam, aber ich muss zugeben, dass es gut funktioniert. Nur leider kann ich mich gerade gar nicht auf so was konzentrieren, weil Noah immer noch nichts gesagt hat und mir das Herz bis zum Hals schlägt. Oh Gott, ich glaube, er erkennt mich wirklich nicht. Oder doch? Jetzt gerade neigt er den Kopf zur Seite, so als wolle er besser hören, aber das kann ich mir auch einbilden. Für einen kurzen Moment schwenkt sein Blick zu mir, nur um sofort wieder zum Bildschirm zurückzukehren.

Alisha übergibt Jack eine Geheimwaffe, eine Art diamantenen Dolch, und erklärt, dass sie einen Hexenmeister aufsuchen müssen. Die beiden verlassen gemeinsam das Gebäude. Die Szenerie verändert sich vom dunklen Hinterhof in einen schillernden Club mit laut wummernden Bässen. Tanzende Leiber umschwirren die zwei Jäger. Alisha wird angerempelt und merkt nicht, dass jemand ihr etwas zusteckt, was in einer späteren Mission noch eine wichtige Rolle spielen wird. Sie treffen in einem Hinterzimmer auf den Hexenmeister, mit dem Jack um etwas verhandelt. Das Gespräch verläuft nicht wie geplant, und im nächsten Augenblick bricht die Hölle los. Der Hexenmeister schleudert einen Fluch auf die beiden, und von allen Seiten werden sie von Mitgliedern aus seinem Zirkel attackiert.

«Tötet die Bastarde!», schreit jemand.

Ich kann mich genau an diese Aufnahmen erinnern, weil ich dabei bis an meine Grenzen gegangen bin. Das Mikrophon klebte mit Tape an meiner Brust, und mit beiden Armen habe ich mich gegen einen Kollegen gestemmt, um «Verfluchte Dämonen!», zu brüllen. Meinen Text bekam ich vom Regisseur vorgelesen, damit ich mit ganzem Körpereinsatz in die Szene gehen konnte. Es kam nicht darauf an, sauber zu sprechen, wir durften spucken, schleifen, die Enden verschlucken. Ich bekomme jetzt noch eine Gänsehaut, wenn ich daran denke, wie sich einer meiner Kollegen, als ich am Boden lag, auf meinen Rücken gesetzt hat, damit mir wirklich die Luft wegblieb.

Jack und Alisha weichen den Flüchen aus und kämpfen um ihr Leben. Mauern zerbröckeln unter der Wucht der Magie.

«Raus hier!», schreit Jack. «Pass auf, er sieht dich, er sieht dich!!»

«Aufpassen! AUFPASSEN!!!»

«Heilige Scheiße!»

«Vorsicht, Deckung. IN DECKUNG!»

«Wie gefällt dir das, Bitch!»

Der Kampf dauert mehrere Minuten, in denen Noah hochkonzentriert auf den Bildschirm starrt. Seine Finger fliegen über die Tasten. Er hat nicht noch einmal zu mir gesehen. Er hat mich wirklich nicht erkannt. Ich weiß nicht, warum ich darüber so enttäuscht bin, denn eigentlich bedeutet es nichts. Aber verdammt, ich *bin* enttäuscht.

Als Jack und Alisha sich endlich in ein angrenzendes Gebäude retten können, bin ich so erschöpft, als hätte ich mitgekämpft. Wie ein Embryo rolle ich mich auf dem Sofa zusammen. Alisha ist verletzt, aber Jack kann ihre Wunden mit dem Pentakel verschließen. Magische Runen bilden sich dort, wo die Haut sich wieder geschlossen hat.

Noah rutscht so weit auf dem Sofa nach vorne, dass ich meine Beine hinter ihm ausstrecken kann, und ich verstecke ein Gähnen hinter meiner Hand.

Der Spielmodus wird von einer Filmsequenz unterbrochen, in

der Jack und Alisha sich küssen. Das ganze wird mit dramatischer Musik untermalt. Die Welt steht kurz vor dem Untergang, die beiden befinden sich in einem absoluten Ausnahmezustand. Außer ihnen gibt es nur noch wenige Menschen auf der Welt, und jeden Augenblick könnten Hexen und Dämonen über sie herfallen. Sie haben also nichts zu verlieren.

Das Zimmer ist in Dunkelheit getaucht. Nicht nur Ivys Wohnzimmer, sondern auch das Zimmer auf dem Bildschirm, in dem Jack Alisha in die Augen schaut. Die Mimik der Figuren wirkt erstaunlich echt, sie scheinen sich in diesem Moment tatsächlich verzweifelt nacheinander zu sehen, und ich wappne mich für den nächsten Satz, der kommen muss. Alisha krallt sich an seinem blutbesudelten Shirt fest. Ich habe meine Stimme noch genau im Ohr. Es sollte schmerzerfüllt klingen und dennoch sexy. Der Regie war es besonders wichtig, dass nichts im Spiel amüsant oder lustig wirkt, dass wir alles absolut ernst nehmen. Ich habe die Stelle wahrscheinlich mehr als zwölfmal gesprochen, bis sie zufrieden waren. Aber jetzt ist es egal, weil Noah es sowieso nicht merkt. Er ist so auf das Kämpfen konzentriert gewesen, dass er Alishas Stimme gar nicht beachtet hat.

Ich strecke meine Arme auf dem Sofa aus und gebe ein leises Stöhnen von mir, weil meine Muskeln schmerzen, und Noahs Blick schwenkt für eine Sekunde zu mir.

«Schlaf mit mir», raune ich. «Jetzt.»

Kapitel 11

Noahs Kopf fliegt so ruckartig zu mir herum, dass ich zusammenzucke. Ich ziehe meine Beine hinter seinem Rücken hervor und richte mich auf dem Sofa auf. Oh Gott, ich habe das laut gesagt. Und auch noch zu früh. Noahs Finger krallen sich um den Controller, und an seinem angespannten Kiefer kann ich sehen, wie es in ihm arbeitet. Wahrscheinlich denkt er, dass ich gerade völlig durchgedreht bin. Er klappt den Mund auf, starrt mich aber nur entgeistert an, und in der nächsten Sekunde raunt Alisha mit meiner verzweifelten Stimme aus den Boxen: «Schlaf mit mir. Jetzt.»

Erleichtert atme ich aus. Mein Gesicht glüht dennoch, als sich Alishas Hand in Jacks Hosenbund schiebt, aber, oh Gott, ich kann nicht anders, ich muss ihren Text einfach mitsprechen. Die folgenden Sätze geben wir beinahe synchron von uns. «Wir werden die nächsten Stunden wahrscheinlich nicht überleben. Ich ... ich habe Angst.» Ich schlucke. «Es ist auf einmal so still, Jack. Das kann kein gutes Zeichen sein. Diese Stille ist ... Oh verdammt, sie ist schlimmer als jeder Dämonenangriff.»

Sie küssen sich. Lange. Jack stöhnt, und auch Alisha atmet schwer.

«Dieser eine Moment», raunt Jack, «gehört nur uns.»

«Nur uns», sagen Alisha und ich.

Ich habe gedacht, dass ich lachen muss, wenn ich diese Szene sehe, aber seltsamerweise fühlt es sich gar nicht lustig an. Weil Alisha wirklich verzweifelt ist, und ich bin es auch. Mein Atem geht viel zu schnell. Das Bild wird erst ausgeblendet, als Jack sie mit seinem nackten Körper gegen die Wand drückt. Dann ist die Filmsequenz beendet und wechselt wieder in den Spielermodus. Die Kamera schiebt sich vor Jack und nimmt wieder seine Perspektive ein.

Noah reagiert nicht darauf. Er starrt mich einfach nur an. Nach einer gefühlten Ewigkeit räuspert er sich, drückt auf die Pausentaste und steht auf. «Ich glaube, ich muss ... ich ... bin gleich wieder da.»

Er rennt zwar nicht gerade, aber es wirkt trotzdem wie eine Flucht, als er eilig im Bad verschwindet und die Tür hinter sich zuwirft. Keine Ahnung, was da gerade passiert ist, aber ich scheine Noah mit meiner Live-Performance irgendwie geschockt zu haben. Ich höre sein obligatorisches *Fuck!* und dann ein dumpfes Geräusch, als würde etwas gegen die Wand schlagen. Kurz darauf dreht er den Wasserhahn auf.

Ich weiß auch nicht, warum, aber jetzt fällt plötzlich sämtliche Anspannung von mir ab, und mein Hunger meldet sich zurück. Ich ziehe die Dose mit dem Essen vom Tisch auf meine Knie und nehme mir einen der wenigen Hähnchenflügel, die noch da sind. Als Noah schließlich zurückkommt, bin ich satt und zufrieden.

«Was war das gerade?» Noah setzt sich neben mich, rutscht aber bis an die Sofakante. Nervös reibt er sich über die Braue.

Ich kann nicht widerstehen, mich für einen Moment blöd zu stellen. «Oh, sorry, ich habe alles aufgegessen. Wolltest du noch was davon?» Entschuldigend hebe ich die Schultern.

«Was? N...nein. Das meine ich nicht.» Der Kragen seines Shirts ist feucht und auch die Strähnen in seiner Stirn. Er sieht aus, als hätte er sich gerade einen Eimer Wasser ins Gesicht gekippt.

«Warum hast du nicht gesagt, dass du das Spiel kennst. Scheiße, deine Stimme hat sich genauso angehört wie die von Alisha.»

«Ich *bin* Alisha. Also ich meine, ich habe Alisha synchronisiert. Hätte dich wohl vorwarnen sollen, oder?»

Er lässt den Atem langsam aus seinem Mund entweichen. «Wäre nicht schlecht gewesen. Dann hätte ich zumindest gewusst, dass du ... also, als du gesagt hast ... ich meine ... Ach, vergiss es einfach. Heißt das, dass ich jetzt im ganzen Spiel deine Stimme höre?»

«Tut mir leid.»

Weil Noah alles andere als begeistert aussieht, rede ich schnell weiter. «Natürlich nur in den Szenen, wo Alisha vorkommt. Und es gibt keine weitere Sexszene mehr mit mir, keine Sorge.» Ich presse die Lippen zusammen, um nicht zu grinsen. «Du darfst also bei dieser Mission nicht scheitern, sonst musst du es dir wieder und wieder anhören.»

«Scheiße.» Er schaut auf den Controller in seiner Hand und auf das eingefrorene Bild vor sich. Dann sagt er: «Das hat sich verdammt echt angehört.»

«Klar, sind ja auch Profis. Außer mir haben eigentlich alle eine professionelle Schauspielausbildung, nur ich bin da irgendwie reingerutscht. Und du darfst nicht vergessen, dass man im Studio optimale Aufnahmebedingungen hat, deshalb klingt es so gut im Vergleich zum Film.»

«Und dieser Typ? Jack», fügt er hinzu, «was ist das für einer?»

«Ein netter Kollege?» Warum fragt Noah das? Und wieso lasse ich meine Antwort wie eine Frage klingen? Ich räuspere mich. «Er heißt James. Wir haben vorher schon mal bei einem kleineren Projekt zusammengearbeitet. Er arbeitet seit fast fünfzehn Jahren als Sprecher und übernimmt auch häufig die Dialogregie. Er hat irre viel Erfahrung und ist ein echtes Vorbild für mich.»

«Ah, okay.» Meine Antwort scheint ihn nicht so recht zu befriedigen. «Aber wie habt ihr das gemacht? Nicht die Dialoge, ich meine diese ... Geräusche.»

Oh, jetzt weiß ich endlich, worauf Noah hinauswill. «Du meinst unsere extrem leidenschaftlichen Küsse?»

«Ja», sagt Noah fast schroff.

Es ist irgendwie süß, dass er so peinlich berührt aussieht. «Wir machen es so wie alle Profis im Studio», sage ich grinsend. «Wir knutschen mit unseren Handrücken.» Ich zähle die Sekunden, bis sich auf seinem Gesicht Verstehen ausbreitet. «Ich würde es dir ja vormachen, aber es sieht echt albern aus. Im Studio gucken nur die Regie, die Tontechnik und die Cutterin zu, und wir sind auch alle daran gewöhnt, bei der Arbeit ein bescheuertes Gesicht zu machen. Aber ich will eigentlich nicht, dass mich sonst jemand so sieht.»

«Okay. Aber macht ihr wirklich *alles* mit der Hand?»

Wieso muss ich jetzt rot werden? Mein Gesicht fühlt sich plötzlich heiß an. Meine Finger gehen automatisch an meinen Kopf, um Strähnen hinter das Ohr zu schieben. Zu spät fällt mir ein, dass Noah es sofort als Verlegenheitsgeste erkennen muss, weil da verdammt noch mal keine Haare mehr sind. Was genau will er denn jetzt hören?

«Na ja, normalerweise steht jeder vor seinem eigenen Mikro. Den Großteil machen wir allein. Aber es gibt Kusslaute, die kann man nicht mit dem bloßen Handrücken simulieren. Wenn ich dir zum Beispiel den Kopf küssen würde, dann hört sich das wegen der Haare komplett anders an. Dafür benutzt man dann im Idealfall seine eigenen Haare und legt sie über den Handrücken, damit es realistisch klingt.»

«Den Unterschied hört doch kein Schwein.»

«Natürlich hört man das.»

Er schüttelt den Kopf. «Das glaube ich nicht ohne Beweis.»

«Noah.» Ich deute demonstrativ auf meinen Kopf. Ohne Haare kann ich ihm das schlecht vormachen.

«Keine Ausreden», sagt er unbeeindruckt. «Zeig es mir bei mir.»

«Äh ... was?»

«Gib mir einen Kuss auf den Kopf.»

Im ersten Moment will ich auflachen, aber weil sein Gesicht völlig entschlossen wirkt, bleibt es mir im Hals stecken. Das kann er doch nicht ernst meinen?

«Ich will nur wissen, ob man den Unterschied hört.»

Ich will rundheraus ablehnen, aber Noah sieht aufrichtig interessiert aus. Er wartet. Er wartet darauf, dass ich es tue. Jetzt. Dass ich es *jetzt* tue.

Aber das mache ich auf keinen Fall, und das werde ich ihm auch sofort sagen. Was aber stattdessen aus meinem Mund kommt, ist: «Dann mach aber die Augen zu.»

In meinem Brustkorb ist gerade eine Bombe detoniert, glaube ich, denn mein Herz schlägt nicht mehr. In mir herrscht für eine Sekunde absolute Stille, bevor mein Herzschlag so hart wieder einsetzt, dass es fast schmerzt.

Noah grinst und schließt die Augen. Zufrieden, dass er mich überredet hat.

Aber das hat er gar nicht. Ich tue das, weil ich es mir selbst versprochen habe. Dinge tun, vor denen ich mich fürchte. Und wenn das hier nichts Beängstigendes ist, dann weiß ich auch nicht. Ich rutsche auf dem Sofa näher an ihn heran. «Halt still, okay?»

Als er nickt, beuge ich mich langsam vor und gebe ihm einen absolut harmlosen Kuss auf die Stelle über seiner Schläfe, wo sein Haar sich noch etwas feucht kringelt. Ich versuche alles andere zu verdrängen. Wie Noahs Haare riechen und wie sich seine Haut an meinen Lippen anfühlt. Aber ich möchte ihm beweisen, dass ich recht habe. Also hebe ich meine Hand an sein Ohr und drücke einen Kuss auf den Rücken. Es klingt viel deutlicher ohne die Haare, das höre ich sofort; hier ist es ein leises schmatzendes Geräusch. Danach lege ich eine Hand an sein Kinn und presse meine Lippen kurz auf seine rasierte Wange. Es hört sich genauso an wie auf meiner eigenen Haut.

Ich will Noah gerade fragen, ob er nun versteht, was ich meine, da flüstert er: «Deine Hand riecht nach Buffalo Wings.»

Hastig lasse ich sein Kinn los und wische die Finger an meinen Jeans ab. «Sorry, ich hab vergessen, mir noch mal die Hände zu waschen.»

«Aubree», sagt er rau. Er hat die Augen immer noch geschlossen, und sein Adamsapfel bewegt sich, als er schluckt. «Du hast vergessen, dass ich auf Buffalo Wings stehe.»

Oh Gott.

Seine Stimme scheint mir direkt in den Unterleib zu fahren. *Mmh, ist das lecker.* Verdammt, wie macht er das nur?

Noah räuspert sich, dann schlägt er die Augen auf, und der Ausdruck darin haut mich beinahe um. «Ich wette, sie schmecken auch noch danach.» Er greift nach meiner Hand und langsam – ganz langsam – zieht er sie zu seinem Mund.

Ich bin zu verdattert, um mich zu wehren. Das wird er ... das wird er doch jetzt nicht wirklich tun? Das Herz hämmert mir gegen den Brustkorb, und ich bin hin- und hergerissen. Ich will nicht, dass er das tut, aber, oh Gott, ich möchte wissen, wie es sich anfühlt. Ich will es, und ich will es gleichzeitig auf keinen Fall. Noah scheint im Gegensatz zu mir überhaupt nicht unsicher zu sein. Er streicht mit den Lippen an meiner Hand entlang, und dann ...

Heilige Mutter Gottes, er saugt an meinem Finger!

Seine unglaubliche Hitze umschließt mich. *Hör sofort damit auf*, denke ich, aber mein Körper sagt etwas anderes. Noah lässt meinen Finger nur ganz langsam wieder aus seinem Mund gleiten, presst meine Handfläche gegen sein Gesicht und riecht daran. Dann fährt seine Zunge plötzlich in die Lücke zwischen Mittel- und Ringfinger. Es sollte eigentlich seltsam sein, aber das ist es nicht. Oh verdammt, das ist es ganz und gar nicht. Es ist das genaue Gegenteil. In mir zieht sich alles zusammen. Und das lässt plötzlich Panik in mir aufsteigen.

«Noah», flüstere ich. Ich weiß nicht mehr, was ich will. Da ist diese grässliche diffuse Angst, und da ist Noahs Zunge. Das eine ist schrecklich, das andere schön. Und ich kann beides nicht mehr voneinander trennen. «Hör auf», wispere ich.

Innerhalb eines Wimpernschlags ist Noahs Zunge fort, und meine Hand fühlt sich auf einmal kalt an. Mein Brustkorb hebt und senkt sich viel zu schnell, und bei Noah ist es genauso. Das kann ich spüren, weil er meine Hand nun an seine Brust drückt und dann mit seinem T-Shirt drüberwischt. «Fuck, Aubree, tut mir leid.» Er lässt mich los und springt vom Sofa auf.

Ich versuche verzweifelt, Luft zu bekommen, aber mein Herz rast so sehr, dass es einfach nicht geht. Ich lehne mich nach vorn und ringe nach Sauerstoff.

«Es tut mir leid, echt. Ich ... keine Ahnung, was ich mir dabei gedacht habe. Wahrscheinlich gar nichts. Fuck, fuck, fuck.» Er kratzt sich am Hinterkopf, dreht sich wieder zu mir um – und als er jetzt spricht, klingt seine Stimme genauso atemlos, wie ich mich fühle. «Aubree? Brauchst du frische Luft? Soll ich das Fenster aufmachen? Oder soll ich lieber gehen? Oder willst du ins Bad? Vielleicht geht es dir besser, wenn du deine Hände gewaschen hast? Sag mir einfach, was ich tun soll.»

Ich schüttele den Kopf, bringe aber keinen Ton heraus. Ein Teil von mir ist gar nicht hier. Die Erinnerung an diesen Morgen ist plötzlich wieder so präsent. Als ich aufgewacht bin nach der Nacht im Sportlerwohnheim. Die Übelkeit, die Gliederschmerzen, diese seltsame Angst, die ich mir nicht erklären konnte, weil ich da noch nicht wusste, dass man mir Drogen gegeben hatte. Ich wusste nicht, wie ich nach Hause gekommen bin, ich wusste nichts mehr.

«Willst du, dass ich Ivy anrufe? Oder jemanden von deiner Familie?»

«Nein», bringe ich mühsam heraus, und Noah nickt.

«Okay, alles klar. Ich rufe niemanden an, wenn du das nicht willst. Aber was soll ich machen? Bitte sag mir, was ich tun soll. Brauchst du einen Arzt?»

«Es ... geht ... gleich wieder», japse ich.

Noah hat überhaupt nichts falsch gemacht, er wollte nur ... ich weiß es nicht ... Was auch immer er sich dabei gedacht hat, es war nichts Schlimmes. Ich würde gerne lachen, um diese bescheuerte Situation aufzulösen, aber dafür fehlt mir der Atem.

Ich vertraue Noah, aber er ist auch verdammt noch mal ein Kerl, der tausendmal stärker ist als ich. Wenn er will, kann er mir weh tun.

Es ist irrsinnig, das auch nur zu denken, aber ich kann meine Gedanken nicht zwingen, mir zu gehorchen. Sie tun, was sie wollen. Und manchmal vermischen sie Vergangenheit und Gegenwart und sorgen dafür, dass ich völlig durchdrehe.

Atmen, Aubree, einfach nur atmen. Es ist alles gut, ich bin vollkommen sicher. Niemand ist da, der mir etwas antun würde. Noah ist da. Er sieht hilflos aus, und wahrscheinlich will er mich nach diesem Abend nie wiedersehen. Ich versuche mich aufzurappeln. «Es wird schon besser», keuche ich. «Tut mir leid, dass ich gerade so seltsam reagiert habe. Ich gehe jetzt lieber.»

«Willst du, dass ich dich hochbringe?»

«Nein, danke, das schaffe ich schon. Ich habe dir den Abend ohnehin schon ruiniert.» Ich versuche mich an einem Lächeln, aber es wird vermutlich eher eine Grimasse. «Tut mir leid.»

«Was?» Noah sieht mich geschockt an. «Du hast mir nicht den Abend ruiniert, Aubree! Du hast mir Chicken Wings mitgebracht. Das allein katapultiert dich schon in die Top Ten meiner besten ... Abende. Und wieso entschuldigst du dich überhaupt? Das ist doch scheiße. Du musst dich für gar nichts entschuldigen. Es ist meine verfickte Schuld, dass ich mich wie ein Vollidiot benommen habe. Aber so bin ich. Ich bin ein dämlicher verfickter Vollidiot. Etwas tun, ohne vorher an die Konsequenzen zu denken, ist meine beschissene Kernkompetenz.»

«Ach», höre ich mich sagen. «Ich denke, fluchen kannst du auch ziemlich gut.» Ich muss lächeln, weil Noah gleichzeitig verlegen und entschlossen aussieht und er wahrscheinlich der einzige Typ auf der Welt ist, der das fertigbringt.

Er streicht sich durch die Haare. «In meinem Leben gibt es kein ‹was wäre wenn›. Aber dafür jede Menge ‹Fucks›. Das war schon immer so, und ich schätze, daran wird sich auch nichts ändern, selbst wenn ich hundert bin. Ich tue etwas und fluche dann, wenn es danebengeht. Und gerade ist es wohl ziemlich danebengegangen.»

Ich würde ihm gerne sagen, dass das nicht stimmt. Am liebsten würde ich ihm sagen, dass ich das Problem bin und nicht er, aber dann müsste ich ihm von dem Foto erzählen. Und das bringe ich nicht fertig. «Danke für ... das Spiel», sage ich, weil mir nichts Besseres einfällt.

«Danke für das Essen», antwortet Noah.

Ich schlüpfe in meine Schuhe, während Noah in der Küche die Knochen in den Müll wirft und mir dann die leere Dose reicht. Ich kann gar nicht schnell genug von hier wegkommen, auch wenn es mir leidtut, dass ich Noah einfach so stehenlasse. Ich reiße den Riegel zurück und verschwinde aus Ivys Apartment, ohne ihn noch einmal anzusehen.

Als ich Minuten später auf dem Bett in Noahs Zimmer liege, ist nichts mehr von der eben gefühlten Panik übrig. Das Einzige, was ich fühle, ist Scham darüber, wie ich abgehauen bin. Ich wünschte, ich würde nicht immer wieder so durchdrehen. Ich will ihm sagen, wie blöd das war, mich bei ihm entschuldigen.

Und wenn mir die Stimme dazu fehlt, dann muss ich es eben aufschreiben.

Ich hole Errol heraus. Mein Bullet Journal. Ivy und ich haben uns damals gemeinsam die Namen für unsere Journals ausgesucht, in denen Botschaften an uns selbst drinstehen sollten. Ihres heißt Hedwig nach Harry Potters Eule und meins wie der kleine Kauz der Familie Weasley. Obwohl es bereits mein zweites Journal ist, habe ich den Namen beibehalten.

Mir geht nicht aus dem Sinn, was Noah gesagt hat. Dass er Dinge tut, ohne an die Konsequenzen zu denken. Er hält das für eine Schwäche, aber ich denke, es kann auch eine Stärke sein. Denn ich wünsche mir gerade nichts sehnlicher, als dass ich so sein könnte. Weil ich früher auch nicht so viel gezweifelt und nachgedacht habe und gerne wieder so unbefangen wäre. Ich stöpsle meinen Brushpen auf und lettere auf die nächste leere Seite:

Better an oops than a what if.

Mit ein paar Strichen lasse ich das Oops aussehen, als würde es vibrieren. Als ich fertig bin, lege ich Errol aufgeschlagen auf die Decke und schalte mein Smartphone ein. Meine Hand mit der Kamera schwebt über der Seite, und penibel achte ich darauf, dass man nichts von mir sehen kann. Kein nacktes Knie, nicht einmal einen Fuß. Als ich kontrolliert habe, dass wirklich nichts von mir auf dem Bild ist, schicke ich es per WhatsApp an Noah. Ich will ihn wissenlassen, dass er kein Vollidiot ist. Und dass der Abend mit ihm echt schön war. Hoffentlich versteht er, was ich damit sagen will.

Ich kann sehen, dass Noah online ist. Natürlich ist er das, er ist 24/7 online, warum sollte das jetzt anders sein? Seine Antwort lässt daher nicht lange auf sich warten, auch wenn er nichts zu dem Bild sagt, das ich ihm geschickt habe.

Better an **OOPS** than a *What if*

Noah: #oops
Habe das mit dem Handrücken gerade ausprobiert. Hört sich scheiße an bei mir. Willst du es hören?

Oh verdammt, sein Ernst?

Aubree: Klar. Vielleicht kann ich dir noch ein paar Tipps geben. ;-P

Ich erwarte, dass er mich auf irgendwann vertröstet. Was ich nicht erwarte, ist, dass er direkt eine Sprachnachricht aufnimmt. Aber sofort erscheint unter seinem Namen der Hinweis:

Noah: *Sprachnachricht wird aufgenommen ...*

Wie macht er das nur? Hat er gar keine Sorge, dass ich ihn auslachen oder dass er sich blamieren könnte? Oder hat er einfach vor gar nichts Angst? Wahrscheinlich habe ich mehr Angst, das abzuhören, als er, es aufzusprechen. Das ist nicht fair! Als seine Nachricht mit einem nachhallenden Ton gesendet wird, fällt mir vor Nervosität fast das Handy aus der Hand. Ich beiße die Zähne zusammen, drücke auf Play und halte mir sofort die Hände vor die Augen.
Oh. Mein. Gott.
Er hat es wirklich getan. Ich höre sein Schmatzen, und jeder Tropfen Blut aus meinem Körper schießt in mein Gesicht. Noah übertreibt völlig. Er leckt sich über die Hand, saugt an seiner Haut, und oh Gott, ich könnte schwören, er nuckelt sogar an seinem Daumen, nur um möglichst unterschiedliche Geräusche zu erzeugen. Ich muss so laut lachen, dass ich die Hälfte nicht mehr mitbekomme. Dieser Spinner! Er knutscht seine Hand und stöhnt übertrieben «Alisha» in das Mikro, dann bricht er in

Gelächter aus, und die Nachricht reißt ab. Ich drücke kichernd mein heißes Gesicht in das Kissen, und Grover plumpst dabei vom Bett.

Dieser Typ ist unfassbar.

Als die nächste Nachricht kommt, bin ich sicher, dass er eine Reaktion von mir einfordern will, und zielsicher liege ich wieder komplett daneben:

Noah: **Jetzt du.**

Okay, vielleicht hätte ich damit rechnen können. Es liegt nahe, dass er einen Vergleich hören will, schließlich bin ich diejenige von uns, die ziemlich viel Erfahrung damit hat, Küsse zu simulieren. Das klingt so armselig. *Küsse simulieren.* In meinem Leben muss ich momentan so einiges simulieren, angefangen beim Normalsein, und ich versage ziemlich kläglich dabei.

Noah: **Hör auf, an das verfickte WHAT IF zu denken. Mach es einfach. Dieser Moment gehört nur uns.**

Jetzt zitiert er auch noch aus *Ashes of Fear*. Ich beiße mir auf die Lippe, dann nehme ich das Smartphone und rolle mich damit auf dem Bett zusammen. Wenn ich in einem Studio stehen würde, hätte ich damit kein Problem. Die Umgebung ist neutral und professionell, vor mir ein Pult, neben mir manchmal noch ein zweites Pult mit einem Kollegen, der dasselbe tut wie ich. Manche Regisseure nehmen diese Szenen lieber zusammen auf, andere schneiden die Takes erst hinterher zusammen. Aber nie bleibt man dabei allein. Es ist kein unerwiderter Kuss. Doch wenn ich das jetzt mache, bin ich allein, und der Kuss geht ins Leere.

Verdammt, Noah!

Mit diesem Fluch in meinem Kopf drücke ich auf das Symbol für das Mikrophon. Meine Lippen berühren meinen Handrücken, meine Zunge kreist auf meiner Haut.

Ich rieche wirklich nach Buffalo Wings.

Nicht daran denken, Aubree, einfach nur ans Studio denken.

Mit dem Mund sauge ich sanft an meinem Handballen, gebe ein leises Stöhnen von mir, atme lauter, keuchender. Jetzt noch den Namen des Charakters raunen, dann bin ich fertig. Ich seufze *Jack* und lasse schnell das Symbol auf dem Bildschirm los. Die Nachricht wird abgeschickt, zerlegt sich in einzelne Daten, saust durch die Luft zu einem Funkmast, von dort weiter zu einem Satelliten irgendwo Tausende Meilen über der Erde, nur um verschlüsselt wieder zurückzukommen und auf Noahs Handy zu landen, der nur zwei Etagen unter mir ist. Und plötzlich bin ich mir nicht mehr sicher, was ich gesagt habe. Habe ich *Jack* gestöhnt? Oh Gott, habe ich wirklich Jack gesagt oder war es doch Noah? Und was ist, wenn Noah meine Nachricht behält? Er könnte sie an jemanden weiterleiten oder sie irgendwo veröffentlichen. Er könnte mich damit bloßstellen. Ich bin nicht die Synchronsprecherin, die hier nur ihre Arbeit macht, sondern die private Aubree.

Slut.

Bei der Erinnerung an dieses Schimpfwort zucke ich zusammen. Schnell versuche ich, die Nachricht zu löschen. Wenn er sie noch nicht abgerufen hat, geht das, oder? Ich habe sie doch erst vor ein paar Sekunden geschickt. Löschen, löschen, löschen! Mein Zeigefinger hämmert auf den Button, und die Nachricht verschwindet. Ich bin schweißgebadet, als das Ding endlich weg ist und nur der Hinweis verbleibt, dass der Teilnehmer die Nachricht entfernt hat.

Ich starre erleichtert auf mein Handy und ...

Noah: Warum hast du die Nachricht gelöscht?

Was soll ich darauf antworten?

Noah: War das WHAT IF stärker als dein Mut zum OOPS?

Aubree: Ja.

Kapitel 12

Noah: Wegen dir habe ich die Mission verkackt.

Ich sehe Noahs letzte Nachricht erst am nächsten Morgen, weil sie mitten in der Nacht kam und ich da schon geschlafen habe. Was will er mir damit sagen? Dass er sie mit Absicht nicht beendet hat? Oder hat er sich von meiner Stimme in dem Spiel ablenken lassen? Darauf antworte ich lieber nicht.

Ich stelle mich unter die Dusche und lasse mir meine malträtierten Muskeln von einem harten Wasserstrahl massieren. Gequält stöhne ich auf, denn der Muskelkater ist jetzt schon die Hölle; Yuna hat nicht zu viel versprochen. Morgen kann ich mich dann wahrscheinlich gar nicht mehr bewegen. Weil mir alles weh tut, verbringe ich fast den gesamten Sonntag im Bett. Ich telefoniere mit May, die im Internat ist, ohne mir etwas anmerken zu lassen, und höre mir ihre harmlosen Streitereien mit ihrer Zimmernachbarin an. Und danach mit Ivy, die mehrmals am Tag nachfragt, wie es mir geht, und der ich diesmal ehrlich antworten kann, dass es schon besser ist. Auf Netflix fange ich eine neue Serie an, bestelle mir etwas zu essen beim Lieferdienst und habe danach ein schlechtes Gewissen, weil es teuer ist und ich damit bei einer einzigen Mahlzeit unglaublich viel Plastikmüll verursache. Und ich beschließe, dass ich mich darum kümmern will, die Tür von Ivys Apartment reparieren zu lassen. Das muss doch irgendwie schneller gehen, wenn man nicht auf den Handwerker der Wohnheimverwaltung wartet. Deshalb rufe ich nach der Dusche am Montagmorgen, noch eingewickelt in ein Handtuch, Jenna an und frage sie, ob sie jemanden kennt, der ein Schloss reparieren kann und das noch diese Woche.

«Klar», sagt sie sofort. «Mein Cousin Thomas.»

«Ist er Schlosser?»

«Nö.»

«Ist das der Cousin, von dem dein Onkel Joseph gesprochen hat? Der, mit den rosa Hemden?»

«Genau der.» Ich kann ihr Lächeln in der Stimme hören.

«Aber hast du nicht gesagt, er wäre gar nicht dein Cousin?»

«Das ist kompliziert, erkläre ich dir später. Aber er ist praktischerweise gerade hier. Ich frag ihn, ob er Zeit hat.»

«Bist du im Laden?»

«Ja, genau. Thomas arbeitet manchmal auch für Onkel Joseph. Moment.» Dann ruft sie nach hinten: «Hey, Thomas, kannst du heute noch bei meiner Freundin Aubree vorbeifahren? Ihr Türschloss ist kaputt.» Gemurmel ist zu hören. «Ist dir der Schlüssel abgebrochen oder ist es etwas anderes? Thomas muss wissen, was für Werkzeug er mitbringen muss.»

«Sag ihm, jemand hat die Tür eingetreten. Dieses Metallteil im Rahmen ist rausgebrochen, man kann die Tür nicht mehr zumachen.»

Wieder Gemurmel. «Thomas sagt, das ist das Schließblech. Er bringt eins mit und baut ein komplett neues Schloss ein. Kostet achtzig Dollar plus Anfahrt. Wenn das für dich okay ist, kommt er heute Nachmittag.»

Noch eine ungeplante Ausgabe mehr, aber das ist es wert, damit ich Noah nicht länger auf der Tasche liege. «Das wäre perfekt.»

Wir unterhalten uns noch einen Moment und legen dann auf. Ich kaue nachdenklich auf meiner Unterlippe herum. Jenna hat mich *meine Freundin Aubree* genannt. Mein Herz hat in dem Moment einen seltsamen Hüpfer gemacht. Aber es war ein guter Hüpfer. Ich glaube, ich könnte mich an Dartmouth gewöhnen. Und weil dieser Morgen so motivierend gestartet ist, schreibe ich gleich eine To-do-Liste in mein Journal. *Einen Handwerker besorgen*, kann ich direkt abhaken, diese Punkte sind mir die liebsten.

- ☑ Einen Handwerker besorgen
- ☐ Noah über den Handwerker informieren
- ☐ Mom anrufen und ihr endlich beichten, dass ich vom College geflogen bin
- ☐ E-Mails checken
- ☐ im Drugstore Schmerztabletten besorgen oder irgendetwas anderes, das gegen den Scheißmuskelkater hilft
- ☐ Ivy fragen, wann sie wieder zurückkommt

Ich schicke Noah eine knappe Nachricht, dass ich am Nachmittag den Schlüssel von seinem Vorhängeschloss brauche, um die Tür reparieren zu lassen, und packe meine Tasche, weil ich dringend etwas einkaufen muss. Wenn ich jetzt auch noch eine Handwerkerrechnung bezahle, dann sind Sachen wie Essen im Restaurant holen nicht mehr drin. Noch bevor ich das Zimmer verlasse, piepst mein Handy.

> *Noah:* **Sorry, bin heute den ganzen Tag im Riding Center und kann hier nicht weg. Wenn du willst, kannst du dir den Schlüssel abholen. Morton Farm in der Etna Highland Road. Ist ungefähr sechs Meilen vom Campus.**

Okay, das wirft meine Pläne über den Haufen. Am besten erledige ich das sofort. Ich schreibe ihm zurück, dass ich in einer Viertelstunde da bin, und suche meinen Autoschlüssel.

- ☑ Einen Handwerker besorgen
- ☐ Noah über den Handwerker informieren
- ☐ Mom anrufen und ihr endlich beichten, dass ich vom College geflogen bin
- ☐ E-Mails checken
- ☐ im Drugstore Schmerztabletten besorgen oder irgendwas anderes, das gegen den Scheißmuskelkater hilft
- ☐ Ivy fragen, wann sie wieder zurückkommt

Die verdammte Karre springt nicht an. Die Tanknadel ist noch nicht einmal im roten Bereich, dennoch gibt der Wagen nur ein kurzes Blubbern von sich, bevor er wieder verstummt. Verdammt. Die Aussicht, sechs Meilen bis zum Riding Center zu laufen und dann wieder zurück, ist niederschmetternd. Außerdem ist der Muskelkater so schlimm, dass ich mich wie eine alte Frau bewege. Ich schätze, Quin würde mir sagen, dass ich den Schmerz einfach wegjoggen soll oder so was, aber, nein, das wird nicht passieren. Auf keinen Fall. *Also komm schon, du verdammte Dreckskarre!*

Ich drehe noch mal den Zündschlüssel um. Der Motor stottert eine Weile, danach macht es nur noch klick. Seufzend schnappe ich mir mein Smartphone aus der Mittelkonsole und gebe die Adresse bei Google ein, um mir die Wegbeschreibung anzeigen zu lassen. Es sind sogar sechseinhalb Meilen mit einer Steigung von tausend Fuß. *Fuck my life.*

«Okay, liebes Auto, tu mir nur noch dieses eine Mal den Gefallen und spring an. Ich verspreche dir auch, dass ich dich danach in Ruhe lasse. Du bist ein echt tolles Auto, und vielleicht, wenn du jetzt einfach nur deinen Job machst, gönne ich dir eine Innenreinigung. Komm schon.»

Ich warte zwei Minuten ab, damit es sich die Sache gut überlegen kann, dann drehe ich den Zündschlüssel um. Es rasselt, dann stottert es, und mit einem Flehen auf den Lippen, warte ich darauf, dass der Motor endlich anfängt zu brummen. Als er das schließlich tut, stoße ich ein lautes «Danke, danke, danke!» aus. «Du bist ein echter Freund, ich verspreche, du wirst es nicht bereuen.»

Ich nehme die Strecke über die Trescott Road, die zwar etwas länger, aber laut Google schneller ist. Der Weg führt durch dichten Wald, der jetzt im Indian Summer in kräftigen Orange- und Rottönen leuchtet, und wird nur ab und zu von ein paar einsamen Häusern unterbrochen. Als ich schließlich in die Etna Highland Road abbiege, bin ich dennoch eine Viertelstunde später da, als ich Noah angekündigt habe. Ich parke an der Straße und kann nur hoffen, dass ich nicht abgeschleppt werde, weil mein liebstes Lieblingsauto wirklich aussieht, als würde es auf den Schrottplatz gehören.

Zum Riding Center gehören mehrere Gebäude, das habe ich schon im Internet gesehen. Auf der rechten Seite ist ein Sandplatz mit einem Hindernisparcours. Ein paar Leute stehen dort am Zaun und sehen einer einzelnen Reiterin zu. Ich gehe zu ihnen und frage eine junge Frau mit dunkelbraunem Pferdeschwanz, die ein Sweatshirt mit demselben Logo trägt, wie ich es von Noah kenne, ob sie weiß, wo er ist.

Sie zuckt mit den Schultern. «Im Stall. Woodstock hat heute Morgen total rumgezickt, und er soll ihn eine Weile beobachten. Das erste Gebäude links, direkt neben der Scheune.»

Mein Blick folgt ihrer Hand. «Danke! Kann ich da einfach so reingehen?»

Sie wirkt genervt. «Klar, das ist hier keine Hochsicherheitsanlage. Das Schlimmste, was dir passieren kann, ist, dass Eldon dir über den Weg läuft. Am besten legst du dich dann einfach flach hin und stellst dich tot.»

«Äh ... ist Eldon euer Hofhund?»

«Nein, er ist unser Hofarsch.» Sie verdreht die Augen, wendet sich wieder dem Parcours zu und ruft über den Platz: «Dein Sitz ist scheiße, Sally. Im Sprung den Hintern mehr raus und den Oberkörper über die Senkrechte, sonst entlastest du zu wenig, und dabei die Knie nicht so an die Pauschen pressen. Noch mal!»

Ich mache mich schnell aus dem Staub und laufe in die Richtung, die sie mir gezeigt hat. Von einem Hund ist nichts zu sehen. Die Stalltür ist nur angelehnt, und es riecht intensiv nach Pferd, Heu und Leder. Vorsichtig schiebe ich den Kopf durch die

Tür, entdecke aber niemanden und trete ganz ein. «Noah? Bist du hier?»

Es raschelt, und von einem leisen Stampfen begleitet, höre ich Kaugeräusche und das sanfte Klirren von Metallringen.

«Hinterste Box», ruft er zurück.

Meine Turnschuhe machen auf dem blank gefegten Boden kaum einen Laut, als ich seiner Stimme folge. Noah steht in einer riesigen Box und hält ein braunes Pferd am Halfter. Die Tür ist geschlossen, deshalb gucke ich nur durch die Gitterstäbe. «Komm, Süßer, dreh dich einmal für mich.» Er gibt dem Tier die Richtung vor, und es dreht sich schnaubend einmal um die eigene Achse, wobei seine Vorderhufe kaum den Boden berühren. «Scheiße, Woodstock, das ist echt nicht gut.» Noah tritt wieder näher an das Tier heran, streicht ihm sanft über den Hals und fährt mit den Fingern in die dichte Mähne, erst dann wendet er sich mir zu. «Komm rein. Woodstock ist ein echter Gentleman, er tut dir schon nichts.» Er greift nach dem Halfter und macht sich daran, es abzunehmen.

«O...okay.»

Ich habe eigentlich keine Angst vor Pferden, aber das hier ist ganz schön groß. Das hat allerdings auch einen Vorteil: Dass mir das Tier so viel Respekt einflößt, sorgt dafür, dass ich vergesse, wegen unserer letzten Begegnung verlegen zu sein. Ich schiebe das Tor auf und quetsche mich durch die schmale Öffnung. «Ich wollte eigentlich nur den Schlüssel holen und dich nicht beim Training stören.»

«Aus dem Training wird heute nichts. Ich habe gerade den Doc herbestellt, weil Woodstock die Vorderhufe kaum belastet. Schätze, er hat Schmerzen. Deshalb bleibe ich lieber bei ihm.»

«Der Arme.» Ich traue mich aber trotzdem nicht näher heran. Woodstock ist *wirklich* groß, wahrscheinlich wiegt er mehr als mein Auto. «Und der Schlüssel?»

«Moment», sagt Noah und fummelt weiter an dem Verschluss des Halfters herum, bevor er den Schlüssel aus seiner linken Hosentasche zieht und mir hinhält.

Shit, ich komme nicht dran. Ich schlucke, dann trete ich vorsichtig neben ihn und schnappe mir den Schlüssel. Die Hufe sind monströs. Zwei Ambosse an beweglichen Gliedern. Wenn das Tier mir damit auf die Füße tritt, muss ich in jedem Fall zum Orthopäden. Im selben Moment stößt Woodstock ein Schnauben aus, und ich zucke zurück.

«Hast du Angst vor Pferden?» Mit einem Grinsen nimmt Noah das Halfter herunter.

«Nicht wirklich. Ich hatte einfach nie viel mit Pferden zu tun.»

«Im Ernst?»

«So ungewöhnlich ist das auch wieder nicht. Ich bin in New York aufgewachsen. Als Kind war ich ein einziges Mal im Central Park reiten, und das war nicht so toll.»

«Ich dachte, das machen nur Touristen.»

«Aaah», sage ich gespielt, «dann muss das der Fehler gewesen sein.» Ich ziehe einen Mundwinkel nach oben. «Wir hatten ein Guide aus Irland, und die Pferde waren sehr gutmütig, aber es war irgendwie eine wackelige Angelegenheit.»

«Okay, ist notiert, du magst keine Pferde.»

«Ich weiß nicht», gebe ich zu. «Ich glaube, ich mag, wie sie riechen.»

Noahs Blick hellt sich auf. «Ja, das ist toll. Dieser erdige, kräftige und doch irgendwie warme Geruch. Ich liebe es, dass Pferde so viele Gegensätze vereinen. Das weiche Fell und die samtige Nase. Die harte, borstige Mähne. Woodstock ist ein echtes Kraftpaket, aber er ist auch unheimlich sensibel. Kaum setzt sich eine klitzekleine Fliege auf seine Flanke, fängt er an, dort zu zittern wie bei einem Minibeben.» Er hört sich genauso an wie ich, wenn ich von meiner Arbeit im Tonstudio rede. «Er kann stur wie ein Esel sein, wenn er neu beschlagen werden soll, aber ansonsten reagiert er auf den kleinsten Schenkeldruck.»

«Gehört er dir?»

«Nein, er war eine Spende. Die meisten Pferde hier sind von Ehemaligen oder von irgendwelchen Eltern gesponsert. Wir haben aktuell sechs Schulpferde und noch eine Handvoll, die hier ihre Rente genießen.»

«Und das schwarze Pferd, das von deinem Profilbild bei WhatsApp, ist das auch hier?»

«Das ... das ist Ebony. Sie hat mal mir gehört. Früher.» Wenn er mit diesem neutralen Ton versucht, zu überspielen, dass das ein wunder Punkt ist, dann misslingt ihm das völlig.

«Das Bild sah gar nicht so alt aus», überlege ich laut.

«Ist auch noch nicht so lange her.»

Das macht mich nachdenklich, aber ich will ihn nicht bedrängen. Das Thema ist ihm offensichtlich unangenehm. «Und was, glaubst du, hat Woodstock?» Ich nicke zu seinen Vorderbeinen.

«Wenn wir Glück haben, hat er sich nur vertreten und lahmt ein paar Tage. Aber wenn es richtig scheiße läuft, ist es eine beginnende Hufrehe. Das ist eine Entzündung der Huflederhaut. Wahrscheinlich wegen zu großer Belastung, sonst wären die Hinterbeine auch betroffen. Rachel reitet mit ihm ständig auf die Straßen, und der harte Asphalt tut ihm echt nicht gut.»

«Rachel – ist das zufällig die Frau mit dem dunklen Pferdeschwanz, die da draußen mit der Reiterin arbeitet?»

«Du meinst bestimmt Cora. Sie kann ein Biest sein, aber sie geht im Gegensatz zu Rachel großartig mit den Tieren um. Ihre beißende Zunge hebt sie sich für Menschen auf.»

Ich verstehe. «Du magst sie, oder?»

«Ich find's gut, wie sie die Tiere behandelt. Sie ist ein Profi in dem, was sie tut. Das habt ihr gemeinsam.» Seine Augen blitzen, und ich bekomme sofort ein heißes Gesicht.

«Ähm, okay ... Ich drücke euch die Daumen, dass Woodstock bald wieder gesund wird.» Ich mache Anstalten, die Box zu verlassen, doch Noah hebt eine Hand.

«Moment! Du kannst nicht gehen, ohne Woodie was zu geben. Er vergisst das nicht, und wenn du das nächste Mal kommst, guckt er dich nicht mit dem Arsch an.»

Das würde mich nicht sonderlich stören, dennoch bleibe ich stehen und hebe fragend die Brauen. «Was soll ich ihm denn geben?»

«Das hier.» Er holt aus einem Eimer mit Deckel eine abgebrochene Möhre heraus. «Einfach auf die flache Hand legen und ihm unter die Nase halten. Er wird dich nicht beißen. Auch nicht, wenn du immer noch nach Chicken Wings riechst.»

Und schon wieder schafft er es, mich in Verlegenheit zu bringen. Wieso muss er mich ausgerechnet damit aufziehen? Mit zusammengepressten Lippen nehme ich ihm die Möhre ab und nähere mich Woodstock. Das Tier senkt den Kopf und stupst gegen meinen ausgestreckten Arm, dann schiebt es sich daran vorbei und schnuppert an meinem Bauch. Seine Lippen knabbern an meiner Sweatshirtjacke, und unsicher sehe ich mich zu Noah um.

«Keine Panik. Er mag dich.»

«Sicher, dass er mich nicht fressen will?», frage ich mit etwas zu hoher Stimme, als Woodstock an dem Stoff zieht und plötzlich heißer Atem meinen nackten Bauch streift. Endlich lässt er los, hebt den Kopf ein Stück und schnaubt mir unvermittelt gegen das Schlüsselbein. Und dann spüre ich etwas Feuchtes. Oh Gott, er hat an mir geleckt. Das ist ... nass und irgendwie seltsam. Ich bekomme eine Gänsehaut.

«Hey, Woodie, mach keinen Scheiß, ich hab Aubree gerade

erzählt, dass du im Gegensatz zu mir ein Gentleman bist. Und auch wenn sie zum Anbeißen ist, die Möhre ist weiter unten.»

Ich trete langsam einen Schritt zurück und halte ihm die Hand direkt vor die Nüstern. Diesmal schiebt er sein Maul sofort über meine Handfläche. «Oh mein Gott», flüstere ich. «Seine Lippen sind wie Samt. So was Weiches habe ich noch nie in meinem Leben angefasst.»

«Wundert mich nicht. Eigentlich fällt mir nur eine einzige Sache ein, die sich ähnlich toll anfühlt, und die ...»

«... will ich garantiert nicht hören», unterbreche ich ihn schnell, weil meine Phantasie sofort mit mir durchgeht.

Noah lacht leise, und das Geräusch ist umwerfend – warm und vibrierend. Ich glaube fast, es könnte mein neues Lieblingsgeräusch werden.

«Ich rede von Hafer.»

«Was?» Irritiert ziehe ich meine Hand zurück und beobachte Woodstock, wie er ziemlich brachial seine Möhre zerkaut.

«Hafer», wiederholt er. «Ich liebe es, wie es sich anfühlt, wenn man mit den Händen reingeht.»

«Wo rein?» An meiner Hand meine ich immer noch Woodstocks weiche Lippen zu spüren.

«In den Hafer, Aubree.»

Er muss mich für völlig beschränkt halten, weil ich ihm nicht folgen kann. «Du findest es toll, Hafer anzufassen?» Okay, vielleicht ist auch er derjenige, der sie nicht mehr alle hat.

«Komm mit.» Grinsend schiebt er die Boxentür auf und lässt mich hindurchgehen, bevor er sie hinter uns wieder zuzieht. Direkt gegenüber von Woodstocks Box stehen in einer großen Nische mehrere blaue Plastiktonnen, die mir bis zum Bauch reichen. Noah öffnet einen der Deckel und stellt ihn auf den Boden. «Probier's aus.»

Er will also, dass ich Hafer anfasse. Ich bin mir nicht sicher, ob es noch skurriler werden kann, aber na gut, warum nicht. Ich ziehe beide Ärmel nach oben, beuge mich über die Tonne und reibe einige Körner zwischen den Fingerspitzen. Es riecht gut. Irgendwie nussig. Dann nehme ich eine Handvoll auf und lasse sie zurück in die Tonne rieseln. Der Hafer ist leicht. Fein und weich. Ich tauche mit der ganzen Hand ein, mache eine Faust, hebe sie hoch und die Körner quellen zwischen meinen Fingern heraus. Wieder schiebe ich meine Hand hinein, und dann nehme ich auch noch die zweite.

Noah hat recht, es fühlt sich toll an. Es raschelt, als ich die Hände rausziehe, und es knistert, als ich sie wieder reinschiebe. Der Hafer ist so leicht, dass er sofort nachgibt und meinen Händen Platz macht.

«Wow», sage ich, obwohl es völlig bescheuert ist, im Hafer zu wühlen. Meine Haut fängt an zu prickeln, und ich muss mich räuspern, weil die Luft sich mit Staub füllt, der im Lichtschein vor meiner Nase tanzt.

Ich drehe den Kopf und sehe Noah an. Sein Gesicht ist direkt vor mir. Um seine grünen Augen bilden sich Fältchen, als er seine Hände ebenfalls in den Hafer gleiten lässt. Er schöpft ihn heraus und lässt ihn über meine nackten Arme rinnen. Es ist toll, irre schön und verrückt. Und dann stoßen meine Finger im Hafer an Noahs, und das ist sogar noch schöner und verrückter, als nur den Hafer zu spüren. Das Kribbeln zieht sich an meinen Armen hoch bis über meine Kopfhaut. Noahs Hände sind rau. Es sind Hände, die gegen Sandsäcke boxen und Ställe ausmisten. Hände, die arbeiten.

«Am liebsten würde ich mich darin wälzen.» Keine Ahnung, warum ich das sage, aber es ist wahr. Ich möchte mich mit meinem ganzen Körper im Hafer wälzen, was nur beweist, dass mein Kopf gerade nicht richtig funktioniert.

Noah schluckt. «Geht mir genauso.» Seine Finger stoßen

an meine, dann verschränken sie sich, und dazwischen sind Tausende kleine Körner, jedes einzelne besonders und perfekt.

«Aubree?»

«Ja?» Oh Gott, ich kann wahrscheinlich nie wieder damit aufhören, den Hafer und Noahs Hände anzufassen. Ich möchte ihn überall auf meiner Haut spüren, nicht nur an meinen Fingerspitzen. Den Hafer. Beide. Nein, vor allem will ich Noahs raue Hände überall auf mir spüren.

Als dieser Gedanke in mein Bewusstsein dringt, hole ich überrascht Luft. Weil es neu ist, weil es unvernünftig ist und weil ich im Augenblick nichts weniger gebrauchen kann als dieses Gefühl. Und was ist, wenn Noah es weiß, wenn er wieder meine Gedanken liest? Er sieht mich an, und das Grün in seinen Augen ist so hell, als hätte er darin die Sonne eingefangen.

Er will etwas sagen. Sein Mund ist leicht geöffnet und die Unterlippe etwas feucht, als hätte er gerade darübergeleckt. Ich traue mich nicht mal zu blinzeln.

«Noah?»

Ich zucke zusammen, als jemand von der Stalltür her seinen Namen ruft, und ziehe abrupt meine Hände zurück. Stiefelschritte nähern sich. Nicht zaghaft, sondern energisch, so als wollten sie besonders viel Krach machen. «Da war eben so ein hässliches Mädchen mit Glatze, das zu dir wollte. Keine Ahnung, worum es ging. Hat sie dich gefunden?»

Kapitel 13

Ich könnte sterben. Jetzt in diesem Moment, und es würde mir nicht leidtun. Diese Worte fühlen sich an wie ein Dämonenschwert, das in mich eindringt und meinen Körper zu Asche zerfallen lässt.

So ein hässliches Mädchen mit Glatze.

Mein Gesicht glüht. Ich öffne den Mund, aber kein Ton kommt heraus. Ja, meine Haare sind kurz, ultrakurz. Aber deshalb sieht es noch lange nicht wie eine Glatze aus. Und es ist auch nicht so hässlich, dass man es extra betonen müsste. Nur dass sie offensichtlich genau das denkt.

Glatze.

Ich fühle mich plötzlich genauso nackt, wie dieses Wort es impliziert. Nackt und bloßgestellt.

«Nein, die habe ich nicht gesehen», sagt Noah, als sie um die Ecke kommt und in unser Blickfeld tritt. «Aber dafür ist Aubree hier. Darf ich vorstellen: Cora, eine Teamkollegin. Aubree, die beste Freundin meiner Schwester Ivy.»

«Oh, hi.» Cora tut so, als wäre sie überrascht und auch etwas peinlich berührt. Aber ich kenne diesen Blick, diesen Ton. Es ist derselbe, in dem nach einem Rempler in der Mensa erst *Sorry* gesagt wird. Und anschließend zu den Freunden: *Dieser dämlichen Promitussi habe ich gerade den Saft über die Klamotten geschüttet, habt ihr das gesehen?* «Freut mich, dich kennenzulernen, Audrey.»

«Aubree», korrigiere ich automatisch.

«Sorry, Aubree.» Aus ihrem Mund klingt es wie ein Schimpfwort. «Kann es sein, dass ich dich schon mal irgendwo gesehen habe? Dein Gesicht kommt mir total bekannt vor.»

«Keine Ahnung.» Oh bitte, bitte nicht. «Ich bin erst seit ein paar Tagen in Dartmouth.»

«Na dann.» Sie hebt eine Augenbraue an. «Was macht ihr da eigentlich? Ist was mit dem Hafer?»

«Nein, äh ...» ... *ich wollte ihn nur mal anfassen.* Das kann ich unmöglich sagen. Hilflos blicke ich zu Noah, der aber kein bisschen verlegen aussieht.

«Ich habe meinen Schlüssel verloren, und Aubree hat mir geholfen, ihn wiederzufinden.»

«Du hast deinen Schlüssel im Pferdefutter verloren? Wie das?»

«Das ist ein Rätsel, über das du in den nächsten Stunden mal ernsthaft nachdenken kannst», sagt er und zieht einen Mundwinkel nach oben.

Cora ignoriert seine offensichtliche Ausrede. «Was ist mit dem Doc? Wann kommt er endlich?»

«Er ist schon auf dem Weg.»

«Gut.» Ihre flache Hand klopft ungeduldig gegen den Oberschenkel. «Bleibt *sie* solange hier?»

Mit *sie* bin ich gemeint, und nein, das tut sie auf keinen Fall. Ich schüttle den Kopf. «Ich wollte gerade wieder los.»

«Wie schade.»

Was zum Teufel habe ich ihr getan? Ich nicke angespannt.

«Hat mich gefreut, dich kennenzulernen, Audrey.» Sie hält mir die Hand hin, und während ich noch mit mir kämpfe, ob ich sie nehmen soll, geht Noah dazwischen und greift nach meiner.

«*Aubree* hat sich auch gefreut.» Er zieht mich mit sich, und als wir an ihr vorbeikommen, höre ich, wie er ihr zuraunt. «Fuck, Cora. Du bist gerade eine richtige Bitch, weißt du das?»

Irgendwie macht es das noch schlimmer. Dass Noah meint,

mich verteidigen zu müssen, zeigt nur wieder, wie hilflos und verletzlich ich bin. Als würde ich nicht selbst für mich einstehen können.

Wir gehen zum Auto, vorbei an dem eingezäunten Parcours, und auf halber Strecke entwinde ich ihm meine Hand und verschränke die Arme vor der Brust. Mein Kopf fühlt sich immer noch heiß an, dafür ist in meinem Oberkörper ein Eisklotz. Ich reibe mir über die Oberarme. Als wir neben meinem Auto ankommen, sagt Noah: «Krasse Karre. Hat sie einen Namen?»

«Nein, bisher noch nicht. Ich hatte eigentlich nicht vor, das Auto so lange zu behalten, dass es sich lohnt, ihm einen Namen zu geben.»

Noah legt nachdenklich den Kopf schief. «Ziemlich verrostet und hässlich. Du könntest es Cora nennen», schlägt er vor.

Ich muss lächeln. «Aber mein Auto hat ganz tolle innere Werte», entgegne ich. «Es hört mir zu. Und wenn ich es richtig nett um etwas bitte, dann macht es das auch.»

«Dann benenn den Wagen nach mir. Ich mache auch alles, um das man mich richtig nett bittet.» Er grinst. «Du solltest Noah behalten, wenn er so nett zu dir ist.»

«Ich überleg's mir.»

Er schiebt beide Hände in die Hosentaschen seiner Jeans. «Aubree?»

«Ja.»

«Was Cora da eben gesagt hat ...»

«Ach, vergiss es.» Mit gesenktem Kopf suche ich nach meinem Autoschlüssel, und als ich ihn schließlich in der Hand halte, sage ich: «Es tut mir total leid, wenn du wegen mir jetzt Stress mit deiner Teamkollegin bekommst. Wahrscheinlich war sie einfach nur genervt, oder sie macht sich Sorgen um Woodstock oder ...»

«Sie ist verfickt noch mal immer genervt», sagt er. «Ich kann nicht fassen, dass *du* dich entschuldigst, weil *sie* dich beleidigt hat. Das ist doch scheiße.»

Ich schließe den Wagen auf. «Es ist keine große Sache, Noah. Sie hat halt ihre Meinung.» Meine Stimme klingt so sachlich wie eine Telefonansage. «Und es geht doch nur um Äußerlichkeiten. Damit kann sie mich nicht verletzen.» Und wie sie das kann! Und wie verlogen und feige ich bin, so zu tun, als würde ich da drüberstehen.

«Willst du *meine* Meinung hören?»

«Nicht wirklich», sage ich. «Du musst nicht versuchen, mich aufzubauen. Es ist alles okay. Ich bin nur ein bisschen sauer, dass sie mir die Entspannung verdorben hat. Der Hafer hat sich toll angefühlt. Das war besser als jedes ASMR-Video auf YouTube.»

«Finde ich auch.»

Ich lasse mich in den Sitz gleiten und stecke den Schlüssel ins Zündschloss. «Ich sag dir Bescheid, wenn die Tür repariert ist. Der Handwerker will ein neues Schloss einbauen. Du müsstest dann nur den neuen Schlüssel bei mir abholen.»

«Kein Ding.»

«Ich könnte ihn auch unter deine Fußmatte legen.»

«Ich hole ihn mir lieber ab.»

«Okay.»

«Und dann wirst du dir meine Meinung anhören müssen, Aubree, stell dich schon mal drauf ein.»

Ich nicke nur, weil ich meiner Stimme nicht traue.

Noah stellt sich in die Tür und stützt sich mit beiden Armen am Rahmen ab. Obwohl es kühl ist, trägt er nur ein graues Shirt, und das rutscht dabei nach oben. Ich starre auf den tätowierten Schriftzug, der darunter sichtbar wird. Neben der Songzeile von BANKS erkenne ich noch mehr. Da ist noch eine Zeile aus einem anderen Lied. *We are the lonely ones.* Auch das kommt mir bekannt vor. Ich entziffere den Rest des Textes, der sich weiter um seine Hüfte zieht. *All you got to do is die a little, die a little ...* Die letzten Worte verschwinden unter Noahs Shirt, aber ich weiß auch so, wie es weitergeht.

Die a little to survive.

Genau das ist es. *Die a little to survive.*

Noah beugt seinen Kopf zwischen seinen Armen zu mir runter. «Ich habe eben gesagt, dass du Ivys Freundin bist.» Er räuspert sich. «Aber wir sind auch Freunde, oder?»

Ich schlucke. «Glaube schon.»

Er hält mir seine Faust hin, doch ich zögere. «Ich ... sorry, ich bekomme meinen Arm nicht so hoch. Muskelkater.» Zum Beweis hebe ich die Hand bis in Lenkradhöhe und verziehe das Gesicht, als meine Muskeln protestieren. Er lässt seine Faust langsam sinken, und sofort fühle ich mich mies. Mieser als mies. Es war nur eine freundschaftliche Geste, und ich habe sie nicht erwidert. In meinem Hals bildet sich ein Kloß.

Noah tritt zurück und wirft die Tür zu, dann klopft er einmal aufs Autodach, um sich zu verabschieden.

Diesmal enttäuscht mich der Wagen nicht. Der Motor startet sofort, und ich kann direkt losfahren. Allerdings habe ich das dringende Bedürfnis, meinen Kopf gegen das Lenkrad zu schlagen, deshalb fahre ich an den Rand, sobald ich die erste Kurve hinter mir habe, wo mich niemand mehr sehen kann.

Ich krame Errol aus meiner Tasche und schreibe etwas auf, dass ich nie wieder vergessen sollte.

Mein Verhalten ist zwar taktisch unklug, aber emotional notwendig.

Später werde ich den Spruch in Ruhe lettern, jetzt gerade zittern meine Hände zu sehr. Kann sich eigentlich ein Mensch noch blöder verhalten als ich? Wieso habe ich Noahs Geste nicht einfach erwidert? Es ging doch nur um Freundschaft. Ich

Mein Verhalten ist oft taktisch unklug, aber emotional notwendig.

verhalte mich wirklich wie der letzte Idiot, und kann nichts dagegen tun, weil meine Gefühle im Augenblick verrücktspielen.

Mehrmals schlage ich mit der Stirn gegen das Lenkrad. Irgendwann gibt der Wagen ein empörtes Hupen von sich, das mich so erschreckt, dass ich ein Kreischen ausstoße.

Mit einem Fluch auf den Lippen unterbreche ich mein Gedankenchaos und schlage Errol wieder auf, blättere zur To-do-Liste und hake den zweiten Punkt auf meiner Liste ab. Ich habe Noah darüber informiert, dass der Handwerker kommt, und den Schlüssel abgeholt. Und weil ich gerade eh mies drauf bin, kann ich mich auch gleich dem nächsten Punkt widmen. Meiner Mom beichten, dass ich vom College geflogen bin. Ich will die Nummer gerade wählen, da sehe ich, dass meine Agentur versucht hat, mich anzurufen, und mir anschließend eine SMS geschickt hat.

Susan (Agentur): **Check deine Mails! Du hast den Job!**

Das wäre nach dem Handwerker heute schon die zweite gute Nachricht, und nachdem ich Noah gerade so blöd abgeblockt habe, kann ich kaum glauben, so viel Glück verdient zu haben. Sofort öffne ich die neue E-Mail, lese mir die Konditionen durch, und mir bleibt der Mund offen stehen. Es soll schon in zwei Tagen losgehen, aber die Marketingabteilung des Frühstücksflockenherstellers hat sich nicht nur bereit erklärt, mir die Reisekosten zu bezahlen, sie übernehmen sogar noch ein Hotel für zwei Nächte. Die Buchungsbestätigung finde ich direkt im Anhang. Das bedeutet, dass ich mein altes Wohnheimzimmer nicht betreten muss. Insgeheim hat es mich schon davor gegraust, in dem Zimmer zu schlafen, das ich nur noch mit dieser einen Nacht verbinde. Das ist so toll, dass ich vor Erleichterung gleich noch einmal auf das Lenkrad schlage und das Auto aufhupt.

Nicht nur, dass dieser Job gut bezahlt wird, ich könnte dadurch auch die Sache mit der Namensänderung angehen. *Aubree Hargreaves* würde für mich ein ganz neues Leben bedeuten. Ein Leben ohne Fragen nach meiner Mom, ohne unabsichtliche Rempler in der Mensa, ohne Sticheleien oder Dauerbeobachtung.

Sofort schreibe ich einen letzten Punkt auf:

☐ Formular des Zivilgerichts ausfüllen und einreichen.

Das Ganze wird mich zwar fünfundsechzig Dollar kosten, so weit habe ich bereits recherchiert, aber das wäre nicht das Problem. Das Problem ist, diese Sache meiner Mom beizubringen. Und May. Wie soll ich meiner kleinen Schwester erklären, dass ich nicht mehr so heißen will wie sie? Lasse ich sie damit nicht im Stich? Mit einem schweren Seufzen auf den Lippen setze ich ein dickes Fragezeichen hinter diesen Punkt auf meiner Liste. Mein Daumen tippt Moms Nummer an, und ich lausche auf das Klingeln.

«Sturgess.»

«Hallo Mom, ich bin's, Aubree.»

«Aubree!» In ihrer Stimme klingt Erleichterung mit. «Endlich meldest du dich. Hast du eine neue Nummer? Mir wurde gar nicht angezeigt, dass du es bist.»

«Ja, ich ... es gab ein Problem mit der Telefongesellschaft.»

«Hast du die Rechnung nicht bezahlt?» Wasserrauschen, Stimmen, Papierrascheln sind im Hintergrund zu hören. Und ihre Stimme hallt ein bisschen. Ist sie in einem Waschraum?

«Doch, aber ich ...» Ich sammle mich. «Mom, hast du einen Moment Zeit?»

Ich kann hören, dass sie mit sich ringt, und die Gedankenblase über ihrem Kopf kann ich förmlich schweben sehen. Wahrscheinlich habe ich sie gerade in einer ihrer winzigen Pausen erwischt, und sie wollte nur mal kurz zur Toilette. An Drehtagen besteht ein Großteil ihrer Arbeit aus Warten auf die nächste Einstellung. Aber jetzt, in der Promotionsphase, wo ein Pressetermin den nächsten jagt, hat sie kaum Zeit, auch nur einmal Luft zu holen. «Wenn es gerade schlecht ist, dann ist es egal. Wir können auch später noch mal telefonieren. Oder auch nächste Woche.»

«Nein, entschuldige, natürlich habe ich Zeit. Die können ruhig mal ein paar Minuten ohne mich weitermachen.»

«Okay.» Hilflos suche ich nach einer harmlosen Formulierung, die es aber nicht gibt. Es gibt keine Möglichkeit, den Satz «Ich bin leider von College geflogen» irgendwie nett zu verpacken. Und ich kann auch mit meiner Stimme den Inhalt nicht hübscher klingen lassen. Ich setze an, werde aber sofort wieder unterbrochen, weil Mom plötzlich von jemandem angesprochen wird.

«Ja, Sie haben recht, ich bin Bridget. Es tut mir sehr leid, aber ich habe gerade keine Zeit, ich telefoniere.»

Oh Gott, nicht mal auf dem Klo ist meine Mom vor irgendwelchen Serienfans sicher. Eine Tür knallt, dann atmet meine Mom erleichtert aus. «Tut mir leid, Liebes. Manche Leute sind einfach unmöglich. Irgendwann platzt mir noch mal der Kragen, auch wenn ich mir geschworen habe, dass mir das nie passiert. Bitte entschuldige, ich höre dir zu.»

Mein Brustkorb hebt sich angestrengt. «Mom, ich bin nicht nur zu Ivy gefahren, weil ich ein paar Tage freihabe.»

Pause.

«Ich verstehe.»

«Das glaube ich nicht, Mom.»

«Ich habe mir schon gedacht, dass etwas nicht stimmt. Du hast deinen Instagram-Account gelöscht.»

«Du folgst mir auf Instagram?» Ich weiß nicht, ob ich

stöhnen oder meinen Kopf lieber noch mal gegen das Lenkrad donnern soll. Am Ende lasse ich beides, stütze mich stattdessen im Seitenfenster auf dem Ellbogen ab und schließe die Augen.

«Nicht unter meinem echten Namen. Ich versuche nur, an deinem Leben teilzuhaben, Aubree. Das ist nicht so leicht, wenn man ständig unterwegs ist. May ist im Internat, da ist sie gut aufgehoben. In ihrem Alter sind die Mitschüler noch nicht so ... Da wird man noch nicht gemobbt.»

Doch wird man. Aber das sage ich nicht laut.

«Ich spioniere dir auch nicht hinterher, wenn du das denkst. Und ich folge auch außer Ivy keinem deiner Freunde.»

Gott sei Dank! Allein bei der Vorstellung, dass ihr jemand über eine PN das Foto zuspielen könnte, schnürt sich mir die Kehle zu.

«Also was ist passiert? Soll ich mich hinsetzen oder lieber gleich einen Wodka ordern?»

Dass sie versucht, einen Scherz zu machen, zeigt nur, wie besorgt sie ist. «Meine Kurse sind nicht ausgefallen, Mom. Ich wurde rausgeworfen.»

«Aus dem Wohnheim.» Sie lässt es nicht wie eine Frage klingen, sondern wie eine hoffnungsvolle Alternative. Ganz sicher ahnt sie schon, was kommt.

«Nicht aus dem Wohnheim. Ich habe meinen Studienplatz verloren. Dekan Strout hat mich zum zweiten Mal abgemahnt, und nun bin ich exmatrikuliert.»

Mom atmet geräuschvoll aus. «Weshalb? Das kann er doch nicht einfach so machen.»

«Wegen ungebührlichen Benehmens.»

«Scheiße. Sie haben dich mit Alkohol erwischt, oder? Ist es das?»

Ich habe noch nie gehört, dass meine Mom laut Scheiße sagt.

«Nein, das ist es nicht.» Stöhnend halte ich mir die Hand vor Augen. «Zumindest nicht allein.»

Ich kann meiner Mom nicht von den K.-o.-Tropfen erzählen. Wie das enden würde, weiß ich genau. Sie wird sich die Schuld geben. Weil sie immer so wenig Zeit hatte, weil sie mich nicht genug auf das Collegeleben vorbereitet hat, weil sie berühmt ist und die Leute deshalb nur darauf warten, dass ich einen Fehler mache. Weil die Möglichkeit besteht, dass sie mich nur wegen ihr als Opfer ausgesucht haben. «Ich habe auf einer Party zu viel getrunken und dabei hat man mich fotografiert. Warte, lass mich ausreden», sage ich schnell, weil Mom da direkt einhaken will. «Man sieht auf diesem Foto mehr als nur mein Gesicht, Mom. Man sieht außerdem ... meinen nackten Oberkörper.»

«Du willst mir doch jetzt nicht sagen, dass du Nacktfotos von dir hast machen lassen? Bitte sag mir, dass das nicht wahr ist.»

Es ist nicht wahr. Wie gerne würde ich ihr die Wahrheit sagen. Aber das macht es nur noch schlimmer für sie. Und es ändert auch nichts an meiner momentanen Lage. Mir würde es nicht besser gehen, aber ihr nur noch schlechter. «Leider doch.» Weil sie lange nichts erwidert, frage ich mit einem humorvoll-verzweifelten Ton: «Jetzt vielleicht doch einen Wodka?»

«Wer hat das Foto gemacht?»

«Das weiß ich nicht. Und ich kann dir auch nicht sagen, wer es verbreitet hat, nur dass es auf Instagram zu sehen war. Es wurde inzwischen zwar gelöscht, aber es ist deshalb ja nicht weg. Es kann jederzeit wieder geteilt werden.»

«Hast du das Foto, Aubree? Ich werde es an meinen Anwalt weiterleiten. Er kann damit eine Bildersuche machen, und sobald es irgendwo auftaucht, wird er dafür sorgen, dass es gelöscht wird und diejenigen, die es verbreitet haben, eine Klage an den Hals bekommen.»

«Ich habe es nicht mehr. Es war auf meinem alten Handy gespeichert, aber ich habe ... Ich bekam deswegen ständig ekelhafte Nachrichten, deshalb habe ich auch eine neue Handynummer.»

«Oh mein Gott.»

«Es tut mir leid, Mom. Ich weiß, dass mir das nicht hätte passieren dürfen, und ich schäme mich so.»

«Aubree.» Sie gibt ein so gequältes Geräusch von sich, dass mir eiskalt wird. «Du hast dieses Foto nicht autorisiert. Das ist illegal. Und ich verspreche dir, dass wir verhindern werden, dass es noch einmal irgendwo auftaucht. Es gibt technische Möglichkeiten, schon den Upload solcher Bilder zu verhindern. Darum kann sich der Anwalt kümmern. Und bestimmte Hashtags, die mit dir in Verbindung stehen, können auch geblockt werden. Es tut mir so leid, dass du so etwas durchmachen musst. Wenn ich doch nur nicht ... Was? Nein!» Ihre Stimme wird so urplötzlich schrill, dass ich zuerst gar nicht verstehe, was los ist.

«Mom? Alles okay?»

Ihre Stimme entfernt sich. «Nein, Sie können jetzt kein Autogramm haben. Sehen Sie nicht, dass ich telefoniere? Machen Sie verdammt noch mal das Handy aus! Denken Sie, ich bin blöd? Ich habe genau gesehen, dass Sie mich gerade fotografiert haben. Löschen Sie das sofort.»

Das ist ein Albtraum. Ich weiß nicht, wie meine Mom das all die Jahre ausgehalten hat und dabei immer nett und freundlich geblieben ist. Aber nun flippt sie richtig aus. Und das ist meine Schuld. Wegen dem, was ich ihr erzählt habe.

«Wir können gerne ein verdammtes Selfie machen. Jederzeit, wenn ich verdammt noch mal bei einer Veranstaltung bin und Autogramme gebe. Aber nicht jetzt! Verschwinden Sie!»

Oh wow.

Sie schreit die Person noch weiter an, und dann höre ich, wie sich eine Männerstimme einmischt und Mom wieder das Telefon ans Ohr nimmt. Sie ist ganz außer Atem. «Es tut mir leid, dass du das mitanhören musstest, Aubree. Und es tut mir so leid, dass ich dich nicht vor diesem Foto schützen konnte. Warum bist du denn nicht gleich zu mir gekommen? Ich weiß, dass ich im Augenblick kaum eine freie Minute für dich und May habe. Aber wenn es um so etwas geht, bin ich doch für dich da. Ich lasse euch nicht im Stich. Das weißt du doch. Aubree, du kannst dich auf mich verlassen.»

«Ich weiß, Mom.»

«Vertraust du mir denn nicht?»

«Doch. Das ist es nicht. Ich wollte dich nicht damit belasten.»

Sie schluchzt auf, und das zieht mir den Boden unter den Füßen weg. «Mom, bitte wein nicht. Es ist alles in Ordnung, okay? Mir geht es gut. Ich bin bei Ivy und ihrem Bruder. Ich habe sogar schon ein paar neue Freunde gefunden und das mit dem College ... Ich regle das. Ich weiß zwar noch nicht, wie, aber mir wird schon was einfallen. Und ich arbeite ja auch nebenbei. Ich habe heute gerade einen neuen Sprecherauftrag in New York bekommen.»

«Okay.» Langsam beruhigt sie sich wieder und atmet tief ein und aus. «Okay. Das ist im Moment alles ein bisschen viel.»

«Bitte mach dir keine Sorgen, ja? Ich wollte nur, dass du Bescheid weißt. Ich hatte vor allem Angst, dass das Foto irgendwie an die Presse gerät und ich dir Probleme bereite.»

«Du mir Probleme bereiten.» Ihr Auflachen klingt bitter. «Wenn das alles hier vorbei ist, Aubree, dann komme ich sofort nach Hause. Und dann möchte ich, dass wir Zeit zusammen verbringen. Nur du, May und ich.»

«Ja.»

«Und an Thanksgiving verkrümeln wir uns wieder in das Haus auf Long Island. Wir schalten alle Handys aus, lesen keine Mails und keine Zeitungen.»

Ich muss lächeln. «Einverstanden. Ach, und Mom?»

«Ja?»

«Ich hab dich lieb.»

In ihrer Stimme schwingt ein leichtes Lächeln mit, als sie mir darauf antwortet. «Ich dich auch, Liebes.»

Als ich endlich auflege, ist die Erleichterung zwar da, aber auch immer noch das schlechte Gewissen. Weil ich ihr nur die halbe Wahrheit erzählt habe.

Kapitel 14

Als ich im Supermarkt bin, frage ich Ivy, wann sie wieder zurückkommt, damit ich sie bei meinen Einkäufen gleich einplanen kann, und sie schreibt mir zurück, dass sie sich morgen Mittag auf den Weg machen will. Außerdem hat Taylor sie gefragt, wie es mir geht und warum keine Nachrichten mehr zu mir durchkommen. Sofort regt sich mein schlechtes Gewissen, weil ich mich noch kein einziges Mal bei ihm gemeldet habe, obwohl wir in New York viel zusammen unternommen haben.

Ivy: **Ist es ok, wenn ich Taylor deine neue Nummer gebe?**

Aubree: **Ja. Sag ihm, es tut mir leid, ich melde mich bald bei ihm.**

Jennas Nicht-Cousin kommt am Nachmittag mit seinem Werkzeugkoffer und seinem rosafarbenen Hemd vorbei. Er betrachtet die Tür, während ich für ihn das Vorhängeschloss öffne. «Was ist passiert? Sieht nicht nach einem Einbruch aus. Die gehen normalerweise nicht so gewalttätig vor. Macht zu viel Krach, der nur die Nachbarn aufschreckt.»

«Es war auch kein Einbruch. Wir hatten ... also ... Es gab eine Notsituation, und deshalb mussten wir die Tür aufbrechen.» Ich trete zurück, nachdem ich das Vorhängeschloss gelöst habe. «Denkst du, du kriegst das wieder hin?»

Er fährt mit der Hand über den Rahmen und klopft gegen

das Türblatt. «Vogelkirsche. Das ist ziemlich hartes Holz. Ich bau erst mal Schließblech und Schlossfalle aus, dann sehen wir weiter.»

Während er sich an der Zarge zu schaffen macht, gehe ich in Ivys Küche, um Kaffee zu kochen. Ich stelle einen Kessel auf den Herd und fülle Kaffeepulver in die French Press, die Ivy immer benutzt. Als das Wasser kocht, gieße ich es in einem dünnen blubbernden Strahl in die Kanne.

Thomas steckt den Kopf durch die Tür. «Kann ich auch einen haben?»

«Klar. Mit Milch?»

«Schwarz mit einem Löffel Zucker, bitte.»

Genauso trinke ich ihn auch. Mit zwei Tassen komme ich eine Minute später zu ihm in den Flur, wo er gerade das Schloss aus dem Türblatt abgeschraubt hat. «Sieht gut aus. Das neue Schließblech ist schon drin, ich muss nur eine Stelle abschleifen und lackieren, wo das Holz etwas abgesplittert ist.» Mit der Tasse in der Hand deutet er nach oben. «Die beiden Vorhängeschlösser können ab, wenn ich hier fertig bin, oder?»

Ich nicke, nippe dabei an meiner Tasse und schaue ihm zu, wie er die beiden Riegel abschraubt und die kleinen Löcher mit einer Holzpaste füllt. «Jennas Onkel Joseph, ist das dein Vater?» Er sieht ihm überhaupt nicht ähnlich, aber vielleicht liegt es auch nur an den kurzen Haaren und dem sorgfältig gebügelten rosa Hemd mit dem Logo einer Schreinerei.

«Nein, aber meine Mom ist mit ihm, seinen anderen beiden Brüdern und Jennas Mutter zusammen aufgewachsen. Sie sind wie Geschwister.»

«Ich bin echt froh, dass du so kurzfristig kommen konntest.»

Er zuckt mit den Schultern. «Ich würde sagen, eine kaputte Haustür ist ein Notfall.» Er lässt den kleinen Schleifklotz, mit dem er gerade den Türrahmen bearbeitet hat, in seine Werkzeugkiste fallen und zieht sein Handy aus der Tasche, das vibriert haben muss.

«Sorry», sagt er zu mir, bevor er den Anruf annimmt. «Ken, was gibt's, ich hab zu tun.»

Um ihn nicht zu stören, bringe ich meine Tasse in die Küche.

«Stimmt, ich bin in Kings Hall ... Nein, hast du 'nen Knall?» Er gibt ein genervtes Stöhnen von sich. «Das mach ich nicht. Warum kommst du nicht her und fragst sie selber. Oder noch besser, frag Jenna, verdammt, sie wohnt doch auch hier.» Einen Moment herrscht Schweigen, und weil ich ihn nicht belauschen will, mache ich beim Ausspülen meiner Tasse mehr Lärm als nötig. Trotzdem höre ich, wie Thomas ein leises «Leck mich!» raunt, nachdem er aufgelegt hat.

Thomas geht noch mal mit Schleifpapier über die beschädigte Stelle und pinselt Klarlack darüber. «Dauert ein paar Stunden, bis das richtig trocken ist», sagt er. «Ich könnte einen Zettel hinhängen, aber ehrlich, jedes Mal, wenn ich das mache, gehen die Leute hin und tatschen mit den Fingern drauf, um zu fühlen, ob es schon trocken ist.»

Ich muss lächeln, weil mir Thomas mit jeder Minute sympathischer wird. «Ist auch nicht nötig. Ich erwarte keinen Besuch.»

«Gut.» Er räumt sein restliches Werkzeug zusammen, da klingelt sein Smartphone erneut. «Ken. Es gibt Leute, die haben einen Job zu erledigen ... Nein, Mann. Ich hab zwar keinen Collegeabschluss, aber ich weiß im Gegensatz zu dir verdammt noch mal genau, wann ich jemandem auf den Sack gehe.»

Ich suche mir ein Kehrblech und mache mich daran, den Holzstaub vom Fußboden aufzufegen, damit ich irgendwas zu tun habe. Thomas schüttelt schnell den Kopf und flüstert mir zu: «Ist mein Dreck, ich mach das gleich.»

Nach einer Weile drückt er genervt das Smartphone an

seinen Brustkorb. «Ein Bekannter von Jenna will wissen, ob hier auf der Etage ein Zimmer frei geworden ist. Angeblich sollen hier irgendwelche Renovierungsarbeiten gelaufen sein und das Zimmer wieder vermietet werden.»

«Ist das Kennesaw am Telefon?»

«Du kennst ihn?» Sein Blick schwankt zwischen Mitleid und Erleichterung, weil er so nicht so viel erklären muss.

«Ich habe nichts von irgendwelchen Handwerkern mitbekommen. Kann aber sein, dass ich sie verpasst habe, ich habe im vierten Stock geschlafen», erkläre ich. «Vielleicht ist das Zimmer noch frei, keine Ahnung.»

Thomas hält sich das Telefon wieder ans Ohr. «Aubree meint, das Zimmer ist schon weg», lügt er, ohne rot zu werden. Mir bleibt der Mund offen stehen, aber Thomas lässt sich davon nicht irritieren. «Verdammtes Pech ... Ja, Mann, tut mir leid für dich.» Er sieht mich an und verdreht die Augen. «Am besten stellst du noch mal einen Antrag ... Mmh ... Keine Ahnung, ich war ja Gott sei Dank nic auf'm College.» Er sagt bye und stopft das Handy zurück in seine Hosentasche. «Der Idiot macht mich irre.»

«Ich glaube, er will einfach nur in Jennas Nähe sein», sage ich.

Thomas' Gesicht verdüstert sich. «Ändert nichts daran, dass er ein Idiot ist.»

Ich kann es mir nicht verkneifen, ihn ein bisschen aufzuziehen. «Aber ein hübscher Idiot.»

«Du findest ihn hübsch? Nur wegen der langen Haare?» Thomas' Hand schwebt über seinem Kopf, und mein Grinsen erlischt. Sofort werde ich mir meiner eigenen Frisur bewusst.

«Ist ja auch egal.»

«Was ist eigentlich mit deinen Haaren passiert? Bist du krank gewesen?»

Denkt er jetzt, ich habe eine Chemo hinter mir, oder was?

«Nein, nein, ich wollte sie einfach mal richtig kurz haben», improvisiere ich. «Weil es mich genervt hat, morgens immer so lange im Bad zu brauchen.» Meine Wangen fühlen sich heiß an. Aber mir kommt der Gedanke, dass es vielleicht richtig ist, wie Thomas das macht. Dass es besser ist, einfach nachzufragen, anstatt jemanden anzustarren und seinen eigenen Schlüsse zu ziehen.

«Klar, kann ich verstehen. Also mir gefällt's.» Er klopft sich den Staub vom Oberschenkel und schaut auf die Uhr. «Ging schneller, als ich dachte. Ich mache dir schnell die Rechnung fertig.»

Ich bezahle bar, das Geld habe ich extra beim Einkauf abgehoben. Thomas macht mir einen guten Preis, und ich lege dafür ein Trinkgeld obendrauf. Und nachdem er gegangen ist, steige ich in den Aufzug, um mein Zeug aus Noahs Zimmer zu holen.

Es dauert nicht lange, meine wenigen Sachen zusammenzupacken, weil ich bis auf meinen Laptop eigentlich nichts ausgepackt habe. Mein Equipment steckt noch im Karton und die Klamotten immer noch im Rucksack, nur im Bad habe ich meine Unterwäsche und die Sportsachen zum Trocknen aufgehängt, nachdem ich sie im Waschbecken gewaschen hatte. Ich zupfe sie nun von der Duschkabine runter und sammle meine wenigen Pflegeprodukte ein. In Noahs Zimmer habe ich nichts angerührt, aus Sorge, es könnte sich wie schnüffeln anfühlen. Jetzt erlaube ich mir das erste Mal, seine Regale genauer anzusehen. Da ist ein gerahmtes Foto von Asher und ihm mit ihrer Mom. Zumindest nehme ich das an, denn es sind zwei Kleinkinder irgendwo an einem Ufer und eine junge Frau mit kurzen dunkelblonden Haaren. Im Hintergrund blaues Wasser. Vielleicht auf ihrer Insel. Ein Teil des Regalbretts ist leer, weil Noah seine Bücher mitgenommen hat. Neben der leeren Stelle liegen ein paar Kabel, Stifte und ein eingestaubtes, zerfleddertes

Foto von einem Mann auf einem Pferd, das ich in die Hand nehme. Es ist etwas verschwommen, und ich kann nicht erkennen, ob es Noah ist. Das Pferd und der Reiter sind beide von oben bis unten schlammbespritzt und tasten sich einen steilen Abhang hinunter. An seine Brust ist eine Startnummer geheftet. Das Pferd ist schwarz, vielleicht ist es Ebony.

Mein Handy vibriert, und ich sehe, dass Jenna mir eine Nachricht geschickt hat. Sie fragt, ob Thomas schon da gewesen ist. Ich rufe sie direkt an.

«Er ist gerade gefahren. Tausend Dank, dass du ihn für mich gefragt hast. Ich schwöre dir, die Tür sieht aus wie neu.»

«Wie findest du ihn?»

«Wen?»

«Thomas natürlich.»

«Er ist ein total netter Kerl und superprofessionell. Ich habe ihm zehn Dollar Trinkgeld gegeben, ich hoffe, das war okay.»

Sie seufzt. «Er ist richtig toll, oder?» Ihre Stimme hat eine wehmütige Färbung angenommen, was mich im ersten Moment überrascht.

«Ähm. Also. Er ist nicht wirklich dein Cousin, oder?»

«Nein, ist er nicht. Onkel Joseph zählt ihn nur zur Familie, weil Thomas' Mom mit ihm aufgewachsen ist.»

Jetzt wird mir auch klar, warum Kennesaw ihn so genervt hat. Offenbar war das ein Kontrollanruf. «Ken hat Thomas übrigens angerufen, als er hier war, und hat sich nach dem freien Zimmer erkundigt.»

Jenna stöhnt. «Ich wünsche, er würde damit aufhören.»

«Hättest du vielleicht Lust, heute Abend zu mir zu kommen? Wir könnten das neue Türschloss feiern und vielleicht einen Film gucken.» Ich weiß nicht, warum ich das frage. Okay, doch, ich weiß es. Weil ich feige bin. Noah will nachher vorbeikommen, die Schlüssel abholen und mit mir reden. Mich mit Jenna zu verabreden ist eine taktische Gegenmaßnahme, um nicht mit ihm allein zu sein.

«Ach, schade. Heute Abend kann ich nicht. Können wir das vielleicht auf Morgen verschieben?»

«Morgen kommt Ivy zurück, aber ich frage sie. Bestimmt hat sie nichts gegen einen Filmabend.»

«Dann texte mir einfach, wann und wo.» Wir verabschieden uns, und ich mache mich daran, die Bettwäsche abzuziehen und das Badezimmer zu putzen.

Als ich eine Stunde später mit meinen Sachen in Ivys Apartment sitze, fühle ich mich seltsam leer. Noah bekommt sein Zimmer zurück, das sollte mich froh machen. Wahrscheinlich vermisse ich nur sein Riesenbett. Und Grover. Den kleinen schlaksigen Kerl habe ich auf dem frisch gemachten Bett ausgebreitet und ihm einen Abschiedskuss auf die Knubbelnase gegeben, bevor ich die Tür hinter mir zugezogen habe.

Wenigstens habe ich jetzt wieder eine Küche. Es wird wesentlich günstiger für mich, selbst etwas zu kochen, und ich habe heute richtig Lust auf Enchiladas. Die Zutaten dafür habe ich schon auf der Küchentheke ausgebreitet. Ich schiebe mein Smartphone in die Gesäßtasche, damit ich ankommende Nachrichten spüre, während ich Tomaten für die Soße entkerne und dann mit Gewürzen in einen Topf gebe. Ich kann nicht viel kochen, aber dieses Gericht haben Ivy und ich uns selbst beigebracht, als wir im Frühjahr in Mexiko waren. Der Flug von New York nach Cancún hat uns nur knapp dreihundert Dollar gekostet, aber die Unterkunft war nicht billig, deshalb konnten wir nicht ständig essen gehen und haben fast jeden Abend Burritos oder Enchiladas gemacht. Meistens mit schwarzen Bohnen und Zucchini, weil Ivy kein Fleisch isst. Aber heute habe ich ein Stück Brisket gekauft und schneide es in winzige Stücke, genauso groß wie die Zwiebeln. Ich werfe alles zusammen mit grünen Chilis und Knoblauch in die Pfanne. Während die Tomatensauce und die Fleischfüllung vor sich hin schmoren und köcheln, hole ich mein Smartphone raus.

Noah hat nicht geschrieben. Natürlich nicht, sonst hätte ich das Vibrieren ja auch gespürt. Ich weiß nicht, wann er seinen Schlüssel holen will, und für einen Moment überlege ich, ihn doch unter seine Fußmatte zu legen. Doch dann schicke ich ihm eine unverfängliche Nachricht.

Aubree: Wie geht es Woodstock?

Das Telefon wandert zurück in meine Tasche. Zehn Minuten später gieße ich etwas von der Tomatensoße in eine Auflaufform und rolle das Fleischgemisch in die Tortillas ein, bevor ich sie in Reih und Glied in die Form lege, mit Soße übergieße und anschließend einen Berg Käse drüberreibe. Als mein Hintern vibriert, fällt mir fast die Form aus der Hand, die ich gerade in den Ofen schieben will.

Noah: Scheiße. Er bekommt jetzt erst mal Schmerzmittel.

Ich mache ein Foto von den Enchiladas. Noah hat bestimmt Hunger. Ich habe die Einladung schon getippt, aber dann überlege ich es mir anders. Weil ich schon sein verdammtes Bett gemacht habe und das bestimmt zu viel ist. Bei Ivy würde ich nicht lange überlegen. Ich würde ihr Bett machen, das Bad putzen, kochen und ihr ein Bild davon schicken, damit sie sich auf das Essen freuen kann. Aber das würde sie auch für mich tun, und keiner von uns würde sich irgendetwas dabei denken.

Aubree: Tut mir echt leid. Ich wollte bloß fragen, wann du den Schlüssel holen kommst.

Das frage ich nur, damit ich mich drauf einstellen kann. Ich könnte behaupten, dass ich es wissen will, damit ich nicht zufällig gerade dann unterwegs bin, aber das ist Schwachsinn. Weil ich nirgendwohin gehe.

Noah: **Willst du noch weg? Ich bin gleich da, ist nur noch eine Meile oder so.**

Aubree: **Okay.**

Es dauert trotzdem noch zwanzig Minuten, bis es an der Tür klopft, und als ich öffne, ist Noah gerade dabei, sich einen seiner dreckigen Stiefel auszuziehen. Und weil seine Arme dabei angespannt sind und ich nur blöde auf seinen Bizeps starre, vergesse ich völlig, ihn vor dem frischen Lack zu warnen, als er sich dabei am Türrahmen abstützt. Nach dem zweiten Stiefel will er sich wieder aufrichten und bleibt prompt mit seinem Shirt kleben.
«Fuck, was zum Teufel?» Er zieht daran und ist wieder frei.
Ich beiße mir auf die Lippe, muss dann aber doch lachen. «Sorry, tut mir leid, ich hab's vergessen. Da ist frischer Klarlack drauf. Thomas hat einige Stellen neu streichen müssen.»
Die Falten um seine Augen vertiefen sich für einen Moment. Dann runzelt er die Stirn. «Wer ist Thomas?»
«Der Handwerker, der das neue Türschloss eingebaut hat. Er ist so was wie Jennas Cousin. Du kennst Jenna, oder? Sie wohnt hier auf dem Flur.»
Er nickt und schiebt seinen Rucksack mit dem Fuß hin und her. «Tut mir leid, dass es so lange gedauert hat. Das blöde Fahrrad war platt, kurz nachdem ich dir die Nachricht geschickt habe. Ich packe nur schnell mein Zeug zusammen, dann hast du deine Ruhe.»

Er wirkt gehetzt und irgendwie angespannt. Anscheinend kann er es kaum erwarten, in sein Zimmer zurückzukommen.

«Du bist Fahrrad gefahren?»

«Ich habe kein Auto. Hat Ivy das nicht erzählt?» Mit der Hand kämmt er sich durchs Haar. «Na ja, gibt wohl noch eine ganze Menge, was du nicht von mir weißt, oder? Mein Dad hat das Auto einkassiert. Genauso wie mein Zuhause und meine Kreditkarten. Ich bin also mindestens so pleite wie du, schätze ich. Es sei denn, deine Karre ist ein geschicktes Täuschungsmanöver.»

Ich bin mir nicht sicher, ob er mir vorwirft, dass ich so wenig über ihn weiß. Aber der Schuh passt. In den letzten Tagen ging es immer nur um mich. Immer nur um meine Probleme, meine Gefühle. Ich habe mir viel zu wenig Gedanken gemacht, was eigentlich mit ihm ist. «Es tut mir leid. Ich dachte ... Ivy hat mir nichts davon erzählt.»

«Tja, mir erzählt Ivy auch nie das, was ich wissen will.»

Jetzt bin ich mir fast sicher, dass er sauer auf mich ist. Er sieht ungeduldig aus, aber ich bleibe im Flur stehen, sodass er nicht einfach an mir vorbei ins Zimmer stürmen kann.

«Wie machst du das mit der Miete und allem?»

«Ich arbeite zweimal die Woche bei Quin.»

Und ich dachte, dass er nur bei ihm trainiert. Andererseits hat Noah das auch offengelassen. Wollte er, dass ich ihn falsch verstehe? Dass ich nicht weiß, dass er nur ein Fahrrad und ein kleines Zimmer im Studentenwohnheim hat?

Und er hat dieses Zimmer mir überlassen. Seinen einzigen Rückzugsort. Alles, was er hat.

Ich schlucke. Nein, das stimmt nicht. Noah hat noch viel mehr. Er hat eine umwerfend tolle Stimme. Er hat raue Hände, einen Körper voller Bilder und Songtexte und die faszinierendsten grünen Augen, die ich je gesehen habe. Und jetzt im Augenblick hat er außerdem meine volle Aufmerksamkeit.

«Ist dein Dad der Grund dafür, dass du nur ein kleines Zimmer hier im Wohnheim hast und Ivy ein ganzes Apartment?» Die Frage ist nicht gerade diplomatisch, aber das geht mir natürlich erst auf, als ich sie ausgesprochen habe. «Entschuldige, das geht mich eigentlich nichts an.»

«Ist schon okay. Mein Dad ist mit dem Dekan befreundet, nur deshalb sind wir überhaupt in Kings Hall reingekommen. Ich habe Ivy das Apartment überlassen, weil ... Ich brauche nicht so viel Platz. Die meiste Zeit bin ich eh im Riding Center oder bei Quin's.»

«Was machst du im Club? Leitest du eine Gruppe, oder trainierst du mit jemandem?»

Quin hat gesagt, er würde hundertachtzig Dollar für eine Privatstunde bekommen. Das ist verdammt viel Geld. Aber Noah ist nicht Quin, es ist nicht sein Club, und er ist sicher auch kein Profi.

Noah lacht auf. «Trainieren, so kann man das auch nennen. Nein, eigentlich lasse ich mich nur verprügeln. Ich spiele Sparringspartner für ein paar Vollidioten, die etwas Dampf ablassen wollen. Guck nicht so. Das hört sich schlimmer an, als es ist. Sind nur ein paar Sesselfurzer, die mal aus ihren verkackten Büros rauskommen wollen.»

«Du kämpfst mit ihnen für Geld.»

Er schüttelt den Kopf. «Nein, Aubree. Ich kämpfe nicht. Ich darf mich decken, auch mal finten, antäuschen, aber ich schlage nicht zurück.»

«Du schlägst nicht zurück?»

«Ich schlage niemals zurück.»

Ich habe das Gefühl, als würde er nicht nur übers Sparring reden, und muss etwas in meinem Hals wegräuspern. Was er da sagt ... es erinnert mich an etwas, das Ivy mir erzählt hat. Von einem Campingausflug. «Dein Bruder hat dich einmal geschlagen», sage ich. «Als ihr in den White Mountains wart. Du, Asher und Ivy und noch ein anderes Paar.»

Er nickt fast grimmig. «Sam und Harper.»

«Ja, genau. Du hast dich mit deinem Bruder gestritten. Ivy dachte, dass du Asher geschlagen hast und er deswegen zusammengebrochen ist. Aber dann hat sie bemerkt, dass du gar nicht zurückgeschlagen hast.»

«Nein.»

«Warum nicht?»

«Fuck, keine Ahnung.» Er zuckt mit den Schultern. «Wahrscheinlich, weil ich es verdient hatte.»

Oh Gott! Will er damit sagen ...? «Machst du deshalb diese Sparring-Sache? Weil du denkst, dass du Prügel verdienst?»

«Mann, Aubree! Interpretier da nicht so einen Scheiß rein. Das ist einfach nur ein Job. Außerdem geht es hier gar nicht ...» Er hält inne und hebt den Kopf. «Wonach riecht es hier eigentlich? Kochst du gerade?»

Das Essen hatte ich völlig vergessen. «Ja, Enchiladas. Hast du Hunger? Willst du vielleicht mitessen?» Gleichgültig und neutral, so klingt meine Stimme, aber mein Herzschlag beweist mehr als deutlich, dass diese Gleichgültigkeit nur vorgetäuscht ist. Es ist absurd, wie viel mir daran liegt, dass er ja sagt.

«Fuck, ich stehe auf mexikanisches Essen. Und ich sterbe vor Hunger. Ist es okay, wenn ich erst danach dusche?» Er zeigt an sich hinunter.

Noah ist von oben bis unten staubig und riecht nach Pferd.

«Mir macht das nichts aus, die Enchiladas müssten auch langsam fertig sein.» Ich gehe in die Küche, und er folgt mir.

Er marschiert schnurstracks zum Ofen und guckt rein.

Obwohl wir das Thema mit seinem Dad und seiner Arbeit fallengelassen haben, kann ich immer noch sehen, wie aufgewühlt er ist. Etwas scheint ihm unter der Haut zu brodeln, und das macht mir Angst, weil ich es nicht einschätzen kann. In meinem Bauch baut sich seltsamer Druck auf. «Und? Ist der Käse braun?»

«Wird langsam. Wieso hast du so viel gekocht? Das reicht doch locker für vier Leute.»

«Weil … Also … Weil man das aufwärmen kann und es am nächsten Tag sogar noch besser schmeckt?» Wieso geht meine Stimme eigentlich bei meiner Antwort fragend in die Höhe?

«Und du wolltest vier Tage hintereinander Enchiladas essen?»

Mir wird unbehaglich zumute. Es ist warm hier in der Küche, erst recht, nachdem der Ofen jetzt auf Hochtouren läuft. Noah steht vor dem Backofen, genau zwischen mir und der Tür. Einmal mehr fällt mir auf, wie klein dieser Raum ist. Geradezu winzig. Nicht einmal ein Tisch passt hier rein, und Noah füllt ihn beinahe komplett aus. Ein paar Schränke, die Spüle, der Herd, der Kühlschrank. Sonst nichts. Keine Spülmaschine, keine Stühle und keine Fluchtmöglichkeit. Nicht viel mehr als ein Meter zwischen Noah und mir. Das hat mich heute Morgen im Stall nicht gestört, aber da waren Woodstock und der Hafer. Hier ist nichts. Nur ein heißer Ofen mit Enchiladas, Noah und ich.

«Ich habe mir gar nichts dabei gedacht. Ivy kommt morgen zurück, und ich hatte Jenna gefragt, ob sie vorbeischaut, aber sie hat schon was vor.»

«Aber du wusstest vorher, dass sie keine Zeit hat, oder? Und du wusstest auch, dass ich vorbeikomme, um meinen Schlüssel abzuholen.»

«Na und?»

Er betrachtet mich, und ich verschränke unter diesem Blick die Arme. «Warum hast du mich nicht einfach gefragt?»

Ich weiß es nicht. Vielleicht weil ich ihm beim Essen zugucken möchte, weil ich ihm stundenlang dabei zusehen könnte? Wie bescheuert ist das denn? «Hab ich doch. Vor zwei Minuten.» Verteidigung ist immer noch der beste Angriff.

Noah schüttelt nur den Kopf, irgendwie enttäuscht. «Ich hätte mich gefreut. Weil ich dachte ... das heute bei Woodstock ...», er stockt erneut, «es hat dir gefallen, oder?»

«Was meinst du?» Ich weiß verdammt noch mal genau, was er meint.

«Ich meine, den Hafer anzufassen.» Ich nicke schon, da fügt er hinzu: «Und mich.»

«Klar», sage ich mit einem peinlichen Auflachen. Es klingt heiser, weil ich kaum noch Luft bekomme. Ich beschließe, diese letzten zwei Wörter einfach zu ignorieren. «Der Hafer hat sich wirklich toll angefühlt, danke, dass du ...»

«Fuck, Aubree!», stößt er aus, und jetzt sehe ich, dass er genauso atemlos ist wie ich. Weil sich sein Brustkorb so schnell hintereinander anhebt, als würde er gerade ein Rennen laufen. «Ich weiß, dass es dir gefallen hat, mich zu berühren. Mir hat es auch gefallen. Sehr sogar. Aber dann kam Cora, und danach wolltest du mir nicht mal mehr ein High five geben, und mir will nicht in den Kopf, warum. Weil du es albern findest? Weil du nicht mit mir befreundet sein willst? Ich habe keine Ahnung. Aber irgendwie, auch wenn das eingebildet klingt ... Ich hoffe, dass du es nicht getan hast, weil vielleicht das Gegenteil zutrifft. Weil du mehr willst, als nur mit mir befreundet zu sein. Ist es so?»

Mein bescheuertes Herz donnert lauter als eine Horde Pferde, die durch die Prärie rast. «Nein, das ist es nicht. Das ist das Letzte, was ich im Augenblick will.»

«Warum?»

Hilflos hebe ich die Arme. «Weil ...»

«Warum, Aubree?»

Ich kann ihm darauf keine Antwort geben.

«Du musst es mir nicht erklären, wenn du nicht willst. Du kannst mich auch einfach zum Teufel jagen. Aber die Sache mit Cora heute ...» Ich kann sehen, wie sich seine Arme anspannen, weil die Adern auf seinen Unterarmen hervortreten. «Was sie heute gesagt hat, war der letzte Bullshit, und du solltest das wissen.»

«Noah, es ist schon okay, wirklich. Ich ... Ich glaube, das Essen ist so langsam fertig. Willst du nicht ...»

«Das Essen ist mir im Augenblick verfickt noch mal scheißegal, verfickte Scheiße!»

Ich würde darüber lachen, wenn ich vor Angst nicht gerade wie erstarrt wäre. Noah ist einen Schritt auf mich zugekommen, und ich kann das Heu riechen und den Hafer. Die Pferde und das Leder.

«Ich habe dir gesagt, dass es in meinem Leben kein *What if* gibt. Und deshalb musst du dir das jetzt anhören, auch wenn ich es nachher vielleicht bereue.» Er reibt sich über die Stirn und sieht mich dann mit einem Blick an, in dem viel zu viel Hoffnungslosigkeit steht. Als wüsste er schon, wie das hier ausgeht. «Heute Nacht habe ich nicht eine Minute geschlafen, weil ich ungefähr zehnmal hintereinander *Ashes of Fear* gespielt habe. Immer dieselbe Mission. Und ich habe sie jedes Mal verkackt. Weißt du, warum?»

«Ich ...»

«Damit ich deine Stimme hören konnte, Aubree. Damit ich hören konnte, wie du sagst: *Schlaf mit mir. Jetzt.* Ich kann die ganze verfickte Szene jetzt in- und auswendig.»

Mein Herz setzt einen Schlag aus, und ich habe Mühe, ihm zu folgen, weil er so schnell weiterredet.

«Ich weiß nicht, was dir passiert ist oder warum du dir deine Haare abrasiert hast, aber ich kann mir denken, was du damit bezweckst. Du willst nicht mehr aussehen wie Aubree. Du willst nicht, dass dich irgendjemand ansieht und schön findet. Du willst vor allem nicht, dass irgendein Mann dich ansieht und schön findet, und du hast gedacht, wenn du alles loswirst, was irgendwie weiblich ist, dann beachtet dich niemand mehr.»

Ich sage nichts dazu, ich streite es auch nicht ab, doch am liebsten würde ich mir die Ohren zuhalten.

«Aber weißt du was?» Er hebt seine Hände an, und für einen Moment bilde ich mir ein, dass er mich am liebsten packen und durchschütteln würde, aber dann lässt er die Arme wieder sinken. «Das funktioniert nicht, Aubree. Es funktioniert null, hörst du? Weil ich dich schön finde. Weil ich dich atemberaubend schön finde. Es ist mir scheißegal, ob du Haare hast oder nicht. Es ist mir auch scheißegal, ob du in extra weiten Klamotten und Turnschuhen rumläufst oder dich hinter meiner Kappe versteckst. Weil ich immer deine Stimme höre. Weil ich dich ununterbrochen in meinem Kopf höre.»

Er redet weiter, seine Worte stolpern übereinander. Wie Geröll, das einen Abhang hinunterpurzelt. Eine Gerölllawine, und sie wird immer größer.

«Und jetzt habe ich verdammt noch mal keine Ahnung, was ich mit dir machen soll. Soll ich vorsichtig sein, einfühlsam? Oder soll ich dich verfickt noch mal direkt darauf ansprechen? Ich habe schon lange nichts mehr so richtig versaut, vielleicht wäre es mal wieder an der Zeit. Also? Hast du Angst vor mir?»

Ich glaube, in meinem ganzen Leben hatte ich noch nie solche Angst wie in diesem Moment. Aber nicht, weil Noah so nah ist, so impulsiv, sondern weil meine eigenen Gefühle mir Angst machen. Ich spüre, wie ich am ganzen Körper anfange zu zittern.

«Was ist, wenn ich noch näher komme, Aubree? Weichst du dann zurück?»

«Nein.»

«Was ist passiert, dass du vor mir Angst hast?»
«Ich habe keine Angst vor dir.»
«Sag es mir trotzdem. Was ist passiert?»

Ich mache den Mund auf, bringe aber keinen Ton raus. Meine Stimme ist ein Werkzeug, aber jetzt ist es defekt. Kaputt. Gebrochen.

Noah macht eine kleine Bewegung, mit der ich nicht rechne. Nur eine kleine Bewegung. Aber ich zucke reflexartig zurück.

Sofort tritt er einen Schritt zurück. «Okay», stößt er hervor. «Das war's. Ich packe jetzt meine Sachen, dann bin ich weg.» Ich erwarte, dass er die Küchentür heftig aufstößt oder sie allein durch die Wucht seiner Worte gegen die Wand fliegt, aber das tut sie nicht. Noah dreht sich einfach um und geht.

Kapitel 15

Ich bleibe in der Küche stehen wie angewachsen, während Noah ins Schlafzimmer verschwindet und seine Klamotten in den Wäschekorb wirft. Danach höre ich ihn im Wohnzimmer die PlayStation abbauen. Mit dem Korb unter dem Arm geklemmt kommt er wieder zur Tür. «Mein Schlüssel.»

Ich habe das Gefühl, mein Kopf steckt unter Wasser. Als ich hochblicke, sieht er mich nicht an, und ich krame mühsam den Schlüssel aus meiner Hosentasche. Noah vermeidet es, mich zu berühren, als er ihn entgegennimmt, und Sekunden später verlässt er leise die Wohnung. Mir wäre ein ohrenbetäubender Knall lieber gewesen, denn das hätte mich aus meiner Starre gerissen. So brauche ich Minuten, um zu begreifen, was da gerade passiert ist und was Noah eben zu mir gesagt hat.

Dass er mich schön findet.

Dass er meine Stimme hört.

Immer.

Und dass es ihm reicht.

Das war's.

Warum kann ich ihm nicht einfach sagen, was passiert ist? Dass etwas passiert ist, ist ohnehin offensichtlich, und die Wahrheit ist vermutlich nicht schlimmer als das, was er sich vorstellt. Und ich muss bei Noah keine Angst haben, dass er mich verletzt. Zumindest nicht körperlich. Mein Herz hingegen ...

Oh Gott, wie leicht er es brechen könnte!

Erst als sich ein stechender Geruch in der Küche ausbreitet, komme ich zu mir. Das Essen! Ich schalte schnell den Ofen aus und hole die Auflaufform mit den verbrannten Enchiladas heraus. Einen Moment starre ich sie an, dann rutsche ich am Küchenschrank nach unten, stütze mein Gesicht in meine Hände ab und atme.

Ein. Und aus. Ein. Aus.

Mehrere Minuten lang.

Dann vibriert mein Telefon und lässt meinen Puls, den ich so mühsam beruhigt habe, wieder in die Höhe schnellen. Es ist aber keine Textnachricht von Noah, sondern eine E-Mail. Eine Mail von Dr. Ward. Ich hatte verdrängt, dass diese Mail irgendwann kommen würde, und nun ist sie da. Sie wird mir schwarz auf weiß zeigen, was ich gar nicht wissen will. Was ich auch so schon weiß.

Ich lese die Worte und starre eine Weile auf die angehängte PDF-Datei, dann ziehe ich mich am Schrank hoch. Vielleicht ist es doch gut, dass ich diesen Test gemacht habe. Dieses Dokument sagt, was passiert ist, ohne dass ich es aussprechen muss. Vielleicht kann ich es Noah so sagen.

Wenn er es noch hören will.

Meine Gedanken rasen zu ihm.

Es sind nur zwei Etagen. Sechsunddreißig Stufen und ein langer Flur bis zu seiner Zimmertür. Und die werde ich jetzt hinter mich bringen. Mit dem Handy in der Hand gehe ich zur Apartmenttür, doch als ich sie aufziehe, steht Noah bereits davor, die Faust ausgestreckt, um zu klopfen. Grover baumelt an seiner Seite herab. Er hat geduscht, Wasser tropft aus seinem Haar auf seine Schultern. Überrascht zieht er die Hand zurück.

«Grover lag noch auf meinem Bett.» Da ist nichts Wütendes mehr in seiner Stimme. Nur das vertraute sanfte Timbre. «Du hast ihn nicht mitgenommen, und ich dachte, du brauchst ihn vielleicht.» Er hält ihn mir hin.

Ich nehme das pelzige, abgewetzte Kuscheltier entgegen und

schlucke, weil das warme Gefühl in meinem Brustkorb gegen den eisigen Klumpen in meinem Magen kämpft. «Ich wollte gerade zu dir, weil … weil ich es dir sagen will. Wenn du es überhaupt noch wissen willst. Was passiert ist, meine ich.»

Er kaut auf meinem Satz herum, das kann ich sehen. Dann sagt er schlicht: «Ja.»

«Es fällt mir schwer, darüber zu sprechen», fange ich an, dann strecke ich meine Hand aus und halte ihm mein Telefon hin. «Ich habe gerade diese Mail bekommen. Von meinem Arzt. Lies sie einfach.»

Noah nimmt mein Handy in seine starke, raue Hand, und während er liest, bleibt er im Flur stehen. Irgendwann geht das Licht aus. Nur die Lampe aus der Wohnung und die Beleuchtung meines Handydisplays erhellen sein Gesicht.

> Das Ergebnis des Urintests ist negativ. Durch die Zeitspanne zwischen einer Beibringung der Substanz und der Asservierung der Urinprobe konnte kein chemisch-toxikologische Nachweis mehr erbracht werden. Bei der Analyse der Haarprobe konnte jedoch Gamma-Butyrolacton nachgewiesen werden, auch unter dem Namen Liquid Ecstasy bekannt. Das Mittel gehört zu den sogenannten K.-o.-Tropfen.
> Ein Nachweis von sexuell übertragbaren Krankheiten konnte nicht erbracht werden.
> Die genaue Laboranalyse finden Sie im Anhang.
> Nach Rücksprache mit einem Freund bei der Polizei, dem ich den Fall anonym geschildert habe, muss ich Ihnen leider mitteilen, dass weitere Maßnahmen wenig vielversprechend sind. Sie können zwar eine Anzeige gegen unbekannt stellen, aber es ist wenig wahrscheinlich, dass ohne DNA-Beweise ein Täter ermittelt werden kann.

Sie können sich bei weiteren Fragen jederzeit an mich wenden. Kommen Sie in meine Praxis, Aubree. Ich würde Ihnen gerne einen Kontakt zu einer Institution vermitteln, die Frauen in Ihrer Lage unterstützt.

«Kannst du bitte wieder reinkommen», sage ich, als Noah den Blick vom Display hebt. «Du hast bestimmt Fragen, und ich … ich versuche, sie zu beantworten. Aber ich … ich glaube, ich brauche deine Hilfe dafür.»

Er schließt die Tür hinter sich, und ich gehe voraus ins Wohnzimmer, wo ich mich auf das Sofa setze und die Beine anziehe. «Ich denke, es ist leichter, wenn ich dich dabei nicht ansehe», erkläre ich ihm.

«Sollen wir uns Rücken an Rücken setzen?», frotzelt er, und ich weiß, dass er das nur macht, weil ihn die Hilflosigkeit genauso fertigmacht wie mich. Seine Hände sind zu Fäusten geballt, und auch wenn er behauptet hat, nie zurückzuschlagen, sieht er im Augenblick so aus, als würde er am liebsten etwas zertrümmern.

«Kannst du das Licht ausmachen?» Die Frage überrascht mich genauso wie ihn.

«Macht dir das keine Angst?»

«Nein. Ich glaube, ich will gerade nichts sehen.»

Er geht zum Lichtschalter, und in der nächsten Sekunde wird das Zimmer in Dunkelheit getaucht. Noah kommt um den Tisch herum zu mir und stößt sich prompt das Schienbein. «Fuck.»

«Tut mir leid.» Ich muss kichern, obwohl sich das unwirklich und irgendwie auch nicht angebracht anfühlt. Er setzt sich neben mich, und ich kann sein Profil erkennen, als meine Augen sich langsam an die Dunkelheit gewöhnen. Die Sonne ist schon längst untergegangen, und die Straßenlampe wirft nur einen leichten Schein herauf in den zweiten Stock.

Okay. Jetzt muss ich etwas sagen. Meine Kehle ist wie zugeschnürt, und ich kann die Worte nur mühsam herausbringen. Aber als ich einmal anfange, geht es leichter.

«Vor eineinhalb Wochen gab es eine Verbindungsparty, zu der ich mit einer Freundin wollte. Noch im Wohnheim haben wir von einem Senior zwei Dosen Bier bekommen. Dann sind wir mit ihm und ein paar anderen Leuten zur Party gegangen. Ich kann mich noch an den Weg dorthin erinnern und an die Musik, die uns empfangen hat, als wir ankamen ... und im nächsten Moment bin ich in meinem Zimmer aufgewacht. Der ganze Abend ist weg. Keine Ahnung, ob ich getanzt habe, mit wem ich geredet oder was ich getrunken habe. Ich kann mich einfach an nichts erinnern.»

«Wie bist du in dein Zimmer gekommen?»

«Das weiß ich nicht. Ich glaube, dass mich jemand gebracht hat, aber meine Freundin Ginnifer war es nicht. Mir hat alles weh getan, und mir war entsetzlich schlecht. Ich habe mich mehrmals übergeben, und stundenlang hatte ich mit Schwindel zu kämpfen und konnte kaum gehen. Taylor, ein Kommilitone von uns, wollte schon den Arzt rufen, aber ich habe mir eingeredet, dass ich bestimmt nur zu viel Alkohol getrunken habe und dass es wieder weggeht, wenn ich Alka-Seltzer nehme und Kamillentee trinke.»

«Als du aufgewacht bist», fragt Noah, «warst du angezogen?»

Ich zucke zusammen, weil er das einfach so fragt, ganz sachlich, ohne sich zu räuspern oder verlegen zu sein. Er dreht den Kopf zu mir, und auch wenn ich in der Dunkelheit nicht viel erkennen kann, weiß ich, dass er mir direkt in die Augen sehen würde, wenn es hell wäre.

«Ja, ich ... ich hatte noch alles an. Alles bis auf meinen BH.»

Noah zieht die Luft durch die Zähne ein. «Und du hast nicht vermutet, dass dir irgendein Wichser Roofies untergejubelt hat?»

«Ich habe versucht, den Gedanken zu verdrängen.» Ich räuspere mich wieder. Meine Kehle ist staubtrocken. «Drei Tage später ging das nicht mehr. Da habe ich das Foto auf Instagram gesehen.»

«Was für ein Foto?» Noah presst die Fäuste neben seinen Schenkeln in das Sofa, und ich spüre, wie sich das Polster neigt.

«Ein Foto von mir. Von diesem Abend. Ich liege auf einer Couch, das Shirt bis zum Kinn hochgeschoben. Jemand ... da ist eine Hand auf mir.» Ich halte inne und atme ein paarmal tief durch, um die Übelkeit zu unterdrücken.

Dann spreche ich schnell weiter. Fast zu schnell, weil ich es hinter mich bringen will. «Aber ich hatte keinen Sex, der Arzt hat keinerlei Anzeichen dafür gefunden.» Und das heißt doch eigentlich, dass alles in bester Ordnung ist, oder? Anderen Frauen passiert so viel Schlimmeres. Steht es mir überhaupt zu, so viel Angst zu haben, so verzweifelt zu sein, wenn mir *das* nicht passiert ist?

Noah lehnt sich auf der Couch zurück. Sein Kopf ruht auf der Rückenlehne. «Gott sei Dank. Fuck, ich hatte eine so verdammte Angst ... aber ...» Er richtet sich wieder auf. «Aber es ändert nichts, oder? Jemand hat etwas getan, was du nicht wolltest.»

«Ja.»

Er atmet tief ein und wieder aus. Ich rechne ihm hoch an, dass er jetzt nichts Blödes sagt. Was er mit diesem Typen am liebsten machen würde, zum Beispiel.

Ich räuspere mich. «Und das war's eigentlich. Können wir jetzt bitte über etwas anderes reden?»

«Können wir jetzt bitte über alles reden?», gibt er zurück.

Die Stille, die folgt, ist ohrenbetäubend. Er setzt mehrmals an, um dann doch nichts zu sagen, bis er schließlich herausbringt: «Warum bist du von der Uni geflogen?»

Ich erzähle ihm von der ersten Abmahnung und dass der

Dekan überzeugt war, ein Muster liederlichen Verhaltens bei mir zu erkennen.

«Willst du ihm den Befund nicht zeigen? Jetzt hast du doch einen Beweis, dass dir jemand Drogen gegeben hat.»

«Nein.» Ich verziehe das Gesicht. «Ich habe nur den Beweis, dass ich Liquid Ecstasy in meinem Körper hatte. Aber das könnte ich genauso gut freiwillig genommen haben.»

«Was für eine beschissene, verfickte Scheiße.»

Ich lächle bitter. «Jep.»

«Aber Ivy weiß es, oder? Sie hat mir nichts gesagt. Irgendwas aus ihr rauszukriegen ist schwieriger, als Quin einen gut platzierten Uppercut zu verpassen.»

«Sie weiß das von dem Foto. Aber ich habe es nicht fertiggebracht, ihr von den Drogen zu erzählen.»

«Warum nicht, verdammt?»

«Ich habe nicht aufgepasst, Noah. Wie naiv und blöd kann man denn sein? Schon in der Schule wird einem eingetrichtert, wie man sich bei einer Party oder in einem Club verhalten soll. Was man anziehen und mit wem reden darf. Meine Mom hat mir eine Million Mal gesagt, dass ich mein Getränk nie aus den Augen lassen darf. Scheiß egal, wie toll die Party ist oder wie gut die Stimmung oder wie nett die Leute. Ich darf nie vergessen, dass die Welt einem Böses antun kann. Und dass mir das passiert ist, heißt doch, dass ich zu sorglos war.»

«So ein Bullshit! Du bist doch nicht alleine auf diese Party gegangen. Warum haben deine beschissenen Freunde nicht auf dich aufgepasst? Diese Ginnifer? Sie geht mit dir auf eine Party, und dann überlässt sie dich irgendwelchen perversen Arschlöchern? Was hat sie in der Zeit gemacht? Sich auf dem Klo die Nägel lackiert?»

«Ich weiß es nicht», flüstere ich. «Normalerweise passen wir aufeinander auf. Sie hat sich nachher entschuldigt, weil sie mit jemand anderem die Party verlassen hat. Aber Fakt ist doch, ich habe mich selbst nicht genug geschützt.»

«Aber es ist nicht deine Schuld. Und auch ohne die verfickten Drogen wäre es nicht deine Schuld. Auch wenn du nur betrunken gewesen wärst. Du bist entweder einverstanden oder nicht. Und wenn du dich am nächsten Morgen nicht mehr erinnern kannst, dann heißt das, dass du verdammt noch mal nicht einverstanden warst.»

Ich nicke nur wortlos.

«Es tut mir leid», presst er hervor. «Es tut mir leid, dass ich dich gedrängt habe, mir das zu erzählen. Aber ... fuck, ich bin froh, dass ich es jetzt weiß.»

«Ich bin auch froh, dass du es weißt.» Das erste Mal habe ich mich einem Menschen voll und ganz anvertraut. Und dieser Mensch ist Noah. Da ist so viel mehr Luft in mir, so viel mehr Luft zum Atmen. Meine Hand liegt auf dem Sofa, ganz nah an seiner. Unsere Finger stoßen aneinander, als ich tief einatme und diese neue Freiheit auskoste. Und ich überlege, wie tief ich wohl einatmen muss, damit meine Hand ganz aus Versehen in seine rutscht. Dann fasse ich mir ein Herz und schiebe meine Finger zwischen Noahs, und als er den Druck erwidert, muss ich etwas sagen, was mir nicht erst seit ein paar Minuten auf der Seele brennt. «Ich weiß, dass das ganz schön viel ist, und ich verstehe es, wenn du erst mal auf Abstand gehen willst.»

Er lacht bitter auf. «Und ich weiß, dass *du* vielleicht besser auf Abstand gehen solltest, nachdem ich vorhin so gut wie zugegeben habe, mir bei diesem verdammten Computerspiel einen runtergeholt zu haben.»

Oh Gott. Ich weiß nicht, ob ich lachen oder im Erdboden versinken soll. «Ich ... ich mag es, dass du meine Stimme magst.»

Noah stößt hart seinen Atem aus. «Du machst mich fertig.»

«Vielleicht bist du einfach nur müde. Du solltest ein paar Stunden schlafen.»

«Ich hab schon im Juli geschlafen.»

Wir müssen beide lachen, und es löst ein Kribbeln in mir aus, weil seine Stimme wieder so warm vibriert, dass ich am liebsten in ihn hineinkriechen würde, um davon eingehüllt zur werden.

Noah räuspert sich, dann sagt er plötzlich: «Komm her.»

«W...was?» Vielleicht liegt es an der Dunkelheit, aber das kommt mir so dominant vor, dass es direkt wieder vorbei ist mit der Luft. Sofort ist da wieder eine galoppierende Herde in meinem Brustkorb.

«Ich will dich nur in den Arm nehmen und nicht ...» Er unterbricht sich selbst. «Fuck, das ist gelogen. Ich kann seit gestern Abend an nichts anderes denken. Und am liebsten hätte ich jetzt dein Gewicht. Auf mir. Das ist nichts Schlimmes, oder? Du bist oben, du hast die Kontrolle.»

Ich habe gar nichts unter Kontrolle, verdammt. Er will, dass ich mich auf seinen Schoß setze? Das ist ... Aber, oh Gott, ich will es auch. Ich will ihn auch spüren. «Also gut.»

Noah lässt meine Hand los, und ich knie mich auf das Sofa, krieche zu ihm. Es ist wackelig, und ich kann ohne Licht nur erahnen, wo ich hinmuss. Unbeholfen taste ich mich vor, schiebe ein Bein über ihn und setze mich auf seine Oberschenkel.

Ich sitze auf Noahs Beinen, verdammt.

Mir bricht der Schweiß aus.

Noah lässt seine Arme neben sich liegen, er fasst mich nicht an.

«Näher, Aubree.» Seine Stimme klingt fast schroff.

Ich lege beide Arme um Noahs Nacken und schiebe mich nach vorn. Doch dann packt er mich an der Hüfte und zieht mich mit einem Ruck noch weiter nach oben, bis ich auf seinem Schoß sitze und mein Oberkörper gegen seinen stößt. «Sorry», sagt er und lässt mich sofort wieder los. «Level 2 ist dir wahrscheinlich lieber, oder?»

«Nein», sage ich und räuspere mich. «Ich mag deine Hände auf meinem Körper.»

Ohne zu zögern, schließt er die Arme um mich und hält mich fest. Sein Oberkörper drängt sich warm und hart an meinen, und ich bekomme eine Gänsehaut, als ich mit der Hand das immer noch feuchte Haar an seinem Hinterkopf berühre. Meine Wange ruht an seiner, und sein Atem streicht über mein Ohr.

«Du musst den ersten Schritt machen, Aubree. Ich will dich nicht wieder so überrumpeln. Wenn du noch einmal so Panik kriegst, dann bringt mich das um.»

Ich habe keine Ahnung, wie ich beginnen soll. Ich will ihn küssen, aber ich zögere. Alles, worüber wir geredet haben, ist schrecklich gewesen. Nichts davon war schön. Aber ich möchte so gerne den Moment von vorgestern heraufbeschwören. Den Moment, als er meine Hand genommen und an meinem Finger gesaugt hat. Oder als er mich heute Morgen dazu gebracht hat, in den Hafer einzutauchen. Wir haben uns nur an den Händen berührt, und doch war das, glaube ich, die sinnlichste Erfahrung, die ich je gemacht habe.

Ich weiß nicht, was ich tun soll. Und dann versuche ich es scherzhaft mit Alishas Stimme. «Oh, Jack», raune ich. Weil es leichter ist, es zu spielen, als das Echte, alles Echte zuzulassen.

Im ersten Moment versteift Noah sich, und ich beiße mir auf die Lippe. Ich mache alles falsch, überlege ich panisch. Er muss denken, dass ich mich über ihn lustig mache, obwohl ich nur meine eigene Unsicherheit überspielen will. Aber dann merke ich, wie Noah sich wieder entspannt und wie sich die Muskeln an seiner Wange bewegen, als er leise lacht. Vielleicht auch verunsichert.

Ich lasse meine Finger tiefer in sein feuchtes Haar gleiten, und, oh Gott, das ist sogar besser als heute Morgen im Stall. Ich kann gar nicht sagen, wie viel besser. Aber ich muss es ihm sagen. Mit meiner eigenen Stimme. Auch wenn es vielleicht das Blödeste ist, was ich je in meinem Leben sagen werde. In diesem Moment ist es richtig.

«Du fühlst dich besser an als der Hafer, Noah.»

Er schluckt. «Wirklich?»

«Ja. Viel besser.» Meine Stimme ist belegt, verwaschen, total unprofessionell. Denn Noah anzufassen lässt nicht nur meine Kopfhaut prickeln, es prickelt überall. Meine Finger wühlen in seinem feuchten Haar, und ich sage seinen Namen. «Noah.» Meine Wange löst sich von ihm, und meine Lippen fahren an seinem Kiefer entlang. «Noah.»

Kapitel 16

Noahs Körper spannt sich unter mir an. Er wartet ab, was ich tue, und das lässt ein ganz neues Gefühl in mir aufsteigen. Meine Angst, etwas falsch zu machen, vermischt sich mit der Macht, alles tun zu dürfen.

«Noah», raune ich. Und dann öffnet er leicht die Lippen, und ich hauche seinen Namen direkt an seinem Mund. Ich streiche mit meinen Lippen über seine, dann mit meiner Zunge, bis er stöhnt und ich weiter in die Hitze seines Mundes vordringe.

Er hat nicht nur geduscht, er hat auch seine Zähne geputzt. Da ist immer noch ein Hauch von Minzgeschmack. Sein Oberkörper richtet sich auf, er presst mich fester an sich. Eine Hand streicht über meinen Rücken nach oben, legt sich auf meinen Hinterkopf. Noahs Zunge stößt gegen meine, fest und sanft zugleich spielt sie mit mir, ganz leicht saugt er dann an meiner Oberlippe, und das sorgt dafür, dass ich einen erstickten Laut von mir gebe.

Er lässt von meinem Mund ab und presst seine Stirn gegen meine. «Willst du aufhören?» Vielleicht liegt es an seinem schweren Atem, aber es klingt in meinen Ohren ganz anders. Es hört sich mehr an wie ein «Du willst doch verfickt noch mal jetzt nicht wirklich aufhören!?». Was es noch schöner macht. Weil ich weiß, dass er mich sofort loslassen würde, wenn ich ja sage, und weil ich weiß, dass ihn das umbringen würde.

«Nein.» Ich stemme mich auf die Knie hoch und drücke Noahs Oberkörper nach hinten zurück ins Polster, presse mich an ihn, stoße mit der Zunge vor und kann nicht genug davon bekommen, seine Zungenspitze mit meiner zu umkreisen.

«Setz dich verdammt noch mal wieder richtig hin», keucht er. «Ich bin kein Gaul, du musst mich nicht entlasten, ich will dein ganzes Gewicht auf mir spüren.»

Ich muss über seinen Tonfall lachen, was er sofort mit seinem Mund erstickt, und dann lasse ich mich wieder auf ihn sinken. Meine Hand streicht über die Gänsehaut an seinem Hals, und jetzt will ich das verdammte Licht wieder einschalten, weil ich ihn sehen will. Ich will sehen, wie meine Fingerspitzen die Tinte an seinem Hals entlangfahren, wie sich die Gänsehaut ausbreitet, die ich ertasten kann. Ich will mehr von ihm spüren. Am liebsten würde ich ihm sein Shirt über den Kopf zerren.

Seine Hände liegen erst warm auf meinem Rücken, dann streicht er mir seitlich über die Rippen und wieder zurück. Ich lehne mich nach hinten, probiere aus, ob ich seine Hände damit dirigieren kann, doch Noah passt auf, es nicht zu viel werden zu lassen. Ein frustriertes Stöhnen sitzt mir in der Kehle. Ich bin verrückt nach seinen Händen. Ungeduldig packe ich seine Handgelenke und schiebe sie zu meinen Brüsten.

«Aubree», murmelt er. Für einen Moment hält er ganz still, doch dann beginnt er, mich zu liebkosen. Meine Spitzen ziehen sich sofort zusammen.

Doch für eine Sekunde flackert ein Bild auf. Die fremde Hand auf meiner nackten Haut. Es ist wie ein Flashback. Ein unangenehmes Gefühl, das nur von der Erinnerung an ein Foto hervorgerufen wird. Aber ich will das nicht. Ich will es nicht. Ich will, dass Noahs Hände dieses Gefühl auslöschen, dass er mich mit seinen Händen neu zusammenpuzzelt. Ohne Erinnerungslücken, ohne die fehlenden, kaputten Teile. Er soll sie alle ersetzen. Ich halte seine Hände fest und küsse ihn, bis das Bild verschwunden ist. Und als ich mich wieder zurücklehne und seine Lippen über meinen Hals gleiten, ist da nur noch Noah. Völlig atemlos spüre ich, wie seine Daumen über meine Brustwarzen reiben, wie er sie zusammendrückt, und spüre diesen Druck überall. Seine Finger, sein heißer Mund, die Härte, die sich durch den Stoff seiner Jeans gegen meinen Schoß drängt.

Ich schiebe sein Shirt nach oben, und er muss mich loslassen, damit ich es ihm über den Kopf ziehen kann. Meine Finger ersetzen im Dunkeln meine Augen, sie ertasten die festen Muskeln an seinem Bauch, die Vertiefungen dazwischen, den Haarflaum. Ich streichle über seine Arme, spüre die Adern an seinen Unterarmen, die Sehnen, eine raue Stelle an seinem Ellbogen. Und am liebsten würde ich auch diese Stelle küssen.

Mit überkreuzten Armen ziehe ich mir das T-Shirt über den Kopf, dann öffne ich den Verschluss meines BHs am Rücken. Doch bevor ich ihn abstreifen kann, legt Noah seine Hände auf meine Schultern, hält die Träger fest.

«Bist du dir sicher?»

«Ja. Ich will keinen Stoff mehr zwischen uns.»

Ganz langsam streift er mir die Träger von den Schultern, und als der BH herabfällt, werfe ich ihn hinter mich. Dann lehne ich mich nach vorne, dränge mich an ihn, und die Hitze von Noahs Oberkörper, seiner Haut auf meiner, könnte mich verbrennen.

Wenn er wollte, könnte er mich verbrennen.

Zu hören, wie schnell sein Atem geht, lässt die Erregung in mir pulsieren. Und zu spüren, wie er die Hände an meinen Hintern legt und mich noch fester an seine Härte presst, lässt mich erschauern. Das fühlt sich so gut an. Doch plötzlich sind seine Hände weg. Er stöhnt leise auf, zieht mit einem Mal meinen Kopf zu sich hinunter und küsst meine Stirn. Was zum ...? Wenn Männer einem die Stirn küssen, ist das nie ein gutes Zeichen.

«Lass ... uns ... aufhören, Aubree. Okay?»

«Warum willst du aufhören?» Das Herz schlägt mir bis zum Hals. Mich überrascht die Intensität, mit der ich eine Antwort verlange. Eine richtige Antwort.

«Weil ... weil ich mit dir schlafen will. Ach ... fuck, nein. Weil ich dich ficken will, okay? Und das, obwohl du mir gerade erzählt hast, welche Scheiße dir passiert ist.»

Ich weiß nicht, ob das die richtige Antwort ist, auf jeden Fall ist es eine, die mein Gesicht heiß anlaufen lässt. Okay. Vielleicht wäre jetzt die Gelegenheit, ihm zu sagen, dass ich das noch nie gemacht habe. Dass der Arzt nur deshalb relativ sicher sein konnte, dass mir das Schlimmste erspart geblieben ist, weil ich immer noch Jungfrau bin.

Ich schlucke, mache die Augen zu und ... springe. Ich springe einfach. «Und wenn ich das auch will?»

«Aubree ...» Noah schlingt die Arme um meinen Oberkörper und hält mich fest. Für einen Moment scheint er zu überlegen, was er tun soll. «Aubree», wiederholt er. «Ich will das so sehr, dass es weh tut. Aber das ist eine beschissene Idee.»

«Wieso bist du dir da so sicher?»

«Weil du mir gerade erst erzählt hast, dass irgendein Wichser dich unter Drogen gesetzt hat, verdammt. Was für ein Arschloch wäre ich denn bitte? Außerdem ...» Er stockt und lauscht, dann sagt er mit einem Mal: «Fuck. Außerdem bekommen wir Besuch.»

«Was?» Im ersten Moment kapiere ich gar nicht, was er meint, dann höre auch ich die Geräusche auf dem Flur.

«Da ist jemand an der Tür.» Angespannt richtet er sich auf. «Ivy wollte doch erst morgen zurückkommen, oder?»

«Ja. Das hat sie mir zumindest geschrieben.»

«Tja», stößt er hervor. «Ich bin mir ziemlich sicher, dass ich gerade ihre Stimme gehört habe.» Er lauscht einen Moment, dann gibt er ein Stöhnen von sich. «Und meinen verfickten Bruder hat sie auch dabei.»

Oh nein. Das ist nicht gut. Ich rutsche hastig von Noahs Schoß herunter und danke Gott, dass Ivy momentan keinen Schlüssel zu ihrer eigenen Wohnung hat. Ich schnappe mir meine Sachen vom Boden, und kaum habe ich den Kopf durch das T-Shirt gesteckt, sehe ich, dass mein Smartphone auf dem Tisch vibriert. Das Display leuchtet auf, als es sich Millimeter für Millimeter dreht. Dann verstummt es. Sofort aktiviere ich den Bildschirm.

«Sie hat schon viermal angerufen.»

«Fuck», sagt Noah leise und holt sein eigenes Smartphone aus der Tasche. «Mein verfickter Bruder auch.»

«Gehört das eigentlich automatisch zusammen? Ich meine *verfickt* und *Bruder*?», witzele ich, was in dieser Situation vermutlich völlig überdreht wirkt. Könnte daran liegen, dass ich gerade ziemlich überdreht bin.

«Bei meinem Bruder ganz bestimmt», raunt er.

Ich mache mich auf den Weg zum Lichtschalter, renne prompt – wie Noah vorhin – gegen die Tischkante und stoße ein lautes Aua aus. Wir erstarren beide, weil es nur eine Sekunde später an der Tür klingelt. Die beiden haben das garantiert gehört.

«Aubree? Bist du da?»

Ich schlage auf den Schalter, und das plötzliche Licht lässt mich zusammenzucken. «Moment!», rufe ich laut in Richtung Apartmenttür und fahre mir nervös über den Kopf, nur um daran erinnert zu werden, dass ich meine Haare nicht ordnen muss. Mal wieder ein echter Vorteil dieser Frisur. Noah sieht da schon deutlich verstrubbelter aus.

Ich deute auf meinen Kopf und dann auf seinen, um ihn darauf aufmerksam zu machen, und mit fahrigen Bewegungen glättet er notdürftig sein Haar.

«Was ist los?», ruft Ivy. «Kommst du grad aus der Dusche? Sollen wir später wiederkommen?»

«Nein», rufe ich panisch. «Ich meine, nein, ich komme nicht aus der Dusche, ich habe nur gerade ...» Hilflos sehe ich mich nach Noah um, der aussieht, als würde er gleich in haltloses Gelächter ausbrechen.

«Soll ich mich im Schrank verstecken?», wispert er. «Du könntest später nachkommen. Das war mit vierzehn mal eine verdammt heiße Phantasie von mir.»

«Idiot», fauche ich und würde ihm am liebsten etwas an den Kopf werfen. Meine Hände flattern umher, als könnte ich so eine Idee aus der Luft pflücken.

«Hi, Ivy», ruft Noah laut. «Äh ... also ... Aubree hat sich nur eben ...»

Was? Was???

«Sie hat sich ... verletzt, ich mache ihr nur gerade etwas Brandsalbe auf die Hand. Dauert nur noch eine Sekunde.»

Warum um Himmels willen? Ich gucke Noah böse an, und er hebt hilflos die Schultern. Ich dachte, er kann so gut lügen!?

Dann fällt mir auf, dass er sein T-Shirt auf links gedreht hat und das Wäscheschild in seinem Nacken herausguckt. Oh Gott.

«Dein Shirt! », flüstere ich panisch und gestikuliere wild in Richtung des Wäscheschildchens.

Er zieht es aus und flitzt währenddessen ins Bad. Als er zurückkommt, hat er das Shirt richtig herum an und wirft mir eine Packung Kleenex zu. «Wickle dir eins um den Finger.»

«Ist das dein Ernst?»

«Natürlich ist das mein Ernst. Na los! Ich mach die Tür auf.»

Und während er zur Tür geht, reiße ich ein Tuch aus der Box und wickle es hastig um meinen Finger. Dann zerre ich Errol aus meinem Beutel, der neben dem Tisch auf dem Boden liegt, kippe die Stifte aus und ziehe mir das Journal auf den Schoß, als hätte ich seit Stunden nichts anderes getan, als in meinem Buch zu kritzeln. Wie dämlich das ist, geht mir erst im nächsten Moment auf. Was soll Noah bitte in der Zeit hier gemacht haben? Kreuzworträtsel? Aber ich habe keine Zeit mehr, die Stifte alle wieder einzusammeln.

Ich starre auf die leere Seite und habe überhaupt keine

Ahnung, was ich schreiben soll. Oder malen. Mein Gott, in meinem Kopf ist gerade nur Chaos. Ich weiß nicht mal, was ich gerade fühle außer der Erleichterung, dass Noah es endlich weiß. Und mein Herzklopfen, weil wir uns gerade geküsst haben. Außerdem bekomme ich Panik bei dem Gedanken, dass Ivy mir das ansehen kann. Wenn sie es wüsste ...

In meinem Kopf höre ich Rhys Lewis verzweifelt singen: *What if, what if, what if, what if ...*

Noah, Ivy und Asher reden im Flur miteinander. Ich schnappe mir einen Bleistift und skizziere schnell einen Notenschlüssel auf die leere Seite.

I can't explain how I feel, but I can find a song that can.

Nervös kaue ich auf meiner Unterlippe. Das Lettering werde ich später fertigstellen müssen, denn schon kommt Ivy ins Wohnzimmer, und ich muss jetzt mein Schauspieltalent aktivieren. Gelangweilt klopfe ich mit dem Stift auf mein Journal und spreize meinen angeblich verletzten Zeigefinger ab.

«Oh shit, was hast du gemacht?»

«Ist beim Kochen passiert», sage ich und beiße die Zähne zusammen. Oh Gott, ich halte es nicht aus, sie anzulügen. Ich klappe Errol zusammen und stehe auf.

«Mist. Tut es sehr weh?»

«Alles halb so wild.»

«Wir haben auch was zu essen mitgebracht.» Sie hebt schief lächelnd einen Stapel Pizzakartons in die Höhe, und Asher, der hinter ihr auftaucht, hält je zwei Flaschen Bier in der Hand.

«Fuck, Aubree», stößt Asher hervor. «Und das alles wegen Dirk Nowitzki?»

Ich spüre genau, wie ich rot werde, vor allem, weil Ivy mir einen schnellen Blick zuwirft. Sie hat ihm mir zuliebe nichts gesagt, sagt mir dieser Blick.

Dann seufzt sie. «Tut mir leid. Ich habe Asher das Versprechen

I can't explain how but I find I feel I can a song that can.

abgenommen, dass er dich nicht darauf anspricht, woran er sich aber offensichtlich nicht erinnern kann.»

«Aber es sieht echt interessant aus», schiebt Asher nach. «Scheiße, tut mir leid, wenn das falsch rauskam. Die kurzen Haare stehen dir wirklich gut.»

Noah schnaubt angriffslustig. «Kein Schwein interessiert sich für deine Meinung.»

Oh Gott, die beiden sind so was von verwandt! «Äh, danke, Asher.» Mein Lächeln gerät wahrscheinlich zur Grimasse. «Ich muss mich noch dran gewöhnen.»

«Tja», sagt Noah, «die Pizza müsst ihr jedenfalls alleine essen, weil Aubree Enchiladas gemacht hat, und ich werde mindestens vier davon vertilgen.»

«Ich befürchte, sie sind mir etwas angebrannt», sage ich und halte meinen verbundenen Finger in die Höhe, obwohl da gar kein Zusammenhang besteht.

«Ist mir scheißegal. Das Schwarze kratze ich einfach ab.»

Ivy verzieht den Mund. «Sorry. Es war eine spontane Idee von uns, heute schon zu kommen. Wenn ich gewusst hätte, dass ihr zusammen kocht, hätten wir keine Pizza besorgt.»

«Die Enchiladas sind leider nicht vegetarisch.»

«Wieso leider? Gott sei Dank.» Noah geht an ihr vorbei in die Küche und ruft über seine Schulter: «Ich hol Teller. Will noch jemand Enchiladas? Nein? Wunderbar, dann bleibt mehr für mich.»

Asher verzieht den Mund, dann stellt er das Bier ab und läuft seinem Bruder hinterher, vermutlich um einen Flaschenöffner zu holen. Oder auch nicht. Kaum sind sie durch die Tür, kann man an den lauten Stimmen hören, dass sie streiten. Ivy lässt sich neben mich auf das Sofa fallen, und ich stopfe Errol und den Großteil der Stifte zurück in meine Tasche.

«Wie geht es dir? Alles okay?», fragt sie mich.

«Das hast du mich heute Morgen schon gefragt.» So wie jeden Morgen und eigentlich in jeder WhatsApp, die ich von Ivy bekomme. «Danke, es geht mir schon viel besser.»

«Du würdest mir sagen, wenn es anders wäre, oder?»

«Versprochen», sage ich schnell. «Hast du dir die Tür angesehen? Jennas Cousin Thomas war heute da und hat das Schloss ausgewechselt. Es sieht aus wie neu.»

«Danke, dass du dich darum gekümmert hast. Dann habt Noah und du wieder Zimmer zurückgetauscht?»

«Ja, gerade eben.» Puh, da liefert Ivy mir doch die perfekte Ausrede. «Deshalb ist Noah auch hier, ich hatte noch was in seinem Zimmer vergessen, das hat er mir gebracht. Ach, weißt du was: Ich war vorgestern boxen.»

Ivy hat gerade einen Pizzakarton geöffnet und versucht, ein Stück vom vorgeschnittenen Teig abzureißen. «Du warst was?» Sie schüttelt ihre Hand aus, weil sie sich verbrannt hat.

«Boxen. In Quin's Boxing Club. Noah hat mir die Adresse gegeben, und ich habe einen Anfängerfitnesskurs mitgemacht und hatte danach noch mit Quin ein Einzeltraining.»

«Wer ist Quin?»

«Ein Freund von deinem Bruder. Du kennst ihn gar nicht?»

Sie schüttelt den Kopf. «Und wieso ausgerechnet boxen?»

«Wieso nicht? Das Training hat mich total ausgepowert, ich weiß nicht, wann ich mich das letzte Mal so fertig und dabei so gut gefühlt habe. Quin ist in Ordnung. Er hat mir einen kostenlosen Probemonat spendiert. Nur weiß ich noch nicht, ob ich das annehmen kann.» Ich sehe in Richtung Küche. «Wie machen wir das jetzt? Bleibt Asher heute Nacht hier?»

«Nein, er hat mich nur gefahren. Ich kann mir nicht erlauben, noch mehr zu verpassen, und mein Stiefvater hat mich deswegen mehr oder weniger rausgeschmissen. Er will nicht schuld sein, dass ich nachher meine Credits nicht bekomme.»

«Ich habe dein Bett schon frisch bezogen, dann schlafe ich einfach auf der Couch.»

«Das ist aber keine Dauerlösung, Aubree. Auf dem Ding bekommst du einen Rückenschaden. Hast du eigentlich schon was von deiner Agentur gehört wegen dieses Frühstücksflockenjobs?»

Ich erzähle Ivy davon, dass sie sich bereit erklärt haben, meine Reisekosten zu übernehmen. Schon in zwei Tagen geht es los. Vom Hotel sage ich ihr nichts, weil ich nicht darüber sprechen will, wie sehr es mir davor graut, noch einmal ins Wohnheim zu gehen.

«Hast du mit deiner Mom gesprochen?»

«Ja, habe ich. Sie war geschockt, aber sie wird ihren Anwalt auf das Foto ansetzen. Ich bin froh, dass sie es jetzt weiß.»

«Ich auch. Ehrlich. Ich liebe deine Mom, und ich glaube nicht, dass ich es geschafft hätte, sie anzulügen.»

«Sie liebt dich auch. Ich soll dich fragen, ob du Thanksgiving wieder bei uns verbringen willst. Sie würde sich wirklich freuen, aber sie wollte dich nicht selbst fragen wegen deines Stiefvaters. Du kannst dich schließlich nicht teilen, und sie will dir kein schlechtes Gewissen machen, wenn du lieber auf die Insel fahren willst.»

«Nein, ich kann mich nicht teilen.» Ivy hat ihre Hände unter die Oberschenkel geschoben, jetzt zieht sie sie wieder hervor und fängt an zu grinsen. «Aber meine Pizza.» Sie schiebt sich den Karton auf den Schoß und schwenkt ein Stück davon vor meiner Nase. «Ich wäre bereit, dir etwas davon zu überlassen. Es sind extra viele Peperoni drauf.» Als ich den Kopf schüttele, beißt sie mit einem Achselzucken hinein und gibt ein Stöhnen von sich. «*All you need is love, pizza and Netflix.*»

«Enchiladas», wirft Noah ein, als er mit seinem Bruder aus der Küche kommt. «*All you need is love, Enchiladas and Netflix.*» Er trägt zwei Teller vor sich her. Auf dem einen eine einzige

Tortillarolle, auf dem anderen mindestens die doppelte Menge. «Ich wusste nicht, wie viel du willst», sagt er entschuldigend zu mir, und ich nehme ihm die kleinere Portion ab.

«Danke.»

Unsere Finger berühren sich nicht, aber das ist auch gar nicht nötig. Ich habe auch so das Gefühl, dass mir Strom durch den Körper schießt, sobald er nur in meine Nähe kommt. Für einen Moment bin ich abgelenkt, weil ich beobachte, wie Noah sich neben dem Couchtisch auf den Boden setzt und die Gabel in seinem Essen versenkt. Die Enchiladas sind längst kalt, aber das scheint ihn nicht zu stören. Außerdem ist die Soße vollständig eingesogen, und an den Ecken ist der Käse verbrannt. Ich muss mich zwingen, auf meinen eigenen Teller zu gucken und Noah nicht beim Essen zuzusehen.

«Wir müssen noch ein zweites Bett besorgen», sagt Ivy zu Asher. «Aubree bleibt länger hier, und das Sofa ist zum Schlafen höllisch unbequem.»

«Ich könnte Jennas Onkel Joseph fragen», werfe ich schnell ein. «Er hat einen Gebrauchtwarenladen, und ich wette, er kennt jemanden, der ein Bett zu verkaufen hat. Oder ich fahre nach Claremont, dort gibt es ein Cash & Carry.»

Asher runzelt die Stirn. «Eigentlich sollte es eine Überraschung sein, und Ivy weiß auch noch nichts davon, aber ich habe schon ein Bett für dich bestellt. Es dauert nur noch ein paar Tage, bis es geliefert wird.»

«Ash.» Ivy sieht aus, als würde sie ihn im nächsten Moment abknutschen.

«Ich hoffe, das geht in Ordnung für dich, Aubree.»

«Natürlich. Wow, das ist ... danke. Aber ich bezahle dir das selbstverständlich.» Hoffentlich hat er nicht so viel Geld dafür ausgegeben. So wie ich Asher kenne, wird er kaum auf den Preis geguckt haben. Zumindest nicht so, wie ich es tun würde.

Er winkt ab. «Du kannst das nächste Mal vegetarische Enchiladas machen, dann sind wir quitt.»

«Das kann ich auf keinen Fall an...»

Noah unterbricht mich. «Du solltest sein Angebot annehmen, Aubree.» Er spricht mit vollem Mund. «Blakelys lieben es, alles und jeden mit ihrem Geld zuzuscheißen. Es gibt ihnen ein gutes Gefühl. Muss was mit Macht zu tun haben, keine Ahnung.» Es ist nicht zu übersehen, dass er damit nur seinen Bruder ärgern will, und Asher wirft ihm unter halb gesenkten Lidern einen düsteren Blick zu.

Ich stelle meinen Teller ab. «Ich will dir das lieber zurückzahlen.»

Asher schüttelt langsam den Kopf. «Geld ist wirklich kein Problem, Aubree.»

Noahs Gabel klirrt geräuschvoll gegen den Teller. «Nein», bestätigt er. «Für einen Blakely ist Geld nie ein Problem. Es sei denn, man ist nicht gut genug, ein Blakely zu sein, so wie ich. Dann ist Geld eventuell doch ein Problem.»

«Ach ja?» Asher beugt sich vor. «Brauchst du Geld, Noah? Gibt es irgendwas, wovon ich nichts weiß? Du redest ja nicht mit mir, und ich bin kein Hellseher. Seit Dads OP hast du ihn nur ein einziges Mal besucht, und da war zwischen euch noch alles in bester Ordnung. Du hattest einen beschissenen Anzug an, um ihm zu zeigen, was für ein Vorzeigesohn du sein kannst. Was ist los mit dir? Hast du ihn etwa um Hilfe gebeten, und er hat nein gesagt, weil du dich wie ein Arschloch aufgeführt hast?»

«Klar, was auch sonst.»

«Warum bittest du *mich* nicht um Hilfe, verdammt?»

«Keine Ahnung», gibt Noah zurück. «Warum stecke ich meinen Finger nicht einfach in einen Mixer? Ich habe Dad nicht um Hilfe gebeten, weil ich verfickt noch mal nichts von ihm will. Oder von dir.» Sein Blick geht zu mir, dann atmet er tief durch. «Ich komme gut zurecht. Ohne Dad. Ich brauch sein beschissenes Geld nicht.»

«Wo ist dein Problem?», schnauzt Asher. Er ist sichtlich wütend.

«Es gibt kein Problem», gibt Noah so ruhig zurück, dass wir ihn alle überrascht anstarren. Mit einer lässigen Bewegung schiebt er sich den letzten Rest der Enchiladas in den Mund und kaut. «Echt lecker, Aubree. Ich liebe deine Enchiladas.»

«Das ist doch Bullshit, Noah», sagt Asher. Er hat noch keinen einzigen Bissen von seiner Pizza gegessen. «Was ist mit deinem Studium? Ist das das eigentliche Problem zwischen Dad und dir?»

«Das geht dich einen Scheißdreck an.»

«Vielleicht solltet ihr lieber unter vier Augen darüber sprechen», sage ich im selben Moment, in dem Ivy Asher eine Hand auf den Arm legt und eindringlich den Kopf schüttelt.

«Sorry, ich wollte euch nicht das Essen verderben.» Asher atmet tief durch und nimmt dann einen ebenso tiefen Schluck von seinem Bier. «Aber weißt du was, Noah? Mich geht es sehr wohl etwas an, wenn du Dad einfach im Stich lässt. Und das alles ohne irgendeine Erklärung. Aber das scheint genau dein Ding zu sein, oder? Andere im Stich zu lassen. Hast du bei Ebony genauso gemacht, oder willst du behaupten, du würdest dich noch um dein Pferd kümmern?»

«Alter, halt einfach die Schnauze.»

«Tut weh, wenn jemand die Wahrheit ausspricht, nicht wahr?»

«Könnt ihr jetzt bitte damit aufhören?» Ivy wirft mir einen hilflosen Blick zu, und ich weiß nicht, was ich tun soll. Einfach aufstehen und in die Küche gehen? Das wäre wahrscheinlich das Beste.

Ich habe meinen Teller schon abgestellt, als Asher weiterspricht. «Wo ist Ebony eigentlich? Hat Dad sie schon verkauft? Scheint dich ja alles einen Scheiß zu interessieren.»

Obwohl Noah versucht, sich nichts anmerken zu lassen, kann ich fast körperlich spüren, wie hart sein Bruder ihn mit diesem Vorwurf trifft, und am liebsten würde ich ihn mit mir wegziehen. Aber Asher ist noch nicht fertig. «Sicher, dass das da Rindfleisch auf deinem Teller ist?»

Was Asher damit andeutet, lässt mir den Atem stocken. Das ist so was von nicht witzig.

«Fick dich», stößt Noah mühsam hervor und presst danach fest die Lippen zusammen. Angewidert schiebt er seinen Teller von sich und steht auf. Für eine Sekunde verharrt er, bevor er seinem Bruder den Mittelfinger entgegenstreckt und dann aus dem Raum rauscht.

«Musste das sein?», fragt Ivy.

Vom Flur her knallt die Badezimmertür.

«Asher», stammle ich. «Du ... du Arsch.»

Er zuckt zusammen. «Tut mir leid, okay? Aber ich weiß einfach nicht, was ich tun soll. Er redet nicht mit mir. Er lässt unseren Dad hängen, obwohl er eine schwere Operation hinter sich hat. Weißt du, was es gekostet hat, diese Familie wieder so einigermaßen zusammenzukitten? Und jetzt zerstört er das völlig ohne Grund. Einfach nur, weil er es kann, weil er das schon immer so gemacht hat.»

Ivy knallt ein Kissen gegen seinen Oberarm. «Im Augenblick bist du der Einzige, der hier etwas kaputt macht. Wieso kannst du nicht einmal in Ruhe mit ihm reden?»

«Verdammt, er weiß genau, welche Knöpfe er bei mir drücken muss. Es ist ihm scheißegal, was ich sage. Das prallt einfach alles an ihm ab. Schon als er klein war. Das ist ... ein Talent.»

«Seine Superkraft, oder was?», fauche ich.

«Genau.» Asher sieht düster aus, als er das bestätigt. «Er ist ein verdammt guter Beobachter und hat das perfektioniert. Kommt wahrscheinlich vom Reiten. Oder vom Boxen, ich weiß es nicht. Er checkt dich ein paar Minuten ab und kennt deine wunden Punkte. Und dann, wenn du dich gerade sicher fühlst, drückt er auf den richtigen Knopf und lässt dich explodieren.»

«Nicht diesmal», sage ich aufgebracht. «Diesmal hast du in seiner Wunde gestochert.»

Aus dem Badezimmer kommen Würgegeräusche, und Ivy und ich springen beide gleichzeitig auf. Sie sieht mich überrascht an. «Willst du ...?»

«Ja», sage ich schnell. «Ja, ich gehe.»

Kapitel 17

Noah kotzt sich die Seele aus dem Leib.

Als ich vorsichtig die Tür aufdrücke, hält er sich mit den Händen an der Klobrille fest, und sein Körper verkrampft sich. «Scheiße», flucht er.

Unsicher bleibe ich stehen. Soll ich ihm ein Handtuch nass machen? Ihm über den Rücken streichen? Oder ihn doch lieber in Ruhe lassen? Ich entscheide mich für das Handtuch und drehe den Wasserhahn auf, um eine Ecke davon mit Wasser zu benetzen. In einer Würgepause halte ich ihm das feuchte Ende hin. «Er wollte dich doch nur provozieren, Noah.»

Er hebt stumm eine Hand, um mich zum Schweigen zu bringen, und ich beiße die Zähne zusammen. Aber er greift nach dem Handtuch und wischt sich damit über den Mund, während ich das trockene Ende festhalte. Mit einem Ächzen setzt er sich auf seine Fersen zurück, und ich beuge mich vor und drücke auf die Klospülung. Als ich mich wieder zu ihm umdrehe, lehnt er mit dem Hinterkopf an den Fliesen und sieht mich an. Sein Atem geht angestrengt, und in seinem Augenwinkel hängt eine Träne, was mich mehr trifft, als wenn ich einen Schlag in den Magen bekommen würde. Es lässt ihn hilflos aussehen und so verletzlich. Ich schlucke und knete das Handtuch in den Händen.

Mit dem Handrücken wischt Noah sich über die Augen, und die Träne verschwindet. «Dieses Arschloch», stöhnt er. «Tut mir leid wegen deinem Essen, Aubree. Es war echt ... lecker, aber ...» Sofort presst er wieder die Lippen zusammen, weil sein Magen revoltiert.

«Das ist doch egal», sage ich schnell und schmeiße das Handtuch in den Wäschekorb. «Reden wir nicht mehr davon.» Worüber ich wirklich gern reden würde, ist das, was gerade passiert ist. Es ist offensichtlich, dass Noah sein Pferd nicht so gleichgültig ist, wie Asher es behauptet hat. Aber ich weiß nicht, was zwischen ihm und seinem Dad vorgefallen ist. «Was ist mit Ebony passiert? Hat dein Dad sie wirklich verkauft?»

Er schließt die Augen und atmet ruhig ein und aus.

«Einfach so?» Ungläubig starre ich ihn an. «Aber wieso? Mit welcher Begründung?»

«Aubree», gibt Noah mit einem Seufzen von sich. «Es gibt keine Begründung. Ich rede nicht mit meinem Dad.»

«Warum nicht?»

«Weil …» Er rappelt sich hoch. «Ach, ist doch egal. Ich hab keinen Bock auf die Scheiße. Hast du eine Zahnbürste, die du mir leihen kannst?» Sein Blick sucht die Ablage über dem Waschbecken ab. «Oder einfach nur Zahnpasta?»

«Sicher …» Ich wünschte, er würde mir sagen, was zwischen ihm und seinem Dad vorgefallen ist. Ich habe ihm eben anvertraut, was in New York passiert ist, und seine Sache kann wohl kaum schlimmer sein. Vertraut er mir nicht genug? Oder ist es einfach der falsche Zeitpunkt mit seinem Bruder und Ivy draußen vor der Tür? «Du kannst meine nehmen. Das macht mir nichts aus.» Ich ziehe die Zahnbürste aus der Halterung und halte sie Noah hin.

«Was ist das?»

«Ähm … Meine Zahnbürste?»

Er dreht sie in der Hand hin und her. «Ist die aus Holz?»

«Das ist Bambus, glaube ich. Ich mag einfach kein Plastik. Erst recht nicht in meinem Mund.»

«Heißt das, du nimmst nur natürliche Sachen in den Mund?»

Keine Ahnung, was Noah jetzt denkt, aber meine Gedanken

kann er mir garantiert ansehen, weil mein Gesicht aufglüht wie eine Tomate. Ich weiche meinem eigenen Spiegelbild aus und spiele mit der kleinen Dose, in der ich meine Zahnputztabletten aufbewahre. «Auf jeden Fall nichts, das mit Erdöl gemacht wird.»

«Nichts an mir ist aus Erdöl.»

Es ist mir klar, dass er mich damit nur von Ebony und seinem Vater ablenken will, aber es wirkt. Sein Grinsen strahlt mir aus dem Spiegel entgegen und fährt mir wie Strom direkt in den Unterleib.

«Nur, damit du's weißt.» Er nimmt mir die Dose aus der Hand. «Und das ist deine Zahnpasta?» Er schraubt den Deckel ab und fischt eine der Tabletten heraus. «Ich habe schon echt oft was geschluckt, was ich nicht kenne, aber das hier ...»

«Du musst sie zerkauen. Ist wie Zahnpasta nur ohne Wasser.»

Er steckt sich die Tablette in den Mund und beißt zu. «Willst du mir beim Zähneputzen zugucken?»

«Oh, sorry, nein, natürlich nicht. Ich lass dich dann mal in Ruhe.» Ich drehe mich zur Tür.

«Aubree?»

Ich sehe über die Schulter zurück. «Ja?»

«Es macht mir nichts aus, wenn du zuguckst.»

Sofort wird mein Gesicht wieder heiß. Wieso muss eigentlich alles, was aus seinem Mund kommt, irgendwie unanständig klingen? Als hätte er einen speziellen Filter dafür. Oder, oh Gott, ist dieser Filter vielleicht nur in meinem Kopf, und Noah meint das gar nicht so?

«Ich sehe dich auch gerne an.» Er schiebt die Bürste in den Mund und fängt an, sie hin und her zu bewegen. Etwas von dem weißen Schaum klebt an seinen Lippen. Dieser Moment ist so seltsam intim, dass mir die Kehle eng wird.

«Ich ... bis gleich», sage ich und schließe hastig die Tür hinter mir, um Noah allein zu lassen.

Oh mein Gott, es kann doch nicht sein, dass es mich sogar anmacht, wie er seine Zähne putzt! Das ist doch nicht normal. Für einen Moment lehne ich mich an die Wand und atme tief durch. Ich weiß nicht, warum das so starke Empfindungen in mir auslöst. Vielleicht weil Zähneputzen etwas so Alltägliches ist, und Alltag hatte ich in letzter Zeit nicht viel. Ich stelle mir vor, wie Noah sich am Waschbecken rasiert oder wie er auf der Bettkante sitzt und seine Strümpfe anzieht. Es ist einfach nur lächerlich, dass mir solche Vorstellungen die Kehle eng werden lassen. Es ist lächerlich, dass ich genau das sehen will.

Als ich ins Wohnzimmer komme, haben Ivy und Asher den Fernseher angestellt und gucken eine Folge Riverdale. Asher lacht über etwas, das Betty Cooper von sich gibt. «Sie ist wirklich knallhart», sagt er. «Das Beste an der ganzen Serie.» Aber als er mich sieht, räuspert er sich. «Tut mir leid, Aubree.»

«Ist schon okay. Noah putzt sich nur noch die Zähne. Aber anstatt bei mir solltest du dich lieber bei ihm entschuldigen.»

«Ich denke drüber nach.» Er presst die Lippen zusammen und blickt wieder zum Bildschirm.

Ivy dreht sich zu mir um, als ich mich neben sie setze. «Dein Handy hat vibriert.»

«Okay, danke.» Ich nehme es vom Tisch und entsperre den Bildschirm. Eine einzige neue Nachricht wird mir angezeigt, aber die ist ... von Ivy. Was ...?

Irritiert schwenkt mein Kopf zu ihr, aber Ivy starrt hochkonzentriert auf den Bildschirm. Mit einem Kopfschütteln öffne ich unseren Chatverlauf.

Ivy: **Oh mein Gott, du und Noah??? Sag mir, dass das nicht wahr ist.**

Mein Kopf geht wieder zu ihr, aber Ivy sieht mich nicht an, sondern kuschelt sich entspannt an Ashers Brustkorb. Ich lasse meine Daumen über das Display jagen: *So ein Quatsch. Wie kommst du denn darauf?*

Oh Gott, Aubree, das ist armselig. Eine ganz armselige Lüge. Löschen, löschen, löschen. Ivy ist meine beste Freundin, und hier geht es um ihren Stiefbruder, da kann ich unmöglich behaupten, sie würde sich das nur einbilden.

Aubree: Woran hast du es gemerkt?

Ich lehne mich wieder zurück und versuche mich zu entspannen. «Ist das die vierte Staffel?», frage ich, und dabei pocht mein Herz wie verrückt.

«Ja», sagt Ivy. «Nach der blöden Musicalfolge in Staffel drei wollte ich die Serie eigentlich nicht mehr weitergucken. Oh Gott, ich hasse es, wenn sie singen. Aber dann konnte ich doch nicht anders.»

«Ging mir genauso.»

Im Augenwinkel kann ich ihr Display aufleuchten sehen. Sie liest meine Nachricht, und dann tippt sie. Sie tippt sehr lange. Unglaublich lange. Was zum Teufel schreibt sie da alles? Endlich schiebt sich zwischen meinen Fingern mit einem *Whoop* ihre Antwort hoch.

Ivy: 1. Ihr hattet das Licht aus, das konnte man vom Flur aus sehen.
2. Du hast dir angeblich den Finger verbrannt, aber das Essen war schon kalt.
3. Noah hat nicht ein einziges Foto auf Instagram hochgeladen. Schon seit Tagen nicht.
4. Er hat dich vor Asher verteidigt.

5. Du bist ihm hinterher, als er kotzen musste.
6. Grover ist hier.
7. Noah beobachtet dich, wenn du nicht hinsiehst.
8. Du beobachtest Noah, wenn er nicht hinsieht.
9. Wenn sich eure Blicke dann doch mal treffen, kriegt man Angst, dass euch gleich Herzchenkonfetti aus den Ohren schießt.
Soll ich noch mehr aufzählen?

Aubree: Nicht nötig.

Ivy: Was ist passiert?

Aubree: Es ist eigentlich noch gar nichts passiert. Er ist einfach nett zu mir, okay?

Ivy: Denkst du, das ist im Augenblick eine gute Idee? Nicht weil es Noah ist, ich meine ganz allgemein. Brauchst du nicht eher etwas Zeit für dich?

Aubree: Ich weiß verdammt genau, dass das gerade keine gute Idee ist.

Ihre Hand drückt meine ganz fest, und sie lässt sie erst los, als Noah wieder ins Wohnzimmer kommt.
«Noah, hör zu ...» Asher rafft sich auf und will etwas sagen, von dem ich hoffe, dass es eine Entschuldigung ist, aber Noah unterbricht ihn sofort. «Schlaft ihr eigentlich heute Nacht hier?», fragt er.
Allein das Wort *schlafen* aus Noahs Mund sorgt dafür, dass mir das Herz in die Hose rutscht. Weil ich dabei sofort eintausend Bilder im Kopf habe, und die haben nichts mit Ivy und

Asher und schon gar nichts mit «Er ist einfach nur nett zu mir» zu tun.

«Ich hoffe, ich kann Ivy noch überreden, mit in meine Wohnung zu kommen.» Asher sieht Ivy mit fragend hochgezogenen Brauen an. «Ich könnte dich morgen früh zur Uni fahren. Du würdest auch garantiert nicht zu spät kommen.»

«Ich muss wirklich lernen, Ash. In den letzten Tagen habe ich zu viele Vorlesungen versäumt, und ich bekomme meine Scheine nicht zusammen, wenn du mich weiter ablenkst.»

«Aber ich muss morgen sowieso nach Pennsylvania. Mein Flieger geht um halb neun, ich würde ...»

«... du würdest mich auf jeden Fall vom Schlafen abhalten.» Sie lacht leise, und Noah stößt ein Schnauben aus.

«Wie auch immer», sagt Noah. «Ich geh jetzt pennen.» Er schnappt sich sein Handy vom Tisch, wo er es vorhin neben meinem hat liegen lassen, und streckt die Hand dann nach unseren Tellern aus. Ich sehe genau, dass er vorhat, sie wegzuräumen, aber dann lässt er den Arm sinken. Es ist Ashers Blick, der ihn zurücktreten lässt. Egal, wie sehr er seinen Vater hasst, er wurde von ihm gut erzogen, auch wenn er das vor seinem Bruder nicht zeigen will.

«Dann bis irgendwann.» Er winkt knapp und geht.

«Schlaf gut», krächze ich, weil das die denkbar schlimmste Verabschiedung ist, die ich mir vorstellen kann.

«Ja, schlaf gut», sagt Ivy und wirft mir einen undeutbaren Blick zu.

Ich liege auf dem Sofa, und Ivy hatte recht: Es *ist* höllisch unbequem. Ganz egal, in welche Richtung ich mich drehe, es wird nicht besser. Man spürt jede Feder im Rücken, was im Sitzen komischerweise gar nicht auffällt. Ich rutsche weiter runter, bis diese eine besonders gemeine Feder nicht mehr in meine Hüfte pikst. Dafür sticht sie mir jetzt in die Seite.

Asher ist gefahren, nachdem die Folge zu Ende war, und Ivy und ich haben viel zu lange geredet. Über Noah, meine Mom und ihren Stiefvater. Darüber, wie viel Sorgen sich Asher um seinen Bruder und seinen Dad macht und dass er einfach nur Angst hat, die beiden werden sich niemals aussprechen. Ivys erste Vorlesung morgen beginnt um acht. Wir haben noch zusammen frische Wäsche über dem Sofa ausgebreitet, und am liebsten hätte ich in Noahs Bettwäsche geschlafen, was bescheuert ist, ich weiß. Aber sie liegt noch im Wäschekorb im Badezimmer und riecht nach ihm.

Taylor hat mir eine Nachricht geschickt und mich gefragt, wie es mir geht und wann ich nach New York zurückkomme. Ich habe ihm noch nicht geantwortet, aber weil ich sowieso nicht schlafen kann, wische ich jetzt über den Bildschirm.

Aubree: Tut mir leid, dass ich mich so lange nicht gemeldet habe. Ich komme übermorgen für eine Aufnahme nach NY. Vielleicht können wir uns dann treffen?

Taylor: Klar, das machen wir. Wie wäre es im Footprints, wenn du nicht ins Wohnheim kommen willst.

Aubree: Ich muss sowieso ins Wohnheim und den Zimmerschlüssel abgeben.

Taylor: Heißt das, du kommst wirklich nicht zurück?

Aubree: Strout hat mich rausgeschmissen, Taylor. Also ja.

Taylor weiß nichts von dem, was auf der Verbindungsparty passiert ist. Er war nicht dabei und ist am nächsten Morgen nur zufällig vorbeigekommen, als es mir so schlecht ging. Ich würde gerne wissen, ob er mit Ginnifer gesprochen oder Gerüchte darüber gehört hat, und überlege gerade, wie ich meine Frage formulieren soll, als eine Nachricht von Noah eintrifft. Und sofort bin ich hellwach.

Noah: **Kannst du reden?**

Aubree: **Ja. Ivy schläft schon.**

Die Häkchen färben sich blau, und fast in derselben Sekunde verschwindet die *Online*-Meldung von ihm, und mein Handy, das ich lautlos gestellt hatte, vibriert von seinem Anruf.

«Hey.» Seine Stimme klingt atemlos, als hätte er gerade einen Sprint hingelegt.

«Hey.» Verdammt, meine Stimme klingt ganz genauso. «Ich dachte, du schläfst schon.»

«Musste noch lernen.»

Stimmt. Ich darf nicht vergessen, dass ich hier die Einzige bin, die im Augenblick nichts für die Uni machen muss und nur auf der faulen Haut liegt.

«Wegen meinem Bruder ...», beginnt Noah und stößt ein Seufzen aus. «Noch mal sorry für den Streit und das vermieste Abendessen.»

«Ist schon in Ordnung. Asher sollte sich bei dir entschuldigen, er hat sich wie ein Arsch aufgeführt. Du kannst nichts dafür.»

«Ich kann nichts dafür? Wow, das ist eine ganz neue Erfahrung für mich.» Er lacht auf, aber ich höre die Bitterkeit darin.

«Ivy meint, er hat Angst davor, dass das mit dir und deinem

Dad vollkommen in die Brüche geht. Ich glaube, wenn ihr mal in Ruhe über alles reden würdet ...»

«Hast du es ihr erzählt?»

«Was? Nein. Ich ... habe nichts gesagt. Also nicht von mir aus. Aber Ivy hat gefragt.»

«Okay», sagt er leise. «Denkst du nicht, du kannst ihr das anvertrauen?»

«Wirklich? Jetzt schon? Sie ...»

«Moment», unterbricht er mich. «Scheiße, reden wir gerade aneinander vorbei? Ich dachte, es geht darum, was in New York passiert ist. Du hattest ihr das mit den Drogen noch nicht gesagt.»

«Nein, äh ...» Oh verdammt. Meine Finger umkrampfen das Telefon fester. «Ich meinte, sie hat mich gefragt, ob ich ...» Meine Stimme schwankt und stockt schließlich.

«Ob du ...?», hakt er nach.

«Ach, vergiss es, ist nicht so wichtig.»

«Okay», sagt er. «Jetzt hab ich's kapiert. Du redest von uns. Heißt das, Ivy weiß es?»

Von uns. Ich muss schlucken. «Sie hat etwas vermutet, aber ich habe ihr gesagt, es wäre nichts passiert.» Noch nicht.

Noah atmet mehrmals hintereinander tief in den Hörer.

Dass er nichts sagt, verunsichert mich. Ich drehe mich auf die Seite, und sofort bohrt sich die Feder in mein Kreuz. Verdammtes Sofa. «Ist alles in Ordnung?»

«Nein», sagt er. «Es ist scheiße, dass ich hier alleine bin und du unten auf dem Sofa liegst.»

Ich schlucke. «Sei froh, dass du ein bequemes Bett hast. Ich liege hier ziemlich hart.»

«Nicht dieses Wort, Aubree. Nicht dieses Wort, okay?»

Oh mein Gott. «Ich meine, es ist ungemütlich wegen der Polsterfedern, und du hattest mit allem recht. Ich vermisse dein Bett. Es ist das beste Bett, in dem ich je geschlafen habe.»

«Fuck», sagt Noah.

«Ich liebe es, wenn du Fuck sagst. Also wenn du es auf diese Art sagst.» Ich werde rot. Gott sei Dank kann Noah das nicht sehen. «Aber egal. Du hast das bequeme Bett, dafür habe ich Grover.»

«Großartig.»

Ich muss lachen. Aber dann verebbt meine Heiterkeit abrupt, weil Noah sich bewegt und ich am Rascheln hören kann, dass er im Augenblick in genau diesem bequemen Bett liegt. Aus irgendeinem Grund bin ich davon ausgegangen, dass er am Schreibtisch sitzt, was total bescheuert ist. Sein Zimmer ist winzig. Warum sollte er es sich zum Telefonieren nicht bequem machen?

«Hast du deine Zahnbürste weggeworfen?», fragt Noah.

Eigentlich sollte ich mich über diese Frage wundern. Aber ich wundere mich bei Noah über gar nichts. «Nein, ich habe sie eben benutzt.»

«Okay.» Er atmet leise aus. «Das heißt, du findest das nicht ekelig.»

«Nein.» Er doch auch nicht, oder? Sonst hätte er sie nicht benutzt. «Ich hätte dir gerne zugeguckt», sage ich und beiße mir im selben Moment auf die Zunge. Gott, Aubree, wie blöd hört sich das denn an?

«Beim Zähneputzen?» Noah lacht leise. «Ich will dir auch dabei zugucken. Und nicht nur beim Zähneputzen. Ich will zusehen, wie du im Badezimmer deine Augen schminkst. Oder noch mal sehen, wie du Chicken Wings isst.» Seine Stimme wird ruhiger, tiefer, und sofort ist dieses warme Summen in meinem Kopf. «Jetzt du.»

Ich weiß nicht so recht, was ich sagen soll, und eigentlich habe ich auch schon genug Blödsinn von mir gegeben, deshalb nehme ich etwas Harmloses. «Ich würde gerne sehen, wie du Woodstock streichelst.»

«Kein Ding. Dann würde ich gerne sehen, wie du auf ihm reitest. Hast du Lust, das auszuprobieren?»

Auf dem Riesenvieh? Nicht unbedingt. Aber Noahs Stimme klingt sofort eine Spur heller, als würde er sich wirklich darauf freuen, mir das zu zeigen. «Warum nicht? Ja.»

Er sagt «Gut», aber was ich in meinem Kopf höre, ist «Hm, ist das lecker», was paradox ist.

«Ich will auch sehen, wie du Kussgeräusche mit deiner Hand machst oder wie du irgendwas in ein Mikrophon sprichst. Scheißegal was.»

«Und wenn es etwas total Langweiliges ist? Werbung für einen Steuerberater oder so was?»

«Egal. Ich will es trotzdem sehen.»

«Na gut. Aber nur, wenn ich dann zugucken darf, wie ... wie du boxt.»

Er seufzt. An seinem Zögern merke ich, dass er eigentlich nein sagen will, aber dann gibt er doch nach. «Wenn es sein muss. Aber ganz ehrlich, wahrscheinlich kann ich mich dann kein bisschen konzentrieren und kriege nur eins auf die Fresse. Quin wird sich vor Lachen ins Hemd pissen.»

Ich verziehe das Gesicht. «Ich will zusehen, wie du boxt, aber ich will nicht zusehen, wie du eins auf die Fresse kriegst.»

«Ich überleg mir was», sagt Noah.

«Und da wäre noch etwas», fange ich an und kratze meinen Mut zusammen, weil jetzt etwas Wichtiges kommt. Etwas Intimes. «Ich würde gerne alle deine Tattoos sehen. Also lesen, meine ich.»

«Wirklich alle, Aubree?»

«Natürlich alle. Oder ... Oh mein Gott, wo überall hast du welche?» Mein Gesicht glüht sofort auf, und meine Stimme überschlägt sich fast.

Noah bricht in Gelächter aus. «Ein oder zwei sind an ... interessanten Stellen», sagt er. «Die zeige ich dir unter der Dusche. Weil ich dann nämlich im Gegenzug sehen will, wie du dich einseifst.»

Atmen. Ganz ruhig atmen, Aubree. Aber das geht nicht, verdammt. Ich bekomme keine Luft. Mein Puls geht so schnell, als hätte ich gerade eine halbe Stunde mit dem Battle Rope gekämpft. Ich drehe mich auf den Rücken und starre an die Zimmerdecke über mir, wo der Lichtschein von draußen einen schmalen hellen Streifen hinwirft, und versuche, meine Atmung zu kontrollieren.

Aber Noah ist noch nicht fertig, und seine Stimme hat wieder dieses umwerfende Timbre, als er weiterspricht. «Und dann will ich sehen, wie du kommst.»

Kapitel 18

Ich habe mich auf dieses Gespräch eingelassen. Ich dachte, es wäre harmlos. Aber das ist es nicht. Bei Noah ist nichts harmlos. Ich will ein «Mmh» von mir geben, irgendwas Nichtssagendes, damit das Schweigen sich nicht zu sehr ausbreitet, aber es bleibt mir im Hals stecken.

«Aubree?»

«J...ja.»

«Hätte ich das nicht sagen sollen? Verdammt, ich bin mir bei dir nie sicher, was ich von mir geben darf. Wenn ich zu weit gehe, dann sag es mir einfach, okay?»

«Hast du ... ich meine ... hast du das ernst gemeint?»

«Fuck, ja.»

Ich schlucke. «Dann ist es okay. Weil ich ... Eigentlich mag ich es, dass du immer sagst, was du denkst.»

«Wirklich?»

«Es ist nur so, dass ich ...» Ich sollte ihm beichten, dass ich noch nie mit einem Mann auf diese Art intim geworden bin. Denn was aus seinem Mund so völlig selbstverständlich klingt, ist für mich alles andere als das. Und wenn er so wie jetzt auf meine Antwort wartet, dann lässt das meinen Magen Purzelbäume schlagen. Ich höre seinen Atem, und er geht fast so schnell wie meiner.

Noah gibt ein leises Stöhnen von sich, und sofort bin ich wie elektrisiert. Oh mein Gott, ich kann genau hören, dass er gerade seine Hose aufknöpft, und das lässt mich das Handy noch fester an mein Ohr pressen. Ich höre, wie er sich bewegt, wie Stoff raschelt. Und ich sehe die Bilder dazu. Sehr viele Bilder. Bilder, in denen er sich berührt. Und ich beiße mir auf die Lippe, weil ich ihn verdammt noch mal in echt sehen möchte.

«Aubree?», raunt er.

Atmen, Aubree. «Ja, ich ... bin noch da.» Ich bin zu einhundert Prozent da. Mein Herzschlag sogar zu zweihundert Prozent.

«Fasst du dich gerade an?» Ganz sanft fragt er mich das, so umwerfend warm und verführerisch, und ich würde so gerne ja sagen.

«Nein.» Meine Stimme geht etwas in die Höhe, fast, als wäre es eine Frage.

«Warum nicht?»

«Weil ... weil wir telefonieren.»

«Richtig», sagt er. «*Wir* telefonieren. Du sprichst nicht mit der Studentenberatung oder mit der Auskunft. Also warum nicht?»

«Ich weiß nicht.» Meine Stimme bebt, weil ich ihm sagen muss, dass ich nicht nur wegen der New-York-Sache unsicher bin, sondern dass es auch meine Unerfahrenheit ist. «Ich ... ich ...» *Oh Gott, Aubree, jetzt sag es schon!* «... ich habe das noch nicht gemacht.»

«Telefonsex?»

Ich atme einmal tief durch, aber ich mache jetzt keinen Rückzieher mehr. «Allgemein Sex, meine ich.»

«Seit wann nicht mehr?», fragt er.

Mein Hals schnürt sich zusammen, und nur mit Gewalt bringe ich den Satz heraus. «Ziemlich genau seit meiner Geburt, Noah.» Ich halte den Atem an.

«Okay, aber ...» Auf der anderen Seite ist es für einen Moment totenstill. «Was?» Ich höre ein schepperndes Geräusch und dann einen lauten Fluch von Noah, der hektische Bewegungen macht. Zumindest schließe ich das aus den Geräuschen, die nun folgen. «Scheiße, fuck, verfluchtes Drecksding.»

«Was ist passiert?»

«Ich habe mich an der Lampe verbrannt.»

«An welcher Lampe?»

«Meiner Nachttischlampe.»

Ich erinnere mich, dass eine Lampe an seiner Wand hängt. Eine mit einer uralten Glühbirne, die ziemlich heiß wird, wenn man sie länger brennen lässt. «Oh Gott, das tut mir leid.» *Nicht lachen, Aubree, jetzt bloß nicht lachen.*

«Fuck. Du ... du hast mich geschockt, verdammt, und ich bin mit dem Handrücken an die Glühbirne gekommen.»

Als er die Finger aus seiner Hose gerissen hat, um meine jungfräulichen Sensibilitäten nicht zu überlasten. Na Gott sei Dank war es nur der Handrücken. Ich kann nicht anders, ich muss einfach loslachen. «Das ist ... oh Gott, Noah, wenn du eine Narbe zurückbehältst, wie willst du das später deinen Enkelkindern erklären?» Ich presse mir die Bettdecke vors Gesicht, um mein Kichern zu unterdrücken, weil mir wieder einfällt, dass Ivy nebenan schläft und mich hören könnte.

«Ich werde ihnen die Wahrheit sagen. Dass ihr Grandpa ein verfickter Idiot war. Aubree, ist das dein Ernst? Du verarschst mich doch.»

«Tut mir leid.»

«Verdammt. Das ist ... fuck.» Für einen Moment sagt er keinen Ton mehr. Nur um dann mit einer Stimme weiterzureden, in der ich das Kopfschütteln förmlich hören kann. «Okay, ich glaube, damit hat sich die Sache dann erledigt. Wir können ja immer noch Freunde sein.»

Ruckartig richte ich mich auf. «Noah, das ist nicht witzig.»

«Tja», gibt er zurück. «Ich finde das auch nicht witzig. Aber mal ehrlich, ich bin echt nicht der Richtige für dich, wenn du noch Jungfrau bist. Sorry, wenn ich das vorher gewusst hätte, hätte ich es gar nicht erst so weit kommen lassen.»

«Du machst dich über mich lustig, oder? Das ist echt nicht okay, also hör auf damit.»

«Dann hör du auf, mich zu verarschen.»

«Aber ich sage die Wahrheit. Und wenn du Beweise brauchst: *Tja*», ahme ich seinen Tonfall nach, «dann wirst du sie schon bald bekommen.»

«Sicher nicht», stößt er mit einem Lachen hervor. «Das kannst du so was von vergessen.»

«Wollen wir wetten?»

«Echt jetzt? Normalerweise wetten Kerle miteinander, dass sie eine Frau rumkriegen. Es ist nicht die Frau, die mit dem Kerl wettet, dass er sie entjungfert.»

«Und warum nicht?»

«Keine Ahnung», sagt Noah. «Ist halt so.»

Dann ändern wir es eben, will ich sagen, aber dann halte ich doch lieber die Klappe. Ich weiß nicht, mit welcher Reaktion ich gerechnet habe, wenn ich es ihm sage, aber mit so einer Totalverweigerung jedenfalls nicht. Ich bin mir nicht sicher, was ich davon halten soll.

«Okay», sage ich. «Es ist schon spät. Vielleicht sollten wir jetzt einfach schlafen.»

«Klar», sagt er rau, und mit einem Mal wird er wieder ernst. Mit einem Seufzen dreht er sich im Bett auf die Seite. «Ich kann wirklich etwas Schlaf gebrauchen. Bin morgen den ganzen Tag im *Visual Arts Center.*»

«Was für einen Kurs hast du da? Das hört sich nicht wirklich nach Business Management an.»

«Ist es auch nicht.»

Oh. Aber ... «Aber ich dachte, du studierst Business Management? Hast du noch ein Nebenfach belegt?» Oh Mann, das hätte ich auch mal früher fragen können. «Ivy hat mir letzten Sommer erzählt, dass du dein Studium wiederaufgenommen hast. Und da war nur von Business Management die Rede, deshalb ... tut mir leid.» Ich fühle mich wie die letzte Idiotin, weil ich ihn so wenig gefragt habe. Dabei interessiert es mich. Alles, was er macht, interessiert mich.

«Na ja, ich hab es versucht, ehrlich. Aber den ganzen Vormittag Vorlesungen über beschissene Betriebswirtschaft und noch beschissenere Finanzbuchhaltung? Danach dann *Analytics* und *Global Economics*? Das war einfach nur scheiße.» Er holt tief Luft. «Ich hab mir gesagt, dass ich das hinkriege. Sind ja nur ein paar Stunden am Tag, oder? Ich hätte es wahrscheinlich auch schaffen können, mich durch das Studium zu quälen. Aber was wäre danach gewesen? Dann hätte ich als verfickter Manager arbeiten müssen, Aubree. Womöglich in Dads Firma. Womöglich bis zum Ende meines verfickten Lebens.»

«Dann ist das der Grund, warum dein Vater dich nicht mehr unterstützt?»

Für einen Moment ist es auf der anderen Seite still. Dann sagt er: «Er hat mir die Wahl gelassen. Business Management und er überweist mir jeden Monat dreitausend Dollar, oder das Studium, das ich will, und ... nichts. Ich fand das *nichts* dann doch irgendwie attraktiver.»

«Und das nennst du eine Wahl?»

Ich schwöre, ich kann hören, wie er grinst. «Ich hatte die Wahl, mich unterzuordnen oder mein eigenes Ding zu machen. Wäre ich auf sein Angebot eingegangen, dann wäre ich irgendwann wie Asher geendet. In einem durchgestylten Büro mit einer 100 000-Dollar-Karre auf dem Parkplatz, aber mit einem beschissenen Strick um den Hals, der mich nicht mehr atmen lässt. Ich finde, es war die richtige Wahl.» Er lacht auf.

In meinem Brustkorb breitet sich Wärme aus, weil ihm das Geld egal ist. Weil ihm alles, was mit dem Konzern seines Vaters zu tun hat, egal ist. Vielleicht wäre ihm auch alles egal, was mit meiner Mom und ihrem verdammten Filmbusiness zu tun hat. Ich könnte es ihm erzählen, und wir würden über unsere Familien lachen. «Was studierst du denn jetzt?»

«Film- und Medienwissenschaft.»

Scheiße.

«Oh, cool.» Meine Stimme ist pure geheuchelte Begeisterung. Die habe ich schon sehr oft simuliert. Jedes Mal, wenn mir in der Mensa jemand von meiner Mom und ihrer Serie vorgeschwärmt hat und wie toll sie es finden, mich zu kennen. Vermutlich interessiert er sich auch nur deshalb für meine Synchronarbeit. Gott sei Dank habe ich ihm nicht erzählt, wie ich wirklich heiße. «U...und welche Kurse hast du morgen?»

«Filmgeschichte von 1930 bis 1960. Danach wird's spannender: Game Design Studio, Animation und Videomaking.»

Das ganze Technikequipment in seinem Zimmer – ich bin davon ausgegangen, dass er das alles nur für seinen Instagram-Account benutzt. Nie hätte ich gedacht, dass er das *studiert*. Gott verdammt. Das ist ein Albtraum.

«Dann viel Spaß morgen», sage ich, und man hört mir eindeutig an, dass ich mit diesem Gespräch durch bin. «Gute Nacht.»

«Gute Nacht, Aubree.»

Ich lege auf und presse mir die Handballen auf die Augen, weil es dahinter anfängt zu brennen. Mein Smartphone schalte ich aus, obwohl ich sehe, dass Taylor mir noch eine Nachricht geschickt hat. Aber Taylor kann ich im Augenblick wirklich nicht gebrauchen ... es ist grad alles zu viel. Es ist einfach ...

Fuck!

Kapitel 19

Tun ist wie denken, nur krasser.
Diesen Satz habe ich am nächsten Tag in Errol gelettert, nachdem ich in meinem Posteingang eine Mail von meiner Agentur gefunden hatte, die neue Hörproben von mir möchte. Ich muss dringend etwas tun, vorankommen. Und nicht nur nachdenken. In der Mail stand, meine Stimme hätte sich seit meinen letzten Aufnahmen verändert, sei reifer geworden, und deshalb hätten sie mein Profil überarbeitet. Also habe ich an meinem alten MacBook einige Ausschnitte von Projekten, die in den letzten Monaten entstanden sind, erstellt, um die Takes als neues Demo an die Agentur zu schicken. *Ashes of Fear* gehört dabei definitiv zu meinen Favoriten. Anschließend bin ich online auf meine Profilseite gegangen und habe alle Daten noch mal selbst kontrolliert.

- Stimmgeschlecht: Weiblich
- Stimmalter: Teenager, Junge Erwachsene, Beste Jahre
- Einsatzbereiche: Werbung, Web-Videos, Hörbücher, Hörspiele, Videospiele, Apps, Zeichentrick, Synchron, E-Learning, Tutorials, Image-Clips, Telefonansagen, Voice-Portal
- Stimmlage: Mezzosopran, Sopran
- Muttersprachen: Englisch (US-amerikanisch)
- Mögliche Dialekte: New Yorkese, Boston Accent

Das Erste, was sich geändert hat, ist, dass sie beim Stimmalter *Beste Jahre* hinzugefügt haben. Ich frage mich, was das bitte sein soll. Sind die besten Jahre die zwischen dreißig und vierzig?

TUN ist wie DENKEN, nur KRASSER.

Ist das nicht individuell? Ich schätze, meine Mom erlebt ihre besten Jahre gerade jetzt. Sie ist Anfang vierzig, ihre Töchter sind aus dem Gröbsten raus, und ihre Karriere hat erst seit einigen Jahren so richtig Fahrt aufgenommen.

Ich seufze und gehe die restlichen Änderungen durch. Auch die Einsatzbereiche E-Learning, Tutorials, Image-Clips, Telefonansagen und Voice-Portal sind neu. Unter Voice-Portal versteht man Sprachdialogsysteme, und ich bin alles andere als scharf darauf, Siri oder Alexa Konkurrenz zu machen. Deshalb schreibe ich in die Mail mit den Downloadlink zum Demo auch die Bitte, diesen Punkt zu streichen.

Jetzt ist es bereits halb sechs. Um sechs Uhr gibt Tony in Quin's Boxing Club einen Fitnesskurs, das habe ich kurz nach dem Mittagessen mit Ivy schon nachgesehen. Und obwohl ich mich nachher wahrscheinlich selbst verfluchen werde, will ich unbedingt wieder hin.

Die Leggings, die ich trage, sind tiefschwarz und so eng, dass ich wahrscheinlich nie wieder da rauskomme. Um nicht noch einmal so zu schwitzen wie beim letzten Mal, habe ich als Oberteil nur ein kurzes Sportbustier angezogen. Es hat breite Träger, die sich an meinem Rücken überkreuzen, und endet zwei Fingerbreit unter meiner Brust. Das Gefühl ist ungewohnt, nachdem ich mich so lange unter oversized Klamotten versteckt habe, aber es ist auch gut. Ich ziehe ein schlichtes Sweatshirt über, dann brauche ich keine Jacke, streife mir das rosafarbene Silikonband über das Handgelenk, schnappe meinen Beutel mit Wechselsachen und ziehe die Haustür hinter mir zu.

Mit dem Auto dauert es nur zwölf Minuten bis zum Boxclub, und die ersten zwei gehen dafür drauf, das Herbstlaub von meiner Motorhaube zu fegen, damit es mir beim Fahren nicht auf die Windschutzscheibe geweht wird. Obwohl ich dankbar bin, dass das Auto so tapfer durchhält, habe ich ihm immer noch keinen Namen gegeben. «Tut mir echt leid», sage ich zu meiner Rostlaube, als ich sie am Straßenrand abstelle. «Ich denk mir noch einen tollen Namen für dich aus.» Definitiv nicht Noah.

Im Club ist heute die Hölle los. Es ist Dienstag, weshalb ich mich kurz frage, ob ich irgendeinen Feiertag verpasst habe und deshalb so viele Berufstätige da sind. Heute steht auch Yuna nicht am Tresen, sondern ein junger Typ, den ich nicht kenne. Aber als ich meinen Arm mit dem Armband hochhebe, winkt er mich einfach so durch.

Unschlüssig schlendere ich in Richtung des Kaffeeautomaten und bin erleichtert, als ich Joe erkenne, der einzige Junge, der beim letzten Mal mit uns Frauen trainiert hat. «Hi, Joe.»

«Hi», sagt er und kratzt sich dann verlegen am Hals. «Habe dich fast nicht erkannt. Du siehst heute so anders aus.»

Ganz automatisch fasse ich mir an den Kopf. Ich habe die Dartmouth-Cap von Noah vergessen. Ich habe sie einfach *vergessen*. «Ja.» Ich lache unsicher auf. «Wahrscheinlich hast du da beim letzten Mal nur nicht drauf geachtet.»

«Deine Frisur meine ich gar nicht, sondern dein Gesicht. Hast du im Lotto gewonnen oder so?» Jetzt lächelt er scheu.

«Äh, nein.» Jetzt schafft es selbst ein Typ wie Joe, dass ich verlegen werde.

Er deutet auf meinen Kopf. «Meinst du, mir würde das auch stehen?»

Seine Frage überrascht mich. Joe sieht so brav aus, irgendwie nerdig. Er hat lockiges Haar mit einem leichten Rotstich und unglaublich blasse Haut. «Ich ... keine Ahnung. Ja, vielleicht. Aber es ist ganz gut, wenn man vorher weiß, ob man irgendwelche Narben hat oder Muttermale oder so. Nicht, dass dich das nachher stört, wenn man es sieht.»

Er schiebt mit Daumen und Mittelfinger seine Brille nach oben. «Ich überleg noch.»

«Sollen wir warten, bis die anderen kommen, oder schon mal anfangen, uns aufzuwärmen?», frage ich ihn. Aber eigentlich habe ich keine Ahnung, wie.

«Klar.» Er wirkt erleichtert, dass er etwas tun kann und nicht mehr nur rumstehen muss.

Wir suchen uns einen Platz auf den Matten, die überall auf dem Boden verteilt sind. Joe schnappt sich ein Springseil und fängt an, damit herumzuhüpfen, und ich schlüpfe aus meinem Sweatshirt, lege mich auf eine Matte und mache testweise ein paar Sit-ups. Oh Gott, das zieht jetzt schon, sodass ich nach nur ein paar Wiederholungen mit der Hand an meinen schmerzenden Bauch fasse. Ich habe immer noch Muskelkater.

«Du musst dich aufwärmen», sagt eine piepsende Stimme neben mir. Ein kleines Mädchen mit Haarreif und Zöpfen guckt von oben auf mich herab. Sie hat auch ein Springseil in der Hand. «Mein Dad sagt, man schiebt auch keinen Braten in den kalten Ofen.»

«Oh, hi», sage ich schnell, und mit einem *Uff* richte ich mich auf. «Das stimmt. Wer, äh, ist dein Dad?» Suchend blicke ich mich um, sehe aber niemanden, der zu diesem Mädchen zu gehören scheint.

Joe neben mir macht einfach stur weiter seine Übungen. Mir fällt das senfgelbe T-Shirt auf, das das Mädchen trägt. Es ist zu groß, aber man kann den zerknitterten Quin's Aufdruck dennoch lesen.

«Mein Dad ist der Erst-Chef.»

«Cool. Gibt es auch einen Zweit-Chef?» Ich muss grinsen.

«Es gibt vier Chefs, aber die müssen das machen, was mein Dad sagt.»

«Dann ist Joaquin dein Dad?»

Sie sieht mich an, als wäre ich schwer von Begriff. Ihre Augenbrauen ziehen sich zusammen, und jetzt ist die Ähnlichkeit zu Quin unverkennbar. «Hab ich doch gerade gesagt.»

«Stimmt. Entschuldige.» Ich hätte nie gedacht, dass Quin schon Vater ist. Er ist so ... keine Ahnung, unreif? Aber oh Gott, dieses Mädchen! Quins Tochter erinnert mich zwar kein bisschen an May, trotzdem quillt mein Herz gerade über vor Sehnsucht nach meiner kleinen Schwester. Die Kleine ist gerade mal halb so alt wie May, höchstens sechs, aber sie ist nicht scheu und strotzt geradezu vor Selbstbewusstsein. Ich wünschte, May hätte nur ein Zehntel davon.

«Ich heiße Aubree.»

«Frida.» Sie streckt mir ihre Hand hin und schüttelt meine ganz ernsthaft und mit einem überraschend festen Händedruck.

«Freut mich sehr, dich kennenzulernen, Frida. Trainierst du auch hier?» Eigentlich ist meine Frage nicht ernst gemeint. Wahrscheinlich hüpft sie nur ein bisschen zwischen den Boxsäcken rum, wenn ihr Dad sie mit zur Arbeit nimmt.

«Du stellst komische Fragen», sagt Frida und schüttelt den Kopf. «Wonach sieht das aus?» Sie wölbt ihren Bauch vor und deutet auf das Logo des Boxclubs.

«Okay, du hast recht. Das sieht aus, als wärst du die neue Trainerin.»

Ihr Blick wird skeptisch, als überlege sie, ob ich das ernst meine oder sie gerade auf den Arm nehme. «Du bist neu», stellt sie fest. «Und du weißt nicht, wie man seine Muskeln aufwärmt. Mein Dad sagt, ich soll dir das zeigen. Weil du keine Ahnung hast.»

«Das hat dein Dad gesagt?» Erneut streift mein Blick suchend durch die Halle, aber ich kann Quin nirgendwo sehen.

«Er sagt auch, du bist nicht so cool wie ich. Du bist ein Pudding-Mädchen.»

Oh wow, danke.

«Hier. Du kannst mein Springseil haben, wenn du willst.» Sie drückt mir zwei Plastikgriffe in die Hand. «Das musst du verstellen, weil du größer bist als ich.»

Allerdings. Ich stehe auf und stelle fest, dass Frida mir gerade einmal bis zum Ellbogen reicht. Eine Fußspitze stelle ich auf das Seil und teste die Länge. Frida zeigt mir, wie ich es verlängern kann. Dann schwinge ich es über meinen Kopf und laufe drüber hinweg, als würde ich Treppenstufen hinunterhasten. Schon beim vierten Mal bleibe ich an meinem Fuß hängen.

Frida wirft sich auf die Matte und lacht ausgelassen. «Du kannst nicht mal seilspringen.» Dann hüpft sie wie ein Frosch auf die Füße und baut sich neben mir auf. «Die Füße musst du zusammenstellen. Ganz eng. Man springt mit beiden Füßen gleichzeitig.» Sie nimmt mir das Seil ab, schlingt die Enden mehrmals um ihre Handgelenke, um es auf die Schnelle zu verkürzen, und dann lässt sie das Seil so schnell unter ihren Füßen durchsausen, dass ich es kaum noch erkennen kann. Okay ... das ist peinlich. Vorgeführt von einem kleinen Kind. Nachdem sie ihren Triumph mit ein paar extraschnellen Hüpfern gefeiert hat, gibt sie mir das Seil zurück.

«Na gut», sage ich. «Ich versuch's noch mal.»

Frida korrigiert meine Haltung, und nach ein paar Minuten klappt es schon ganz gut. Es ist ewig her, dass ich ein Springseil benutzt habe, und als wir eine Pause machen, sehe ich, dass die anderen aus der Anfängergruppe auch langsam eintrudeln. Ich erkenne Claire wieder. Sie kommt ziemlich abgehetzt zusammen mit ihrer Freundin Nora in die Halle gelaufen.

«Ich sag's dir gleich», stößt sie hervor, nachdem sie ihre Tasche auf den Boden geworfen hat, «diesmal lasse ich mich nicht dazu zwingen, diese Bauchübungen zu machen. Ich habe drei Kinder geboren. Mein Bauch ist total okay, so wie er ist.»

«Ja, du hast recht», sage ich.

«Mein Dad sagt, dass ein dicker Bauch wegmuss. Babys sind keine Entschuldigung.» Frida hat das Kinn nach oben gereckt, und Claire und mir bleibt der Mund offen stehen.

Claire verzieht das Gesicht. «Hey, Kleine, das war nicht sehr nett.»

Frida nickt zufrieden. «Wir sind nicht nett. Wir sind Boxer.»

Oh Gott, ich sterbe gleich. Sie guckt uns beide so stolz an, dass ich sie am liebsten knuddeln würde. «Boxt du etwa auch?»

«Klar. Wenn du boxen gelernt hast, kannst du gegen mich boxen. Aber», ihr Blick geht mitleidig über meine Statur, «du darfst nicht weinen, wenn ich dich treffe.»

Ich lege mir eine Hand aufs Herz und verspreche es.

Dann taucht Tony auf, und das Mädchen stellt sich zu ihm. «Okay, Frida, was sagst du zu meiner neuen Gruppe?»

Frida lässt den Blick über uns schweifen und grinst dann das erste Mal verlegen. «Sie brauchen dringend mehr Punching Power», gibt sie ihr Urteil über uns ab. «Das wird harte Arbeit.»

«Du hast recht, Mädchen.» Er lacht laut, dann weist er uns auf unsere Plätze, und Frida nutzt die Gelegenheit, zu einer anderen Gruppe zu springen und dort weiter Komplimente zu verteilen.

Nora schiebt Claire auf der Matte zur Seite. «Mach mal Platz, ich will unbedingt näher an den Wasserspender.»

Sie hat die richtige Idee, ich bin nach den Warm-ups schon durchgeschwitzt. Als wir damit fertig sind, sollen wir uns Boxhandschuhe und einen Boxsack suchen, *aber zackig*. Ich greife mir ein Paar pinkfarbene Handschuhe, und Claire hilft mir dabei, den zweiten Klett zu schließen. Dann schlage ich testweise mit der Faust einmal gegen meinen Boxsack. Aua! Woraus ist das Ding? Aus Beton? Der Aufprall meines Schlags schießt mir direkt schmerzhaft ins Handgelenk, und mein Sack bewegt sich keinen Millimeter.

Tonys Gesicht verzieht sich zu einem Grinsen, als er das sieht.

«Hey, Babe, da bist du ja wieder. Hasst mich wohl doch nicht so sehr, was?»

Ich zeige ihm in meinem Boxhandschuh den Stinkefinger. Er kann es nicht sehen, aber nach dem Funkeln in seinen Augen zu schließen, weiß er genau, was ich gerade gemacht habe. Oh oh.

«Also, *girls*. Und *boy*», fügt er dann mit einem Blick zu Joe hinzu, aber es klingt eher so, als würde er in seinen Augen höchstens ein Half-Boy sein. «Ich werde es euch nicht durchgehen lassen, wenn ihr euch die Boxsacksession zu leicht macht. Wenn ihr nur ab und zu mal einen Jab schlagt, bringt euch das gar nichts. Und euer Grunzen und Schnaufen beeindruckt mich kein bisschen, also lasst die Scheiße lieber gleich.»

Nicht grunzen. Ich schätze, das kriege ich hin.

«Was macht man, wenn man schneller mit zehn Fingern tippen können will?», fragt er in die Runde.

Will er jetzt ernsthaft eine Antwort darauf?

Claire hebt die Hand, und bekommt zur Belohnung direkt einen Anschiss von Tony. «Wir sind hier nicht in der Highschool. Sag's einfach.»

Claire macht sich gerade, und ich könnte schwören, dass sie den Bauch einzieht. «Man übt so viel wie möglich auf seiner Schreibmaschine.»

Schreibmaschine?

Ich kann sehen, wie Tony schmunzelt. «*That's it.*» Er nickt. «Beim Punching ist es genauso. Um schnell und hart schlagen zu können, muss man einfach verdammt oft schnell und hart schlagen. Und das geht am besten am Sandsack. Ein normales Workout besteht aus drei oder vier Runden. Bei Amateuren geht eine Runde zwei Minuten, bei den Profis drei. Für euch reichen zu Beginn ... fünfzehn Sekunden. Aber erst einmal üben wir ohne Sack.»

Und dann erklärt er uns die Grundstellung. Wie wir uns beim

Boxen hinstellen müssen, immer ein Bein nach hinten, die Fäuste ans Kinn und die Ellbogen nach innen, um unsere Rippen zu schützen. «Einfach nur auf den Boxsack einzudreschen ist Schwachsinn. So verletzt ihr euch nur.»

Wieso sieht er dabei ausgerechnet mich an?

Mit einem Zucken um die Mundwinkel wendet Tony sich ab und beschreibt die Unterschiede zwischen einem Jab, einem Distanzschlag, und einem Cross oder einem Power-Punch. Mit einem Stift markiert er uns Punch-Points auf dem Sack, damit wir wissen, wo wir hinschlagen müssen. «Bei dir mach ich ihn extra tief, Babe», sagt er zu mir. «Du bist so winzig.»

Ich bin nicht winzig. Okay, ich bin nicht gerade groß, aber eins fünfundsechzig würde ich wirklich nicht als winzig bezeichnen.

«Beim letzten Mal hat Quin dich einfach nur rumdreschen lassen, aber das hört heute auf, verstanden?»

Ich nicke. «Okay, kapiert.» Wahrscheinlich ist Tony hier der Zweit-Chef, überlege ich mit einem Grinsen.

«Bist du Linksausleger?»

Mein Grinsen verfliegt. Ich habe keine Ahnung, was er damit meint. «Ähm, ich bin Rechtshänder.»

«Sag ich doch. Also nimm dein linkes Bein nach vorne. Und dann zeigst du mir mit deiner Führhand einen Jab.»

Gut, das schaffe ich. Ich hebe beide Fäuste auf Kinnhöhe, dann hole ich mit der Rechten aus und strecke den Arm nach vorne.

«Oh scheiße, Babe. Falsche Hand. Und willst du dir den Arm brechen? Lass ihn relativ gerade und hol nicht von unten Schwung. Deine Kraft kommt aus dem Trizeps und deinen Brustmuskeln.» Er hält inne. «Na ja, bei dir vielleicht eher aus den Beinen. Also, mit dem Jab hältst du deinen Gegner auf Distanz, und deine Schulter schützt dabei dein Kinn.» Er greift nach meiner Faust und zieht sie zum Demonstrieren nach vorne bis zu seinem Kinn. «Habt ihr das alle gesehen? Lasst den Arm beim Schlagen gerade.»

Tony bindet mir Tapes um beide Handgelenke, um sie zusätzlich zu stabilisieren, und geht dann reihum zu den anderen. Ich konzentriere mich auf meine Beine, meine Arme, meine Hände ... und bin hoffnungslos überfordert. Oh Gott, ich hätte nicht gedacht, dass Boxen so kompliziert ist. Ich kann schon froh sein, wenn ich es koordiniert bekomme, die richtige Hand zu nehmen und gleichzeitig meinen Körper einzudrehen. Ich straffe mich, als Tony den Beginn der ersten Runde ankündigt. Wenigstens werde ich hierbei nicht vor Erschöpfung zusammenbrechen. Ich meine, Fünfzehn-Sekunden-Runden? Das ist ein Witz.

Dachte ich.

Denn fünfzehn Sekunden mit Tony sind verdammt anstrengende fünfzehn Sekunden. Weil keiner von uns es schafft, zwischen den verschiedenen Schlagtechniken zu wechseln, lässt er uns mit beiden Armen dieselben kurzen Schläge ausführen. Zwölf Stück hintereinander, danach bin ich völlig außer Atem, und der Rest der Minute, in der wir Pause machen dürfen, geht viel zu schnell vorbei.

Claire stöhnt laut neben mir.

«Höre ich da jemanden grunzen?», fragt Tony, und die Aknenarben auf seinen Wangen treten bei seinem grimmigen Gesichtsausdruck noch deutlicher hervor.

«Das war Aubree.» Claire hebt entschuldigend die Schultern an, als ich mich schockiert zu ihr umdrehe. «Tut mir leid», raunt sie mir zu. «Aber dich mag er, dir lässt er das durchgehen.»

Er mag mich? Ich glaube, Claire hat Halluzinationen. Tony mag es, mich zu quälen, das ist aber auch das Einzige. Und wie beim letzten Mal bete ich irgendwann einfach nur noch, dass das Training bald vorbeigeht. Der Schweiß rinnt von meinen Armen und zwischen meinen Brüsten über den Bauch bis in meinen

Hosenbund. Dafür ist in meinem Mund eine Sandwüste. Endlich lässt Tony uns eine Trinkpause machen, und mit den Boxhandschuhen hebe ich meine Edelstahl-Flasche an, bekomme sie aber nicht auf.

«Frida», frage ich Quins Tochter, die gerade an mir vorbeispringt. «Kannst du mir helfen, ich krieg den Verschluss nicht auf.»

Ich erwarte, dass sie die Augen verdreht, aber sie grinst nur und dreht mir den Deckel auf. «Hier. Ich gehe jetzt zu Noah. Er hat mir versprochen, dass wir heute zusammen boxen.»

«Welcher Noah?»

«Mein Freund Noah.» Jetzt verdreht sie doch die Augen.

«Kann ich vielleicht mitkommen und euch zugucken?» Ich hoffe, sie merkt nicht, wie sehr ich mich für ihren Freund Noah interessiere.

«Er trainiert aber noch mit den Schlipsträgern. Wir müssen ganz leise sein, okay? Weil Noah sich konzentrieren muss.» Sie hält einen Finger an die Lippen, und ich verspreche es ihr.

Ich lasse Claire schnell wissen, dass ich mich absetze, und bitte sie, mich bei Tony zu entschuldigen. Kurz überlege ich, ob ich die Boxhandschuhe alleine ausgezogen kriege – nie im Leben –, dann laufe ich hinter Frida her durch die Halle. Vorbei an den ganzen Boxsäcken und dem Ring, in dem im Augenblick zwei Männer mit Kopfschutz trainieren. Frida stemmt sich gegen eine schwere Tür neben dem Eingang zu den Duschräumen und schlüpft hindurch.

Ich folge ihr in einen zweiten, etwas kleineren Saal. Zwei Boxringe von etwa fünf Metern Durchmesser sind in der Mitte aufgebaut, am Rand gibt es weitere Sportmatten und Sandsäcke. Im vorderen Ring stehen zwei Männer lachend zusammen, anscheinend ist die Trainingseinheit gerade beendet. Im anderen Ring tänzeln zwei Männer mit nackten Oberkörpern umeinander. Der eine ist sehr blass und der andere sehr tätowiert. Ich schlucke.

«Geht das Training noch lang?», frage ich Frida leise.

Sie schüttelt den Kopf und nickt dann in Richtung des Boxrings. «Mein Freund Noah ist der mit den Buchstaben und den Bildern auf dem Bauch. Magst du Tattoos?»

Ich nicke und beobachte Noah, der einem Schlag geschickt ausweicht, die Deckung immer oben. Aber eigentlich starre ich noch mehr auf seine Tattoos. Es ist das erste Mal, dass ich ihn mit nacktem Oberkörper sehe. Die Bäume auf seinen Armen sind nicht die einzigen Bilder, Naturmotive breiten sich über seinem gesamten Brustkorb aus. Ich kann von hier aus sogar einen Pferdekopf erkennen. Er täuscht einen Gegenschlag an und bewegt sich mit einem Ausfallschritt zur Seite, wodurch sein Trainingspartner gezwungen ist, in einem Bogen um ihn herumzulaufen. Offenbar nicht das erste Mal, denn der Kerl wirkt ziemlich erschöpft. Erschöpft und völlig fehl am Platz. Seinen perfekt gestylten Haaren kann offensichtlich nicht einmal der Schweiß etwas anhaben, und die Sportklamotten sehen teuer aus. Ich würde wetten, dass die Hände in den Boxhandschuhen maniküert sind.

Am Rand stehen einige Männer und beobachten die Kämpfer. Einer von ihnen sieht uns am Eingang und fängt an, breit zu grinsen. «Hey, Elvis», ruft er seinem geschniegelten Freund zu. «Da kommen zwei hübsche Mädchen, um dir zuzugucken. Also blamier uns nicht.»

«Was?» Der Typ dreht sich zu uns um, und Noah wartet ab, bis er sich wieder auf ihn konzentriert, bevor er den nächsten Schlag antäuscht. Doch dann schwenkt sein Kopf für eine Sekunde zu mir. Nur eine Sekunde, in der sich Noahs Augen überrascht weiten und sein Blick an meinem hängen bleibt.

Den nächsten Schlag sieht er nicht kommen.

Kapitel 20

«Bist wohl schon im Feierabend, was?», höhnt Elvis. Auch seine Kumpels freuen sich wie blöd über diesen Treffer, der Noahs Kopf heftig zurückfliegen ließ. Gelächter hallt durch den Saal.

Noah presst den Handschuh gegen die Nase. Als er ihn sinken lässt, atme ich erleichtert aus, weil kein Blut zu sehen ist. Er lächelt seinen Trainingspartner etwas gezwungen an. «Lass uns Schluss machen, Elvis.»

«Ich hab noch drei Minuten auf der Uhr.» Seine Zähne sind zu hell gebleacht, das erkenne ich sogar auf diese Entfernung.

«Ich schreib sie dir fürs nächste Mal gut, okay?» Noah schlägt die Fäuste von oben auf die seines Gegners, und die beiden steigen aus dem Ring. Elvis lässt sich von seinen Kumpels feiern, während sie den Saal verlassen. Noah bückt sich, um eine Plastikflasche zwischen seine Handschuhe zu klemmen und vom Boden aufzuheben. Ohne uns anzusehen, zieht er mit den Zähnen den Stöpsel nach oben und trinkt. Erst als die schwere Tür hinter den Männern ins Schloss fällt, dreht er sich zu uns um und hebt grüßend eine Faust.

«Hey», sagt er.

«Hey», erwidere ich. Ich weiß auch nicht, warum ich dabei rot werde, aber mein Gesicht fühlt sich sofort heiß an.

Im nächsten Moment stürmt Frida los und wirft sich auf Noah. «Igitt, du schwitzt», sagt sie und lässt ihn sofort wieder los.

Noah lacht. «Glaubst du, dein Dad schwitzt nicht, wenn er gerade trainiert hat?»

«Aber Dad geht immer duschen», sagt sie.

«Das mache ich auch gleich, Mini-Bee.» Noah strubbelt mit dem Handschuh über Fridas Kopf, was ihre Haare wie Spinnweben über ihr schweben lässt, und sie duckt sich quietschend weg.

Zögernd nähere ich mich den beiden. «Tut mir leid, dass ich dich abgelenkt habe.»

«Elvis brauchte sowieso mal wieder ein Erfolgserlebnis.» Er winkt ab und sagt zu Frida: «Was ist mit unserer Runde? Oder musst du schon ins Bett?»

Sie grinst so breit, dass an der Seite eine Zahnlücke zu sehen ist, und flitzt in einem Affenzahn auf ein Regal an der Wand zu, in dem sich Material stapelt.

«Das Training gerade ...», fange ich an. «Zieht man beim Sparring normalerweise nicht diese ledernen Schutzhelme an?» Mit dem Boxhandschuh deute ich auf mein Gesicht. «Ich meine, damit man nicht am Kopf verletzt wird und so.»

«Jep», sagt Noah. «Aber Elvis mag die Dinger nicht. Er meint, das behindert seine Sicht. Also trage ich auch keinen Helm.» Jetzt guckt er fast grimmig.

«Was? Warum denn nicht?», frage ich schockiert. «Ich meine, er hat dich eben echt heftig getroffen. Geht das immer so, oder wie darf ich mir das vorstellen?»

«Du sollst dir gar nichts vorstellen. Er kommt sowieso nur zweimal im Monat. Wenn er einen guten Tag hatte, trainieren wir so wie heute. Wenn es für ihn scheiße lief, dann kommt es schon mal vor, dass er mehr will.»

Ich schlucke. «Was genau bedeutet *mehr*?»

«Es ist scheißegal, was es bedeutet, Aubree. Er ist ein Weichei.»

Mir liegt ein Aber auf der Zunge, doch da kommt Frida mit zwei winzigen Boxhandschuhen zurück und hält sie Noah freudig hin. Ich schlucke meine Worte hinunter.

Oh Mann, das ist so niedlich! Ich wusste nicht mal, dass es so kleine Boxhandschuhe gibt!

Noah hilft Frida beim Anziehen und wickelt mit Hilfe seiner Zähne das Klettband um ihre Handgelenke. Er hebt sie in den Ring, klettert hinterher und geht dann vor ihr auf beide Knie runter. Als er ihr seine Fäuste hinhält, drückt sie ihre dagegen. In dieser Position reicht Frida ihm bis zum Kinn. Es ist so süß, wie sie ihn anstrahlt, dass sich in meinem Bauch Wärme ausbreitet.

Noah blickt Frida ganz ernst an und sagt: «Ich bin schön.»

Im ersten Augenblick begreife ich nicht, warum er das sagt, aber das scheint irgendein Ritual zwischen ihnen zu sein, denn Frida wiederholt den Satz voller Inbrunst.

«Ich bin schön.»

«Ich bin stark», sagt Noah.

«Ich bin stark.» Frida schiebt wieder ihren Bauch nach vorne, um zu zeigen, wie stark sie ist.

Noah lacht, als er das sieht, und tippt ihr mit dem dicken Handschuh sanft an die Stirn. «Ich bin klug.»

«Ich bin klug.»

«Ich bin respektvoll.»

Sie überlegt einen Moment. «Ich bin respektvoll.» Der Satz kommt ihr nicht ganz so flüssig über die Lippen, weil respektvoll ein schwieriges Wort ist. Mir schnürt sich dabei die Kehle zu. Ivy hat mir erzählt, dass sich Noah alles andere als respektvoll seinem Vater gegenüber verhält, und dieser Moment bestätigt nur einmal mehr, dass zwischen ihnen etwas Ernstes vorgefallen sein muss.

«Ich bin etwas Besonderes», sagt Noah.

«Ich bin etwas Besonderes», flüstert Frida hochkonzentriert.

«Und wenn ich hinfalle?», fragt Noah.

«Dann stehe ich wieder auf», beendet Frida den Satz.

Ich blinzle gegen die Tränen in meinen Augen an. Dieser Austausch ist das Schönste, was ich je in meinem Leben gehört habe. Ich wünschte, May hätte diese Sätze nur ein einziges Mal gehört. Unser Dad ist abgehauen, als May ein Jahr alt war. Unsere Mom liebt uns, aber sie ist eben auch viel unterwegs. Ich habe immer versucht, May zu zeigen, wie wunderbar sie ist. Aber auch ich habe ihr das nie so direkt gesagt. Frida hingegen scheint das nicht das erste Mal zu hören. Offenbar machen Noah und sie das immer, bevor sie boxen. Frida ist ein Glückskind. Und ich verspreche mir, mir für May und mich auch so ein Ritual auszudenken.

«Und jetzt zeigen wir Aubree, wie man richtig boxt, okay?» Noah hebt seine Fäuste auf Kinnhöhe, und Frida macht es ihm sofort nach. Im nächsten Moment schießt ihre kleine Faust nach vorne und prallt gegen Noahs. Dann folgt die andere. Noah wehrt sie sanft ab und stupst sie im Gegenzug an der Schulter an. «Das war ein Treffer. Ich hoffe, Aubree zählt mit, damit du nachher nicht wieder behaupten kannst, du hättest gewonnen.»

«Ich habe gewonnen», ruft sie empört.

«Aber nicht nach Punkten, sondern nur, weil du mich k. o. geschlagen hast.»

«Stimmt nicht!» Sie lässt eine ganze Folge von Schlägen auf Noah niederregnen, was ihn zum Lachen bringt.

«Das nennst du boxen?» Er drückt seine Faust gegen eine ungedeckte Stelle an ihrer Seite.

«Das war unfair», sagt Frida.

«Blödsinn», gibt Noah zurück. «Das hier ist unfair.» Er hält sie mit seinem langen Arm auf Abstand, damit sie nicht an ihn rankommt, und boxt sie leicht gegen den Arm. Frida presst die Lippen zusammen und tänzelt um Noah herum, der sich auf Knien nicht so schnell bewegen kann. Dann holt sie schwungvoll aus. Noah sieht den Schlag kommen, lässt aber seine Deckung unten. Fridas Punch trifft ihn am Kinn, und mit einem gespielten Stöhnen fällt er zur Seite und bleibt liegen.

Ich muss lachen. «Soll ich ihn abzählen?», biete ich Frida an.

«Er ist k.o.», sagt sie grinsend. «Der steht nicht wieder auf.» Aber dann fällt ihr etwas ein, und sie hüpft aufgeregt um ihn herum. «Noah, du musst aufstehen, weil du musst auch gegen Aubree boxen.»

«Tut mir leid, Mini-Bee. Das schaffe ich heute nicht mehr. Aubree ist ein Tier im Ring, hat dir dein Dad das nicht erzählt?»

Sie schüttelt energisch den Kopf. «Er hat gesagt, Aubree ist ein Wackelpudding.»

«Heyheyhey», gehe ich dazwischen. «Das wird immer schlimmer, je öfter du das erzählst. Dein Dad hat bestimmt nicht Wackelpudding gesagt.»

Frida überlegt. «Vielleicht hat er auch Softeis gesagt.»

Noah lacht leise. «Aber Aubree macht mich fertig. Willst du wirklich, dass sie mich umhaut?»

«Du bist viel stärker als sie.»

«Und du musst jetzt nach Hause, Mini-Bee. Also komm her, ich zieh dir die Handschuhe aus. Wir kämpfen das nächste Mal gegen Aubree, okay?»

«Na gut.» Mit einem Seufzen geht sie zu Noah. Er zieht umständlich den Verschluss auf, und Frida lässt sich aus den Handschuhen helfen. Dann klettern beide aus dem Ring heraus. Ich sehe Frida nach, wie sie durch die Halle hüpft, ihre Handschuhe wegräumt und dann durch die Tür nach draußen verschwindet.

Noah hat ihr ebenfalls nachgesehen, und nun kommt er langsam auf mich zu. «Jetzt du», sagt er.

«Aber du hast doch gesagt, du bist müde.» Oh Gott, wenn

Noah *Jetzt du* sagt, dann bedeutet das immer, dass es für mich gefährlich wird.

«Denkst du, ich will, dass Frida zuguckt, wenn wir beide kämpfen?» Seine grünen Augen blitzen auf. Und seine Stimme hat wieder diesen Ton. Den, der mit Kämpfen nicht viel zu tun hat.

«Du weißt, dass ich noch nie richtig mit jemandem geboxt habe, oder? Ich bin schon froh, wenn ich den richtigen Arm benutze.»

Noah zieht nur herausfordernd eine Augenbraue hoch.

«Na gut», gebe ich nach. Mit einem Schnauben klettere ich durch die Seile in den Ring. Als Noah sich vor mir aufbaut, schlage ich mit erhobenem Kinn meine Boxhandschuhe aneinander. «Sorg nur dafür, dass ich das nicht bereue, okay?»

«Fuck», sagt er. «Das wirst du ganz bestimmt.» Aber dabei grinst er so breit, dass mir die Knie weich werden. Frida hat recht, ich bin ein Softeis. Wenn er mich so ansieht, könnte ich direkt schmelzen.

«Was du gestern am Telefon gesagt hast», fängt er plötzlich an. «Du hast mich ziemlich überrascht, und ich glaube, ich habe scheiße reagiert, oder? Am Ende warst du so kurz angebunden, und ich ...»

«Ich war einfach müde», sage ich schnell. Ich will jetzt nicht an sein Filmstudium denken.

«Okay, also, worüber ich die ganze Zeit nachdenken muss – hast du dich aufgespart? Ist das so ein religiöses Ding?»

«Nein.» Ich knirsche mit den Zähnen. «Mach bitte keine große Sache daraus. Es hat sich bisher einfach nicht ergeben, okay?» Was vielleicht auch damit zu tun hat, dass meine Mom mir eingetrichtert hat, dass ich keinem Typen vertrauen kann. Eine Million Mal, und das war ganz offensichtlich noch zu wenig, denn sonst würde es dieses Foto nicht geben.

«Können wir einfach anfangen?» Nervös trete ich von einem Bein aufs andere, doch dann fällt mir etwas ein. «Nein, warte. Hast du nicht gesagt, du würdest nie zurückschlagen? Ich will dich nicht schlagen.»

«Als ob man das, was du machst, schlagen nennen könnte», sagt er mit einem übertriebenen Seufzen. «Also los, wo ist deine Deckung?» Er hebt seine Arme an und nickt mir aufmunternd zu.

Okay, Aubree, die Fäuste hoch und das Atmen nicht vergessen.

Scheiße, jetzt wo es losgehen soll, wird mir mulmig zumute. Ganz automatisch weiche ich vor ihm zurück.

«Wir spielen hier kein verficktes Fangen, klar?» Sein Tonfall schwankt zwischen Verständnis und Arschlochigkeit, und ich unterdrücke ein Lächeln.

Verstanden. Ich nicke. Kein Weglaufen.

Oh verdammt, ich würde wirklich gern weglaufen. Aber das ist lächerlich. Im Gegensatz zu mir hat Noah extra weich gepolsterte Handschuhe an, und er wird mich nicht verletzen. Trotzdem höre ich das Blut in meinen Ohren rauschen.

«Drück die Fäuste fest ans Kinn», sagt er. «Und die Ellbogen gerade nach unten, sonst kann ich deine Rippen treffen.»

Fäuste hoch, Ellbogen runter. Mist, ich bin total verkrampft.

Noah tänzelt vor mir auf der Stelle. «Hatte ich nicht gesagt, Ellbogen runter?»

«Aber ich habe die Ellbogen unten.»

Im nächsten Moment trifft mich seine Faust am Rippenbogen, und ich gebe ein Keuchen von mir. Nicht, weil es weh getan hätte, sondern allein vor Überraschung.

«Du sieht aus wie ein gerupfter Vogel mit abgespreizten Flügeln.»

Ich lange mit der Faust nach ihm, aber Noah duckt sich unter meinem Arm weg und trifft mich wieder in die Seite. Verdammt! Ich will ihn wenigstens einmal treffen. Ich versuche es mit links, mit rechts, beides in schneller Folge, aber Noah wehrt die Schläge mühelos ab.

Dann hole ich zu etwas aus, dass nur entfernt an einen Cross erinnert. Mein Handschuh wird von Noahs abgelenkt und geht natürlich ins Leere. Ich knurre. Noah grinst nur breit, und so langsam wächst der Wunsch in mir, ihm dieses Grinsen aus dem Gesicht zu wischen. Mich auf dem rechten Fuß abstützend, probiere ich einen Jab, und Noah landet dabei einen Treffer gegen meinen Bauch. Er schlägt lächerlich leicht zu, und vielleicht ist es genau das, was mich verrückt macht.

Meine Rechte schnellt vor, und der Punch trifft tatsächlich seine Schulter. Was meinen Frust nur noch verstärkt. Ich bin nämlich sicher, dass er den hat kommen sehen und mich wie Frida einfach mal treffen lässt. Aber ich bin kein Kind, verdammt noch mal. «Ich will nicht, dass du mir was schenkst, ist das klar?», fauche ich.

«Geht klar, Bree.» Er trifft mich wieder am Rippenbogen, und ich schnappe nach Luft. «Sorry, aber du vergisst deine Deckung», erinnert er mich.

«Ich habe meine verfickte Deckung nicht vergessen», fluche ich unbeherrscht. «Und entschuldige dich nicht.»

Noah fängt laut an zu lachen, und ich hoffe, er verschluckt sich daran.

«Du hältst deine Fäuste nicht nah genug am Kinn.»

«Tu ich doch.» Wieder hole ich mit links aus und pralle an seinem Handschuh ab.

«Tust du nicht. So triffst du dich gleich selbst.»

«Ich werde mich nicht selbst treffen.» So was Albernes. Meine Fäuste schweben auf Höhe meines Kinns.

«Woll'n wir wetten?»

Ich setze gerade an zu einer Antwort, als er blitzschnell

gegen meine Faust schlägt. Mein eigener Handschuh prallt mir ins Gesicht, und ich gebe ein Ächzen von mir. Verdammte Scheiße.

«Und? Hast du dich nun selbst geschlagen, oder nicht?», fragt er mit viel zu sanfter Stimme und leicht hochgezogenen Brauen. «Ich habe dich gewarnt.»

«Mistkerl», presse ich hervor. Was schmerzt, ist eigentlich nur mein Stolz. «Warte kurz ...»

«Okay.» Noah bleibt sofort stehen und sieht mich besorgt an. «Du hast dir doch nicht weh getan, oder?»

Nein, habe ich nicht. Ich brauche nicht mal eine Pause. Ich tue nur so, drehe mich zur Seite, den ganzen Körper angespannt ... um blitzartig auszuholen und meine Faust gegen Noahs Rippen zu rammen.

«Autsch.» Noah hält sich seine Seite. «Das war ein beschissener Frauentrick. Diese Ich-bin-so-hilflos-Mädchennummer ist dreckig.»

«Na und?», gebe ich zurück. «Ich benutze, was ich habe.»

«Na, dann sollten wir vielleicht dein Arsenal an dreckigen Tricks auffüllen», sagt er und besitzt dabei auch noch die Frechheit, mir zuzuzwinkern. «Dreckig wäre es, den Ellbogen zu benutzen.» Er wird wieder ernst und demonstriert es mir, indem er mit der Faust meinen Brustkorb streift, den Arm anwinkelt und sein Ellbogen leicht mein Gesicht touchiert.

«Mit der entsprechenden Wucht verursacht das sofort einen tiefen Cut.»

Allein bei dem Wort Cut bekomme ich eine Gänsehaut. «Kann man sich dagegen wehren?»

«Nicht wirklich.» Er zuckt mit den Schultern. «Wenn du Glück hast, sieht es der Ringrichter.»

«Gibt es noch mehr solche dreckigen Tricks?»

«Einige, ja. Du könntest dir dein Gesicht mit Vaseline einreiben. Dann rutscht der Handschuh des Gegners an dir ab. Oder du drehst die Faust nicht schon im Schlag ein, sondern erst, wenn du das Gesicht deines Gegners berührst. Dann platzt sofort die Haut auf.»

Ich verziehe das Gesicht.

«Oder im Infight ...» Er überlegt, dann deutet er auf meine Boxhandschuhe. «Nimm deine Deckung hoch.»

Ich hebe die Fäuste hoch, und Noah tritt mit gesenktem Kopf näher zu mir. «Ein Kopfstoß ist verboten, aber der Ringrichter muss ja nicht sehen, dass man es mit Absicht macht. Wenn du im Infight bist und gehst ganz nah ran ...» Noahs Kopf drängt sich an mich. «... stößt du einfach von unten hoch.» Ganz langsam hebt Noah seinen Kopf an, um es mir zu zeigen, und berührt mein Kinn. Seine feuchten Haare kitzeln mich. Aber wenn er das mit voller Wucht getan hätte, würde ich garantiert Sternchen sehen.

Ich weiche nicht zurück, aber mein Herz pocht wie wild, weil er mir plötzlich so nah ist.

«Und du kannst natürlich immer etwas Unerwartetes tun», murmelt er. Sein Arm klemmt sich von hinten um meinen Nacken, und Noah zieht mich an seine Brust. Ich hole keuchend Luft, als ich gegen seinen Oberkörper pralle. Seine Lippen suchen meinen Mund. Sein Atem fühlt sich heiß an. Und ich öffne mich. Noahs Zunge stößt vor und trifft meine. Langsam umkreist er meine Zungenspitze und lässt mich damit aufseufzen.

«Das ist der fieseste Trick von allen», sage ich atemlos.

«Ja», raunt er. «Und du bist ziemlich gut darin.»

Wir sind beide total verschwitzt, aber das ist egal. Ich lege meine Arme um seinen Nacken, was mit den Boxhandschuhen nicht ganz so leicht ist, und presse mich noch enger an ihn.

«Fuck, Aubree, ich stehe auf deine schmutzigen Tricks.»

Unwillkürlich gebe ich ein Stöhnen von mir und verfluche innerlich die Boxhandschuhe, die mich daran hindern, ihn richtig anzufassen, meine Finger in sein Haar zu graben. Aber der Druck von seinem Boxhandschuh in meinem Rücken gefällt mir. Langsam gleitet das Leder über meinen Rücken nach unten und drückt gegen meinen Po. Noah küsst an meinem Kiefer entlang bis zu meinem Hals, und ich lege den Kopf in den Nacken.

«Du schmeckst salzig.»

«Tut mir leid.»

«Mir nicht.» Und dann küsst er mich wieder, diesmal grober, dominanter. Ich spüre seine Zunge, seine Zähne. Er will den Kopf auf die andere Seite neigen, seine Nase reibt über meine, und ... er gibt einen Schmerzenslaut von sich.

«Fuck, meine Nase. Ich glaube, Elvis hat mich doch härter erwischt, als ich dachte.»

Ich betrachte ihn besorgt, aber außer einer leichten Rötung kann ich nichts erkennen. «Willst du lieber Eis drauflegen?»

«Das ist nicht einmal ansatzweise das, was ich jetzt will. Aber zuerst muss ich meine Handschuhe loswerden.»

Noah zieht mich zum Rand des Rings und klettert durch das Seil, bevor er es für mich anhebt.

Ich klettere hinterher und folge ihm zur Bank, auf der er seine Sachen abgelegt hat.

«Kriegen wir das alleine hin?» Mit einem hilflosen Lächeln hebe ich beide Arme an.

«Jep.» Noah klemmt meinen rechten Arm zwischen seine Fäuste und beißt in das Ende des Tapes, um es ganz langsam abzuziehen. Der Anblick von seinen Zähnen und den grünen Augen darüber, in denen Lichtpunkte tanzen, lässt es in meinem Magen kribbeln. Ich spüre, wie sich der Druck um meinen Arm löst, als er das Tape vollständig abgewickelt hat. Dann macht er sich am Klettverschluss des Handschuhs zu schaffen. Sein

Mund berührt dabei mein Handgelenk, Zähne ratschen über die dünne Haut, und als er den Handschuh schließlich abzieht, ist mir etwas schwindelig. Beim zweiten Handschuh mache ich es selbst und werfe ihn danach auf die Bank. Meine Finger sind total verschwitzt und rutschig, als ich versuche, Noahs Klebeband abzuwickeln. Er hält ganz still, aber ich gleite immer wieder ab. Unter seinem Tape ist kein Klettband, sondern enge Schnüre, und als ich den Handschuh abziehe, kommt darunter ein weißer Wickel zum Vorschein.

«Kann ich ein Foto von uns machen?»

Mein Kopf schießt nach oben. Ich war so auf meine Arbeit konzentriert, dass ich gar nicht bemerkt habe, wie intensiv er mich ansieht. «Ich ... ich weiß nicht. Ja», sage ich schnell. «Natürlich, klar.»

Mit seiner freien Hand kramt Noah sein Handy aus der Tasche und legt den Arm um meine Schulter. Es ist nur ein Foto für ihn. Von uns. Und ich habe keine Lust mehr, mich von dem beherrschen zu lassen, was Social Media mit mir gemacht hat. Also schmiege ich mich an Noah und lächle in die Kamera, als er das Smartphone für ein Selfie hochhält. Ich spüre Noahs Gesicht an meiner Wange, als er mir einen Kuss gibt, und lächle noch mehr, weil mein Herz einfach brennt. Es ist vielleicht idiotisch, aber genauso fühlt es sich an, als würde in meinem Brustkorb etwas brennen, ohne zu *ver*brennen.

«Du kannst wieder aufhören zu lächeln», sagt er mit einem warmen Ton in der Stimme. Er steckt sein Handy weg, lässt mich aber nicht los.

«Aber das ist es ja gerade», flüstere ich. «Ich glaube, ich kann nicht damit aufhören.» Ich drehe meinen Kopf zu ihm und sehe ihn an.

Noah wirkt überrascht. «Ich ...» Langsam bläst er den Atem aus und fährt sich dann mit der noch verbundenen Hand durchs

Haar. «Wow», stößt er hervor. «Ich schätze, das ist ziemlich gut, oder?»

Ich strecke die Hand aus und lege sie auf seine Wange, streiche mit dem Daumen über seine Unterlippe. «Ja. Ziemlich gut.»

Noah hält den Atem an. Und dann küsst er meinen Daumen. Es ist nur ein kurzer Kuss, verbunden mit einem Lächeln. Aber er gehört zu den schönsten, die ich je bekommen habe.

Kapitel 21

Mit meinem Zeug im Arm stoße ich die Tür zur Frauendusche auf. Wasser rauscht, Dampf erfüllt den Raum, und Stimmen hallen von den Kacheln wider. Es gibt hier ein Dutzend Kabinen, die Türen sind alle geschlossen. Ich hoffe, das heißt nicht, dass auch alle Duschen besetzt sind. Die Türen enden etwa dreißig Zentimeter über dem Boden, aber anstatt mich zu bücken und nach Füßen Ausschau zu halten, drücke ich testweise gegen die Kabinentüren. Schon die zweite gibt nach.

Meine Klamotten kleben an mir wie Pattex. Nur unter Anstrengung und ziemlichen Verrenkungen kann ich mich aus dem Bustier quälen und schließlich die engen Leggings herunterpellen. Zusammen mit meiner Unterwäsche stopfe ich alles in den Beutel und hänge ihn am Türhaken auf, bevor ich den Hahn aufdrehe. Das Wasser aus der Brause ist sofort heiß und prasselt kräftig auf meinen Kopf. Oh Gott, meine Muskeln sind steinhart, und die Hitze tut einfach nur gut.

Neben mir diskutieren zwei Frauen laut über ihr Training und verlassen dann gemeinsam ihre Duschkabinen. Ich spüre einen Luftzug an meinen Füßen, als die Tür zum Vorraum aufgeht. Die Tür fällt ins Schloss. Kurz darauf geht sie wieder auf, und ein kalter Hauch streift meine Waden.

«Aubree?»

Was. Macht. Er. Hier?

«Bist du hier drin? Du hast dein Handtuch vergessen.»

«Was?» Panisch drehe ich die Dusche ab und schüttele mir

das Wasser aus den Ohren. Ich gucke an meinem nackten Körper runter und dann auf mein Handtuch, das innen am Haken hängt.

«Dein Handtuch, Aubree. Streck mal den Fuß unten raus, damit ich weiß, wo du bist, dann reiche ich es dir unter der Tür durch.»

Ich habe mein verdammtes Handtuch nicht vergessen. Was zum Teufel ...?

«Hey», ruft eine Frauenstimme, und ich könnte schwören, dass das Claire ist. «Das ist die Frauendusche, du Schwachkopf! Verpiss dich.»

«Sorry, Ladys», erwidert Noah. «Ich bringe nur schnell meiner Trainingspartnerin ihr Handtuch, okay? Bleibt einfach für zehn Sekunden in den Kabinen, ich bin sofort wieder weg.»

«Ich gebe dir zwei, Arschloch!», ruft eine weitere Stimme. «Und dann benutze ich dich als Sandsack, ist das klar?»

Nora?

«Glasklar.»

Ist er irre? Und noch viel wichtiger: Hat er keine Angst, dass er seinen Job verliert und, keine Ahnung, wegen Spannens angezeigt wird? Will er mir wirklich nur ein Handtuch bringen? Und drehe ich gerade durch? Ich reiße mir das eindeutig nicht-vergessene Handtuch vom Haken und wickle es mir hastig um den Leib. Dann strecke ich meinen Fuß unter der Tür durch und wackle mit den Zehen. «Ich bin hier», quietsche ich.

Ich beiße mir auf die Lippe, meine Hände flattern nervös durch die Luft. Und da klopft es auch schon an der Kabinentür. Verdammt, oh verdammt. Dann drehe ich mit einem noch schlimmeren Fluch auf den Lippen den Riegel auf. Sofort schiebt Noah sich zu mir in die enge Kabine. Und er hat auch nur ein Handtuch um seine Hüften gewickelt. Wasser tropft aus seinem nassen Haar und rinnt über seinen Oberkörper.

«Okay, Ladys, die Luft ist wieder rein.» Er grinst mich an und knallt extra laut die Tür zu, bevor er den Riegel vorschiebt.

Ich starre ihn mit gerunzelter Stirn und weit aufgerissenen Augen an. *Du bist verrückt*, formt mein Mund lautlos, und ich schüttele energisch den Kopf. Man hört doch, dass er nicht rausgegangen ist.

«Ist der Typ weg, Aubree?», ruft Claire. «Ich hab keine Tür gehört.»

«Ja», schreie ich viel zu schrill. «Er ist weg. Alles gut.»

«Verdammt, manche Typen haben echt keinen Sinn für Anstand.» Ich kann hören, wie sie vor sich hin murmelt und dann irgendwas auf ihre Ablage knallt.

«Ich hatte versprochen, dir unter der Dusche meine Tattoos zu zeigen», wispert Noah fast tonlos. «Schon vergessen?»

Nein, das habe ich nicht vergessen. Aber jetzt? Hier? Die Kabine ist so winzig, dass wir uns gegenseitig beinahe auf die Füße treten. Ich bin immer noch unschlüssig, ob ich Noah rauswerfen soll oder nicht, da greift er hinter mich und dreht den Wasserhahn wieder auf. Sofort schießt das Wasser aus dem Duschkopf. Reflexartig reiße ich mein Handtuch herunter, damit es nicht nass wird, und werfe es auf die Ablage.

Noahs Augen weiten sich überrascht. *Wow, das war einfacher, als ich dachte*, formt sein Mund.

Ich gebe ein gequältes Stöhnen von mir. Es wäre leichter, wenn er mich in den Arm nehmen würde, aber das macht er nicht, deshalb verschränke ich die Arme vor dem Körper. Was natürlich nicht funktioniert, weil mir ein paar Hände fehlen, um mich wirklich zu bedecken. *So zierlich bin ich nun auch wieder nicht.*

Noah grinst mich frech an. Um seine Augen bilden sich Fältchen. *Hallo, Aubree.*

Und obwohl ich seine Stimme, sein warmes Timbre nicht

höre, ziehen sich dabei alle Muskeln in meinem Unterleib zusammen.

Idiot. Aber das meine ich nicht ernst, und das weiß er auch. Das Wasser läuft mir über den Rücken, während ich darauf warte, was Noah jetzt tut. Schließlich streckt er den Arm aus, und ich halte die Luft an. Aber sein Arm greift an mir vorbei, und im nächsten Moment hält er mir ein Stück Seife vor die Nase. Das war der Deal. Er zeigt mir seine Tattoos und darf mir im Gegenzug dabei zusehen, wie ich mich einseife. Aber ich kann mich nicht erinnern, zugestimmt zu haben. Woran ich mich hingegen viel zu gut erinnere, ist das, was er danach gesagt hat:

Und dann will ich sehen, wie du kommst.

Aber das war, bevor er wusste, dass ich noch Jungfrau bin.

Mein Puls rast. *Ernsthaft?*

Er nickt, aber als ich danach greifen will, zieht er den Arm wieder zurück. «Ich will dich berühren, Aubree», raunt er mir durch das Wasserrauschen zu. «Aber wenn das zu viel ist, sag nur ein Wort. Soll ich gehen?»

Oh Gott. Er will mich waschen? Ich schlucke hart, dann schüttele ich den Kopf. Die Situation überfordert mich gerade ziemlich, aber einer Sache bin ich mir sicher: «Nein. Bleib.»

Ein Glitzern tritt in Noahs Augen, und er beugt sich zu mir, um mir ins Ohr zu flüstern. «Kannst du leise sein?»

Was? Wieso? Wobei denn? Beim Duschen?

Denkt er, ich singe gleich?

Verdammt, ich bin völlig überdreht, und mein Herz gerät außer Kontrolle. Dann kapiert mein benebeltes Hirn endlich, worauf er hinauswill, und ich schüttele hastig den Kopf.

Nein. Nein, auf keinen Fall!

Oh Gott, denkt er jetzt, dass ich normalerweise laut rumstöhne oder so was? Aber offenbar erkennt Noah die Panik in meinem Blick, denn er nickt ganz langsam. *Okay, entspann dich. Mach die Augen zu.*

Seine Hand wischt sanft über mein Gesicht, und ganz automatisch schließe ich dabei die Lider. Er lässt die Hand über meinen Augen liegen und streift mit seinen Lippen meine Wange. Bei dieser Berührung ziehen sich meine Brustwarzen kribbelnd zusammen.

«Ich glaube, ich hasse dich», flüstere ich und kann hören, wie Noah ein Lachen unterdrückt. Verdammt, ich hoffe, ihm fällt die Seife runter. Oh Gott, nein, hoffentlich fällt sie ihm nicht runter. Denn wenn sie runterfällt, müsste er sich danach bücken, und dann wäre sein Kopf genau auf Höhe ... Scheiße, Scheiße, Scheiße, bete ich stumm, lass einfach die Seife nicht fallen, verdammt. Das hat man davon, wenn man plastikfrei einkauft und kein Duschgel benutzt.

Noah nimmt die Hand von meinen Augen weg, aber ich kneife sie weiterhin fest zusammen. Einen Moment passiert gar nichts, dann spüre ich eine Berührung am Arm und Noahs Finger, die sich mit meinen verschränken. Seine sind warm und glitschig von der Seife. Er hält mich nur fest. Irgendwann nimmt er die andere Hand hinzu und fährt mit beiden über meinen Ellbogen nach oben, reibt dann über meinen Oberarm, knetet sanft meine malträtierten Muskeln bis hin zur Schulter.

Noah nimmt sich meinen anderen Arm vor und wiederholt dieselbe Abfolge, was seltsam beruhigend auf mich wirkt. Verlässlich. Dann lässt er mich los. Ich kann hören, wie er sich erneut die Seife nimmt, bevor er mich umdreht und mit flachen Händen über meinen Rücken streicht. Oh verdammt, er ist wirklich gut. Seine Berührung ist nicht leicht, sondern er übt einen steten, genau richtigen Druck aus. Ich entspanne mich immer mehr. Vor allem, da mein Rücken eine ziemlich unverfängliche Körperstelle ist. Zumindest solange er oben bleibt. Aber schließlich fahren seine Hände über meinen Po. Ich versteife mich, doch er verweilt dort nicht, sondern wäscht mich wirklich nur. Das ist okay. Es ist voll okay, damit kann ich umgehen. Ich kann es tatsächlich genießen. Bis zu dem Moment, wo er einfach die Regeln ändert, und seine Hände über meine Taille nach vorne gleiten und meine Brüste umfassen. Oh wow.

Ich lege den Kopf zurück und stoße gegen Noahs Schulter. Sein Oberkörper berührt meinen Rücken, und seine Härte drückt von hinten gegen mein Gesäß. Nur sein nasses Handtuch trennt uns noch voneinander. Es ist nicht zu leugnen, dass ihm ziemlich gut gefällt, was wir hier tun. Seine Finger streicheln von meinen Brüsten über meinen Bauch und zu meinen Hüften. Und dann lässt er mich los und tritt einen Schritt zurück.

Ich öffne den Mund, will ihn fragen, was er tut, da beugt Noah sich an mein Ohr. «Aubree», raunt er leise. «Ich werde mich jetzt hinknien.»

Zischend ziehe ich die Luft zwischen die Zähne und kämpfe gegen den plötzlichen Fluchtreflex an. Es ist Noah, sage ich mir. Wenn mir irgendwas nicht gefällt, kann ich ihm das jederzeit sagen, und er wird aufhören, sofort. Das weiß ich.

Langsam atme ich aus, als Noahs Hände meine Fesseln umschließen. Er hebt meinen Fuß an, und ich gebe ein erschrecktes Quieken von mir, weil ich fast das Gleichgewicht verliere. Mit der Hand taste ich um mich und stütze mich schließlich an Noahs Schulter ab, während ich immer noch die Augen zukneife. Oh Gott, er wird doch nicht ...

Nein. Er tut es nicht. Stattdessen ... wäscht er meine Füße. Er wäscht mir allen Ernstes die Füße. Ich weiß nicht, wohin mit meiner Verlegenheit. Heilige Scheiße, ich will nicht wissen, was er grad alles sieht, weil meine Beine in dieser Position leicht gespreizt sind. *Atmen, Aubree.* Das ist doch gar keine so große Sache, oder?

Oh Gott, doch, das ist es!

Ich kann kaum ertragen, dass er jetzt vor mir hockt und meine Füße einseift. Das ist so ... so ... *demütig*. Das ist nicht das, was ich von Noah erwartet habe. Mein Brustkorb zieht sich zusammen, als er auch meinen anderen Fuß anhebt.

«Noah.» Ich berühre ihn am Kopf, und er greift nach meiner Hand, um einen schnellen Kuss daraufzudrücken, dann konzentriert er sich weiter auf meine Beine. Er stellt meinen Fuß wieder ab, und seine Finger kreisen über meiner Kniescheibe, meinen Kniekehlen, dann gleiten sie fest über die Außenseite meiner Oberschenkel nach oben. Ich spüre seine Wärme an meiner Seite, als er sich neben mir wieder aufrichtet. Er tritt hinter mich, dabei schiebt er eine Hand flach zwischen meine Schenkel, bis seine Handkante meine Mitte streift. Es ist nur eine Sekunde, aber die reicht aus, um Strom durch meinen gesamten Unterleib zu jagen. Sofort zieht er die Hand fort. Oh wow, ich wünschte, er würde das wiederholen. Vor Sehnsucht nach seiner Berührung gebe ich ein Stöhnen von mir.

«Tut mir leid», flüstert er durch das Wasserrauschen. «Die Seife könnte brennen.»

Ich kann nicht fassen, dass er sich darüber Gedanken macht. Dass er das weiß. Dass er darauf achtet. Mühsam ringe ich nach Atem, als Noah mich zu sich dreht und meinen Kopf dann zwischen seine Hände nimmt. Im Duschraum ist außer unserem Wasserrauschen nichts mehr zu hören. Ist überhaupt noch jemand hier? Ich weiß es nicht.

«Aubree?» Er küsst meine Nasenspitze, meine Wangenknochen, meinen Mund.

«Ja?»

«Mach die Augen auf.»

Ich blinzle, und mein Herz stolpert, als ich sein Gesicht vor mir sehe. In seinen Wimpern hängen Wassertropfen, die ich ihm am liebsten wegküssen würde.

«Ich habe dich angesehen, überall», sagt er.

Oh Gott, ich schließe die Augen sofort wieder.

«Hey», lacht er. Er küsst meine Augenlider. «Mach sie wieder auf. Ich habe alles von dir gesehen, und da ist nichts, was mir nicht verdammt gut gefällt, Bree. Gar nichts. Wir können diese Nummer mit der *fucking* Verlegenheit jetzt also hinter uns lassen, okay?»

«Okay», krächze ich.

«Dann sieh mich endlich an.»

Nach einem Moment öffne ich die Augen wieder. Noah lächelt, dann ergreift er meine Hand und legt die Seife hinein. «Jetzt du.»

Jetzt du. Mein Herz stolpert nun nicht mehr nur, es setzt ganz aus. Ich habe das Gefühl, ich brauche mindestens einen Boxschlag gegen den Brustkorb, um es wieder in Gang zu bringen.

Meine Finger legen sich so vorsichtig um die Seife, als wäre es eine Handgranate. Aber in die Aufregung mischt sich auch Vorfreude. Denn ich hatte gehofft, dass das kommt. Dass Noah mir die Kontrolle überlässt. Und wenn ich ihn jetzt noch dazu bringe, dass er auch die Augen zumacht, wird mir das ziemlich viel Spaß machen, glaube ich. Dennoch bin ich nervöser als vor meiner ersten großen Sprechrolle. Nervöser als vor jeder Prüfung. Nervöser als überhaupt jemals zuvor.

«Level 1», sage ich.

«Muss das sein? Ich will dein Gesicht ansehen.»

«Aber ich will dabei allein sein.»

Noah verschluckt sich und fängt an zu lachen. «Wie allein?»

«Na ja», gebe ich verlegen zurück. «Allein im Sinne von unbeobachtet, meine ich. Allein mit deinem Körper. Wenn das irgendwie einen Sinn ergibt.» Ich werde rot.

«Scheiße, jetzt fühle ich mich benutzt.»

«Mach einfach die Augen zu, Noah, okay?»

Er schließt die Augen. «Kann aber sein, dass ich zwischendurch mal blinzeln muss.»

«Kann sein, dass du dann aus Versehen Seife ins Auge bekommst.»

Er seufzt ergeben. «Du bist gemein.»

«Tja», sage ich. «Das Leben ist hart.» Mir wird klar, was ich gesagt habe, als Noah ein Ächzen von sich gibt.

«Nicht. Dieses. Wort. Bree.»

«Tut mir leid.»

«Fuck, ich will dich. Ich will dich jetzt an der Wand nehmen. Ich ...»

Ich halte ihm erschrocken den Mund zu, weil plötzlich die Tür aufgeht. Badeschuhe schlappen über den Boden an unserer Kabine vorbei. Eine Kabinentür knarzt, aber dann kommen die Schritte wieder zurück.

Panisch halte ich den Atem an, was idiotisch ist, weil der Riegel vorgelegt ist und niemand in die Kabine reinkommen kann. Vielleicht hat jemand einfach nur was vergessen. Eine Haarspange, Autoschlüssel, eine Shampooflasche ...

Als die Schritte sich wieder entfernen und der Luftzug mir verrät, dass die Tür aufgezogen wird, lasse ich langsam wieder den Atem aus den Lungen entweichen. Noah blinzelt mich an.

«Level 1», erinnere ich ihn.

Mit einem Seufzen gibt er nach, und ich schäume die Seife in meinen Händen auf. Noahs Körper ist angespannt, und aus einem Impuls heraus beuge ich mich vor und küsse ihn sanft auf den Mund. Sofort legt er seine Arme um mich, aber ich schiebe sie beiseite.

«Level 2», sage ich entschieden.

Noah stöhnt frustriert, aber er legt die Arme auf den Rücken.

Oh, ich werde das hier genießen. Geradezu zelebrieren. Ich werde mir jedes einzelne seiner Tattoos anschauen. Wobei wir beide wahrscheinlich erfroren sind, bevor ich damit fertig bin.

«Ist dir kalt?», frage ich ihn, als meine Finger sanft an seinem Bauch nach oben gleiten und er eine Gänsehaut bekommt.

«Nein», raunt er. «Mach weiter.»

Mit den Fingerspitzen kreise ich um den Pferdekopf auf seinen Rippen und massiere die Seife in seine Haut. Ich würde ihn gerne fragen, ob das ein Bild von Ebony ist, aber die schmerzhafte Erinnerung würde den Moment kaputt machen, und das will ich nicht. Neben Ebony ziehen sich Bergspitzen über seine Brust, und auf der anderen Seite ist ein dunkles Meer. Schwarze Wellen mit hellen Schaumkronen, darunter die Worte *She can lead you to love, she can take you or leave you.* Der Songtext kommt mir bekannt vor, es ist was Älteres, glaube ich. Aber von wem die Zeilen auch stammen, sie klingen schmerzvoll. Als hätte ihm jemand das Herz gebrochen. Ich schlucke den Kloß in meinem Hals runter, weil ich nicht darüber nachdenken will. Aber dann streiche ich über die Worte und frage ihn doch. «Ist das von Billy Joel?»

Noah nickt wortlos.

Über seine Bauchmuskeln, oberhalb der Stelle, wo ich neulich schon die Songzeile von BANKS und die von YUNGBLUD entziffert hatte, zieht sich ein Wolfsgesicht mit einem leuchtend hellen Mond, umgeben von Wald. Derselbe Wald wiederholt sich auf Noahs rechtem Arm. Die Tannenspitzen sind so realistisch dargestellt, dass ich fast meine zu sehen, wie die Zweige sich im Wind bewegen. Und da sind Musiknoten, viele Musiknoten, ein ganzes Lied. Ich will wissen, was das für ein Stück ist, aber das frage ich ihn später. Nicht jetzt, wo er fast nackt und mit geschlossenen Augen vor mir steht. Sein linker Arm ist im Gegensatz zum rechten nicht vollständig tätowiert. Auf dem Oberarm ist ein Rabe mit abgespreizten Flügeln zu sehen, Ornamente schlängeln sich darum.

Als ich seinen Oberkörper eingeseift habe, stelle ich mich hinter Noah und mache mit seinem Rücken weiter, dabei prasselt mir das Wasser nun selbst auf den Rücken. Auf der Hinterseite seines linken Arms, über der rauen Stelle seines Ellbogens, die ich so mag, flattern drei kleine Drachen, jeder nur so groß wie mein Daumen, und darunter stehen die lateinischen Worte *hic sunt dracones*. Hier sind Drachen. Ich weiß, dass man so was früher auf die weißen Stellen von Landkarten geschrieben hat, aber ich weiß nicht, was es für Noah bedeutet.

Von hinten umfasse ich seine Taille, schließe die Arme um seinen Bauch, presse mich an seine Rückseite und schmiege meine Wange an sein Schulterblatt. Genau dort, wo in einer Schreibmaschinenschrift das Wort *forgive* steht. Der Gedanke ist absurd, aber ich kann mich nicht dagegen wehren. Es ist dieselbe Stelle, an der bei einem Engel die Flügel wachsen würden. Und dieses Tattoo ... als hätte er sich dort selbst verletzt, die Flügel abgeschnitten und dafür eine Entschuldigung hinterlassen.

Ich lasse meine Hände langsam an seinem Bauch hinabgleiten und greife nach dem Handtuch. Noah spannt sich an, und ich warte, bis ich spüre, dass er die Muskeln wieder lockert. Dann atme ich einmal tief durch, ziehe das Handtuch weg und lege es zu meinem auf die Ablage.

An seiner Seite stelle ich mich auf die Zehenspitzen, meine Brust drückt sich gegen Noahs Oberarm, als ich in sein Ohr wispere: «Ich werde mich jetzt hinknien.»

Noah erstarrt wieder. Ich könnte schwören, dass er auch leise knurrt, doch vielleicht wünsche ich mir das nur.

Mit nackten Füßen tapse ich ganz um ihn herum, und kaum gehe ich vor ihm in die Knie, hält er sich eine Hand vor den Schritt. Oh verdammt, das ist so heiß, dass meine Kehle ganz trocken wird. Mir ist klar, dass er das nicht aus Scham macht. Noah fühlt sich ganz offensichtlich ziemlich wohl in seiner Haut. Aber er ist rücksichtsvoll, und das lässt ein tiefes Gefühl der Zärtlichkeit durch meinen Körper strömen. Mit wild pochendem Herzen seife ich seine Füße ein, genauso, wie er das bei mir gemacht hat. Aber ich halte mich nicht so lange damit auf, streichle seine Schienbeine, seine Waden und lehne mich beim Aufrichten kurz an ihn. Mein Gesicht berührt seinen Oberschenkel, ich gleite mit Nase und Mund daran entlang, über seinen Bauch, bis ich an seinem Brustbein und schließlich seinem Hals ankomme. Meine Brustwarzen berühren ganz leicht seinen Oberkörper, und ich lasse meine Finger an seiner Leiste nach unten streichen, schiebe seine Hand sanft beiseite und lege meine warme Handfläche an seine Erektion.

Noah hat die Augen immer noch geschlossen, aber er hat seine Unterlippe zwischen die Zähne geklemmt und atmet schwer. Meine Finger schließen sich zu einer Faust. Oh Gott, die Seife ist so glitschig, dass ich gar nicht anders kann, als meine Hand an ihm auf und ab zu bewegen.

«Fuck», presst Noah durch die Zähne, und ich muss lächeln.

Aber als er nun die Augen aufmacht, vergeht mir das Lächeln, weil der intensive Blick, mit dem er mich ansieht, sich bis in meine Seele brennt.

Dieser Blick.

So dunkel, so tief. Ein grünes Meer, in dem ich versinken könnte.

Noah bewegt seine Hüfte und kommt meiner Faust entgegen. Einmal, zweimal. Sein Brustkorb hebt und senkt sich angestrengt, dann ziehen sich seine Brauen zusammen, und er hält plötzlich inne, packt meine Handgelenke. Drückt so fest zu, dass ich ihn überrascht loslasse.

«T...tut mir leid. Habe ich was falsch gemacht? Ich ...»

Noah zieht mich an sich und verschließt meinen Mund mit seinen Lippen. Er schiebt uns beide unter den Wasserstrahl, der sofort die Seife von uns abwäscht. Dabei ist alles an ihm fordernd. Sein Kuss längst nicht mehr sanft. Er besteht aus seiner heißen Zunge, aus Zähnen, aus Saugen. Mit einem Stöhnen lässt er dann von mir ab, vergräbt sein Gesicht an meinem Hals. Ich kann das Grollen spüren, das seinen Brustkorb vibrieren lässt, und immer noch die Härte, die sich gegen mich presst, was sich so verführerisch anfühlt, dass ich ganz automatisch weich werde, nachgiebig, meine Beine weiter spreize.

Als Noah plötzlich von mir abrückt und das Wasser abstellt, kann ich ihn für einen Moment nur verständnislos anstarren. Sein Blick ist gesenkt, während er für einige Sekunden einfach nur atmet. Ich bekomme eine Gänsehaut, weil das Wasser uns nicht mehr wärmt und er mich nicht mehr festhält. Unsicherheit droht, mich zu überwältigen, aber dann beschließe ich, Noah dankbar sein. Das hier ist schließlich eine öffentliche Dusche, und er hat das im Gegensatz zu mir nicht vergessen.

Also ziehe ich mit einem Seufzen das Handtuch von der Ablage und wickle mich darin ein, obwohl es so feucht ist, dass ich mich damit kaum noch abtrocknen kann. Weil Noah sich immer noch nicht rührt, lege ich ihm sein Handtuch um die Hüften und lächle ihn verlegen an.

«Ich ... ich fand es sehr schön, mit dir zu duschen», sage ich, und sein Blick schießt zu mir. «Aber, Noah ...»

«Ja?», keucht er.

«Kannst du mich vielleicht einfach ...» Oh Gott, ist das blöd? Ich schlucke. Ganz bestimmt ist es blöd. Ich hoffe nur, er hält mich nicht für total bescheuert. «Kannst du mich jetzt einfach ganz fest an die Wand drücken?»

«Ich soll ... was?»

«Mich an die Wand drücken.» Wieder beiße ich mir auf die Lippe.

«Du bist ... Aubree.» Er schüttelt den Kopf, und dann lächelt er. Mit beiden Händen umrahmt er mein Gesicht und küsst mich. Und dann macht er genau das, was ich von ihm will. Er presst mich an die Wand, bis ich die kalten Fliesen in meinem Rücken spüre. Verdammt, er drückt mich mit seinem ganzen Körper so fest dagegen, dass ich sogar jede Fuge spüre, wahrscheinlich habe ich gleich ein Muster auf dem Rücken.

Oh Gott, ich liebe es.

Aber nach einer Weile wird Noah weicher, hält mich weiterhin im Arm, aber nicht mehr so fest. Er hört nicht auf, mich zu küssen, aber es ist nicht mehr so drängend, sondern unendlich süß, zärtlich, weil ein leises Lachen in seinem Kuss mitschwingt.

Und ich merke, dass er es jetzt ist, der nicht mehr damit aufhören kann. Er kann auch nicht mehr aufhören zu lächeln.

Kapitel 22

Wir haben uns so lange geküsst, bis wir von allein getrocknet sind, und dann immer noch nicht damit aufgehört. Keine Ahnung, wie lange wir so in der Dusche standen und uns festhielten, aber irgendwann ging das Licht aus, und Noah stieß einen Fluch aus.

«Fuck. Okay, wenn wir hier nicht eingeschlossen werden wollen, dann sollten wir jetzt verschwinden.»

Ich scheuche Noah nach draußen, während ich mit fliegenden Händen meine Wechselsachen aus dem Beutel reiße, in Jeans und T-Shirt schlüpfe und auch den Sweater überstreife. Hoffentlich habe ich meine Klamotten richtig rum an, ich kann im Dunkeln nämlich überhaupt nichts sehen.

Zum Glück geht kurz darauf, das Licht wieder an, sodass ich meine Schuhe, die ich vorhin in der Umkleide habe stehenlassen, nicht blind herumtastend suchen muss.

Noah wartet draußen schon auf mich, als ich in den großen Saal komme. Der Boxclub ist tatsächlich komplett leer, und als wir nach vorne gehen, sieht uns der Typ am Tresen, der irgendwelche Flaschen und anderes Zeug auffüllt, nur mit hochgezogenen Brauen an. Der Wortwechsel zwischen Noah und ihm fällt kurz aus.

«Wells.» Noah nickt ihm zu.

Wells grinst und hebt eine Hand. «Seid ihr fertig? Kann ich das Licht dann wieder ausmachen?»

«Klar. Wir sehen uns.»

Danach stehen wir auf der Straße. Mein Auto sieht im Licht

der Straßenlaterne noch schäbiger aus als ohnehin schon. Vielleicht sollte ich es doch Cora nennen. «Willst du mit mir fahren?»

«Ich hab mein Rad hier.» Noah nickt zu den Fahrradständern vor dem Eingang.

Wir könnten versuchen, sein Fahrrad in den Kofferraum zu bugsieren. Oder ich könnte Cora hier stehenlassen und einfach mit ihm zu Fuß gehen. Oder ich könnte mich auch einfach hier von ihm verabschieden, weil ... weil ich verdammt noch mal völlig vergessen habe, dass Jenna heute Abend vorbeikommen wollte.

«Mist», sage ich. «Ich habe Jenna vergessen. Wir waren eigentlich verabredet.» Ich ziehe mein Smartphone aus der Tasche und sehe, dass sie mich schon angerufen hat. Und da ist auch eine Nachricht von Ivy.

Ivy: Jenna und ich fangen schon mal an zu netflixen. Mach dir keinen Stress.

«Schon okay. Ich muss eh noch ein Essay für morgen schreiben.» Noah kramt den Schlüssel für das Fahrrad aus seiner Tasche.

«Worum geht's denn?» Ich habe kein gutes Gefühl dabei, mit Noah über sein Filmstudium zu sprechen, aber das will ich ihn nicht spüren lassen.

«Um Regisseure. Wen wir besonders bewundern. Ich weiß von zehn Leuten aus meinem Kurs, die eine verfickte Liebeserklärung an David Lynch schreiben.»

Okay. Ich atme erleichtert aus. Das hat nichts mit dem zu tun, was meine Mom macht. Aber David Lynch ist gruselig. «Siehst du auch gerne Filme von David Lynch?» Ich hoffe, er sagt nein.

«Fuck, nein. Lieber lasse ich mir von einem Affen die Eier abkauen. Ich könnte eher ein Essay darüber schreiben, warum ich David Lynch hasse.»

Gott sei Dank. «Ich glaube, ich habe außer *Mulholland Drive* nichts von ihm gesehen. Danach hatte ich Albträume. Wahrscheinlich habe ich den Film nicht verstanden.»

Er nickt. «Ging mir genauso. Lynchs Hauptthema ist Angst. Ich finde das abartig. Klar, er inszeniert eine Wahnsinnsatmosphäre, die Kameraführung, die Musik, das alles ist irgendwie hypnotisch, als wäre man auf einem Drogentrip ...» Er hält inne. «Oder so ähnlich», fügt er schnell hinzu. «Aber Liebe ist bei ihm obsessiv und albtraumhaft, und die ganze Welt frustrierend. Ein beschissenes Labyrinth. Es gibt keine Logik, keine Aufklärung, keinen Sinn. Alles ist surreal und verstörend. Wieso rennt dieser Cowboy da ständig rum?»

«Ich glaube, der war nur symbolisch.»

«Das ist doch scheiße. Ich meine, okay, vielleicht bin ich einfach gestrickt, aber ich will einen Film schon beim ersten Mal kapieren und ihn nicht hundertmal angucken müssen, um irgendwelche verfickten Symbole zu interpretieren. Wahrscheinlich stehe ich deshalb eher auf Games.» Jetzt grinst er.

Es ist süß, wie er sich bei diesem Thema heißredet. «Ich finde, du solltest dieses Hass-Essay über David Lynch schreiben», sage ich. «Dein Kursleiter wird begeistert sein, wenn er vorher zehn Liebeserklärungen lesen musste.»

«Vielleicht mache ich das.» Noah schiebt die Hände in die Taschen seiner Jeans. «Dann bis morgen.»

Er macht keine Anstalten, mir näher zu kommen, deshalb bleibe ich auch stehen. Morgen werden wir uns nicht sehen. Verlegen hebe ich eine Hand, und meine Fingerspitzen berühren meine Lippen, die sich geschwollen anfühlen. Es ist seltsam, einfach so gute Nacht zu sagen, und ich muss an einen Satz denken,

den ich neulich auf Instagram gelesen habe. Als ich noch einen Account hatte. Und mein altes Leben.
Love makes the shy brave and the brave shy.
Noch vor zwei Wochen konnte ich damit nicht viel anfangen. Jetzt ist das anders. Jetzt erkenne ich plötzlich mich selbst darin wieder. Deshalb muss ich den Satz gleich unbedingt in Errol lettern. Auch wenn ich nicht weiß, ob das hier Liebe ist. Oder ob ich vorher mutig oder schüchtern gewesen bin. Und erst recht nicht, was davon ich jetzt bin. Ich weiß nicht, wie mutig ich sein kann, aber ich weiß, dass ich Noah so nicht verabschieden will. Die Distanz zwischen uns überbrücke ich mit zwei Schritten und lege die Arme um seinen Hals, meine Wange an seine.

«Hey», sagt er rau. Er zerrt eine Hand umständlich aus der Hosentasche, dann spüre ich sie ganz leicht an meinem Rücken.

«Ich muss morgen nach New York. Es ist nur für zwei Tage, eine Werbung für Frühstücksflocken. Aber falls du dein Essay schnell fertig bekommst und es noch nicht zu spät ist, dann ... also ... ich könnte vielleicht noch vorbeikommen.»

Um Sex zu haben. Mit dir.

Oh Gott, dieser Gedanke heult wie eine Sirene durch meinen Kopf, so laut, dass er das einfach hören muss.

Noah nickt erst, dann geht die Bewegung übergangslos in ein Kopfschütteln über. «Da sind noch verdammt viele *What ifs* in deinem Kopf, findest du nicht?»

«Nein, ich bin mir ziemlich sicher, dass ich ... also eigentlich ...» Ich stammle hilflos, und das vermittelt ihm wohl nicht gerade, dass ich mir sicher bin bei dem, was ich will.

«Ich werde sowieso verdammt lang an diesem Essay arbeiten», versucht er die Zurückweisung abzumildern. Dann gibt er mir einen sanften Kuss auf den Mundwinkel. «Und du kommst ja in zwei Tagen wieder zurück, oder?»

«Ja», sage ich und klinge dabei, als wäre ich zwei Stockwerke nach oben gerannt.

«Gut.» Seine Stimme hört sich genauso an. Als wäre er gemeinsam mit mir die Stufen nach oben gerannt. Und irgendwie sind wir das ja auch. «Wenn du nämlich nicht zurückkommst, dann muss ich nach New York fahren, und damit ich mir das leisten kann, muss ich mir einen zweiten Elvis suchen. Und die Typen gehen mir echt auf den Sack.»

In meinem Brustkorb breitet sich Wärme aus, weil es das Beste ist, was er sagen konnte. «Danke.» Ich löse mich von ihm und gehe die paar Schritte zum Auto. Dort drehe ich mich noch mal um. «Gute Nacht, Noah. Bis in zwei Tagen.»

«Natürlich ist es total unrealistisch», sagt Jenna, als ich mich zu ihnen auf das Sofa werfe. Auf dem Bildschirm flimmert irgendein Actionfilm mit Helen Mirren. Und sie ist in ihrem Alter selbst auf High Heels noch schneller als jeder von uns im echten Leben. Tougher sowieso. Als Entschuldigung dafür, dass ich zu spät bin, habe ich an der Tankstelle drei Becher Eis besorgt.

«Es tut mir total leid», wiederhole ich noch einmal.

«Ist nicht so schlimm. Du hast eine wirklich sehr gute Entschuldigung mitgebracht.» Jenna schnappt sich ihren Eisbecher vom Tisch.

Ivy ist einen Schritt weiter und hat den ersten Löffel schon im Mund. Sie schluckt das Eis hinunter und kichert dann. «Ich schätze, du hast auch ansonsten eine ziemlich gute Entschuldigung, oder, Aubree?»

Mir läuft das Blut so schnell ins Gesicht, als würde ich einen Kopfstand machen. Ich stoße ihr den Ellbogen in die Rippen, und um nicht näher darauf einzugehen, frage ich Jenna nach ihrem Abend gestern bei den NAD.

Jenna seufzt. «Wir haben nur eine Pressemitteilung für eine Veranstaltung abgesegnet. Nichts Wichtiges. Aber wisst ihr, was mich gerade echt aufregt? Guckt euch das an.» Sie deutet auf den stummen Bildschirm. «Welche Frau rennt denn bitte freiwillig mit hochhackigen Schuhen oder kämpft mit offenen Haaren?»

«Ich nicht», sage ich und deute auf meinen Kopf. «Aber klar, ich würde sie mir zusammenbinden.»

«Ich auch», sagt Ivy. «Und High Heels gehen gar nicht. Ich ziehe die nicht mal an, wenn ich ausgehe. Aber hauptsächlich, weil ich damit nicht richtig laufen kann. Und es ist total unrealistisch in einem Actionfilm. Aber weißt du, was noch unrealistisch ist? Die BHs. Ist jetzt vielleicht ein krasser Themenwechsel, aber in den meisten Filmen oder Serien tragen Frauen beim Sex einen BH. Macht ihr das etwa?»

«Natürlich nicht», sagt Jenna.

Ich puste langsam aus. «Da kann ich noch nicht wirklich mitreden, wie du weißt.»

«Wieso nicht?», will Jenna wissen.

Ivy leckt ihren Löffel ab und steckt ihn dann grinsend zurück ins Eis. «Ich sage nichts dazu.»

Jennas Blick schießt zwischen Ivy und mir hin und her. «Moment, Leute, ich komme gerade nicht mehr mit.»

Ich rede nicht sonderlich oft darüber, aber es ist mir auch nicht peinlich. Und Jenna vertraue ich, obwohl wir uns erst so kurz kennen. «Ich bin noch Jungfrau.»

«Aber das ist doch gut.» Jenna nickt mir aufmunternd zu. «Das kann schließlich jeder für sich entscheiden. Bleib so lange Jungfrau, wie du willst. Und wenn du nicht mehr willst, such dir jemanden ... na ja, jemanden, dem du etwas bedeutest.» Ihre Mundwinkel ziehen sich nach oben.

Nicht grinsen, Aubree. Aber, oh Gott, ich kann nicht anders.

«Da rieselt es wieder, das Herzchenkonfetti», sagt Ivy. «Wo ist Errol, ich habe einen Spruch für dich, den du unbedingt aufschreiben musst.»

Während sie Jenna erklärt, wer Errol ist, stehe ich auf und gehe vor dem Tisch in die Hocke, um das Buch und einen Stift darunter hervorzukramen. Ich schlage Ivy die erste freie Seite auf und halte ihr beides hin. Sie zieht den Stöpsel mit den Zähnen ab und malt mit schnellen Zügen auf die Seite:

Du streust Konfetti in mein Leben.

Als sie den Stift wieder zustöpselt, stöhnt sie plötzlich auf. «Verdammt, jetzt habe ich mir auf die Zunge gebissen. Lettering-Unfall.»

Ich schnaube amüsiert, aber Jenna fängt so heftig an zu lachen, dass sie vom Sofa rutscht, und dann ist es um uns alle geschehen. «Oh Gott, ihr seid verrückt», japst Jenna.

Ivy kuschelt sich an mich, als unser Lachen verebbt. «Ich freue mich wirklich für dich, Aubree. Du siehst glücklich aus. Ich hoffe nur, Noah versaut es nicht.»

«Sag das nicht, okay? Ich verstehe echt nicht, warum du so eine schlechte Meinung von ihm hast. Er ist der verständnisvollste und netteste Typ, der mir je begegnet ist.» Und weil Ivy daraufhin ein gequältes Stöhnen von sich gibt, sage ich schnell: «Und jetzt lass uns nicht mehr darüber reden. Mir fällt aber noch etwas ein, was in den Filmen immer total unrealistisch ist.»

«Okay, schieß los.»

«Frauen haben niemals ihre Tage.»

«Das stimmt», sagt Jenna. «Weil die Menstruation das totale Tabuthema ist.» Ihre Stimme geht empört in die Höhe. Sie scheint nicht das erste Mal darüber nachzudenken. «Niemand will hören, wie man sich mit Krämpfen windet oder mit Tampons oder einem von diesen Silikoncups rumquält. Oder

Du streust Konfetti in mein Leben!

dass man ausläuft, weil man sich das blöde Ding falsch eingesetzt hat oder es nicht rechtzeitig ausspülen konnte. In Filmen kommt das nie vor, dabei betrifft es fünfzig Prozent der Menschheit mehrere Tage pro Monat! Ich meine, es kommt alles in Filmen vor, die ausführlichsten Sexszenen ...»

«... mit BH», ergänzt Ivy.

«Natürlich mit BH. Aber dieser Part unseres Lebens wird komplett ausgeklammert. Wenn ich später als Lehrerin arbeite, dann will ich das nicht bloß kurz im Biologieunterricht abhandeln. Man muss doch auch darüber reden, dass mal was schiefgehen kann, oder? Dass man ausläuft. Mir ist das schon mal bei meiner Tante passiert. Sie hatte nachher einen Fleck auf dem Sofa, und ich bin fast gestorben, weil mein ... also mein, äh ... Cousin das mitbekommen hat.»

«Thomas?», frage ich.

«Natürlich. Wenn, dann ziehe ich bei peinlichen Momenten gleich den Hauptgewinn.»

«Shit», sagen Ivy und ich wie aus einem Mund.

Mir wird allein bei der Vorstellung flau. «Oh Gott, das tut mir total leid. Was hat er gesagt?»

«Er hat nichts gesagt, das ist ja das Schlimme. Er hat Polsterreiniger geholt und sauber gemacht.»

«*Er* hat sauber gemacht?» Ivy und ich starren sie ungläubig an. «Ohne irgendeinen blöden Kommentar?»

«Ja», presst sie durch zusammengebissene Zähne hervor. «Ein blöder Spruch wäre mir viel lieber gewesen, dann hätte ich ihn anmeckern können. Aber was willst du schon zu einem Typen sagen, der eine Decke über das Sofa wirft und seiner Mutter gegenüber hinterher behauptet, er hätte etwas zu trinken verschüttet. Oh Gott, ich konnte ihm ein Jahr lang nicht in die Augen sehen.»

«Oh wow», sage ich. «Er wollte dich nicht bloßstellen, das ist ...»

«... einfach nur wow», wiederholt Ivy meine Aussage. «Er hat *nichts* gesagt?» In ihrer Stimme schwingt so viel Unglauben mit, als hätte Jenna ihr gerade erzählt, von Aliens entführt worden zu sein. Aber nach dem, was sie mir über das Zusammenleben mit Asher und Noah erzählt hat, wundert mich das nicht unbedingt. Und dass Noah meist erst redet und dann nachdenkt, weiß ich inzwischen schließlich aus eigener Erfahrung.

«Kein Wort.»

Wir schweigen für einen Moment fassungslos. «Ich kenne Thomas ja nicht. Aber so ein Mann muss doch irgendeinen Haken haben, oder?», fragt Ivy. «Eine Piepsstimme? Müffelt er? Ist er Republikaner oder sonst auf irgendeine Art hohl?»

«Er ist Handwerker. Und er ist in jeder Hinsicht attraktiv.»

Ich nicke bestätigend. «Sehr attraktiv. Selbst Rosa steht ihm phantastisch. Und er trinkt seinen Kaffee schwarz mit einem Löffel Zucker», ergänze ich.

«Was soll mir das denn sagen?», fragt Ivy.

«Dass er Geschmack hat. Ich trinke meinen Kaffee auch so.» Ich schenke mir mit einem Grinsen ein Glas Wasser ein, weil vom vielen Lachen und Reden meine Kehle ganz trocken ist.

«Wenn er nicht dein Cousin wäre, müsstest du ihn daten.»

«Ivy, er ist nicht wirklich mein Cousin.» Sie seufzt. «Seine Mutter ist nur mit meiner Mom und ihren Brüdern zusammen aufgewachsen.»

«Und selbst wenn, das wäre nicht illegal, oder?»

«Nur in einigen Staaten. Ich habe es mal aus Interesse gegoogelt», gibt sie zu. «Aber Thomas ist nicht mein Cousin!» Sie hat das schon mehrmals betont und lacht nun unsicher auf, weil ihr das wahrscheinlich gerade selbst auffällt.

«Ich habe das auch mal *aus Interesse* gegoogelt. In manchen Staaten dürfen Cousin und Cousine sogar heiraten und Kinder kriegen.» Ivy kann es nicht lassen, sie noch ein wenig zu ärgern.

«Wir sind nicht blutsverwandt! Thomas ist ...» Sie stockt, als sie unsere Gesichter sieht und stößt ein herzliches «Ihr seid blöd» aus.

«Wo wir aber gerade beim Thema sind, was ist mit Geburten?», fragt Ivy. «Ich meine im Film. Ganz abgesehen davon, dass Frauen *immer* Kinder bekommen wollen – selbst wenn sie zu Beginn total dagegen waren –, wenn sie dann schwanger sind, natürlich ohne je ihre Menstruation bekommen zu haben, dann platzt die Fruchtblase garantiert mit einem lauten Platsch. Wieso ist Fruchtwasser okay, aber Menstrualblut ist es nicht?»

«Das verstehe ich auch nicht. Und was ist mit dem Hausmeister?», hake ich nach.

«Hausmeister? Was für ein Hausmeister denn?»

«Na ja, der der das Fruchtwasser aufwischen muss. Okay, ich gebe zu, das ist jetzt kein Frauenklischee. Aber in jedem beschissenen Highschool-Film steht am Eingang ein hässlicher Typ mit Wischmopp.»

Ivy muss so urplötzlich lachen, dass sie ihr Eis ausprustet.

«Siehst du», sage ich kichernd, «und das würde man in einem Film auch nie zu sehen bekommen. Eine sabbernde Heldin.»

«Ich habe nicht gesabbert.» Sie wirft mit einem Kissen nach mir.

«Und immer ist ein Kissen zum Werfen zur Stelle, wenn man es braucht.»

«Ihr beide seid so bekloppt», stellt Jenna fest. «Aber habt ihr schon mal gegen einen von diesen Snackautomaten geschlagen? Ich schwöre euch, das will ich unbedingt mal ausprobieren, weil in jedem Film erst einmal dagegengehämmert wird, bevor das Ding endlich was ausspuckt. Kein Kaffee oder Schokoriegel ohne Gewaltanwendung. Aber mir ist das noch nie passiert. Und ich warte sehnsüchtig darauf, meine Wut einmal an einem Automaten auslassen zu können. Ohne verhaftet zu werden, meine ich.»

Wir lachen. Und dann lachen wir noch etwas mehr. Irgendwann später sehen wir gemeinsam eine Folge *Sex Education*. Wir liegen zu dritt Schulter an Schulter auf dem Sofa, mit den Füßen auf dem Tisch. Die verdammte Feder pikst mir in den Hintern, und ab und zu macht eine von uns einen einzelnen Sit-up, um an die Chipstüte zu kommen.

«Sie hatte keinen BH an», bemerkt Jenna. «Aimee, meine ich. Erste Folge. Sie hatte keinen BH an, als sie mit Adam im Bett war.»

Ivy gibt ein zustimmendes Brummen von sich. «Deshalb ist die Serie auch so gut.»

Ich nicke enthusiastisch. «Der britische Akzent ist echt toll. Findet ihr nicht auch, dass sogar vulgäre Ausdrücke mit britischem Akzent irgendwie vornehmer klingen?» Das ist schon allein aus Sprechersicht für mich interessant.

«Nein», sagt Jenna trocken. «Eigentlich nicht.»

«Ich habe gelesen, dass die beiden Schauspieler auch in echt zusammen sind.» Das ist jetzt nicht wirklich wichtig, aber ich finde die Vorstellung süß. «Aimee und Adam.»

«Das ist der Kiffer, oder?»

«Er kifft ja jetzt nicht mehr, weil Otis' Mom ihn darüber aufgeklärt hat, dass das zu frühzeitiger Impotenz führen kann.»

«Noah hat früher übrigens auch gekifft.»

Ich schlage Ivy auf den Bauch, und sie zieht gleichzeitig stöhnend und lachend die Beine an. «Tut mir leid, tut mir leid, ich konnte nicht anders. Aber du wirst mir bestimmt sagen, dass Noah damit keine Probleme hat.»

«Ich werde dir garantiert gar nichts mehr sagen, wenn es um deinen Bruder geht.»

Jenna steht auf, um ins Bad zu gehen. Als wir das Türschloss hören, wird Ivy ernst und dreht sich zu mir um. «Und du bist wie eine Schwester für mich. Ich habe einfach Angst, dass das mit euch beiden so richtig schiefgehen könnte. Weil Noah in seinem Leben bisher ziemlich viel Mist gebaut hat.»

Sie blinzelt, und ihr Gesicht wirkt im Fernsehlicht seltsam fahl. «Du weißt, dass ich Noah liebe. Aber dich liebe ich auch, und wir haben so viel mehr Zeit zusammen verbracht. Ich kenne dich viel besser als ihn. Und auch wenn ich mir wünsche, dass er einfach mal glücklich sein kann, ohne daran zu zweifeln, es verdient zu haben, mache ich mir mehr Sorgen um dich. Weil du gerade keine Unsicherheit gebrauchen kannst. Verstehst du, was ich meine?»

«Ich glaube schon.» Und sofort liegt da dieses Gewicht auf meinem Brustkorb. Ivys Stimme ist eindringlich, fast drängend. Es kommt mir vor, als hätte sie mir das schon lange sagen wollen, aber nicht den Mut dazu gefunden.

«Noah traut seinem Glück nicht. Er wartet immer nur darauf, dass man es ihm nimmt. Ich liebe Noah, aber *er* kann es nicht. Sich selbst lieben, meine ich. Er wartet darauf, dass man ihm weh tut, und wenn das nicht passiert, dann wird er etwas tun, um es herauszufordern. Er provoziert es. Aubree, ich habe Angst, dass er dir weh tun wird. Nicht, weil er das will. Er wird es tun, damit du *ihm* weh tust.»

Kapitel 23

Die Serie auf dem Bildschirm läuft weiter, ohne dass ich viel davon aufnehme. Da ist Grün, eine Party, Gelächter und ein Pärchen, das in der Badewanne rumknutscht, was alles an mir vorbeiläuft, als würde ich im Zug an einer Plakatserie vorbeirattern.

Er wird es tun, damit du ihm weh tust.

Am liebsten würde ich jetzt online gehen und nachsehen, ob Noah etwas gepostet hat. Würde mir alle seine Bilder ansehen und die Captions lesen. Doch das wird mir nicht guttun, weil ich dann nach etwas suche. Irgendwas, das mir bestätigt, was Ivy mir erzählt hat. Dass er das kaputt macht, was ihm wichtig ist. Aber ich nutze Instagram nicht mehr. Weil ich das hinter mir lassen, neu anfangen will. Kann es nicht für Noah genauso sein? Ich muss ihm vertrauen, weil sonst alles sinnlos ist. Sonst wäre das hier wie ein Film von David Lynch. Und bei diesem Gedanken ziehe ich eine Grimasse.

Mein Wecker wird heute Nacht um halb vier klingeln, was brutal früh ist. Zum Busbahnhof brauche ich nur ein paar Minuten, aber die Fahrt nach New York dauert mehr als fünf Stunden, und ich muss pünktlich im Studio sein. Wenn ich jetzt noch einmal zu Noah gehe, kann ich die Nacht gleich durchmachen. Als Jenna gähnt und sich auf dem Sofa zusammenrollt, stupse ich Ivy an. «Ivy?»

«Mmh.» Sie starrt weiter auf den Bildschirm.

«Ist es okay, wenn ich euch allein lasse?»

Langsam dreht sie ihren Kopf. «Willst du zu Noah?»

«Ich will mich von ihm verabschieden.»

Sie lächelt. «Klar. Ich glaube, Jenna ist eingeschlafen.» Sie rüttelt testweise an Jennas Fuß, aber die gibt nur ein genervtes Brummen von sich und zieht die Beine enger an sich. «Brauchst du irgendwas? Falls ja, guck mal im Badezimmerschrank, da habe ich noch eine Schachtel ...» Kondome. Sie meint Kondome, und ich werde gegen meinen Willen rot. «Ach, vergiss es. Ist ja nur, falls ... also, nimm dir einfach, was du brauchst. Und falls ich schon schlafe, wenn du zurückkommst, darfst du mich jederzeit wecken. Wenn du reden willst, meine ich.»

«Mach ich.»

«Und melde dich, wenn du im Hotel bist.»

«Versprochen.» Ich verschwinde ins Bad, finde die Schachtel im Schrank und nehme mir eins der kleinen Folienpäckchen, um es in meine Hosentasche zu schieben. Dann putze ich mir schnell die Zähne, um den Chipsgeschmack loszuwerden, schlüpfe anschließend im Flur in meine Schuhe und durch die Tür. Im Aufzug hole ich mein Smartphone heraus, weil mir jetzt erst in den Sinn kommt, dass er vielleicht gar keine Zeit für mich hat. Oder vielleicht längst schläft. Doch Noah ist online.

Aubree: **Hast du dein Hass-Essay über David Lynch schon geschrieben?**

Noahs Antwort kommt beinahe sofort.

Noah: **8 Seiten in 12 pt, ich schätze, mein Dozent wird ausflippen vor Freude. ;-P**

Aubree: **Wow, 8 Seiten. Dein Hass muss ganz schön groß sein. ;-)**

Darauf reagiert er nicht, und ich hypnotisiere den Bildschirm, während der Aufzug nach oben fährt und schließlich auf der vierten Etage anhält. Das Flurlicht mache ich nicht an, sondern beleuchte mir den Weg mit dem Display. Vor Noahs Zimmertür bleibe ich stehen. Das war eine blöde Idee. Meine Spontanität sollte ich vielleicht nicht gerade mitten in der Nacht ausleben. Ich weiß nicht, ob ich klingeln soll oder lieber anrufen. Außerdem – Noah hat mich schon einmal abgewiesen. Er ist bestimmt todmüde nach seinem Essay. Und ich sollte eigentlich auch schlafen, schließlich muss ich morgen den ganzen Tag arbeiten. Nur war unser Abschied vor dem Boxclub nicht das, woran ich denken möchte, wenn ich die nächsten Tage in New York bin. Aber vielleicht sieht Noah das auch anders.

Noah: **Hass ist nicht unbedingt das, was mir gerade durch den Kopf geht.**

Ich starre auf seine Antwort. Was will er mir damit sagen? Zweimal atme ich tief durch und hebe die Hand zur Klingel, um ihn genau das zu fragen, als mir auffällt, dass Noah sein Profilbild auf WhatsApp geändert hat. Es ist nicht mehr das Bild mit Ebony, das ich unter meinen Kontakten abgespeichert habe. Es ist das Bild, das er erst vor ein paar Stunden im Boxclub gemacht hat. Von uns. Noah hat unser Foto als sein Profilbild abgespeichert. Er küsst mich darauf. Und wir beide sehen irgendwie glücklich aus. Aber ...

Es ist öffentlich.

Beinahe sofort fangen meine Hände an zu zittern, und mir bricht der Schweiß aus. Jeder seiner Kontakte kann das sehen, und ich weiß nicht, ob ich damit umgehen kann. Weil er immer noch nicht meinen richtigen Nachnamen kennt und das langsam kein Verschweigen mehr ist, sondern viel mehr ein Lügen.

Jemand könnte mich darauf erkennen. Trotz Buzz Cut und Boxhandschuhen könnte mich jemand darauf erkennen. Meine Kehle schnürt sich zu, und als er plötzlich anruft, schwebt mein Daumen für eine Weile unsicher über dem Button. Mühsam quetsche ich ein «Hey» hervor.

«Hey.» Es klingt ähnlich gepresst wie bei mir, irgendwie wütend. «Ich wollte dich nicht anrufen. Nicht, bevor du aus New York zurück bist, und nun mach ich es verfickt noch mal doch.» Er lacht hart auf. «Ach fuck, ich wollte dich nicht anschnauzen. Sorry. Geh besser einfach schlafen.»

«Okay.» Meine Kehle fühlt sich ganz wund an von all den Wörtern, die ich zurückhalte. Ich kann hören, dass er ruhelos durch das Zimmer geht. Ich höre es durch die Zimmertür und noch viel deutlicher höre ich es in seiner Stimme.

«Ich will nur, dass du das weißt. Die zwei Tage ohne dich werden beschissen. Und ich bin ein totaler Idiot, weil ich dir das nicht eben schon gesagt habe.»

Das Geräusch von Noahs schnellen Atemzügen verursacht mir eine Gänsehaut. «Ich bin froh, dass du es mir jetzt sagst. Weil ich auch am liebsten hierbleiben würde.»

«Wirklich?»

«Natürlich. Hast du was anderes erwartet?»

«Vielleicht.» Er überlegt. «Aubree, wie laut ist das *What if* in deinem Kopf? Ich meine, wie laut ist es wirklich? So laut wie ein Presslufthammer oder eher weniger?»

Das *What if*? Die Zweifel, ob ich mit ihm schlafen soll? Denkt er auch die ganze Zeit daran? «Eher weniger», antworte ich vorsichtig und muss schlucken.

Er räuspert sich am anderen Ende. «Also auf einer Skala von eins bis zehn ...?»

Scheiß auf vorsichtig. «Eins.» Das kommt so schnell, dass Noah für einen Moment sprachlos ist.

«Okay», keucht er. «Nur noch mal fürs Protokoll. Weil ich an nichts anderes denken kann und wahrscheinlich gerade verfickte Halluzinationen habe. Wenn zehn bedeutet, dass in deinem Kopf alle Alarmsirenen heulen, und eins, dass es so leise tickt wie eine Taschenuhr, dann ...»

Oh Gott, ich will jetzt sofort durch diese Tür. Am liebsten würde ich sie eintreten. Aber ich will auch hören, was er zu sagen hat. «Es ist die Taschenuhr. Sie ist alt und ziemlich zerbeult. Und man hat vergessen, sie aufzuziehen. Sie tickt nicht, Noah. Gar nicht.»

«Ist das dein Ernst?»

Ich muss lächeln. «Ja.»

«Okay», sagt er und atmet tief durch. «Es tut mir leid, wenn ich darauf rumreite. Ich kann warten. Warten ist kein Problem, wenn ich weiß, dass du zurückkommst. Und du musst dringend schlafen, das ist mir klar. Aber kann ich kurz zu dir runterkommen?»

Ich habe jetzt schon weiche Knie. Wie soll das erst sein, wenn er die Tür aufmacht? «Das ist nicht nötig.»

«Fuck, Aubree. Ich will dich nur noch einmal sehen. Gib mir fünf Minuten, um mich ordentlich von dir zu verabschieden. Nicht so wie eben vorm Quin's.» Er hält inne, als müsse er sich konzentrieren, um die richtigen Worte zu finden. «Ich will mich so von dir verabschieden, dass du mich in New York nicht gleich vergisst. Gib mir *zwei* Minuten.»

Als ob ich ihn vergessen könnte. Das ist einfach lächerlich.

Ich kann hören, wie es rumpelt, als er seine Schuhe raussucht und sie dann mit einem lauten Fuck wegkickt. Einen Wimpernschlag später reißt er die Tür auf und bleibt ruckartig stehen, als er mich sieht. Barfuß, in Boxershorts und mit einem zerknitterten Shirt, die Haare verwuschelt, und sein Handy immer noch am Ohr.

Sein Mund formt lautlos drei Wörter: *What the fuck?!*

Er sieht einfach umwerfend aus, und es ist mir gerade vollkommen egal, dass ich ihn wahrscheinlich anstarre wie eine Vollidiotin. Und dass meine Beine zittern und ich deshalb bestimmt doch ein Softeis bin, genau wie Frida es gesagt hat.

«Du bist hier.» Er fährt sich mit der Hand übers Gesicht, als müsse er sich erst sammeln, auf Nummer sicher gehen, dass er richtig sieht. «Wie lange stehst du schon da?»

«Seit deiner letzten Nachricht.» Ich schalte das Handy aus und schiebe es in meine Gesäßtasche. «Spätestens um vier muss ich hier los. Du ... du hast also mehr als zwei Minuten», sage ich hastig und verschlucke mich fast an meinen Worten. «Du hast auch mehr als fünf. Es sind fast viereinhalb Stunden.» Ich halte inne, und als ich weiterspreche, klingt meine Stimme zerbrechlich. «Wenn du willst.» Fragend hebe ich die Schultern an.

«Wenn ich will.» Er sagt das ohne jede Betonung. Dabei kann ich sehen, wie er mit sich ringt, bevor er die Tür freigibt. «Komm rein.»

Ich bin kurz vorm Hyperventilieren, als ich an ihm vorbeigehe und dann mitten im Raum stehen bleibe. Mit dem Rücken zu ihm. Auf seinem Schreibtisch brennt eine einzige Lampe, und Noahs Bett ist nicht gemacht. Auf der zerwühlten Decke ist sein Laptop noch aufgeklappt. Noah verriegelt die Tür und tritt dann hinter mich. «Kann sein, dass viereinhalb Stunden zu wenig sind.»

Mein Herz hämmert verzweifelt schnell. Oh Gott, ich weiß nicht, was ich machen soll. Soll ich mich umdrehen? Soll ich mich auf die Bettkante setzen und, keine Ahnung, erst mal mit ihm über irgendwas reden? Wir könnten uns über sein Essay unterhalten, um wieder etwas ruhiger zu werden. Aber sein Essay interessiert mich gerade null. «Kann ich dein Essay lesen?», frage ich und könnte mir auf die Zunge beißen.

Noah lacht. «Fuck, denkst du, ich will von den viereinhalb Stunden auch nur eine Sekunde für so eine Scheiße verschwenden?»

Oh, Gott sei Dank.

Er schlingt seine Arme von hinten um mich, und nun schlägt mir das Herz bis in den Hals. Ich spüre einen sanften Kuss auf meinem Nacken, dann streifen seine Lippen die Haut hinter meinem Ohr, und als er meinen Namen flüstert, zieht sich ein Schauer von dort bis runter zu meinen Zehen.

Noah lässt mich los, umkreist mich wie heute Nachmittag im Boxring und bleibt vor mir stehen. «Mein Zimmer ist verdammt vollgestellt, keine freie Wand», sagt er mit einem breiten Grinsen im Gesicht. «Aber ich könnte dich gegen die Tür drücken, wenn du willst.»

«Oh Gott.» Vor Verlegenheit schlage ich mir die Hand vor die Augen, doch Noah zieht sie sofort wieder weg.

«Hey, mir hat das auch gefallen», sagt er schnell, dann ergreift er mit beiden Händen den Saum meines T-Shirts. «Aber weißt du, was mir noch besser gefällt? Wenn ich dich jetzt ausziehen darf.»

Heilige Mutter Gottes.

Seine Stimme allein müsste ausreichen, um alle Klamotten von mir abfallen zu lassen. Ich nicke schnell, hebe die Arme, und sofort streift Noah mir das Shirt über den Kopf. Ich trage darunter nur ein Top mit dünnen Trägern, aber keinen BH. Ich schätze mal, ich werde heute keinen unrealistischen TV-Sex haben. Bevor ich etwas tun kann, reißt Noah sein eigenes Shirt herunter.

«Du kannst jederzeit stopp sagen, okay?»

Ich nicke wieder. «Das werde ich aber nicht.» Leider werde ich dabei rot, das spüre ich genau. Um das auszugleichen, fange ich an, meine Jeans aufzuknöpfen und dann hinabzuschieben.

Ganz langsam. Noah lässt mich keine Sekunde aus den Augen, und etwas umständlich trete ich mir erst die Schuhe und dann die Hosenbeine von den Füßen. Es klappert, weil ich verdammt noch mal vergessen habe, mein Smartphone aus der Tasche zu nehmen.

Shit. Mein Slip ist aus Baumwolle und hat ein Blümchenmuster. Ausgerechnet ein Blümchenmuster. Außerdem ist er mir zu eng. Aber zu eng ist besser als zu labberig, oder?

Verdammt, ich will nicht mehr darüber nachdenken, und ich glaube, es ist Noah ziemlich scheißegal. Denn er sagt «Wow» und schluckt sichtbar. Dann drängt er sich an mich, und seine Hände streichen über meinen Rücken nach unten und umfassen meinen Po. Nicht sanft, er packt so fest zu, dass ich nach Luft schnappe. Seine Daumen gleiten unter das Gummiband und drücken meinen Unterleib fest an seinen. Seine Fingerspitzen schieben sich weiter nach unten, zwischen meine Beine. Ich stöhne auf, und Noah erstickt den Laut mit seinem Mund. Seine Zunge gleitet zwischen meine Lippen, er neckt mich, spielt mit mir, und ich erwidere es mit meinem gesamten Körper, halte mich an seinen Nacken fest, greife in sein Haar, während ich seine Zunge umkreise, an seiner Unterlippe sauge und wieder gegen die Zungenspitze stoße. Er fühlt sich so gut an. Alles an ihm fühlt sich gut an. Und in diesem Moment wünsche ich mir meine Haare zurück, weil er hineingreifen und dann daran ziehen soll.

Mein Atem geht stoßweise, jede Berührung von ihm kann ich tief in mir spüren wie kleine Stromschläge.

Noah schiebt mich in Richtung Bett, und dabei rotiert meine ganze Welt in einer Geschwindigkeit, dass mir schwindelig wird. *Er* macht mich schwindelig.

Keuchend halte ich ihn zurück, weil ich das hier genießen will. Ich will ihn erst einmal ansehen, ihn anfassen und schiebe meine Hände seitlich in seine Boxershorts. Der Bund hat ein Muster auf seiner Haut hinterlassen, das ich mit den Fingerspitzen ertasten kann. Ich liebe es, wie er sich anfühlt und wie sich jetzt eine raue Gänsehaut überall dort bildet, wo ich ihn berühre. Am liebsten würde ich ihn genau dort küssen. Ich schlucke meine Angst herunter und zerre den Stoff nach unten, aber er bleibt an Noahs Erektion hängen.

«Tut mir leid», sage ich und beiße mir auf die Lippe.

Noah raunt ein heiseres «Egal», bevor er mithilft, die Shorts loszuwerden.

Und dann mache ich genau das, was ich mir vorgenommen hatte. Ich gehe vor ihm in die Hocke und küsse seine Gänsehaut, sauge seinen Duft ein, fahre mit Mund und Nase ganz langsam über seine Leiste nach oben. Noahs Haut riecht so gut. Seine Hände liegen auf meinem Kopf, streichen über die kurzen Stoppeln, und das sorgt dafür, dass sich mein Brustkorb zusammenzieht. Ich lecke an seiner Haut, die sich über seinen Sehnen spannt und trotzdem unendlich zart ist. Nie wieder will ich damit aufhören.

«Stopp, warte.» Noah stößt ein heiseres Keuchen aus. «Stopp, Bree, das ... oh fuck.» Entschlossen zieht er mich hoch und umfasst mein Gesicht. «Das machen wir jetzt ganz bestimmt nicht.» Sein Daumen streicht über meine Unterlippe, und als ich mit der Zunge dagegenstoße, runzelt er die Stirn noch mehr.

Ich grinse. «Wir haben nicht vereinbart, dass du stopp sagen darfst.»

«Wir haben auch nicht vereinbart, dass du ... Lass uns das einfach verschieben, okay?» Er wartet meine Reaktion nicht ab, sondern küsst mich. Sein Mund ist heiß und besitzergreifend. Alles an Noah ist heiß und besitzergreifend. Das ist genau das, was ich will. Ich will, dass er von mir Besitz ergreift, mich nimmt, mir keine Zeit für Angst oder Zweifel lässt.

Mit den Waden stoße ich gegen die Bettkante, schlinge die Arme um Noah und ziehe ihn mit, als ich mich auf das Bett fallen lasse. Der Laptop. Das blöde Teil pikst mir in die Schulter, und Noah stößt einen Fluch aus, haut den Deckel zu und schubst den Laptop vom Bett runter, wo er mit einem satten Knall auf dem Boden landet.

«Noah», keuche ich, «dein MacBook ...» Ich versuche mich aufzurichten, um nachzusehen, ob es heil geblieben ist, aber Noah schüttelt nur den Kopf. Sein Körper drängt mich zurück. Seine Lippen suchen hungrig nach meinen. Wir küssen uns so intensiv, dass ich fast das Atmen vergesse. Und als er sich für einen kurzen Moment von mir löst, hole ich das keuchend nach. Ganz automatisch strecke ich die Hand nach seinen Lippen aus, tippe sie mit der Fingerspitze an und lasse ihn daran saugen.

Mit dem Knie drückt Noah meine Beine auseinander und schiebt sich zwischen meine Schenkel. Er reibt sich an mir.

«Oh fuck», sagt Noah, und in meinem Brustkorb drängt ein Stöhnen nach oben.

«Bitte, mach das noch mal», flehe ich.

Er schiebt sein Becken vor, und ich drücke den Rücken durch, um ihm noch näher zu kommen. Doch Noah richtet sich schwer atmend auf, streichelt mit beiden Händen flach über meine Knie, meine Oberschenkel, über mein Becken und lässt die Hände unter meinem Top verschwinden. Der Stoff wird hochgeschoben bis zu meinen Brüsten. Sanft knetet er sie, beugt sich zu mir herunter und saugt die Spitzen zwischen seine Lippen ein, was sich so heiß anfühlt, dass ich scharf die Luft einziehe. Ich verrenke mich in dem Versuch, das Top über meine Schultern zu ziehen, und dann bin ich endlich davon befreit. Im selben Moment setzt Noah sich auf seine Fersen zurück und sieht mich an.

Oh Gott, ich liebe seine Augen. Ich liebe die Wärme darin,

wenn er mich wie jetzt anlächelt, und dass sich dann kleine Fältchen um seine Augenwinkel bilden. Ich liebe die dunklen Wimpern, das kleine Muttermal an seiner Nasenwurzel und die Form seiner Ohrläppchen.

Noah sieht mich einfach nur lächelnd an. So brennend, dass sich die Hitze von meinem Gesicht bis zu meinen Brüsten ausbreitet und ich ganz automatisch die Hände vor meinem Oberkörper verschränke.

«Tu das nicht», sagt er heiser, und es fällt mir unendlich schwer, die Hände wegzunehmen und sie neben mir auf das Laken zu legen. Um nicht zu zittern, kralle ich meine Fingernägel in den Stoff, mache eine Faust. Dass er zwischen meinen gespreizten Beinen kniet und wir nur noch durch einen Millimeter Stoff getrennt sind, wird mir auf einmal überdeutlich bewusst.

«Du bist das Schönste, was ich je gesehen habe», sagt er. Jetzt lächelt er nicht mehr. Sein Adamsapfel bewegt sich, als er schluckt. Noah berührt die Innenseite meiner Oberschenkel, streichelt mich dort ganz leicht, und als er merkt, dass mich das kitzelt, wird die Berührung fester. Sein Handballen drückt gegen meinen Slip, kreist, testet aus, wie ich reagiere. Und als ich überrascht aufkeuche, ist es plötzlich sein Daumen, der über den Stoff reibt. Oh Gott, er soll das ohne diesen verdammten Stoff machen.

Noah hakt zwei Finger in den Gummibund meines Höschens und zieht es quälend langsam herunter. Der Stoff klebt an mir, und mir entweicht ein Stöhnen.

«Bree», raunt er. «Wenn du wüsstest, wie sehr mich das anmacht.»

Verdammt, das kann ich sehen. Sein Penis ragt zwischen seinen Beinen auf, und ich kann den Blick nicht davon abwenden. Ich hebe den Po an, damit Noah mir den Slip endlich ausziehen kann, und dann beugt er sich zur Seite, um etwas unter dem Bett hervorzukramen. Als er sich wieder aufrichtet, hält er ein Kondom zwischen den Fingern. Dichte Haarsträhnen fallen ihm über die Augen, als er mit einem tiefen Blick in meine die Verpackung mit den Zähnen aufreißt. Das sieht so heiß aus, dass mir mein Atem in der Kehle stecken bleibt.

«Ich will, dass du das machst», sagt er.

Mit wild pochendem Herzen stemme ich mich hoch. Noah hält mit einer Hand seine Erektion fest und lässt mich das Gummi oben auf der zarten Spitze aufsetzen. Seine Finger führen meine Hand. Ganz langsam rollen wir gemeinsam das Kondom ab. Meine Finger auf ihm. Seine Finger auf meinen. In meinem Hals bildet sich ein Kloß, weil dieser Augenblick seltsam kostbar ist und ich ihn am liebsten ewig ausdehnen würde.

«Es ist nur zur Sicherheit, Bree. Wir tun das heute nicht, okay?»

«W...was?»

«Das ist das erste Mal, dass wir zusammen in einem Bett liegen. Verdammt, ich will das nicht versauen.»

«Ich glaube, das machst du gerade», sage ich und werfe ihm einen finsteren Blick zu. Nun bin ich noch nervöser. Und verunsichert. «Wenn du das jetzt nicht durchziehst, werde ich dich erwürgen.»

Er grinst. «Du wirst mich nicht erwürgen, Bree. Du wirst mich ficken.»

Oh heilige Scheiße. Mein Gesicht glüht auf. «Aber ...»

«Das funktioniert auch, ohne dass ich in dir bin. Lass es uns einfach langsam angehen. Ich will nicht, dass du Panik kriegst.»

«Ich kriege keine Panik. Ich bin so was von nicht panisch, verdammt. Aber ...» Oh Gott, jetzt kriege ich doch Panik.

Noah umfasst mein Gesicht mit beiden Händen und küsst mich. Er küsst mich mit Zunge und Zähnen, beißt sanft in meine

Lippe und drückt mich nach unten. Dann löst er sich keuchend von mir und legt sich neben mich. «Setz dich auf mich, Bree.»

Als er meine Hüfte packt und mich auf seinen Körper zieht, wird mir schwindelig. «Setz dich auf meinen Schwanz.»

«Noah, ich ...» Unsicher breche ich ab.

«Was?», fragt er. «Das falsche Wort? Soll ich lieber was anderes sagen?»

«Nein, das ist okay.» Er soll es auf seine Art sagen. Ich will genau das von ihm hören. «Sehr okay.»

Er lächelt, legt die Hände an meine Arme und drückt mich in eine sitzende Position hoch, sodass mein ganzes Gewicht auf seinen Hüften ruht. Seine Erektion ist zwischen mir und seinem Bauch eingeklemmt, und ich weiß jetzt schon nicht mehr, wie ich das aushalten soll, weil jeder verdammte Nerv in meinem Körper vibriert.

«Mach einfach, was sich gut anfühlt, okay?»

Ich nicke und bekomme einen trockenen Mund. Denn was, wenn es sich für ihn nicht gut anfühlt? Was, wenn ihm nicht gefällt, was ich mache? Ich komme mir unendlich unbeholfen vor. Ich habe gedacht, dass er das alles in die Hand nimmt. Wie idiotisch von mir.

«Hör auf zu denken», sagt er, streicht mit den Händen zu meinen Hüften und drückt sich gegen mich. «Ich will, dass du dich so bewegst, wie du willst.»

«Okay.» Langsam hebe ich mein Becken und gleite wenige Zentimeter nach vorn. Und dann tue ich es noch einmal.

Ich kann sehen, dass Noah den Atem anhält, und bei meiner nächsten Bewegung gibt er ein tiefes Stöhnen von sich. «Das ist gut, verdammt gut.» Er streichelt mich, seine Hände fahren über meine feuchte Haut, umfassen meine Brüste, seine Daumen kreisen über meinen Brustwarzen. Dann zieht er eine Hand weg, nimmt den Daumen in seinen Mund, lässt ihn langsam wieder herausgleiten. Allein vom Zugucken überläuft es mich heiß. Er legt ihn behutsam auf mich. Noahs Fingerkuppe ist rau, aber er drückt nicht fest, sondern sucht mit sanftem Kreisen den richtigen Punkt zwischen meinen Beinen. Und er sieht mir dabei ins Gesicht.

Das ist ... wow. Ich glaube, das wird schön. Oh verdammt, das ist es jetzt schon. Ich gleite vor und zurück, während Noah seinen Finger bewegt, und alles in mir steht in Flammen, und mit jeder Bewegung spüre ich, wie Noahs Körper sich mehr anspannt, wie sein Keuchen schneller wird. Meine Haut pulsiert. Überall. Mein Unterleib pulsiert, und als ich es kaum noch aushalte, packt Noah meine Hüfte, hilft mir, den Rhythmus zu halten. Und es ist so sexy, zu wissen, dass ihm das auch gefällt. Ich kann es in seinem Gesicht sehen. An seinen verengten Brauen, seinen tiefgrünen Augen, seinen geöffneten Lippen und Sekunden später daran, wie er die Zähne zusammenbeißt.

Mit den Händen stütze ich mich hart auf Noahs Brustkorb ab, und wahrscheinlich bekommt er deswegen jetzt kaum noch Luft, aber ich kann nicht aufhören, weil das Gefühl unbeschreiblich ist. Der Schweiß rinnt zwischen meinen Brüsten und an meinem Rücken hinab. Noahs kräftige Hände packen meinen Hintern. Und dann schiebt er sie weiter zwischen meine Beine, dringt von hinten mit einem Finger in mich ein.

«Noah», keuche ich beinahe bei jedem Atemzug, und dann löst sich ein wildes Zucken in meinem Unterleib, das jeden Gedanken aus meinem Kopf sprengt. Eine Explosion in meinem Inneren, die in Wellen durch mich durchrast. Wieder und wieder. «Oh Gott, Noah.»

«Bree», keucht er und hält mich fest, als ich nach Atem ringe und meine Hände von seinem Brustkorb nehme, weil mir jetzt erst bewusst wird, dass ich womöglich blaue Flecke verursacht habe. «Es tut ... mir leid. Tut mir leid, wenn ... ich dir ... weh getan habe.» Es hämmert immer noch so hart in meiner Brust, dass ich kaum sprechen kann.

«Du kannst jetzt nicht aufhören», knurrt er.

Ich muss lachen, weil oh Gott, ich kann auf keinen Fall weitermachen.

Noah schlingt seine Arme um meinen Oberkörper, als ich mich runterbeuge und erschöpft meine Stirn gegen seine Schulter lehne. Bestimmt bin ich ihm viel zu schwer. Ich versuche, ein Bein anzuheben, um mich von ihm runtergleiten zu lassen, aber er hält mich fest.

«Vergiss es, Bree. Bleib. Dort. Oben. Verdammt», sagt er schroff. «Mach einfach zwanzig Sekunden so weiter wie bisher. Scheiße, zehn Sekunden reichen auch.» Er bewegt seine Hüften, und, heiliger Strohsack, sofort fängt es wieder an, in mir zu pochen. Testweise reibe ich mich an ihm und halte sofort wieder inne, weil ich bei der geringsten Bewegung gleich noch einmal kommen könnte. Das ist zu viel. Zu viele Emotionen, zu viele Nerven.

«Nein, ich kann nicht, das halte ich nicht aus. Es tut mir leid.»

«Fuck.»

Ich rolle mich von seinem Körper herunter und bleibe schwitzend und keuchend neben ihm liegen. Es pocht immer noch in mir. Und ich will mehr. Will ihn endlich in mir spüren.

Noah atmet neben mir schwer, und ich weiß, er wird mich gleich am liebsten umbringen, doch ich kann nicht anders. Ich spüre das Grinsen schon kommen, bevor sich der Gedanke überhaupt fertig ausgeformt hat. Und dann ziehen sich meine Mundwinkel nach oben, und ich muss mich zwingen, meine Stimme ganz ruhig klingen zu lassen. Meine Hand tastet nach Noahs, und als er den Druck mit seinen Fingern erwidert, sage ich: «Jetzt du.»

Kapitel 24

Das Geräusch, das aus Noahs Brustkorb kommt, sollte mir vermutlich Angst machen. Es ist eine Mischung aus Grollen und Stöhnen, und ich weiß, dass er gerade einen inneren Kampf mit sich ausfechtet. Dann streckt er den Arm aus, umfasst seine Erektion, um es selbst zu Ende zu bringen. Aber ich will nicht, dass er auf diese Weise kommt. Ich will ihn in mir spüren, deshalb halte ich seine Hand fest, und als Noah mich ansieht, schüttele ich langsam den Kopf. In diesem Moment erkennt er, was ich will. Er erkennt es genau. Den nächsten Satz presst er geradezu heraus. «Ich will verdammt noch mal warten.»

Ich atme immer noch hektisch, aber innerlich bin ich erstaunlich entspannt. «Ist mir egal.» Lächelnd taste ich über seinen Bauch, wo mich seine Hand sofort aufhält.

Im nächsten Augenblick wälzt Noah sich auf mich und klemmt meine Arme mit einer Hand über meinem Kopf fest. «Das war ein dreckiger Trick.» Er pustet mir unter die Achsel, und das kitzelt so unglaublich, weil ich es nicht kommen gesehen habe, dass ich mich lachend unter ihm winde. Eine Sekunde später kniet Noah mit zusammengezogenen Brauen über mir. Diese schilfgrünen Augen, die mich in einen Abgrund ziehen könnten, glänzen im Schein der Schreibtischlampe auf.

Ganz langsam lässt er meine Arme los und richtet seinen Oberkörper auf. Mit der rechten Hand umfasst er wieder seine Erektion und bewegt seine Faust daran auf und ab. Ich schlucke hart. Er soll damit aufhören. Aber Noah macht weiter, langsam, als warte er auf ein Echo von mir.

Das kann er haben. Ich spreize die Beine.

«Verdammt, Aubree», stößt er hervor. «Du kannst immer noch stopp sagen.»

«Eher beiße ich mir die Zunge ab.»

Oh Gott, dieses Lächeln raubt mir den Atem.

Noah lässt sich wieder auf mich sinken. Mit einer Hand stützt er sich neben meinem Kopf ab. Und dann liegt sein Gewicht auf mir, drückt mich in die Matratze. Mit seiner Penisspitze streicht er einmal zwischen meinen Beinen entlang, und ich gebe ein Wimmern von mir. Oh Gott, ich könnte einfach wegschmelzen.

«Ich verspreche dir, vorsichtig zu sein», sagt er. «Aber es kann sein, dass es kurz weh tut.»

«Das macht nichts», sage ich. Weil ich davor keine Angst habe. Ich winkle die Beine an und lege meine Hände um seine Taille, umfasse dann seine Pobacken und ziehe ihn näher zu mir. Dann spüre ich seinen Finger in mir, stöhne auf und öffne mich noch weiter für ihn.

«Fuck, Bree, du fühlst dich so wahnsinnig gut an.» Er dringt wieder und wieder in mich ein, und als er plötzlich damit aufhört, beiße ich vor Enttäuschung die Zähne zusammen. Aber dann bringt er sich in die richtige Position. Schweißperlen treten ihm auf die Stirn, als er seine Eichel langsam vorschiebt. Und dann stößt er zu. Nur ein Stück, aber es reicht, dass ich ein überraschtes Keuchen von mir gebe.

Noah hört sofort auf. Dabei ist alles in Ordnung. Es ist nur … mehr, als ich dachte. Oh Gott, es ist überwältigend. Aber es tut kein bisschen weh. Da ist nur ein leichtes Brennen, das ich ganz leicht ignorieren kann. «Mach weiter», stöhne ich, schlinge meine Beine um seine Hüfte und stemme meine Fersen gegen seinen Hintern, um ihn nicht entkommen zu lassen.

Er zieht sich leicht zurück und drängt dann Zentimeter für Zentimeter tiefer, langsam, sodass ich genug Zeit habe, mich an seine Größe zu gewöhnen. Ich weiß nicht, was ich erwartet habe, aber das ganz sicher nicht. Denn es fühlt sich komplett anders an als alles, was ich bisher erlebt habe. Und als ich denke, dass er ganz in mir ist, zieht Noah sich wieder zurück und stößt so tief in mich, dass ich den Rücken durchbiege und ein Geräusch von mir gebe, das ich noch nie von mir gehört habe. Und erst jetzt begreife ich, was es heißt, eins mit jemandem zu sein. Es ist atemberaubend. Es ist süchtig machend. Es gibt nichts, was mich in diesem Moment von ihm trennen könnte.

Ich klammere mich an ihm fest, hebe ihm mein Becken entgegen. Der Pferdekopf auf Noahs Brust regt sich, als seine Muskeln sich anspannen, das Meer auf der anderen Seite seines Oberkörpers kann ich in meinem Kopf rauschen hören, und die Bäume auf seinen Bauchmuskeln streicheln mich im Rhythmus seiner Stöße. Dann hört er auf, lehnt sich zurück, schiebt seine Hände unter meinen Po. Er packt mich und zieht mich so hoch, dass ich kaum noch die Matratze berühre. Als er in diesem veränderten Winkel in mich stößt, grolle ich tief und fremd.

Langsam gleitet er fast ganz heraus, und ich spanne alle Muskeln an, um ihn festzuhalten, gebe ein frustriertes, beinahe verzweifeltes Keuchen von mir, nur um im nächsten Moment laut zu stöhnen, als er behutsam wieder in mich eindringt. Wieder und wieder. Und das macht mich fertig. In mir baut sich so viel Druck auf, dass ich gleich schreien werde.

«Hey», flüstert er rau. Und in diesem *Hey* höre ich so viele Fragen. Ob es sich richtig anfühlt. Ob mir auch nichts weh tut. Ob er weitermachen soll. «Ist das gut für dich?»

Und es gibt nur eine Möglichkeit, darauf zu antworten. «Mehr», keuche ich.

Er stößt noch einmal zu, und ich verdrehe die Augen.

«Ist härter auch okay?», fragt er angespannt.

«Ja. Bitte.»

Noah gibt einen gequälten Laut von sich, und endlich gibt er nach, hört auf, sein Tempo und die Intensität zu kontrollieren, sich selbst zu kontrollieren. Versenkt sich schnell und hart in mir. Vollkommen. Und ich löse mich unter ihm auf. Kralle mich im Laken fest, atme seinen keuchenden Atem ein, als er sich wieder tief zu mir runterbeugt, und kann das Zucken meiner Muskeln nicht länger beherrschen und auch nicht meine Stimme. Noah gibt ein Ächzen von sich. Sein Körper bebt, als er mit schnellen Stößen kommt, und die Arme, die er neben mir gegen die Matratze stemmt, sind so angespannt, dass die Adern sich unter seiner tätowierten Haut wölben. Noch zweimal dringt er tief in mich ein, bevor die Spannung langsam aus seinem Körper weicht. Dann atmet er heiß gegen meinen Hals, küsst mich dort, kostet meine Haut mit einem sachten Saugen. «Bree» ist das Erste, was er sagt, als sich sein Atem beruhigt hat. «Bree.»

Keine einzige Minute habe ich geschlafen. Ich stelle gerade den Timer an meinem Smartphone aus, bevor das Klingeln Noah wecken kann. Dann kuschele ich mich wieder eng an seinen Rücken, meine Nase an Noahs Nacken geschmiegt, in sein weiches Haar. Dort, wo sich schwarze Tinte zu einem Ornament nach oben schlängelt. Auf meinen Lippen schmecke ich das Salz seiner Haut. Mein rechter Arm schiebt sich über seinen Brustkorb, meine Hand liegt auf seinem angewinkelten Oberarm, und als ich nur wenige Zentimeter weitertaste, spüre ich seinen rauen Ellbogen.

Meine Lieblingsstelle.

Obwohl das nicht stimmen kann, weil jede Stelle von Noah meine Lieblingsstelle ist. Aber diese Stelle, umgeben von den kleinen Drachen, ist rau und empfindlich zugleich, sie ist besonders. Weil so viel an Noah mir unbekannt ist. Wie auf einer alten Landkarte. Und ich nicht weiß, ob ich mich fürchten sollte, wenn jenseits des Bekannten wirklich Drachen warten.

Ich kann nicht glauben, dass diese Nacht tatsächlich stattgefunden hat. Wahrscheinlich werde ich Tage brauchen, um das zu verarbeiten. Weil es so schön war, so unglaublich intensiv und echt. Niemals hätte ich mir vorstellen können, dass Noah sich so aufregend fremd und gleichzeitig so vertraut anfühlen kann. Dass er mehr als nur in mir sein kann. Dass er ein Teil von mir sein kann.

Noah gibt ein Brummen von sich, als ich mich von ihm löse. Wenn ich nicht langsam aufbreche, komme ich wirklich zu spät. «Schlaf weiter», hauche ich und will aufstehen. Aber da greift er nach hinten und hält mich fest.

«Bleib.» Nur das eine Wort, mehr sagt er nicht. Und ich würde so gerne ja sagen. Aber ich habe einen Termin und brauche das Geld. Außerdem muss ich meinen Wohnheimschlüssel abgeben. Meine To-do-Liste für heute ist ellenlang. Aber wenn das alles erledigt ist, dann kann ich bleiben. Vielleicht für immer.

Sanft schiebe ich seinen Arm von mir weg.

«Lass mir was hier», nuschelt er. «Von dir.»

An sich gern, aber was denn? Ich habe nichts hier, nur meine Klamotten und mein Handy. Vielleicht ... ich könnte etwas für ihn lettern. Etwas, das ich nicht laut zu sagen wage. Aber dafür muss ich erst in Ivys Wohnung, wo Errol und mein Stiftemäppchen sind. «Okay», flüstere ich.

Dann taste ich in einem spontanen Impuls nach meinem Smartphone. Ich will diesen Augenblick festhalten. Für mich. Eng schmiege ich mich an Noahs Rücken und recke dabei den Arm nach oben. Das Licht flackert geräuschlos auf.

Noah dreht sich nicht um, er rührt sich nicht. Und als ich mir das Foto ansehe, weiß ich, dass er nicht einmal die Augen aufhatte. Seine dichten Wimpern bilden einen Halbkreis über dunklen Augenringen. Er sieht unglaublich müde aus, aber um seinen Mund liegt ein entspannter Zug.

Ich habe auf dem Foto die Augen auch geschlossen, aber mein Mund, der Noahs Haar streift, ist zu einem Lächeln verzogen. Es ist eine Erinnerung an diese Nacht. Ich schicke ihm das Bild über WhatsApp, dann sieht er es, sobald er aufwacht. Ganz sanft gebe ich ihm einen Kuss auf die Wange, doch Noah reagiert nicht. Er schläft wieder tief und fest.

Nur eine Minute später ziehe ich die Zimmertür hinter mir zu, und mit dem Klick geht ein seltsamer Riss durch meinen Brustkorb. Als hätte ich noch viel mehr zurückgelassen als ein Bild von uns. In diesem Moment fühlt sich das schmerzhaft nach Verlust an, aber diesen blöden Gedanken schiebe ich energisch von mir weg.

In Ivys Wohnung schleiche ich mich ins Bad und unter die Dusche, was dringend nötig ist. Meine Muskeln schmerzen, und auch zwischen meinen Beinen zieht es unangenehm. Aber das wird unter dem warmen Wasserstrahl besser.

Eine Viertelstunde später bin ich fertig. Meine Tasche habe ich schon gepackt, aber bevor ich gehe, setze ich mich an den Küchentisch und klappe Errol auf. Ich freue mich jetzt schon darauf, auf der Seite mit meinen langfristigen Zielen die Namensänderung vielleicht morgen schon abhaken zu können. Ich blättere um. Mit meinem schwarzen Lieblingsstift lettere ich acht Wörter auf ein leeres Blatt.

You will always be my favorite «what if».

Dann reiße ich die Seite raus, falte sie einmal zusammen, und bevor ich Kings Hall verlasse, mache ich einen Umweg über die vierte Etage und schiebe den Zettel unter Noahs Zimmertür durch.

Kapitel 25

Der Busbahnhof ist nicht weit weg, deswegen lasse ich Cora auf ihrem Parkplatz stehen und gehe mitten in der Nacht zu Fuß durch die einsamen Straßen. Für die lange Fahrt verkrümele ich mich im Bus ganz nach hinten und starre dann aus dem Fenster, weil ich mich nicht traue, im Bus zu schlafen. Trotzdem nicke ich immer wieder ein und schrecke dann auf. Die Sonne geht erst über New Haven auf. Tief orange lässt sie die Bäume an der Küste aufleuchten, und zwischen den Häusern glitzert ab und zu der Atlantik. Auch wenn ich es vom Bus aus nicht sehen kann, weiß ich, dass man vom Hafen aus direkt auf Long Island blicken kann, und ich schicke meiner Mom eine Nachricht, dass ich mich schon auf Thanksgiving mit ihr freue.

Als Ivy gegen sieben aufsteht, telefoniere ich kurz mit ihr. Nur im Flüsterton, weil ich im Bus keine Aufmerksamkeit erregen will. Ich erzähle ihr keine Details, nur dass ich die Nacht über bei Noah geblieben bin und dass es mir gut geht. Besser als gut. Viel besser.

Das ändert sich allerdings in New York. Der Werbespot ist furchtbar, und das liegt nicht allein daran, dass ich völlig übermüdet bin und deshalb nicht sonderlich begeisterungsfähig. Als ich Ivy noch einmal vom Studio aus anrufe und ihr den Clip beschreibe, lacht sie nur.

«Was hast du erwartet?», fragt sie mich. «Werbung will die Produkte in einem positiven Umfeld präsentieren, damit man sich leichter daran erinnert. So erklärt sich der Zusammenhang zwischen Werbung und Erotik.» Sie macht neben ihrem Kommunikationsdesignstudium ständig Produktpräsentationen und Logos und kennt sich deswegen ziemlich gut mit Marketing aus.

Ich schnaube. «Aber an Müsli ist nun überhaupt gar nichts erotisch. Wieso müssen sie im Spot Wassertropfen an der Verpackung runterperlen lassen? Das ist lächerlich. Das Müsli würde komplett durchweichen. Und dann diese Großaufnahme von den genießerisch geschlossenen Augen.»

«Okay, okay», gibt sie zu. «Ich habe ja nicht behauptet, dass es ein guter Spot ist, nur dass ich die Intention verstehe.» Ich kann das Grinsen in Ivys Stimme hören. «Hast du das Müsli mal probiert? Schmeckt es wenigstens?»

«Hier im Studio stehen ein paar Probepackungen. Sieht gar nicht schlecht aus, auf jeden Fall gesund mit einem hohen Anteil an Superfood.» Ich stehe auf, nehme einen Karton in die Hand und lasse den Inhalt rascheln.

«Vielleicht darfst du welche mit nach Hause nehmen. Welche Farbe hat die Verpackung?»

Spielt das eine Rolle? «Pink. Vielleicht auch Rot. Ist irgendwie ein seltsamer Ton.»

«Das erinnert mich an etwas, was Sam neulich erzählt hat», sagt sie. «In Frankreich gibt es eine Farbe namens *Cuisse de nymphe émue*. Das bedeutet so viel wie *Schenkel einer erregten Nymphe*.» Sie lacht auf. «Gott, dass ich mir das überhaupt gemerkt habe. Sam redet neuerdings ständig von Farben. Er meinte, dass die Farbe Magenta statistisch viel häufiger benutzt wird, wenn es um Sexualität geht. Aber vielleicht ist das auch nur in Europa so. Die Franzosen sind irgendwie anders. Aber auf jeden Fall passt die Farbgebung dann wohl perfekt zu deinem Text.»

«Nicht zum Text, nur zur Regieanweisung, wie ich ihn sprechen soll.» Ich stelle die Packung zurück auf den Tisch.

Ich kann hören, dass Ivy in der Küche eine Schublade aufzieht, weil das Besteck klirrt. «Ich hatte neulich einen Kurs bei Professor Washburn, und es ging um alte und moderne Mythen in unterschiedlichen Medien. Und wenn ich eins daraus gelernt habe, dann dass sich die Frauenrolle bis heute nicht wesentlich verändert hat. Echt deprimierend.»

«Ja», knurre ich. «Wenn ein Kerl in dem Clip vorkäme, dann garantiert als erfolgreicher Geschäftsmann.»

«Ich kann meinem Stiefvater ja mal vorschlagen, dass du einen Spot für Blakely-Seife sprichst, irgendwas mit einer toughen Frauenrolle. Oh, oder etwas ganz Schlichtes, vielleicht für eine unverpackte Seife, so wie du es am liebsten magst ...» Sie schweigt einen Moment. «Zum Beispiel: *Die erlesensten Dinge im Leben sind unverpackt. Ein Lächeln, ein Kuss, eine Seife ... Blakely.*» Sie kichert.

«Ivy, tu das nicht, okay?» Allein bei der Vorstellung, was Noah dazu sagen würde, liegt mir ein Stein im Magen. «Für den Konzern eures Vaters zu arbeiten – Noah wäre bestimmt nicht begeistert. Ich will einfach nicht zwischen die Fronten geraten.»

«Wie du willst.» Im Hintergrund rührt sie klirrend in einer Tasse. «Findest du den Müslispot denn so furchtbar, dass du aussteigen willst?»

«Ich kann nicht aussteigen. Das wäre total unprofessionell.» Und wie unprofessionell ist es erst, die Nacht vor einem Job durchzumachen? «Ich weiß auch nicht, warum mich das hier so stört, normalerweise ist mir das völlig egal. Ich bekomme fünfhundert Dollar plus Spesen.»

«Sieh es mal so: Es ist ja nur deine Stimme und nicht dein Gesicht.»

Nur meine Stimme.

Wenn aber meine Stimme das Einzige ist, was ich habe?

«Ja, du hast recht. Ich ziehe das jetzt einfach durch.»

«Triffst du dich nachher mit Taylor?»

«Wir sind heute Abend verabredet. Ich habe ihm versprochen, mich zu melden, sobald ich aus dem Studio rauskomme.»

«Dann bestell ihm liebe Grüße.» Sie zählt mir noch ein paar Dinge auf, die ich ihm unbedingt ausrichten soll, dann legen wir auf, und ich gehe schnell noch einmal zur Toilette, bevor ich mich auf den Weg in den Aufnahmeraum mache.

«Hi, ich bin Faran. Herzlich willkommen.» Der Regisseur ist jünger, als ich erwartet habe, und er kommt zu spät. Was nicht schlimm ist, weil ich den Text bei meiner Ankunft eh von der Produktionsassistentin bekommen und nach der Vorbereitung mit der Cutterin, ihr Name ist Natalie, Kaffee getrunken habe. Er will mir die Hand geben, zieht sie dann jedoch wieder zurück. «Sorry, vergessen. Bin immer noch erkältet, da komme ich dir lieber nicht zu nahe.»

Deshalb also der leicht nasale Tonfall. Obwohl das seine Stimme durchaus interessant macht. Ich wette, er ist auch ausgebildeter Schauspieler. Auf jeden Fall hat er eine geschulte Stimme.

Faran hat schulterlange Locken, die genauso schwarz sind wie die dickrandige Brille, durch die er mich jetzt mustert. Und für einen Augenblick wünsche ich mir Noahs Dartmouth-Cap zurück.

«Wenn du irgendwas brauchst, sag einfach Bescheid. *Innate Taste* gehört zu den fünfhundert umsatzstärksten Konzernen der USA, die knausern nicht, wenn's um Spesen geht. Und sie wollten unbedingt deine Stimme.»

«Wirklich?», frage ich verblüfft. Also so umwerfend ist das

Honorar jetzt nicht, vielleicht hätte ich doch höher pokern sollen?

Er nickt. «Das Casting hat ewig gedauert. Mehr als hundert Sprecherinnen haben wir Probeaufnahmen machen lassen. Erst wollten sie die sympathische Mutter, dann die nette Nachbarin von nebenan und zuletzt einfach nur die freundlich-verbindliche Off-Stimme. Und dann hieß es auf einmal, wir machen einen neuen Spot und buchen Aubree Sturgess, keine weitere Diskussion. Der ursprüngliche Spot sah ganz anders aus. War also ziemlich viel Arbeit für nichts.»

Ich erstarre. Oh Gott. Dafür gibt es eigentlich nur eine mögliche Erklärung: Es geht um den Namen meiner Mom. Ich fasse mir an den Magen, der bei dem Gedanken verkrampft. Aber dann atme ich tief durch. Es ist nur meine Stimme. Kein Mensch weiß, wer solche Spots spricht. Um das herauszufinden, müsste man schon ordentlich Rechercheaufwand betreiben. Mir wird niemand so nachstellen wie Mom, die nicht mal allein auf die Toilette gehen kann.

Also lächeln, Aubree. «Oh, okay, tut mir leid, das wusste ich nicht.»

«Ach, mir ist das egal. Solange *Innate Taste* dafür bezahlt.» Er nickt in Richtung Mikro. «Dein Text liegt auf dem Pult. Da steht auch Wasser. Wir können gleich loslegen, wenn du bereit bist.»

«Klar.» Ich bin zwar echt müde, aber nun schießt mir doch Adrenalin durch den Körper. Wenn ich jetzt nichts Vernünftiges abliefere, dann werden sich alle über mich ärgern. Es gibt so viele gute Sprecher, und ich habe keine Schauspielausbildung. Ich bin da so reingerutscht, und deshalb begleitet mich immer das Gefühl, eigentlich eine Hochstaplerin zu sein. Vor allem wenn sie ausgebildeten Schauspielern absagen, nur um mich zu nehmen, weil meine Mom berühmt ist.

Verdammt, ich kann es mir nicht leisten, das zu versauen. Ich will mehr sein als Bridget Sturgess' Tochter. Also werde ich das hier gut machen, auch wenn es nur blöde Frühstücksflocken sind. Ich stelle mich ans Pult, kontrolliere meine Haltung und präge mir genau ein, in welchem Abstand ich zum Mikro stehe. Ich fasse das Pult nicht an, das hat man mir oft genug eingebläut: Niemals abstützen, weil man das hören kann.

Der größte Teil der Aufnahmen sind Voice-over, die in der typischen Tonalität für Werbung aufgenommen werden. Den Mund der Schauspielerin sieht man nur dreimal, und deshalb sind es nur wenige Takes, die lippensynchron gesprochen werden müssen. Aber damit fangen wir an.

Ich starre auf die Takes vor mir, der erste besteht aus elf Wörtern: *Healthy Charms. Die wertvollste Zutat, die ich meinem Körper schenken kann.*

Nicht dran denken, wie bescheuert sich dieser Satz anhört, einfach nicht dran denken. Vor mir auf dem Bildschirm taucht eine Ziffernfolge auf. Auf vier kommt das Bild, und genau dann muss ich meinen Text sagen. Nicht eine Sekunde früher, nicht eine Sekunde danach. Mein Puls schnellt in die Höhe, und das wird man in meiner Stimme hören. *Ganz cool bleiben, Aubree.* Und dann denke ich an «Mmh, ist das lecker», muss grinsen und beiße mir auf die Lippe.

Da erscheint die Ziffernfolge 1, 2, 3 ... 4.

«Healthy Charms. Die wertvollste Zutat, die ich meinem Körper schenken kann.»

Die gute Nachricht ist: Ich habe mich nicht verhaspelt. Aber das ist auch schon alles. Die Aufnahme war mies, das ist mir sofort klar. Und weit entfernt von lippensynchron. Nur der erste Versuch, rede ich stumm auf mich ein. Der erste Versuch ist doch nie gut. Ich muss mich entspannen.

Aus der Kabine höre ich die Stimme von Natalie. «Mach nach *Healthy Charms* die Zäsur größer.»

«Okay.» Das ist eigentlich genau das, was ich an dieser Arbeit liebe. Dass man kurze und präzise Anweisungen bekommt, nach denen man sich richten kann.

1, 2, 3 ... 4

«Healthy Charms ... Die wertvollste Zutat, die ich meinem Körper schenken kann.»

«Besser. Den Rest jetzt breiter.»

Breiter bedeutet, dass ich langsamer, etwas gedehnter sprechen soll. Okay, das kriege ich hin. Ich muss mich nur konzentrieren.

«Healthy Charms ... Die wertvollste Zutat, die ich *meinem* Körper schenken kann.»

Wo kommt denn diese bescheuerte Betonung auf einmal her? Mein Gesicht läuft heiß an.

«Okay», meldet sich Faran. «Kurze Ansage, Aubree: Das hatte in etwa so viel Sexyness wie eine Raufasertapete. *Innate Taste* will hier den absoluten Genuss vermitteln, auch wenn es bloß Scheißfrühstücksflocken sind.» Er atmet einmal durch, ein seltsam entspannter Ausdruck legt sich auf sein Gesicht, und dann sagt er: *«Die wertvollste Zutat, die ich meinem Körper schenken kann.»*

Oh mein Gott, er hört sich an wie Hugh Jackman. Ich wusste, dass er eine ausgebildete Stimme hat. Ich wusste es! Das war unglaublich toll. *Er* sollte den blöden Spot sprechen.

Natalie lacht heiser. «Oh Mann, Faran. Ich schwöre dir, meine Nippel haben grad Pling gemacht. Wenn ich damit jemandem ein Auge aussteche, bist du schuld.»

Ich unterdrücke ein Prusten.

«Kommen wir zurück zum Thema», sagt Faran. «Also Healthy Charms sind pures Superfood. Healthy Charms machen dich jung, sie machen dich gesund, sie machen dich schön und vor allem supersexy. Denk an *Lust* auf was zu essen, denk an Gojibeeren und Granatäpfel, denk an Frucht*fleisch*. Ich will das alles in deiner Stimme hören, klar?»

Ich atme tief durch und nicke.

1, 2, 3, 4 ...

«Healthy Charms ... Die wertvollste Zutat ... die ich meinem Körper ... schenken kann.»

Natalie räuspert sich. «Okay, das war nicht hundert Prozent lippensynchron, aber das schneide ich mir zurecht. Machen wir den nächsten?»

Faran kaut unschlüssig auf seiner Lippe. «Lass es uns noch einmal versuchen. Denk einfach an was Schönes, Aubree. Hast du einen Freund? Wenn er heiß ist, denk an ihn.» Er seufzt, und ich ziehe eine Grimasse.

Doch dann denke ich tatsächlich an Noah. Ich habe heute noch nichts von ihm gehört. Ob er verschlafen hat? Aber das Bild des schlafenden Noah ist nicht das, was vor meinem inneren Auge aufblitzt. Oh mein Gott. Ich sehe ihn vor mir, wie ihm Strähnen seines Haars in die Stirn gefallen sind. Denke an den Ausdruck in seinen Augen, als er mich durch diese Haarsträhnen hindurch ansah. Der Moment, als er die Kondompackung mit den Zähnen aufriss. Und danach ...

1, 2, 3, 4 ...

«Healthy Charms – die wertvollste Zutat, die ich meinem Körper schenken kann.» Meine Stimme ist flüssiger Karamell. Viel flüssiger Karamell.

«Perfekt!» Faran grinst, er kann sein Glück offenbar kaum fassen. Auch von Natalie bekomme ich einen Daumen hoch.

«Halt die Stimmung fest. Wir machen sofort den nächsten Take.»

Ich starre auf das Blatt mit dem Text und präge mir den

zweiten Satz ein. Das ist die Szene, in der die Schauspielerin lasziv den Löffel an ihre vollen Lippen legt. Und deshalb streue ich auf den Karamell noch eine Prise Salz.

1, 2, 3, 4 ...

«Weil ich von allem das Beste will.»

Daumen hoch, wir machen direkt weiter.

1, 2, 3, 4 ...

«Wenn Sie auch mehr für sich und Ihren Körper erwarten, schenken Sie sich den Luxus eines perfekten Frühstücks. Healthy Charms – weil ich mich liebe.»

«Großartig!» Faran wirkt regelrecht enthusiastisch. «Ich schätze, wir werden heute früher Feierabend machen können. Was meinst du, Natalie?»

Die Cutterin grinst mich an. «Mir ist gerade echt heiß geworden, Süße. Das war orgastisch.»

Ich werde rot, und darüber lachen die beiden sich halbtot.

Insgesamt brauchen wir fast drei Stunden, weil es mehrere Varianten gibt. Nicht nur den Fernsehspot, sondern auch eine Radioversion, wo der Textanteil größer ist. Es macht unheimlich viel Spaß, und ich merke jetzt erst, wie sehr ich die Arbeit im Tonstudio vermisst habe. Was schlecht ist. Denn solche Jobs gibt es in New Hampshire kaum. Ich müsste für jeden Auftrag nach New York kommen. Doch darüber will ich jetzt nicht nachdenken.

Nach den Aufnahmen gehen Natalie und ich zusammen in den Pausenraum und trinken einen zweiten Kaffee. Sie erzählt mir von den Projekten, die sie gerade abgeschlossen hat, und ich beneide sie darum, dass sie ständig ausgebucht ist und so interessante Jobs bekommt.

«Aber das ist nicht immer so», gibt sie zu. «Ich schwöre dir, ich habe auch bestimmt schon die tausendste Telefonansage geschnitten.» Sie gibt ihrer Stimme einen verbindlichen Tonfall.

«*Herzlich willkommen in unserem Unternehmen. Im Moment sind alle Mitarbeiter im Gespräch. Bitte hinterlassen Sie uns nach dem Signalton eine Nachricht. Pieeep.*»

Ich verstecke mein Grinsen hinter der Tasse, und dann erzähle ich ihr von *Ashes of Fear* und dass ich am liebsten viel mehr von solchen Gaming-Aufnahmen machen würde.

Dann kommt Faran mit einem Stapel Papiere unter dem Arm zu uns. Auf der Hand balanciert er einen Teller mit kunstvoll belegten Broten, den er vor uns abstellt.

«In der Küche steht noch mehr von dem Zeug. Schätze, davon müssen wir uns jetzt drei Wochen lang ernähren. Aubree, pack dir so viel ein, wie du willst. Das kriegen wir sonst nicht weg.»

«Gott, das sind die Guten», stellt Natalie mit Kennerblick fest. «Die mit dem teuren Käse drauf.»

Ich schiebe den Teller an sie weiter, und sie beißt sofort in eines der kleinen Brote.

«Du musst noch den Vertrag unterschreiben.» Faran zieht einen Kuli aus seiner Hemdtasche und legt ihn vor mir auf den Tisch. Dann blättert er die Papiere durch und hält mir einen fünfseitigen Vertrag hin. «Unbeschränkte kommerzielle Nutzung, bla, bla, unbegrenztes Buyout ... Lies dir den Kram selbst durch. Übrigens hat *Innate Taste* vor, dir einen Exklusivvertrag anzubieten. Ich habe eben kurz mit der zuständigen Marketingreferentin telefoniert.»

«Sie wollen mich exklusiv? Aber wofür?»

«Keine Ahnung, darüber hat sie nichts verraten. Aber es geht wohl um ein international vertriebenes Produkt. Eine Marke, die jeder kennt. Du musst also keine Angst haben, dass sie mit dir Werbung für Atomkraft machen wollen und das deinem Renommee schaden könnte.»

Meinem Renommee. Wenn er wüsste! Aber vielleicht tut er das ja. Vielleicht hat er im Internet meine Brüste gesehen. Der

Gedanke schießt so plötzlich durch meinen Kopf, dass mir schlagartig schlecht wird. «Na ja, meist merkt man so was ja erst, wenn es zu spät ist», wende ich ein und verziehe das Gesicht.

«Schätzchen, du hast recht, das würde ich mir auch gut überlegen», sagt Natalie. «Vor allem, ob sich das finanziell wirklich lohnt, wenn du keine anderen Aufträge mehr annehmen darfst.»

«Wie auch immer», sagt Faran. «Wir sind fertig für heute. Hier ist dein Scheck.» Er hält mir den Zettel hin, und ich greife sofort zu.

«Und hier habe ich noch einen zweiten Scheck, den ich dir geben soll, wenn du diesen Vertragszusatz unterschreibst.»

Er kramt ein weiteres Papier aus seinem Stapel.

«Jetzt wird es interessant.» Natalie ruckelt mit ihrem Stuhl über den Boden, bis sie nah genug neben mir sitzt, um mitlesen zu können.

Beide beugen wir uns über das Vertragsaddendum. Ich überfliege den Text, komme aber nur bis zum zweiten Absatz, bevor ich den Kopf schüttele.

Im Rahmen der Werbung für Healthy Charms darf Innate Taste jederzeit den Namen und Abbildungen von Aubree Sturgess, im folgenden «die Sprecherin» genannt, sowie Aufzeichnungen des Produktionsgeschehens nutzen.

Das bedeutet, dass der Konzern nicht bloß meine Stimme haben will. Sie wollen mit meinem Namen werben. Mit dem Namen meiner Mom. Und sie wollen Fotos benutzen. Das werde ich auf keinen Fall unterschreiben. Ich schiebe das Blatt zu ihm zurück, aber Faran hält mir den zweiten Scheck vor die Nase, damit ich ihn mir ansehen kann.

Natalie scannt die Zahl darauf zuerst. Sie pfeift durch die Zähne. «Ich schätze, es lohnt sich finanziell. Der Exklusivvertrag, meine ich. Wenn sie dir das schon dafür anbieten, um nur deinen Namen zu benutzen. Vielleicht kann ich ihnen meinen auch verkaufen?»

Faran grinst. «Doch nicht mehr so sicher, was?»

Die Zahl auf dem Check verschlägt mir die Sprache. 5000 Dollar.

In Worten: *Fünftausend Dollar.* Für drei Stunden Arbeit. Und für meinen Namen.

Scheiße.

Kapitel 26

Eine Stunde später bin ich auf dem Weg zum Wohnheim. Das Angebot von *Innate Taste* liegt mir schwer im Magen. Ich könnte das Geld wirklich gut gebrauchen. Von fünftausend Dollar könnte ich mehr als bequem ein halbes Jahr leben. Shopping hasse ich sowieso. Ivy hat mir mehrmals gesagt, dass ich gerne bei ihr wohnen kann, und für meinen Teil der Miete und Essen würde es gut reichen. Und, oh Gott, ich könnte mir sogar eine Mitgliedschaft in Quin's Boxing Club leisten. Bei diesem Gedanken kommt mir unweigerlich die Dusche mit Noah in den Sinn, und ich kriege eine trockene Kehle. Meine Trinkflasche habe ich im Tonstudio unterm Wasserhahn aufgefüllt, und jetzt nehme ich einen tiefen Schluck. Vor allem, um meine Nerven zu beruhigen.

Eben wollte ich das Angebot auch ein zweites Mal ablehnen, aber Natalie hat mir an den Kopf geknallt, ich wäre bescheuert. Es sei leicht verdientes Geld, und wenn ich vom Namen meiner Mom profitieren könnte, dann sollte ich das doch tun. Aber ich fühle mich mies dabei. Ihren Namen würde ich schließlich am liebsten loswerden, wie könnte ich gerade jetzt dafür Geld nehmen? Faran hat mir gesagt, ich solle eine Nacht über die Sache schlafen, und mir seine Handynummer gegeben. Falls ich es mir anders überlege, könnte ich morgen noch einmal ins Studio kommen, den Vertragszusatz unterschreiben und die Schecks tauschen.

Ich würde so gerne mit Noah darüber reden, was ich aber nicht kann, weil er nicht weiß, wer ich bin. Oh Gott, ich bin so eine Idiotin. Ich hätte es ihm schon viel früher erzählen sollen. Aber warum meldet er sich nicht? Auf das Foto von uns hat er immer noch nicht reagiert. Es ist jetzt halb vier, ich kenne seinen Stundenplan nicht, aber ich gehe davon aus, dass er mal eine Pause hat. Sollte ich ihm als Erste schreiben? Aber was? Die Wahrheit wird ihn wahrscheinlich abschrecken. Denn die Wahrheit ist, dass ich bei der Arbeit im Tonstudio nur an ihn gedacht habe. Dass ich ihn die ganze Zeit vor mir sehe und in meinen Eingeweiden ein Sturm tobt, weil ich mich so nach ihm sehne.

Was beängstigend ist.

Vor zwei Wochen kannte ich ihn nicht einmal persönlich. Vor zwei Wochen habe ich noch nicht gewusst, wie es ist, mich jemandem so sehr zu öffnen. Und jetzt kann ich nur noch an ihn denken. Ich bin hier in New York, um hundert andere Dinge zu tun, und das Einzige, was ich will, ist Noah.

Ich setze mich auf eine Parkbank und hole Errol aus meinem Beutel. Mit dem Zeigefinger fahre ich zwischen die Seiten und klappe ihn auf. Meine Fingerkuppe berührt die ausgefranste Kante, wo ich heute Morgen den Spruch für Noah herausgerissen habe. Und als ich an den Satz denke, muss ich lächeln. Dieses Lächeln hat Noah mir geschenkt. Niemand sonst. Ich ziehe den Deckel vom Brushpen ab und überlege, wie ich meine Gefühle in Worte fassen könnte, und durch meinen Kopf flackern Dutzende Bilder, die ich auf Pinterest gesehen habe. Sätze, die man auf ein Letter Board stecken kann, die aber nicht wirklich das ausdrücken, was in mir vorgeht. Nichts davon passt. Ich stöpsle mir die kleinen Kopfhörer ins Ohr, öffne meine Spotify-Playlist und schließe für einen Moment die Augen, als mein Lieblingssong von Cigarettes After Sex läuft. Aber im Grunde ist es egal, was ich höre, weil alle Songs mit einem Mal nur noch von Noah handeln.

Deshalb lettere ich einfach meine Lieblingszeile aus diesem Song in Errol.

Your lips, my lips, apocalypse.

Weil Noah zu küssen sich genauso anfühlt. Nicht wie eine Katastrophe, das Ende einer Geschichte, sondern wie der Neuanfang danach. Aber das ist nichts, was ich ihm einfach so sagen kann. Trotzdem hole ich das Smartphone heraus, um Noah zu schreiben. Nicht die Wahrheit. Einfach irgendwas.

Aubree: **Wie hat deinem Dozenten dein Hass-Essay gefallen?**

Das ist unverfänglich. Und es ist dämlich. Noah wird sofort merken, dass ich unsicher bin. Oder auch nicht, denn es bildet sich nur ein einzelnes Häkchen hinter meiner Nachricht, was bedeutet, dass sie noch nicht bei ihm angekommen ist. Vielleicht ist sein Akku leer. Vielleicht hat er das Handy ausgestellt, weil er in einem wichtigen Kurs sitzt. Vielleicht ist es ihm ins Klo gefallen. Und vielleicht mache ich mir viel zu viele Gedanken.

Ich sollte mir ein Taxi rufen und am besten heute noch aus der Stadt verschwinden. Aber das ist mir eigentlich zu teuer. Wenn ich den Scheck annehmen würde ...

Ach verdammt, ich will diesen Scheck nicht! Mit zusammengebissenen Zähnen öffne ich die Uber-App. Und während ich auf das Auto warte, habe ich Zeit, über die Namensänderung nachzugrübeln. Meinen Namen zu ändern ist fast so, als würde ich mich von meiner Familie lossagen. Nur: Ist es das, was ich wirklich will? Wegen eines Fotos? Wegen eines einzigen Arschlochs?

Aber es war nicht bloß ein Arschloch. Es waren verdammt viele, die mich mit ihren Nachrichten bombardiert haben, die ihren Spaß dabei hatten, mich fertigzumachen. Die Frage ist, ob

Your LIPS my lips Apocalypse

CIGARETTES after S·E·X

ich mich deswegen wirklich für immer verstecken will. Ja, will ich. Am liebsten. Es wäre so viel einfacher.

Auf meinem Smartphone werden mir das Foto und die Fahrzeuginfos des Fahrers angezeigt. Nadia. Es ist eine Frau. Für sie ist es kein Problem, dass ich das sehe. Dass das jeden Tag Dutzende Leute sehen.

Ich stelle mich an den Straßenrand, als sich das Auto mit dem korrekten Kennzeichen nähert, und nenne Nadia beim Einsteigen meinen Namen, um zu bestätigen, dass sie den richtigen Fahrgast hat.

«Bist du zu Besuch in der Stadt?», fragt sie gut gelaunt.

Ich nicke. «Ich habe bis vor kurzem in Brooklyn gewohnt und treffe mich mit einem Freund.»

«Cool. Willst du was Süßes?» Sie deutet auf eine Schachtel auf dem Armaturenbrett. An jedem Finger steckt mindestens ein Silberring. Ihre ganze Hand glitzert.

«Danke.» Weil ich nicht abweisend sein will, nehme ich eine Praline aus der Schachtel. Sie sind einzeln verpackt, aber ist das sicher? Die Ringhand legt sich wieder aufs Lenkrad. Ich will endlich aufhören, so paranoid zu sein, deshalb befreie ich die Schokokugel von ihrer knisternden Folie und stecke sie mir schnell in den Mund. «Oh, da sind Pistazien drin.»

«Scheiße, bist du allergisch?» Sofort flackert Panik in ihrer Stimme auf.

«Nein, sorry, ich ... ich liebe Pistazien.»

«Oh Mann, puh, was für ein Schock. Wenn du willst, kannst du noch eine nehmen.» Sie nickt zum Armaturenbrett, wo die Packung in jeder Kurve hin und her rutscht.

Mein Handy vibriert, und als ich sehe, dass Noah mir auf meine Frage nach seinem Essay geantwortet hat, fängt mein Herz sofort wie wild an zu pochen.

Noah: Er nannte es eine huldigende Hasstirade. Ich glaube, er steht auf verfickte Oxymora. Letzte Woche meinte er, ich wäre ein einfühlsames Arschloch.

Aubree: Er hat dich also durchschaut? ;-)

Noah: Schätze, ja. Er will mich in einen anderen Kurs stecken. Ich soll Drehbücher schreiben.

Aubree: Wow. Das klingt, als würde er dir ziemlich viel zutrauen.

Noah: Nicht so viel wie ich dir. Wie waren die Aufnahmen? Hast du das Studio gerockt?

Aubree: Ehrlich gesagt, es war toll. Ich liebe meinen Job.

Noah: Glaube ich dir. Soll ich dir sagen, was ich liebe?

Aubree: Ja.

Noah Blakely
schreibt...

Ich fixiere den Bildschirm, aber Noahs Antwort erscheint nicht. Nachdem die Anzeige, dass er schreibt, fast zwei Minuten lang stehengeblieben ist, geht er plötzlich offline, und ich atme tief durch.

In Brownsville steigt noch ein anderer Fahrgast zu, und die ganze Fahrt denke ich darüber nach, was Noah mir schreiben wollte und was ihn daran gehindert haben könnte. Es geht weiter durch East-Flatbush. Auf dem Campus selbst gibt es keine Unterkünfte, und die Suche nach einem Zimmer ist für neue Studenten jedes Jahr die Hölle. Ivy und ich hatten damals Glück, einen Platz in einem privaten Wohnheim zu ergattern, das nur zwei Blocks entfernt ist, und nachdem sie nach Dartmouth gewechselt ist, konnte ich das kleine Apartment mit zwei anderen Studenten problemlos gegen ein Einzelzimmer tauschen. Deswegen muss ich mein Zimmer jetzt auch schnellstmöglich freigeben. Es ist verdammt unfair, es zu blockieren, wenn ich nicht zurückkommen werde. Ganz abgesehen davon, dass ich es inzwischen hasse.

Ich bitte Nadia, mich doch schon am Paerdegat Park rauszulassen, um den restlichen Weg zum Wohnheim zu Fuß zu gehen. Mit einem Fingertipp in die App bezahle ich die Fahrt und füge ein Trinkgeld hinzu.

«Pass auf dich auf.»

Es ist nur eine Floskel. Und trotzdem muss ich Tränen wegblinzeln, als ich Nadias Wagen hinterhersehe. Ja, ich muss auf mich aufpassen. Ich fange grad erst wieder an, mich selbst aus den Bruchstücken zusammenzusetzen, die nach dieser Nacht und dem Foto von mir übrig geblieben sind. Und die Sache mit Noah ... er hat mir so sehr geholfen, mich wiederzufinden, mich auf eine ganz neue Art zu sehen. Aber er könnte mich auch völlig zerreißen.

Ich zucke zusammen, als mein Handy klingelt. Um nicht die ganze Zeit darauf zu starren, habe ich es tief in meinem Beutel versenkt und muss es nun umständlich herauskramen. Ich wische über das Display, ohne einen Blick drauf zu werfen.

«Noah?»

«Hi, Aubree.»

Es ist Taylor.

«Oh, tut mir leid. Ich habe auf einen anderen Anruf gewartet. Bist du schon im Wohnheim?» Während ich rede, höre ich das

Geräusch einer eintreffenden Nachricht, und für einen kurzen Moment bin ich versucht, sofort aufzulegen, um sie zu lesen. Aber ich kann Taylor unmöglich so schnell abwimmeln.

«Seit zwei Stunden. Wie kommt es, dass du mit den Aufnahmen schon fertig bist?»

«Es ist einfach gut gelaufen.» Bei diesen Worten bekommt meine Stimme gleich einen fröhlicheren Klang. «Eigentlich ist es sogar phantastisch gelaufen. Das Team war supernett, sie haben es mir wirklich leicht gemacht. Ich bin eben am Park ausgestiegen und in circa zehn Minuten da.»

«Kommst du zu mir hoch?»

«Ich muss vorher noch kurz in mein altes Zimmer, aber ich brauche nicht lang. Sollen wir dann zu Starbucks gehen?»

«Wenn du willst.» Er hört sich nicht sehr begeistert an.

«Oder lieber zum Holy Bagel?» Oh, bitte sag ja. Ich muss jetzt auflegen, das Gerät glüht förmlich in meiner Hand.

«Klingt schon besser.»

«Dann bis gleich.» Ich drücke auf den roten Button und öffne sofort WhatsApp.

> *Noah:* Sag ich dir, wenn du wieder da bist. Muss jetzt zu Quin, habe ein Date mit einem beschissenen Schlipsträger.

Schätzungsweise fünf Minuten stehe ich vor meinem Zimmer, bevor ich mich traue, es aufzuschließen und reinzugehen, und ich bleibe nicht einmal dreißig Sekunden drin. Die Möbel gehören nicht mir, und ich habe nichts hiergelassen außer einem alten «I ♡ New York»-Aufkleber am Fenster. Das Einzige, was ich empfinde, ist Erleichterung darüber, dass ich nicht mehr hier wohne. In diesem Bett bin ich aufgewacht, nach der

Party. In diesem Zimmer habe ich mich einen ganzen Tag lang übergeben. In diesem Zimmer bin ich zerbrochen. Hier will ich nie wieder hin. Ich bin fast froh über dieses Gefühl, denn jetzt macht es mir nichts mehr aus, den Schlüssel einfach in das Postfach der Hausverwaltung zu werfen. Ich werde ihnen eine Mail mit der Kündigung schicken, und dann bin ich mit Brooklyn fertig.

Taylor wirkt etwas distanziert, als wir uns begrüßen. Er war noch nie der Typ, der andere umarmt, und auch jetzt macht er da keine Ausnahme. Mit einem einfachen Hallo lässt er mich in sein Zimmer.

«Wie geht es Ginnifer?», frage ich ihn und trete an ihm vorbei in sein Apartment. Der Raum ist mehr als zwanzig Quadratmeter groß, was fast schon luxuriös ist.

«Keine Ahnung, ich denke, gut. Hab sie schon länger nicht gesehen. Eigentlich seitdem du weg bist. Sie geht nicht mehr so oft aus.»

«Wirklich?» Ich kenne Ginnifer nur als immer gutgelaunte, etwas überdrehte Partyqueen.

Taylor zuckt mit den Schultern. «Hast du keinen Kontakt mehr zu ihr?»

«Nein, gar nicht.» Ginnifer hat sich nie bei mir gemeldet. Nicht ein einziges Mal hat sie mich gefragt, wie es mir geht. Ich will sie nicht verurteilen, aber ich kann ihr nach der Sache mit der Party auch nicht nachtrauern.

Um das Thema zu wechseln, richte ich ihm von Ivy schöne Grüße aus und frage ihn dann nach seinen Eltern und seinem kleinen Bruder, der in Mays Alter ist.

«Er geht jetzt zur Anderson School. Die ist im Ranking der besten Schulen aktuell auf Platz eins, mein Dad ist davon ziemlich begeistert.»

«Er ist also immer noch so was wie ein Genie?» Als Taylor

nickt, sage ich: «Muss schlimm sein, ständig mit ihm verglichen zu werden.»

Er setzt sich auf sein Bett. «So haben sie weniger Zeit, sich in meine Angelegenheiten zu mischen. Das ist eigentlich ganz okay.»

Taylor lächelt nicht, das macht er selten. Er ist immer etwas in sich gekehrt und stiller als die anderen aus unserem Jahrgang. Außerdem ist er ein Einzelgänger. Ich glaube nicht, dass er außer mir noch viele Freunde hat. Zumindest habe ich ihn nie mit einem Kumpel gesehen. Jetzt tut es mir leid, dass ich deswegen nie nachgefragt habe. Ich habe ihm zugehört, wenn er von seiner Familie erzählt hat oder von seinem Studium, aber weshalb er lieber allein ist, weiß ich nicht. Er interessiert sich für Astronomie, sein Hobby ist Stargazing. Zu Hause bei seinen Eltern hat er ein Teleskop und hier im Wohnheim eine Art Heimplanetarium, eine große schwarze Kugel, die im Dunkeln Sternbilder an die Zimmerdecke projiziert.

Ich schiebe seine Knie beiseite, um mich neben ihm aufs Bett zu setzen. «Tut mir leid, dass ich einfach abgehauen bin, ohne dir Bescheid zu sagen.»

Ich mochte Taylor schon immer, gerade weil er so zurückhaltend ist. Wenn es drauf ankam, war er jederzeit hilfsbereit, hat mir sein Auto geliehen, als ich Ivy vom Flughafen abholen musste, oder hat sich angehört, wenn ich zum hundertsten Mal über den Dozenten meines Poetry-Workshops geflucht habe.

Taylor verschränkt beide Hände in seinem Schoß. «Ist schon in Ordnung.»

«Weißt du, ich wollte mich die ganze Zeit bei dir melden, aber dann ...» Ich stocke. «In den letzten Wochen ist so viel passiert.»

«Ja», sagt er. «Deine Haare ...»

«Oh.» Meine Finger fassen an die Stoppeln über meiner Stirn. Immer wieder fällt mir auf, dass ich das inzwischen fast vergesse, und Taylor hat sich eben gar nichts anmerken lassen. Ich setze ein schiefes Lächeln auf. «Ich hätte dir vielleicht vorher ein Bild schicken sollen, damit du mich wiedererkennst.»

«Ich würde dich immer wiedererkennen.» Jetzt wird er rot.

Ich schlucke, weil der Satz seltsam bedeutungsschwanger klingt. Und zum allerersten Mal sehe ich Taylor mit anderen Augen an, versuche mir vorzustellen, wie er auf mich wirken würde, wenn ich mehr als Freundschaft für ihn empfände. Die blassblauen Augen und die helle Haut, die ihn aussehen lässt, als würde er kaum sein Zimmer verlassen. Die großen Hände mit den Sommersprossen auf dem Handrücken, die langen Finger, die er in seinem Schoß knetet. Die schlaksige Gestalt eines Jungen, der nur aus Ellbogen und Knien besteht.

Dass er in mir vielleicht mehr als eine Freundin sieht, kam mir nie in den Sinn. Aber er hat mich am Morgen nach der Party versorgt. Er hat mir Tee gekocht und mir das Haar gehalten, als ich mich übergeben musste. Hat mich keine Minute allein gelassen und ist erst gegangen, als ich ihn darum gebeten habe. Als hätte er ein schlechtes Gewissen, dass er nicht mit zu dieser Party gegangen ist. In diesem Moment erfüllt mich das mit unendlicher Dankbarkeit, und ich habe ihm das nie gesagt.

«Taylor, ich ...»

«Willst du was trinken?», unterbricht er mich und steht auf. Anstelle eines Nachttischs steht neben seinem Bett ein Minikühlschrank, den er nun aufreißt. «Ich habe Cola, oder willst du lieber eine Limo?»

«Ich ... ja, eine Cola wäre super.»

Er hält mir eine Dose hin, und als sich unsere Finger berühren, zieht er seine Hand so schnell weg, dass mir die Cola beinahe runterfällt. Und mir schießen zwei Gedanken durch den Kopf. Erstens: Warum zum Teufel ist er mir gegenüber so verlegen?

Und zweitens: Gott sei Dank ist die Dose geschlossen. Im selben Moment erfüllt mich Scham, weil ich immer noch so misstrauisch bin. Wenn ich einem hier im Wohnheim vertrauen kann, dann doch wohl Taylor.

Das Getränk zischt, als ich die Lasche aufziehe, und prickelt auf meiner Zunge. Ich stelle die Dose auf den Boden zu meinen Füßen. «Du hast mir nach dieser Party so geholfen, und ich habe dir nicht mal richtig danke gesagt», fange ich wieder an.

Ich kann sehen, wie unangenehm Taylor das Thema ist, aber ich muss das jetzt loswerden. Als er wieder neben mir sitzt, beuge ich mich zu ihm, lege beide Arme um seinen Oberkörper und drücke ihn an mich. «Danke für alles. Für den Tee und dafür, dass du bei mir geblieben bist, als ich mich übergeben musste. Das war bestimmt ziemlich ekelig, tut mir leid.»

Er ist so steif in meiner Umarmung, als hätte man seinen Körper über Draht gespannt. Seine Hände hängen starr in der Luft, bevor er nachgibt und sie vorsichtig und nur für eine Sekunde auf meinen Rücken legt. Als ich ihn daraufhin loslasse, rutscht er auf der Matratze sofort von mir weg.

«Ich weiß nicht, was ich ohne dich getan hätte. Wirklich. Ich habe gedacht, dass ich an dem Abend zu viel Alkohol getrunken hätte, aber das war es gar nicht. Es war etwas anderes.» Ich möchte es ihm gerne sagen. Weil ich ihm vertraue, weil er immer noch ein Freund ist.

Er nickt langsam. «Du hast nur Cola getrunken.»

Im ersten Moment begreife ich nicht, was dieser Satz bedeutet. Erst als Taylors Gesicht sich erschrocken verzieht, er aufsteht und hektisch durch sein Zimmer tigert, wird mir klar, was das heißt. Ich habe vor der Party noch im Wohnheim ein Bier getrunken. Von der Party selbst weiß ich nichts, rein gar nichts. Wieso weiß Taylor das dann?

Er geht zu seinem Planetarium und stellt die Lampe an. «Habe ich dir eigentlich schon gezeigt, dass die Rotation die Himmelsbewegung im Original wiedergibt?», fragt er mich.

Man kann die projizierten Sterne kaum erkennen, weil das Zimmer viel zu hell ist und die Lichter nur irritierend helle Punkte, die im Tageslicht verschwimmen.

«Also den Jahresverlauf, meine ich», redet Taylor schnell weiter. «Man kann sogar eine Sternschnuppenfunktion zuschalten. Die meisten Sternschnuppen sieht man im August, wenn die ...»

«Taylor, woher weißt du das?» Meine Stimme schwankt.

«Über Sternbilder weiß ich eigentlich ...»

«Taylor», unterbreche ich ihn scharf. «Ich kann mich an nichts erinnern. Woher weißt du, dass ich nur Cola getrunken habe? Woher weißt du das?» Mein Körper steht unter Hochspannung. «Warst du auf dieser Party? Taylor, warst du auf dieser verdammten Party?»

Er steht vor mir wie ein Kind, das man für einen Streich ausschimpft. Er hat den Kopf gesenkt und starrt auf seine Füße. «Ja, ich war da.»

Taylor sieht so schuldbewusst aus, dass sich mir der Magen umdreht. «Das Foto, Taylor. Weißt du, wer es gemacht hat?»

«Nein.» Er schüttelt heftig den Kopf, sieht mich aber immer noch nicht an. Und dann brechen plötzlich die Worte aus ihm heraus. «Ich war den ganzen Abend da. Ich habe dich mit Ginnifer gesehen. Du hast nur Cola getrunken. Du hast mir gesagt, dass du am nächsten Tag lernen musst und keinen Kater haben willst.»

Es kommt mir vor, als würde Taylor über jemand Fremdes reden. Über jemanden, den ich nicht einmal kenne. «Haben wir miteinander getanzt?», will ich von ihm wissen, auch wenn das eigentlich keine Rolle spielt.

«Nein.»

«Mit wem habe ich getanzt? Mit wem habe ich mich unterhalten? Wer war es?»

«Es tut mir leid, Aubree.» Sein Blick huscht gehetzt durch das Zimmer. «Ich war fast die ganze Zeit in deiner Nähe. Ich habe dir beim Tanzen zugesehen, aber ... Ich musste aufs Klo. Es hat ewig gedauert, und dann ... Es war nur eine Viertelstunde. Eine Viertelstunde habe ich dich nicht im Auge behalten, aber als ich zurückkam, warst du nicht mehr auf der Tanzfläche. Ich habe dich gesucht.»

Meine Gedanken rasen genauso schnell wie mein Herz. Ich spüre wieder diesen Druck auf meinem Brustkorb, bilde mir sogar ein, die Hände zu spüren, die mich berühren, die meine Brüste anfassen. Auf meiner Zunge schmecke ich Galle.

Ich breche auf Taylors Bett zusammen. Rolle mich auf die Seite und schlinge die Arme um meinen Oberkörper, um mich daran zu hindern, zu hyperventilieren. Wenn ich meinen Brustkorb nur fest genug zusammendrücke, dann werde ich nicht zu schnell atmen. Dann werde ich vielleicht gar nicht mehr atmen.

«Es tut mir leid, dass ich nicht gut genug aufgepasst habe.» Taylors Stimme dringt wie durch Watte in meinen Kopf – bis mir bewusst wird, dass er es ist, der mich wahrscheinlich vor noch Schlimmerem bewahrt hat.

Ich blinzle ihn an. «Hast du mich nach Hause gebracht?»

«Ich ... ja.» Er kann mich immer noch nicht ansehen. Als hätte er Angst vor meiner Reaktion. Ich verstehe das nicht. Ich verstehe auch nicht, warum er erst jetzt damit herausrückt. Ihm muss doch klar sein, dass er mich gerettet hat.

«Wie?», bohre ich nach. «Wie hast du mich nach Hause gebracht?»

Seine Lippen sind fest zusammengepresst, was mir zeigt, wie sehr er mit sich kämpft. Er will nicht mit mir darüber reden. Aber alles, was er sagt, alles, was er weiß, kann mir helfen, damit fertig zu werden. Kann mir helfen, das Ganze irgendwann wirklich hinter mich zu bringen und wieder zu vertrauen.

«Ich ... ich habe dich getragen.»

Ich richte mich auf und stütze mich am Bettrand ab. Oh Gott, mein Gesicht fühlt sich taub an. Er hat mich getragen. Er hat mich vor diesem Arschloch gerettet. Aber das bedeutet auch ...

«Du weißt, wer es ist.» Ich keuche auf, sobald die Frage meinen Mund verlassen hat. «Du kennst ihn. Du weißt, wem die Hände gehören, wer der Mann auf dem Foto ist.»

Taylors Gesichtsausdruck verrät mir alles. Seine gesamte Körperhaltung drückt Abwehr aus. Er hat etwas gesagt, was er nicht sagen wollte. Er wollte das alles auf sich beruhen lassen. Warum? Um keinen Ärger zu machen? Um selbst keinen zu bekommen? Oh Gott, warum?

«Wer ist es? Wer ist der Mann, der mich angefasst hat? Du musst es mir sagen, Taylor. Ich kann es nicht vergessen. Ich kann es nie wieder vergessen. Ich fühle diese Hände immer noch auf mir.» Tränen schießen mir in die Augen. «Ich kann nicht damit abschließen, wenn ich es nicht weiß. Du musst es mir sagen. Wer ist der Mann auf dem Foto, Taylor?»

Kapitel 27

Ich halte einen Zettel in der Hand. Einen Zettel mit dem Namen. Taylor hat ihn aufgeschrieben, und dann bin ich zurück ins Hotel gegangen. Ich muss jetzt allein sein. Weil er mir das so lange verschwiegen hat und ich darüber nachdenken muss, wie ich mit Taylor umgehe.

Ich kenne den Namen nicht. Es ist, als würde ich einen Thriller sehen und am Ende stellt sich heraus, dass der Täter keinerlei Verbindung mit dem Opfer hatte, dass es völlig willkürlich ausgewählt wurde. Das Ganze ist so sinnlos. Ich sehe den Namen an und empfinde dabei ... nichts.

Das Schlimme ist, dass ich gedacht habe, seinen Namen zu kennen, würde mir Frieden bringen. Würde in mir ein Aha-Erlebnis auslösen, vielleicht sogar die fehlenden Erinnerungen zurückbringen. Aber das funktioniert nicht. Ich werde nie wissen, was genau in dieser Nacht passiert ist. Und damit muss ich fertig werden.

Ich werde ihn bei der Polizei anzeigen, das habe ich in dem Moment beschlossen, in dem ich den Zettel in Händen hielt. Dieser Typ hat nicht nur mich verletzt. Er hat so viel mehr getan. Er hat mir mein altes Leben weggenommen. Er hat meine Mom verletzt, und er hat auch Taylor verletzt, der kaum damit leben kann, dass er mich aus den Augen gelassen hat. Taylor kann nichts dafür. Er ist nicht mein Beschützer, und ich muss mich auch nicht selbst beschützen.

Und mit diesem Gedanken verschwindet endlich, endlich auch das verdammte Schuldgefühl. Denn wenn ich Taylor keine

Schuld gebe, dann kann ich auch mir selbst keine Schuld geben. Nicht *ich* hätte mich schützen müssen, dieser Mann hätte mich niemals anfassen dürfen. Ich habe nichts getan, um das auszulösen. Ich habe nichts falsch gemacht. Ein kurzer Rock, offene Haare oder Alkohol zu trinken sind kein Fehler.

Und das nicht nur zu wissen, sondern auch zu fühlen, ist eine unglaubliche Erleichterung.

Ich setze mich an den Schreibtisch in meinem Hotelzimmer, suche die Mail von Dr. Ward heraus und bitte ihn um Rat, weil ich nicht weiß, was ich nun als Nächstes machen soll. Und das ist wahrscheinlich das Schwerste, was ich je getan habe. Anschließend schicke ich eine Nachricht an Faran, dass ich meine Meinung nicht ändern und den Vertragszusatz nicht unterschreiben werde. Scheiß auf das Geld.

Ich schlage Errol auf und sehe die To-dos an, die ich auf meiner Liste geschrieben habe. Das Fragezeichen vor dem Punkt mit der Namensänderung. Und dann streiche ich den Punkt durch. Mit einem dicken Strich, mehrmals. Es ist mein Name, der Name meiner Familie. Ich werde ihn nicht zu Geld machen, aber ich werde ihn mir auch nicht wegnehmen lassen. Ja, manchmal ist es schwer, weil es zu viele Idioten auf dieser Welt gibt, aber zum Teufel mit ihnen. Auf eine freie Seite weiter hinten schreibe ich dann das Erste, was mir in den Sinn kommt, in breiten Buchstaben, die ich anschließend mit bunten Farben ausmale:

Don't give a fuck!

Es tut so unheimlich gut. Scheiß drauf. Ich nehme es mir fest vor. Ich werde verdammt noch mal einen Scheiß auf die Angst und die Sorgen geben. Auf alles, was ich nicht in meinem Leben will! Ich lege mich auf das Hotelbett. Obwohl es erst halb sieben ist, ist draußen schon die Sonne untergegangen.

Doch dann mache ich einen Fehler. Einen riesengroßen Fehler.

Don't give a fuck!

Ich melde mich unter einem Pseudonym auf Instagram an, um nach diesem Mann zu suchen. Ich will sein Gesicht sehen. Ich will ihn erkennen können, wenn er mir auf der Straße begegnet und nicht unwissentlich einen Menschen anlächeln, der mich gegen meinen Willen angefasst hat.

Seinen Namen gibt es achtzehn Mal.

Achtzehn Profile, die denselben Namen haben wie er. Gut möglich, dass er sich hier völlig anders nennt oder dass er gar nicht auf Instagram ist. Oder dass sein Profil nicht öffentlich ist. Trotzdem klicke ich mich durch die, die ich einsehen kann, und lese mir die Bio durch, blättere durch die virtuellen Alben, suche etwas Vertrautes. Ein Foto vom College oder auch nur eins von New York. Und dann finde ich bei Nummer fünf ein Bild der Studentenvertretung des Colleges. Die typischen Farben fallen mir sofort ins Auge. Magenta und Gelb. Das Foto ist schon älter, aber der Typ ist nicht sehr aktiv in Social Media, deshalb finde ich dieses Foto ziemlich weit oben in seinem Feed. Eine Sitzung in der Bedford Lounge vom Frühjahr. Und er ist einer der Studentenvertreter. Das kann er nicht sein. Es kann nicht sein, dass ein Typ, der sich ehrenamtlich für die Belange anderer Studierender einsetzt, am Wochenende auf Partys Frauen gegen ihren Willen betatscht. Und vielleicht noch Schlimmeres. Es muss einen anderen Studenten mit diesem Namen am College geben. Ich will ihn schon wegklicken, als mir das neueste Foto auffällt, auf dem er gemeinsam mit einer jungen Frau in die Kamera lächelt.

Oh Gott, er wirkt so nett. Und er hat den Arm um ihre Schulter gelegt, sodass ich seine Hand genau sehen kann. Und diese Hand hat sich mir ins Gedächtnis eingebrannt. Die schlanken, langen Finger. Die gepflegten Nägel. Ich habe diese Hand hundertmal auf dem Foto gesehen, das ist der Beweis, dass er der Mann ist. Aber sein Anblick ist nicht das, was mir das Herz beinahe aus der Brust springen lässt.

Nein, es ist die Frau, die er umarmt. Ich kenne sie. Mir wird eiskalt. Sie hat die Haare nicht mehr blondiert, sondern trägt einen natürlichen Braunton. Sie in seinem Arm zu sehen fühlt sich an, als würde mir jemand eine Brechstange gegen den Brustkorb rammen. Unter dem Foto stehen die Hashtags:
#happyme #bestcouple #couplegoals
In diesem Moment bricht etwas in mir auseinander.
Ginnifer.
Der Typ, der mir das angetan hat, ist ihr neuer Freund. Ihr *Freund*. Mir wird schlecht. Ich kann förmlich spüren, wie sich mein Magen umdreht, wie sich alles in mir verkrampft und das Blut so hart in meinem Hals pulsiert, dass mir der Schweiß ausbricht und ich am ganzen Körper anfange zu zittern. Es ist Ginnifers Freund. Mühsam ringe ich nach Luft, kralle mich in der Bettwäsche fest. Alles um mich herum dreht sich. So schnell, dass ich die Orientierung verliere. *Luft, ich brauche Luft.*

Aber da ist keine mehr.

Und plötzlich habe ich Todesangst. Keuchend und mit zitternden Fingern versuche ich, mein Handy in die Finger zu bekommen. Ich brauche Hilfe, aber egal, wie oft ich es auch versuche, ich kann den Bildschirm nicht entsperren, weil ich so sehr zittere. Mein Körper gehorcht mir einfach nicht. Minutenlang tue ich nichts anderes, als verzweifelt um Atem zu ringen und mit meinem Handy zu kämpfen.

Gott verdammt. Das kann doch nicht sein. Es kann nicht sein, dass ich keine Luft mehr bekomme. Niemand ist hier in diesem Zimmer außer mir.

Das ist nur die Angst. Aubree, das ist nur Angst, und sie ist nicht real.

Die Angst kann mich nicht umbringen. Da ist keine echte Gefahr. Das sage ich mir immer und immer wieder. Es gibt keine Gefahr. Und nach einer Ewigkeit schaffe ich es, meinen Atem zu beruhigen. Ich zähle die Sekunden, die ich aus- und wieder einatme. Zähle sie immer wieder von vorn. Ich richte mich auf, und meine Muskeln lockern sich. Meine Gedanken richte ich ganz bewusst auf etwas Schönes. Ich denke an Ivy und meine Schwester May, und ich denke an Noah und seine schilfgrünen Augen, daran, wie sich seine Hände anfühlen und wie er mich anlächelt. Wie er nicht mehr damit aufhören konnte zu lächeln.

Und endlich werde ich wirklich ruhig, entspanne mich, fühle mich sicher. Also entsperre ich den Bildschirm meines Handys und scrolle durch die Kontakte, die ich erst vor ein paar Tagen neu eingegeben habe. Unter B steht nun gleich dreimal der Name Blakely.

Blakely, Asher

Blakely, Ivy

Blakely, Noah

Mein Daumen tippt auf Ivys Namen, und ich hoffe, dass sie drangeht. Es klingelt so oft, dass ich fast schon wieder auflegen will. Doch dann nimmt sie ab.

Und als ich ihre Stimme höre, breche ich in Tränen aus.

«Was ist passiert?», fragt sie panisch. «Wo bist du? Bist du noch in New York? Soll ich zu dir kommen?»

«Nein, es ist nur ...» Mein Satz wird sofort von einem Schluchzer unterbrochen. «Ich hatte gerade ... ich ...»

«Sag mir einfach, wo du bist! Ich kann sofort losfahren. Das ... das dauert nur fünf Stunden. Bleib einfach die ganze Zeit am Telefon, ich lasse dich keine Sekunde alleine. Wo bist du? Wo finde ich dich?»

Ganz ruhig, Aubree. Ganz ruhig. «Ich bin im Hotel. Es ist alles gut, mir ist nichts passiert. Du musst wirklich nicht herkommen. Es ist nur ... Ich habe herausgefunden, wer es ist.»

«Aubree, du machst mir Angst.» Jetzt ist ihre Stimme genauso atemlos wie meine.

«Der Mann auf dem Foto. Ich habe ihn auf Instagram gefunden.» Mit dem Handballen wische ich mir die Tränen aus dem Gesicht, die immer weiter laufen. Und dann erzähle ich Ivy endlich von dem Arztbefund und den Drogen, die sie in der Haarprobe gefunden haben. Dass ich nichts getrunken habe und Taylor mir das eben noch einmal bestätigt hat, auch wenn das keine Rolle mehr spielt. Denn nicht ich habe die Kontrolle verloren, jemand hat sie mir einfach genommen. Und ich erzähle ihr von Ginnifer. Ich kann gar nicht mehr aufhören zu reden. Irgendwann muss ich es aber, weil meine Kehle vom Weinen rau und heiser ist.

«Das alles ist ein Albtraum», sagt Ivy nach einem Moment der Stille. Sie klingt entsetzt, einfach nur entsetzt. «Das macht alles noch viel schlimmer. Und ich kann nicht glauben, dass Ginnifer etwas davon weiß. Sie kann unmöglich mit einem Typ zusammen sein, der so etwas macht.»

«Ich glaube das auch nicht ...» Ich räuspere mich, um das enge Gefühl in meiner Kehle loszuwerden, dann flüstere ich: «Aber sie hat doch ganz sicher das Foto von mir gesehen. Jeder hat es gesehen, verdammt! Und wenn sie ... Sie müsste doch seine Hände erkennen, oder? Sie muss doch die Hände ihres eigenen Freundes erkennen.»

Ich würde Noahs Hände immer und überall wiedererkennen.

«Vielleicht. Aber sicher bin ich mir nicht. Sie hat das Foto ganz bestimmt nicht so intensiv angesehen wie du. Ich kann mir einfach nicht vorstellen, dass Ginnifer dann noch mit ihm zusammen wäre. Du hast gesagt, das Foto auf Instagram ist zwei Wochen alt. Dann wurde es kurz vor der Party aufgenommen ... Wenn ... also *falls* sie es inzwischen rausgefunden hat, hat sie ihn vielleicht längst damit konfrontiert und sich von ihm getrennt.»

«Und wenn nicht? Vielleicht denkt sie auch, dass ich mich

an ihren Freund rangemacht habe, und spricht deshalb nicht mehr mit mir. Sie hat bestimmt keine Ahnung, dass er mir K.-o.-Tropfen gegeben hat. Oh Gott, wenn ich nur daran denke.»

«Dann müssen wir sie warnen.»

Ich richte mich auf und stoße mit dem Fuß an Errol, der immer noch aufgeschlagen auf der Decke liegt. Das Handlettering, das ich als Letztes gemalt habe, fällt mir ins Auge. *I don't give a fuck.* Aber in diesem Fall kann mir das nicht egal sein.

«Du hast recht. Wenn sie nichts davon weiß, dann müssen wir ihr sagen, wie kriminell dieser Typ ist. Ich hoffe nur, sie denkt nicht, dass ich ihn nur schlechtmachen will.»

«Dann ist das ihre Sache, aber warnen müssen wir sie.»

Die Situation ist zum Verzweifeln. «Ich würde so gerne damit abschließen. Aber mit der Anklage wird es noch lange nicht vorbei sein.»

«Nein, das wird es nicht. Aber ich bin bei dir. Wir stehen das zusammen durch. Du musst Ginnifer nicht darauf ansprechen. Das mache ich. Ich werde sie anrufen und ihr das beibringen.»

«Danke, Ivy.» Ich klemme mir das Telefon unters Kinn und strecke Arme und Beine von mir. Nun, wo Ivy endlich alles weiß, wo ich mit ihr über alles gesprochen habe und sie mir beisteht, fühle ich mich unendlich erleichtert. Erleichtert und unfassbar müde und erschöpft. «Danke für alles.»

«Lass uns einfach noch reden, okay? Wir quatschen einfach so lange, bis du irgendwann eingeschlafen bist. Wenn nötig, singe ich dir auch was vor.»

«Bitte nicht.»

Sie lacht leise auf, und bei diesem Geräusch entspanne ich mich noch mehr. Einen Moment schweigen wir beide, dann seufzt Ivy und erzählt mir von ihrem Stiefvater und dass sie mit ihm über Noah gesprochen hat. «Er hat sich immer noch nicht bei ihm gemeldet. Dad lässt sich zwar nichts anmerken, aber es ist offensichtlich, dass es ihm weh tut. Er hat mir endlich verraten, worum es in ihrem letzten Streit ging. Ich weiß selbst am besten, dass Richard in der Vergangenheit viele Fehler gemacht hat, aber *das* gehört definitiv nicht dazu, und ich wünschte, Noah würde ihm einfach vertrauen.»

«Was hat Noah ihm denn vorgeworfen?»

«Dass Dad ...» Sie stockt. «Er unterstützt Ashers besten Freund Sam.»

«Den Sam, der im Augenblick in Paris ist?»

«Ja. Er ist der Sohn von Hillary, das ist Richards Hausangestellte. Sie ist eine ganz wunderbare Frau. Richard hilft ihrem Sohn beim Studium. Finanziell. Er bezahlt ihm Paris, seine Wohnung, die Studiengebühren, einfach alles.»

«Und bei Noah macht er das nicht.»

«Nicht mehr, nein.»

«Weil Noah das Wirtschaftsstudium abgebrochen hat und jetzt Medienwissenschaft studiert. Findest du das richtig?»

«Das ist nicht alles. Noah konnte Sam noch nie besonders gut leiden, und nun hat er unserem Vater unterstellt, Sam wäre sein unehelicher Sohn.»

«Das hat er gesagt?»

«Na ja», gibt Ivy zu. «Mein Stiefvater hat es so umschrieben. Wahrscheinlich hat Noah eher was gesagt wie *Du hast Hillary gevögelt* oder so.»

«Oh Gott, das klingt schon eher nach ihm.»

«Sam ist zwei Jahre älter als Noah, Aubree. Er hat Dad eine Affäre mit Hillary vorgeworfen in der Zeit, als er noch mit Noahs Mom verheiratet war. Und dass seine Mom die Familie nur deshalb verlassen hätte.»

Ich muss an das Tattoo auf Noahs Bauch denken. Das Billy-Joel-Tattoo. *She can lead you to love, she can take you or leave you.*

Ich bin davon ausgegangen, dass es dabei um eine Exfreundin

geht. Jemand der ihn verletzt hat. Und jetzt frage ich mich, ob ich damit nicht komplett falschliege.

«Meinen Stiefvater hat das wirklich getroffen. Und du weißt, wie Noah sein kann. Er redet, ohne vorher nachzudenken.»

Keine *What ifs*, sondern nur Fucks. «Ja, das weiß ich. Aber Noah hat genug Gründe, seinem Vater nicht zu vertrauen. Was ist mit Ebony? Er hat das Pferd einfach verkauft, ohne mit Noah zu reden. Er hat einfach Noahs Pferd verkauft. Das kann er doch nicht machen.»

«Er hat das Tier nicht verkauft.»

«Natürlich hat er das! Noah hat selbst gesagt, dass er ...» Halt, Stopp. Noah hat das nicht wirklich gesagt, oder? Ich habe ihn danach gefragt. Auf dem Klo, als er sich nach Ashers fiesem Witz übergeben hat. Eigentlich hat er mir auf meine Frage gar nicht richtig geantwortet. Er hat das Gespräch abgeblockt. «Sein Dad hat Ebony gar nicht verkauft?»

«Nein. Sie ist immer noch in diesem Stall in Moultonborough. Jetzt wo Richard wieder zu Hause ist, hat er sich auch um die Sanierung des Stalls gekümmert. Sobald das fertig ist, wird er Ebony wieder zurückholen. Und auch die anderen Pferde. Soweit ich weiß, haben sie noch drei.»

Ich habe gerade keine Ahnung, was ich davon halten soll. In meinem Brustkorb tobt das Gefühl, Noah verteidigen zu müssen. Aber warum sagt er nicht die Wahrheit? Asher hat ihm vorgeworfen, dass er sich einen Scheiß für Ebony interessiert. Aber Noah kümmert sich so liebevoll um Woodstock, warum macht er das nicht bei seinem eigenen Pferd? Weil es eigentlich seinem Dad gehört?

Ich höre ein unterdrücktes Gähnen von Ivy.

«Lass uns lieber schlafen», sage ich.

«Bist du denn sicher, dass du das jetzt kannst?»

«Ich versuche es. Danke, Ivy.»

Sie nimmt mir noch das Versprechen ab, mich zu melden, wenn es mir schlecht gehen sollte, dann legen wir auf, und ich atme langsam aus. Nun, da die ganze Anspannung von mir abfällt, bin ich so fertig, dass ich mich tatsächlich nicht einmal mehr motivieren kann aufzustehen, um meine Schlafklamotten anzuziehen. Eine Weile grüble ich noch über Noahs Dad nach und wie verfahren die Situation zwischen den beiden ist. Müde blinzle ich in das fahle Licht, das durch die Vorhänge hereinfällt, und irgendwann ist da nur noch Dunkelheit.

Als ich aufwache, ist es stockdunkel im Zimmer. Meine Kehle ist so trocken, dass ich kaum schlucken kann. Ich stehe auf und trinke so lange aus dem Hahn im Badezimmer, bis das Wasser nur noch eiskalt herauskommt. Als ich die Uhrzeit auf meinem Handy nachsehe, entdecke ich einen Anruf in Abwesenheit und zwei neue Sprachnachrichten von Noah. Die erste ist nur zwanzig Sekunden lang. Aber er hat sie beide vor vier Stunden aufgesprochen, und jetzt ist es halb fünf morgens.

«Ich hatte gehofft, du bist noch wach, obwohl ich weiß, dass das dämlich ist. Wahrscheinlich hattest du einen echt miesen Tag, weil ich dich die ganze Nacht wach gehalten habe.» Er stockt. «Aber es tut mir verdammt noch mal kein bisschen leid. Dir hoffentlich auch nicht. Denn wenn es so wäre, würde mich das fertigmachen.»

Im Hintergrund schlägt eine Tür zu, und ich höre eine Frauenstimme, da bricht die Nachricht ab. Die zweite Nachricht hat er zehn Minuten später aufgenommen, und ich kann nicht verhindern, dass ich mich frage, zu wem diese Frauenstimme gehört. Sie klang leise und freundlich, auch wenn ich die Worte nicht verstehen konnte, deshalb glaube ich nicht, dass es Cora war. Außerdem kann Noah um diese Uhrzeit kaum im Stall gewesen sein. *Oh Gott, Aubree, du bist so dämlich!* Als ob er Cora nur im Stall treffen könnte! Aber wieso denke ich überhaupt an sie, wo er ihr in meinem Beisein deutlich gesagt hat, was er von ihr hält? Und wieso analysiere ich jetzt diese Hintergrundgeräusche? Verdammt!

«Was ich dir eigentlich sagen wollte: Ich habe deinen Zettel erst kurz vor dem Training auf dem Fußboden gefunden. Schätze, ich bin heute Morgen ziemlich verpeilt gewesen und ... fuck, ich weiß nicht, was ich sagen soll, ohne wie ein verfickter Vollidiot rüberzukommen. Ich habe mir eine Million Mal das Foto von uns angeguckt und dann den Zettel. War das einfach nur so ein Spruch, oder meinst du das ernst? Weil, wenn es so ist, dann ... Scheiße, dann müssen wir reden. Weil ... weil ... ich will dir keine Angst machen, aber das war ... also letzte Nacht ... Fuck, ich kann wahrscheinlich nie wieder an was anderes denken, und jetzt kapiere ich, warum man Stürme nach Frauen benennt.» Er lacht leise. «Du bist ein verdammter Sturm, Bree. Du hast mich einfach mitgerissen. Und jetzt würde ich am liebsten ... deine Hand halten. Das klingt bestimmt total scheiße, aber ich will einfach nur deine Hand halten. Ich will die ganze Nacht lang deine Hand halten und dein Gesicht dabei ansehen. Deine Augen. Und ich will jeden Tag so einen Zettel kriegen.»

Er atmet zweimal tief ein, dann spricht er weiter.

«Komm einfach wieder zurück.»

Kapitel 28

Komm einfach wieder zurück.

Damit ist die Nachricht zu Ende, und mein Herz hämmert so hart in meinem Brustkorb, dass ich jetzt garantiert nicht wieder einschlafen kann.

Er will meine Hand halten. Oh Gott, ich will auch seine Hand halten. Am liebsten sofort. Ich ertappe mich dabei, wie ich den Browser öffne und nach früheren Verkehrsverbindungen suche. Und ich finde einen Zug, der vormittags an der Pennsylvania-Station startet und fünf Stunden bis nach Boston braucht. Dort müsste ich dann mit dem Greyhound zum Busbahnhof nach Dartmouth weiterfahren. Es ist umständlich, und ich werde ewig unterwegs sein, dennoch habe ich die Verbindung innerhalb von einer Minute gebucht. Davor habe ich noch genug Zeit, um zur Polizei zu gehen. Auch wenn ich Angst davor habe, ich werde das jetzt durchziehen, weil Verdrängung keine Option ist.

So werde ich zwar erst am späten Nachmittag ankommen, aber ich will nicht länger hierbleiben. Zum Glück haben die Aufnahmen direkt gesessen. So kann ich heute noch verschwinden. Und eine umständliche Verbindung ist allemal besser, als noch eine Nacht in diesem Hotelzimmer zu verbringen. Ohne Noah.

Ich habe ihm so viel zu sagen. Aber dieses verdammte *What if* in meinem Kopf schreit plötzlich wieder so laut, dass ich mich selbst dafür verfluche. Das liegt nur an dem, was Ivy mir eben erzählt hat. Meine Hand zittert. Mit der Fingerkuppe berühre ich Noahs Profilbild, dann fasse ich meinen ganzen Mut zusammen und drücke auf das Mikrophonsymbol.

«Hey.» Ich muss mich räuspern. Wie eine professionelle Sprecherin höre ich mich im Augenblick definitiv nicht an. Sondern einfach nur nervös und hilflos nach Worten suchend.

«Das war nicht nur ein Spruch, Noah. Aber es war auch nicht das, was ich eigentlich sagen wollte. Weil ich zu feige bin, das zu schreiben, was ich sagen will ... Oh Gott, klingt das bescheuert? Vermutlich. Wenn ... wenn du jemals diesen Müsliwerbespot siehst, lachst du mich aus. Er ist total dämlich. Aber ich habe während der Aufnahmen die ganze Zeit an dich gedacht. Und an das, was wir getan haben. Du beherrschst meine Gedanken, Noah, und nicht nur die, sondern auch die Stille dazwischen. Ich kann dich immer noch spüren. In mir. Überall in mir.»

Tränen schießen mir in die Augen, und ich beginne zu zittern. Ich schaffe es nicht, den Finger auf dem Symbol zu halten. Als die Nachricht abgeschickt wird, überlege ich einen Moment panisch, ob ich sie nicht besser löschen sollte. Aber dann spreche ich einfach eine weitere Nachricht auf.

«Wahrscheinlich mache ich dir Angst, wenn ich dir verrate, was in mir vorgeht.» Ich lache hilflos auf. «Tut mir leid, aber die Wahrheit ist, dass ich ziemlich viel für dich empfinde, Noah. Oh Mann, das ... das ist so ein großer What-if-Moment für mich, und jetzt, wo ich damit anfange, ist es eigentlich ein Oops, und ich sollte das alles löschen. Aber ich glaube, ich liebe dich.» Ich fasse mir an den Kopf, am liebsten würde ich mich selbst ohrfeigen. Aber ich wollte mutig sein, oder nicht? «Heute habe ich mir etwas vorgenommen. Einfach einen Scheiß auf meine Angst zu geben. Wenn ich mich also völlig danebenbenommen habe, weil ich dir das gesagt habe und es dafür vielleicht noch zu früh ist, also für *dich* zu früh ist, dann tut es mir leid. Wenn du nicht so fühlst, ist das okay. Ich komme irgendwie damit klar. Oder vielleicht auch nicht.» Wieder lache ich auf, und dann fange ich unvermittelt an zu heulen, und im nächsten Moment rutsche ich mit meinem völlig verschwitzten Finger ab und meine Sprachnachricht plumpst in den Papierkorb.

Ich habe ihm gesagt, dass ich ihn liebe, und die Worte sind im Mülleimer gelandet. Im *Müll*. Das ist ... entsetzlich.

Oh Gott! Soll ich die Nachricht noch einmal aufsprechen? Nein. Nein, es ist zu viel, zu früh. Und es gibt noch einiges, das wir beide in unserem Leben regeln müssen. Ich brauche eine Ewigkeit, um wieder ruhig zu werden, und liege lange Zeit mit meinem Smartphone in der Hand da. Minutenlang. Dann höre ich mir an, was ich ihm aufgesprochen habe und ob es seltsam klingt, wenn danach nichts weiter mehr kommt. Ja, es klingt seltsam, deshalb schreibe ich Noah eine Textnachricht.

Aubree: Ich schulde dir noch ein Lettering für heute.
Erwarte nicht zu viel, es ist einfach das, was ich als Letztes gemalt habe.

Ich schieße ein Foto meines «Don't give a fuck»-Spruchs und schicke es ihm.

Und als ich nach dem Frühstück wieder ins Hotelzimmer komme, wo ich mein Handy ans Ladekabel gehängt habe, hat Noah mir mit meinem Bild geantwortet. Er hat etwas auf das Foto unter meinen Spruch getippt. Etwas, das einfach typisch Noah ist. Etwas, womit er mich zum Lachen bringt. Dieses feinfühlige Arschloch.

Unter meinen Satz *Don't give a fuck* hat er ein Sternchen eingefügt und eine Fußnote geschrieben:

*Unless you are fucking, then give everything.

*Unless you are fucking, then give everything.

Auf der Zugfahrt nach Boston habe ich viel Zeit. Verdammt viel Zeit, um darüber nachzudenken, wie es weitergehen soll. Aber sobald ich auf meinem Platz sitze, schreibe ich erst einmal eine Nachricht an Noah.

Aubree: **Magst du Überraschungen?**

Zweimal habe ich ein Herz angehängt und es wieder gelöscht und die Nachricht schließlich ohne das blöde Herz abgeschickt. Besser wäre es, ihn das gar nicht erst zu fragen. Ich komme einen Tag früher zurück, na toll, große Überraschung! Wahrscheinlich sollte ich einfach nach Hause zu Ivy ins Wohnheim fahren. Aber allein, dass ich von dieser Wohnung schon als zu Hause denke, bedeutet doch etwas, oder? Alles in mir sehnt sich nach Noah und danach, nur ein Wort von ihm zu hören. Aber er ist nicht online, und der Zug fährt ohne eine Antwort von ihm weiter.

Heute Morgen bin ich zum nächsten Police Department gefahren und habe Anzeige erstattet. Das Foto hat mir Taylor noch einmal per WhatsApp geschickt. Zusammen mit dem Namenszettel und dem Befund von Dr. Ward hat eine junge Polizistin meine Anzeige aufgenommen. Wie sie nun vorgehen, weiß ich nicht, für mich bedeutet es erst einmal nur zu warten. Wahrscheinlich werde ich meine Aussage irgendwann vor Gericht wiederholen müssen. Meine Gedanken schweifen zu Ginnifer. Soll ich sie anschreiben? Sie anrufen? Die Möglichkeit, das alles Ivy zu überlassen, ist sehr verlockend. Und wahrscheinlich ist es auch wirklich besser, wenn sie als Außenstehende das übernimmt.

Aber eine Sache gibt es, die ich gerne tun würde. Und während Bäume und Ortschaften wie im Zeitraffer an mir vorbeirasen, klappe ich meinen Laptop auf und gebe die Worte

Moultonborough und *Farm* in die Suchzeile meines Browsers ein. Das Ganze ist eine spontane Idee. Sehr wahrscheinlich nicht mal eine gute. So abweisend, wie Noah auf das Thema reagiert hat, kann es sein, dass er es mir übelnimmt, wenn ich über Ebony Nachforschungen anstelle. Aber ich kann nicht vergessen, wie er sich verhalten hat, als Asher ihn darauf angesprochen hat. Das ist etwas, worüber er reden muss.

Asher hat behauptet, dass Noah sich nicht genug um das Tier gekümmert hat, aber das kann ich mir nicht vorstellen. Was ich mir hingegen sehr gut vorstellen kann, ist, dass Noah denkt, er habe es verdient, dass man es ihm wegnimmt. Und dabei zieht sich mein Herz zusammen. Nach allem, was Ivy mir über ihren Stiefvater erzählt hat, bin ich inzwischen davon überzeugt, dass er Noah liebt und nur das Beste für ihn will. Nur dass Noah das nicht wahrhaben will. Dass sein Vater ihn nicht bei seinem Studium unterstützt, hat vielleicht ganz andere Gründe, als ich bisher dachte. Vielleicht ist das seine Art, Noah zu zwingen, am Ball zu bleiben. Zu testen, wie wichtig ihm das wirklich ist und ob er das nicht nach kurzer Zeit wieder in den Sand setzen wird.

Mit diesem Gedanken im Kopf durchstöbere ich das Netz. Bei meiner Recherche finde ich etliche Höfe in der Umgebung von Moultonborough, aber nicht alle halten Pferde, und ich suche vier heraus, die nicht nur mit ihrer Zucht werben, sondern auch noch damit, Stallplätze zu vermieten. Und ich habe Glück: Gleich im zweiten Stall, den ich anrufe, antwortet der Typ am Telefon positiv, als ich nach Ebony frage. Ja, ein Pferd namens Ebony sei hier untergebracht, aber als er wissen will, warum ich das frage, verabschiede ich mich schnell.

Ja, es ist eine dämliche Idee. Aber ich ziehe das jetzt durch. Bis zur Farm ist es für mich ein ziemlicher Umweg, weil ich früher aussteigen, mehrfach umsteigen und ein ganzes Stück zu Fuß gehen muss. Das Gestüt liegt inmitten endloser

Grasweiden mit Blick auf die White Mountains. Braune Hügel ziehen sich wie Wellen über den Horizont, und die Ahornbäume, die die Gebäude umgeben, tauchen alles in ein orangerotes Licht.

Ich laufe die lange Einfahrt entlang, die durch rote Holzzäune abgetrennt wird, vorbei an sorgsam gemähten Wiesen. Auch die Gebäude sind rot mit weißen Blechdächern, die durch die Witterung teilweise eine grüne Patina angesetzt haben. Vor dem ersten stehen etliche Autos in einer langen Reihe.

Es kostet mich ziemlich viel Überwindung, einfach so in den Stall zu spazieren. Unsicher ziehe ich den Kragen meiner Jacke hoch. Vermutlich werde ich gleich wieder rausgeworfen, aber als ich mich umsehe, kann ich niemand entdecken. Pferde sehe ich allerdings auch keine. Wahrscheinlich sind sie noch auf der Weide oder dem Reitplatz. Bis auf den Betonboden besteht alles hier aus Holz, und es riecht nach Pferd und Heu. Ein Geruch, der mir durch Noah seltsam vertraut ist. Es stimmt, dass ich gesagt habe, ich würde mögen, wie Pferde riechen. Vor allem, wenn es Noah ist, der nach Pferd riecht, muss ich mir eingestehen. Angespannt gehe ich tiefer in den Stall. An den Boxen sind überall Namensschilder angebracht. Die meisten stehen offen, aber aus ein paar wenigen weiter hinten hört man malmende Geräusche und leises Geraschel.

Ich gehe die Reihe ab.

Churchill. Rembrandt. Clooney. Black Jack. Dakota. Greyson. Eine Doppelbox mit Sonny & Cher. Dante's Inferno. Lady Liberty. Ich bin fast am Ende. Autumn, Mystery, und da stehen zwei entzückende kleine Ponys dicht aneinandergekuschelt, die Cookie und Cute-as-a-button heißen.

Dann die letzte Box. Es ist hier hinten immer dunkler geworden, weil die Sonne von der anderen Seite durch das Tor hereinscheint. Die Deckenbeleuchtung kann ich schlecht einschalten, deshalb muss ich nah an das Schild herangehen, um die Schrift lesen zu können.

Ebony.

Da steht ihr Name, außerdem noch Geburtsdatum, -ort und Besitzer. Sie ist zehn Jahre alt und kommt aus Middletown, New York. Oh mein Gott, sie ist New Yorkerin genau wie ich. Es ist vermutlich blöd, aber das nimmt mich sofort für sie ein. Mein Zeigefinger fährt an den Daten entlang. Unter dem Punkt «Besitzer» steht nur ein B.

Ich spähe durch die Stäbe und sehe ein großes schwarzes Pferd ganz hinten in der Box. Sie muss es einfach sein.

«Hey», raune ich vorsichtig, um sie nicht zu erschrecken, und schlucke. «Ebony?» Auf ihren Namen reagiert sie sofort, hebt den Kopf und spitzt die Ohren.

Sie ist beinahe komplett schwarz bis auf eine kleine weiße Stelle genau zwischen den Nüstern. Auf Noahs Profilbild hat Ebony an seinem Gesicht geknabbert, und sie wirkten vollkommen vertraut. Daran muss ich jetzt denken, als sie mich so aufmerksam ansieht.

Meine Finger fassen an den Türrahmen, ich stelle mich auf die Zehenspitzen und strecke die Nase in die Box. Ebony bewegt sich auf mich zu. Sie senkt den Kopf und täuscht Desinteresse vor, als würde sie im Stroh etwas total Spannendes vorfinden, aber sie kommt dennoch direkt zu mir. Dann hebt sie den Kopf an, und im Licht, das vom Tor bis zu uns fällt, kann ich das neugierige Blitzen in ihren Augen erkennen.

«Hallo, du Hübsche.» Ich räuspere mich. «Du ... du bist wunderschön. Kein Wunder, dass Noah dich liebt.» Und kaum habe ich es ausgesprochen, fange ich heftig an zu blinzeln. Noah liebt diese Stute. Er vermisst sie.

Ich muss einen Schritt zurückweichen, um meine Hand über die hohe Pforte schieben zu können, und Ebony atmet in meine

Handfläche. Ihr Maul ist so weich, dass ich vor Ehrfurcht die Luft anhalte. Genau wie das von Woodstock.

«Ich wünschte, Noah wäre jetzt hier», flüstere ich. «Du hast ihn bestimmt nicht vergessen, oder? Nein, es ist unmöglich, Noah zu vergessen. Ich könnte es niemals. Ganz egal, was er tut, ganz egal, ob er mich verlässt, ich würde ihn auch niemals vergessen.» Ich rede immer weiter, auch wenn es völlig sinnlos ist, weil sie mich nicht versteht. Vielleicht rede ich nur, um meine Gedanken zu sortieren oder um mich zu beruhigen, weil mich das hier mehr berührt, als ich dachte.

«Ich weiß, dass er dich vermisst. Sehr sogar.»

Mit einem sanften Nicken schwenkt ihr Kopf zur Seite.

«Er hat dich nicht mit Absicht allein gelassen, weißt du? Er denkt bestimmt, dass er dich nicht verdient hat. Aber das stimmt nicht. Ich werde versuchen, ihm das klarzumachen.»

Sie gibt ein Schnauben von sich, dann dreht sie sich weg und stakst zum Ende der Box zurück. Sie hat das Interesse an mir verloren. Klar, ich habe ihr ja auch nichts mitgebracht, ich Idiotin. Keine Möhre, keinen Apfel, nichts. Beim nächsten Mal werde ich dran denken.

«Hey!»

Die Stimme ist so laut und scharf, dass ich zusammenfahre und die Hand zurückreiße. Prompt stoße ich mich dabei am Türrahmen. Verdammt. In meinen Fingerknöcheln brandet ein stechender Schmerz auf.

«Was zum Teufel machen Sie hier?»

Der Mann, der im Stalltor steht, ist nicht sehr groß. Aber er trägt etwas in seinem Arm, das irgendwie bedrohlich aussieht, nur kann ich es nicht erkennen, weil die Nachmittagssonne hinter ihm steht und ich von ihm nur eine Silhouette sehe.

Einen Schmerzenslaut unterdrückend reibe ich meine Hand. «Ich sehe mir nur die Pferde an.»

«Haben Sie einem der Tiere irgendwas zu fressen gegeben? Sagen Sie mir jetzt nicht, dass sie irgendwas in die Box geworfen haben.»

«Nein, natürlich nicht.» Ich bekomme trotzdem sofort ein heißes Gesicht, weil ich gerade noch daran gedacht hatte, Ebony eine Möhre zu geben. Aber, mein Gott, eine Möhre wird ja wohl erlaubt sein, oder?

Jetzt tritt er zur Seite und hängt das, was er in der Hand gehalten hat, an einem Haken auf. Es sind nur ein paar Trensen, das kann ich erkennen, nun wo das Licht an ihm vorbeifällt, und vor Erleichterung atme ich aus.

«Also. Was wollen Sie bei Ebony? Mann, Sie sind das Mädel vom Telefon, oder? Die heute Nachmittag angerufen hat.»

Unschlüssig trete ich auf der Stelle. «Ich ... ich wollte sie mir nur mal ansehen», gebe ich zurück. «Ich weiß nicht, warum Sie gleich so laut werden, ich hatte ja nicht vor, sie zu entführen oder so.»

Er lacht auf. «Gut zu wissen. Trotzdem haben Sie hier nichts zu suchen.» Seine ausgestreckte Hand deutet mir unmissverständlich den Weg. Er hat sehr viele Falten im Gesicht. Wettergegerbt. Er sieht aus wie jemand, der die halbe Zeit seines Lebens draußen verbracht hat. Ich mag es sehr, wenn Gesichter Geschichten vom Leben erzählen, aber die steile Falte, die sich nun auf seiner Stirn gebildet hat, sagt sehr deutlich «Verpiss dich» zu mir.

Ich hebe beschwichtigend die Hände. «Tut mir leid, okay? Ich gehe ja schon. Aber können Sie mir noch sagen, ob Ebony zum Verkauf steht? Ich ... ich hatte das gehört und wollte fragen, ob ihre Besitzer sie wirklich verkaufen.» Wenn ich schon hier bin, kann ich auch nachfragen. Nur um auf Nummer sicher zu gehen.

«Ganz sicher nicht. Einfach lächerlich.» Er kommt in meine

Richtung und automatisch weiche ich zur Seite aus. Aber der Typ wirft lediglich einen Kontrollblick in die Box und rüttelt am Riegel, um zu gucken, ob er fest verschlossen ist.

«Ich habe ja nicht behauptet, dass ich sie kaufen möchte.»

«Das ist mir schon klar, aber Sie können sich wohl vorstellen, dass wir es hier nicht gerne haben, wenn fremde Leute sich an ein wertvolles Turnierpferd ranmachen.» Er mustert mich ungeniert und schüttelt dann wieder den Kopf.

«Tut mir leid. Ich wusste nicht, dass man das nicht darf. Und dass sie so wertvoll ist.»

Jetzt fängt er an zu grinsen. «Sie haben echt keine Ahnung von Pferden. Und glauben Sie mir, das sieht man auf den ersten Blick. Allein wie Sie durch den Stall schleichen. Daran merkt man sofort, dass Sie nicht in Ihrem gewöhnlichen Habitat sind.» Sein Lachen ist kehlig. «Keine Ahnung, wo Sie von Ebony gehört haben, aber sie steht auf keinen Fall zum Verkauf. Sie hat vor zwei Jahren an den *World Equestrian Games* in North Carolina teilgenommen.»

An meinem vermutlich ziemlich dämlichen Gesichtsausdruck sieht er sofort, dass ich keinen Schimmer habe, wovon er redet.

«Das sind die verdammten Weltmeisterschaften, Schätzchen.»

«Aber ...» Ich bin wie vor den Kopf geschlagen. Verflucht, Noah hat mir das nie erzählt. Ich dachte, das Reiten wäre mehr oder weniger ein Hobby von ihm. Aber Weltmeisterschaften?

«Ebony ist nicht einfach nur irgendein Reitpferd.» Er schnaubt wie eines der Tiere hier im Stall. «Was für ein Witz.»

Gott, ist das peinlich. Mein Gesicht glüht auf. «Ich wollte sie mir wirklich nur mal ansehen, weil sie einem Freund von mir gehört. Glaube ich.» Natürlich ist das Noahs Ebony, daran habe ich gar keinen Zweifel. Eigentlich. Ich verziehe den Mund zu einem schiefen Grinsen. «Ich kenne sie bisher nur von einem Foto.»

Ganz unerwartet legt er den Kopf schräg. «Heißt Ihr Freund Noah Blakely?»

Ich beiße mir auf die Unterlippe. «Und wenn es so ist?»

Seine ganze Haltung verändert sich auf einen Schlag, und seine Lippen verziehen sich zu etwas, das fast als Lächeln durchgehen könnte. Oh Mann, jetzt wird daraus sogar ein richtig breites Grinsen.

«Noah Blakely hat uns verdammt stolz gemacht mit seiner Platzierung. Er ist einer von uns, im *Granite State* geboren und aufgewachsen.»

So ganz begreife ich nicht, was das bedeutet. Aber wenn ich das richtig einschätze, dann hat dieser Typ gerade so was Ähnliches wie einen Fangirl-Moment.

«Und damit sind Sie ab sofort auch meine Freundin, Schätzchen. Ich bin Doug.» Er streckt mir seine Hand hin, und als ich sie ergreife, bricht er mir fast die Knochen.

Mit einem Ächzen ziehe ich sie zurück. «Aubree», sage ich gequält.

«Ich sag ja, man merkt sofort, dass Sie noch nie einen Stall ausgemistet haben.» Er schüttelt den Kopf. «Was für Mädchenhände.»

«Nein, es ist nur, ich habe mich eben gestoßen. Weil ... Sie haben mich erschreckt.» Meine Fingerknöchel brennen wie Feuer.

«Und was ist jetzt mit Mr. Blakely? Wird er endlich mal herkommen und nach seinem verdammten Gaul sehen?»

Oh Gott, er nennt Noah *Mr.* Blakely. In mir bildet sich ein albernes Lachen, das ich Gott sei Dank unterdrücken kann. «Ich hoffe es. Ich hoffe es sehr.»

Sein Kopf wackelt in einem langsamen Nicken auf und ab.

«Ebony ist hier in besten Händen, glauben Sie mir. Sie hat sich gut erholt, aber sie braucht mehr Abwechslung. Das ist kein Leben für ein Pferd.»

«Weil sie zu wenig bewegt wird?»

«Weil sie nicht mit den anderen auf die Weide darf. Das Gras macht die Gäule fett und träge, und wir sollen Ebony fit halten, deshalb wird sie regelmäßig bewegt. Aber ansonsten steht sie im Stall. Das muss dein Freund doch wissen.»

Ich beiße mir auf die Lippe, weil ich ganz sicher nichts Privates von Noah ausplaudern will. Aber ich möchte auch nicht, dass Doug ihn in einem schlechten Licht sieht.

«Natürlich weiß er das. Noah hat ... er wollte kommen, aber er konnte nicht. Sonst hätte er sich mehr um sie gekümmert», schließe ich lahm.

«Wenn er herkommt, dann will ich auf jeden Fall dabei sein. Auf diesen Tag warte ich seit Wochen, seitdem man sie zu uns in den Stall gebracht hat.»

«Ich kann ihn bitten, Sie anzurufen, wenn es so weit ist.»

Doug nickt und reibt sich mit dem Handrücken über das stachelige Kinn. «Abgemacht.»

Bevor ich mich verabschiede, frage ich Doug, ob ich ein Foto von Ebony machen darf, und als ich mein Handy aus der Tasche hole, sehe ich Noahs Antwort auf meine Frage, ob er Überraschungen mag.

Noah: Hatte heute schon genug verfickte Überraschungen.

Kapitel 29

Noah hat sonst nichts weiter geschrieben, und ich frage mich, was los ist. Die Nachricht klang genervt, sogar wütend. Als ich versucht habe, ihn anzurufen, ging nur die Mailbox ran, deshalb gehe ich, als ich endlich im Wohnheim ankomme, direkt in den vierten Stock zu seinem Zimmer. Der Anblick der Reitstiefel neben Noahs Fußmatte löst ein warmes Gefühl in meinem Brustkorb aus. Ich berühre den Schaft mit den Fingerspitzen, das Leder ist glatt und die Kante überraschend scharf.

Vom Stall bis hierher habe ich mit dem Bus fast zwei Stunden gebraucht. Weil es kurz vor der Ankunft in Dartmouth anfing zu regnen, bin ich jetzt durchgefroren und hoffe nur, er ist auch da. Mit zu schnell pochendem Herzen klopfe ich an die Tür und warte. Hinter mir geht die Aufzugtür, und ich fahre herum.

«Hey, Aubree.» Kennesaw kommt mit zielstrebigen Schritten den Flur herunter. Er trägt mehrere Plastiktüten in den Händen.

«Oh ... hallo.» Ich starre wohl ziemlich blöd auf die Tüten, denn Ken hebt sie demonstrativ hoch und grinst breit.

«Weißt du schon das Neuste? Ich wohne jetzt hier. Seit heute. Und auch noch in einem Zimmer mit Küchenzeile. Das ist ein komplett anderes Leben. Die Beschwerdebriefe haben sich echt gelohnt.»

«Wow ... das ist toll.» Meine Stimme klingt längst nicht so begeistert, wie ich es beabsichtigt habe. «Weiß Jenna das schon?»

Er schüttelt den Kopf, und seine langen Haare bleiben am Knopf seiner Jeansjacke hängen. «Ich will sie heute Abend mit einem Essen überraschen, also lass ja nichts durchsickern.

Kannst du das mal kurz halten?» Ohne meine Antwort abzuwarten, drückt er mir die Henkel zweier Tüten in die Hand. «Vorsichtig, da sind Weinflaschen drin.»

Ooookay. Offenbar hat er sich einiges für den Abend mit Jenna vorgenommen. Die Tüten sind echt schwer. Und während Ken erst sein Haar zurückstreicht und dann nach seinem Türschlüssel kramt, formuliere ich in Gedanken schon die Textnachricht an Jenna, um sie vorzuwarnen. Denn ich muss sie warnen, oder? Ich kaue auf meiner Wange. Ja. Ja, ich denke schon.

Kennesaw schließt das Zimmer genau gegenüber von Noahs auf, nimmt mir die Tüten ab und bringt sie hinein. Ich schätze, es ist sinnlos, noch einmal an Noahs Tür zu klopfen, hinter der sich sowieso nichts rührt. Er ist wirklich nicht da. Ich versuche, die Enttäuschung zu verdrängen, aber sie baut sich trotzdem in meinem Magen zu einem unangenehmen Druck auf. «Äh, Ken?»

«Ja?» Er hat sich einen Schokoriegel aus einer der Tüten geschnappt, reißt die Verpackung auf und beißt ein großes Stück ab.

«Du hast nicht zufällig Noah gesehen?» Ich deute auf Noahs Zimmertür.

Er kaut an seinem Snack herum. «Keine Ahnung, ich kenne ihn noch nicht. Heute morgen kam so ein Typ mit einem abartigen senfgelben T-Shirt aus dem Zimmer. Hab aber nicht mit ihm geredet.»

Ein Typ mit den faszinierendsten grünen Augen der Welt?, will ich ihn fragen, räuspere mich aber dann. «Dunkelblonde Haare und ziemlich viele Tattoos?»

«Nein, eigentlich nicht. Der war dunkelhaarig.»

«Oh. Dann war es nicht Noah.»

«Wenn du das sagst. Aber ich muss jetzt hier weitermachen. Jenna kommt um halb acht von der Arbeit nach Hause. Ihr Onkel Joseph hat ihr wieder eine Schicht im Laden aufgehalst.

Sie wird wahrscheinlich total dankbar sein, wenn ihr jemand was zu essen kocht. Also so richtig dankbar.» Er wackelt mit einer Augenbraue.

Ich muss mich zusammenreißen, um keine Grimasse zu ziehen. «Dann halte ich dich nicht länger auf. Mach's gut!»

Ich hebe die Hand, und noch bevor ich im Aufzug bin, habe ich mein Handy rausgeholt und Jenna eine Nachricht getippt.

> *Aubree:* Schockmoment! Kennesaw ist gerade im vierten Stock eingezogen und will dich heute Abend bekochen. Er hat Wein gekauft. Ziemlich viel Wein. Und er denkt, dass du dafür dankbar sein wirst. SEHR dankbar. Wenn du das eher nicht bist, solltest du dich vielleicht nicht im Wohnheim von ihm erwischen lassen. Bist du noch bei deinem Onkel?

Es dauert keine Minute, bis sie antwortet.

> *Jenna:* Verdammt. Ich esse irgendwo anders. Vielleicht frage ich meine Tante, ob ich bei ihnen was kriege.

> *Aubree:* Oder du übernachtest bei Thomas. ;-P

> *Jenna:* Schön wär's. Thomas hat heute Abend ein Date. Hat mir mein Onkel verraten.

> *Aubree:* Oh nein. Das tut mir leid.

> *Jenna:* Ist nicht so schlimm. Klingt jetzt vielleicht gemein, aber das wird eh nichts. Sie ist schrecklich eingebildet. Und sie steht auf Arztserien. Thomas weiß es zwar noch nicht, aber der Abend wird schrecklich für ihn. ;-)

Aubree: Du könntest ihm einen Tipp geben.

Jenna: Ich bin doch nicht blöd. Nach diesem Abend wird er mich vielleicht in ganz neuem Licht sehen. :-)

Nachdem ich ihr auch einen lachenden Smiley geschickt habe, schreibe ich Noah eine Nachricht, dass ich wieder da bin. Überraschungen sind ganz offensichtlich keine gute Idee. Mit geschulterter Tasche laufe ich die beiden Stockwerke nach unten zu Ivys Apartment und springe erst einmal unter die Dusche, um wieder warme Füße zu bekommen. Ich habe ein frisches Shirt angezogen und rubble mir gerade mit einem Handtuch über den Kopf, als mir auffällt, dass mein Handy mit Noahs Bild aufleuchtet.

Ich hechte über die Sofalehne und schnappe mir das Telefon, um mit atemloser Stimme «Hallo?» in das Mikro zu stammeln.

«Hier ist Quin. Hallo, Bitsy.»

Überrascht nehme ich das Gerät vom Ohr. Nein, ich habe mich nicht getäuscht, Quin ruft mit Noahs Handy an. «Hi, Quin. Was ... Wieso ...», stottere ich. Ich habe sofort ein ungutes Gefühl.

«Wo bist du, Chica?»

«Zu Hause, ich meine im Wohnheim. Wieso rufst du von Noahs Handy an?» Hat Noah das irgendwo liegen lassen? Hat er gar keine Codesperre drin?

«Du hast versucht, ihn zu erreichen, hab ich gesehen. Wäre, glaube ich, eine ganz gute Idee, wenn du mal in den Club kommst.» Quins Tonfall ist locker wie immer, aber der angespannte Unterton entgeht mir dennoch nicht.

«Will Tony mir unbedingt den *Russian Twist* mit diesem Seil zeigen oder was?» Ich versuche mich an einem Scherz, aber der geht in die Hose.

«Beim nächsten Mal vielleicht, Bitsy. Es geht um Noah. Er hat gerade ein Extratraining mit Elvis.»

«Oh, okay.» Was will Quin mir damit sagen? Ich kann ihm überhaupt nicht folgen. Weil ich nichts darauf erwidere, gibt Quin ein angestrengtes Lachen von sich.

«Du kennst Elvis, der Typ ist ein Vollidiot, aber er hatte heute einen schlechten Tag und ist ziemlich aggressiv. Und im Augenblick sieht es so aus, als würde Noah sich von diesem Wichser einfach nur verprügeln lassen.»

Oh Gott. «Ist Noah verletzt?» Mir wird flau.

«Bisher nicht.»

«Was heißt bisher? Verdammt, Quin. Kannst du Noah ans Telefon holen?» Das Blut rauscht mir mit einem Mal in den Ohren. So laut, dass ich meine eigenen Gedanken kaum hören kann. Als wäre die Verbindung zu meinem Gehirn unterbrochen.

«Die beiden trainieren noch. Ich sag's ganz ehrlich, das ist gerade eine beschissen einseitige Angelegenheit. Ich schätze, Noah braucht gleich jemanden, der ihn abholt. Kannst du das übernehmen?»

Ich werfe das Handtuch auf den Tisch und versuche, mit einer Hand meine Jeans anzuziehen. «Natürlich. Aber sag mir jetzt verdammt noch mal, was genau passiert ist!»

«Ich schätze, Elvis hatte einfach einen echten Scheißtag. Offenbar hat er eine Menge Kohle verloren. Tja, und Noah war eben nicht besonders nett zu ihm. Hat ihn provoziert.»

Ich bin wie betäubt. Noah hat wieder Ärger provoziert. Aber warum hat er das getan? Er nimmt Elvis doch gar nicht ernst, was ist denn heute vorgefallen? Und was meinte er damit, dass er heute schon genug Überraschungen hatte?

«Ich komme sofort.»

«Gut.» Quin klingt erleichtert. «Noah war auch vor Elvis schon völlig fertig. Hat sich am Boxsack abgearbeitet. Minutenlanges Power Boxen und Punch-out-Drills. Er ist durch. Und ich sag's nur ungern, aber die Scheiße hatten wir schon mal. Mit 'nem anderen Kunden. Ist schon etwas länger her, kurz nachdem Noah hier angefangen hat. War nicht dramatisch, aber mir wäre es lieber, du würdest ihn abholen.»

Ich zögere keine Sekunde. «Bin schon unterwegs.»

«Nur das wollte ich hören.»

Ich lege auf und kann für einen Moment nicht mehr tun, als geschockt den Kopf zu schütteln. Was geht da vor sich? Was geht in Noah vor? Warum will er unbedingt verletzt werden? Warum hat er mich nicht angerufen, verdammt? Die Fragen rasen mir unkontrolliert durch den Kopf, und ich muss mich zusammenreißen.

Als ich eine Minute später die Apartmenttür aufreiße, berührt meine Hand dabei eine kleine raue Stelle am Türrahmen, und ich halte für einen winzigen Augenblick inne. Es ist die Stelle, die Thomas neu lackiert hat und an der Noah mit seinem T-Shirt hängengeblieben ist. Durch die Stofffasern hat sich ein Muster in den Lack gedrückt, das ich mit den Fingerkuppen ertasten kann. Ich schlucke, dann werfe ich die Tür hinter mir zu.

Ich kann Noah einfach nicht verstehen. Mich würde er vor allem beschützen. Und nicht nur mich, auch Woodstock, Frida, Ivy und sogar seinen Bruder. Nur sich selbst nicht.

Und jetzt muss ich ihn dazu bringen, sich selbst zu schützen.

Kapitel 30

Als ich zehn Minuten später in den Club komme, habe ich am ganzen Körper Gänsehaut, weil ich mir nicht mal die Zeit genommen hatte, noch eine Jacke anzuziehen, und nur das Armband umgelegt habe, damit man mich reinlässt. Aber Yuna steht hinter der Theke, und sie winkt mich direkt zu sich. «Kommst du Noah abholen? Die beiden sind noch hinten in der Halle.»

«Haben sie immer noch nicht aufgehört?»

«Ich glaube nicht. Willst du lieber gleich ein paar Eisbeutel für Noah mitnehmen? Er wird sie brauchen.» Als sie meinen erschrockenen Gesichtsausdruck bemerkt, zieht sie die Nase kraus. «Sorry, wird schon nicht so schlimm sein.»

Ich hoffe es. Mein Auto habe ich vorsorglich direkt vor dem Eingang geparkt, aber jetzt frage ich mich, ob ich nicht gleich einen Krankenwagen rufen muss. Ich könnte Noah erwürgen.

Im Club ist kaum noch etwas los, nur vereinzelt wird noch trainiert. Dennoch dröhnt ein Technobeat durch das ganze Gebäude, der den Punches den Takt vorgibt. Und der wird auch kaum leiser, als ich die Tür zur zweiten Halle aufstoße und sie hinter mir zufällt.

Im ersten Moment bin ich erleichtert, als ich Noah im Ring sehe. Es ist alles okay. Noah sieht okay aus. Zumindest blutet er nicht. Aber er muss völlig fertig sein. Sein Oberkörper glänzt, und Haarsträhnen kleben an seiner Stirn. Dagegen wirkt Elvis beinahe taufrisch. Quin tigert mit gerunzelter Stirn in einer Ecke auf und ab. Drei von Elvis' Freunden schauen den beiden zu, ansonsten ist die Halle leer. Als ich am Ring ankomme, taumelt Noah gerade rückwärts, und Elvis setzt ihm wütend hinterher. Ich verstehe nicht, was passiert ist, bis ich Noahs leises Lachen höre. Ein Lachen, das mir eine Gänsehaut über den Körper jagt. Er provoziert ihn.

In der nächsten Sekunde sehe ich, wie Noahs Kopf zur Seite fliegt. Er hatte nicht einmal die Deckung oben. Scheiße. Ich beiße mir auf die Lippe, weil ganz offensichtlich ist, dass er nichts von dem tut, was er mir selbst gezeigt hat, als wir zusammen im Ring standen. Dass ich die Fäuste ans Kinn nehmen soll und die Ellbogen nach unten. Elvis verpasst Noah zwei schnelle Schläge hintereinander mitten ins Gesicht, und ich presse mir die Hand vor den Mund. Wenn Noah wenigstens versuchen würde, sich zu wehren, wäre es vielleicht weniger schlimm mit anzusehen.

Nein. Es wäre auch dann furchtbar. Ich hasse es, ihn so zu sehen. Jetzt tänzelt er zwar wieder leichtfüßig auf der Stelle, aber das alles ist nur Show. Er gibt sich keine Mühe.

«Komm schon, Elvis, worauf wartest du denn?» Noah stachelt ihn noch an, was aber gar nicht nötig ist, weil Elvis auch so schon wütend genug ist. Er schlägt kopflos auf ihn ein und kommt ihm dabei immer wieder viel zu nah. Wenn Noah es nicht darauf anlegen würde, verprügelt zu werden, könnte er den Kerl leicht besiegen. Aber er lacht nur. «Mehr hast du nicht drauf? Schwächling!»

Das lässt Elvis' Gesicht rot anlaufen. «Das wird ein sehr schmerzhafter Abend für dich, du kleiner Pisser!» Er macht einen Schritt nach vorn und landet einen abrupten Jab gegen Noahs ungedeckte Schulter. Der nächste Schlag trifft ihn in den Magen, und Noah krümmt sich keuchend zusammen. Eine Gerade rammt sein Kinn, er fliegt rückwärts – und stürzt. Mir stockt der Atem. Das Geräusch, als sein Körper auf dem Boden aufschlägt, ist das Schlimmste, was ich je gehört habe. Alles in mir zieht sich zusammen.

«Okay, Leute. Das ist genug für heute.» Quin sieht in meine Richtung. «Noahs Taxi ist da.»

Elvis gibt ein verärgertes Knurren von sich. «Wir sind noch lange nicht fertig.»

Dieser Arsch. Ich bin Quin unendlich dankbar, dass er dazwischengeht, und hoffe nur, Noah lässt sich auch darauf ein. Ich nehme seine Trinkflasche auf, die am Rand auf einem kleinen Hocker steht, um ihm sie zu reichen.

Als Noah sich hochrappelt und mich entdeckt, stößt er einen heiseren Fluch aus. «Scheiße, Bree. Was machst du hier?»

«Ich hole dich ab.» *Und ich rette dich vor dir selbst, du dämlicher Idiot!*

«Fahr wieder nach Hause, verdammt.» Noah klemmt sich die Trinkflasche, die ich ihm hinhalte, zwischen die Handschuhe und saugt daran, bevor er das Wasser in einem Eimer spuckt. Es ist rot. Verdammt, ich kann genau sehen, dass das Wasser rot ist. Noah blutet. Er blutet leicht aus der Nase und auch aus seinem Mund. Warum lässt er das freiwillig mit sich machen?

«Bitte, Noah, hör mit diesem Mist auf.»

«Hau ab, Bree. Fahr. Nach. Hause.» Er knirscht mit den Zähnen und saugt noch einmal an der Flasche, diesmal um zu trinken.

«Bitsy hat recht, Noah. Du hast echt genug für heute. Lass es einfach gut sein.»

«Halt dich da raus, Quin», blafft Noah ihn an. Er steht zwar auf beiden Beinen, aber er schwankt. Dann lässt er die Trinkflasche fallen und kickt sie mit dem Fuß beiseite. Als Noah sich wieder in Position bringt, und direkt einen Schlag von Elvis kassiert, hasse ich ihn dafür. Noah will nicht, dass es schnell geht, er will nicht, dass es vorbeigeht. Er will diese Schläge, das ist offensichtlich. Und das bricht mir das Herz. Ich will ihn anschreien, dass er aufhören soll, bringe aber keinen Ton heraus.

Elvis landet mehrere Treffer im Gesicht, und bald läuft Noah das Blut so heftig aus der Nase, dass er es mit dem Unterarm wegwischen muss. Aber als Elvis' Faust das nächste Mal vorschnellt, duckt Noah sich plötzlich weg und hält die Deckung oben. Als hätte er für einen kurzen Moment die Geduld verloren, lässt er sich zu einem einzigen Schlag hinreißen, der mehr ist als bloßes Vortäuschen. Er trifft Elvis mit einer satten Rechten am Kopf, und über seiner linken Braue reißt die Haut auf, Blut läuft ihm über das Gesicht. Elvis gibt ein Wutschnauben von sich, aggressiv geht er in den Infight und rammt Noah von unten mit der Stirn gegen das Kinn. Noah taumelt zurück, und ich stoße einen erschrockenen Schrei aus.

Dieses Arschloch! Ich weiß genau, dass das nicht erlaubt ist. Mein Blick schießt zu Quin am Rand des Rings. Damit muss sofort Schluss sein!

«Heyhey! Bleib sauber, klar? Keine Stöße mit dem Kopf, sonst gehe ich schneller dazwischen, als du sorry sagen kannst.»

Ich halte das nicht mehr aus. «Beende das, Quin!»

Er zuckt mit den Schultern, und im nächsten Moment erhält Noah zwei schnelle Punches in den Magen, keucht atemlos und fliegt beim nächsten Schlag rücklings in die Seile. Elvis hebt einen Arm an, um den Beifall seiner Kumpels einzufordern. Bei ihrem Gejohle wird mir schlecht.

«Bitte, Noah. Wenn du schon nicht zurückschlägst, dann bleib einfach liegen.»

«Dieser Wichser», flucht er. «Ich halte ihm mein Kinn direkt vor die Nase, und er ist zu blöd, es zu treffen.» Er reibt sich mit dem Handschuh das verschwitzte Haar aus der Stirn, und da sehe ich, dass er ein neues Tattoo hat. Auf der Innenseite seines rechten Oberarms. Es ist leicht zu lesen, auch wenn ich nur einen kurzen Blick darauf werfen kann. Als hätte der Tätowierer seinen Arm in eine Schreibmaschine gespannt und die Worte direkt in die Haut getippt.

I'm a sinking ship that's burning, so let go of my hand.

Es passt so sehr zu seinem Verhalten, dass ich schlucken muss. Ich glaube, wenn ich noch einmal sehen muss, wie Elvis' Faust Noahs Gesicht trifft, muss ich mich übergeben. «Hör endlich auf, dich verprügeln zu lassen», fauche ich ihn an. Aber meiner Stimme kann man anhören, dass ich mit den Tränen kämpfe, weil ich das Gefühl habe, dass ich überhaupt nicht zu ihm durchdringe. Dass es Noah scheißegal ist, was ich zu ihm sage. «Ich werde deine Hand nie loslassen, Noah. Bitte.»

Ich weiß nicht, ob er mich überhaupt gehört hat. Er stößt einen Fluch aus. Mit einem Handtuch wischt er sich Schweiß und das Blutrinnsal aus dem Gesicht und wirft es anschließend in seine Ecke. Er sieht mich nicht mehr an. Gott, er wirkt unendlich wütend. Aber das ist gut, oder? Denn wenn er nur richtig wütend ist, lässt er sich vielleicht doch dazu hinreißen, Elvis so auf die Bretter zu schicken, wie er es verdient hat.

Und wirklich: Das erste Mal bei diesem Boxkampf habe ich das Gefühl, dass Noah weiß, was Deckung bedeutet. Dass Deckung nicht heißt, die Schläge mit dem Gesicht abzufangen, sondern es mit Fäusten und Unterarmen zu schützen. Die beiden bewegen sich langsam, fast behäbig im Kreis. Elvis' Oberkörper glänzt und ist blass, nicht ein einziges Haar ist dem Gel entwischt. Im Gegensatz zu Noah mit seinen großflächigen Tattoos wirkt er geradezu klinisch rein. Bis auf den kleinen Cut über seiner Braue.

An Noahs Armen treten die Adern hervor, was auf mich wirkt, als würden die tätowierten Bäume ihre Äste ausstrecken. Elvis schlägt zuerst. Es ist eine lange Gerade, unter der Noah sich auf einmal mühelos wegduckt. Elvis versucht es wieder, diesmal mit mehreren Jabs, aber Noah muss ihn nicht mal blocken, er weicht rechts und links mit dem Kopf aus und feuert anschließend eine ganze Kombination an Schlägen auf Elvis ab, die dieser nicht erwartet hat. Vielleicht hat er sie nicht einmal kommen sehen, so schnell sind sie. Elvis weicht keuchend zurück und beißt die Zähne zusammen. An seinem überraschten Gesichtsausdruck lässt sich ablesen, dass er begreift, wie schmerzhaft der Abend auch für ihn werden könnte.

«Schlag mich!» Noahs Worte verlieren sich im Lärm der Beats, die aus der Halle immer noch zu uns dringen. «Na los, schlag mich!» Elvis ist kein guter Techniker, das kann ich allein an Quins genervtem Gesicht ablesen, aber er ist aggressiv und scheut sich nicht davor, dreckig zu boxen.

Noah lässt Elvis jabben, immer weiter und in kurzen Abständen. Aber er blockt ihn mit den Fäusten ab, Elvis kann keinen Treffer landen. Das macht den Kerl langsam richtig sauer. Und es lässt ihn Fehler machen. Von rechts und von links setzt er Haken, und Noah lässt ihn zweimal durchkommen, nur um im nächsten Moment frontal in dessen Gesicht zu schlagen.

Elvis spuckt Blut auf den Boden. «Dafür schlachte ich dich, du Kröte.»

Er drängt Noah in eine Ecke, setzt ihn dort gefangen. Hinter ihm das Polster, vor ihm ein wutschnaubender Elvis. Jab, Jab, Jab. Die Fäuste gehen wie in einem Hagel auf Noah nieder, und meine Sicherheit bekommt Risse. Elvis hat immer noch genug Kraft, um ihm gefährlich zu werden. Als Noah sich endlich aus der Ecke befreit, atme ich auf, aber nur bis zu dem Moment, wo eine harte Rechte ihn direkt aufs Auge trifft. Noah wankt.

Da ist Blut. Schon wieder. Es läuft ihm über das ganze Gesicht.

«Scheiße!» Quin klettert unter dem Seil durch. Elvis will weiter auf Noah einschlagen, wird von ihm aber grob zurückgehalten.

«Kannst du was sehen?», fragt er Noah. Und dieser Satz ist es, der mir bewusst macht, wie gefährlich das alles hier wirklich ist. Das Herz donnert mir in der Brust. Ich halte das Handy in der Hand und überlege, wie lange es dauert, bis ein Notarzt hier sein kann. Sind zehn Minuten zu lang, wenn sein Auge ernsthaft verletzt ist? Scheiße, scheiße, scheiße. Quin sieht sich suchend um, und ich reiche ihm schnell die Wasserflasche. Er gießt etwas davon auf die Stelle und tupft Noah mit einem sauberen Tuch vorsichtig das Blut ab.

Noah gibt einen Schmerzenslaut von sich. «Fuck. Hör auf.» Er dreht seinen Kopf zur Seite. «Ich kann sehen, okay? Ich kann verdammt noch mal alles sehen. Nimm deine Scheißhände weg.»

Es ist nichts an seinem Auge, Gott sei Dank. Er hat nur eine Wunde auf dem Lid, aus der das Blut über sein Auge rinnt.

«Hast du immer noch nicht genug, du dämlicher Idiot?»

«Nein, verdammt!» Noah stößt Quin von sich und tänzelt zurück in die Ringmitte. Noch bevor Quin den Ring verlassen hat, gehen sie wieder aufeinander los. Noah stürmt auf Elvis zu und rammt ihm einen Haken in den Magen. Und noch mal. Dann donnert er eine ganze Folge Jabs gegen seinen Kopf, die Elvis nicht blocken kann. So lange, bis Elvis zurücktaumelt. Und dann trifft Noah ihn an der Schläfe. Elvis verdreht die Augen, er prallt rücklings gegen das Eckpolster und rutscht zu Boden.

Noah steht keuchend und nach Atem ringend auf beiden Füßen. «Jetzt habe ich genug, okay?»

Mit seinem Boxhandschuh drückt Noah sich einen Eisbeutel gegen das Auge. Die Blutung hat aufgehört, aber er muss es weiter kühlen, damit sein Auge nicht zuschwillt. Elvis hat fast fünf Minuten gebraucht, um wieder richtig zu sich zu kommen, und hat sich von seinen Leuten in die Umkleide schleppen lassen. Quin ist mit ihnen rausgegangen, während ich nun vor Noahs Bank knie und das Band an seinem anderen Handschuh aufknöpfe. Das Tape liegt bereits abgewickelt zwischen seinen Füßen. Er hat kein Wort mit mir gewechselt, aber er duldet, dass ich ihm den Handschuh abziehe und dann vorsichtig seine Hand in meine nehme. Die weiße Bandage ist blutig.

«Oh Gott, Noah. Deine Hände.»

«Das ist nichts», wiegelt er ab. Er zieht die Hand weg, hält den Eisbeutel damit fest und reicht mir den anderen Handschuh. Ich rolle das Tape von seinem Handgelenk ab, öffne die Schnüre und ziehe ihn herunter. Diese Hand sieht sogar noch schlimmer aus. Es ist seine Linke, seine Schlaghand. Die Bandage ist an seinen Knöcheln komplett rot verfärbt. Mit zusammengebissenen Zähnen ziehe ich die einzelnen Klebestreifen ab und fange an, ganz langsam und vorsichtig den Wickel abzurollen. Als ich fertig bin, werfe ich einen Blick auf seine geschundenen Fingerknöchel und muss schlucken.

«Das kommt nicht vom Boxen mit Elvis», sagt er. «Ich habe es mit dem Boxsack übertrieben.»

Oh Gott, will er damit sagen, dass er das schon vor dem Kampf hatte? Das muss doch irre weh getan haben. Meine Finger fangen an zu zittern, als ich sein Handgelenk festhalte, die Hand vorsichtig umdrehe und dann meinen Kopf senke, um einen Kuss in seine Handfläche zu drücken. Weil ich mich so sehr danach sehne, ihn zu berühren. Mit den Händen, dem Mund, aber vor allem mit dem Herzen.

«Nicht, Bree.»

Ich hebe den Kopf. Meine Zunge stößt kurz an meine Oberlippe, wo ich das Salz von seiner Haut schmecken kann. Er tauscht wieder die Hände, und mit einem Seufzen wickle ich auch die andere Bandage ab. «Warum hast du das gemacht, Noah?»

Noahs Kiefer spannen sich an. Genauso wie die Faust in seinem Schoß. Wahrscheinlich würde es ihm leichter fallen, noch eine Runde zu boxen, als mir darauf eine Antwort zu geben. Er senkt den Arm mit dem Eispack. Seine Augen glänzen trotz der hellen Deckenbeleuchtung nicht, sie sind dunkel, bodenlos, verzweifelt.

«Ich musste einfach an was anderes denken, Bree. Scheiße, manchmal ist ein harter Schlag ins Gesicht einfach die beste Möglichkeit, den Kopf frei zu kriegen.»

«Ach ja?» So langsam werde ich echt wütend. «Und jetzt, wo du überall blutest, bist du entspannt? Wie scheiße ist das denn, Noah?» Das kann er doch nicht ernst meinen!

«Ich musste Bilder aus meinem Kopf bekommen, okay?»

«Was für Bilder denn, verdammt?»

«Bilder von dir.»

Aber ...? Nein. Ich schüttele den Kopf. Das kann nicht wahr sein. Das darf nicht wahr sein. Er meint *das* Bild. Das Foto von mir. Hat er es etwa gesehen? Aber wo? Es ist gelöscht worden, und niemand kennt mich hier. Noah weiß nicht einmal, wie ich mit Nachnamen heiße. Ich habe es ihm nicht gesagt. «Du hast das Nacktfoto von mir gesehen? Woher hast du es?»

«Von Cora. Sie hat sich an dich erinnert. Jemand, den sie kennt, hat ihr das Bild geschickt. Das Bild von Bridget Sturgess' Tochter. Sie hat mir heute Morgen im Riding Center davon erzählt.»

Okay. Ich atme tief durch. Ich suche in seinem Gesicht nach Anzeichen von Wut und Enttäuschung, aber da ist nichts außer dumpfer Verzweiflung. «Es tut mir leid, dass ich dir nicht von meiner Mom erzählt habe.»

«Das ist mir so was von scheißegal, Bree. Was glaubst du, was ich dir alles nicht von mir erzählt habe? Aber ... Scheiße, es war ein Fehler nach Aubree Sturgess zu suchen, ich weiß das. Und ich hatte schon gar nicht das Recht, nach diesem Bild zu suchen. Aber ich konnte nicht anders. Und dann ...» Er fährt sich verzweifelt durch das Haar. «Das habe ich den ganzen Tag gemacht. Den ganzen Tag habe ich mir das Foto von dir angesehen. Dieses beschissene Foto! Dieses gottverdammte, verfickte Foto.»

Ja, er hat recht. Es ist ein gottverdammtes, verficktes Foto. Es löst sofort Ekel in mir aus. Ekel und Wut. Und am schlimmsten ist, dass es immer noch irgendwo zu finden ist. Dass man es für den Rest meines Lebens irgendwo finden wird. Und genau das sagt auch Noah als Nächstes.

«Das Foto wirst du nie wieder los, Bree. Ich habe diesen Taylor auf Instagram gefunden und bin seinen Scheißfeed durchgegangen. Vor ein paar Wochen hat er noch Fotos von euch gepostet. Von dir und Ivy. Du mit langen Haaren.» Noah lacht bitter auf und überkreuzt vier Finger miteinander. «Hashtag *aubreesturgess*. Ein Klick auf diesen Hashtag, und du bekommst die ganze Palette an Bildern geliefert. Nicht nur das eine von diesem Abend, das irgendwelche verfickten Drecksarschlöcher geteilt haben. Auch alle anderen, die überall von dir hochgeladen werden. Und ich habe sie mir alle angesehen. Ich habe jeden verdammten widerlichen Dreckskommentar darunter gelesen, und weißt du was? Taylor hat auf wirklich jedes Foto reagiert. Taylor ist dein beschissener kleiner Bodyguard-Freund, der meint, dich überall verteidigen zu müssen. Der überall kommentiert, sie sollen ihre Klappe halten und was für eine tolle Frau du bist.»

Mit der Hand fahre ich mir über das Gesicht und schließe für einen Moment die Augen. «Weil er Schuldgefühle hat, Noah. Ich habe mit ihm gesprochen. Er weiß ... Er wusste die ganze Zeit, was auf der Party passiert ist. Er wusste, wer das Foto gemacht hat und hat es mir nicht gesagt, weil ... weil ... Er fühlt sich einfach schuldig, weil er dabei war und es nicht verhindert hat, okay?»

«Verdammt, Bree, er schreibt unter jedes verfickte Bild. Unter. Jedes. Bild. Und nicht nur unter die Fotos, auch ...» Er hält inne, beißt die Zähne zusammen und sieht mich an. Sieht mir direkt in die Augen. Und ich habe Angst, dass die Schatten darin mich in der nächsten Sekunde in einen Abgrund reißen. «Auch unter das Video.»

Das Video. Ich nicke langsam, weil ich ihm zuhöre, weil ich versuche, seine Gedanken nachzuvollziehen, aber dann schüttele ich den Kopf. «Was für ein Video?» Wovon zum Teufel redet er? «Was ...? Oh mein Gott! Gibt es ein Video von mir? Von diesem Abend?» Bitte lass das nicht wahr sein. Bitte nicht auch noch das!

«Ja.»

Noah sagt nur dieses eine Wort, und der Abgrund tut sich auf. Innerhalb eines Wimpernschlags fühle ich mich, als hätte es die letzten Wochen nicht gegeben. Alles, von dem ich dachte, dass ich es überwunden habe, bricht plötzlich über mich hinein. Die Angst, die Panik, die Verzweiflung, der Ekel, die Schuld. Die Übelkeit, das Zittern. Vor allem das Zittern. Ich kann diese Finger, an die ich mich nicht einmal erinnere, auf mir spüren.

Im nächsten Moment greift Noah nach mir. Er will mich festhalten, aber ich zucke zurück.

Ich sehe den Schmerz in seinen Augen. Nein, eigentlich sehe ich meinen Schmerz in seinen Augen, als wären sie ein Spiegel, der das wiedergibt, was mit mir passiert. Mein panisches Gesicht inmitten seiner grünen Tiefen. Ich darf jetzt keine Panikattacke bekommen. Auf keinen Fall.

«Wie ... wie lang ist es?» Ich frage ihn das und weiß genau, dass es falsch ist. Und masochistisch. Und dass ich es bereuen werde.

«Zwanzig Sekunden. Nur zwanzig Sekunden.» Sein Gesicht

verzerrt sich. «Zwanzig Sekunden von dir. Aber das sind die schlimmsten zwanzig Sekunden meines Lebens.» Er lacht bitter auf. «Und wie scheiße ist es eigentlich von mir, das zu sagen? Meinen Schmerz über deinen zu stellen? Ich wollte von Elvis verprügelt werden, damit dieser Schmerz aufhört, und damit habe ich dich nur noch mehr verletzt. Es tut mir leid. Es tut mir leid, dass ich das zwischen uns so weit habe kommen lassen. Weil ich wusste, dass so was passiert. Ich wusste, dass ich dir weh tun würde. Dass ich einen Fehler mache, der ganz laut nach einem Fuck schreit.»

«Meinst du das ernst?» Am liebsten würde ich ihn schlagen. «Glaubst du allen Ernstes, dass man im Leben keine Fehler machen darf? Das ist doch Blödsinn, Noah. Es geht darum, dass man aus seinen Fehlern lernt. Und dass man Menschen in seinem Leben hat, die zu einem stehen, egal was passiert. Es geht darum, zusammenzuhalten, sich zu verzeihen. Aber Noah, dafür musst du auch dir selbst verzeihen können.»

«Ich kann nicht.»

Meine Lippe bebt. Wieso nicht? Wieso kann er nicht einfach vertrauen?

Noah hat mir den Kopf rasiert, als wir uns noch gar nicht kannten. Er hat mich beruhigt, als ich wegen Quin diesen Nervenzusammenbruch hatte, und mich in den Arm genommen. Er hat mich geliebt, und das war die schönste Erfahrung meines Lebens. Ich fühle mich niemandem auf der Welt so sehr verbunden wie ihm. Und jetzt habe ich panische Angst, dass er mich verlässt, weil er aus einem völlig verrückten Grund glaubt, nicht gut zu sein. Aber er ist gut. Er ist der beste Mann, den ich kenne.

«Was, wenn ich wieder etwas mache, das dich verletzt, Bree?» Seine Stimme stockt. Er kämpft mit sich, dann fügt er hinzu: «Auch wenn ich das nicht will? Auch wenn ich es nicht mit Absicht mache? Verdammt, ich weiß nicht, wofür du mich irgendwann hassen wirst, aber die Chancen stehen ziemlich gut, dass du es wirst. Weil ich das bisher noch immer hinbekommen habe.»

«Das ist das Bescheuertste, was ich jemals gehört habe.»

«Ach ja?» Er steht auf. Mit wenigen Schritten ist er bei seiner Sporttasche, hebt sie vom Boden hoch und zieht sein Handy heraus. «Fuck», flucht er, als er dabei mit den wunden Knöcheln an den Reißverschluss kommt.

«Was wäre das Schlimmste, was ich tun könnte?», fragt er mich. «Sag es mir, und ich sage dir, ob es passieren wird. Und dann können wir die ganze Sache abkürzen und es beenden, bevor es für dich wirklich grausam wird.»

«Hör auf damit.» Oh Gott, er wird mir das Herz brechen. Jetzt, in diesem Moment hat er offensichtlich die feste Absicht, mir das Herz zu brechen.

«Sag es mir! Was wäre das Schlimmste?»

Ich ... ich weiß nicht, was ich ihm sagen soll. Wenn er mich betrügen würde? Mich schlagen? Mich psychisch so unter Druck setzen würde, dass ich mich selber hasse? Warum sollte er so was tun? Es ist total abwegig, das auch nur zu denken.

«Schlag mich!» Ich starre ihn an, und kann förmlich sehen, wie die Luft seinem Brustkorb entweicht.

«Du weißt genau, dass ich das nicht tun werde.»

«Warum vertraust du mir dann nicht? Oder dir selbst. Warum vertraust du *uns* nicht? Das ist doch das eigentliche Problem. Nicht dass du Fehler machst. Sondern dass du diese Fehler machst, um dir selbst zu beweisen, dass wir dich am Ende doch verlassen.» Ich stehe auf, weil meine Beine schmerzen und ich in dieser Position nicht länger hocken kann. «Warum vertraust du deinem Dad nicht? Er liebt dich.»

Noah schüttelt langsam den Kopf.

«Er hat Ebony nicht verkauft.»

«Woher weißt du das?»

«Tja, das ist es, was ich heute gemacht habe. Während du dir das Foto angesehen hast, war ich in Moultonborough und habe Ebony besucht.»

Er schüttelt ungläubig den Kopf.

«Ich weiß nicht, was mit Ebony passiert ist. Ich weiß nicht genau, was zwischen dir und deinem Vater war. Aber eins weiß ich: Es ist nicht so schlimm, dass du deswegen nie wieder mit ihm reden kannst.» Dann fasse ich mir ein Herz. Nein, ich fasse *mein* Herz und lege es ihm geradewegs vor die Füße. «Sag du mir das Schlimmste, was du je getan hast, und ich liebe dich trotzdem.»

Noah sieht geschockt aus. So als hätte ich ihm gerade einen Schlag verpasst. Und sofort schlägt er zurück. «Erzähl mir nicht so einen Scheiß.»

Oh Gott, der geht unter die Gürtellinie. Ich sage ihm, dass ich ihn liebe, und er hält es für Scheiße. Beim ersten Mal sind meine Worte schon im Mülleimer gelandet, und jetzt das? Mir schießen die Tränen in die Augen. Meine Lippen beben, als ich fauche. «Du findest es scheiße, dass ich dich liebe?» Oh Gott, ich kann heute Abend nicht noch mehr ertragen. Ich kann es einfach nicht.

Er schlägt sich mit der Faust gegen die Stirn. «Verdammt, Aubree!» Zwar trifft er seine Wunde nicht, dennoch rinnt nach dieser schnellen Bewegung sofort wieder Blut aus dem Schnitt an seinem Auge.

«Noah, hör auf, dich zu schlagen. Du blutest wieder.»

«Ist mir scheißegal.»

«Aber mir ist es nicht egal. Denn *das* ist das Schlimmste für mich.» Meine Stimme bricht. Weil er mich beleidigt und von sich stößt und ich das nicht zulassen will. Ich kann nicht verhindern, dass ich schwach klinge. Und ich hasse es, diesen Ton in meiner eigenen Stimme zu hören. «Du wolltest dich unbedingt von Elvis vermöbeln lassen, weil du das Video nicht ertragen kannst. *Mein* Video. Und gleichzeitig verlangst du von mir zuzusehen, wie du verletzt wirst. Das Schlimmste, was du tun kannst, ist dich selbst nicht zu lieben. Weil ich dich liebe. Verstehst du das? Ich liebe dich. Du hast es geschafft, die schlimmste Zeit meines Lebens gleichzeitig zur besten zu machen. Wieso siehst du das nicht?»

Jetzt fange ich auch noch an zu heulen und verfluche mich dafür. Noah starrt mich völlig entgeistert an, aber ich kann nicht aufhören. «Es tut mir leid, Noah. Ich ...» Mit der flachen Hand wische ich mir hastig die Tränen aus dem Gesicht. «Ich werde nie vergessen, wie wir gemeinsam Woodstock gestreichelt haben und wie wir in den Hafer eingetaucht sind. Wie du *Ashes of Fear* gespielt hast und total geschockt warst, weil es meine Stimme war. Ich werde nie vergessen, wie du an meiner Hand geleckt hast oder wie du mich das erste Mal geküsst hast auf Ivys Sofa. Du hast mir Grover gegeben, als ich ihn brauchte, und meinen Kopf gestreichelt, als ich mich wie der hässlichste Mensch der Welt gefühlt habe. Du hast mit Frida ...» Ich schlucke krampfhaft. «Das war das schönste Ritual, das ich je miterleben durfte, und ich hätte in diesem Moment alles dafür gegeben, wenn meine kleine Schwester May nur ein einziges Mal in ihrem Leben etwas so Liebevolles von unserem Dad gehört hätte. Du hast mir gezeigt, wie man boxt, und dann, wie schön es ist, danach mit dir zu duschen.» Jetzt muss ich lachen, aber weil ich gleichzeitig heule, höre ich mich völlig hysterisch an.

Noah starrt mich an, er sieht völlig verunsichert aus.

«Oh Gott, Noah, ich weiß nicht, was ich dir noch sagen soll, damit du akzeptierst, dass ich dich so liebe, wie du bist. Die Nacht mit dir war die schönste meines Lebens, und ich wollte nicht, dass sie jemals endet. Und wenn du dich wie eben selbst verletzt, dann verletzt du damit auch mich. Und es ist ganz egal, was du glaubst, mir antun zu können, das, wovor ich am meisten Angst habe, ist, dass du *dir* weh tust.» Ich muss tief Luft holen, um weiterreden zu können. Dabei will ich nicht weiterreden. Das, was ich jetzt sagen werde, ist das Schlimmste, was ich je aussprechen musste. «Aber in einem hast du recht: Du bist nicht gut für mich, wenn du dich so verhältst. Und ich kann dich nicht ändern. Das kannst nur du selbst. Wenn du dich nicht selbst da rausholst, dann hat das zwischen uns wirklich keinen Sinn.» Ich schlinge beide Arme um meinen Oberkörper, weil alles an mir eiskalt ist.

«Ich fahre jetzt nach Hause», sage ich und verbessere mich schnell. «Ins Wohnheim, meine ich. Und wenn du endlich bereit bist, deinen Scheiß zu regeln und dich mit deinem Dad zu versöhnen, dann weißt du ja, wo du mich findest.»

Kapitel 31

Ich bin gegangen, obwohl ich das nicht wollte. Aber ich glaube, dass Noah sonst niemals damit aufhören wird. Wenn er sich nicht selbst vertrauen kann, wenn er in diesem selbstzerstörerischen Verhalten gefangen bleibt, dann ist es falsch, mit ihm zusammen zu sein. Nur ändert das nichts an meinen Gefühlen für ihn.

Es tut weh. Es tut so verdammt weh.

Als ich durch die Halle zum Ausgang gehe, halte ich tapfer jede Regung zurück, nur das Zittern kann ich nicht unterdrücken. Ich setze mich in das kalte Auto, aber das spielt jetzt auch keine Rolle mehr, weil ich innerlich so erfroren bin, dass ich nichts mehr fühle. Ich will nur noch nach Hause. Nur dass das blöde Schrottding nicht angehen will. Das kann doch nicht wahr sein! Ausgerechnet jetzt! Ich drehe den Zündschlüssel um, und der Anlasser gibt nur noch ein kurzes Klicken von sich.

Verdammt, Cora.

Jetzt fallen auch noch feine Regentropfen auf die Windschutzscheibe, und ich schlinge die Arme um meinen Oberkörper und lehne mich mit geschlossenen Augen stöhnend gegen die Kopfstütze. Ich will nicht hier im Auto sitzen. Ich will nicht, dass es regnet. Ich will nicht an das Video denken, von dem Noah mir erzählt hat. Zwanzig Sekunden. Zwanzig Sekunden von meinem größten Albtraum, und jeder kann sie sich ansehen. Noah hat sie gesehen.

Meine Gedanken sind wie festgetackert. Als wäre mein Gehirn ein Internetbrowser, in dem immer wieder dasselbe Pop-up mit meinem Nacktfoto aufgeht. Ich habe mehrere Seiten geöffnet, aber sie sind alle eingefroren, und ich kann sie nicht wegklicken, solange ich nicht auf dieses Pop-up reagiere. Und aus den Lautsprechern höre ich blechern Noahs Stimme. Immer wieder denselben Satz. Autoplay.

Das Foto wirst du nie wieder los, Bree.
Das Foto wirst du nie wieder los, Bree.
Das Foto wirst du nie wieder los, Bree.

Auf einmal wirkt das Auto viel zu eng. Als würden sich die Seitenwände zusammenziehen und jede Luft herausdrücken. Ich muss hier raus. Sofort. Bevor die Panik mich überrollt. Die zerbeulte Tür klemmt. Oh Gott, sie klemmt schon wieder. Wimmernd stemme ich mich mit dem Fuß dagegen, bis sie endlich aufschwingt und ich nach draußen klettern kann, wo sich der Sprühregen sofort auf meine Haut setzt. Ich nehme mir gerade noch genug Zeit, die Autotür wieder zuzuwerfen, bevor ich loslaufe. Im Augenwinkel sehe ich Noahs altes Fahrrad vor der Tür des Clubs stehen. Ich will mir gar nicht vorstellen, wie er damit nach Hause kommt, so fertig, wie er ist. Aber ich muss jetzt an mich denken, verdammt, nicht an ihn.

Das Foto wirst du nie wieder los, Bree.

Aber das Foto ist gar nicht das Problem, sondern das, wofür es steht. Es ist die grässliche Dokumentation für das, was mir passiert ist. Jemand hat sich an mir vergriffen. Und das geht nicht weg, nur weil das Foto oder Video gelöscht wird. Selbst wenn es nie wieder auftaucht, muss ich daran arbeiten, mit diesem Trauma klarzukommen. Ich bin so froh, dass ich seinen Namen kenne. Ich bin so froh, dass ich Ginnifers Freund angezeigt habe. Wenn es für ihn Konsequenzen hat, dann wird mir das helfen, das weiß ich.

Mein Handy klingelt, und ich werde etwas langsamer, um es aus der Hosentasche zu ziehen. Es ist Ivy.

«Hey. Ich wollte nur fragen, wann du morgen nach Hause kommst. Soll ich dich vom Bahnhof abholen, oder fährst du mit dem Bus?»

Es tut so gut, ihre Stimme zu hören. Eine normale unaufgeregte Stimme. Dadurch schaltet sich endlich die Autoplay-Funktion von Noahs Worten in meinem Kopf ab.

«Ich bin fast zu Hause.» Mit der Hand wische ich mir über die Stirn, wo der Nieselregen einen feinen Film hinterlassen hat. «Ich bin spontan schon heute Mittag losgefahren.»

«Aubree ...» Ivy zögert. «Warum hörst du dich so an, als würdest du gerade mit aller Macht versuchen, dich zusammenzureißen?»

«Weil ... weil gerade alles eine einzige Katastrophe ist.» *Jetzt nicht heulen.*

«Wo bist du?»

«Vor dem Boxclub. Mein verdammtes Auto springt nicht mehr an, ich gehe jetzt zu Fuß.»

«Ich frage Jenna, ob sie mir ihr Auto leiht, dann hole ich dich ab.»

«Jenna ist nicht zu Hause, sie isst heute Abend bei ihrer Tante. Es ist nicht schlimm, Ivy. Das Laufen tut mir gut.»

«Aber es regnet.» Es raschelt im Hintergrund, und ich könnte schwören, dass Ivy sich gerade eine Jacke anzieht.

«Der Regen bringt mich schon nicht um, ich ...» Die Worte wollen nicht rauskommen, und ich muss mich zwingen weiterzusprechen. «Ich habe mich mit Noah gestritten, und er hat mir erzählt, dass es ein Video gibt. Ein Video von mir. Von diesem Abend.» *Nicht heulen. Einfach nur weiterlaufen.*

«Was? Oh Gott. Oh Gott, das kann doch nicht wahr sein. Woher hat er es? Wieso ... Hast du es dir angesehen?»

«Ich will mir das Video nicht ansehen. Ich werde es meiner Mom sagen, und sie wird es an ihren Anwalt weiterleiten. Aber

Noah ...» Ich breche den Satz ab. Ich will nicht über unseren Streit reden. Ich kann nicht. «Hast du Ginnifer erreicht?», frage ich unvermittelt.

«Ich habe mit ihr telefoniert. Sie weiß es.» Ivys Stimme klingt gepresst. «Sie wusste es schon vorher. Als sie ihn darauf angesprochen hat, hat er behauptet, du hättest dich an ihn rangemacht.»

«Oh Gott, glaubt sie ihm etwa?» Ich bleibe stehen, weil ich Angst vor Ivys Antwort habe. Meine Hand geht an meine Kehle, und ich spüre überdeutlich, wie hart ich schlucken muss.

«Nein ... also ... Sie behauptet, ja, aber sie hat mich angelogen, da bin ich mir ziemlich sicher. Ich glaube, sie wollte es mir gegenüber nur nicht zugeben. Sie hat mich auch ziemlich schnell abgewimmelt. Das mit der Anzeige habe ich ihr aber nicht erzählt. Nicht, dass wir ihren Freund damit vorwarnen und er, keine Ahnung, seinen Drogenvorrat beiseiteschaffen kann, dieses Arschloch.»

«Zumindest weiß sie Bescheid.» Nur dass mich das kaum erleichtert, wenn sie trotzdem zu ihrem Freund hält.

«Sie weiß alles.» Ich höre, wie eine Tür geht.

«Ivy, du musst mich wirklich nicht abholen. Es ist doch nicht weit, ich bin okay.» Ich setze mich wieder in Bewegung. Einen Schritt vor den anderen. Dann kann ich alles schaffen. Und plötzlich muss ich an Noahs Ritual mit Frida denken, und sofort bildet sich ein Kloß in meinem Hals. *Ich bin schön. Ich bin stark.*

«Ich hole dich ab. Und wenn ich ein Auto knacken muss.» Ihren Gesichtsausdruck dazu kann ich förmlich vor mir sehen. Allein mit ihren Augen kann Ivy der ganzen Welt ein «Fick dich» an den Kopf werfen, und es ist völlig bescheuert, dass ich deswegen jetzt lächeln muss.

«Lass uns auflegen», sage ich und reibe mir über die Hand, die das Handy hält. «Mir friert gleich die Hand ab.» Und nicht nur die Hand. Meine Arme, mein Oberkörper, ach was, mein ganzer Körper fühlt sich an wie ein Eiszapfen.

«Wo genau bist du? Gehst du über die Main Street?»

«Nein, Hanover Street und danach die Lebanon.»

«Okay. Dann bis gleich.»

Ich stopfe das Telefon in meine Hosentasche und stecke mir die Hände unter die Achseln, um sie aufzuwärmen. Was aber nicht funktioniert. Warum habe ich Idiotin auch keine Jacke mitgenommen? Oder wenigstens Noahs Cap? Bei dem Gedanken zieht es sofort in meinem Brustkorb. Ich vermisse ihn. Ich vermisse ihn jetzt schon so sehr, dass es weh tut.

Kaum ein Auto ist auf der Straße unterwegs, und als mir das aufgeht, überlege ich, ob ich meinen Haustürschlüssel in die Faust nehmen sollte. Es ist dunkel, und ich bin allein. Und kaum habe ich das gedacht, höre ich ein Geräusch. Sind das Schritte hinter mir? Ich beschleunige mein Tempo, und das vertreibt wenigstens etwas von der Kälte. Immer wieder drehe ich mich um, aber da ist nichts. Als ich plötzlich wieder ein Geräusch höre, fahre ich panisch herum. Im selben Moment, in dem Noah mit seinem Fahrrad neben mir eine Vollbremsung macht. Es quietscht auf der nassen Straße, und das Licht seiner Fahrradlampe flackert gespenstisch über den Asphalt.

«Gott verdammt, Noah!», fahre ich ihn an.

Das Rad kippt zur Seite, und Noah springt ab. «Warum zum Teufel gehst du zu Fuß? Springt dein Auto nicht an?»

Mein Herzschlag galoppiert immer noch. «Nein, ich mag es einfach, durch den Regen zu laufen. Ist irgendwie angenehm.» Ich will mich wieder in Bewegung setzen.

«Warte.» Noah hangelt nach seiner Sporttasche auf dem Gepäckträger, findet darin aber offenbar nicht das, was er sucht. Im nächsten Moment zieht er sich sein Sweatshirt über den Kopf und gibt dabei einen gequälten Laut von sich, als es sein Gesicht streift. «Hier, zieh das an.» Er hält es mir hin.

Ich starre ihn nur an. Starre auf seinen Brustkorb in dem engen T-Shirt und die nackten Arme mit den Tattoos und dann wieder auf das Sweatshirt in seiner Hand. Oh Gott, bestimmt ist es herrlich warm. Bestimmt fühlt es sich nach Noah an. Riecht nach Noah. Ich schlucke.

«Dann wirst du aber frieren», sage ich, seine ausgestreckte Hand ignorierend.

«Ist mir egal.»

Es ist eigentlich ein harmloser Satz. Aber ich bin sauer. Ich bin so wütend auf ihn, weil er das ernst meint. Er ist sich selbst wirklich egal. «Und genau das ist das Problem, oder?»

«Es ist nur ein verficktes Sweatshirt. Ich will nur nett sein, okay?»

«Wenn du wirklich nett sein willst, dann fang gefälligst bei dir selbst an, Noah Blakely. Oder bei deinem Dad.»

«W...was?» Mit einem ungläubigen Schnauben lässt Noah den ausgestreckten Arm sinken. «Ich will jetzt nicht über meinen Dad reden. Es geht doch gar nicht um ihn.»

«Worum geht es dann? Um uns geht es doch auch nicht.»

«Natürlich geht es um uns. Um dich. Denkst du, ich würde dich einfach so weggehen lassen, nachdem du das mit dem Video gerade erst erfahren hast? Scheiße, Bree, das habe ich dir einfach so an den Kopf geknallt, ohne darüber nachzudenken, was das mit dir macht. Es tut mir leid.»

Das Video. Ich schiebe den Gedanken schnell beiseite, bevor das Pop-up in meinem Kopf wieder aufgeht und ich auf nichts anderes mehr reagieren kann. «Nur damit du's weißt, ich habe ihn angezeigt. Ich habe in New York herausgefunden, wer das Arschloch ist, und ihn angezeigt.» Das werfe ich ihm einfach so hin, und auf Noahs Gesicht spiegeln sich die widersprüchlichsten Gefühle. Erleichterung ist dabei, aber auch Schmerz.

«Warum erzählst du mir das erst jetzt?»

Ich würde am liebsten schreien. «Wann?», fauche ich. «Wann hätte ich es dir bitte sagen sollen? Als du so enthusiastisch auf meine Nachricht reagiert hast? Als du nicht ans Telefon gegangen bist? Nein, ich weiß, am besten hätte ich es dir gesagt, während du dich lieber hast verprügeln lassen!»

«Es tut mir leid.» Er stellt sein Rad ab und macht eine Bewegung, als wolle er mich in den Arm nehmen, überlegt es sich dann aber anders. «Es tut mir leid», wiederholt er. «Ich habe mich wie ein Arschloch aufgeführt.»

Noah ist so weit weg von mir. Ich möchte ihm nah sein, möchte die Hand ausstrecken und ihn berühren. Aber er vertraut mir immer noch nicht. «Darum geht es doch gar nicht. Ist dir eigentlich klar, dass du mir so gut wie nichts von dir erzählst? Du weißt alles von mir. Ich habe dir das Schlimmste anvertraut, was mir passiert ist, und du erzählst mir nichts.»

«Das ist nicht dasselbe», sagt er schroff. «Du bist unschuldig an dem, was passiert ist. Aber ich, ich bin schuld, verdammt noch mal.»

«Sag es mir einfach. Sag es mir, damit ich dich wenigstens verstehen kann. Was ist mit deinem Pferd? Was ist mit Ebony passiert?» Ich warte ab, und dann, weil er mir nicht antwortet und sein Gesicht sich verschließt, bilden meine Hände eine Faust. «Warum kümmerst du dich nicht mehr um sie?»

«Sie sollte jemand anderem gehören. Jemandem, der mehr Zeit für sie hat.»

«Mein Gott, Noah. Was ist denn um Himmels willen passiert, dass du meinst, du hättest sie nicht verdient? Was, Noah? Was hast du gemacht? Hast du sie vernachlässigt, sie geschlagen oder sie, keine Ahnung, nicht gefüttert oder was?»

«Ich habe sie verletzt, okay?», stößt er hervor. Sein Gesicht scheint in der Dunkelheit nur noch aus Licht und Schatten zu bestehen. Da ist so viel Reue in seinen Zügen, dass mir ganz flau wird.

«Ich habe sie verletzt», wiederholt er. «Ich bin ein verantwortungsloser Arsch, und ich kann das nicht ändern. Weißt du eigentlich, wie wertvoll sie ist? Ich meine nicht das Geld. Ich meine, weil sie so verdammt clever ist. Im Gegensatz zu mir kann man sich auf sie hundertprozentig verlassen. Sie ist mutig. Sie ist ein absoluter Profi.»

«Wie hast du sie verletzt? Es geht ihr doch gut. Sie sah völlig normal...»

«Sie hätte tot sein können, Bree.» Seine Brauen ziehen sich zusammen, und jetzt ist sein ganzes Gesicht ein einziger düsterer Schatten. Es tut weh, ihn so zu sehen, und ohne darüber nachzudenken, mache ich einen Schritt auf ihn zu und schlinge die Arme um seinen Hals. Vorsichtig, weil er bestimmt überall Prellungen hat. Als ich spüre, wie Noah sich entspannt, könnte ich schon wieder losheulen. Weil er mich nicht wegstößt, weil ich hoffe, dass er mir vielleicht doch ein winziges bisschen vertraut. Ich halte ihn fest, und obwohl der leichte Regen uns inzwischen ziemlich durchweicht hat, wird mir warm.

«Bitte erzähl mir von ihr», flüstere ich. «Ich werde dich nicht verurteilen.» Meine Nase drücke ich sanft gegen seinen Hals, spüre die Hitze, die er ausstrahlt, und die Gänsehaut.

Ich spüre den Widerwillen, mit dem er mir antwortet. Aber er hält mich fest. «Sie ... sie ist gestürzt.»

«Dann hattest du einen Trainingsunfall mit Ebony?»

«Nein.» Er verkrampft sich. Sein Griff um meinen Oberkörper wird noch fester. Ich schiebe meine Finger in sein Haar, halte ihn und bleibe ganz still. Ich will ihn nicht drängen, habe Angst, dass er wieder einen Rückzieher macht.

Seine Stimme ist meinem Ohr ganz nah, und ich kann heraushören, wie sehr es ihn anstrengt. «Nach Dads Operation ... ich hab's echt versucht mit diesem Studium. Ich wollte ein beschissener Vorzeigesohn sein. Aber die Vorlesungen haben mich einfach nur angekotzt. An einem Abend bin ich zur Farm raus. Ich war so angepisst und total zugedröhnt, Bree, ich ...» Seine Stimme bricht ab, und ich halte ihn weiter fest, halte seinen Kopf, so wie er es bei mir gemacht hat, als ich im Wohnheim diesen Nervenzusammenbruch hatte. Aber ich habe Angst davor, was er gleich sagen wird.

Noah gibt einen kehligen Laut von sich. «Ich bin mit Ebony ins Gelände. Es war sogar noch hell, als es passiert ist. Da war ein kleiner Bach, mit einem Zaun dahinter. Er war nicht mal besonders hoch. Wahrscheinlich bin ich zu schnell angeritten, ich weiß es nicht, aber Ebony hat mir vertraut. Sie hat mir immer vertraut ...» Er vergräbt das Gesicht in meiner Halsbeuge. «Sie ist mit den Hinterbeinen weggesackt und dann mit den Vorderhufen gegen den Zaun geprallt. Normalerweise wäre dieser verfickte Zaun für sie ein Klacks gewesen. Es war meine Schuld, ich war nicht klar im Kopf, habe keine präzisen Hilfen gegeben, nicht auf den Untergrund geachtet, und Ebony kannte das Gelände nicht. Ich hab mich noch nicht mal verletzt, bin nur im Wasser gelandet. Aber Ebony ...»

Oh Gott. Ich bringe keinen Ton heraus. Lasse Noah einfach weiterreden und presse die Lippen zusammen.

«Sie hatte Schmerzen und kam nicht mehr alleine hoch. Wir brauchten einen Kran, um sie in die Tierklinik zu kriegen. Das war das Schlimmste, was ich je gesehen habe. Wenn man sie hätte einschläfern müssen, dann ... ach, fuck. Sie hatte Glück, einfach nur verdammtes, irrsinniges Glück. Am Ende war es nur ein gottverdammtes Band am linken Sprunggelenk, das angerissen war. Nicht mal komplett gerissen. Aber scheiße, es hätte weiß Gott was passieren können! Sie hätte tot sein können, nur weil ich so ein Vollidiot war und total bekifft mit ihr ins Gelände gegangen bin.»

«Aber sie ist wieder ganz gesund, oder?»

«Ich weiß es nicht. Ich ... war seitdem nicht mehr bei ihr.» Er holt tief Luft und stößt sie stockend wieder aus. «Ich konnte meinem eigenen Pferd nicht mehr in die Augen sehen. Und auch meinem Dad nicht. Er hat sofort gewusst, dass ich was geraucht hatte und es meine Schuld war. Er hat es gewusst. Wenn ich nicht so einen beschissenen Fehler gemacht hätte ...» Seine Worte ersticken, und mir zieht sich das Herz zusammen.

«Es war ein Fehler, Noah. Ein schlimmer.» Ich versuche, meine Stimme ganz sanft klingen zu lassen, beruhigend. «Aber unverzeihlich ist er nicht. Du hast doch schon lange nichts mehr von diesem Zeug angerührt, oder?»

«Seit diesem Abend nicht mehr. Aber danach habe ich das verfickte Wirtschaftsstudium zum zweiten Mal geschmissen, und Dad hat mir dieses Ultimatum gestellt, und ich ... die Vorwürfe, die ich ihm wegen Sam gemacht habe, ich ... verdammt, damit habe ich ihn einfach nur verletzen wollen. Ich habe ja selbst nicht mal daran geglaubt.»

«Das musst du ihm sagen.»

«Warum? Es ist doch eh egal. Er war sein ganzes Leben lang enttäuscht von mir, und das zu Recht. Er ist ohne mich besser dran.»

«Noah. Er liebt dich.» Ich sage es ganz sanft an sein Ohr, aber Noah schüttelt den Kopf.

«Selbst wenn er mir noch einmal verzeiht, es macht keinen Unterschied. Weil ich ihm nicht verzeihen kann. Was damals mit Ivy passiert ist, dass er sie einfach so aus unserer Familie rausgeworfen hat, das kann ich ihm verdammt noch mal nicht verzeihen. Und jetzt hat er mit mir genau dasselbe gemacht.»

«Er hat Fehler gemacht, genau wie du. Aber Ivy hat ihm verziehen. Und A-asher kommt auch damit klar.» Verdammt, meine Zähne fangen vor Kälte an zu klappern.

«Aber ich komme nicht damit klar. Es ... es ist besser so. Dad hat seine Ruhe von mir, und ich kann aufhören, mich zu fragen, wann er mich verbannt. Wenn du dein ganzes beschissenes Leben auf eine Sache wartest, vor der du eine Scheißangst hast, dann ist es eine Erleichterung, wenn es endlich passiert.» Das nasse Haar klebt an Noahs Stirn. Er sieht so dunkel und verzweifelt aus, dass ich Angst habe, dass es nie wieder hell wird. Ich verstehe ihn sogar. Ich kann seine Gedanken nachvollziehen, aber ich bin mir sicher, dass er falschliegt. Nur dass er das nicht glauben will.

Licht flackert in der Ferne auf, und ich weiß jetzt schon, dass es Ivy sein wird. Deshalb bin ich auch nicht überrascht, als das fremde Auto langsamer wird und auf der Straße wendet. «Das ist Ivy. Sie wollte mich abholen.»

«Klar.» Noah geht sofort auf Abstand, was ich nicht will und was ich ihm am liebsten auch sagen würde. Aber das ändert nichts, oder? Es ändert nichts daran, dass er sich nicht überwinden kann, seine Probleme anzugehen. Nicht mal für uns.

Ivy blinkt auf, und ich hebe die Hand, um ihr zu zeigen, dass ich sie gesehen habe, bevor ich mich wieder ihrem Bruder zuwende. «Du könntest mitfahren.» *Bitte fahr mit. Bitte fahr mit und sag mir, dass alles gut wird.*

Er zeigt nur auf sein Bike und presst die Lippen zusammen.

Ich will ihn nicht so stehenlassen, und ich will verflucht noch mal nicht, dass es vorbei ist. Aber ich schlucke die Worte hinunter. «Dann ... pass auf dich auf. Wenn schon nicht für dich, dann ... Ach, vergiss es.» Mit einem Kloß im Hals wende ich mich ab.

«Dann was? Für wen denn?»

Fragt er mich das ernsthaft? Wie kann er denn nicht sehen,

dass ich ihn liebe. Dass sein Vater ihn liebt. Dass Ivy und Asher ihn lieben. Und dass sich daran auch nichts ändert.

«Du hast recht. Du kannst das nur für dich selbst tun. Ich wünschte nur, dass du dich ein einziges Mal durch meine Augen sehen könntest.»

Ich sollte jetzt gehen. Ich weiß, dass ich besser sofort gehen sollte, weil Noah einfach nichts darauf erwidert und ich ihn gleichzeitig schlagen und trösten und anbrüllen und küssen möchte. Aber ich kann so nicht gehen. Ich überbrücke den Raum zwischen uns, auch wenn ich Noah damit überrumple. Er weicht nicht zurück, und ich drücke mich an ihn, fühle sein nasses Gesicht an meiner Wange und bin mir nicht mal sicher, dass es wirklich nur Regen ist, den ich auf seiner Haut spüre. Noah krallt seine Hände in mein Shirt, fast verzweifelt hält er mich fest. Als sich unsere Gesichter trennen, weiß ich nicht, wer sich zuerst gelöst hat. Aber es fühlt sich an, als würde mir etwas weggenommen. Nicht etwas, das mir gehört, sondern etwas, das zu mir gehört, ein Teil von mir ist.

«Mach's gut», flüstert er. In einem Ton, der in allem das Gegenteil von diesem anderen ist, der mir jedes Mal eine Gänsehaut verursacht. Dieser Ton ist nicht warm oder berührend. Es ist hoffnungslos.

Kapitel 32

Als ich zu Ivy ins Auto steige, fällt es mir schwer, nicht einfach zusammenzubrechen. Mein T-Shirt ist feucht, und ich zittere unkontrolliert.

«Will Noah nicht mitkommen?», fragt Ivy leise.

«Er h-hat sein Rad. Bitte sag jetzt einfach nichts dazu, okay?» Meine Zähne klappern, aber das ist nicht der Grund, warum ich mir nun die Hand vor den Mund presse. Sondern weil ich Noah im Seitenspiegel sehe. Er steht gebeugt über seinem Fahrrad, hat die Arme über dem Lenker verschränkt und die Stirn darauf gebettet. Er sieht so ... verloren aus. Aber was kümmert es mich? Es kann mir egal sein. Scheißegal. Nein, verdammt, es ist mir kein bisschen egal.

Ivy sieht mich nur einmal kurz an, dann seufzt sie kaum hörbar und startet den Motor. «Guck mal nach hinten, ich glaube, da liegt eine Decke auf der Rückbank. Warum habt ihr euch nicht irgendwo untergestellt? Ihr hättet beim Boxclub warten können.»

Sie versucht Smalltalk zu machen, obwohl man die Anspannung in ihrer Stimme hört. Ich bin ihr dankbar dafür, auch wenn ich nicht antworten kann, weil ich damit beschäftigt bin, mein Zittern zu bändigen. Die Decke riecht muffig, aber sie ist angenehm warm, wenn auch kratzig. «W–wem gehört das Auto?»

«Rhys aus dem ersten Stock. Er war mir noch was schuldig.»

«Ich h-hoffe, er wird nicht sauer, weil ich ihm den Sitz durchnässe.»

«Bis er das nächste Mal fährt, ist es längst getrocknet.» Sie dreht die Heizung hoch und starrt danach wieder auf die Straße. Der Wagen wird langsamer, als müsse sie sich ganz auf ihre Gedanken konzentrieren. «Es tut mir echt leid, dass ihr euch gestritten habt. Ich könnte Noah ... arrrgh.» Sie gibt einen verzweifelten Knurrlaut von sich. «Willst du vielleicht ... Ich meine, wie spontan bist du gerade? Hast du irgendwas im Wohnheim, das du dringend brauchst?»

«Äh ... ja», stammle ich. Meine Klamotten, Errol, Grover. Nein, nicht an Grover denken. «Außer meinem Schlüssel und meinem Handy habe ich nichts dabei. Und meine Spontanität ist momentan im absoluten Minusbereich.»

«Ich überlege gerade, ob wir nicht einfach auf die Insel fahren.»

«Jetzt?»

«Warum nicht?» Ihr Seitenblick streift mich, bevor sie ruckartig bremsen muss, weil ein Auto aus einer Nebenstraße ihr die Vorfahrt nimmt. «Idiot!»

Um Halt zu finden, fasse ich nach dem Griff über der Tür. Warum nicht? Weil ... Mein Gott, da fallen mir eine Million Gründe ein, und fast alle haben mit Noah zu tun, was ich auf keinen Fall laut sagen kann. «Dann verpasst du schon wieder so viel Stoff.»

«Ich weiß. Aber irgendwie werde ich das schon nachholen. Wir könnten ein paar Tage auf der Insel bleiben. Nur bis zum Wochenende, wenn du willst.»

«Ich weiß nicht. Dein Dad muss sich noch erholen, da will er doch bestimmt keine Fremden um sich haben. Außerdem ... guck doch, wie ich aussehe. Er muss denken, du hast eine streunende Katze von der Straße aufgelesen.»

«Erstens bist du keine Fremde. Deine Mom hat mich vier Jahre lang in den Ferien ertragen. Dad wird sich wirklich freuen, dich endlich kennenzulernen. Zweitens siehst du nicht aus wie eine streunende Katze, sondern eher wie ... eine *ertränkte* Katze.» Sie grinst, dann wird sie sofort wieder ernst. «Und er wird längst schlafen, bis wir da sind. Du siehst ihn also erst morgen früh nach einer schönen heißen Dusche.» Sie verstummt für einen Moment, bevor sie weiterredet. «Ich weiß auch nicht, es ist nur eine Idee. Aber ich denke, es könnte dir guttun. Du kannst abschalten und dich erholen, und du musst dich um nichts kümmern. Du wärst einfach mal von allem weg. Und du kannst draußen spazieren gehen, ohne Gefahr zu laufen, jemandem außer uns zu begegnen. Und wenn du uns nicht sehen willst, ist das auch okay, dann schließt du dich in dein Zimmer ein. Das übrigens ein bequemes Bett hat. Bis dein neues endlich kommt, dauert es noch ein paar Tage. Willst du so lange auf diesem blöden Sofa schlafen?»

«Ich will ...» Eigentlich klingt alles, was Ivy sagt, ziemlich gut. Vor allem, wenn sie dabei ist.

«Du kannst auf der Insel auch nicht aus Versehen Noah über den Weg laufen.»

Das ist ein Argument. Ein gutes Argument. Aber ich würde mich Noah gegenüber wie eine Verräterin fühlen, wenn ich zu seinem Dad fahre. Ist das verrückt? Irgendwie schon. «Du hast recht. Lass uns auf die Insel fahren. Ich würde dein Zuhause wirklich gerne mal sehen. Hast du eine Zahnbürste für mich?»

«Natürlich.» Links taucht das Gelände des Medical Centers auf. Ivy geht auf die Bremse, biegt ab, ohne den Blinker zu setzen, und fährt in einem scharfen U denselben Weg wieder zurück. «Du übernachtest im Haus vom Eigentümer der Blakely Corporation. Wenn dort eins im Überfluss vorhanden ist, dann sind es Hygieneartikel. Und ich habe genug Klamotten im Schrank, die ich dir leihen kann.»

«Danke, Ivy.»

Danach lehne ich meinen Kopf zurück, schließe die Augen und versuche, nicht an den Noah im Seitenspiegel zu denken. Den Noah, der sich verzweifelt auf seine Arme stützt. Den Noah mit den wunden Fingerknöcheln, der Platzwunde im Gesicht und der Hoffnungslosigkeit in den Augen. Irgendwann höre ich Ivy tief Luft holen und weiß genau, dass wir gerade an ihm vorbeigefahren sein müssen, aber ich sehe nicht hin.

Die Nacht war schlimm, aber der Morgen danach ist noch schlimmer. Weil ich für einen winzigen Augenblick nicht daran denke und mir dann nach einem Blinzeln plötzlich alles wieder einfällt, was sich wie eine Icebucket-Challenge anfühlt. Ich gebe ein Stöhnen von mir, und automatisch greife ich nach meinem Smartphone, das bei mir im Bett liegt. Keine neuen Nachrichten.

Okay, dann nicht. Ich werfe das Gerät auf den Nachttisch und rolle mich frustriert im Bett zusammen, nur um eine Minute später über die Matratze zu robben und wieder danach zu greifen. Ich logge mich mit meinem Fake-Account bei Instagram ein. Noah hat schon ewig nichts gepostet, und jetzt klicke ich auf «Folgen», um direkt zu sehen, wenn er ein Foto hochlädt. Sein letzter Beitrag war in der Nacht, als ich ihm das erste Mal begegnet bin und vorher stundenlang vor seiner Tür gewartet habe. Mit einem großen Pappkarton und Verzweiflung und Misstrauen im Gepäck. Er hat behauptet, ihm wäre irgendein Scheiß dazwischengekommen, den er nicht geplant hatte. Und jetzt, wo ich seinen Feed und die Kommentare durchgehe, bekomme ich eine Ahnung, was ihm an diesem Abend dazwischengekommen ist. Noah hat ein Foto vom Boxclub gepostet, von seinem Training am Nachmittag, und Quin hat ihm am nächsten Tag einen Kommentar darunter hinterlassen:

Danke noch mal, Kumpel. Ximena geht's schon besser.
Kein Bruch, ist nur geprellt. Ohne dich wär' ich echt aufgeschmissen gewesen. Frida will jetzt immer von dir ins Bett gebracht werden.

Ich klicke mich zu Quins Account weiter, und er hat am selben Tag ein Foto aus einem Krankenhausflur gepostet. Einen Frauenarm mit einem Verband. Ich schätze mal, dass *Ximena* Fridas Mom ist. Also hat Noah mich warten lassen, weil er Babysitter spielen musste. Im Augenblick wünschte ich mir, er wäre stattdessen lieber nur ein Arsch gewesen.

Ich frage mich, was er wohl bei seinem nächsten Post als Bildunterschrift schreiben wird. *Sorry, dass ich mich zwei Wochen nicht gemeldet habe, mir ist mal wieder irgendein Scheiß dazwischengekommen, der nicht geplant war.* Bin dann ich der Scheiß?

Ach, verdammt, Aubree, hör auf damit!

Nach dem Duschen schlüpfe ich in die Klamotten, die Ivy mir gestern noch gebracht hat. Wir haben ewig auf dem Bett gelegen und geredet, bis uns irgendwann die Augen zugefallen sind und sie sich mühsam in ihr eigenes Zimmer geschleppt hat. Es ist völlig still im Haus, als ich schließlich durch den Flur gehe, und das ist etwas, was ich schon lange nicht hatte. Stille. Vorsichtig klopfe ich an ihre Tür. «Ivy?»

«Komm rein, bin sofort fertig.»

Erleichtert drücke ich die Klinke nach unten. Ivy sitzt auf der Bettkante und zieht gerade den zweiten Ankle Boot an, bevor sie sich rücklings aufs Bett fallen lässt. «Ich bin so unfassbar müde.»

«Ja, ich auch. Sorry, dass ich dich so lange wach gehalten habe.»

«Ich wollte doch unbedingt auf die Insel fahren.»

«Stimmt.» Ich muss lächeln.

«Rhys hat mir gerade geschrieben.» Sie hebt die Hand und deutet auf ihr Handy. «Er braucht sein Auto zurück.»

«Oh, verdammt.»

«Blödes Pech, aber ich will ihn nicht warten lassen. Ich bringe ihm das Auto, und Asher kann mich nachher mit zurücknehmen. Ist es okay, wenn du solange allein hierbleibst?» Als ich nicke, sagt Ivy: «Wir können zusammen frühstücken, dann zeige ich dir alles, damit du dich zurechtfindest. Hunger?»

Erst jetzt fällt mir auf, dass ich seit der Zugfahrt gestern nichts mehr gegessen habe, und mein Magen antwortet ihr mit einem Knurren. «Offensichtlich.»

Auf der Suche nach Kaffee und Essen gehen wir in die Küche, wo ich ein spontanes «Wow» ausstoße. Auf der Theke ist für uns gedeckt, und Hillary, die Haushälterin, hat uns einen Zettel hinterlassen, dass ich mich wie zu Hause fühlen soll und sie uns ein paar Sandwiches gemacht hat, die im Kühlschrank stehen. Frischer Orangensaft wäre auch da. Ivy liest den Zettel vor und geht dann schnurstracks zum Kühlschrank.

«Ich liebe Hillary jetzt schon», sage ich und klettere auf den Barhocker, während Ivy den Saft auf den Tisch stellt und eine Platte mit liebevoll angerichteten Sandwich-Dreiecken.

«Ja, ich weiß, was du meinst. Hillary ist einfach ... awwww, guck mal, die eine Hälfte ist vegetarisch, die andere gemischt.»

Das stimmt, sie hat die verschiedenen Sandwiches säuberlich voneinander getrennt aufgestapelt. «Kannst du nachher bitte alles mitbringen, was ich besitze, damit ich nie wieder hier wegmuss?»

«Klar, kein Problem.» Mit einem breiten Grinsen schnappt Ivy sich eins der Dreiecke. Ich beiße auch gerade in eins, als ich aus dem Flur ein Hecheln höre, und die sanfte Stimme eines Mannes.

«Simon, Phoenix, down! Lasst mich wenigstens guten Tag sagen, bevor ihr unseren Gast auffresst.»

«Oh, Dad ist schon mit den Hunden draußen gewesen.» Sie rutscht von ihrem Hocker, aber bevor sie zwei Schritte tun kann, kommen zwei große weiße Boxer schwanzwedelnd herein und begrüßen sie. Die armen Hunde scheinen nicht recht zu wissen, was sie machen sollen. Sich lieber brav hinsetzen oder doch an ihr hochspringen? Schließlich setzen sie sich auf die Hinterbeine, und die Rute wischt freudig über den Fußboden. «Ja, ich hab euch auch vermisst.»

«Guten Morgen, ihr zwei.» Ihr Vater kommt durch die Küchentür, und Ivy geht zu ihm, um ihm einen Kuss auf die Wange zu drücken. Wären nicht die extrem kurzen Haare, würde Mr. Blakely aussehen wie aus einer Zeitschrift für Country Living. Er trägt Cordhosen und darüber ein Tweedjackett. Seine Füße stecken in cognacfarbenen Chelsea Boots.

Ich stehe auch auf, um die Hunde zu streicheln, und muss lachen, weil sie mich dabei fast umwerfen.

«Hast du schon gefrühstückt, Dad? Hillary hat Berge an Sandwiches vorbereitet, die können wir zu zweit gar nicht aufessen.»

«Mich hat sie heute Morgen schon gemästet.» Er fährt sich über den flachen Bauch. Mich lächelt er an, und ich muss sofort an Noah denken. Nicht, weil die beiden sich so ähnlich sähen – Asher kommt viel mehr nach seinem Vater –, sondern weil ich mir wünsche, Noah wäre hier und würde von seinem Dad so angelächelt werden. Freundlich und völlig unvoreingenommen. Ich habe Richard Blakely schon im Internat kennengelernt, aber das ist eine gefühlte Ewigkeit her. «Wie geht es Ihnen?» Ich schüttele ihm die Hand.

«Danke, schon viel besser. Es geht jeden Tag voran. Du hast dich verändert, Aubree.»

«Ja.» Verlegen fasse ich mir an die Schläfe, wo mich die inzwischen vertrauten Stoppeln nicht mehr erschrecken. «Ich schätze, wir beide waren beim selben Friseur.»

Ivy gibt ein Prusten von sich, und ich bekomme ein heißes Gesicht, weil ich das garantiert nicht sagen wollte. Oh Gott! Ihr Vater hat eine schwere Operation hinter sich, und ich mache Witze über seine Frisur? *Ernsthaft, Aubree?* «Tut mir leid», sage ich zerknirscht, aber Ivys Stiefvater lacht nur.

«Der Gedanke war mir auch gerade gekommen. Ist das zurzeit en vogue, und ich wusste nur nichts davon?»

«Ich weiß nicht, ich ... bei mir ist es ein Experiment gewesen.»

«Geglückt würde ich sagen. Es steht dir jedenfalls deutlich besser als mir.» Dass er so charmant ist, verunsichert mich. Nach dem, was ich über ihn weiß, hatte ich ihn mir ganz anders vorgestellt.

«Wie geht es Noah?»

Wieso sieht er bei dieser Frage ausgerechnet mich an? Unsicher geht mein Blick zu Ivy, die schnell den Bissen runterschluckt, den sie noch im Mund hatte. «Ich glaube, nicht so gut, Dad.»

Er sieht weiterhin mich an, und ich fühle mich gezwungen, auch etwas zu sagen. «Er hatte keinen guten Tag ... gestern.» Keine guten Jahre trifft es eher. Und zwar wegen seines Dads, aber das kann ich unmöglich aussprechen.

Mr. Blakely gibt ein Seufzen von sich. «Würde er diesmal rangehen, wenn ich ihn anrufe, was meinst du?»

Heißt das, er hat versucht, mit ihm zu sprechen? Mehrmals? Das habe ich nun wirklich nicht erwartet. «Ich weiß es nicht», sage ich ehrlich. «Ich würde es versuchen, aber ...» Hilflos breche ich ab.

«Verstehe.»

«Es tut mir leid. Ich ... kann dazu nicht mehr sagen.»

Er nickt langsam, geht zur Anrichte und schenkt sich ein Glas

Orangensaft ein. «Ich freue mich jedenfalls, dass du zu Besuch gekommen bist. Das war längst überfällig. Bleib so lange, wie du möchtest. Ich bin die meiste Zeit in meinem Arbeitszimmer, aber du musst keine Sorge haben, dass du mich stören könntest. Ich täusche nur vor zu arbeiten. In Wirklichkeit ist es mit meiner Konzentrationsfähigkeit noch nicht sehr weit her.»

«Dad.» Ivy wirft mir einen schnellen Blick zu. «Ich, äh, zeige Aubree noch alles, dann muss ich los.»

«Kommst du heute noch zurück?»

«Am Nachmittag. Asher fährt mich.» Sie bedeutet mir, noch etwas vom Teller zu nehmen, bevor sie die Sandwiches zurück in den Kühlschrank stellt und mich am Arm hinter sich herzieht.

«Wie geht es deinem Dad wirklich?», frage ich sie, als wir aus der Tür in den Garten treten.

«Es wird immer besser, aber es geht ihm einfach zu langsam, denke ich. Vor ein paar Tagen habe ich ihn an einer Tabelle fast verzweifeln sehen. Es war eine Kostenaufstellung, gar nicht so kompliziert, aber er konnte die Produktionszahlen überhaupt nicht in Relation setzen. Seine Ärztin hat gesagt, dass er wieder vollständig gesund wird, aber das kann noch Monate dauern.»

«Ist bestimmt nicht leicht für ihn, wenn er in seinem Leben immer alles unter Kontrolle hatte. Ich meine, er leitet eine riesige Firma, die ganzen Angestellten, seine Familie. Das ist ganz schön viel Verantwortung für einen einzelnen Menschen, oder?»

«Es gibt einen Vorstand, und Asher hat viele seiner Aufgaben übernommen.» Sie seufzt. «Wir hätten Jacken mitnehmen sollen.»

Der Wind geht hier auf der Insel deutlich stärker als in Dartmouth, aber ich habe ein altes Sweatshirt von Ivy übergestreift und friere nicht. «Zeigst du mir noch, in welcher Richtung der Stall liegt, bevor du fährst?»

Wenn Ivy meine Frage überrascht, lässt sie es sich jedenfalls nicht anmerken. «Klar.»

Nachdem Ivy gefahren ist, spaziere ich über die Insel. Die Wege sind sorgfältig vom Laub befreit worden, aber der Wind treibt schon wieder neue Blätter vor sich her. Es ist so friedlich, und am liebsten würde ich meine Mom anrufen. Aber weil ich weiß, dass sie keine Zeit hat, mache ich nur ein Foto vom Steg, den ich am Wasser entdecke, und schicke es ihr mit einem Smiley. Den Stall finde ich sofort, auch wenn ich mir aus Noahs Beschreibung etwas ganz anderes darunter vorgestellt habe. Ich hatte mehr an einen kleinen verfallenen Schuppen gedacht, aber der Stall ist riesig, und ganz offensichtlich hat sein Vater die Sanierung vorangetrieben. Die Fassade sieht ganz neu aus, das Holz ist frisch gestrichen, und der Riegel zum Tor lässt sich kinderleicht zur Seite schieben. Im Inneren ist es penibel sauber. Und leer. Ich lasse die Handykamera einmal durch den Stall schwenken und filme jede Ecke, danach öffne ich WhatsApp erneut und rufe Noahs Profil auf. Ich beiße mir auf die Unterlippe, dann schicke ich das Video ab.

Aubree: **Sieht so aus, als würde der Stall nur auf Ebony warten. Und auf dich.**

Nach einer Minute färben sich die Häkchen blau.

Kapitel 33

Noah hat nicht auf meine Nachricht geantwortet, aber er hat das erste Mal seit zwei Wochen wieder etwas auf Instagram gepostet. Auf dem Foto ist ein Ausschnitt seines Zimmers zu sehen und der Bildschirm mit einem flimmernden Video. Man sieht seine Hand, die einen Controller festhält.

> Okay, Leute, wer von euch zockt noch AoF? Bin jetzt in Level achtundzwanzig. Es wird scheiße schwer. Wie findet ihr die Synchro? #aof #ashesoffear #playstation

Er hat es erst vor einer halben Stunde gepostet, und trotzdem sind schon jede Menge Kommentare eingegangen. Okay, er antwortet nicht auf meine Nachricht, aber dafür spielt er dieses blöde Spiel. Ich schwanke zwischen Wut, weil er mich einfach ignoriert, und Herzklopfen, weil er danach fragt, wie den anderen die Synchronisation gefällt. Warum macht er das? Wenn er schon in Level achtundzwanzig ist, dann hat er das Spiel bald durch, und ich sterbe. Also nicht ich, sondern Alisha. Aber spielt das eine Rolle?

Ich schlucke hart. Die Kommentare will ich mir nicht durchlesen, deshalb gehe ich schnell aus der App raus. Trotzdem kann ich für den Rest des Tages an nichts anderes denken. Als Ivy mit Asher am Abend kommt, sitzen wir gemeinsam mit ihrem Vater im Wohnzimmer. Asher macht den Kamin an, und Ivy holt eine Flasche Wein. Mr. Blakely guckt zwar etwas grummelig, weil Ivy und ich dem Gesetz nach noch keinen Alkohol trinken dürfen, aber als seine Stieftochter sich mit dem Korken abmüht, nimmt er ihr die Flasche aus der Hand und schenkt uns allen ein Glas ein. Obwohl ich nur daran nippe, glühen nach ein paar Minuten schon meine Wangen. Alle lachen mich deswegen aus, und Asher macht ein Foto von mir, um mir zu beweisen, dass ich jetzt schon aussehe, als wäre ich betrunken. Ich muss ihm leider recht geben, als er mir das Bild zeigt, aber ich muss auch lachen. Auf dem Foto bin ich neben Ivy und Mr. Blakely auf dem Sofa zu sehen und während die beiden grinsen, als hätte uns jemand gerade einen echt guten Witz erzählt, gucke ich mit einem Blick in die Kamera, als würde ich den blöden Witz nicht verstehen. Wir sehen alle drei ziemlich albern aus.

«Darf ich das Noah schicken, Aubree? Ich weiß, das ist echt arschig von mir, aber ich will, dass er sieht, was er hier verpasst.»

Ich zucke nur mit den Schultern. «Wenn du unbedingt willst.»

Asher tippt sofort in sein Handy, und dann dauert es keine zwei Minuten, bis das Smartphone in meiner Hosentasche vibriert und Noah endlich auf meine letzte Nachricht antwortet.

Noah: Sieht eher so aus, als hättet ihr eine Menge Spaß.
Schöne Grüße an meinen verfickten Bruder.

Mein Gesicht läuft noch heißer an. Was zum Teufel hat Asher ihm geschrieben? «Ich soll dir schöne Grüße von Noah bestellen», richte ich ihm aus.

«Das hat er genauso formuliert?»

«Na ja», gebe ich zu. «Mehr oder weniger.»

Jetzt grinst Asher breit. «Gott, ich liebe diesen Kerl. Ich freue mich jetzt schon darauf, wenn er bei mir zu Kreuze kriechen muss.»

Wie bitte? «Wieso sollte er das tun?»

«Nur so ein Gefühl.» Er stellt grinsend seinen Wein weg, von dem er kaum etwas angerührt hat, und holt sich stattdessen ein Glas Wasser.

Ich weiß nicht, was Asher beabsichtigt, was ich aber weiß, ist, dass ich diese Spielchen nicht mag. Warum musste er Noah schon wieder provozieren?

Aubree: Es ist ein schöner Abend. Aber du fehlst ...

Okay, vielleicht ist Ashers Taktik doch die richtige, denn Noah reagiert wieder nicht darauf, und ich muss mich zwanghaft zusammenreißen, nicht alle zehn Sekunden auf mein Handy zu gucken. Ich warte noch, bis Mr. Blakely sich zurückzieht, dann verabschiede ich mich ebenfalls: «Ich glaube, ich gehe auch schlafen. Danke für die Sachen im Badezimmer, Ivy.»

«Oh, die hat Hillary dir gebracht. Willst du wirklich schon ins Bett? Wir könnten noch irgendeine Serie bingewatchen. Der Vorteil daran, das hier zu machen, ist, dass man einschlafen kann, ohne Angst um seinen Rücken haben zu müssen. Das Sofa hier ist im Gegensatz zu dem im Wohnheim nämlich total bequem.» Sie wirft nur einen Blick in mein Gesicht und schüttelt dann den Kopf. «Sorry, vergiss, was ich gesagt habe. Wenn du irgendwas brauchst, sag einfach Bescheid, ja? Soll ich dir noch was zu trinken aus der Küche holen?»

«Nein, danke.» Wenn ich Durst bekomme, trinke ich einfach aus dem Wasserhahn. Mein Gott, ich habe ein eigenes Bad neben dem Gästezimmer, das größer ist als mein Zimmer in New York.

«Schlaf gut.»

Ich nicke, dann laufe ich über den dickflorigen Teppich im Flur zur Treppe. Hier ist alles unglaublich luxuriös. Angefangen bei den Teppichen, über die Vorhänge bis zu den vielen Antiquitäten. Ich kann mir gar nicht vorstellen, dass Noah hier aufgewachsen ist. Mit seinem Fahrrad, den Tattoos und dem unbändigen Willen, sich niemals von jemandem abhängig zu machen. Nichts von alldem scheint er zu brauchen. Im Wohnheim hat er Ivy zuliebe auf das Apartment verzichtet, weil er nicht so viel Platz benötigt. Er hat nur ein paar Bücher, seinen Technikkram und ein paar Extra-Klamotten für das Riding Center. Wenn er wollte, könnte er alles in ein paar Kartons packen und gehen. Genau wie ich.

Aber das hier ist sein Zuhause. Ivy hat mich einmal durchs Haus geführt, deshalb weiß ich, wo sein Zimmer ist. Aber ich habe es mir nicht angesehen. Mit einem Seufzen verschwinde ich im Bad und lege das Handy auf die Ablage neben eine Porzellanschale mit Blakelyrasierseife. Alles hier ist von Blakely: die Seifenstücke in der Dusche, die Handtücher aus dickem Frotteestoff, die Haarbürste, die Cremes, der metallene Ständer mit dem exklusiven Rasierpinsel. Ivy hat mir erzählt, dass sie früher aus Dachshaar waren, Asher aber durchgesetzt hat, vegane Synthetikfasern dafür zu verwenden. Ich lasse meine Finger durch die Pinselhaare gleiten. Sie sind butterweich, und wenn man einmal hindurchfährt, rutschen die Haare sofort wieder in ihre perfekt abgerundete Form zurück. Ich würde alles dafür geben, zuzusehen, wie Noah den Pinsel benutzt. Wie er den Schaum damit aufschlägt und ihn über seinen Kiefer gleiten lässt. Ich muss schlucken und stecke den Pinsel hastig zurück in die Halterung, weil es idiotisch ist, mir das vorzustellen. Noah wird sich nicht mit seinem Dad versöhnen, und er wird wahrscheinlich niemals wieder etwas von Blakely benutzen.

Ich stelle mich unter die Dusche und nehme eine Seife, die nach Zitrusfrüchten duftet, bevor ich mich in eines der dicken

Flauschhandtücher wickle. Weil meine Haare so kurz sind, reicht es, mit einem kleinen Handtuch einmal über meinen Kopf zu rubbeln. Das mache ich gerade, als mein Handy auf der Ablage kurz vibriert und ich für einen Moment wie paralysiert stehen bleibe. Wahrscheinlich nur eine WhatsApp von meiner Mom, überlege ich. Trotzdem hänge ich sofort das kleine Handtuch auf und nehme das Gerät hoch. Im Sperrbildschirm ist zu lesen:

Noah Blakely hat ein Live-Video gestartet.

Ich denke nichts. Gar nichts. Mein Finger reagiert ganz von allein, öffnet Instagram und berührt mit der Kuppe den kleinen bunten Kreis um Noahs Profilbild. Das Livebild baut sich auf. Plötzlich Noahs Gesicht zu sehen, lässt mein Herz einen Sturzflug in meinen Magen machen, nur um dann wieder hochzufliegen und mir bis in den Hals zu pochen. Er sieht total müde aus. Um sein linkes Auge hat sich unterhalb des Pflasters ein grünblauer Schatten gebildet, aber das Augenlid ist zumindest nicht mehr geschwollen.

Alishack19 nimmt teil.

Das bin ich.

Mir ist kein besserer Name eingefallen, und Alishack ist ein Ship-Name aus Alisha und Jack. Noah wird das niemals auffallen. Und selbst wenn, er sieht ja nicht mal an den unteren Bildschirmrand, wo seine Zuschauer nach und nach aufgelistet werden. Das Ganze geht so schnell, dass ich selbst kaum dazu komme, die Namen zu lesen. Oben wird die Anzahl der Zuschauer angezeigt. Momentan sind es knapp sechzig, aber die Zahl steigt schnell. Über einhundert, dann zweihundert. Noah sagt nur einmal hallo mit seinem sanften Timbre und wartet. Die Zahl steigt weiter. Erste Kommentare rauschen durch das Bild.

> Endlich mal wieder live. <3
>
> Hi, warum kommt seit Wochen nichts mehr von dir? Geht es dir gut?
>
> Ey, Alter, AoF schon durchgezockt?
>
> Nice, Bro.
>
> Mach mal wieder was auf Twitch. Insta ist voll lame.
>
> Hottie <3
>
> Was für ein Controller ist das, den du auf deinem Foto gezeigt hast? Sonderedition?
>
> Wow, kannst du mal dein Shirt ausziehen? Ich steh voll auf deine Tattoos ...
>
> Ist das dein Badezimmer?

Als ich das mit dem Badezimmer lese, stocke ich. Noah steht wirklich in seinem Badezimmer. Genau wie ich. Wenn ich nicht so fertig wäre, würde ich lachen. Und wenn Noah nicht so ernst aussehen würde.

«Sorry, dass ihr so lange warten musstet. Aber dieses verdammte Spiel hat mich echt in Anspruch genommen.» Er hält die Hülle von *Ashes of Fear* in die Kamera, und das Cover wird mir spiegelverkehrt angezeigt. «Ich habe heute noch was mit euch vor, aber weil dieses Game dabei eine Rolle spielt, will ich euch erst mal kurz erzählen, worum es darin geht.» Er fasst die Handlung des Spiels zusammen und bewertet anschließend die Qualität des Games mit einem Haufen Fachbegriffen. Nebenbei flattern aus dem Kommentarbereich Dutzende von Herzen über den Bildschirmrand nach oben, was mich gerade nur nervt.

Ich versuche irgendetwas in Noahs Gesicht zu lesen. Warum macht er das? Warum redet er über dieses Spiel? Es kann doch nicht sein, dass es wirklich das ist, was ihn im Augenblick beschäftigt. Oder ist das alles nur Show?

Hast lange keine Challenge mehr gemacht.

Ist die Augenfarbe eigentlich echt, oder trägst du Kontaktlinsen? Würde mich irgendwie interessieren. :)

Was ist mit deinem Gesicht passiert?

Kannst du mal dein Shirt ausziehen?

Ich ziehe die Frage, die von den nächsten sofort nach oben verdrängt wird, mit dem Finger wieder runter. Viviane4Twitch hat das jetzt schon das zweite Mal gefragt, und so langsam regt sie mich auf. Vielleicht sollte ich doch lieber nicht zusehen, was Noah in diesem Live-Video macht.

Noah beendet seinen Monolog und scrollt sich durch die Kommentare, um ein paar Fragen zu beantworten. «Das mit dem Auge ist eine lange Geschichte. Glaubt ihr mir, wenn ich sage, dass der andere noch schlimmer aussieht?» Er grinst zwar dabei, aber es erreicht seine Augen nicht.

Zieh mal dein Shirt aus!

Schon wieder Viviane4Twitch. Ich hasse sie.
«Okay, Viviane, bleib mal locker. Ich lasse mein Shirt an, weil das, was darunter ist, definitiv nicht für deine Augen bestimmt ist.»

Schade. Bist du schon vergeben?

«Aber ich habe was anderes mit euch vor.» Er hält etwas hoch, was ich leider sofort erkenne, weil ich es selbst vor gar nicht langer Zeit in der Hand gehalten habe.
Mir wird ganz flau.

Ich dachte, die Buzzcut-Season ist vorbei?

Ist das ne neue Challenge?

Oh nein, du hast so schöne Haare!

Das machst du doch jetzt nicht wirklich, oder?

Ich höre kaum noch, wie er erzählt, dass er sich jetzt gleich den Kopf rasieren wird. Ich bin wie betäubt. Warum tut er das? Will er nur wissen, wie sich das anfühlt? Was soll das, verdammt?
«Ich habe eine beschissene Wette verloren, und das war der Einsatz.»
Was?

Mit wem hast du gewettet?

«Mein verfickter Bruder hat gewettet, dass ich nach diesem Game ...», er hält *Ashes of Fear* erneut in die Kamera, «... garantiert durchdrehen würde. Also genau genommen hat er gesagt ... Scheiße, er meinte, ich werde rumheulen wie ein Mädchen und ... fuck, er hatte recht.»

Ich verstehe gerade gar nichts.

Ist das Spiel so mies, oder warum musstest du heulen?

«Ich kann das nicht erklären, will euch nicht spoilern, sorry.» Er seufzt. «Okay, Ash, du mieser Arsch von einem Bruder, ich schätze mal, dass du gerade zuguckst. Ich brauche deine Hilfe, okay? Also steig gefälligst ins Auto und komm her.»

Ich kann nicht glauben, dass er mit Asher irgendeine beschissene Wette am Laufen hat. Noch weniger kann ich glauben, dass er seinen Bruder gerade allen Ernstes um Hilfe gebeten hat. Ich habe jetzt noch Noahs Worte im Ohr, als er gesagt hat, er würde auch nicht freiwillig einen Finger in den Mixer stecken. Noah hasst es, seinem Bruder eine Schwäche zu zeigen oder ihm etwas schuldig zu sein.

Meine Gedanken spielen Pingpong, und ich kann nichts dagegen tun, dass meine Finger schneller sind. Ich tippe in den Live-Chat:

Tu das nicht.

Sofort rutscht meine Nachricht nach oben und verschwindet, weil plötzlich etliche Leute kommentieren. Selbst wenn Noah sie gesehen hat, wird ihn dieser Satz von einer völlig Fremden wohl kaum davon abhalten. Ich schreibe es noch einmal:

Mach das bitte nicht, Noah!

Er reagiert gar nicht auf die Kommentare, sondern steckt den Langhaarschneider in die Steckdose hinter sich. «Irgendwelche Wünsche, wo ich anfangen soll?»

Mach doch einen Irokesen. Sieht bestimmt voll geil aus.

Was soll ich tun? Ihn anrufen? Ich will nicht, dass er sich die Haare abrasiert, und schon gar nicht wegen irgendeiner blöden Wette. *Außerdem liebe ich deine Haare, du dämlicher Idiot!*
Ich schreibe noch einmal in den Chat, aber das machen viele. Die einen wollen ihn daran hindern, und die anderen feuern ihn auch noch an. Verdammt, ich rufe ihn an. Aber dafür muss ich den Stream verlassen. Mit fliegenden Fingern wähle ich Noahs Nummer. Es klingelt, aber er geht nicht dran. Bestimmt hat er auf seinem Handy den «Nicht stören»-Modus aktiviert. Ich gebe auf, bevor die Mailbox rangeht, öffne sofort wieder Instagram und klicke den Live-Stream an. Noah hat noch immer nicht angefangen, aber er guckt ganz nah in die Kamera seines Handys, um zu prüfen, wo er das Gerät ansetzen soll. Vor meinem Auge erscheint ein grau hinterlegtes Feld:

Sende eine Anfrage für einen Auftritt in noah_blakelys Live-Video.

Ich klicke auf *Anfragen*, und für ein paar Sekunden halte ich den Atem an.
«Okay, Leute, wer ist Alishack19 und warum willst du in meinen Stream? Du kannst ...» Noah stockt, und ich klammere das Handtuch vor meiner Brust zusammen.
«Ist das ein Ship-Name? Alisha und Jack, oder? Fuck. Bree, bist du das?»
Ich nicke, was schwachsinnig ist, weil er mich gar nicht sieht.

«Willst du das wirklich?»

Ja, verdammt! Wenn ich dich anders nicht daran hindern kann, dann gehe ich eben mit dir live!

Noahs Kiefer spannen sich an. Er überlegt, dann tippt sein Finger auf das Display und in der nächsten Sekunde wird der Bildschirm gesplittet. In der oberen Hälfte ist Noah zu sehen, in der unteren ich. Und oh Gott, ich trage nur das blöde Handtuch! Ich halte den Arm höher, sodass man mich jetzt nur bis zu meinen Schultern sieht.

«Hallo, Aubree.»

Mmh, ist das lecker.

«Hi.»

Die Kommentare rasen über die linke Hälfte meines Gesichts im Bildschirm, aber ich habe nur Augen für Noah. Ob ich ihm irgendwann gestehen soll, dass er mich schon beim ersten Hallo hatte? Beim ersten Mal, als er mit dieser raunenden Stimme gesprochen hat, die mir permanent Schauer über die Haut jagt?

Noah starrt mich fassungslos an, seine Lippen formen ein verzweifeltes «Was zur Hölle ...?».

Ich muss mich zwingen zu sprechen. «W-warum hast du am Ende des Spiels geweint?»

«Wegen Alisha.» Seine Augen scannen mein Gesicht ab, nehmen alles von mir auf, wandern dann an meinem Hals nach unten bis zum Frotteehandtuch, das ich immer noch krampfhaft festhalte, obwohl es festgesteckt ist. Verdammt, ich muss das Smartphone höher halten. Er schluckt. «Dieses verfickte Spiel!» Seine Stimme klingt seltsam belegt. «Du hast mir nicht gesagt, dass Alisha eine Halbdämonin ist und im Finale draufgeht. Du hast kein Wort davon gesagt, dass du stirbst, verdammt.»

Als Antwort kann ich nur hilflos stammeln. «I-ich wollte nicht spoilern.»

«Weißt du eigentlich, wie sinnlos es ist, dass sie am Ende stirbt?»

«Ja.» Ich nehme meinen Mut zusammen und versuche auszublenden, dass uns gerade ich weiß nicht wie viele Leute zuschauen. «Genauso sinnlos wie das, was du tust. Genauso sinnlos, wie dass du nicht hier bei mir bist. Bei *uns*. Du solltest hier sein, Noah.»

«Meinst du, das will ich nicht? Oh Mann, Bree.» Er schüttelt den Kopf und drückt seinen Handballen gegen die Stirn. «Aber ich habe eine Scheißangst, dass du mich irgendwann hassen wirst. Weil mein Dad es auch tut. Weil es so leicht ist. Weil ich das bisher noch immer hinbekommen habe. Bitte versprich mir, dass das nicht passiert. Bitte versprich mir, dass du mich niemals hassen wirst.»

Das ist leicht. «Ich verspreche es.» Oh Gott, mein Herz schlägt nur für ihn, das muss er doch spüren.

«Und versprich mir, dass du mich warnst, wenn ich im Begriff bin, etwas richtig Beschissenes zu tun.»

Ich nicke. «Noah?»

«Ja?»

«Du bist gerade im Begriff, etwas richtig Beschissenes zu tun, wenn du diesen blöden Langhaarschneider noch einmal anfasst.»

Er stößt lachend den Atem aus. «Fuck, ich liebe dich, Bree.»

Das kommt so schroff und unerwartet, dass ich blinzeln muss und keinen Ton mehr herausbringe.

Dann holt er tief Luft und blickt zum oberen Bildschirmrand. «Okay, hör zu, das hier geht niemanden was an, du trägst verdammt noch mal nur ein beschissenes Handtuch, und es sehen gerade mehr als fünfhundert Leute zu. Klick jetzt auf das scheiß X, klar?»

«Okay.» Ich nicke, aber ich kann mich nicht bewegen. Er hat

gesagt, dass er mich liebt, und gleichzeitig dabei geflucht, was es idiotischerweise noch wertvoller für mich macht.

«Das X, Bree! Klick auf das verdammte X oben rechts.» Und weil ich immer noch nicht reagiere, kommt er mit seinem Gesicht ganz nah an die Kamera. «Okay, warte, ich kann das auch selbst erledigen. Ich schmeiß dich jetzt aus dem Stream.» Und in der nächsten Sekunde wird der Bildschirm schwarz, dann öffnet sich vor meinen Augen der reguläre Feed.

Kapitel 34

Ich bin immer noch völlig benommen. Mein Arm ist lahm, weil ich ihn die ganze Zeit hochhalten musste, und vor Aufregung habe ich so geschwitzt, dass ich gleich noch einmal duschen könnte. Noah ist immer noch live. Ich kann den Kreis mit dem Videosymbol sehen, dann verschwindet er in der nächsten Sekunde. Ich ... ich muss mich anziehen. Hastig stolpere ich aus dem Bad, und noch bevor ich in dem Gästezimmer verschwinden kann, das Hillary mir zurechtgemacht hat, laufe ich Ivy in die Arme. Sie hält ihr Handy in der Hand.

«Du hast nur ein Handtuch an.»

«Ja», krächze ich.

«Und du warst so in Noahs Live-Stream.» Ivy sieht genauso fassungslos aus, wie ich mich fühle.

Oh Gott, sie hat auch zugesehen! Mein Gesicht glüht auf. «Ich weiß, verdammt! Ich hatte das nicht geplant. Er hat mich überrumpelt, okay? Ich hatte keine Zeit, an das *What if* zu denken. Das war einfach eine Fuck-Situation.»

«Eine Fuck-Situation?»

«Ein Oops, meine ich.»

«Ein Oops.»

«Bist du jetzt ein Papagei, oder was?»

Ivy grinst. «Entschuldige. Bist du nervös?»

«Mein Gott, ja!» Außerdem rast mein Herz, als hätte ich gerade einen neuen Weltrekord im Sprint aufgestellt. «Ich ... ich muss mir schnell was anziehen. Gib mir eine Minute.» Ich stoße die Tür zu meinem Zimmer auf, und als ich das Klicken höre, mit dem sie zufällt, werfe ich das Handtuch aufs Bett. Hastig schlüpfe ich in frische Unterwäsche und dann in das übergroße Schlafshirt, das Ivy mir gegeben hat und das mir fast bis zu den Knien reicht. Es ist schwarz und hat einen breiten Glitzeraufdruck mit den Worten WHO CARES??

Ich, verdammt! Mir macht es sehr wohl etwas aus, dass uns eben Hunderte von fremden Leuten zugesehen haben. Als ich die Zimmertür wieder aufmache, wartet Ivy davor, hat aber wohl gerade telefoniert. «Asher ist auf dem Weg nach Dartmouth. Ich habe ihm gesagt, er soll lieber dort übernachten und nachher nicht mitten in der Nacht zurückfahren.»

Ich schaue auf mein Handydisplay, es ist halb zehn, und die einfache Strecke dauert allein schon zwei Stunden. «Warum?» Ich setze mich im Schneidersitz aufs Bett und halte mir stöhnend die Hände vors Gesicht. «Was zum Teufel haben die beiden miteinander besprochen?»

Ivy rutscht neben mir aufs Bett und schlägt die Beine unter, sodass unsere Knie aneinanderstoßen. «Asher hat mit ihm gewettet, dass er dich nach dem Spiel sofort sehen will. Ich habe ihm erzählt, wie es ausgeht. Und er hatte recht. Deshalb ist Asher jetzt auf dem Weg nach Dartmouth, um ihn abzuholen, weil er kein Auto hat. Aubree, du weißt, dass Noah das Video nicht gespeichert hat, oder? Da brauchst du keine Sorge haben. Das würde er dir nie antun. Er ... oh Gott, er liebt dich so sehr, Aubree. Ich glaube, ich heule gleich.»

«Hör auf, so was zu sagen, wenn du nicht willst, dass ich mitheule.» Ich versuche tief durchzuatmen, aber es klappt nicht. «Hoffentlich teilt niemand dieses Video. Oh Gott, was habe ich mir nur dabei gedacht?»

«Du hast die Kommentare nicht gelesen, oder?»

Ich schüttele den Kopf.

«Noahs Feed ist fast explodiert.»

«Sag es mir nicht, okay? Ich will es lieber nicht wissen.»

«Aber die Kommentare waren fast alle nett, das schwöre ich dir. Und ich glaube auch nicht, dass jemand das mitgefilmt hat. Dafür ging das alles zu schnell. Im schlimmsten Fall taucht ein Screenshot auf.»

«Hat er noch was gesagt? Ich meine, nachdem ich raus war?»

Ivy wird rot.

«Ivy!»

«Na ja», druckst sie herum. «Er war echt süß. Ich hätte nicht gedacht, dass Noah so verlegen sein kann. Ich meine, er ist nie verlegen, oder? Er hat nur sorry gesagt, und dass es das jetzt war mit seinem Kanal. Und dann noch ein lautes Fuck. So bestimmt zehnmal hintereinander. Fuck, fuck, fuck, fuck, fuck ...»

«Danke! Ich kann es mir ungefähr vorstellen!», unterbreche ich sie. «Aber was meint er damit, dass es das jetzt war mit seinem Kanal?»

«Er hat ihn gelöscht.»

Was? «Er hat nicht seinen Instagram-Kanal gelöscht.»

«Wenn du mir nicht glaubst, dann guck nach.»

«Das macht er nicht. Niemals.»

«Guck nach!»

Ich will noch mal protestieren, aber dann schnappe ich mir doch mein Handy. Und es stimmt, Noah ist nicht zu finden. Ich hatte nur ihn abonniert und jetzt steht bei meiner Liste die Ziffer 0.

«Hast du nicht gesagt, sein Account wäre ihm heilig? Noah lebt quasi in diesem blöden Netzwerk, oder nicht? Das hast du immer behauptet. Er ist 24/7 online, Ivy!»

Um auf Nummer sicher zu gehen, tippe ich seinen Namen in die Suchzeile, aber auch dort wird er mir nicht angezeigt. Er hat mal eben so seinen Account mit inzwischen weit über fünfzehntausend Followern gelöscht. Einfach so. Mit zitternden

Fingern lasse ich das Handy sinken. Doch dann fallen mir gleich zwei ungelesene WhatsApp-Nachrichten ins Auge. Sie sind beide von Noah, und die erste besteht nur aus vier Wörtern:

Noah: I fucking love you.

Oh Gott, mir schlägt das Herz bis zum Hals. Diese Liebeserklärung ist so ... Noah. Einfach nur Noah. Ich weiß jetzt schon, dass ich das nachher aufmalen muss, weil ich es genau so für immer festhalten möchte. Dann lese ich seine zweite Nachricht.

Noah: Ich habe das verdammte Video gelöscht. Alles. Ich habe alles gelöscht, Bree. Ich will nicht, dass jemand über das redet, was uns gehört. Und wenn sie es tun, dann will ich nichts davon wissen. Ist mein Dad okay? Bist du okay? Ich komme nach Hause und werde meinen Scheiß in Ordnung bringen. Ich werde alles in Ordnung bringen, versprochen. Verzeih mir, dass ich so ein verfickter Idiot war.

Ich schreibe Noah schnell zurück, antworte aber nur auf die zweite Nachricht, weil Ivy noch neben mir sitzt.

Aubree: Deinem Dad geht es gut. Er vermisst dich. Er hat nach dir gefragt.

Nachdem Ivy ins Bett gegangen ist, sitze ich mit einem Block auf den Knien im Bett, weil Errol im Wohnheim ist. Von Ivy habe ich mir einen Brushpen ausgeliehen und Noahs «I fucking love

I fucking love you

you» aufgemalt. In einer großen Blume. Zart und rau zugleich. Nun überlege ich, ob ich ihm das schicken soll. Aber dass ich genauso fühle wie er, habe ich ihm mehr als einmal gesagt. Da ist etwas, das noch wichtiger ist. Etwas, dass ich ihm unbedingt sagen muss. Er soll wissen, dass er mir vertrauen kann. Dass ich ihn nicht einfach im Stich lasse, nur weil er mal einen Fehler macht. Und seine Fehler gehören verdammt noch mal zu ihm. Sie haben aus ihm gemacht, was er ist. Ich kann nicht nur einen Teil von ihm haben, und ich will es auch nicht. Das ist es schließlich auch, was ich für ihn aufmale:

I know the best and the worst of you and choose it all.

Ich fotografiere dieses Lettering und schicke es ihm. Und dabei muss ich an das denken, was er mir gesagt hat, als wir zusammen unter der Dusche standen und ich so verlegen war, deshalb schicke ich ihm noch eine zweite Nachricht hinterher.

Aubree: Ich habe alles von dir gesehen, und da ist nichts, was mir nicht verdammt gut gefällt. Gar nichts. Wir können diese Sache mit der Verlegenheit und den Schuldgefühlen jetzt also hinter uns lassen, okay?

«Bree?»

Ich wache auf, als jemand mich am Arm berührt, und dann dauert es nur eine Sekunde, bis mein Puls in die Höhe schnellt. Ich liege in einem fremden Bett, und es ist stockdunkel. «Noah? Wie spät ist es?»

«Kurz vor zwei.»

Stöhnend rolle ich mich auf die Seite, um mich aufzurichten. «Oh Gott, sag mir nicht, ihr seid durchgefahren.»

Im Dunkeln kann ich Noah nicht erkennen, aber ich höre den

I know the best and the worst of you and choose it all.

leicht unsicheren Unterton in seiner Stimme. «Schätze, Asher hatte Angst, ich könnte es mir anders überlegen.»

Die hatte ich auch, und ich kann nicht glauben, dass er wirklich da ist. «Ich schwöre dir, das hat bei mir noch nie funktioniert.»

«Was? Was hat bei dir noch nie funktioniert?»

«Das mit dem Universum. Dass ich eine Bestellung beim Universum aufgebe und es tatsächlich liefert. Und dann auch noch per Express.» Weil er darauf nichts erwidert, fasse ich im Dunklen nach seinem Arm. Auch, um mich zu vergewissern, dass das hier real ist.

«Bin ... bin ich die Bestellung?», fragt er.

«Natürlich bist du die Bestellung.»

«Okay, ich ...»

«Du musst mit deinem Dad reden», unterbreche ich ihn. «Gleich morgen früh als aller...»

Und dann ist es Noah, der mich davon abhält, weiterzureden. Mit seinem Mund, der sich gegen meinen presst. Seine Hände legen sich um meine Wange.

«Ich mache das sofort. Aber ich wollte vorher zu dir, weil ... Fuck, ich liebe dich. Und das muss ich dir sagen. Ohne die verdammte Kamera, meine ich. Wahrscheinlich habe ich dich schon vom ersten Moment an geliebt, als du vor meiner Tür saßt. Nein, das ist gelogen. Ich habe dich seit dem Moment geliebt, wo wir zusammen in Ivys Badezimmer waren. Als du mich angesehen hast mit diesen großen, dunklen Augen. Du hast dich so schlecht und hässlich gefühlt, und ich war damit total überfordert, weil ich verfickt noch mal gerade der schönsten Frau der Welt die Haare abrasiert hatte. Und ich konnte nur daran denken, was für ein beschissener Idiot ich bin, weil ich dir Angst einjage mit den Tattoos und allem. Scheiße, ich habe die verdammte Tür eingetreten.»

Oh Gott, ich muss ihn jetzt einfach sehen. «Kannst du das Licht anmachen?»

Er lässt mich los, dann leuchtet sein Handylicht auf, und Noah schaltet die Nachttischlampe ein.

«Ich bin so froh, dass du diese verdammte Tür eingetreten hast», sage ich, und dabei zieht sich mein Herz zusammen. Weil ich alles, was er eben gesagt hat, in seinen Augen erkennen kann und das so umwerfend schön ist. Da ist so viel Wärme in seinem Blick, dass mein Brustkorb zu eng wird für all das, was ich für ihn empfinde.

«Aber ich habe mich nicht in dich verliebt, weil ich dich schön finde, Bree. Ich liebe alles an dir.» Kleine Fältchen bilden sich um seine Augenwinkel, als er mich anlächelt. «Vor allem deine Stimme. Kannst du gleich, nachdem ich mich bei meinem Dad entschuldigt habe, was echt hart werden wird ... Kannst du bitte die ganze Nacht mit mir reden, verdammt? Weil ich ... Scheiße, ich kann mit diesen verfickten Knöcheln nach dem Boxen gestern nicht mal richtig Händchen halten.»

Ich muss lächeln, und dann legt er seine Lippen vorsichtig auf meine. Ich erwidere seinen Kuss ebenso sanft, weil ich ihm nicht weh tun will und er vom Boxen immer noch ramponiert ist. Trotzdem durchzuckt es mich sofort, als unsere Zungen sich berühren. Als er sich von mir löst, stammle ich: «D-dein Dad schläft doch. Willst du ihn wirklich jetzt wecken?»

Mit einem langsamen Nicken richtet er sich auf. «Ich glaube nicht, dass ich das noch aufschieben kann. Nicht eine Minute. Aber ... denkst du, es wäre zu viel für ihn? Soll ich es lieber lassen?»

Ich lege eine Hand an seine Wange. «Er wartet auf dich. Schon so lange.» Noah macht Anstalten aufzustehen, aber dann bleibt er doch noch auf der Bettkante sitzen. Mir ist klar, dass er Angst davor hat, wie sein Vater reagiert. «Er wird dir verzeihen. Er wollte dich eigentlich anrufen, hatte aber Sorge, dass du nicht mit ihm sprechen willst.»

«Okay.» Mit einem Seufzen steht er schließlich auf. «Soll ich das Licht anlassen?»

Ich nicke und lehne mich zurück, lausche ihm nach, als er rausgeht und die Tür leise schließt. Um nicht die ganze Zeit auf die Uhr zu sehen und mich zu fragen, was die beiden jetzt bereden, drücke ich mein Gesicht ins Kissen und versuche an etwas anderes zu denken, zum Beispiel an meine Mom und daran, dass wir Thanksgiving zusammen verbringen werden. Aber es gelingt mir nicht wirklich, mich von dem abzulenken, was in einem der Zimmer eine Etage unter mir passiert.

Es dauert lange, bis Noah wiederkommt, und als er irgendwann ins Zimmer schleicht und sich leise neben mich legt, kann ich seinen schweren Atem hören. Das alles hat ihn mitgenommen, er muss sich nahezu wund anfühlen. Also drehe ich mich schweigend zu ihm auf die Seite, ohne die Augen zu öffnen. In der nächsten Sekunde spüre ich seine Hand an meinem Gesicht und die rauen Fingerkuppen, als seine Finger sanft über meine Wange streicheln bis nach oben über meine Stirn. Er berührt meine Augen, meine Nase, meinen Mund und mit all dem mein Herz. Und als mir deswegen eine Träne unter den Wimpern hervorrinnt, ist es irgendwann sein Mund, der sie wegküsst, was dazu führt, dass noch mehr nachkommen.

«Ich will keine verdammte Pfütze in meinem Bett.»

«Genau genommen ist das mein Bett.» Ich öffne die Augen. Und als unsere Blicke sich treffen, ist das ein Schockmoment. Weil seine Augen genauso glänzen wie meine und ich sehen kann, dass er auch geweint haben muss. Seine Hand streicht über meinen Hinterkopf, über mein kurzes Haar und bleibt schließlich auf meiner Taille liegen. «Jetzt du», murmelt er und schließt die Augen.

Er sieht so unglaublich fertig aus und trotzdem glücklich.

«Dein Dad ...?»

«Nicht jetzt, okay?» Er atmet dabei aber so tief aus, dass ich seine Erleichterung buchstäblich spüren kann, und jetzt erst merke ich, wie angespannt ich selbst war und dass ich in den letzten Sekunden die Luft angehalten habe.

Ich strecke die Hand aus und streiche mit den Fingerspitzen sanft über Noahs Stirn, fahre an seiner Augenbraue entlang, aber lasse die Stelle aus, auf der das Pflaster klebt, durch das ich getrocknetes Blut schimmern sehen kann. Mein Daumen berührt das kleine Muttermal auf seiner Nasenwurzel, streicht über seine Nase nach unten und von dort über seinen Mund, sein Kinn, den Kiefer entlang bis zum Ohrläppchen.

«Nicht aufhören», murmelt er, weshalb ich dasselbe noch mal mache. Und wieder. Ich streichle sein Gesicht, so lange, bis ich schon glaube, dass er eingeschlafen ist. Dann sagt er es plötzlich noch einmal. «Nicht aufhören. Aber kannst du mit deiner Stimme weitermachen?»

Meine Mundwinkel ziehen sich nach oben. Es geht einfach nicht anders. «Weißt du eigentlich, dass das mein Lieblingsplatz ist?»

«Wo?» Seine Stimme ist nur ein leises Raunen.

«Hier. In deiner Umarmung.» Und als ich es sage, nehme ich mir fest vor, diesen Satz morgen auf ein Blatt zu malen und irgendwo hinzulegen, wo Noah es findet.

My favorite place is inside your hug.

«Fuck, Bree», seufzt er. «Ohne dich wäre ich nicht hier. Ich habe immer gedacht, dass ich nicht gut genug sein könnte. Aber mit dir ... Ich glaube ... ich glaube wirklich, ich kann mir das alles verdienen. Diesen Moment mit dir. Dich. Glücklich sein. Ich krieg das hin.» Und dann hält er mich einfach fest.

Ich drücke meine Stirn an seine, weil alles von mir alles von ihm liebt. Glücklich sein. Ja. Er hat das verdient. Wir haben es beide verdient.

my favorite place is inside your hug

Kapitel 35

Die erste Nachricht am nächsten Morgen bekomme ich von meiner Mom, die mich darum bittet, Mr. Blakely zu grüßen. Danach meldet sich Jenna bei mir.

Jenna: Thomas' Date war eine Katastrophe.

Aubree: Herzlichen Glückwunsch! Dann frag ihn endlich, ob er mit dir ausgeht.

Jenna: Ok, ich frage ihn, aber du bist schuld, wenn ich mich bis auf die Knochen blamiere.

Aubree: Einverstanden. Das nehme ich auf mich. ;-)

Ich kann ihr Schnauben direkt hören und auch vor mir sehen, wie sie sich energisch ihre Brille über den Nasenrücken nach oben schiebt. Noah schläft noch, als ich duschen gehe, und das tut er auch noch, als ich fertig angezogen zurück im Zimmer bin. Ich überlege gerade, was ich mache, da richtet er sich ächzend im Bett auf.
«Guten Morgen.» Ich setze mich zu ihm und küsse seine Wange. «Ausgeschlafen?»
Noah murmelt irgendwas, das vage verneinend klingt. Er reibt sich übers Gesicht. «Ich geh duschen.»
«Okay, ich bin dann schon mal unten.»
Anstatt direkt zu gehen, warte ich, bis Noah im Bad ist, dann

lettere ich den Spruch von letzter Nacht und lege ihn auf sein Kopfkissen. Kurz darauf sitze ich mit Asher, Ivy und ihrem Vater an dem runden Tisch neben der Tür, die in den Garten führt. Die Hunde stehen hechelnd davor und wollen nach draußen. Ich bekomme keinen Bissen runter, weil mir Noahs Dad befangen vorkommt und ich immer noch nicht weiß, wie das Gespräch zwischen den beiden verlaufen ist. Als Noah in die Küche kommt, erzählt sein Vater uns gerade, dass er heute für zwei Stunden in die Firma möchte, und Asher besteht darauf, ihn zu fahren. «Du solltest dir einen Chauffeur zulegen, Dad. Wenigstens für die Tage, wenn ich in Pennsylvania bin. In nächster Zeit ist es keine gute Idee, wenn du dich hinters Steuer setzt.»

Noahs Haar ist noch feucht, und der Bluterguss um sein Auge schimmert hellgrün durch die Haut. Er bleibt neben seinem Vater stehen. «Ich kann Dad fahren.»

Als wir ihn alle anstarren, stößt er ein vorwurfsvolles «Was?» aus und klemmt sich die Unterlippe zwischen die Zähne.

«Nichts», sagt Asher schnell und senkt den Kopf, um den Toast auf seinem Teller intensiv zu betrachten.

«Ich meinte heute. Morgen muss ich wieder zurück. Mein neuer Drehbuchkurs fängt an, und ich will dem Prof nicht gleich beim ersten Mal negativ auffallen, klar? Wenn ich einen Teller Rice Krispies bekomme, bin ich zu allem bereit.» Er wendet sich ab, doch dann dreht er sich wieder um und legt von hinten beide Arme um den Oberkörper seines Dads. «Ich verspreche, dass ich deinen Geländewagen nicht an den nächsten Baum fahre.» Er flüstert ihm ins Ohr und lächelt, aber mir fällt auf, wie unsicher er dabei wirkt. Beim Anblick von Noahs tätowierten Armen um seinen Vater muss ich einen Kloß in meinem Hals runterschlucken.

Mr. Blakely drückt seine Hand. «Da bin ich sicher. Du kannst den Wagen danach nehmen», er bezieht mich mit seinem Blick mit ein, «um nach Moultonborough zu fahren und nach Ebony zu sehen. Das liegt in derselben Richtung.»

Noah richtet sich auf. «Moultonborough ist fast anderthalb Stunden von Manchester entfernt, Dad. Und wie kommst du dann wieder zurück?»

«Ich rufe ein Uber. Und ich brauche den Wagen momentan nicht. Wie dein Bruder eben festgestellt hat, sollte ich mich zurzeit nicht hinters Steuer setzen.»

Will er damit sagen, dass Noah den Wagen mit nach Dartmouth nehmen soll? Ich erwarte, dass Noah protestiert oder sein übliches Fuck ausstößt, aber das schluckt er hinunter und richtet sich auf. «Ist es okay für dich, wenn wir heute auf die Farm fahren?», fragt er mich. «Wenn du nicht willst, können wir das auch gerne wann anders ...»

«Natürlich ist es okay», sage ich schnell. «Ich fahre gerne mit dir auf die Farm.»

«Dann ist das abgemacht.» Mr. Blakely steht auf und drückt Noah die Schulter, bevor er sich zur Tür wendet. «Wir fahren in einer halben Stunde.»

Nachdem er uns allein gelassen hat, gibt Asher einen unartikulierten Laut von sich. «Verdammt! Hast du ihn unter Drogen gesetzt, dass er lieber mit dir fährt als mit mir?»

«Ich habe mich nur bei ihm entschuldigt, okay? Vielleicht steht er auch einfach nicht auf deine beschissene Angeberkarre?»

Ivy wirft mir einen vielsagenden Blick zu, der mir sagt, dass sich zwischen den beiden nichts verändert hat. Sie steht auf und öffnet die Balkontür, damit Simon und Phoenix raustürmen können, und folgt ihnen dann. Ich gehe mit ihr nach draußen und nehme die Aussicht in mir auf. Zwischen den herbstlich verfärbten Bäumen hängt der Morgennebel fest, aber wo er langsam aufreißt, kann man das Wasser dunkelblau glitzern sehen.

«Gott sei Dank», sagt Ivy. Und mir ist sofort klar, was sie damit meint. «Jetzt wird alles gut, oder?»

«Ja», sage ich und blinzle in die Morgensonne. «Wenn die beiden sich nicht irgendwann umbringen.»

Vier Stunden später sind wir auf dem Weg zur Farm. Noah sieht noch angespannter aus als letzte Nacht. Er hat sich eine Sonnenbrille ins Gesicht geschoben, starrt stur geradeaus und beißt die Zähne zusammen.

«Alles okay?», frage ich ihn.

«Ja.»

Also sage ich nichts mehr und versuche mich auf die Umgebung zu konzentrieren. Aber das Einzige, was ich wahrnehme, ist, dass Noahs Hand, die auf der Armlehne liegt, zur Faust geballt ist. Ich habe Doug eben Bescheid gegeben, dass wir kommen, und ich hoffe nur, er flippt deswegen vor Freude nicht gleich aus. Als wir die Farm erreichen, parkt Noah ein gutes Stück vom ersten Gebäude entfernt und zieht den Zündschlüssel ab.

Ich steige aus, und Noah bleibt sitzen. Oh Gott, es tut mir so leid zu sehen, wie schwer ihm das fällt. Es ist nur ein Pferd, könnte ich sagen, aber das wäre gelogen. Weil Ebony für Noah ganz offensichtlich so viel mehr ist. Endlich kommt er zu mir. Auf dem Weg zum Stall lasse ich ihn vorgehen.

Doug kommt uns mit einem Sack auf dem Arm entgegen. «Gehen Sie ruhig schon zu ihr. Ich muss das noch wegbringen, aber ich bin gleich bei Ihnen.» Er sieht Noah an wie eine Erscheinung, und ich hoffe nur, er will gleich kein Selfie mit ihm machen.

Mein Smartphone vibriert.

Jenna: Thomas hat ja gesagt. Ich kann es nicht fassen, Aubree. Er hat einfach ja gesagt!!!

Ich schicke Jenna eine ganze Batterie an Emojis. Eine gehobene Faust, die tanzende Frau, den Herzchenaugen-Smiley und Feuerwerk. Ganz viel Feuerwerk.

Als ich aufsehe, sind sowohl Noah als auch Doug verschwunden. Ich trete in den Stall und kann Noah im ersten Moment nicht entdecken. Aber dann sehe ich, dass Ebonys Box offen steht, leises Gemurmel dringt heraus. Noah hat beide Arme um den Hals der Stute gelegt und spricht mit ihr. Sie reibt sich an seiner Schulter und gibt mehrmals ein sanftes Schnauben von sich. Ich verstehe nichts von Pferden, aber sie wirken so unglaublich vertraut. Ich muss schlucken und wende schnell den Kopf ab, weil Noahs Schultern beben. Doug kommt zu mir, wirft nur einen kurzen Blick in die Box, reißt die Augen auf und verlässt fluchtartig den Stall. Etwas hilflos bleibe ich im Gang stehen, bis Noahs Stimme zu mir dringt.

«Komm rein.»

«Bist du sicher?»

«Hast du immer noch Angst vor Pferden?»

«Nein, es ist nur ...» *Ich habe Angst vor deinen Gefühlen.* Aber das kann ich ihm nicht sagen. «Ich will euch nicht stören.»

«Fuck, Bree, komm rein.»

Also stakse ich über die Einstreu zu ihm. Noah wischt sich mit dem Handrücken über das Gesicht.

«Hey, Ebony», flüstere ich, und als ich den Arm ausstrecke, gleitet ihr weiches Pferdemaul über meine Handfläche.

Noah zieht mich näher und fasst nach meinem Arm. Er schiebt meine Hand über ihren Hals, bis meine Finger die dichte Mähne berühren. Und dann spüre ich nicht nur Ebonys Fell, sondern auch Noahs Hand. Seine Finger, die nicht mehr Ebony streicheln, sondern sich mit meinen Fingern verflechten. Und das fühlt sich an wie im Riding Center, als wir zusammen in den Hafer eingetaucht sind, nur noch schöner.

Weil ich jetzt weiß, dass es nicht der letzte von solchen Momenten zwischen uns sein wird. Es ist nur der erste von vielen.

Aubree & Noah

Epilog

«Es ist online!»

Im ersten Moment zucke ich zusammen, aber der euphorische Tonfall in Ivys Stimme sorgt dafür, dass ich die sauberen Tassen, die ich gerade in den Küchenschrank stellen wollte, nicht fallen lasse, sondern sorgfältig auf den freien Platz schiebe. *Online* gehört einfach nicht zu meinen Lieblingswörtern, seitdem das Foto der Partynacht vor ein paar Monaten auch auf den Internetseiten einiger Klatschmagazine aufgetaucht ist. Es hat keinen richtigen Skandal gegeben, aber doch genug Staub aufgewirbelt, um meine Mom zu einer öffentlichen Stellungnahme zu zwingen. *Online* ist deshalb immer noch ein Wort in roter Warnfarbe für mich.

Ivy schiebt sich in der engen Küche an mir vorbei und stellt ihren Laptop auf die Arbeitsfläche. «Die neue Werbung für die Plastikfrei-Serie», erklärt sie, weil ich immer noch nicht freudig reagiere. Sie strahlt fast so hell wie die Website, die sie geöffnet hat. Am oberen Rand prangt das Blakely-Logo und darunter das Bild, das neuerdings auf jede Verpackung gedruckt wird: die geometrische Silhouette zweier Hunde, die sich gegenüberstehen. Mit dem schlichten Schriftzug *Against Animal Testing*. Es ist Wahnsinn, wie langwierig es war, die Strukturen in der Herstellung so zu ändern, bis Asher endlich sein Ziel erreicht hatte. Aber inzwischen werden Blakely-Produkte vollkommen tierfrei produziert und zusätzlich nicht mehr auf dem chinesischen Markt angeboten. Doch das ist es nicht, was Ivy mir zeigen will.

Sie klickt im Menü auf «Neuheiten», und als sich die Seite aufbaut, startet automatisch der Trailer, den Noah produziert hat. Für feste, plastikfreie Duschgele und Shampoos mit ausschließlich biozertifizierten Inhaltsstoffen. Ivy stößt ein «Oh mein Gott, oh mein Gott, oh mein Gott» aus, als meine Stimme sanft aus dem Lautsprecher kommt, und ich muss lächeln. Okay, es ist eher ein ziemlich breites Grinsen, und wahrscheinlich werde ich rot. Zumindest fühlt es sich so an. Ivy umarmt mich und quietscht mir begeistert ins Ohr: «Das habt ihr so unfassbar toll gemacht! Ich liebe es! Dad liebt es! Er ist so stolz auf Noah und dich!»

Und das ist vielleicht das Beste an der ganzen Sache. Dieses Projekt hat Noah und seinen Dad enger zusammenrücken lassen. Sie haben sich vorher beide bemüht, aber die Zusammenarbeit hat etwas in Gang gesetzt. Langsam entwickelt sich wirklich wieder Vertrauen zwischen ihnen. Das Video hat seinem Dad gezeigt, wie engagiert Noah in seinem Studium ist – und wie talentiert er ist. Und dass sein Vater ihn ernst genommen und ihm Verantwortung übertragen hat, bedeutet Noah viel. Sie telefonieren inzwischen jede Woche miteinander, und mindestens einmal im Monat fahren wir gemeinsam auf die Insel. Von der Operation hat Mr. Blakely sich vollkommen erholt, aber er arbeitet nicht wieder Vollzeit in der Firma, sondern hat es dabei belassen, dass Asher sich um die meisten Aufgaben kümmert. Er genießt die neu gewonnene Freizeit und geht viel mit Simon und Phoenix spazieren.

Ich grinse, als ich leise zweistimmiges Fluchen aus dem Schlafzimmer höre. Im Augenblick bauen Noah und Asher Ivys Bett ab, um es nach oben in Noahs altes Zimmer zu bringen. Seit drei Wochen bin ich offiziell eingeschrieben und studiere in Dartmouth, und da Ivy ohnehin die meiste Zeit in Ashers Apartment verbringt, haben wir beschlossen, die Zimmer zu tauschen, damit Noah und ich zusammen mehr Platz haben.

«Ich liebe die Werbung auch», sage ich und lasse Ivy los. «Aber ich bin auch parteiisch, weil Noah sie getextet hat und überhaupt eigentlich alles von ihm ist.» Ich bin nicht nur parteiisch, ich bin einfach hoffnungslos verliebt in diesen feinfühligen Mistkerl.

«Sie *ist* großartig. Und ich liebe deine Stimme in diesem Spot.»

Als Ivys Handy summt, holt sie es aus ihrer Jeanstasche und verzieht anschließend das Gesicht. Ich verziehe meins gleich mit. Sie muss nichts sagen, ich weiß auch so, von wem die Nachricht stammt. Taylor. Er meldet sich alle paar Wochen bei Ivy und fragt sie, wie es mir geht und ob ich ihm verzeihen könne. Ich *habe* ihm verziehen, und das weiß er auch, aber ich will trotzdem keinen Kontakt mehr. Damit, dass er mir – vermutlich aus Konfliktscheu – verschwiegen hat, dass Ginnifers Freund der Täter war, hat er sich mein Vertrauen verspielt. Ich fahre mir frustriert durch das kurze Haar, die Ponyfransen fallen mir inzwischen wieder fast bis über die Augen. Taylors Nachrichten sind mehr nervig, als dass sie weh tun. Sie erinnern mich immer wieder an diese Partynacht, aber der Schmerz wird mit jedem Monat weniger. Diese Erfahrung gehört zu mir, aber sie beherrscht mich nicht mehr.

Dass das Verfahren gegen Ginnifers Exfreund schnell abgeschlossen war, hat dabei auch geholfen. Sie hat die Drogen in seinem Zimmer gefunden, sich von ihm getrennt und eine Aussage bei der Polizei gemacht. Nach der Anklageerhebung hat sich Ginnifers Ex außergerichtlich mit der Staatsanwaltschaft auf eine Bewährungsstrafe geeinigt und mir ein Schmerzensgeld gezahlt. Weil ich damit aber nichts zu tun haben wollte, habe ich den Betrag an das Riding Center in Dartmouth gespendet. Cora liebt mich deshalb zwar immer noch nicht, aber sie ist beinahe freundlich zu mir, und sie kümmert sich wirklich gut um die Pferde auf der Farm. Auch um Ebony, die Noahs Dad von Moultonborough hat hierherbringen lassen, damit Noah sie jeden Tag sehen kann.

«Fuck, Noah!»

Ivy wirft mir einen gespielt verzweifelten Blick zu, als Asher vom Flur her laut flucht. Im nächsten Moment kracht etwas zu Boden, und wir stürzen beide aus der Küche.

«Was ist passiert?»

Asher deutet auf den Türrahmen, in dem jetzt ein riesiger Kratzer zu sehen ist. «Noah hat die Tür ruiniert. Mal wieder.»

«Scheiße, Mann. Du bist doch vorne und kriegst das verfickte Brett nicht um die Kurve.»

Asher öffnet schon den Mund, um ihn anzufahren, da hält er plötzlich inne. «Okay, ja, du hast recht. Sorry.»

«Was? Hast du dich gerade bei mir entschuldigt?» Noah hält das Hinterteil des Bretts immer noch in der Hand und starrt ihn fassungslos an. «Du verarschst mich jetzt.»

«Ach, halt die Klappe!»

«Ich will, dass du es noch mal sagst.» Mit einer Hand streicht Noah sich das Haar aus der Stirn, bevor er mit einem ungläubigen Kopfschütteln sein Smartphone aus der Tasche zieht und es in unsere Richtung hält. «Aubree, Ivy, einer von euch muss das aufnehmen. Das glaubt mir niemand.»

Ich schnappe mir das Handy und halte es demonstrativ in die Höhe, da tritt Asher mit einem weiteren Fluch auf den Lippen vor, packt das Brett und zieht es aus Noahs Arm. Ivy hilft ihm lachend, und zusammen tragen sie es durch die Tür. Sofort schlägt Noah sie hinter ihnen zu und drängt mich von innen dagegen.

«Du hast es auch gehört, oder?» Das Lächeln breitet sich über seinem gesamten Gesicht aus, und ich kann nicht anders, als es zu erwidern. Aber weil mir zu mehr der Atem fehlt, jetzt, wo Noah mich an die Tür presst, nicke ich nur.

«Fuck. Ich hatte wirklich gehofft, dass der Tag einmal kommt, an dem er sich bei mir entschuldigt. Und jetzt, wo es so weit ist, kann ich das gar nicht richtig genießen, weil … es mir gerade scheißegal ist.» Er küsst mich, und ich schlinge die Arme um seinen Nacken. «Das hier ist viel wichtiger.» Er küsst mich wieder. Sein Grinsen an meinem Mund bringt mich dazu, atemlos zu lachen. «Ich liebe dich, Bree.»

Er muss mir das nicht sagen, weil ich es in jedem Blick von ihm spüren kann. Aber ich weiß auch, dass er es gerne hört. Trotzdem presse ich jetzt die Lippen zusammen und warte, bis Noah mich anstupst und meinen Lieblingssatz sagt.

«Jetzt du.»

DANKSAGUNG

Der größte Dank geht an meine lieben Kolleginnen Marah Woolf und Katharina Herzog, meine beiden Schreibbuddys. Marah, danke für deine wunderbaren Nachrichten und deine ständigen Motivationsschübe. Dir ist das Buch gewidmet, weil du von Anfang an in Noah verliebt warst. Ich bin so froh, dass das Schicksal uns vor sieben Jahren zusammengeworfen hat. Du hast mich damals gefragt, ob ich mich traue, mir mit dir ein Hotelzimmer zu teilen – du könntest ja auch eine psychopathische Serienkillerin sein – und ich habe bis heute nie bereut, dieses Risiko eingegangen zu sein.

Katharina, danke für deine Power, deine Ideen und dafür, dass du immer einen Schritt weiterdenkst. Ich habe so viel von dir gelernt! Ohne dich hätte ich niemanden, der mir erklärt, wie das alles läuft, und der mich zum Wachsen antreibt. Mit euch beiden zusammen ist das Autorenleben wundervoll. Und überhaupt – die Pyjamapartys!

Ich habe vermutlich noch nie in meinem Leben so hart gearbeitet wie im letzten Jahr, und ich danke den vier Männern meines Lebens für ihr Verständnis, dass sie mich andauernd nur mit gebeugtem Rücken von hinten sehen konnten. Danke dafür, dass ihr mit mir jeden erdenklichen Boxer-Film geguckt habt. Und auch alle Filme mit Dwayne «The Rock» Johnson, obwohl ich den für meine Recherche nun wirklich nicht brauchte. Danke für euer Lachen, eure Kraftausdrücke und Streitereien, die mich am Leben halten. Ich liebe euch unendlich.

Noah und Aubree haben mir beim Schreiben einiges abverlangt. Noahs feinfühlige Arschlochigkeit war der Grund für viel Herzklopfen, aber auch für Verzweiflung, weil er Dinge getan hat, die meine Lektorin zum Fluchen gebracht haben. Liebe Anne Rudolph, ich danke dir für deine Geduld und deine Hartnäckigkeit. Ohne dich wäre Noah ganz sicher nicht heil aus dieser Nummer rausgekommen. Danke, dass du immer den Überblick behältst und so für meine Buchhelden kämpfst. Ich bin einfach nur froh, dass ich dich habe!

Danke an die unglaubliche KYSS-Crew. Für alles. Ich feiere jeden Tag, dass meine Geschichten zu euch dürfen. Ich kann mir keinen besseren Verlag, kein engagierteres Team wünschen. Ihr seid großartig!

Danke an *Cigarettes After Sex* für ihre Musik.

Danke an die vielen wunderbaren Leser, die mir nach der Veröffentlichung von *It was always you* so unglaublich liebe Nachrichten geschickt haben. Dadurch hat sich mein Wunsch erfüllt, den ich ans Universum geschickt habe. Erst durch euch wird jede Geschichte wahr.

ZITATNACHWEISE

Zitat auf Seite 7 und 388 aus dem Song
«Half a Man» von Dean Lewis. Melodie und Text von
J. Hume, Dean Lewis, Hayley Warner

Zitat auf Seite 52 und 92 aus dem Song «Beggin
for Thread» von BANKS. Melodie und Text von
Tim Anderson, Jillian Banks, Jesse Rogg

Zitat auf Seite 96 aus dem Song «Nice To Meet Ya»
von Niall Horan. Melodie und Text von Julian Bunetta,
Ruth Anne Cunningham, Niall Horan, Tobias Jesso Jr.

Zitat auf Seite 176 / 177 aus dem Song «Die A Little»
von YUNGBLUD. Melodie und Text von Michael Crossey,
Andrew Goldstein, Dominic Harrison, Rami Jrade,
Joe Kirkland, Matt Schwartz

Zitat auf Seite 221 aus dem Song «What if» von Rhys
Lewis. Melodie und Text von Henry Brill, Rhys Lewis

Zitat auf Seite 285 und 361 aus dem Song «She's Always a
Woman» von Billy Joel. Melodie und Text von Billy Joel

Zitat auf Seite 293 von C. C. Aurel: instagram.com/c.c.aurel

Zitat auf Seite 340 / 341 aus dem Song «Apocalypse» von
Cigarettes After Sex. Melodie und Text von Greg Gonzalez

BUCHstabenLiebe

CAROLIN MAGUNIA

GRAFIK DESIGN · ILLUSTRATION · FEINSINN

Hey!

Mein Name ist Carolin und ich bin *grafische poetin*

In meiner kreativen Arbeit beschäftige ich mich mit surrealen Gedanken, akrobatischer Wortjonglage und alltagstauglicher Achtsamkeit.

Mehr von mir findet man hier:

www.carolin-magunia.de
Instagram: @carolinmagunia_caab